あきんど

絹屋半兵衛

幸田真音

角川文庫
21995

目次

序章

虫の知らせというものが本当にあるのだとしたら、あの日の朝のようなことを言うのだろうか。

絹屋《きぬや》半兵衛《はんべえ》の妻留津《るつ》は、ふと五日前のことに思いを馳《は》せ、ひとつ大きく息を吸い込んだ。

安政七年（一八六〇年）の三月三日。前日から、寒の戻りとか名残《なごり》の雪などと呼ぶには烈《はげ》しすぎるほどの大雪に見舞われ、その朝留津は、柱や梁《はり》がきしむような、不吉な音で目を覚ました。

近江《おうみ》の国、彦根《ひこね》の城をもかき消すほどのときならぬ雪は、ひとしきり降っていたかと思えば止《や》み、しばし止んだかと思えばまた降りはじめるといった様子で、めずらしく一尺半（約四五センチ）ばかりも降り積もった。

「雪は、まだひどいのかいなあ」

半兵衛は、留津より先に目覚めていたらしい。

このところ、いつになく身体《からだ》の不調を訴えていたのだが、布団《ふとん》の上で大儀そうに寝返りをうち、そのたびにきまって咳《せ》きこんでいる。

「風は、きつそうですけど……」

留津はゆっくりと目を開きはしたが、布団のぬくもりからひと思いに抜け出す決心がつかないまま、半兵衛の方を向いてそう答えた。

「火は……、火は大丈夫かいなあ」

半兵衛が、咳を堪《こら》えながらまたも言う。火というのが、なんのことを意味しているのか、留津にはいまさら言われずともわかっている。

それにしても、夫の声は、いつからこれほど頼りなげになってきたのだろう。あれほど艶《つや》やかだった肌は、白い粉がふいたように乾ききり、深い皺《しわ》がとみに目立つようになった。三十路《みそじ》のころから、すでに髪には白いものが目立ってはいたが、一日中大きな声を張り上げて、いっときたりともじっとしていることのなかった若いころの半兵衛は、五尺三寸（約一六一センチ）の背とは思えないほどに、誰よりも大柄で頼もしく見えたものだ。

その半兵衛も、今年でついに七十歳を迎えた。

「なあ、留津よ、火はどうなったやろ……」

半兵衛は低い声で繰り返し、無理にも起き上がろうとする。

「あ、いけません。うちが、見てきますから」

言い出したら聞かないのは、半兵衛には常のこと。留津は、思いきって布団の上に身体を起こした。途端に、凍《い》てつくような寒気が、薄い木綿の夜着越しに、起き抜けの留津の肌を刺す。

その瞬間、頭のすぐ上のほうで、またも天井の梁がみしりと音をたてた。まるで家中が大きく身悶《みもだ》えするような、気持ちの悪い音だった。

そして、それに呼応するように、今度は茶碗《ちゃわん》の割れる音が聞こえた。

「何事や」

半兵衛が、神経質そうな声をあげた。

「すみません。おおかた、奥でおいとが粗相をしたのですやろ」

留津はそう言って立ち上がった。

そのときである。

えも言われぬ不思議な感覚に、激しく全身を揺さぶられるような気がして、留津は思わず声をあげた。


黒羽二重地《くろはぶたえじ》に鮫小紋《さめこもん》の着物と、黒地に細かな菊唐草《きくからくさ》を織り込んだ半幅《はんはば》の帯は、このところ、留津が好んで選ぶ装《よそお》いだった。年相応を思えば、地味に抑えた色使いにしなければならないが、その分、質のよさに凝るのが近江の商家の妻のたしなみである。

ましてや彦根の絹屋といえば、代々続いた呉服商い。近江から京にかけて、大仕掛けの古着商として名を馳せる大店《おおだな》でもある。

だが、その朝の留津は、帯を締めるのももどかしいほどに、気が急《せ》いていた。

もしや、何かとてつもないことが起きているのでは……。

逸《はや》る心を抑えかねて、留津はその胸に手をやりながら、小走りに奥座敷を出た。店の間を通り、ころがるように三和土《たたき》に降りる。

土間に立った瞬間、足下から這《は》いあがってくるような冷気に、留津は思わず身震いをした。

だが、それはあながち寒さゆえだけではない。

きっとなにかある。

まちがいなく、なにか異変が起きている。自分を捕えて離さないような、そんな確信にも似た感覚は、その朝の留津をひどく戸惑わせていた。

それでもなんとか気を取り直し、かじかんだ両手で、大戸を開けようとする。だが、湿ってすべりの悪くなった戸は、留津の力では思うように動かなかった。やがて、物音を聞きつけたのか、小兵衛《こへえ》が足早にやって来た。

「どいておくれやす。私がやりますので」

いまは当主のこの小兵衛も、養子縁組で絹屋にはいったのだから、夫の半兵衛と同じである。いまさらながら奇縁を感じて、留津はまじまじと小兵衛の広い背中に目をやった。

小兵衛が力任せに大戸を開けたので、屋根に積もった雪がどさりと音をたてて落ちた。そのしずくと一緒に、外気が三和土を這うように流れ込んでくる。だが、外はすでに雪も止み、雲の切れ目から、妖《あや》しい光がもれていた。曇っているのに、こんなにも明るいのは、一面の雪景色のせいかもしれない。目を凝らした留津の真正面に、ちょうど絹屋の家屋と向き合う格好で、すぐ目の前にそびえ立つような佐和山《さわやま》の姿が見てとれた。

伊吹《いぶき》おろしの、息まで凍りつきそうな寒気のなかで、ゆるやかな稜線《りょうせん》をたたえた佐和山の麓《ふもと》にある餅木谷《もちのきだに》、通称茶碗山《ちゃわんやま》あたりから、あたかも、うずくまって眠っている巨大な動物の息遣いのように、白く、そして細く、風に揺らぎながら煙が一筋立ちのぼっている。

窯《かま》は無事だ。

留津は、思わずその煙に向かって手を合わせた。

風の動きに従順ではあるが、煙はあくまで力強く、決して途切れる気配はない。まるで、その存在をこちらに強く訴えかけてでもいるかのように、自在に向きを変えながらも、絶え間なく流れている。

窯の火が無事なら、それでいい。それだけで十分だ。

留津は胸をなでおろした。妙な胸騒ぎは、ただの思い過ごしだった。

窯詰めも、火の管理も、いまはもうすべてが半兵衛の手を離れているが、それでも、いつも気掛かりなのだ。留津はぐるりとあたりを見回してから、すべてのものに感謝するような思いで、ゆっくりと戸を閉めた。

そして、あの騒ぎが報じられたのは、それから四日後のことだった。

藩の一大事を告げる江戸からの第一報は、元方勘定奉行《もとかたかんじょうぶぎょう》付属として彦根藩の調達御用を務めていた近江の富商、丁子屋《ちょうじや》小林吟右衛門《ぎんえもん》、通称「丁吟《ちょうぎん》」の手によって、小田苅《こたかり》村にある丁吟本家に届けられた。

藩主井伊直弼《いいなおすけ》の身に起きた事変、外桜田門近くにおける思いがけないその経緯は、まず丁吟江戸店から京店へ、わずか三日半という仕立便（臨時速達便）を送って伝えられ、京店からも同日中に江州《ごうしゅう》本店へと転送されたのである。

安政七年三月七日正午に届いたその極秘情報は、当の彦根藩が、江戸藩邸から国元へ報じたものより半日も先んじていたという。

半紙大の和紙を細長く半分に折り、右を綴《と》じた大福帳から一枚抜き取り、矢立の筆で走り書きされたものなのだろうか。大老直弼の駕籠《かご》への襲撃の様子や、死傷者の人数、名前にいたるまで、現場からのその生々しい実況描写は、緊迫した筆致によって、次のように記されていた。

仕立正三日半限

番外

前文御高免下されたく候《そうろう》

一、今三日朝七ツ半時より、当地儀は雪風烈しく御座候ところ、彦根御殿様朝五ツ過に御登城遊ばされ候道筋、折節雪風烈しく後座候ところ、桜田見附外、松平市之丞《いちのじょう》様御屋敷、四ツ辻《つじ》広き場所にて浪人体《てい》の者 鎖襦袢《くさりじゅばん》着し、弐《に》三拾人ばかり抜身にて、彦根御殿様の御籠《かご》ェ一時に斬《きり》付《つ》け候に付き、御供廻りの役人衆中、それぞれ抜身にて切合いなられ候へども、敵は大勢の事ゆえ、御供廻りにも沢山手負い出来候ところ、御殿様の御籠を取りまき切付け、御籠の中ェ抜身三本ばかりツキ込み、シテヤッタリト声を上げ候はば、一時に時の声を上げ、皆々逃げ退き候ところ、サギ坂と申す家中、弥生須川岸《やえすがし》まで追いかけ、敵の者心ゆるめしところ、後より弐人切付けなられ候噂《うわさ》、敵の者四人即死これあり、彦根家中、笠井《かさい》様腰石様御両人即死、その外、柏原若旦那《かしわばらわかだんな》様手疵《てきず》、この外拾弐三人手疵なられ候趣、御殿様の様子はしかと相い分かり申さず、さてさて驚き入り奉《たてまつ》り候、取り敢《あ》えず御見舞いかたがた御屋敷様ェ御伺い申し上げ候ところ、一家中大騒動、皆々御殿ェ御詰め遊ばされ候に付き、くわしき事は相い分かり兼ね候へども、取り敢えず御注進申し上げ奉り候、さて又、右一条に付き市中多々風説もこれあり候に付き、実に大心配 仕《つかまつ》り候事ゆえ、いかが相成り候やもはかり難く、当店に持合いおり候保印も、ことに寄り候はば正金登させ仕りたき心組みに御座候、なお又これまで御注文申し上げ候品々、当方より差図まで、下し方御無用、御見合わせ下さるべく候、先《まず》は取り敢えず御注進かたがた、くわしき儀は重便申し上ぐべく候、早々以上、この書付御一覧の上、在所御主人様方ェ仕立飛脚を以《もっ》て御届け下さるべく候
世間ェは極内々、御他言御無用〳〵
三月三日夜、五ッ時認《したた》め
同江戸店
丁子京御店様
御本家御主君様
上

「えらいことや、えらいことや！」

血相を変え、大声をあげながら飛び込んできた小兵衛を、半兵衛が薄暗い寝床で横になったまま迎えたのは、三月八日の朝のことだった。

「騒々しいことやなあ。いったいなんの騒ぎや」

ゆっくりと身体を起こし、夜具の上にかけてあった真綿入りのでんちに袖《そで》を通す。留津がまだ嫁いで来て間がないころ、端《はぎ》切れを使って仕立ててくれたこの切り嵌《きば》めでんちは、もはや裏地もすっかり擦り切れている。

「殿さまが、殿さまが……」

その場にへたりこんだ小兵衛は、畳の上に両手をつき、苦しそうに肩で息をしていた。

「殿さまがどうしたんや」

小兵衛の顔を見た瞬間、半兵衛はただならぬ事態が起きたことを察知した。だが、だからこそ、ことさら落ち着いて小兵衛と向き合ったのだ。

「賊に襲われはったのは、三日の朝、江戸屋敷をお出になってまもなくのことやったそうで……」

小兵衛は、舌を嚙《か》みそうなほどの早口で、一気にことの次第をまくしたてた。その顔をじっと見据え、一部始終に聞き入っていたが、半兵衛はすぐには口を開こうとしなかった。

沈黙に耐えかねてか、小兵衛は興奮のままに、また口を開く。

「あの殿さまのことやから、なにもかもお覚悟のうえやったのかもしれません。ただ、このところ京でも、江戸でも、不穏な動きが高まっているというもっぱらの噂でした。物騒な話は、彦根でもいろいろ聞こえていました。それやのに、なんでもっと用心しはらなんだか、私は悔しいてなりません。ご登城のときなら、供揃《ともぞろ》いも大勢いたはずやのに、なんでお駕籠が守れなかったのかと」

「それで、殿さまは？」

半兵衛が、さえぎるように口を開いた。

「詳しくはわかりませんが、おそらく……」

強《こわ》ばった顔のまま、小兵衛は首を横に振った。

襖《ふすま》のすぐ向こうで、大きな物音がして、小兵衛はびくりと身を震わせた。

「誰や！」

声をあげたのは半兵衛だった。

「申し訳ありません！」

おいとの、泣きそうな声がする。半兵衛の寝床に運んできた番茶を、思わず盆から落としたらしい。小兵衛がすばやく襖を開けると、慌《あわ》てて畳を拭《ふ》いていたおいとが、我慢できないように顔をあげた。

「お殿さまが死なはったら、どうなりますのや？」

訊《き》かずにはいられなかったのだろう。小兵衛の妻として、いまはもうすっかり絹屋の台所を任されている若いおいとにも、張りつめた異常な空気が敏感に感じ取れるのだ。

「なあ、お殿さまが死なはったら、この先うちらはどうなりますのや……」

「しっ、おいと。滅多なことを言うもんやない」

いつの間に来ていたのか、留津がぴしりとたしなめた。

「そやかて心配です。この絹屋は、湖東焼《ことうやき》の将来は、それより彦根は……、いいえ、いったいこの国は、どうなってしまうんですか」

「落ち着くのや、おいと。どんなときも、騒いだら先を見損なう」

そう言っておいとを諭す留津の声には、微塵《みじん》の揺るぎもないかのようだった。それを聞きながら、小兵衛はまた思い直したように、半兵衛のほうに向き直った。

「表向きはいっさいご内密になっていますけど、江戸店を開いておられる大店あたりでは、どこも大騒ぎです。今回のことも、丁吟さんの筋からの話が一番確かで、早かったようです。どちらにせよ、殿さまのご容態は予断ができません。どこのお店も、当分の間は注文品の江戸送りをしばらく見合わせるそうで、まずはなりゆきを見守るつもりです。しばらくは商い全体を自粛するところがほとんどで……」

「丁吟さんあたりは、すぐにも取引を全面中止するのやないか。少なくとも、貸付はいったん全部中止して、むしろ全力で金の回収にまわるのかもしれん」

半兵衛は、厳しい顔でそう告げた。

「藩の財政難も、この先一気に悪化しますのやろか？」

小兵衛の問いに、半兵衛は苦渋に満ちた声をもらした。

「もしかしたら、地滑りを起こすやもしれん」

「地滑りですか？」

「ああ、そうや。支えきれるかどうかやな。藩の調達御用を務める身としては、丁吟さんも辛《つら》いところやろう」

「近江《おうみ》の商人が、藩の財政を支えるのですか」

「ほかに方法がないやろうが」

「丁吟さんにしても、苗字《みょうじ》帯刀を授かった責任の重みということですね」

事実丁吟は、小田苅村の本店へ江戸店から送ってきた事変を報《しら》せる火急の第一便のなかでも、商いの注文品の江戸店への配送について、連絡があるまで一時待機するようにと書いただけでなく、保印、つまり保字金《ほうじきん》（天保《てんぽう》小判・天保一分金）の現物も京店に避難させたいと、文末に忘れず触れている。

のみならず、事変直後、売買や貸付を中止し、貸金回収に努め、持金を土蔵の穴蔵に隠した。さらに丁吟店員幹部の藤兵衛《とうべえ》を、早々と彦根藩江戸屋敷に出向かせたうえ、藩の急な出費にそなえるため、献金一千両、調達金一万一千両、返納預かり金三千九百両を用立てたという。ちなみに、このときの功により、のちに藤兵衛は、藩から二人扶持《ぶち》を与えられた。

「それにつけても、無念やろうな。殿さまにしてみれば、まだまだやりたいことは山とあったはずや。やっと実現した開国も、ハリスとの通商条約の締結にしても、むしろ、これからすべてが始まるところやったのに」

「おいとの言葉ではないですけれど、すべてが中途半端《はんぱ》なまま国の核を失っては、この先、国がどっちに向かっていくのか心配で……」

小兵衛が漏らす溜《た》め息《いき》を遮って、留津が口をはさんだ。

「湖東焼だけは、絶やしてはなりません」

「そうや、留津の言うとおりや。小兵衛、窯のほうはどうなってる?」

「すみません、それを言いに来たんです。ちょうど窯詰めが終わって、これから窯焚《た》きを始めるところやったのですが、殿さまの一大事で、当分火入れを控えろとのお達しやそうで」

「あれ? たしかこの前、山から煙があがっているのを見ましたけど」

留津は、たしかにあの朝、この目で煙を見た。

不思議な虫の知らせに動揺はしていたが、佐和山の麓から立ち上る煙を目にして、安堵《あんど》したものである。

「そんなはずはありません。きっと、ほかのなにかと、見間違われたのではないですか。とにかく、いましばらくはすべてを休止せよとのことですから。茶碗山の登窯《のぼりがま》は、窯詰めを終えた状態で止まってます」

小兵衛の言葉に嘘《うそ》はなさそうだった。

「それなら、あのときうちが見た煙は、あれはいったいなんやったのや……」

「煙を見たとおっしゃるんですか？」

「そうや、あの雪の朝、うちはこの目ではっきりと……」

そこまで言ってから、留津はハッと気づいて、口を閉ざした。

いまにして思えば、あれは三月三日の朝だった。ということはつまり、彦根藩主井伊直弼が、登城の途中、外桜田門そばで脱藩水戸《みと》藩士らの暴漢に襲われたのと同じころである。だとすると、もしやあれは……。

留津は、たまらない思いで唇を嚙んだ。

「なあ、留津よ。お殿さまは、さぞかし心残りやったのやなあ……」

半兵衛は、すべてを見通すような声で言った。

だからこそ、そんな直弼の思いが白い煙となって、留津の目に映ったのではないかと、言いたいのだろう。

「はい、きっと……」

留津は大きくうなずいた。夫もまた、留津と同じ思いを抱いているのだ。それがわかっただけに、留津の胸をよけいに締めつけるものがある。

「実は、職人たちから聞いたのですが、今回の春窯で窯詰めしたもののなかには、お殿さまのお好みの品々が、特別多くあったんやそうです。去年の年末の窯の分が十分ではなかったもので、殿さまは直々に所望され、焼き上がってくるのを待ち望まれていたそうです。それが……、それがまさか、こんなことになろうとは……」

小兵衛もそう言って、声を詰まらせる。

あたりを、言い知れぬ静寂が満たしていた。悲しみだけとも違う。無念さだけでもない。もっと奥深くから、静かに突き上げてくるなにかがある。

「この先、本当にどうなるのですやろ。窯のほうも、窯詰めをしたままで、そういつまでも放っておくわけにはいきません。職人らも、内心どんなにかやきもきしていることですやろ。ただ、そうはいうても、藩のご意向にそむいてまで、火を入れることもできませんしなあ」

小兵衛の言うのももっともだ。留津は、口を開かずにはいられなかった。

「時代が、変わっていくのや」

その声は、薄暗い部屋の隅々まで、染《し》みていくようだった。藩主井伊直弼の死によって、いま、ひとつの時代が終わろうとしている。その直弼と、いや、先代直亮《なおあき》とも、共に生涯をかけて育ててきたものがある。

「それでもなあ小兵衛。湖東焼だけは、どんなことがあっても絶やしたらあかん……」

留津は顔をあげ、自分自身に言い聞かせるようにそう告げた。そして、胸に去来するこれまでの日々を、遥《はる》か懐《なつ》かしむような目を向けた――。

第一章　起　業

一

半兵衛《はんべえ》が、留津《るつ》にやきものの話をするようになったのは、いつのころからだったろうか。

堅実な呉服古着商として、彦根《ひこね》では名の通った絹屋に、親戚《しんせき》から新次郎が養子に迎えられ、先代亡《な》き後は、二代目絹屋半兵衛を名乗ることになったのだが、その半兵衛が家業を継いでから、絹屋はめざましい発展をとげていた。

当時、「古手《ふるて》」と呼ばれた古着類は、晴れ着から、日常着、はては仕事着にいたるまで、いまでは想像もつかないほどの需要があった。

とくに「京の着倒れ」といわれるように、京や大阪あたりは、着るものへのこだわりが強い地域である。半兵衛が、古着の買い付けのため京に出かけるのはたびたびのことで、流行《はやり》の柄行きで、ぜいたくな着物が買い付けられるところに目をつけた半兵衛の商才はずばぬけていた。

さらには、彦根で絹屋が店を開いているのは、外船町《そとふなまち》と呼ばれる積荷港に近い界隈《かいわい》で、近くに茶屋などもある。そこで働く女たちにとって、きれいに洗い張りされ、新品同様に仕上げられた京の着物は、仕入れが追いつかないほど人気があったのである。

そんな半兵衛が、留津を後妻にもらってからというもの、商いの旅に出るたびに必ずといっていいほど、なにか土産を買ってくるようになっていた。
たいていは草津の姥《うば》が餅《もち》だったり、ときには京の櫛《くし》だったりするのだが、あるとき半兵衛が、店先に着くなり旅支度を解くのももどかしそうに、留津を部屋に呼びつけたのである。留津が半兵衛に嫁いでそろそろ十月《とつき》がたとうという時期《ころ》だったから、文政十一年（一八二八年）の夏のことである。

「お帰りなさいませ、旦那《だんな》さま」

はいってきた留津を見ると、半兵衛は向きあって座らせてから、梱《こうり》のなかから、大事そうに布で包まれたものを取り出し、目の前に置いた。

「何なんですか、これは？」

「早よう、開けてみい」

半兵衛にうながされて、留津は注意深く包みに手を伸ばした。

「きれい……」

留津は思わず声を漏らしていた。それほどみごとな染付《そめつけ》の皿だった。

これまで見たこともないようなきめ細かな白。その白の地が皿の周囲をぐるりと取り囲み、中央には太い松の幹に降り立った精悍《せいかん》な鷹《たか》の姿。

羽根の一筋、松の葉の細い一本までが、気の遠くなりそうなほど繊細に描かれている。くっきりと蒼《あお》く、そして限りなく鮮やかに、その高貴なまでの藍色《あいいろ》は、皿全体がまるで濡《ぬ》れたように輝いている。

「この鷹、いまにもお皿のなかから飛び立っていくみたいやわ」

留津の言葉に、半兵衛は嬉《うれ》しそうな目を向けた。

「気に入ったか」

「はい」

両手で、そっと皿を持ち上げて、留津は大きくうなずいた。

「それにしても、なんという薄いお皿ですやろ。軽いし、ちょっと強く手で持ったら、それだけで割れてしまいそうなくらいです」

「この薄さは土物《つちもの》で作るのはぜったいに無理や。なあ、留津。こういう薄い石物《いしもの》の茶碗類《ちゃわんるい》が、いま京ではめっぽう流行っているのや」

半兵衛は、そう言ってまっすぐに留津を見た。

「へえ、こういうのが京ではいま流行っているのですか」

半兵衛の言葉を繰り返しながら、留津はまた皿に触れてみる。

「普通の石物ならどこにでもあるけどな、こういう石物が好まれるのは京だけやない。これからは、もっともっと広まるやろう」

「石物というのですか」

「そうや。細かく砕いた石の粉で作るんや。皿だけやないで。鉢も、茶碗も、いろいろある」

「茶碗も、こんなに薄いのですか」

「わしも初めて見たときは、びっくりした。留津も、これまでに、こんな薄いやきものは見たことがなかったやろ」

「はい、ありません。あっ、いいえ、そう言えば、たった一遍だけ、又十《またじゅう》さんのお蔵のなかに、こういう色のお鉢があったのを見た覚えがあります。けど、こんな間近で見るのは初めてですし、あのお蔵にあったのは、ここまで薄くはなかったような……」

又十というのは、留津が娘時代に行儀見習いに出ていた豪商のことで、彦根から中山道《なかせんどう》を一時《いっとき》（約二時間）ほども行った枝村《えだ》にある、代表的な近江《おうみ》商人、藤野家の本家のことである。

「そうか、留津は見たことがあったのか。やっぱり又十さんのお屋敷あたりともなると、こういう瀬戸物も揃《そろ》えてはったのやな」

半兵衛は、あらためて感心したような声で言った。

「瀬戸物、というんですか。これまでのものとは、なにもかもが、大層違いますのやな」

「そうや。いままでは、もっぱら土から作る土物の茶碗がほとんどやった。けど、いまは、東の瀬戸に西の有田と言われていてなあ、石物がものすごい勢いで広まっているらしい」

「東の瀬戸に、西の有田ですか」

「もうひとつ、九谷焼というのもある」

「それにしても、きれいですなあ。ほんに絵が光っています」

留津は皿の表面を指で触れ、そっとこすってみるのだった。そしてその感触を確かめながら、また感心したように言う。

「人の手で作ったものとは、思えないぐらいです。こんなものをどうやったら作れますのやろ」

あまりに素直なその表現に、半兵衛は小さな笑い声をあげる。

「これは染付というてな、呉須《ごす》というもので絵を描《か》くのや」

「呉須、ですか？」

「そうや、ええ色が出る石を細かく砕いたものなんやそうや」

現在でいうところの、天然の酸化コバルト鉱石のことである。

「その呉須で、こまかい模様を描き込むんですね」

「そうや。その石が窯《かま》の高い熱で焼かれたとき、初めてこの色を出すのや。窯に入れる前に、その絵付の上に釉薬《ゆうやく》をかけておいて、それから焼く。そうしたら釉薬の下から、最初に描いておいた絵が、透けて見えるように焼き上がるのや」

「へえ、こんな細かい絵を描いた上から、そんな釉《うわぐすり》をかけたりして、絵が溶けて流れたりせえへんのですか」

留津は、驚いたように顔を上げた。

「そこが職人の腕なんや。それから焼くときの火の加減も大事になるわけやな。その結果、釉薬の下に描いた絵付が、素地《きじ》の表面と釉薬の両方に色が染《し》みつくように仕上がる。それで、染付というのやそうや」

半兵衛の説明には、さらに熱がこもってくる。

「藍色の絵の部分と、下地の白の組み合わせが、全体の美しさを作っているのでしょうね。そのうえ、釉の透明さが、なんとも言えんような光を放っています。これはもう、お皿というより、飾りもののようやわ」

「まさに、職人技というところや」

「ええ。使わずに、このまま床の間に飾っておきたいぐらいです。こんなお皿やお茶碗なら、きれいなものに目のない京の人たちの間で流行っているというのも、ようわかる気がします」

そんな留津の言葉に満足げにうなずいたあと、半兵衛は真顔になって訊《たず》ねたのである。

「留津も、こういうのを見たら、欲しくなるか？」

「そうやなあ、欲しいなあ。きれいやし、見ていても飽きないし。誰でも、きっと見たら欲しゅうなりますやろ」

「少しぐらい高くても、買うか」

「誰かがくれはるのやったら、すぐにも欲しいけど、買うとなると話は別かもしれませんなあ。高そうやし、薄いから見ているにはいいけど、洗うときは、すぐに欠けそうで怖いし。そうは言うても、見たら欲しいし……。あ、もしかしてあなた」

留津は、はたと思いあたる気がして、いたずらっぽい目で半兵衛を見た。おそらく半兵衛は、留津に内緒でこういうものをいくつか買いこんでいたに違いない。そして、これまでずっと隠し持っていたのだろう。

無駄遣いをしたと留津に文句を言われるのを見越して、正面からでは切り出しにくかったので、その矛先をほかへ振り向けるため、こんな持って回った言い方をしてきたのだ。

「実はなあ、留津には黙っていたけれど、これまでもいくつか手にいれてあったのや」

案の定、そう言いながら半兵衛はその場に立ち上がった。

「やっぱりねえ」

留津は、わざとあきれた声を出してみせた。

だが、半兵衛が床の間の横にある違い棚の引き戸を開け、なかから次々と包みを取りだすのを見て、あらためて言わずにはいられなかった。

「え？　こんなにあるのですか」

「いつの間にかこんなにたまっていたんやなあ」

「たまっていたんやなあ、って、そんな他人事《ひとごと》みたいに。あなたがご自分で買ったものでしょう？」

「それはそうや。ところでなあ、留津」

普段から周囲に無駄遣いを戒めている半兵衛が、ここまでものに執着するのは珍しいことだ。だが、それにしても多すぎる。留津は、遮るように口をはさんだ。

「京に着物の買い付けに行くたびに、買っていたんですか」

「そうや。それでなあ、留津よ……」

半兵衛が真顔になって、もどかしそうに口を開いた。少し焦《じ》れたような押しの強さを秘めて、そのくせどこか遠慮がちで、半兵衛がこういう顔をするときは、決まってなにかある。

留津は、先回りをしてまた口をはさんだ。

「あなたはよっぽど魅入られてしまったのですね。きれいには違いないけど、こんなにまあ、やきものばっかり仰山《ぎょうさん》買い込んで」

言わせないようにしたわけではない。聞こえなかった振りをするつもりでもない。だが、留津は自然に半兵衛から目を逸《そ》らせ、わざとらしく目の前の皿に手を伸ばした。

「なあ聞いてくれ、留津。わしはなあ、この茶碗作りをうちでもやってみようと思っているんや」

留津は思わず皿を胸に抱き、驚いたように半兵衛を見た。

「え？　いま、なにを言わはりました？」

「そやから、こういうやきものを、わしもやってみようかと……」

「ちょっと待ってください。やきものをやるっていうことは、商いとして、ということですか？」

「ああ、そうや」

「ということは、つまり、京で着物と一緒にお茶碗やお皿もたんと仕入れて来て、彦根で売っていくということで？」

「それだけやない。わしは、自分でもこういう茶碗や皿を作っていくつもりなんや。有田焼や、瀬戸焼より、いや九谷焼よりも、もっともっと、きれいで質のいい石物を、この絹屋で作りたいんや」

半兵衛は、まっすぐに留津を見た。

「なんですって？　うちでやきものを焼く言わはるんですか？」

「そのとおりや、留津がびっくりするような、美しい皿を作ってやる」

「そんなこと……」

半兵衛の話は、あまりに唐突すぎた。

「なあ、留津、これを見てみい。おまえもさっき言うたように、この色の奥ゆかしさ、艶《つや》っぽさ。薄さも、姿のよさもそうや。人の手で作り上げられるものの、なんとみごとなことか」

留津の胸の皿をなぞるように、惚れ惚《ぼ》れとした顔で半兵衛は言う。

「それはわかります。わかりますけど……」

「この前京で出会った職人も、何遍も言うていた。やきものというのは、見ているだけでも素晴らしいが、自分で苦労して作る喜びというのは、またひとしおのものがあるとな」

「それはそうかもしれませんが……」

「なあ、留津。算術だけの商いは、わしもこれまで長い間やってきた。今度は、ものを創《つく》る喜びというのを味わってみたい。おまえもそう思わんか」

「自分で作るというても、いったいどうするんです。あなたがいくらいいものを作ろうと思っても、うちにはそんな窯もありません」

「窯は、造ればよい」

「そんな無茶な。どうやって造るのですか。うちね、昔聞いたことがあるんです。やきものにだけは手を出すな、やきもの商売はものすごく元手がかかる。下手をしたら身上《しんしょう》つぶすってね。絹屋をつぶすおつもりですか」

留津は、言わずにはいられなかった。

「たしかに元手はかかる。それはわしにもようわかってる」

留津の剣幕に、半兵衛はいささか驚いたようだった。

「そんなら、なにも……」

絹屋の商売は、いま波に乗っている。呉服古着商として、いまのままでも十分ではないか。いや、もしもさらに商いを大きくするなら、多少なりとも蓄財はある。仕入れの量を増やすなり、売り先を広げるなり、それはそれで元手をかけても悪くはない。

だが、ここでなにも無謀なことをして、危険を冒すことはないではないか。せっかくの蓄財を、ただドブに捨てるのは馬鹿《ばか》げている。留津は喉元《のどもと》まで出かかった言葉をのみ込んだ。
「いいや、考えてみるのや、留津。いまは石物の茶碗が、みな土物の茶碗にとってかわってい
く時代や。いまに近江のどこででも、石物の茶碗や皿があたり前のように使われるようになる。
いや、近江だけやない。波はもうそこまで来とるんや。それも、あっというまにこの国全部を
覆《おお》ってしまうような大きい波やで」
半兵衛の声は、いつにもまして力がはいっている。
「それなら、古着と一緒に石物の茶碗も京で仕入れて、それを彦根で売ったらどうですの？
なにも、元手を仰山かけて、大層な窯まで築いて、うちで作ることはないのと違いますか」
留津も負けてはいなかった。
「いや、それではいかんのや。わしはなあ、京より、もっといいものを作ろうと思うてる。こ
こ十年ほどで盛んになった京焼より、もっともっときれいなやきものや。なあ留津、鋸《のこぎり》商い
というのは聞いたことがあるか？」
「鋸商い？」
「そうや。鋸は押すだけやない。押して、また引く、その両方の動きで木を切るやろ？　ほん
まは産物廻《まわ》しというのやけど、持ち下り荷を届けた後、そこの地元の産物を仕入れて、登《のぼ》せ荷
として持って帰る。片荷の無駄をなくすのや」
「あ、わかった。京に行って、彦根に戻る。そのどっちもで、商売をするということですか」
留津の勘の良さに、半兵衛は満足そうにうなずいた。
「そうや、絹屋はこれまで、京で古手を仕入れて、彦根でそれを売って商いをしてきた。そや

けど、京に行くときは手持ちは空や。それを、これからは両方で商いする。行きは石物を持って行くし、帰りは古手を持って帰る。そうしたら、往復で倍の商いができるやないか」

「はい。それはそのとおりです」

事実、行儀見習いではいっていた又十のお屋敷でも、そうした商いの基本は聞いたことがある。

「ただしや、そのためには、京で売れるぐらいよい石物やないとあかん。京のどこを探してもないような、どこにも真似《まね》できんような、最高のものでないとあかんのや」

「そやけど、そんないいやきものが、うちで上手に焼けますかいなあ」

留津は、やはり現実的にならざるをえなかった。

「任せとけ、わしはやるで。たとえ最初は元手がかかっても、上手に売ったら、やがては大きな儲《もう》けになるのは間違いない。商いというものはなあ、留津。時代を読んで攻めていくものや。時代の先をいくものなんや」

「はい……」

半兵衛の言葉に気圧《けお》されて、うなずきながらも、留津の心には、まだ晴れないものがあった。

留津の反応は、半兵衛にとっても予想どおりのことだった。

むしろ、それを好ましいとさえ思う。絹屋に嫁いできてからまだ一年足らずだが、それでも留津の性格はよくわかっている。

半兵衛は、あらためて目の前の若い妻を、しみじみと見た。

なにより、留津本人が気にしている大柄な身体《からだ》。半兵衛とは、ほんの一寸（約三センチ）ほどしか違わない背の丈は、近江《おうみ》の女には珍しい。それでも、いつも背筋をぴしりと伸ばしているのが、留津らしいと言うべきか。

結い上げた髪の高さもあって、二人並ぶとほとんど変わらない背丈になるのだが、変に背中を丸めて低く見せようとしないところなど、初めてあったとき、半兵衛の目にはかえって好もしく映ったものだ。

さらに留津自身が嫌っているのは、そのはっきりとしすぎた目鼻立ちだろうか。きりりとした濃い眉《まゆ》も、大きくてよく動く丸い目も、流行《はやり》の美人画とはほど遠い。だが、それもやはり留津らしく意志の強さを表しているようで、半兵衛は一目で気に入ったのである。

そんな留津を、後添えにどうかと言ってきたのは、高宮《たかみや》で美濃紙《みのがみ》を扱う出入りの商人、与平だった。

養父の没後しばらくして妻を亡《な》くし、養母までも逝《い》ってしまったから、半兵衛に縁談を持ち込んでくる者が、いなかったわけではない。絹屋を構える主《あるじ》が、いつまでも独り身でいるのは気になるらしく、なにかと言っては声をかけてきた。

息子の善左衛門《ぜんざえもん》は、亡くなる前の養母のたっての願いで、養母の実家の養子となっていたので、かわりに手代《てだい》の小兵衛《こへえ》を養子にするかと考えていた矢先の半兵衛が、それでも、このときに限って耳を貸す気になったのは、いまにして思えば不思議なことだった。

「又十さんのところにね、気になる娘さんがいるんですわ。おせっかいかもしれませんが、どうかと思いましてね。十六で、又十さんに行儀見習いにはいったまま、あっという間に五年もたってしもうたそうで」

与平は、思わせぶりな目をして言葉を続けた。

「それがなあ、おなごはんやのに、読み書きも、算盤《そろばん》も、人一倍お好きなんやそうです。なんせ、又十さんのところに揃《そろ》えてあるお蔵の本を、片っ端から読んでしまわはったのやそうですわ。まあ、男まさりというのかなんというのか、それがもとで、二十一まで嫁にも行かなんだというのやさかい、ちょっとおもしろいお人ですやろ？」

「へえ、又十さんの蔵の本を片っ端からねえ。そんな変わったおなごというのは、どんな顔をしているのやろ、一遍、会《お》うてみたいな」

紙屋の与平が言うのに興味をひかれて、半兵衛は思わず口走っていた。

又十の屋敷ともなると、住み込みの奉公人も大層多いことだろう。文倉《ふみくら》のなかには、さぞかし書物類も揃っているはずだ。何人もの奉公人の男たちに混じって、それらをむさぼり読む若い娘の姿はいかばかりか。

半兵衛は、ことのほか心惹《ひ》かれたのである。

二

近江の商人の奉公人制度というのは、又十ぐらいの規模になると、当時すでにかなり確立されていたようである。まず、住み込み制であるのは言うまでもなく、十歳そこそこの子飼いで採用され、先輩のお供や、掃除、子守などといった雑用から修業が始まる。

しばらくすると、丁稚《でっち》として、商用の使い走りも言いつけられるようになり、夜には、読み、書き、算盤など、手習いを課せられる。

この無給の丁稚時代を無事乗り越えると、「半元服」と称して、額に「角」を入れる儀式が行なわれる。要するに、前髪を生《は》え際《ぎわ》にそって剃《そ》るのだが、同時に、「吉」や「松」、「蔵」などといった文字の付く幼名も与えられる。

その後、十七、八歳になったところで今度は「元服式」を挙げ、晴れて手代に昇格して給金が定まる。手代になると、「兵衛《へえ》」や「衛門」が付くような大人の名前で呼ばれるようになり、いよいよ、商品管理の蔵方や、販売の仕事に従事する。

接客を中心にして、各商い特有の符牒《ふちょう》の手ほどき、あるいは記帳や記録の取り方にいたるまで、また、仕入れの仕方や、商品の見分け方、金銀の鑑定方法などもこの時期に叩《たた》き込まれる。つまり、こうした段階を経て、商いに関する専門的な業務を詳しく教育されるのである。

そうして番頭に昇進すると、店の経営、家事の切り盛り、さらには奉公人の指導や監督までを任され、給金のほかに報奨金も支給される。このあと、別家《べっけ》といって、本家から家名や財産を分け与えられて独立し、本家の御内儀《おないぎ》の世話で所帯を持つことになる。

こうした制度がとられたのには理由があった。とくに丁吟《ちょうぎん》や又十といった幾多の成功組が輩出した近江の商人は、江戸をはじめ、京、大坂から蝦夷《えぞ》地《ち》に至るまで、各地に数多くの店を開いていたからだ。しかも、出店先の地元から奉公人を採用せず、身元が確かで、生活習慣も共通のものを持つ近江の人間を呼び寄せていたためでもある。

とはいえ、これらの奉公人制度はすべて男子についてのものであって、女子の場合となると話はまったく別になる。

ましてや、留津のような行儀見習いというのは、しかるべき家に嫁ぐための子女教育とでもいおうか、立ち居振る舞いや、言葉遣いから始まって、大店《おおだな》の妻として恥ずかしくない教養を身に付けるためのものとされていた。

その行儀見習いの期間を「汐踏《しおふ》み」と呼ぶらしいが、この娘の場合はさらにずるずると延長したという。それにはそれなりの理由もあったのだろうが、娘の身でありながら、片っ端から又十の文倉の文書や、蔵書を読みふけっていたなどと聞くと、半兵衛は、やはりどんな娘なのかと気になってくる。

「わかりました。さっそく先方に声をかけさせてもらいますわ」

縁談を持ってきた紙屋の与平は、すかさず半兵衛にそう答えた。

「え?」

「いやあ、良かった良かった。その人、お留津さんというんですけどね、又十さんの御内儀《おないぎ》もだいぶ気にかけてはったんです。縁談もなかった訳ではないようですけど、まあ、ちょっと変わってはるというか……。そやけど、絹屋さんが乗り気や言うたら、きっとあちらも大喜びですわ」

そう言う与平があまりに嬉《うれ》しそうだったので、逆に半兵衛のほうが戸惑うぐらいだった。

「与平さん、わしはなにもそういうつもりでは……」

半兵衛はあわてて首を振った。顔を見がてら、会うだけ会ってみて、縁談は断るというのでは、仲に立った与平の面目も立たぬ。なにより、当の留津本人はもとより、又十の家名を傷つけることにもなりかねない。

「いえいえ、半兵衛さんは気にせんでください。ちょっとだけでも会うてみて、嫌ならそう言うてくれはったらいいんです。あとは、私が先方となんとでも始末をつけまっさかい」

こともなげに言ってのける与平に、半兵衛はしかたなく、うなずくしかなかった。

初めて留津と会ったときのことを、なんと言えばいいのだろう。

あのとき受けた、あのえも言われぬ感覚を、半兵衛はいまだに自分でも説明がつかないでいる。出会いが、それほど衝撃的だったと言うべきか。あのときのことを思いだすと、半兵衛はいまでも苦笑するしかない——。

与平が段取りをした出会いの場は、留津の実家からもさほど遠くない、多賀大社のそばにある水茶屋の一室に定められた。

ここに至るまでは、与平が前もって何度も絹屋に足を運び、こと細かに段取りを済ませていった。留津を又十に世話したのも与平だったというから、留津の縁談に関しても、よほど又十から期待がかかっているのかもしれない。半兵衛は与平の熱心さについて、そんな印象さえ持っていた。

本来、当世の見合いや婚姻などというものは、仲に立った与平のような人間が、両家の父親か、そうでなければ親代わりになる誰かのもとを行き来し、ほとんど本人たちなど無視して進むのが常である。

もっとも、半兵衛のほうは再婚だし、絹屋の先代もすでに他界している。だからいくらか例外的ではあるのだが、そのころになると半兵衛もどこか覚悟を決めて、与平にすべてを一任しているようなところがあった。

なんとしても後添えをもらいたいわけではなかったが、さりとて、どうしても嫌だと拒む理由もない。そんな、なりゆき任せを「覚悟」と呼んでいいかどうかはまた別の話だが、とにかく会うことにはなったのである。

ところが、いざ見合いの当日になってみると、一事が万事、型破りなものになってしまった。

まず、あらかじめ与平から聞かされた場所に、約束どおり出向いた半兵衛を待っていたのは、なんと一通の書面だったのである。

店の者から、「大事そうに手渡され、中を開くと、「突然の変事につき、いましばらく店でお待ちいただきたく候《そうろう》」とある。文面は男っぽいのだが、仮名まじりで、どこか女文字を思わせる。なにがなんだかわからないまま、言われたとおりに待つしかなかったのだが、半時《はんとき》（約一時間）あまりたっても誰も現れない。半兵衛はさまざまに思いをめぐらした。

そもそも、見合いというのは、両家が顔を合わせて話をしたのち、どちらかが席を立ったら、それでその縁談は拒絶したという意思表示になると聞いている。ということは、この見合いは、始まる前から先方に断られていることになるではないか。

こんな馬鹿《ばか》にした話などあるものかと、半兵衛が立ち上がろうとしたところに、やたらと大きな音をたててひとりの娘が飛び込んできた。

「絹屋さんですね」

よほどあわてて来たのか、広い額にびっしりと汗が滲《にじ》んでいる。

「はあ」

「遅うなって、申し訳ございません」

「あの……」

いきなり現れた娘を前に、半兵衛は言葉を失っていた。

「留津と申します」

菜箸《さいばし》のようなその細長い身体をぽきりと折るようにして、娘は深々と頭を下げた。

「あ、わしが、半兵衛です。いや、あの……」

半兵衛は、思わずその場に立ち上がった。

実に間の抜けた挨拶《あいさつ》だ。

半兵衛は、言ってしまってから、さらにあわてた。

もしも、遅れて誰かがやってきたら、なんと文句を言おうか、どんなふうに嫌みな言葉を並べてやるのがいいかなど、ずっと思いを巡らせていたくせに、留津の姿を見たとたん、すべてをきれいに忘れていた。

忘れただけでなく、すっかり取り乱していた。

決して美人というのではない。

装《よそお》いもひどく地味で、黒っぽい弁慶縞《じま》だ。しかも、見合いの席だというのに、前垂れをつけている。ただ、それが撫子《なでしこ》を一面に散らした愛らしい模様なのが、古着屋としての半兵衛の目を引いた。

さらに、表情豊かな丸い瞳《ひとみ》で、まっすぐにこちらを見てものを言う留津の顔には、なによりその一途《いちず》さがあふれている。

半兵衛は、相手の娘がまだ二十一歳の若さであることも、自分が三十七歳で再婚だということも忘れていた。ついでに言うなら、又十屋敷の蔵にあった書物をほとんど読破したぐらいの、才気走った娘だということもすっかり頭から消えていた。

「遅うなって、申し訳ありません。こういうお店には来たことがないものですから……」

留津はそう言ってもう一度頭を下げ、襦袢《じゅばん》の袖口《そでぐち》でそっと汗を拭《ぬぐ》った。無理もないことだ。娘ひとりで入るには、さぞ敷居が高かったことだろう。半兵衛は同情をこめてうなずいた。

「実は、今朝早くから、与平さんのお店にうかがっていたんです。今日こちらにまいりますのは、方角が悪いので、恵方《えほう》の与平さんのところにまずうかがって、それから皆でご一緒にこちらに来るようにと言われておりまして」

ひとまず、水茶屋の床几《しょうぎ》に腰を下ろした留津は、こちらが問いかける前に、遅れた理由を告げ始めた。

「そうしたら、にわかに御内儀《おかみ》さんの持病が始まりまして……」

ややもすると早口になるのは、留津のほうも動顛《どうてん》していた名残だろう。与平の女房にどんな持病があったのか聞いていないが、そのあとさぞ大変な騒ぎだったろうとは、想像がついた。

「それでは、この手紙は、あなたが？」

さっき手渡された書きつけを取り出してみる。

「いえ……」

留津はそう言ってうつむいた。染まった頬を見ているかぎり、おそらくそれは小さな嘘《うそ》だろう。さっと認《したた》めて、丁稚か誰かに届けさせたに違いない。なんと機転のきく娘かと、半兵衛は思った。

「で、与平さんの御内儀《おないぎ》は？」

「はい。鍼師《はりし》を呼んで、なんとかおさまったようです」

「それは、ようございましたな」

半兵衛は、もうすっかり落ち着いて、そう言った。

「……お願いがあります。絹屋さん」

そのとき、留津はいきなり顔を上げたのである。

「お願い？」

「はい……」

思いつめた様子で言ったものの、留津は次の言葉を言い出せないでいる。

「与平さんのところに、戻らなあかんのですね？　わかりました。それなら、わしがこれから一緒に行きましょうか」

おそらく留津は、待ちくたびれているだろう半兵衛を思って、事情を説明しにやってきたのだ。だったら、与平への挨拶も兼ねて、留津を連れ戻してやるのが役目だろう。半兵衛は気を利《き》かせたつもりだった。

「いえ、御内儀《おかみ》さんのほうは、もう大事はないとのことでした。また戻ることは要らないと思います」

「そうですか」

戻る必要はないと言ったくせに、留津はそのまま黙ってしまった。

留津が黙ると、半兵衛には、話の接《つ》ぎ穂が見つからない。手持ち無沙汰《ぶさた》のまま、居ずまいを正して、ようやくまた口を開いた。

「そんなら、日をあらためて、また与平さんも落ち着いてからということにでもしましょうか。朝からそんな騒ぎがあったのでは、ゆっくり話をする気にもなれませんやろしなあ」

言いにくそうにしているのは、きっとそういうことだろう。半兵衛は留津の気持ちを察したのである。

「いえ、そういうことでは……」

うなだれたまま、消え入りそうな声である。さっき、ここに飛び込んできたときとは大違いの風情《ふぜい》だ。半兵衛はどう向き合っていいか思案がつきていた。

威勢よく駆け込んでは来たものの、所詮《しょせん》は二十一歳の娘である。落ち着いてみたら、急に恥ずかしくなったとしても無理はない。半兵衛はかえって微笑《ほほえ》ましくなって、言葉を継いだ。

「そうや、せっかくやから、なにか食べて行きなさい。ここは糸切り餅《もち》が名物やから」

それから又十の屋敷まで送ってやればいい。そのあとのことは、またそのときのことだ。そう思った半兵衛が、店の者を呼ぼうとして、手を打とうとしたとき、それを遮るように、留津がきり出したのである。

「お願いです……」

思いつめたような丸い目が、さらに大きくなっている。

その表情に気圧《けお》される思いがして、半兵衛は大きく息を吸い込んだ。

「お願いです、絹屋さん」

留津は身を乗り出すようにまた言った。

「はい、何ですやろ」

こうなれば、何でも聞いてやる。こっちは四十前の男なのだ。そんなつもりで半兵衛は待った。

「私をもらってください」

「え？」

思いがけない言葉だった。この娘は、自分を嫁にもらってほしいと言っているのだ。変わっているとは聞いていたが、娘が自分の口からこんなことを切りだす話など、聞いたことがない。

今度は半兵衛のほうが、目を丸くする番だった。

「なんで、そんなこと……」

半兵衛の口からやっと出てきた返事が、それだった。

「私、絹屋さんのことは、これまでいろいろお聞きしました」

留津は、こちらの心中など気づく様子もない。

「私は、きっと絹屋さんにとっても、よう間に合うと思います」

「間に合う？」

「はい、読み書きも、算盤《そろばん》もできますし、いろんなことで絹屋さんのお役にたてるのではないかと」

「そのことは、わしも与平さんから聞いてます」

しかし、後添えをもらうということは、奉公人を雇い入れることとは話が別だ。

「なんとか、お願いします」

「そう言われてもなあ」

なんという娘なのだろう。半兵衛は、留津の顔を直視できなかった。これでは、まるで押しかけ女房ではないか。

「私ではあきませんか？」

留津はたたみかけるように訊《き》いてくる。まるで怯《ひる》む様子はないのだ。むしろ、いったん口にしたことで、羞恥心《しゅうちしん》がすっかり消えたのかもしれない。

「そういうわけやないけど……」

「私みたいなのは、嫌いですか？」

「いや、そんなことはない」

言いながら、半兵衛は不思議な気持ちになってきた。

そうなのだ。断る理由があるわけではない。もともと、これは見合いなのである。こちらにまったくその意志がないのなら、いくら与平の押しが強くても、断ることはできたはずだ。

半兵衛と並ぶと、背が少し高すぎる印象はあるが、だからといってそのことが大きな障《さわ》りになることはない。細く見えるのも、背が高いせいかもしれないし、見たところ顔色もよく丈夫そうである。

はっきりものを言う女というのは、嫌いではない。

ただ、読み書きや、算盤ができるということについては、考えものだ。絹屋の商いにとってはいいかもしれぬが、半兵衛にとっては良い場合と、悪い場合が考えられる。

なまじ中途半端《はんぱ》な女の賢さは、夫にとってはやっかいなものでもある。

半兵衛の頭のなかは、猛烈な勢いで回転していた。その分、口の動きは止まってしまう。

しばし、気まずい沈黙が流れた。

留津は大きく息を吸い、思い切ったように、口を開いた。

「でも、絹屋さん。私をお嫁にもらわないと、きっとあとで悔やむことになりますよ」

「え？」

一瞬、言葉を失った。

そしてすぐ、無性におかしさがこみあげてきた。

笑いだしたら、止まらなくなった。

「おかしいですか」

留津は口をとがらせる。

「ああ、すごくおかしいよ。そやけど、気に入ったわ、あんたのこと」

半兵衛は、心からそう言ったのである――。

三

「なにをニヤニヤしてるんですか」

留津に言われて、半兵衛は現実に引き戻された。

「いや、ちょっと思いだしていたんや……」

目の前の留津は、いまやもうすっかり絹屋の妻女の顔になっている。

「嫌やわ、ひとの顔見て思い出し笑いですか。気色悪いなあ、そんなにおかしなこと、なにかありましたか」

留津は一尺（約三〇センチ）もある染付の大皿のひとつを手にとって、大事そうに着物の袖で拭いながら言った。

やきもの作りには反対の様子だが、半兵衛が集めたやきもの自体にはかなり魅入られてしまったらしい。

「おまえと初めて会うてから、どのぐらいたつのかと思うて」

半兵衛は、しかたなくそう答えた。

「なんですか、いきなり」

「わしらが一緒になってからや」

「うちがこちらに嫁いでから、もうそろそろ一年ですから、初めて会うたのは、それよりちょっと前ということになりますかいなあ」

「そうか、まだそんなもんやったか」

自然に感慨深い声になる。

半兵衛は、あらためて留津の顔に目をやった。

二十一歳の花嫁の持ち前の押しの強さは、あの日の言葉どおり、そのまま留津の頑張りとなって生かされてきた。まもなく絹屋に嫁いで来て、すぐに始まった日々の暮らしのなかでも、留津の気丈さはいかんなく発揮された。

嫁いで来たとはいっても、紙屋の与平の肝いりで形ばかりの祝言《しゅうげん》をあげただけで、翌日からはもう日常が始まった。

半兵衛は祝言の次の朝からなにごともなかったように仕事を始めたし、祝言に参列した半兵衛の長男善左衛門も養子先へ戻って行き、留津は留津なりに、新しい環境のなかに必死に溶け込もうとしていた。

留津にとっては、すべてが目新しいことばかりだったに違いないが、半兵衛はあくまで自分のやり方を変えなかった。

日々のすべてが、商いのための予定を中心にして決められるという点も、何もかも商いを最優先にして暮らすべきだとする点も、もちろんまったく変えるつもりはなかった。

ちょうど祝言の二日後に、毎月の京に買い付けに行く日がきたのだが、あえて日延べはしないで出かけることにした。

右も左もわからない留津にあとを任せて、半兵衛はいつもどおり買い付けの旅に出たのである。荷を伴って彦根に帰ってくるのは、特別なことがないかぎり、六日後を予定していた。

「お早うお帰りやす……、旦那《だんな》さま」

出立《しゅったつ》の朝、新妻らしく戸口まで見送りに出た留津は、さすがに心細そうな様子だった。それまで半兵衛さんとか、絹屋さんなどと呼んでいた留津が、奉公人のいる前では、必ず旦那さまと呼ぶようになったのも、そのときからである。

「留守は頼むでな」

半兵衛がそう告げると、一瞬うつむいて泣きそうな顔になったが、何を思ったのか、留津は突然頭をあげた。

「あの、旦那さま、ちょっとお待ちを」

と、言うが早いか、留津は奥に向かって走りだしたのである。

奥に走って行ったのと同じぐらい、ものすごい速さで、留津はまた店先まで駆け戻ってきた。肩を激しく上下させ、苦しそうに息を切らせている。新妻らしく結い上げた雀鬢《すずめびん》の小万島田《こまんしまだ》の生《は》え際《ぎわ》には、うっすらと汗さえ浮かべている。

「どないしたんや」

心配になって半兵衛が問うと、ちょっとはにかんで、留津は両手を開いて見せた。

「あっ、それは……」

半兵衛は思わず声をあげた。

大事そうに奥から持ってきたのは、火打道具だったからである。持ちやすいように細長い鉄片の片方を木に埋め込んだ火打金と、火打石を打ちあわせて火花を出す。そんな火打道具を使って、夫を切り火で送り出すのは、旅の無事を祈る妻女の清めの儀式だが、半兵衛は、留津がこんなものまで嫁入り道具に加えていたとは思いもよらなかった。

「こういうの、私もいつかはやってみたいと、ずっと思っていたんです」

留津は頬を紅潮させていた。

「さあ、後ろを向いてください」

うながされて、半兵衛も少し照れながら背を向けた。

「どうぞ、道中ご無事で、気いつけて」

留津の弾んだ声がする。

京への買い付けの旅など、半兵衛にとってはすでに旅というもののなかにははいらなくなっている。毎月一度、決まった日に出かけては決まった日に帰る、日常茶飯事のひとつなのだ。絹屋の店先を右に出て、川沿いに外船町を南へ抜け、東新町《ひがししんまち》から外大工町《そとだいくまち》を左へ折れたら、ひたすら東に向かって、原村から中山道《なかせんどう》にはいる。そこまでがおよそ半時《はんとき》。そのあとは南に向けて一路京をめざして歩くだけだ。中山道高宮宿の北に出る高宮道を使わないのには理由があった。

途中、決まって草津で宿をとり、一度ゆっくりと休んでから、翌朝空が白み始めるころに宿を出て、京入りしたらまず清水《きよみず》観音にお参りするためだ。

それは京行きのなかでも、いつもひそかな楽しみになっていて、しかも「朝観音に、宵薬師」という当世のいわれを律儀《りちぎ》に守る、半兵衛らしいこだわりだった。

定宿《じょうやど》にしている草津の旅籠《はたご》「蓑屋《みのや》」では、そんな半兵衛のことを知り抜いていて、あらためて頼まなくても、翌朝、特別扱いの早い朝食を運んでくれるほどだった。

買い付けをするため、京の烏丸《からすま》二条にある小売兼仲買業の中島屋を通して、あらかじめ注文をだしてあるものを、手にとって確認する。

もちろん古着呉服の商いである絹屋にとっては、京での買い付けは、欠かすことのできない商品の仕入れである。どんな着物をどれだけ買い付けられるか、狙《ねら》いどおりの柄や色などが予定どおり手にはいるかどうか。それによって商いが大きく左右されるのだから、商人にとって買い付けは真剣勝負である。

とはいうものの、京への旅そのものは、もう慣れきってしまっていて、近ごろはとくに緊張感も、感慨も覚えなくなっていた。

それが、こうして留津と一緒になったことで、いつもの商いの旅が、突然新鮮に思えてくる。

「お早うお帰りやす……」

火打道具を手にして、留津は神妙な声で言った。

半兵衛はちょっとくすぐったい思いがして、三和土《たたき》に立って背中を向けたまま、こっそり苦笑せずにはいられなかった。

まもなく、半兵衛の頭の後方で、ガッガッと鈍い音がする。

「あれえ……？」

なにやら留津がぶつぶつ言っている。

「ええっと、お清めには、とにかく火花が出ないと意味がないのやから、もっと力をいれて、えいっと」

どうやら、何度やっても火花が出ないらしい。

「どうしたんや？」

あまりにもたついている様子に、しびれを切らして半兵衛が振り向くと、すぐ目の前に留津の顔があった。懸命に石を打ちあわせていたらしく、額にはさらに汗が吹きだしている。

「お待たせして、申し訳ありません。今日初めて使う新しい石のせいやろうか。そやけど、火が出ないと切り火になりませんし……」

そう言いながら、すまなそうにこちらを見る。

おそらく留津は、誰かを送り出すために戸口で切り火をしたことなど、いままでなかったのだろう。あるいは、この手つきを見るかぎり、火打道具で火を点《つ》けること自体、さほどなかったのかもしれない。

藤野家で行儀見習いをしていたとき、文倉《ふみくら》にあった蔵書を読み尽くしたぐらい利発な女のはずだったが、こんな思わぬ弱点があったのだ。

だが半兵衛には、留津に関するそんな小さな発見が、かえって微笑《ほほえ》ましく思えてきた。こんなささいなことにでも、真剣に取り組んでいる姿もいじらしい。

「ちょっと貸してみ、こうするのや」

半兵衛は、留津の手から火打道具を取り上げた。代わって打ちあわせると、難なく一回で大きな火花が飛ぶ。

「あ、すごい」

留津は素直に驚きの声をあげた。

「いいか、留津。まず利《き》き手に火打石をしっかり持つのや。それから反対の手に火打金をこんなふうに持つ。それでこうやって……」

半兵衛がやってみせて、そのあと留津にまた火打道具を手渡してやる。

「あ、出ましたわ。今度はもう大丈夫です。すみません、もう一回後ろを向いておくれやす」

童女のように無垢《むく》なその笑顔にうながされて、半兵衛はまた留津に背を向ける。

すぐに、半兵衛の頭のうしろ斜め右上のほうで三回、今度はカッカッカッと、さっきよりはいくらか軽やかな音だ。そしてもう一度、同じことを左側で三回。なんともぎこちないやり方で、まるで半兵衛の髪を焦《こ》がしそうな勢いである。それでも、そのぎこちなさのゆえに、留津の一生懸命さも伝わってくるというものだ。

半兵衛は、またひそかに微笑んだ。

「そんなら、留津、行ってくるでな……」

半兵衛はそう言い置くと、限りなく温かいものに包まれたような思いで、絹屋の店をあとにした。晩夏の、やわらいだ朝の陽射《ひざ》しが目に染《し》みるようだった——。

四

透明な水に、一滴の強い藍《あい》が落ちても、最初は水全体に同化され、色はほとんど変わらない。そして次の一滴ぐらいで、やっと水の色はほんのり薄く変わっていく。さらにもう一滴藍が落ちると、水は色の濃さを増し、また一滴、そしてもう一滴、藍と水が出会うたび、水は次第に藍色に染まる。

そのうちどちらが元の藍で、どちらが藍に染まった水なのか、やがては見分けがつかなくなる。

ならば、半兵衛と留津の場合、はたしてどちらが藍で、どちらが水なのか。近ごろの半兵衛は、そんなふうに考えるのである。

月日がたち、留津は次第に絹屋の暮らしに馴染《なじ》んでいったが、その過程は、嫁いできた留津が絹屋の水に溶け込んでいったのか、それとも、実は留津によって、半兵衛自身が染め変えられていく行程だったか……。

思えば、半兵衛がやきものに出会ったのは、留津と会う以前のことだったし、やきもの作りに興味を覚えたのも、留津が嫁いでくる前のことだ。

だが、そのやきものとの関わりを、ただ茶碗《ちゃわん》や皿を買い集めるだけでなく、絹屋の新しい商いとして始めたいと思うまでになったのは、きっと留津との出会いと無縁ではない。

もしも留津と一緒にならなかったら、呉服古着商として代々伝わってきた絹屋の商いを、従順に先代から受け継ぎ、律儀に次の世代へと引き継いでいく、そんな長い鎖のなかの単なる一個の輪に徹していただろう。そして、品揃《しなぞろ》えを増やしたり商いの地盤を広げることはできただろうが、それだけでおそらく十分満足していたはずである。

もちろん半兵衛とて、商いをもっと多角的にしようという思いがなかったわけではない。いやむしろ、野心は人一倍強かったかもしれない。常に将来を見据えて、きっかけさえあれば、なんとか工夫を凝らして商いの幅を広げたいとも思ってきた。

だが、きっかけさえあれば、と思うのと、自らきっかけを作ろうと行動するのとではおのずと違いがある。おそらく留津という存在を得なければ、自分が本気で新しい商いに手を出そうと考え、それを実行するまでになったかどうかは、疑問である。

それなのに、半兵衛をそこまで奮い立たせておきながら、当の留津ときたら、またも繰り返すのだ。

「よう考えてみてください。絹屋は、いまの呉服の商いだけでも、もっともっと大きくなれると思います。なにもこんなときに、そんな元手をかけて、どっちにころぶかわからんような危険を冒してまで、やきものなんかに手を出すことがどこにありますやろ」

半兵衛の気持ちを知ってか知らずか、留津はあくまで反対する。

そのあとも、半兵衛はたびたびやきもののことを口にしたが、結局は互いに平行線をたどるだけで、なんとなく気まずいまま話が途切れてしまうようになった。

やがて半兵衛がやきものの話に触れそうになると、留津のほうから別の用を持ちだして、うまくはぐらかすようになっていったのである。

絹屋に、ひとりの男が訪ねて来たのは、そんな矢先のことだった。

いきなり絹屋の店先に、ぬっと現れたその男は、一目で他所《よそ》から来た者だとわかるいでたちで、所在なげに立っていた。

どちらかというと華奢《きゃしゃ》な体型で、年格好は留津より五、六歳上といったところだろうか。絹屋の店構えを確かめるように、しきりとあたりを気にしている様子だ。

茶色の地に細い唐桟《とうざん》模様の着流し姿。黒っぽい博多《はかた》角帯を無造作に結んでいる。その結び目の微妙なずらし方といい、胸元をたっぷりと開けた着方といい、これ以上だとだらしなくなるという一歩手前まで着崩した雰囲気は、どう見ても彦根の者ではない。

京あたりから流れてきた遊び人か、そうでなければなにか訳ありの身か。

男の放つ、どこか異質な匂《にお》いのようなものを敏感に嗅《か》ぎ取って、留津は無意識に身構えた。

「あのう、なにか」

声をかけたのは、留津のほうからだった。男は弾《はじ》かれたように振り向いて、大きく目を見開いた。

「へい、外船町の絹屋さんというのは、こちらで」

　語尾にわずかばかりの訛《なま》りがある。浅黒い肌に、彫りの深い顔立ち。それにしても、これほど太くてきりりと濃い眉《まゆ》の男を、留津はこれまで見たことがなかった。

「そうですけど、どなたさんですやろ？」

　留津は、できるだけ穏やかな口調でそう答える。男は、途端に子供のような人懐《ひとなつ》っこい笑顔を浮かべた。

「半兵衛さんに言うてください。有田の昇吉が来たとです」

　聞いたこともない言葉遣いである。しかも、妙に馴れ馴れしい。

「昇吉さん？　有田から？」

　留津の声が思わず大きくなっていた。

　簡単に有田と言われても、彦根からどのぐらいの距離なのか見当もつかない。ただ、気の遠くなるほどの遠さで、おそらく船にも乗るのだろうし、どちらにせよここまでの道中には、大変な日数がかかるはずである。

　だが、はるばるそんなところからやって来たにしては、目の前の男の格好はどう考えても身軽すぎた。まるで隣町からでも、急に思い立って、ひょいと気まぐれに立ち寄ったという風情《ふぜい》なのだ。

「はい、そうです。有田です」

　男は悪びれることもなく、そう答えた。

「あのう、半兵衛さんは……？」

「申し訳ありません。主《あるじ》は、いまちょっと出かけております」

無礼に聞こえぬように気をつけながら、だが不信感を隠しきれずに、留津は小さな嘘《うそ》を言った。

「そうですか、おらんとですか……」

さほど落胆した声でもなく、男は言った。

そしてその表情もまた、意外なほど飄々《ひょうひょう》としている。いったいこの男は何者なのだろう。留津はあらためて男の顔を見つめていた。

そのときである。

背後から、驚くほどの大きな声がした。

「おお、なんや昇吉っつぁんやないか。やっぱり来てくれたんか」

驚いて振り返ると、いつの間に出て来たのか、半兵衛が立っている。

しかも、まるで何年も別れていた身内を探し当てたような顔で、両手を開いて駆け寄ってくるのだ。

「ああ、やっぱりおいででしたか、半兵衛さん。しばらくご無沙汰《ぶさた》しておりました」

男もまた半兵衛を見て、さっき留津に見せた以上の笑顔になっている。

「昇吉っつぁん、よう来てくれた。おおきに、おおきに」

いったいどういうことなのだ。

事情がつかめず、怪訝《けげん》な顔をしている目の前で、そんな留津の存在など目にもはいらぬかのように、ふたりの男たちは抱きあわんばかりに再会を喜んでいた。

「あ、そうやった」

しばらくして、やっと思いだしたように、半兵衛は留津を振り返った。

「忘れとったわ、昇吉っつぁん。これがうちのやつや、留津というのやけど」

昇吉に向かってそう言ってから、今度は留津のほうに言う。

「昇吉っつぁんというてな、有田のやきもの職人や」

半兵衛はことさら嬉《うれ》しそうである。

「御内儀《おかみ》さんのことは、半兵衛さんから何回も聞いていたとです。そやけん、初めて会《お》うた気がせんですよ」

親しみを表したつもりなのだろうが、そんな言い方も、留津にはやはり抵抗があった。どうしても、調子が良すぎる気がしてならないのだ。

「有田からわざわざ来てくれはったんですか？」

留津はいちばん気になっていたことを口にした。

「いや、もとは有田の職人やったけど、三年ほど前から清水《きよみず》さんの近くの窯《かま》で働いてはったのや」

「道理で……」

精一杯の皮肉のつもりで、留津は言った。もっとも、本人にはそんなふうに伝わってはいないはずだ。ただ、なにかを感じたのか、半兵衛はすぐに言葉を継いだ。

「昇吉っつぁんはな、留津、有田でも名うての職人やったんや。そやから、その腕を買われて京まで来て、清水さんの近くの窯にはいったのやな。腕一本を頼りに生き抜いてきたやきもの職人というところや」

「そんな半兵衛さん、買いかぶりですわ。あっしはただの窯ぐれです」

昇吉は顔の前で手を振った。

「窯ぐれ？」

留津が思わず問い掛けると、昇吉ははにかんで頭を掻《か》いた。

「有田ではあんまり言わんとばってん、窯から窯へと流れていく、どうしようもない職人ですわ」

謙遜《けんそん》なのか、はたまた自嘲《じちよう》か。昇吉の口許《くちもと》にはとらえようのない笑みが浮かんでいた。

「留津、そんな言葉を信じたらあかんで。昇吉っつぁんは、腕の確かな職人や。何度も通いつめたわしが言うのやから間違いない」

「そう言えば、半兵衛さんは本当に熱心でしたな。月ごとに清水へお寄りになって、やきものの話をいろいろと。ついにあっしも根負けして……」

昇吉の言葉によると、どうやら半兵衛は、京に買い付けにいくたびに、昇吉の勤める窯へ通っていたらしい。

「ところで、彦根は初めてのはずやな。そんな格好やけど、京からはいま着いたんか？」

「いえ、昨日の夕方着きました」

「お泊まりはどこに？」

留津も気になって、つい口をはさむ。

「はい。袋町《ふくろまち》にちょっと知り合いのところがあるものですから」

「そうですか、あのあたりにお知り合いが……」

袋町といえば、最近、女遊びをさせる店が噂《うわさ》になり始めた界隈《かいわい》である。彦根に来たのは初めてなのに、はたしてそんなところにどんな知り合いがいるのだろう。留津は、ますます気掛かりになってくる。

「まあ、とりあえず奥にはいろうやないか。積もる話もあるしな。そうや、腹が減っているんやないか？　留津、昇吉っつぁんになにか食べさせてやってくれんか」

上機嫌の半兵衛にそう言われて、留津は昇吉を奥座敷に案内した。昇吉は、いまひとつ、つかみどころのない男ではあるが、半兵衛が招いた人間であることに違いはない。

この前から何度も蒸し返しているやきもの作りの新しい商いに、半兵衛はやはり本気で取り組むつもりなのだ。

それでも留津は、琵琶湖《びわこ》特産のシジミの味噌汁《みそしる》と、秋茄子《なす》と身欠《みが》き鰊《にしん》の煮付けという昼食を、絹屋の客人用のお椀《わん》で供した。半兵衛はそのあとも昇吉とふたり、奥座敷ですっかり話し込んでいたが、夕方近くになってやっと重い腰をあげた。

定住先が決まるまで、当分は袋町の知り合いを頼るつもりだと言い置いて、昇吉は来たとき以上の笑顔で帰っていった。

絹屋に出入りする職人が、しばらくの間とはいえ色街まがいの場所《ところ》に暮らすことになるのかと思うと、気にはなる。

あの彫りの深い、どこか憂《うれ》いを秘めた表情から、一転して微笑《ほほえ》んだときに見せる幼子のような無垢《むく》な目には、その世界の女たちならずとも、冷静ではいられなくするなにかがある。

留津としては、無用な関わりを持ちたくない人間だと思えてしかたがないが、半兵衛は昇吉の出現を、百人の味方を得たように歓迎していた。

「まずは、窯を造ってみることや。なあ、留津、窯がなければどうにもならん。最初は小さくてもよいから、とにかくひとつ窯を造ることや」

夜になって、留津とふたりになったとき、半兵衛はそんなふうに切りだした。

「それから、石物用の石や窯のための土も探さなあかん。そうやって、一回試しに茶碗《ちゃわん》を焼いてみるんや。なあ、留津、そのためには、昇吉のような信頼のできる職人に頼るしかないやないか」

「それでは、どうあっても、本気でやきもの作りを始めるということですね？」

「あたり前や。いまさらなにを言うてるのや」

「そやけど……」

「実際に窯を造れるような場所が見つかるかどうか、昇吉には、さっそく明日からあちこち下調べをしてもらうことに決めたで」

半兵衛の言葉に、留津は思いつめたように口を開いた。

「わかりました。それでは、あなたがお考えになる新しいやきものの商いでは、元手をかけても、採算がとれるということですね？」

「正直言うて、それはやってみんとわからんやろ」

半兵衛の顔からは、すでに笑みは消えていた。

「そんないい加減な……」

「いや、いい加減な気持ちで言うているのではない。今日、昇吉が来てくれたのも、思いがけないことやった。たしかに清水の窯で、彦根に来てほしいとは頼んでみたが、いまの窯を辞めるのは難しいという口ぶりやった。それが、昇吉も思いきって来てくれた。もしかしたら、観音さまがわしの背中を押してくれてはるのかも知れん」

半兵衛はまっすぐに留津を見た。

「観音さまですか？」

「そうや観音さまや。考えていただけではなにも始まらん、と言うてな、きっとわしの背中を押してくださっているんや」

半兵衛の一途《いちず》な様子に、留津は言葉を失っていた。

「なあ、留津よ、男はな、一生に一回、ここぞというときは、目をつぶって清水さんの舞台から飛び降りるようなこともせなあかん」

「旦那《だんな》さま……」

「とにかく、自分でやってみるしかないのや。すべてはやり方次第なんやから。大丈夫や、石物はぜったいに売れる。いや、焼いても焼いても尻《しり》から売り切れるような、そんなすごいやきものを作ったる」

半兵衛の声は晴れ晴れとしていた。

「うちも、実はいろいろ考えてみたんです。このところはあんまり話が出ませんでしたけど、この前からあなたがあんまり熱心なので、やきものが本当にいい商いになるのかどうか。それとなくいろんなひとに聞いてみたんです」

でしゃばりという顔をされるかと思ったが、半兵衛は案外素直に聞いてくれた。

「そうやったのか」

「ちょっと前、原村にもやきものの窯があったそうです。あなたは、知ってはりましたか？」

「床山焼《とこやまやき》のことか」

「そうです。原焼《はら》と呼ぶひともいますけど、いまから十二、三年前、原村の中山道《なかせんどう》にはいる手前あたりで、あなたのように、やっぱりやきもの作りを始めた人がいたそうです」

「その窯のことなら、わしも知ってる。京へ買い付けにいくとき、必ずあそこを通るようにしていたからな。原村を通るたびに、窯の煙が見えていたもんや」

懐かしそうに言う半兵衛に、留津は打たれるものがあった。そんな前から、半兵衛はずっとやきものへの思いを育てていたのか。

「あの窯は、造り酒屋の仁右衛門《にえもん》というひとが、始めたという話や」

「そやけど、数年で廃業してしまわはったそうですね。米一千俵ほどの欠損を出したとかで」

続けて言いながら、留津は強い胸の痛みを覚えた。ここまで熱くなっている半兵衛に、水をさすのは辛《つら》いことだ。それでも、あえて、言っておかなければならないことがある。

「留津、なんでそんなことを知ってるのや？」

「それは……」

留津は言葉を途切らせた。

「生意気を言うようですけど……」

留津はゆっくりと口を開いた。

「かまわん、なんでも言うてくれ。おまえはあの又十さんにいたんや。又十にある本を片っ端から読み漁《あさ》ったというのも聞いた。本を読むだけやなくて、その目でいろいろ見てきたはずや、そんなおまえの考えを聞いてみたい」

半兵衛は、真顔だった。

「そんなら遠慮なしに言わせてもらいます。床山焼は、造り酒屋の主《あるじ》が始めて、やっぱり失敗でした」

「それはわしも知ってる」

「米一千俵の損というのも、たぶん本当やと思います。それを承知で、それでもあなたはやきものを始めるおつもりなんですね」

「そうや、それに床山焼は土物や。土物ではもう古い。わしがやりたいのは石物や、これからは石物の時代なんや」

「それでも、危険はあります」

留津は言わずにはいられなかった。

「それもわかっている。やきもの商いで大事なのは、なんというても良い物を作ること。誰にも真似《まね》できんような、それでいて、誰もが欲しがるような良い物や」

「それもその通りです。でも、一回窯で焼いても、全部が全部良い物が焼けるとは限りません。最初は、失敗の連続かもしれません。元手を無駄にすることばかりかもしれません」

「それもわかってる。何事も、繰り返しが大事や。簡単な商いなんていうもんは、どこにもないのやさかいな。それから、やがて良い物ができるようになったら、あとはやっぱり上手に売ることも肝心やな。どうやって、販路を切り拓《ひら》くか。それも忘れたらあかん」

半兵衛は、めずらしく饒舌《じょうぜつ》だった。

「今日、昇吉とまた出会うて、わしは心を決めた。留津が心配するのもようわかる。わかるけど、わずかに残っていた自分のなかの迷いも、いまはすっかり消すことができた。なあ、留津、わしに清水さんの舞台から飛ばせてくれんか」

「うちに、観音さまになれと？」

「そうや、おまえはわしの観音さまや、おまえに背中を押してもろたら、こんな心強いことはないわ」

半兵衛はそう言って、嬉《うれ》しそうに笑いだした。

「あの昇吉さんとふたりで、本当によい石物の茶碗ができますのやな？」

「間違いない。きっと焼いてみせる」

半兵衛は大きくうなずいた。

「床山焼を断念した仁右衛門さんのためにも、わしはなんとしても彦根でやきものの商いを成功させてやるわ」

「わかりました。それならひとつだけ、うちの言うことを聞いてください。そのことを約束してくれはったら……」

「約束やて？」

「はい、商いの危険を半分に、いえ、もっと小さくする方法です」

「なんやて？」

半兵衛は、一段と大きな声を出して、膝《ひざ》を前に乗りだした。

五

留津が、二十一歳で絹屋に嫁ぐまでの五年間を、行儀見習いとして過ごした又十こと藤野家は、中山道六十九次のうち六十五番目の愛知川《えちがわ》宿にほど近い枝村（旧愛知郡日枝《ひえ》村・現在の犬《いぬ》上《かみ》郡豊郷《とよさと》町）にある。

そこは、室町時代、京都宝慈院領美濃《みの》国（岐阜《ぎふ》県南部）大矢田《おやだ》の特産である美濃紙を扱う枝村商人の本拠地として栄え、中山道によって東の上枝村、西の下枝村に分かれていた。当時延暦寺《えんりやくじ》領だった枝村の商人は、大矢田領主宝慈院の保護指定を受けて「紙座」を組織し、美濃紙の専売権を保有して両寺院の支持を得ていた。

藤野家は、その枝村商人の末裔《まつえい》であるといわれ、中興の祖、又十初代藤野喜兵衛《きへえ》喜昌《よしまさ》は、天明元年（一七八一年）に生まれている。

喜兵衛は、十二歳のとき姉の嫁ぎ先である愛知郡薩摩《さつま》村（現在の彦根市薩摩町）の「仐《やまじゅう》」こと宮川清右衛門《せいえもん》の宮川商店へ丁稚《でっち》奉公に上がった。

二十歳になった寛政十二年（一八〇〇年）には、同店の出店がある蝦夷《えぞ》福山（現在の北海道松前町）に渡り、屋号を柏屋《かしわや》、商標を「仐」に似せてなのか、「圣《またじゅう》」として、福山松ヶ崎に独立開業し、東西蝦夷地の産物売買を始めた。しかし、彼の目標は奥蝦夷地への進出だった。

その後、文化二年（一八〇五年）までのわずか五年間に、大小七隻《せき》の船主となり、さらに翌文化三年からの六年間で、松前藩の許可を得て、東西蝦夷地数ヵ所の漁場を請け負うまでになった。

文化十四年には、千島《ちしま》、国後《くなしり》に進出し、鮭《さけ》、鱒《ます》、鰊《にしん》を陸揚げしては、兵庫、大坂、下関などに広く輸送して巨万の富を得た。

勢いにのった喜兵衛は、余市《よいち》、宗谷《そうや》、紋別《もんべつ》、斜里《しゃり》などに漁場を開く一方、間宮林蔵《まみやりんぞう》や高田屋嘉兵衛《たかだやかへえ》らと親交を結び、漁業と廻船業に全力を傾けたのである。

かくして、隆盛の一途をたどった藤野家は、松前藩主復領のころには、すでに松前屈指の豪商となっていた。松前家が奥州梁川《おうしゅうやながわ》（現在の福島県伊達市梁川町）から松前に復帰するとき、藤野家の持ち船「常昌丸《じょうしょうまる》」が藩主の乗船用として買い上げられたので、これを大坂へ廻航して改装し、文政五年（一八二二年）四月、津軽の三廐《みんまや》から藩主章広《あきひろ》を乗せて松前へ帰還した。

藩は、この船を「長者丸」と改号し、用務が終わると藤野家に預け、その管理を委任した。

松前藩復領後も、藤野家の漁場請負は以前のとおり命じられ、一代苗字《みょうじ》帯刀を許されて、御用達中七人扶持《ぶち》御勝手御用向を仰《おお》せ付けられ、郷士《ごうし》待遇となった。

そして、当時小さかった蝦夷地の馬に、南部地方の種馬をかけ合わせて、改良を手がけていた喜兵衛に、文政九年には、藩主から乗馬一頭を下賜《かし》されるまでになっていた。

さらに、幕府から藩へ譲渡された官船「全真丸」を「菊一丸」と改号して、これも藤野家に預託するという信頼ぶりだったのである。そこには、藤野喜兵衛個人が各請負場所で納める運上金《うんじょうきん》が藩庫収納総額の四分の一を占めるに至ったという事実も、大きく寄与しているのだろう。

「実は、うちが前にお世話になっていた、又十さんのところで聞いたことなんですけど……」

留津のほうも、半兵衛に向かって膝を進めた。

「え、おまえ、商いが失敗するのを半分以下に抑えるやり方があると言うたけど、それを又十のご主人に教えてもろたと言うのか？」

半兵衛の目は、食い入るように留津を見つめている。

「いえ、教えてもらったわけではないのですけど、算盤《そろばん》の手伝いをしていましたから、いつもなんとなくみんなの話が聞こえてきて……」

そこまで言ってから、留津はふと思いたったように立ち上がり、座敷の襖《ふすま》を閉めに行った。

「どういうことなんや」

待ちきれないという顔で、半兵衛が先を急《せ》かす。

留津はその目をまっすぐに見て、おもむろに口を開いた。

「あなた、乗合《のりあい》商いというのを聞いたことがありますか」

「乗合商い？」

「はい。ひとつの商いを、何人かの共同で始めるやり方やそうです。商いの元手も、それから、場合によっては人手も、何人かで分担するんです」

「ひとつの商いを、他人同士が共同でやるのか」

「はい。日野椀《わん》の行商から始まった中井源左衛門《げんざえもん》さんは、全国で生糸や古着、繰綿《くりわた》の産物廻しのためにこのやり方をされたそうです。それから、造り酒屋で同じ日野出身の矢尾喜兵衛《きへえ》さんは、関東一円で酒屋や小間物屋を、この乗合商いの仕方で広げていったのやそうです……」

「ほう、日野の中井家といえば、結構な大店《おおだな》やないか」

「はい。南部領から津軽地方を売り場にして、合薬《あわせぐすり》の行商をしておられる利八さんという元奉公人との間で、元手や人手を出し合うたところから始まったそうです。その初代が仙台店、伏見店なんかで合計九店、二代目がまたそのうえに二店と、国中にまたがる乗合商いをやってはるのやそうですけど」

「留津は、わしの今度のやきものの商売は、その乗合商いでやれと言いたいのやな」

「大きな元手の要る商いは、ぜったいこれにかぎります」

「乗合商いか……」

半兵衛は、そう言って腕組みをした。

「ひとりで始めるのは危なすぎます。何人かで力を合わせるんです。新しく窯《かま》を造るには土地も要りますし、窯を造る材料も要ります。そのあとさらに、粘土とか、釉《うわぐすり》とか、いろいろ必要です。やきものの材料のほかにも、職人とか、手伝いとか。元手はいくらあっても、足らんぐらいですやろ」

「それはたしかに留津の言うとおりや。そういう元手を、誰かほかのひとにも出してもらえたら、そんなありがたいことはない。けどな、他人に頼むのはなあ……」

「頼むと言うても、あくまで乗合商いとして出してもらうお金です。そして、それぞれの分持《ぶも》ちに応じて、利息と徳用が分配されるのです」

「徳用？　なんや、それは」

「徳用というのは、それぞれの負担分に対して支払われる利潤のことです」

「そうか、儲《もう》けを分け合うのやな」

半兵衛の顔に、光がさした。

「分持ちとして、みんなで元手を出し合って、共同で商いをすれば、うまくいって儲かったときはみんなで分け合うことになりますが、反対に、もしものときの損も、同じようにみんなで分担できます」

「なるほど。とくに、やきもののように、商品を作る段階での失敗がありがちな商いには、うってつけのやり方やと言いたいわけやな」

「絹屋は、古手呉服の商いだけで十分な信用があります。新しいやきもの作りを始めるとしても、もしものときに絹屋の母体に傷がつかないように、できるだけ危険を分ける策を取っておくにこしたことはありません」

「それもおまえの言うとおりや。言うとおりやけど、どんな商いにも危険はつきものや。だいいち、こっちはそのつもりでも、そんな元手を誰が出してくれるやろ」

半兵衛は、右の手のひらで自分の顎《あご》を撫《な》でた。半兵衛が思案をするときの癖である。

「それはこれからの仕事です。まず商いの見通しを立てて、採算の見込みもはじいてみて、商いの目安書きみたいなものを作ってはどうですやろ」

「それを見せて、資金を出してくれそうなひとを探せというのか」

「どうですやろか」

「そうやなあ……」

留津の問い掛けに、半兵衛はまた右手でしきりに顎をこする。

「あなた、ざっと思い浮かべてみて、誰かそういうひとの心当たりはありませんか」

しばらく考え込んでいた半兵衛が、あっ、と声をあげて、膝を打った。

「宇兵衛《うへえ》さんなんかは、どうやろ」

「宇兵衛さんって、松原の西村さまですか」

「そうや」

「でも、あのお方はお侍さまでしょう？」

留津は、以前に一度だけ会ったことのある西村宇兵衛の顔を思い出して言った。半兵衛より二歳ばかり年上で、背も高く、身体《からだ》つきもか細いのだが、なによりその細い目が神経質そうに、妙につり上がっているのが印象的だった。

そのときは、なにかのついでに絹屋の店先に立ち寄ったのだと言っていたが、半兵衛が留津を呼びつけて挨拶《あいさつ》をさせると、若い後妻をもらって果報者だなどと、男同士にだけ通じるような冗談を言っていたものだ。

「刀はさしてはるけど、宇兵衛さんは町人や。お侍とは髷《まげ》が違《ちご》うていたはずやで。そのかわりというか、相当貯《た》めこんではるらしいのや。あのひとなら、わしがきちんと説明したら、石物のやきもの作りが将来どれだけ有望な商いになるかわかってもらえると思うし、きっと一口乗ってもらえるはずや」

半兵衛はそんなふうに告げてから、自分のひらめきにさも満足したように、何度もうなずいた。

西村宇兵衛というのは、彦根澤町《さわまち》に住む商人で、代々が松原にある御蔵手代《おくらてだい》職、言ってみれば、現在の財務省ノン・キャリア官僚というところである。

「それなら、近いうちに、ぜひその西村さまと会ってみたらどうですやろ。乗合商いについても、西村さまから見た考えというか、いろいろとお知恵を貸してもらえるかもしれませんし……」

「そうやな、明日にでもさっそく行ってみるわ。もっとほかにも、できるだけいろいろとあたってみる」

「うちのほうも、ひさしぶりに又十さんのお屋敷に行ってみましょうか。このあいだ、先代のご葬儀に行ったっきりですので、その後のご挨拶もかねて、一回若旦那《わかだんな》さまに会いに行こうと思っていたところやったんです。そのとき、できたらこの話もそれとなく聞いてみますわ」

「そうか、そうしてくれるか」

半兵衛は心《しん》から嬉《うれ》しそうだった。

「ただ……」

留津が口ごもるのを見て、半兵衛はすかさず訊《き》いてくる。

「なんや、まだなにかあるのか」

「あの昇吉さんというのは、ほんとに大丈夫なんですか」

「大丈夫ってどういうことや」

「今回のことで、元手を他人様《ひとさま》から集めるとなると、なにより信頼のできる商いでないとあきません。その点、肝心の職人があのひとだけではちょっと気になって」

「なんでや」

「どこか癖のあるひとやし、陰みたいなものもあるし」

「ちょっと、いい男すぎるしなあ」

半兵衛はおもしろがって留津をのぞき込む。

「そんなこと言うているのではありません」

「冗談やがな」

留津が声を荒らげたので、半兵衛はあわててとりなした。

「だいたい、初めて彦根に来たというのに、もう袋町あたりに知り合いがいるやなんて、どういうお人ですやろ。なんか訳ありみたいやし。そんなひとを絹屋にいれて大丈夫ですやろか」

半兵衛の言葉が突破口になって、留津は堰《せき》を切ったように言葉を継いだ。いったん口に出すと、ますます昇吉のことが気になってくる。

「そもそもあの格好からして、気に入りません。あのひと、この先もずっと袋町からうちに通って来はるつもりやろか」

自然にきつい口調になってくる。

「まあそう言うなよ、留津。それに、見かけはあんなやけど、昇吉の腕は確かやで。それだけは間違いない。もともとは有田の職人でも、京の清水坂にわらじを脱いでからだいぶたつそうや。そりゃあ真面目《まじめ》一方というわけではないやろうけど、あいつのことはわしに任せてくれ」

半兵衛は、安心しろとばかりに、留津の肩を叩《たた》いた。

六

心を決めてふっ切れたのか、それからの半兵衛の行動はすばやかった。

もとより、京に買い付けに通うたびに窯を見て歩き、長い間考えに考え抜いたやきもの作りをついに始めるのである。

半兵衛の顔は晴ればれとして、希望に満ちあふれていた。

「まず最初にとりかかるべきは、なんと言うても窯場《かまば》の候補地を探すところからやな」

誰にともなくそう言い残して、朝から昇吉とふたりで絹屋の店を出ていったまま、日暮れまで帰って来ない日が、五日ばかり続いた。

窯を築くのに適した土地を探すのが目的だが、まずはその前に彦根近辺の地形を知るための下検分が必要だというのである。もっとも、半兵衛自身はすでに何ヵ所か心積もりがあり、その場所を含めて昇吉を案内することで、彦根という土地自体を昇吉に把握させようというのが本音だった。

「やきもの作りという目で、あらためて彦根を見てみると、なかなか新しい発見があるもんやな。こんなことはいままでになかったことや」

半兵衛は帰宅するたびに、目を輝かせて留津に語った。

「良い場所は見つかりそうですか」

「ひとつ、まあまあの場所があるのや。明日、もう一回昇吉と行ってみて、そこに決めようかと思うてる」

「まあまあの場所、ですか、一番の場所やないのですね。なんやあなたらしゅうない言い方ですけど」

留津の鋭い問いかけに、半兵衛はにやりとしながら立ち上がって、部屋を出ていったが、すぐに細長く丸めた一枚の紙を手にして戻ってきた。

「なんですの？」

待ちきれないように留津が言うのにも答えず、半兵衛はゆっくりと紙を開いて差し出した。細い筆書きで、何本か線が引いてあり、地図のようでもあり、見取り図のようでもある。

「えらい簡単な図やけど、どこですの？」

「これが芹川《せりかわ》や。この土手のあたり、ここにしたらどうかと昇吉は言うている」

「ここがお城ですやろ。そうすると、西のはずれあたりですか。湖のすぐ近くになるのやろか……」

図の隅のほうの、彦根城らしい三角の書いてある地点を指さしたまま、留津は半兵衛を見上げた。

「晒山《さらしやま》いうてな、ここからやったら、歩いて半時ぐらいのところや」

「芹川の左岸やから、そのへんはもう彦根のご城下ではないのでは」

留津の眉間《みけん》に、またもかすかな曇りが浮かぶ。

「芹川の向こうやけど、町奉行さまの管轄《かんかつ》らしいわ。ほんまは、もうちょっと家から近いところがよい気はするんやけど」

「この晒山が、窯場には、まあまあ、の場所なんですか」

留津が、半兵衛の声音を真似《まね》て、まあまあというのを強調するので、半兵衛はまた苦笑するしかなかった。

「昇吉は職人やさかいな、窯の場所選びにしても、いろいろと厳しいことを言いよる。まあ、それが職人気質《かたぎ》というもんやろうし、大事なことやとはわしも思うけど」

「そのために来てもろうたわけですしねえ」

「そうや。なんでも、有田のやきもの職人というのは、良い土と良い環境を求めて、それこそ日本中に旅に出るようなところがあるのやそうや」

当時、先進窯業地《ようぎょうち》の各藩は、職人が藩外に流出するのを制限していたが、それに背いて出て行く例も少なくなかったのである。

みずからの腕の向上と、完璧《かんぺき》なやきもの作りをめざして、いまよりさらに良い環境をと、あくなき旅を続けるのが職人というものか。留津は感心したようにうなずくのだった。

「あ、わかった。そのせいなんですね。昇吉さんは、どんなに良い土地が見つかっても、まあまあとしか言わはらへんというわけや」

半兵衛らしくない言い方をした理由が、留津にはやっとのみこめたのである。そんな留津を見ながら、半兵衛はそのときの昇吉の様子を、愉快そうに語り始めるのだった――。


「そがんね、まずなにより斜面になっている場所でっしょう。それなりの角度があって、しかも急すぎず、北西に向いた斜面がよかでしょう」

窯場選びの条件について半兵衛が訊《たず》ねたとき、昇吉が示した最初のものは、それだった。窯といえば、当時は登窯《のぼりがま》が主流だったからである。

「北西に向いた適当な斜面やな。よしわかった」

すぐさま紙に書きつけながら、半兵衛は頭をあげて、また質問する。

「わかったけど、それはなんでや」

商いはすべてが真剣勝負。ちょっとした抜かりもあってはいけない。半兵衛は自分に言い聞かせていたのである。

「北風を利用できるとですから」

昇吉の答えはいつも短い。短くて的を射てはいるのだが、そっけないぐらいだ。だから言葉足らずで、半兵衛はまた訊くことになる。

「なんで、北風が必要なんや」

「自然のふいごが使えますけん」

火には、適当な空気の流れが必要だ。火を燃やし続けるためにも、その熱気を窯の各部屋に行き渡らせるためにも、である。そのことを、昇吉は自然のふいごという一語で、さらりと言ってのける。

「自然のふいごか、なるほどな。それはもっともなことや。ほかには？」

「水はけのよさ、やろかね」

「それも、なんでや」

「やきもの作りは、水分を嫌いますけん、地下水は深いに越したことはありません」

「そうか、京の窯をいくつか見て回ったとき、窯のまわりには、なんであんなに井戸が多いのかと思うたのやけど、いろいろな理由があったのやなあ」

「そがんです。せっかく作った土も、水で簡単にいかんようになります。湿気にはなにより気をつけんといかんとです。というても、京のごたる街中では場所を選べんとですもんね、水はけを良くするとにも苦労するとです」

その点彦根なら、いくらでも適した場所を選べるので良いと、昇吉は嬉しそうに言う。

「わかった、水はけの良いところを選んで、あとは窯が濡《ぬ》れんように屋根を付けなあかんということやな。そのほかには」

「そうですなあ。雑木林が近くにあると、よかですけど」

「それはわしも最初に考えたんや。窯を焼く薪《まき》になる木が、そばに仰山あることは、なにより運ぶ手間も元手も節約になる。どんどん焼こうと思うたら、薪はいくらあっても足らんやろう。昇吉っつぁんは、雑木林と言うたけど、薪は、どんな種類の木でもよいのかいな」

「いえ、窯自体を造るくれを焼くときは別ですが、石物を焼くためには、火の具合がなにより肝心です。薪は、よう選ばないかんとです」

石物は、土物と違って、強い火力を用いて、高温で焼き上げることが必要だというのである。

「ということは」

「脂分《あぶらぶん》の多い木がよかですね。ヤニのあるものなんかが向きます。まあ赤松があれば一番ですが……」

「赤松か、よし、それもわかった、赤松の多い林が、できるだけ近くにあるところやな」

手元の紙が、半兵衛の書きつけで少しずつ埋まっていく。そしてそれは、あらかじめ半兵衛の頭にあったいくつかの候補地が、次第に消えていくことでもあった。

「なあ、昇吉っつぁん、原村というのはどないやろ？　わしも窯場の候補地はいろいろ挙げておいたんやけど、これまでのあんたの話を聞いてみると、条件に合うところというのはあんまり残ってないんや。なかで、よさそうな場所というと、やっぱり原村がどうかと思うんやけど」

半兵衛は、以前床山焼を焼いていた窯の跡地はどうかと思ったのである。

「それより、晒山がよかですね」

昇吉は、半兵衛の言葉を遮って、自信たっぷりにそう言った。

「晒山?」

「はい」

「芹川の土手に続いてる、晒山のことか」

半兵衛には、思いもつかない場所だった。

芹川というのは、彦根城築造時に支流を人工的に開削し、付け替えたもので、城下町の南側を東西にほぼまっすぐに伸びて、琵琶湖《びわこ》に流れ込んでいる。

その河口から五町（約五百メートル）ほど遡《さかのぼ》った地点が晒屋で、別名晒山とも呼ばれているところだ。

芹川が改修される以前から、一帯に小さな丘が連なる地で、川を開くときにこの丘の一端を堤防にしたことから、この晒山付近だけ幅のある土手になっているのである。

「あの晒山のあたりの土手には幅があります。見たところ、だいたい半町といったところでしょうけん、あれだけ広ければ、ちょっとした細工場《さいくば》も造れるとです。窯は、あの丘の斜面を使って築いたらよかでしょう」

昇吉は広いと形容したが、晒山は晒屋とも呼んでいたとおり、おそらく昔は麻布を川で晒した場所なのだろう。つまりはその程度の広さなので、半兵衛が思っていた窯場の雰囲気とは、やや隔たりがあった。

そんな思いもこめて、昇吉に疑問をぶつけてみたのである。

「芹川の土手やったら、川がすぐ目の前や。水はけの心配はないのかいな？　わしはもっと山のほうがいい気がしていたけど」

半兵衛の指摘も、だが、昇吉はまるで意に介しない様子で、軽く受け流した。

「水はけは、京のようにまわりにいくつか井戸を掘ったらよかですけん、心配なかです。それに、あそこは日当たりもかなりよかやろし」

まるで澱《よど》みのない言い方だ。

最初のころは、水はけのことをあれだけ言っておきながら、いまになってなんなのだと思わなくもない。だが、物言いの簡潔さゆえか、自信に満ちた表情ゆえか、あるいは、その整った顔立ちのせいなのか、いざ昇吉にそう言われてみれば、そういうものかと思えてくるから不思議だった。

それに、たしかに昇吉の言ったとおり、まばらな松の木のあいだに生き生きと草の生い茂った広い土手には、遮る影ひとつなく、夏の太陽が一面にふり注いでいた。

「それはそうと、あの土手は、北西に向いていたかいな」

手元の書き込みに目をやり、方角を思いだしながら、半兵衛はまたも問いかける。昇吉があらかじめ出した条件と、実際に選んだ場所とに、あまりに隔たりがあるようで、無視できなかったからだ。

「北西やなくても、良か風が吹いとりました」

昇吉は半兵衛の懸念《けねん》など吹き飛ばすように、軽やかな笑い声をあげた。

「良い風、なあ……」

「心配せんでよかです、半兵衛さん。北西やなくても、あの風やったら使えます」

きっぱりと言い切った昇吉の言葉には、こちらを心強くさせるものがある。半兵衛は、さっきとはまた少し違った感覚で、芹川に思いを馳《は》せるのだった。

「風か。そうやなあ、そういえば、あそこはいつ行っても結構きつい風が吹いとるわ」

半兵衛は、あの風なら使えるという昇吉の言い方が気に入った。

なんといっても、窯は職人に任せるしかない。そう決めた限りは、よけいな口出しは無用だろう。そして、口出しをしないと決めたのなら、要らぬ取り越し苦労もしないことだ。

だがその前に、昇吉に一度はっきりと確認しておく必要がある。半兵衛は自分にそう言い聞かせて、口を開いた。

「晒山に決めることにして、あそこなら窯場として、ほんまに完璧なのやな?」

念を押した半兵衛の胸の内には、やはりどこかにわだかまりがあったのかもしれない。

厳しい条件を並べたてたにしては、昇吉が晒山を推す根拠は、いまひとつ希薄な気がする。だからもう一度、その自信たっぷりな言い方を聞いて、自分のなかの懸念を払拭《ふっしょく》し、安心したいのだ。

やきもの作りを始めることは、半兵衛にとっては、長年の夢をかけた挑戦である。その夢をかなえるための大事な一歩だからこそ、確固たる思いで踏み出したかった。

そのためにも、昇吉から、いま一度しっかりとした手ごたえのある言葉がほしい。半兵衛は、そんな思いで昇吉の答えを待った。

ところがである。半兵衛の思いを知ってか知らずか、昇吉は悪びれもせず答えたのだ。

「まあまあ、ですかね……」

「え？」

拍子抜けするような言い方に、半兵衛は思わず大きな声をあげた。

「まあまあって、どういうことや？　そんな程度の話なんか」

気色《けしき》ばんだ半兵衛に向かって、昇吉は慌《あわ》てる様子もなく、また言った。

「なあ半兵衛さん、窯はな、生き物なんです。窯場として完璧な場所かどうかなんて、人間が決めるもんやない。窯のほうで決めてくれるもんです」

「窯のほうで決める……」

後頭部をいきなり固いもので殴られたような気がした。

そうか、そういうことなのだ。

次の瞬間、半兵衛は大声で笑いだしたいような衝動にかられた。

これが職人の世界というものや。

商いの世界とは決定的に違うものなんや。

半兵衛は、心のなかでつぶやいていた。

窯造りも、やきもの作りも、これまでのような古着の商いとは根本的に違う。商いとしての方法論は同じでも、ものを創《つく》るということにおいては、まったく別の発想回路を持たなければならないのだ。

商人と職人の違いもまた、きっとここにあるのだろう。半兵衛はいま初めて目覚めた思いで、昇吉の顔をじっと見つめた。

「そがんです。窯というのはそうした不思議な生き物やとです。あっしら職人がいくらやきもきしても、よかときはよかですし、悪かときは、どんなことをしてもうまくいかんもんです。ですからねえ、半兵衛さん、この昇吉が、まあまあと言うのは、逆によほどのことやと思うてください。それだけ望みが持てるという意味やと……」

昇吉の目は穏やかだった。その目を信じようと、半兵衛は思った。

「わかった。昇吉っつぁん、もう、わしはなにも言わん。あんたに任せるわ。お日さんも風も味方にして、一緒に、晒山で新しいやきもの作りを始めることにしようやないか」

半兵衛も、その目をしっかりと見返した。

「任せてくんさい、半兵衛さん。決して悪いようにはせんですけん」

昇吉も、嬉《うれ》しそうだった。

「ほんまに頼んだで。そのかわり、ぜったいに良いものを作ってや」

「楽しみにしとってください」

「くどいようやけど、これからは良いものやないとあかんのや。良いやきものさえできたら、ぜったいに売れる。そやから、ええな、昇吉っつぁん。金のことは心配せんでよい。わしがなんとでもして工面する。良いものを作るために、材料も最高のものを使うことや」

「ありがとうございます」

「それから、職人も腕のたつのを集めなあかんな」

「職人は、何人か声をかけたら来てくれる者がおるとですもんの」

「そうか、そんなら職人探しも任せるわ。あんたが声をかけて、これはというのがいたら、京からでも、有田からでも、呼んでくれたらいいのや。もちろん、わしも一回会うてから決めることにはするけど、手伝いも、必要なら何人でも使う《こ》てくれてよいから」

言葉が、半兵衛の口から次々とあふれ出る。

そして、言葉を発するごとに、目の前が開けていく。

漠然としていたものが、こうやってひとつずつ、確かな像を結んで形になっていくのだ。限りない昂揚《こうよう》に、半兵衛は自分でも説明し難いような身体《からだ》の震えを感じるのだった。

「頑張ってや、昇吉っつぁん」

半兵衛は、そう言って昇吉の肩に手をやった。

はっとするほど華奢《きゃしゃ》な身体つきをしている。女のように細長いその指先は、土をこねる力仕事の職人とは思えぬような繊細さだ。

「わかりました、半兵衛さん。京の窯《かま》ぐれも、有田の窯ぐれも、真似《まね》できないようなやきものを作ります。いや、日本中の職人連中を、いまにあっと驚かしてみせますけん」

昇吉は、その身体つきに似付かわしくないほど、太く頼もしい声で言ったのである。

七

晒山で、実際の窯造りに着手し始めるのと並行して、半兵衛は、共同出資者探しの作業にもとりかかっていた。最初に声をかけたのは、留津にも話していたとおり、蔵手代の西村宇兵衛である。

「ほう、絹屋さんで、新しい商いを始めるのですとな。ますますご繁盛《はんじょう》でよろしいですなあ」

奥座敷の外まで響きそうなほどの声でそう言うと、宇兵衛は、細い目をいつも以上につり上げて、半兵衛を見た。

「恐れいります。で、そのことで少々ご相談がありまして」

「あらたまって、なんですかな。おもしろい儲《もう》け話ならいいのやけど」

まったくの冗談のつもりなのだろう、宇兵衛はさらに目を細めた。

「はい。実はその儲け話です」

半兵衛が答えると、宇兵衛はいままで見せたこともないほどに、大きく目を見開いた。

「これをご覧いただけますか」

半兵衛は、あらかじめ用意してきた包みを宇兵衛の前に置き、少し焦《じ》らすぐらいに時間をかけて、ゆっくりと解いて見せた。

「ほう……」

なかから現れたものを見て、宇兵衛が息をのむのが感じられる。

「いかがです？」

「いやあ、これはまたみごとな皿や……」

半兵衛が京から買い付けて来た染付の尺皿《しゃくざら》が二枚。宇兵衛の細い目は、その輝くばかりの白と深い藍色《あいいろ》の調和に釘付《くぎづ》けになっている。何気なくあたりを見回すと、床の間に染付の小ぶりの壺《つぼ》が大事そうに飾ってあるのが目にはいった。だが、その色といい、絵柄といい、誰が見ても半兵衛の持参したものよりかなり見劣りがする。

　この男、やはりやきものは好きらしい。ならば話は早いかもしれない。半兵衛は思わず顎《あご》に手をやった。

「触ってもいいですかな」

　宇兵衛にしては、遠慮がちな声だ。

「もちろんです。これは宇兵衛さんのためにお持ちしたものですので、どうぞ、どうぞ」

「え。私にいただけるのですか？　これを、二枚とも？」

　宇兵衛の顔は正直だ。相好をくずしたまま、仕事がらか、着慣れた袴《はかま》姿の膝《ひざ》を作法どおりにすべらせて、半兵衛が差し出した皿をうやうやしく手に取った。

　そして、まるで吸い寄せられるように、顔を近づけたのである。

「いやはや、素晴らしい品ですな。まこと、これまで見たこともない」

　自分のものだと言われた途端に、ことさら愛着を感じたのか、宇兵衛は舐《な》めるように見入っている。

「お気に召していただけましたやろか」

「それはもう」

　その細い目が、いまは糸のように細くなっている。

「手前どもで今度始めるやきものの商いは、これよりさらに良いものになるはずです」

「ほう、新しい商いというのはやきものを扱うことでしたか。それはまた大層な試みですな。しかも、これ以上の逸品を扱われるとなると」

言いながらも、宇兵衛の目は皿に向けられたままだ。

「僭越《せんえつ》ながら、いまの時代、手前どもで新しくやるからには、それなりのものでなくてはと思いまして」

「いやおっしゃるとおりです。しかし、そんなやきものがあるなら大したことだ。これは、楽しみになってきましたなあ」

「恐れいります」

「しかし絹屋さん、そんな窯をいったいいつの間に、どこで見つけてこられたのですかな」

「窯はこれから手前どもで築くところです。場所はもう決めてあります」

「なんと、これから窯を造るですと？」

宇兵衛は驚いたように、顔を上げた。

「はい、もちろんご城下で、です」

「この彦根で？　絹屋さんで窯を開かれるというのですか。それはまた豪胆なことを。して、職人たちは？　いったいいつから始めるつもりで」

宇兵衛は矢継ぎ早に質問を浴びせてきた。

半兵衛は笑みを浮かべ、一度大きく息を吸ってから、おもむろに口を開いた。

「見通しは、すべてたっております。まずは、有田からとびきりの腕きき職人をひとり、すでに雇い入れました。その職人と一緒に吟味をして、引き続き何人か選りすぐりの精鋭たちを集めることになっております」

こういうとき、相手に不安を与えるのは禁物である。半兵衛は、自信に満ちあふれていて、それでいて尊大にならぬように、最大限の注意を払った物言いをした。

「ほう、商いの見通しはすべてたっているとおっしゃる。しかし、こういう皿は、いままでのものとは見るからに違う。焼き方もかなり難しいのではありませんかな。たしか……、そうそう、石物とか言ったはず」

　宇兵衛の目には、好奇心が満ちあふれている。

「さすがはよくご存じで」

「これだけの薄さでは、作るのもさぞ骨が折れるのでしょうな」

「それはもう、特別な腕が要りますなあ。そやからこそ、商いでほかと差がつけられるわけでして、手前どもが始める意味というのも、そのあたりにあるのではないかと」

「なるほど、絹屋さんがやるからには、そんじょそこらのやきものとは格が違うということですか」

「いやこれはどうも、僭越なことを申しました。ただ、こういうものの世界は、できあがりの良いのも悪いのも、ちょっとした押さえどころ次第やと思います。要所要所を見極めて、しっかりとはずさんようにしておけば、あとはどんなものでもこちらの腕次第です」

「ふむ……」

　いつになく押しの強い半兵衛の弁舌に、宇兵衛は感心しきった様子で聞き入っている。

「まず最高の職人を集めること。そのあとは最高の材料を使う」

「それさえ間違わなければ最高のものができる、ということですかな。いやいや、さすがに絹屋さん、なかなかの自信ですな」

宇兵衛は、みなまで聞かぬともわかるとでも言いたそうに、半兵衛の言葉を遮った。

「と言いますのも、石物を扱う商いは、いましかないと思うからです。石物は京ではいまずいぶん流行《はやり》になっています。いや、京だけやのうて、西から東に向こうて、いまや潮が満ちてくるように日本中に広がっているところです」

京という名前を口にしたとたん、宇兵衛の目がまたつり上がった。

手応《てごた》えあり。半兵衛は、内心それを確信した。

「あ、これは釈迦《しやか》に説法。宇兵衛さんのことですから、こういうことはとっくにご存じのことでしたなあ」

ことさら笑顔になって、宇兵衛に意味ありげな視線を送る。

「うん？　いや、まあ、それはもう……」

同意を求められてあわてたのか、宇兵衛は曖昧《あいまい》に言葉を濁した。

「しからば彦根でも、みすみすいまというときを逃す手はありません。なあ、宇兵衛さんもそう思われますやろ」

半兵衛は、ここぞとばかりに宇兵衛の顔をのぞきこんだ。

「無論、それが商いの王道というものでしょうな。こういうことは、他に先んずることがなにより肝心ですからな。彦根では絹屋さんが始めるというわけか。いや、それは結構。して、さっきおっしゃっていた話やけど」

待ってましたと、半兵衛は思った。これを言わせるために、わざわざ京焼の皿まで用意してきたのだ。だが、急《せ》いてはいけない。半兵衛はまた少し焦らすように間をあけて、にやりと笑顔を見せたのである。

「そうそう、儲け話のことでしたな。そうなんです。今日はその話をしに来たのやった。それでは、今度はちょっとこれにお目を」

半兵衛は、傍らに置いてあった一枚の紙を、今度もゆっくりとした仕草で広げてみせる。

「なんですかな」

「今度の商いの実行案とでもいいましょうか……」

半兵衛が示したのは、いまでいう事業計画と、販路開拓の試案とでもいうか、窯造りから焼立て、それから販売にいたるまでの立案と、その事業に出資する投資家群による「乗合商い」の仕組みを図案にしたものである。

「これは凄《すご》い。商いの流れを図にするやなんて、生まれて初めて見せてもらいましたわ。そうか、こうすればひとめで全体が見渡せる」

「商いをしておりますと、どうしても目先のことばかりに気をとられます。そやから、ときどきはこうやって商いを俯瞰《ふかん》でとらえるようにと、図に描いてみたりするんですわ」

「おや？　なんと、この図のなかには、私の名前も載っておる」

「先走って、すでにお名前を書かせていただきました」

「ということは、私もこの商いに一枚嚙《か》めということで？」

「その前に、もう一枚こちらもご覧を……」

重ねた紙をめくると、さらに数表が現れた。

「これは」

「はい、勘定予定書きの写しでございます」

やきもの商いの向こう一年間の進行状況と、それにともなう各出費など詳しく書き並べた数表である。下部には、今後焼立てていく製品のおおまかな種類や時期についての計画表も添えられていた。

「これはまた、実に詳しく書いてある……」

宇兵衛は膝を乗りだしてきた。計算どおりだ。半兵衛は、宇兵衛の細い目を見返しながら、安堵《あんど》の笑みを漏らしていた。

「あくまで予定の数字ですが」

「この新しい商いでは、元手を何人かで出し合うということなんですな」

「はい。他に先駆けるためには、なにより最初にまず良いものを焼くことです。京にもどこにも負けぬやきものを作るためには、元手を十分にかけることが要《かなめ》になります」

「その元手を、何人かで分けて持ち寄ろうと？」

「いかがでしょうか？　お嫌なら、無理にとは申しませんが」

半兵衛は、試すような目を向けた。

「私が嫌だと言うたら、どうなさる」

宇兵衛も、すくいあげるような視線を送ってくる。半兵衛は一瞬の間も置かず、とびきり大きな声で笑いだした。

「それは決まっております」

「他に持っていくだけだというのですな」

宇兵衛のつり上がった細い目が、わずかに拗《す》ねたような色を浮かべたのを確認してから、半兵衛はまた高笑いを続けた。

「あいわかった。みなまで聞くまい。この西村宇兵衛、新しいやきもの商いに、いくらでも出しましょうぞ」

「いえいえ、そうは言われても、乗合商いはあくまで公平を旨《むね》とします。したがって、今回私は真っ先に宇兵衛さんにこの話をお持ちいたしましたが、このあとそれぞれの顔触れはおのずと決まっていきますし、皆が皆いくらでもいいというわけではありませんから」

「元手を出せば出すほど、利息も徳用もその分多くなる」

「そのとおりです。限られた顔触れのなかで、それぞれのご希望に応じて分持ち額を定めます。もちろん、おっしゃるように分持ちの額によって、それに対する利息も徳用も決まってきますのやから……」

「儲《もう》かった分は、負担分に応じた割合で、公正な分配をするということですな」

「さようで」

「採算は、必ずとれそうですか」

「もちろんです。もとより採算の見通しのないような商いでは、最初から始める意味がありませんから」

「それは頼もしい。ところで、半兵衛さん、この商いや窯《かま》造りについては、町奉行所にはもう願い出たのですか」

さすが、宇兵衛らしい指摘である。

「いえ、実はそのことも、ご相談をと思っておりました」

「わかりました、そちらの役はぜひ私に任せてください」

宇兵衛は、そう言って胸をそらせた。

「なんと、お奉行所へのお届けは、お願いしてもいいのですか？」

「そのほうが、なにかと都合のいいこともありましょうからな」

含みのある言い方だった。

たしかに、西村宇兵衛は、蔵手代として彦根藩から公式に任命され、米の勘定を取り仕切る職務に就いている身だ。藩から受け取る手数料としての口米《くちまい》を得ているのだが、それ以外にも、人を使っての商品取引や、両替商も経営している。

すでに苗字《みょうじ》帯刀を許され、その格式を重んじている家柄だ。藩に対して、それなりに顔も利《き》くのだろうし、表立っては言えないような裁量というのが受けられるのかもしれぬ。

どちらにしても、半兵衛が商いの許可願を出すより格段に信頼度が違ってくるだろう。

「それはありがとうございます。なにより心強いことです」

半兵衛は、心から礼を言った。宇兵衛が言い出さなかったら、こちらから頼んでみようかと思っていたところだ。

ふたりはその後もしばらく話が弾み、やがてこの日のために用意した資料と皿とを置いて、半兵衛は宇兵衛の屋敷をあとにした。

ほんの一時ほど前、足を一歩踏み入れたときは、緊張のあまりか威圧感すら感じた宇兵衛の屋敷にも、いまは妙に親しみを覚える。

さっき見たときは、整いすぎてよそよそしく思えた前栽《せんざい》の松の木も、姿の好い優しげな風情《ふぜい》に見えてくる。

半兵衛は、ふと頰を撫《な》でる涼風を感じて、その場に立ち止まった。

暑かった夏が、ようやく終わっていく。いままさに新しい季節、実りの秋が始まるのだ。

それは、あたかも半兵衛自身の日々を象徴しているかのようでもあった。

宇兵衛への働きかけは、思いのほかうまく運んだ。またひとつ、新しい商いの実現へ向けて前進したのだ。

しかし、これでまた、自分の夢にひとり他人を巻き込んでしまうことになった。ここまでは無我夢中だったけれど、このあと自分の前にはどんな道が開けていくのだろう。

半兵衛は、小さく身震いをした。

残してきた資料をもとに、宇兵衛はすぐにも町奉行に商いの許可願を出してくれると言っていた。あの男のやることだから、抜かりはないだろう。おそらく許可は難なく下りるに違いない、実際に宇兵衛が動き始めてくれたら、ほかの出資者を募るのも少しは楽になるはずだ。

いよいよ始まるのや。半兵衛は自分に言い聞かせるようにつぶやいた。これでもう引き返すことはできない。

半兵衛は、両手で自分の頰を二度ばかり叩《たた》き、空を仰いだ。そびえ立つ彦根城の向こうに、遠く澄み渡る空が夕陽に染まり始めている。

「いや、わしはやるで、思う存分やったるでえ……」

半兵衛はその空に向かって、大きな声で叫んでいた。

彦根城下、内町の東部にある油屋町《あぶらやまち》で、同じ古着商を営んでいる島屋平助が、勢い込んで半兵衛を訪ねて来たのは、それからしばらくしてのことだった。

「なあ、お留津さん頼むわ。あんたから旦那《だんな》に訊《き》いてみてくれへんやろか。島屋が話を聞いて、あわてて駆けつけて来たさかい、なんとかしてやってくれ言うてなあ」

「はあ……」

いきなりのことに、留津は最初、ただ面食らうばかりだった。

「だいたい、あんたの旦那はなんで最初からわしにも声をかけてくれへんかったのやろ。直接言うてくれたら、わしかてすぐに一口乗るがな。ほんまに半兵衛さんは薄情な奴《やっ》やで。そう思わんか？」

平助は、たっぷりと肉のついた首まわりから滴《したた》り落ちる汗を、手拭《てぬぐ》いでせわしなく拭いながら、からみつくような声で迫ってくる。

「声をかけるとか、直接言うとかって、なんのことですやろ？」

平助がなにについて言っているのか、見当がつかなかったわけではない。だが、留津はあえてそう答えたのである。

「嫌やなあ、お留津さんまでそんなこと言うてとぼけるのかいな。この島屋平助が、なんとか頼む言うてんのやで。冷たいなあ……」

そう言って身体《からだ》を捩《よじ》るたびに、平助の肥《ふと》った身体がぶるんと揺れる。半兵衛より年上で、たしか四十六歳ぐらいと聞いていたが、言葉遣いも、その性格と同様にどこか粘着質なところがある。

「いえ、私はほんとに、商いのことはなんにもわかりませんので……」

「ほれみてみ、わかっているやんか。わしがなんにも言わんのに、あんたは商いのことやてもうわかってる。なあお留津さん、そんなに隠さんでもええやろうが。わしはちゃんと宇兵衛さんから話を聞いたんや」

「西村さまからですか」

やはりそうだったか。留津は自分の予感が当たっていたことを確認した。とすると、これは歓迎すべきことではないか。宇兵衛から快諾を得たまではよかったが、その後はなかなか賛同者が見つからない。

半兵衛の出資者探しに、少し焦《あせ》りが感じられていただけに、留津は平助の出現に慎重にならねばいけないと思ったのである。

「そうや。新しい商いをするために、何人かで元手を出し合うと言うのやてな。そういうことなら、わしかてなにを措《お》いても加わりたいがな」

「それはありがとうございます。私には詳しいことはわかりませんが、主人が戻りましたら、さっそくそのようにお伝えしておきます。島屋さんが助けてくれはるのでしたら、なにより心強いことやと私は思います」

「そやろ。なんと言うても、わしと絹屋さんは同業のよしみや。一緒に頑張りまひょ言うていたと、しっかり伝えといてんか」

平助は、言いたいことだけ言い終わると、来たときと同じぐらいの騒々しさで帰っていった。

たしかに、島屋と絹屋は、ともに呉服古着商の商人仲間だ。つまりはお互い、いまで言う同業組合の一員である。

「留津、留津はどこや……」

夕刻、店先に帰ってくるやいなや、奥に向かって呼ぶ半兵衛の大きな声がする。

留津があわてて迎えに出ると、抱きつかんばかりに駆け寄って来た。

「お帰りやす。なにがあったんです？」

「見つかったで、留津も喜んでくれ。とうとう見つかったのや。これでやっと窯が焼けるで」

半兵衛は、顔をくしゃくしゃにしてそう叫んだ。

ここしばらくというもの、連日朝早くから昇吉をともなって、耐火性の強い窯土《かまつち》を探してほうぼうを動き回っていた。

窯を築くには、まずくれといという蒲鉾《かまぼこ》のような形状をした煉瓦《れんが》が大量に必要になる。そのくれいを焼くための耐火粘土を見つけだすのも、半兵衛たちの仕事だったのである。

あちこちから土を掘り起こしてきては、現場で焚火《たきび》で焼いてみて、これはと思うものを持ち帰る。それを今度は成形して干し、庭に造った小さな錦窯《きんがま》で焼き固め、さらに焼き加えて、耐熱性や耐久性を確かめる。そうした気の遠くなるような緻密《ちみつ》な作業を繰り返すうちに、ついにこれならという優れた土が見つかったのである。

「苦労したけどな、新森《しんもり》にあったのや」

半兵衛は誇らしげな顔で言った。

「新森と言うと、高宮の先の敏満寺《びんまんじ》のあたりですね。もうお多賀さんの近くやないですか。あんなところの土が……」

絹屋からなら、歩いて一時半ほどもかかる場所だ。留津も、これまで黙って見守ってきただけに、やはり感慨深い声になる。

「そや、昔はあのあたりの土で、土物を焼いたこともあったらしい。なかなか良い土や言うて、昇吉もびっくりしていたわ」

「良かったですなあ」

「うん。これで明日から、いよいよ窯造りのためのくれを焼き始めることになるんや」

「おめでとうございます」

また、これで一歩前進だ。留津は心の底からそう言った。

「それより、又十さんはどうやった？　昨日、若旦那に会うてきてくれたのやろ、反応はどうや、仲間に加わってくれそうか？」

藤野家が出資者のひとりになってくれれば、絹屋にとってこれほど心強いことはない。半兵衛が期待するのも無理からぬことだった。

「はい。それが……」

その思いがわかるだけに、結果を告げるのがやはり辛《つら》い。留津は思わず下を向いた。

昨日の朝、半兵衛を送り出してすぐに、懐《なつ》かしい又十のお屋敷まで行ってきた。新しい当主となった藤野四郎兵衛《しろべえ》に会い、絹屋の妻女の立場として、今回の乗合商いに資本参加をしてもらえないかと、頼みに行って来たのである。

「あかんかったのやな」

留津が口を開く前に、半兵衛が遮った。

「すみません。先代がお元気やったら、一も二もなく話に乗って、助けてくれはったのでしょうけど……」

「若旦那はまだ十四やさかいなあ。いくらおまえが子供のころから面倒みてきてやったというても、商いのこととなると、そう簡単にはいかんのやろう。まあ、無理もないことやけど」

口ではそう言っても、半兵衛の落胆ぶりは明らかだった。

「先代が亡《な》くなってまだいくらもたっていませんしね。時期が悪すぎたのやと思います。代が替わったばかりで、いろいろと大変なようでしたし。それに、なんでも、若旦那さまはもうすぐ蝦夷地《えぞち》へお発《た》ちになるとかで、みなさんその準備で頭がいっぱいのご様子で」

「蝦夷地？　またえらい遠いところへ行かはるのやな。そうか、又十さんは、蝦夷地の海産物商いであそこまで大きくなったわけやからなあ。若旦那も、まずは蝦夷地に赴いて、立派に後を継ぐおつもりなんやろう」

「はい。ついこの前までは可愛《かわい》らしい坊ちゃんやったけど、しばらく見ないうちに、ずいぶん凜々《りり》しい顔になってはりました」

「そうか。十四歳で単身蝦夷地に出陣か、大したもんや。わしも負けてはおられんなあ」

その言葉は、どこか羨《うらや》ましげでもあり、半兵衛の秘めたる闘志が感じられるようにも思えて、留津はただ黙ってうなずくしかなかった。

「それから、又十さんに行ったあと、実家にも寄らせてもらいました」

ついでに実家に立ち寄って、久しぶりに一泊して来てはどうかと、半兵衛に言われていたからだ。

だが本当のところは、藤野家でいい結果が得られなかったので、なんとかしたい一心で、高宮で麻布商を営んでいる実家にも援助を求めに行ったのである。

「お父っつぁんにも、やきものの話をしてきたのか」

「はい……」

いつになくはっきりとしない口ぶりに、半兵衛はハッとした顔になって訊いてきた。

「まさかおまえ、お父っつぁんにも出資してほしいと頼んだのではないやろな」

「そのつもりでしたけど、言い出せなくて……」

久しぶりに会った娘に、あれこれと暮らし向きを訊《たず》ねては、手放しで喜んでいる父の様子を見て、留津はとうとう切り出せないまま帰ってきたのである。

「それでええのや、それで。そんなこと言うたら心配かけるだけやろう。お金のことはわしがなんとでもする。実家のお父っつぁんにまで、頼むもんやない」

半兵衛は、きっぱりとそう言った。

「すみません」

藤野家のことは任せてほしいと言っただけに、留津は無念でしかたがなかった。

期待していた分だけ、失望も大きい。それは半兵衛も同じだろう。顔には出さないが、心の内を思うと、留津もなおさら悔しさが募ってくる。

「まあ、そう心配するな。なんとかなる。それより、今日はやっと良い窯土が見つかった日やないか。もっと嬉《うれ》しそうな顔をするもんや」

半兵衛は、そう言って留津の肩に手を置いた。

「あ、そうそう、言い忘れるところでした。お昼すぎに、島屋さんがお見えになりまして」

「平助さんが？」

「西村さまから話を聞いたとのことでした」

大汗をかきながらやって来た平助の様子を伝えると、半兵衛はさも愉快そうに笑い声をあげた。

「そうか、平助さんがなあ。まあ、あのひとらしいことやけど」

「島屋さんには、はいってもらうのですか」

「まあ、宇兵衛さんが声をかけたというのも、それなりに考えがあってのことやろう。わしのほうにも無下《むげ》に断る理由はない」

「となると、これで出資者はいまのところ西村さまと島屋さんのふたりだけということになりますね」

「いいやないか、留津。最初はわしひとりで始めるつもりやったんや。それが三人で始めることになったのなら、それで十分や。それだけでもありがたいことやとわしは思うし、ひとりで始めるよりはずっと安心や」

「よかったら、うち、もっとほかに、あたってみますけど」

「いや、この三人でいこう。あんまり多いのも、意見が分かれてしまう心配がある。職人も昇吉のほかに三、四人は雇いいれることになる。商いのほうも、三人ぐらいの小人数で、がっちりと固めたほうが物事が無駄なく進むのと違うか」

「それは、まあ……」

「先のことはともかくとして、わしらにとっていまなにより大事なのは、とにもかくにも、まず始めることなんやから」

半兵衛は、自分に言い聞かせるようにそう言った。

「それよりなあ、留津、ちょっと一緒に庭に来てみてくれんか。おまえにもあの土を見せたいんや」

留津は半兵衛に急《せ》かされるようにして、座敷を小走りに抜け、裏庭まで降りていった。

「どうや、みごとにしまっているやろ？」

手渡された茶色の土は、ねっとりとした粘土の塊だった。確かに、見かけよりずしりと重みがある。これなら窯の壁になって、どんな強い火にあぶられても耐えてくれるのだろう。

「これが、敏満寺村の新森の土なんですね」

「昇吉は、明日からこれでくれを焼くと言うていた」

「それを積んで、いよいよ絹屋の窯ができるのですね」

「そうや、なにもかも、これから始まるのや……」

留津は、答えた半兵衛の顔をまっすぐに見返した。その頬を、ひんやりとした風が撫《な》でてとおり過ぎていく。

いつの間にか、すっかり秋になっていた――。

第二章　絹屋窯《がま》

一

その日は、朝から吐く息まで凍りそうなほどの寒さだった。

文政十二年（一八二九年）十二月五日。いまにも雪が舞い落ちてきそうな重苦しい空とは対照的に、留津《るつ》の心は浮き立っていた。抑えようにも抑えきれない昂揚《こうよう》のなかに、背筋を貫く緊張感がある。

昨夜は早めに床に就いたのだが、ほとんど寝つけないまま朝を迎え、留津はまだ真っ暗なうちから起きだして台所に立った。じっとなどしていられない気分だった。かといって、特別にすることがあるわけでもない。だが、せめてなにかで身体《からだ》を動かしていなければ、どうしようもないほど落ち着かないのである。

普段は店の者に任せている掃除を、今朝は自分で手早く済ませる。神棚と仏壇は、いつもより少し念入りにして、半兵衛《はんべえ》が窯にお神酒《みき》をそなえる準備も手抜かりなく終えた。

いつもどおりの朝食の仕度もひととおり済ませたあと、留津は思い立ってまた余分に飯を炊《た》いた。大量の握り飯を作ることにしたのである。

今日は皆で晒山《さらしやま》に向かう。窯での本焼きの初めての火入れである。宇兵衛《うへえ》や平助も顔を揃《そろ》えるだろうし、昇吉を筆頭に、職人たちや、手伝いの者も一堂に会する手はずになっている。

いったん窯に火を入れたら、半兵衛は今夜はここに戻らず、晒山で徹夜になるのかもしれない。そうなれば、自分にできることなどおそらくなにもないだろうから、せめて作業の合間に、皆が簡単に手を伸ばして食べられるような食事の用意でも整えておこうと考えたのだ。

釜《かま》に二杯目の飯が炊き上がり、手のひらを真っ赤にしながら、留津が大きな重箱いっぱいの握り飯を作っていると、やって来たのは昇吉だった。

「あ、お早うさん」

留津の声に、お早うございますと、いつものように挨拶《あいさつ》を返してきたが、昇吉もやはり赤い目をしていた。おそらく昨晩は留津と同じで、眠れぬ夜を過ごしたに違いない。

「昇吉さん、朝ご飯は？」

「へい、済ませてきました」

そっけないぐらいの答えだ。そしてそのまま言葉は途絶えた。それぞれが自分なりの作業をしながら、不思議な沈黙が保たれている。

寒いなあとか、いよいよねとか、かける言葉はいくつも思いつくのだが、留津もあえて黙っていた。だからといって、決して気詰まりというわけではない。むしろ、身体の内からわきあがってくるような、そのくせ身は限りなく引き締まるような、そんな不思議な緊張感を共有しているという思いがあった。

昨晩から晒山に泊まり込んでいる者もいるが、今朝ここから皆で晒山に向かい、いよいよ火を入れることになっている。新しい乗合商いのまさに将来を賭《か》けた窯焼きの始まりである。やきもの商いの将来を背負う作品の第一号が誕生しようとしているのだ。

そう思うと、飯粒を握る留津の指にも、知らず知らず、力がはいってくるのだった。

「ちょっと待ってくれんか」

昇吉が、火をつけようとした瞬間、半兵衛がそれを制した。

窯の焚《た》き口には、乾いた杉の枯れ葉がうずたかく盛られていて、すぐにも火花が飛んでくるのを待ち受けているようだ。

焚き口の上には、真新しい太い七五三縄《しめなわ》が張られ、榊《さかき》もお神酒もあげられている。昇吉の采配《さいはい》で、火入れの儀式が執り行なわれたのである。

細い目でいつも以上に神妙な顔の西村宇兵衛に続き、冬でも相変わらず汗をかいている肥《ふと》った島屋平助、そして半兵衛と続いて窯に手を合わせた。

そのあと、昇吉以下、職人たちも一人ひとりが交互に焚き口の前に立ち、作法どおりに本焼きの成功を祈った。

そうやって、昇吉の仕切りですべてを無事済ませてから、いよいよ点火となったときのことである。

「すまん、ちょっと待ってほしいんや」

半兵衛はそう言って振り返り、目で留津を探した。

窯の近くは女人禁制というので、留津は手伝いの女たちと一緒に、少し離れた場所に控えていた。皆の間からかすかなざわめきが立ち、全員が注目するなかで、半兵衛は思わぬことを口にしたのだ。

「留津、あれを持って来てくれ」

「は？」

留津は女たちの間から一歩前に出て、小首を傾《かし》げた。半兵衛の言う「あれ」がなにを意味するのか、わかりかねた。

「あれや、あの火打道具やがな。本焼き窯の最初の火は、おまえが持ってきたあの火打道具で点《つ》けたい」

まさか、こんなときになって、半兵衛がそんなことを言い出すとは思いもしなかった。

「店まで取りに帰るんですか」

そのために、いくら急いで往復したとしても、ここから外船町《そとふなまち》までどれだけ時間がかかるだろう。

「いや、こっちに持って来ているはずや。わしの道具入れを探してくれんか」

半兵衛の言葉にしたがって、留津は半兵衛の荷物をまさぐった。探しものはすぐに見つかった。大事そうに布でくるまれた火打道具だ。留津が嫁ぐときに持ってきた新しいものである。

「ありました」

留津は手に持った火打道具を高く掲げた。見つけたものの、窯に近づけない留津の代わりに、昇吉がやってきて受け取ってくれる。

なぜ、そうまでしてわざわざこんな道具を使うのかと、思ったとたん、胸の奥がつまった。

半兵衛は、留津をそばに置きたかったのではないか。

作法にしたがって、近づけはしないけれど、留津と一緒に窯に並びたかったのだ。留津は、窯に向かって、そして半兵衛に向かっても、深々と頭を下げた。

どうか、成功しますように。いいやきものに上がりますように。

留津は何度も心のなかで繰り返していた――。

おお、と声があがった。

窯の焚き口に並んでいた男たちが、思わず漏らした声だった。

火が無事に点いたのである。

その歓声に、ふうっと安堵《あんど》の息を吐いてから、留津は、自分がずっと息を詰めて見守っていたことに気がついた。芹川《せりかわ》を越えてくる寒風が、頬に突き刺さる。なのに不思議なほど寒さを感じなかった。

火が点いた。

ついに、絹屋の窯に火が点いたのである。

彦根《ひこね》中の人間に、ひとり残らずそう告げてまわりたいような気分だった。

ここにこぎつけるまでの日々が、一挙に胸に甦《よみがえ》ってくる。

喜ぶのはまだ早い。いまこの瞬間が始まりであって、すべてはこの先からが勝負なのだ。だが、自分にそう言い聞かせてはいるのに、頬が緩む。そして今日までの、長かった日々が胸に迫ってくる――。

思いがけないことの連続だった。

いや、予想どおりにいったことのほうが少ないぐらいだ。

苦労の数など、数えるつもりはないが、商いを始めるにあたっての許可を得るときからして、まず、思いがけない横やりがはいった。

新しく窯を築き、やきもの作りを始めることについての許可申請は、最初は宇兵衛の口ききで、滞りなく進むかに思われた。実際、途中までは思いのほか順調で、ほとんど問題なく許可されそうだったのだ。

文政十二年の九月も終わるころ、宇兵衛から出向くように言われた町奉行の役宅は、裏伝馬《うらてんま》町《ちょう》（現在の彦根市中央町商店街の西側裏手）にある。宇兵衛に言われたとおりの書類を持参して、緊張した面持ちで門をくぐった半兵衛は、これまた宇兵衛に指示されたとおり、町奉行の横内頼母《たのも》との面会を依頼した。

普段は、町年寄をとおしてしか話ができず、奉行に直接会うことなどそう簡単ではないようだが、宇兵衛がよほどうまく根回ししてくれていたのか、白砂《しらす》ではなく式台から中へ迎える大層丁重な扱いである。

やがて奥向きから大股《おおまた》で出てきた横内は、思ったより若く見える、色白で、大柄な男だった。そのわりに温厚そうな雰囲気で、まるでがっしりとしすぎた上半身を恥じるかのように、ちょっと前かがみになって相手を見る癖がある。これまでに、筋奉行加役《かやく》、本役、側役《そばやく》を歴任し、いまも南筋奉行を兼任する老練の藩士だが、もちろん半兵衛はそれを知らない。

半兵衛が、簡単に自己紹介をしたあと、新しい商いについて語るのをにこやかに聞いていたが、やがて話し終わるのを待ちかねていたように、口を開いた。

商人が勇気を持って新しい商いに挑戦することは、藩にとっては財政難ともいえるいまのような時代、いかに大事なことであるかを、とうとうと説き始めたのである。話が合う、という言い方も妙かもしれぬが、半兵衛はむしろ途中から横内に励まされているような錯覚さえ覚えた。

「商いの許可願いはほとんど形だけのものだと思ってくだされ。どちらにしてもご城下で商人が元気なのはいいことですからな。商いが繁盛《はんじよう》するのは藩にとっても願わしいことでござるゆえ」

横内は、ひととおり話し終えたあとそんなふうに言葉を継いだ。

今回の許可も難なく得られるような口振りだったのである。

半兵衛はひとまず安堵し、心からの礼を言って、その日は町奉行の役宅をあとにした。

あとは、横内頼母の言うように、形式的な手順を踏んで許可が下りるのを待てばいいだけだと思っていた。提出してある書類にも、十分配慮を凝らしたので、とくに問題はないと思われたし、横内自身もよくできているなどと感心していたぐらいだった。

そして、五日ばかりたったころ、町奉行から呼び出しが届いた。今度は観音堂筋（現在の彦根市馬場一丁目）に来いという。少し妙な気はしたが、きっと早く許可が下りたのだと嬉《うれ》しくなって、急いで出向いていったのである。

門番に取り次ぎを願うと、裏口に廻るように言われた。そこで待っていると、奥から出てきたのは、前回の横内とは別の男だった。同年代だが見かけは横内よりずっと老《ふ》けていて、おそらく五十歳近いだろう。浅黒い顔で、右の小鼻の横に小豆《あずき》粒ほどもありそうな丸い黒子《ほくろ》がある。

「あの、手前どもは、お奉行さまにお目にかかりたいと申しあげたのですが……」

半兵衛が、思わずそう口走ったのがいけなかった。

「拙者が、その町奉行、舟橋音門《おんもん》じゃが」

舟橋は、その小柄な身体からは想像できないほど、大きな声で言った。

事情がのみこめない半兵衛のそばから、若い元締らしい男のそっとたしなめる声がして、どうやらこの舟橋がもうひとりの町奉行らしいことがわかった。

このころ、文政十二年の彦根藩の町奉行というのは、先日の横内頼母と、この舟橋音門のふたりいて、月番で任務にあたっていた。今回の許可申請が、そのちょうど交替時期をまたいでしまったのである。

「して、その方の用件の向きは？」

舟橋は、自分のほうから半兵衛を呼びつけておきながら、立ったままで訊《き》いてきた。どうやら、その大きな黒子を指でいじるのが癖らしい。半兵衛が、先日横内に話したとおりの内容を説明し、新しい商いの許可を受けたいと丁重に申し述べているときも、舟橋の指が黒子のあたりで絶えず動いているのが気になった。

半兵衛は、さらに五日前に横内に会って、半月後に再度来るように言われたことと、すぐにも許可が下りるように言われたことも、遠慮がちに付け加えた。舟橋は、横内のときとはまるで対照的で、終始にこりともせず、こちらを見下ろしたまま、ずっと指を動かしながら半兵衛の言葉を聞いているだけだ。

「いや、拙者はそんなことは聞いておらぬぞ」

舟橋は、やおら大きな声でそう言った。

「え？　そんな……」

半兵衛は、なんと答えていいかわからなかった。

「して、窯《かま》はどこに築くつもりなのだ」

「ですから、晒山でございます」

何度同じことを言わせるつもりかと思ったが、半兵衛はできるだけ穏やかな言い方をした。

「なに、晒山とな？　横内殿がどんなふうに言われたか知らぬが、晒山の土地での窯となると、町奉行の管轄《かんかつ》ではないな」

そんな馬鹿《ばか》な、と半兵衛は思った。だいいち、それならそうと、前回横内に会ったとき、最初からそう言ってくれているはずである。

「それなら、商いの許可願いはどちらで」

半兵衛はすぐさまそう問い返した。

「うむ。あのあたり一帯は、正式には中筋奉行の管轄でござるからして」

そう告げる舟橋の目が、どこか愉快そうに見えたのは、半兵衛の勘繰りというものだろうか。

事実、そのあとに続く長々とした説明は、舟橋にとっては親切のつもりかもしれぬが、半兵衛には時間の無駄に思えてならないものだった。

いわく、町奉行というのは民政第一線の役人である。彦根藩では、寺社奉行を兼務しており、二人が隔月交替で任務にあたり、彦根町と長浜町を支配している。そして、その任には武役席の士から選ばれた二名が充《あ》てられている。

半兵衛が前回会った横内は、文化十二年（一八一五年）から文政元年（一八一八年）まで町奉行だった。前年再び帰任したばかりだが、そのかわり自分は文政二年から歴任しており、帰任後間もない横内などより最近の事情には詳しい。

一方、中筋奉行というのは、地方行政の最重要職、筋奉行のひとつである。井伊《いい》家二代目直《なお》孝《たか》公の代より、ご城下農村の支配機構として、南筋、中筋、北筋の行政区画を設けている。各筋奉行には、これまた武役席の士から、各二名ずつが選ばれ、重要案件は町奉行を含めたこの八人の奉行に、それぞれ関連の奉行が加わった合議で決定される。

「それで、晒山での窯については、その中筋奉行さまにお届けしろと仰《おお》せになるわけで？」

舟橋の長々しい説明に、半兵衛はやっとの思いで口をはさんだ。

「まあ、そういうことになるじゃろうな」

またも嬉しそうに、舟橋は言う。

「そやけど、窯は晒山でも、手前どもの絹屋は外船町ですけど……」

半兵衛は、言わずにはいられなかった。

「それに、手前どもの乗合商いでは、西村宇兵衛と島屋平助、それから手前ども絹屋の三名で」

「それはわかっておる」

「三名とも、ご城下で商いを営む町人でございます」

駄目押しのつもりで、そうつけ加えた。

町奉行というのが民政第一線の役人であるなら、その新規事業は町人の営みとして、町奉行でひとまず申請を受理してもよさそうなものだ。そのあと、晒山を管掌する中筋奉行と話をつけてくれるぐらいのことがあってもいいではないか。短い言葉のなかに、そんな思いをこめたのである。

「いや、管轄はあくまで管轄でござる。たとえその方ら三名が町人だからとて、こちらで受領してしまっては、中筋奉行の顔が立たぬでな」

舟橋は、われ関せずという顔だ。

管轄だの、担当だのと、融通の利《き》かぬ話である。こんなことでどれだけ時間を浪費すればいいのだろう。だから役人は困るのだと、啖呵《たんか》のひとつも切りたくなるが、相手が奉行ではそうもいかない。

「さようでございますか。この前横内さまが仰せになっておられたこととは違いますのやな。わかりました。それでは、手前どものほうで、あらためて願書《ねがいしょ》を書き直しまして、中筋奉行さまのところまで出直すことにいたしますので」

半兵衛がわざとらしくそう告げると、案の定、舟橋はそれに対しても不満の表情を見せた。

「いや、待て、町人の商いということなら、町奉行にも関わることゆえ、こちらにまったく報告がないとなると、それもおかしなことだ」

舟橋はまるで拗《す》ねた童女のようだった。相変わらず黒子をいじりながら、すでに一歩も譲らぬという顔をしている。

それならいったいどちらにすればいいのかと、半兵衛が途方にくれていると、ずっとそばで黙っていた元締からひそかな目配せをされた。どうやら今日はひとまず帰宅しろということらしい。

半兵衛が、やはりひそかにうなずいてみせると、元締は、今度はわざとらしく神妙な顔つきになって、舟橋のほうに向き直った。

「お奉行、本日はこのあとまだお白砂にて大事な取り調べが残っております。このようなことで時を無駄にしている場合ではございませぬゆえ、あとはこの私が代わって絹屋にはよく言い聞かせますので」

元締が機転を利かせてくれたので、舟橋もようやくうなずいた。

半兵衛は深々と一礼をし、持参した書類を手早く布に包み戻して、席を立った。どちらにしても、このままではどうしようもない。あとは様子を見て、また横内が当番のときに会ってくれるよう頼めないかと、宇兵衛に相談してみるしかないだろう。

そんなことを考えながら、長い通路を抜け、役宅を出ようとすると、背後から声をかける者がいる。振り返ると、さきほどの元締だった。

「念のため、とりあえず新しい願書を作成していただけますか。それで、できあがりましたら私のほうへお持ちください。たぶん要らなくなるとは思いますが」

「はあ？」

「さっきお奉行さまが仰せになった筋奉行所の開庁は、毎月三と八のつく日です。公事《くじ》に関する裁許の日は一と六の日となっています」

「はい……」

いったいなにが言いたいのだ。半兵衛は元締を見た。

「そのほかに、こちらでも両方のお奉行がお揃《そろ》いでのご協議がありまして、近く、筋奉行さまと町奉行さまの全員がお揃いになる日があります。事情は西村宇兵衛さまからよく聞いております。横内さまのほうからも、善処するようにと仰せつかっております」

半兵衛は覚えていなかったのだが、どうやらこの元締は、横内との話のときにも同席していたらしい。

そのうえ宇兵衛とも古い知りあいのようで、特別に便宜を図ってやろうということなのだろう。

「わかりました。それでは家に帰りましたら、早急に願書を書き直しまして、すぐにこちらに持参いたします」

「そのときは、直接元締の私を呼んでください」

別の者に渡したら、また今日のように話を一から始めることになると言いたいのだろうか。

「わかりました。ありがとうございます」

組織の上に立つものより、前線で働く者のほうがよほど融通が利く。半兵衛は心から礼を言った。

「それと、私からこんなことを申すのは、いささか筋違いなのですが」

元締は、半兵衛の耳に顔を近づけて、声を落とした。

「舟橋さまの前では、横内さまのお名前をあまり口にされませぬように」

「は?」

「次の筋奉行さまとの寄り合いでは、本件について、横内さまから議案の提出があるかと思われます。舟橋さまとしては、それが、つまり……」

「気に入らないのだと？」

　言いにくそうな元締に向かって、半兵衛は水を向けた。

「お察しのとおりです。舟橋さまとしては、昨年ご帰任になったばかりの横内さまが、ここのところなにかと目立つことをされるというので、お気に召さぬらしく、いたくご立腹のようでして。まあ、つまりは、本件につきましても、舟橋さまご自身のほうから筋奉行への申請を提出されたいのでございます」

「はあ……」

　なるほどそういうことか。半兵衛はひそかに膝《ひざ》を叩《たた》いた。帰任後の日は浅いかもしれぬが、横内は商人への理解がある。それは半兵衛も強く感じたことだったが、おそらく横内自身の仕事への姿勢によるものに違いない。

　ということは、当然周囲の評価も高いはずで、新参奉行の評判を、上昇志向の強そうな、古顔のあの舟橋が愉快に思うはずがない。

「事情はわかりました。それでは、新しい願書は、すぐに書き直してまちがいなくお持ちします。それで、いま言われた今度開かれるお奉行さまたちの寄り合いというのは、いつごろのことで？」

　この調子では、いったい許諾を得るのにどれぐらいの日数がかかるのか、半兵衛は案じられてきたのである。

「横内さまからのお声掛けで、明後日にはお集まりになるはずでした。ただ、それを逃すと、次はたぶん来月になるかと」

だから、横内は半月後に来いと言ったのだ。どう遅くとも、そのころまでには結果が出ているということだったのだろう。そうなると、今日の舟橋の呼びつけは、単なる嫌がらせでしかないことになる。

「来月ですか」

半兵衛は、思わず大きな溜《た》め息《いき》を漏らした。

「商いはすべからく、いまという好機を生かすべしと申します。それは絹屋さんとて、なにより も願っておいでのはず。いまはさぞ、時が惜しいことでしょう」

元締が、律儀《りちぎ》な言葉遣いながら、同情に満ちた声で言う。

半兵衛は、はいと答えて、苦笑いをした。

「しかしまあ、急がば回れとも、申しますゆえ」

重ねてそう言う元締は、きっと半兵衛を慰めたつもりなのだろう。

横内といい、この元締といい、商人への理解は思いのほかありそうだ。確かにそれはありがたい。だが、そうはいっても、彼らにとっては所詮《しょせん》は他人事《ひとごと》である。こちらが背負う商いの落とし穴を、彼らが代わって背負ってくれるわけではもちろんない。

それにしても、舟橋さえ口をはさんでこなければ、なにも問題はなかったのだ。舟橋自身の意地をとおしたいあまり、こんな些細《ささい》なことで、こちらが無駄骨を折らされるのは我慢できない。ましてや、もしも許可が下りないなどということにでもなったら、とんだ計算違いである。

どちらにせよ、このまままだ身の不運を嘆いているつもりはない。ここはいっそ強行作戦で、宇兵衛をとおして横内にかけあい、なんとしても無念な思いを晴らすべきか。

と、そこまで考えて、半兵衛はハッと元締の顔を見あげた。ふと、ひらめいたことがある。

「いや、押しても埒《らち》があかぬときは、引け、とも言いましたなあ」

半兵衛はそう言って、今度は含みのある笑みを漏らした。

翌日、また昨日の元締に会いに出かけることにした。

新たに中筋奉行に宛《あ》てて書いた願書を入れた包みには、以前京で買い集めたなかから、とっておきの染付《そめつけ》の皿が一枚しのばせてある。

舟橋音門にと、家を出るとき、留津が選んでくれたものだった。

「これでまた一枚、わしの手を離れていくのやなあ」

留津からその皿を受け取るとき、半兵衛は未練がましい声をだした。長年かかって集め、手本にしようと大事にしていたやきものは、すでに何枚人手に渡ったことだろう。

「なに言うてはるんです。あなたはこれから、京のものよりずっと良いものを作るんですやろ。そんならなにも惜しいことありません。こういうのはいくらでもあげたらよろしい。その何倍にもなって返ってきます」

冗談とも本気ともつかぬ顔をして、留津は言った。

舟橋という男を落とすために、この皿一枚に賭《か》けてみよう。半兵衛は自分自身にそう言い聞かせて、包みを持つ手に力をこめた。

「そうやな、押してもあかんときは引いてみろ、とはよう言うたものやけれど、ただ引くだけやのうて、ときにはそこに餌をしかけることも大事なことや」

「餌ですか？　なんとまあ、お奉行さまをこのお皿で釣り上げるわけで」

「まあ、そういうことや。どうせなら、一挙に釣り上げたいなあ」

「そんなら、その横内さまというお奉行さまにも、一枚お持ちにならなくてよいのですか？」

留津が訊《き》くのも無理はない。だが、半兵衛は大きく首を横に振った。

「いや、あの方は別格や。横内さまにはな、いまにうちの窯が完成したとき、最初に焼いたもののなかから、一番できの良いものを献上する」

半兵衛は、はるか遠くを見据えるような目をして、そう言った。その日が必ず迎えられるように、いまはそれを信じるしかない。

「そうですか、もうひとりのほうのお奉行さまには、絹屋のやきものをもろうてもらうのですか。早《はよ》うその日が来るとよろしいなあ」

留津も寄り添うようにして、半兵衛を見た。

「いや、必ず来る。来させてみせる。そのためには、なんとしても藩の許可をもらうことや。窯や商いの許可だけやない。敏満寺《びんまんじ》の窯土《かまつち》を掘るための許可も、肝心の陶土や石の採掘についても、それから、釉薬《ゆうやく》のための土の採取もや。ほかにも、まだまだ許可を得ることが仰山《ぎょうさん》ある」

「ひとつ山を越えるたびに、その先にはもっと大きな山があるという感じですけど、なにもかも、ひとつずつ越えていくしかありませんね」

「そのことなんやが、留津。この際、その山を一気に越えてやろうと思う」

「一気にですか？」

「そうや、このエサひとつで、三つも四つも越えてやる」

「そんなことができますのか」

「まあ、見ててくれ」

今回のことは、基本的には舟橋の嫌がらせである。それも、半兵衛に対するものというより、本音はあの横内憎し、というところにある。ならば、下手に逆らうより、いっそ舟橋の懐《ふところ》に飛び込むような素振りをしてみせるしかない。ああいう男は、意固地になりやすい。いくら腹が立つからといって、こちらが喧嘩腰《けんかごし》になると、かえってことをこじらせるだけだ。

むしろ、舟橋の嫉妬心《しっとしん》を逆手に取るのである。横内への義理はともかくとして、横内ひとりの賛同だけで許可が下りるわけでもないはずだ。ここはひとつ、表面的には舟橋だけが頼りだと思わせて、うまく味方につけるのが得策というものだ。

「なあ、留津。昔、先代によう言われたもんや」

「お義父《とう》さんにですか？」

半兵衛が先代の話を持ちだすのは初めてのことだった。若くして養子にはいった夫を、その義父はどのように鍛えてきたのか、留津は、嫁いだときすでに他界していた先代の絹屋半兵衛に思いを馳《は》せた。

「そうや。おまえは血の気が多い男や、てな。おまえもそう思うか」

「はい。そやけど。商人には大事なことやと思います」

「そうか。そう言うてくれるのはおまえだけかもしれん。先代はいつも言うてはった。世の中、喧嘩して渡ったらあかん、てなあ」

向こう気の強い半兵衛を、心配しての言葉だったのだろう。

「押すより、引くことのほうが勇気が要るものです」

留津は、半兵衛を包み込むような目で言った。

留津の言葉に勇気を得て、実行に移した半兵衛の作戦は、案の定みごとに的中した。

「これはしたり。なんと、ここまでみごとなやきものがあったのか」

半兵衛が持参した皿を手にとって、舟橋は仰天した様子だった。昨日の元締が手配してくれたので、直接舟橋に手渡せたのがよかった。

「これは石物と申しまして、石の粉を練って作ります。そやからこそ、ここまで薄くできますし、色もきれいに出ますわけで……」

「なんと、材料は石か？　石を粉にして土にするのか」

「はい。特別に有田から最高の職人を集めましてございます」

「有田からとな？　して、絹屋はこれからこの皿以上のものを作ると申すのじゃな」

「はい。これは京の窯で焼いたものでございますが、手前どもは、最終的にはこれよりは数倍良いものをと思うております」

態度はあくまで控えめだが、自信たっぷりにそう答える。

「数倍も良いものか。ふむ、おぬしがやきものと申すから、てっきり土の茶碗《ちゃわん》でも焼くものと思うておったわ」

だから、昨日、そのことを何度も言ったはずだ。半兵衛は喉元《のどもと》まで出かかった言葉をのみ込んだ。やはり、百聞は一見にしかず、ということだろうか。それにしても、ここまで食いつきがいいとは思っていなかった。これなら脈はある。ひとまず成功だ。半兵衛はひそかにうなずいた。

「しかし、これはみごとなやきものじゃ。いつまでながめていても飽きないものよ、のぅ?」

舟橋の目に、含むものがある。半兵衛はここぞとばかり口を開いた。

「さすが、お奉行さま。まさにその点こそ、真に良いものとそうでないものとの大きな違いでございます。いえ、お奉行さまならきっと一目でおわかりいただけるものと思っておりました。この皿は、どうぞいつもおそばに置いていただき、お手に取ってご覧くださいませ」

「この皿を、拙者に預けると申すのか」

「もちろんでございます。この絹屋、今日はそのためにこれをお持ちしたのですから」

「あいわかった。この先、そちたち三名の窯でこれよりもっと良いものを焼くというなら、それは楽しみなことじゃのぅ」

舟橋は、昨日とは打って変わって上機嫌である。

「はい。それは決して絵空事ではございません。完成させる算段はすでについております。お奉行さま、どうぞこれをご覧いただいて」

一緒に持参したのは、商いの流れを描いた略図である。乗合商いの成り立ちと、その予算や資金の流れなども描き込まれている。半兵衛が今回のやきもの作りと、その売りさばきに、どんな構想を抱いているかを、詳細に、しかもわかりやすく図にしたものだった。

「なるほど、よくわかった。拙者が昨日思うておったやきものとは、大層違うことがわかったによって、絹屋、ちと折り入って頼みがある」

舟橋は膝を乗り出した。

「と、おっしゃいますと？」

奉行から折りいって頼みとは、いったいなんなのだろう。半兵衛はひそかに身構えた。

「でき上がったら、拙者にも見せてもらいたいのじゃ」

「なんやと思うたら、そんなことですか。わかっております。焼き上がった皿は、もちろんお見せするだけやのうて、お奉行さまにはなかからいちばん良いものを、謹んで献上させていただきますので」

この舟橋という町奉行、どこまでも欲の深い男である。だが、それならそれで御しやすいというものだ。半兵衛は先読みをして、そう答えた。

「いやいや、絹屋。拙者はそういうことを頼んでおるのではない。もちろん、預かることはいっこうに構わぬが、それよりなあ、窯ができあがったら、拙者にその窯を見せてもらいたいのじゃ」

「は？　窯をでございますか」

突然の申し出に、半兵衛はその真意をはかりかねた。

「もし、この皿のような、いや、そちのはこの皿の数倍上なのじゃな」

舟橋は、含みのある目で念を押す。

「はい、最終的には」

半兵衛も、にやりとしてそう答えた。

「まあよい、そのみごとな皿が焼けるような窯ができたらの話じゃ、ちとお見せしたいひとがいる」

「お奉行さまにご覧いただくとあれば、手前どもはそれはもう喜んで。で、そのご一緒していただくというのは、どなたさまで」

「いや、それはまたそのときに……。ただし、そうなると、そちの窯には、ぜひ早う完成してもらいたい。これほどの、いやこれより数倍良い皿を、早う焼き上げてもらいたいものじゃ」

「おそれいります。もちろん手前どもは、窯造りに向けて全力で邁進《まいしん》いたしたいと思うております。ただ……」

半兵衛は、わざとらしく顔を曇らせた。

「ただ？」

「それには、ひとつ大きな問題がありまして」

もってまわった言い方だ。半兵衛は、すくいあげるように舟橋を見た。

「なにが問題なのじゃ？」

予想どおり、舟橋は身を乗りだしてくる。

「はい。苦労して、やっと晒山に最適な場所も見つかり、窯造りのための高熱に耐える強い粘土も、先日ようやく見つけました。手前どもの家の庭で、何回も試し焼きをいたしましたので、どれだけ良い土かよくわかりました。これまで失敗はありません。もう、あとは実際に窯造りを始めるばかりでございます。ところが……」

「ところが、なんじゃ？　なにか起きたのか？」

諸悪の根源は目の前にいる。いっそそう告げてやりたい気がしたが、半兵衛はできるかぎり深刻な顔をしてみせた。

「なにせ、手前どもにとっては、なにもかもがまったく新しいことばかりでございます。窯造りのための熟練の職人は揃《そろ》っているとはいえ、なにぶんすべてが一からの出発です。窯造りに一心不乱に没頭すべきところですが、このところ実際には、ほかのことばかりに時間も人手もとられて、肝心の窯のほうがなかなか……」

嫌みになりすぎぬよう、心して訴える。

「許可願のことじゃな？」

舟橋はまるで他人事《ひとごと》のようにそう訊いてきた。

「それもございますが、それだけではございません。このあとほかにも、いろいろとご許可をいただかなくてはなりませんので。いいえ、窯造りのお許しをいただくだけでも、大層難しいことですのに、このうえ窯土《かまつち》の掘削や、石の採取や、いえ、やきものの石だけでなく、釉薬のための石や土もございますので、そのうえ……」

大げさすぎるかと思わぬわけではなかったが、半兵衛は眉根《まゆね》を寄せて溜《た》め息《いき》をついてみせた。

「すべては決まりごとゆえ、皆に分け隔てはないのじゃが、そちにとっては大変なことよのう」

「なにせ、手前どもも、やきもの商いには不慣れな者ばかりでございます。ひとまず、昨日の元締さまの仰《おお》せのとおり、舟橋さま宛《あて》の願書と、中筋奉行さまへの願書と二通認《したた》めてはまいりましたが」

こうなれば、まるでお互い狐《きつね》と狸《たぬき》。あたかも初めて会って打ち明け話をするかのような口ぶりになる。

「よし、わかった。わしにまかせておけ」

舟橋は、ついにそう言って胸を叩《たた》いた。

「え、ほんまですか」

思わず本音が出て、半兵衛は訊《き》く。

「嘘《うそ》など言わぬわ。この舟橋、おぬしたちの舟にも橋にもなってやる」

そんな冗談を言って高笑いをする舟橋に、半兵衛は深々と頭を下げた。

「もったいないことでございます」

「実のところ、これまでの話ではな、明日にも各奉行所全体の集まりが持たれることになっておった。ただ、事情で今回は取りやめになるところだったのじゃ。しかし、そちの願書の件は、やはりこの舟橋音門が乗りださぬと、どうも埒《らち》があかぬと見える。のう絹屋、おぬしは幸運だと思うがよいぞ。拙者に任せておけばもう安心だからなあ。このあと、もう一度急ぎ、拙者が声をかけて、明日には他の奉行たちを集めてやる」

「それはありがたき幸せ。手前どものために、わざわざ恐縮でございます。それで、そのお席では、ほかの許可につきましても？」

半兵衛はすかさず確認をいれる。

「あいわかった」

「窯土の採掘も、陶土磁石《じせき》の採取なども、でございますな？」

くどいかとは思ったが、確認せずにはおられない。舟橋は愉快そうにまた笑い声をあげた。

「抜かりのない奴《やつ》よのう。さすが近江《おうみ》の商人よ」

「すべては、やきもののためでございますので……」

「わかった、わかった。こうなれば拙者にとっても乗りかかった舟。悪いようにはせぬわ、全部任せておけ。石や土のことについても、地主との話し合いは別として、どうせ同じ筋奉行の管轄《かんかつ》じゃ。いずれも同じ顔触れで審議が必要なことゆえ、一度全体を協議しておけば、あとは各自の了解も取りやすかろう。なんと言うてもこの舟橋が稟議《りんぎ》をだすことじゃ。まあ、あちらとしても嫌とは言えぬし、お互い一度で済ませられればそれに越したことはないわな」

「おそれいりましてございます」

半兵衛は、ひたすら頭を下げ続けた。

わずか一枚の皿ではあったが、今日舟橋に持参したことで、これほどまで威力を発揮するとは思わなかった。いや、皿の効果というよりも、おそらくは、頼られているという気分が舟橋には好ましかったのだろう。

横内だろうが舟橋だろうが、半兵衛にしてみれば、許可さえ下りればどちらからでも同じことだ。むしろ、この先何度も手間をかけるより、結果的には最短の道だったのかもしれない。

かくして、舟橋の言葉どおり、翌日持たれた筋奉行たちとの協議の席で、半兵衛らの窯造りの許可が下りることになったのである。文政十二年十月初旬のことだった。

二

「下りたで、窯の許可が下りたんや！」

奉行所からの連絡が届いて、再度出向いた半兵衛は、元締から渡された正式な許可の報《しら》せを手に、喜びいさんで帰ってきた。

「よかったですなあ」

留津は、店先まで走り出て迎えた。そんな半兵衛をずっと待っていたのである。

「いま、西村さまがおいでになっておられます。裏の窯のところにお通ししてありますけど。なんや、許可が下りたのを、先にお聞きになっていたらしゅうて」

藩の手代同士の繋《つな》がりからか、情報は先に漏れるらしい。どちらにしても、首を長くして結果を待っていたのは、半兵衛ひとりではないのである。

半兵衛は、留津と裏庭に急いだ。

絹屋の庭先にあるにわか造りの小さな錦窯《きんがま》のそばには、昇吉が地面に膝《ひざ》をつき、一心不乱に火を見つめていた。頬にも、鬢《びん》のあたりにも、泥がこびりつき、その端正な横顔には、十月だというのにびっしりと玉の汗が噴き出ている。

「昇吉っつぁん、やっと許可が下りたで」

「あ、お帰りやす」

半兵衛の呼びかけに、驚いたように振り返った昇吉は、隣にいる留津に気づいて、あわてて尻《しり》の手拭《てぬぐ》いを手にとった。

「許可のことは、いま西村さまからお聞きしておったところです」

留津のほうには顔を向けないようにして、昇吉は、しきりと汗を拭っている。

「このたびはいろいろとご苦労でしたな。だが、これでもう一安心だ」

窯の陰から立ち上がった宇兵衛が、こちらを見て声をあげた。火のそばでよほど熱心に見ていたらしく、宇兵衛の額にも、汗が滲《にじ》んでいる。

「はい、おおきに。みんな宇兵衛さんのお蔭《かげ》です。宇兵衛さんがあちこちと根回ししてくれはらへんかったら、きっといまごろはまだ四苦八苦していたところですわ」

半兵衛は心からそう言って、丁寧に頭を下げた。

「いや、いや。私の力など、大した役には立っておらん。それより、いま窯土を見せてもらっていたところです。着実に、進んでいますなあ」

「お蔭さまでうまく行っています。そうそう、もうご覧になりましたですやろか？　あそこに積んであるのですけど、やっと見つけたあの土、ほんまに固《かと》う締まるし、二回、三回と焼き重ねても全然脆《もろ》くならん。丈夫な土なんです」

半兵衛が指さした庭の隅には、窯土用に掘り出してきた土が、藁《わら》で作った叺《かます》にいれて、ずらりと並べてある。

「ほう、これが敏満寺の土ですか」

そばに寄って、袋のなかをのぞき込みながらも、宇兵衛は決して土に手を触れようとまではしない。

「あのあたりでは、土物に向く良い土も出るんですわ。昔はその土で茶碗《ちゃわん》を焼いていたひともいたそうで」

半兵衛はそう言って、愛《いと》おしそうに土を指でつまんでみせる。

敏満寺村の新森《しんもり》で見つけた耐火粘土は、地主との交渉ですでに五日ほど前より本格的な掘り出しを始めている。人足を使って粘土を掘り出しては、大きな叺に詰め、昇吉たちが牛車で何度も持ち帰るのである。

その土で新たに内径三尺あまり（約一メートル）の小さな円筒形の錦窯を造り、実際にくれを焼く実験も、もう何度行なってきたことだろう。

「これが、晒山の窯の壁になる、くれというものなんですな」

そう言って宇兵衛は、薄い蒲鉾形《かまぼこがた》をした素焼きの煉瓦《れんが》のようなものを、おそるおそる手に取った。

「さっき昇吉さんから聞いた今度の登窯《のぼりがま》というのは、かなり大きいものらしいが、それを築くのにこのくれはいったい何個ぐらい要るのかなあ」

宇兵衛はさらにそう言って、持っていたくれを下に置き、神経質そうに手の汚れを払った。

「それはもう、気が遠うなるほど、要りますやろなあ」

答えながら、半兵衛は、ずっと以前自分も同じことを昇吉に訊いたのを思いだす。

「それだけのものを、こんな小さな窯で、ひとつひとつ焼くのですか」

その質問も、半兵衛が昇吉にしたのと同じだった。

「まあ、この錦窯やったら、一回に五十個近くは焼けますやろ」

「それを繰り返し焼いて、焼き上がったものを、今度はひとつひとつ積んで、そうやって窯を造っていくのやな」

「はい。くれを何百も積み重ねて、じっくり時間をかけて少しずつ築き上げるしかないですやろなあ」

「なんとも、大層な作業ですな」

感心とも、同情とも、とれる言い方である。

「そうです。窯は生き物なんやそうですから」

半兵衛は、そう言いながら忙しそうに動いている昇吉のほうに目をやった。それはこの昇吉こそが教えてくれた言葉である。

「ほう、窯は生きておるのですか。それなら、大事に育ててやらなあかんということですな」

宇兵衛はそう言いながら、細い目をさらに細めて愉快そうに笑う。

「それにしても、ちょっと気になるのやが」

ふと笑うのをやめて、宇兵衛がまた訊いてきた。

「なんですやろ？」

「見たところ、この錦窯というのもくれでできている。そんなら、ここにある錦窯を作るためのくれは、どこの窯で焼いたのかと思うて」

「実は、わしも昇吉にはいちばん最初にそのことを訊《たず》ねましたのや」

黙って聞いていた留津が、横からおもしろそうに話に加わってくる。

「窯を造るために使う、最初のくれを焼く窯の、くれ自体は、いったいどの窯で焼くか……。まるで、鶏が先か卵が先かという話みたいで、ややこしいですやろ」

「いやいや、これは至極興味のある話ですぞ」

留津が参加すると、とたんに宇兵衛も乗ってくる。半兵衛は、その様子を微笑《ほほえ》ましく思いながら、話を始めるのだった。

「まずこの粘土を捏《こ》ねてから、くれの形に成形して、しっかりと乾燥させるのですわ。ほんまはそれを焼いたあと、その焼き上がったくれを積んで窯を作るのですけど」

「そのくれを焼く肝心の窯がない」

「そうです。そやから、乾いたくれを焼かずにそのまま先に積んでしまうんですわ。窯の形になるようにていねいに積み上げるんです。もちろん、くれとくれの間には、同じ新森の粘土を目地にして、きちんと隙間《すきま》を埋めていくんですけど。そうやって、しっかり窯の形に完成させて、それをまた乾かします。それで目地が乾いたら、ついでに窯のなかの薪《まき》の上にも乾いたくれを積んで、なかのくれも、窯も一緒に焼くのですわ」

「なかも、窯も？」

「はい。くれを焼きながら、窯自体も焼き上げるというわけで」

「なるほど、それなら両方一遍にできて、いちばんの早道ということか？」

宇兵衛はことさら感心したように言う。

「おかげで、私らもいろいろ賢うなりますわ。そうして焼けた内窯の外に、同じようにして外窯を造ってできたのが、この錦窯なんやそうです。主人は、実はくれ作りにも加わっておりまして、毎日泥だらけになっておりますのや」

留津が隣から笑顔でそうつけ加えた。

「え、半兵衛さんが自分で土捏ねを？」

宇兵衛は信じられないという顔だった。

「ええ、それはもうびっくりするぐらい熱心です」

「土捏ねでもなんでも、やっぱりひととおりは自分でもやってみたほうがいいとわしは思うてます。職人になにか言われても、やったことのあるのと、ないのとでは、ものわかりがやっぱり全然違ってきますしな。実感というか、手触りというか、それは商いの現場でもいつか生かせるのやないかと思いまして」

「それは良い心がけや」

宇兵衛は、出資者のひとりとしてそういう半兵衛を歓迎していると言いたいのだろう。

「この先は、茶碗や皿も、とにかく昇吉に習うて、一度は自分で作ってみようと思うてます。いずれは轆轤《ろくろ》も使えるようになりたいし、釉薬《ゆうやく》の調合も覚えるつもりです。もちろん職人のようにはいきませんけど」

やりたいことは山とある。半兵衛が動くということは、窯造りも前進するということだ。

「頼みましたで、半兵衛さん。そうそう、さっき昇吉さんから聞いたのやけど、職人も増やすのやそうですな」

「以前から声をかけていた者もいますし、そろそろ他の者も集めようかとも思うています。うちの裏で試し焼きをするのも今日が最後で、明日からは晒山のほうで本格的に窯造りを始めることになりますので」

「許可も下りたことやし、この際一気に遅れを取り戻したいですからな」

宇兵衛の言うように、半兵衛は一刻も早く窯造りに取りかかりたかった。

実際、頭のなかではすでに作業の手順を組んである。まず、晒山で大量のくれ《ヽ》いを焼くための、新しい錦窯をいくつか造ること。そこで焼いたくれ《ヽ》いを使って、一日も早く本窯である登窯を完成させる。

登窯ができたあとは、最初に作った錦窯は、本焼きの前の素焼き用の窯として使うことにすればいい。いずれは素焼窯も造る必要があるだろうが。

さらには、速やかに細工場を建てる必要もある。それと並行して、職人を雇う手はずもつけてある。窯造り自体や、実際のやきものを作るための職人も必要だが、それだけでなく、土の採掘にあたる人足や、さまざまな雑用をこなす手伝いの人間も要る。

「どっちにしても、人手はいくらでもほしいところです。いまのところ、昇吉の口ききで、以前一緒に働いたことのある職人が四人ほど、近々加わってくれることになっています。まもなく彦根に到着する段取りになっているんですわ」

「有田から、わざわざ？」

「いえ、もともと有田の者ですが、これまで京で働いていた者たちです」

「職人たちはみんな有田の出、ですか」

宇兵衛は、こと細かに訊《き》いてくる。出資者としては気になるのが当然だろう。半兵衛はできるだけ詳しく答えようと思った。

「いえ、あそこにいるふたりは地元の者でして、ほれ、あの奥で土間を掃いている青い着物を着たのが見えますやろ？　あれが佐平です」

「佐平ねえ。どこかで見かけたような顔だが……」

宇兵衛が、気になる様子で首を傾《かし》げた。

若い佐平のほうは、目ざとくこちらの視線に気づいたらしく、ぺこりと頭を下げてきた。まだ二十代なかばで、さりげないが垢抜《あかぬ》けた身なりといい、はっきりとした目鼻立ちといい、どこか昇吉と共通するものがある。

なんでもはきはきとものを言う気持ちのいい男なのだと、半兵衛は宇兵衛に説明した。

「佐平さんは、昇吉さんの知りあいなんです。袋町《ふくろまち》のひとでして、毎朝昇吉さんと一緒に通ってくれているのですけど」

留津がそっと小声で付け加える。

「ほう、袋町からねえ。昇吉は、まだあんなとこから通っているのですか」

「そうですのや。うちで住まいを用意してやると言うてはいるのですが、どうもあのあたりの居心地が良いそうで……」

半兵衛は、つい昇吉を弁護するような言い方をした。

「袋町のような粋《いき》な花街住まいというのは、男にとっては格別のものがあるのかもしれん。きっと、なにか特別な訳でもあるのでしょうな」

宇兵衛も、男同士だけにわかるような視線を送ってくる。

「特別な訳って、なんですのや？」

「そりゃあ、まあな、男にはいろいろあるのや。それに昇吉は、仕事に関しては骨惜しみせず、なんでもきちんとやってくれている。こっちとしても、それ以上は文句も言えん」

留津がすかさず訊いてくるのを、半兵衛はうまく取りなした。

「それから、佐平の向こう側で竹籠《たけかご》を運んでいるのが喜平でして、あの男は彦根の出です」

「同じ外船町のひとでしてねえ。真面目《まじめ》で働き者やし、主人が声をかけて、お願いすることになったんです」

半兵衛の説明に、留津がまたつけ加えた。

喜平は、佐平とはまるで逆で、こちらの視線に気づいているのかどうか、ただひたすら顔も上げずに黙々と作業を続けている。歳《とし》は三十代の前半だが、無骨なまでに勤勉で、地味で口数の少ないこの喜平に、留津はむしろ安心感を覚えているようだ。

「そや、あのふたりにも、宇兵衛さんにちゃんと挨拶《あいさつ》をさせましょう」

半兵衛がふたりの職人を呼びつけようとした。

「いやいや、それには及びません」

宇兵衛は顔の前で手を振った。

「作業の邪魔をしたくはない。それより、いまはいっときでも早く窯ができ上がるように、ひとつでも多く、くれを焼いてもらいたい」

それが宇兵衛の本心だろう。半兵衛は大きくうなずいた。

そんなふうにこちらで話しこんでいる間も、昇吉は佐平に小まめに指示を出し、佐平はその指示を近所から集めた手伝いの女たちに伝えて、忙しそうにたち働いている。

喜平はというと、相変わらず黙ったままで身体《からだ》を動かしていた。

まるで、律儀《りちぎ》に自分の作業速度というものを守っているかのように、喜平は周囲に合わせることをしない。ときおり、手伝いの女たちの間から笑い声が上がる。きっと佐平がなにか冗談でも言うからだろう。だが喜平は、そんなときでも、声に背を向けたままだ。

喜平のまわりだけ、佐平の周辺とはまったく違った空気が流れているようだ。とはいえ、そんな静けさのなかにも、不思議な活力が感じられる。

「ほんまにそうです。一日も早う登窯《のぼりがま》での本焼きにまでこぎつけて、できあがった商品を京へ売りに行くのです。行きは、やきもの。帰りは、古手の呉服。それでこそ、京と彦根の産物廻し、つまり鋸《のこぎり》商いの完成ですわ」

半兵衛は、はるか遠くを見る目をして言った。

「京だけやない、いずれは尾張《おわり》とも……」

続いて口にした半兵衛の言葉を、宇兵衛が遮った。

「いや、半兵衛さん、私なら、その先を考えますね」

一瞬、宇兵衛のその細い目が光を放った。

「その先？」

「そうです。もっと大きく運ぶ手立てがあるではないですか。つまり、この外船町から出荷すれば」

「え、ここから？　ということは、もしかして」

半兵衛のなかを、身震いするほどのひらめきが走る。

「そうです。船です。幸いここは松原の内湖《ないこ》に面している。湖上輸送にはもってこいの条件です。晒山で焼きあがった商品を、まず絹屋に運ぶ。ここからなら船で大量に出荷もできる」

宇兵衛の顔にも、光があふれていた。

「産物廻しに、湖上輸送か……」

半兵衛が、つぶやいた。

夢が、ふたりのなかで果てしなく広がっていく。

江戸幕府のなかにあって、京都守護の役割を担《にな》う藩では、いざというときのため、琵琶湖《びわこ》を所轄《しょかつ》する幕府の船奉行とは別に、長浜、米原《まいばら》、松原の三湊《みなと》を支配下に置いていた。さらに、非常事態に備えて、松原と南湖の坂本を約三時間で結ぶ早船なども所有していた。

琵琶湖特有の丸子船や平田船で、年貢米《ねんぐまい》や、藩の買い付け品など、諸物資の輸送を行い、京都警護の前線基地としての意味も含めて、船奉行直轄の大津港にも飛び地を置き、大津屋敷を配していたのである。

宇兵衛は、松原蔵奉行配下の手代として、これら藩の船を含め、民間の丸子船や、寛政以降増えてきている平田船を利用しようとまで考えているのに違いない。

新しい時代が始まる。

半兵衛は、抑えようとしても、抑えきれない震えを味わっていた。

身体のなかに、どうしようもないほど沸き立つものがある。そのあふれるような活力が、いま絹屋の裏庭を隅々まで満たしている。

その感覚を、ひとつ残さず味わおうとするかのように、半兵衛は大きく息を吸い込み、ゆっくりと皆の顔を見回すのだった。

京から呼び寄せた有田の職人のうち、吾助《ごすけ》と良市のふたりが彦根に着いたのは、それから数日後のことだった。

そしてそれをきっかけに、絹屋のなかはまた一気に活気づいた。

「半兵衛さん、これを見てください」

毎朝、半兵衛が絹屋から晒山に着くたびに、朝の挨拶もそこそこに、必ずどこからかそんな声がかかる。

今日こそは一番乗りだと思うほど、早起きをして出かけて行っても、誰かしらがすでに先に来ている。そして、半兵衛の到着を待ちかねていたように、声をかけてくるのである。

それは、日に日に出来上がっていく細工場の設《しつら》えの確認であったり、やっと出来上がった真新しい蹴轆轤《けろくろ》の設置場所の確認だったり、あるいは、釉薬や絵具の調合の実験に立ち合えということだったりした。

たまに宇兵衛がふらりとやってきて、作業の進行状況を確かめるように見回っていくこともあった。

染付の絵具をめぐっては、なにを使うかでたびたび議論になった。経費は高くつくが、やはり発色の良い唐呉須《とうごす》の使用を主張する昇吉に対し、価格を安く抑えられるほかの呉須はないかなどと、あれこれと経費の試算をするときにも、宇兵衛はよく参加していた。

ほかの材料に関しても、最終的には昇吉の意見が尊重されるのだが、宇兵衛も熱心に聞き入り、質問もした。

やきものの素地《きじ》に、天草石《あまくさいし》を使うことを言い出したのは、やはり昇吉である。絵付のあとの釉薬については、薩摩《さつま》産の柞灰《いすばい》、信楽《しがらき》、石部《いしべ》を用いることにした。これらはすべて彦根としては移入品となるのだが、「良いものを作るために、材料は最高のものを」と半兵衛が口癖のように言い、その手配などについても、ことのほか心を砕いた。

一方、もうひとりの出資者である島屋平助も、宇兵衛よりはいくらか回数が少ないものの、たいてい彼の店の使用人をひとりかふたり、手伝いと称して連れて晒山にやって来た。

そして、顔を出したときは、必ず職人や手伝いの女たちにひとり残らず声をかけていくのである。平助本人は、もちろん激励しているつもりなのだろうが、相手にはひそかに疎《うと》んじられているのが明らかだった。

というのも、平助が、そのでっぷりとした身体つきの割に神経が細かいというか、ひととおり細工場を回ったあとで、近くにいる女たちをつかまえては、やれ仕事場の隅にごみが落ちていただの、手洗いの手拭《てぬぐ》いが汚れているだのと、些細《ささい》なことをくどくどと指摘するからである。

ともあれそんなふうにして、秋の深まりとともに、昼間はあっという間にときが過ぎ、半兵衛の毎日は、せわしなくも充実していた。

作業のための水が日に日に冷たさを増し、芹川から容赦なく吹きつける寒風が、作業の進行を少しばかり遅らせることはあっても、皆の心の内が揺らぐことはなかった。

自然の移ろいとは無関係なほど、晒山は活気に満ちていたのである。

そんなある朝、遠慮がちに半兵衛を呼ぶ声に振り向くと、昇吉が浮かぬ顔で立っている。

「実は、京から便りがあったとです。あともうふたり来るはずになっていた職人のことなんですが」

昇吉が言うには、ひとりはそれまでの雇い主に泣きつかれ、待遇を改善してもらうことを条件に、彦根に来るのを断念させられたらしいとのこと。残りのひとりについては、その理由を詳しくは語らなかったが、結局はふたりとも半兵衛らの新しい窯に不安を拭いきれず、最後の踏ん切りがつかなかったのだろうというのである。

「ひとりは絵師で、もうひとりは轆轤の名人ですけん、清水坂の窯で一緒やったとき、なにかと頼りにしていた職人です」

晒山の登窯がもうすぐ完成するというので、昇吉はつい先日も一度京に戻って所用を済ませ、ついでにふたりにも会って、早く来てくれるようにと催促してきたばかりだった。

「あのときは、ふたりとも明日にも行きたいなどと言いよったのに、いまになってこんなことになるなんて、まったく、すまんことです」

「そうか、あかんかったか」

おまえは窯主としては力不足、職人としての腕は託せない。そう宣言されたような気がして、半兵衛が力なく答えた、そのときである。西村宇兵衛が、大きな声で叫びながら、袴《はかま》の裾《すそ》を翻《ひるがえ》して駆け込んできた。

「半兵衛さん、聞いたか？　すごいよ、大変や」

こんなに慌《あわ》てた宇兵衛を、これまで見たこともない。

「大変って、なんのことですのや。いったいどうしたというんです」

あまりの様子に、ただごとならぬものを感じて半兵衛が訊《き》いた。

「お駕籠《かご》が、お駕籠が来た……」

宇兵衛は、興奮のあまり息を詰まらせた。

「どこにです？　いったい誰のお駕籠ですのや」

半兵衛も、思わず大きな声になっていた。

駕籠に乗って来るというなら、当然ながら、それ相当の身分ということになる。しかもこの宇兵衛がここまで慌てるからには、よほどの人物なのだろう。だがそんなものが、自分とどんな関わりがあるというのだ。

半兵衛は、最初はさほど関心はなかったのである。

「お駕籠言うたら、殿様に決まってますがな。その殿様が、昨日の昼ごろ御用の向きの帰りに、わざわざ遠回りしてこの晒屋をお通りになったのですと。それも、われわれのこの窯場を見にですよ」

宇兵衛に言われずとも、殿様、すなわち十二代彦根藩主井伊《いい》直亮《なおあき》が、いまちょうど江戸から帰藩されているのは、半兵衛も聞き及んでいた。だが、それにしても、なぜわざわざこんな晒山の窯場まで。

と、そこまで考えて、半兵衛はふいに思い出したのである。

「もしかして、あのときお奉行が言っておられたのが……」

窯の許可願を提出したとき、町奉行の舟橋音門が交換条件のように持ちだしたことがあった。窯が完成したら、ぜひ一度見せてほしいと言われたことである。

あのときは、窯を見せるぐらいは造作もないことと、深く考えもせずに引き受けた。そんなことだけで、その後のいくつもの許可申請に舟橋の協力が得られるなら、願ってもないことだと半兵衛は思った。

「あのときというと？」

今度は、宇兵衛が訊いてくる番だった。

「舟橋さまから頼まれたんです。窯が出来上がったら、ぜひ一度見せてほしいと。それから、そのときは一緒に連れていきたい者がいるが構わないかとも。まさか、そのひとというのが……」

「それで読めた！」

宇兵衛は、やおら大きな声をあげた。

「ずっと前のことですが、親しい元締から聞かされたことがあるのです。殿様は、どうやら相当お詳しくていらっしゃるようですな」

元締というのは、宇兵衛たちのような手代のなかから選出される役職である。そうした仕事仲間の間では、直亮に関する情報などがやはり漏れ伝わってくるのだろう。

「詳しいって、やきものについてですか」

「そうです。ただ、武士の嗜《たしな》みというどころではなくて、そちらの分野には、それはもう造詣《ぞうけい》が深くておられるのだとか」

「早い話が、お好きだということで」

半兵衛がそう言うと、宇兵衛は細い目を意味ありげにつり上げて、にやりとした。

「それも、かなりの程度でね。茶の湯のお道具にはじまって、雅楽器などの蒐集《しゅうしゅう》にいたるまで、それはもうご熱心やそうですから」

「すると、やきものの窯なんかは、ぜひとも見てみたいと」

「当然でしょう。しかも半兵衛さんは、京焼の数倍は良いものを作ると、奉行所で豪語されたらしいから」

「いや、お恥ずかしい。なにせあのときは必死でしたから。しかし、そういう事情があったのでしたか。そやから、そんな殿さまの気を引くために、舟橋さまはうちの窯を利用しようと思われたわけで？」

「あの奉行なら、そのぐらいのことを考えてもおかしくはない。今回はお駕籠のなかから少しご覧になっただけかもしれないが、窯ができあがって、焼立てが始まったら、そのうちご見物におでましになるおつもりやろ」

「あのとき、舟橋さまの態度が急に変わったので、なんや不思議な気がしたのですけど、道理でね。しかしそれにしても、殿さまがうちの窯に……」

半兵衛にとっては、思いもかけぬことである。

だが、それならそれでいいではないか。いや、むしろそんな殿さまをも、あっと言わせられるような、みごとな皿や茶碗《ちゃわん》を作ってみせるのだ。

「なあ半兵衛さん、これはなかなかおもしろいことになってきましたぞ」

宇兵衛の考えも、きっと同じだったに違いない。

「これで、ますますやりがいがあるというものですな」

半兵衛は、またも大きくうなずいた――。

三

「さあ、そろそろ始めようか」

その朝、窯の焚《た》き口の前で手をあわせ、深々と頭《こうべ》を垂れて祈っていた半兵衛は、やがて心を決めたように顔を上げ、昇吉を振り向いて声をかけた。

を凝らした。

昇吉の手がゆっくりと窯の口に伸びる。そのどんな動きも見逃すまいと、半兵衛はじっと目
ついにこの瞬間を迎えたのだ。

初めての窯出し。

そう答えた昇吉の顔も、心なしか蒼《あお》ざめている。

「承知しました」


七日前、留津の火打石で無事点火された窯は、昇吉の指揮のもと、吾助と佐平、良市と喜平の二組に分かれた職人たちの火の番によって三昼夜燃え続けた。

晒山に築かれた真新しい窯は、芹川の土手の緩やかな勾配《こうばい》を利用した登窯である。形状は有田特有の丸窯で、天井が丸いからそう呼ぶのだが、窯室《かましつ》は広く、その分燃料はよけいに必要になるものの、火の調節が容易なので良品を焼くことができるという。

「もともと、朝鮮から有田に伝わり発達したものです。瀬戸、美濃《みの》、九谷と来て、京に広がった窯ですけん」

昇吉の説明は丁寧で、半兵衛はそれを一言を逃すまいと、聞き入った。もちろん可能なかぎりその場で記録をとり、絹屋に帰ってから、わかりやすく図にまとめたりもした。

半兵衛が書いたその簡単な窯の図面を見ながら、ちょっとした作業の合間をぬって、昇吉は説明を惜しまなかった。

「勾配のいちばん下の焚き口の室を、胴木間《どうぎま》と言います。焚き口は、胴木とか大口と呼んだり

もしますが」

現在なら、さしずめボイラーとでも言うべき部分である。その胴木間の次に二、三の小さな捨間《すてま》を置く。これは胴木間からの灰を避けるため空にしておく室のことで、そのあと次第に大きく一の間、二の間と、斜面を上がって窯室が続く。

「まず、最初は捨てアブリから始めるとです」

点火後、五時間から八時間燃やして、いったん火を止める。そして、一昼夜放置する。窯の湿気をとるためだ。

「それからが、いよいよアブリです」

常温から徐々に火力を強め、そのあと一気にある一定の高さ（九五〇度）まで温度を上げる。その間、窯の内部ではアブリ、つまり酸化現象が起きる。次に、その段階から十時間ないし二十時間、平均して十五時間ほどその温度が維持される。

「この間のことをネラシと言います。ここまできたら胴木の間で火を焚くのを止《や》め、ここからいよいよセメにはいるわけです」

窯内の温度が九五〇度に達した時点で、焚き口を密封し、空気がはいりこむのを遮断する。これが職人たちの言うセメである。要するに還元現象のことで、つまりは意図的に不完全燃焼の状態を起こさせるのである。

一の間がセメの状態になっているときには、隣接している次の二の間のなかはすでに九五〇度に達している。そこでまたこの二の間を密封して、セメの還元現象を起こさせる。

「やきもののなかでも、とくに石物は、このセメですべてが決まります。セメによって、あの綺麗《きれい》な藍色《あいいろ》が生まれ、釉薬《ゆうやく》の艶《つや》も出る」

「セメ、やな？」

半兵衛は、覚えに書き留める筆に力をこめた。

「そうです。そうやって、順を追って、同じように次は三の間へ、その次は四の間と、移って行きます」

「石物にはセメがなにより肝心ということなら、火の強さとか、熱さの度合いがすべての分かれ目になるわけやな」

「そのとおりです。どんなに轆轤《ろくろ》の腕があっても、絵付に巧みさがあっても、焼くときの熱に過不足があると、満足できるものは絶対にできません。素焼きのときも、本焼きでも、過不足ない適当な熱を与えることが一番大事やけん、その分もっとも難しかです。言い換えれば、火こそがやきもののすべてを握るということです」

そう告げる昇吉の目は、職人としての誇りに満ちていた。

「けど、火の熱さやなんて、その判断は、どうやってつけるのや」

素朴な半兵衛の質問に、昇吉はほんの少し笑みを浮かべた。

「火の加減は、まず炎の色で見分けます。熱さが高まるにつれて、炎は赤から橙色《だいだいいろ》に変わり、そのあと黄色に、最後は白にと変化します」

「火の色が変わる？」

不思議でならないという顔の半兵衛に、昇吉がまた頬を緩める。

「火には神が宿っています。火はおしゃべりですけん、耳を澄ますのです」

「そうか、火はしゃべるのやな。それに色でも見分けられるのか？」

昇吉はうなずいて、懐《ふところ》から大事そうに煤硝子《すすガラス》を取り出して見せた。

「これを通して火を見るのか」

「窯の前は、なんせものすごい熱さですけん、ちょっとやそっとで見分けるのは無理でしょう。いや、よほどの熟練がないと、火を見ることなんてまず無理です。下手をすると火傷《やけど》を負ってしまうとです。目の前にこの煤硝子をかざして、ほんの一瞬見るとやですが、それでも熱さを見分けることはものすごう難しか……」

「それなら、いったいどうやって？」

思わず漏れた不安の声に、昇吉はまた穏やかな笑顔を浮かべた。

「そういうときこそ、これの出番です」

昇吉が半兵衛の目の前に置いたのは、粘土でできた何個もの小さな猪口《ちょこ》のような形をしたものである。

「なんや、これは」

半兵衛は、そう言いながらその小さな猪口のひとつを手に取った。

「色見です。なかのやきものと同じ土と釉薬とで作った標本とでも言えばいいでしょうか。これを各室の後ろの下にある色見孔《あな》から見えるところにいくつか置いておくとです。それで、頃合いをみて、よい加減のときに釣棒で取りだすと、その焼け具合で、火の熱さ加減がわかるわけです」

何度も質問を繰り返す半兵衛に、そのつど昇吉の説明が加えられる。そしてそれらをなぞるように、初めての本焼き作業は進められたのである。

その後、寝ずの番で焼き上がった窯は、さらに四昼夜かけて放置され、その熱が冷まされた。

そして今朝、ついに初めての窯出しの瞬間を迎えたのである。

「ほな、昇吉っつぁん、開けてみてくれんか」

半兵衛の声で、一瞬、あたりに緊張が走った。

落ち着いて告げたはずの自分の声が、ひどくうわずっている。張り詰めた空気のなかで、それが大きく自分の耳にまで響く。

半兵衛は、あわてて何度か咳払《せきばら》いをした。

「はい、では……」

昇吉の華奢《きゃしゃ》な手が、ゆっくりと動き始める。

手慣れてはいるが、実に慎重で、窯を密閉していた粘土の蓋《ふた》を、まるで同じ量の金塊でも扱うように、丁寧に剝《は》がしていく。

窯の持ち主にとって、いや、今日という日の、このときのために、すべてを費やしてきた者全員にとって、待望の瞬間である。それだけに、抱えきれないほどの期待と一緒に、同じだけの不安もある。

薄く剝がされた蓋の亀裂《きれつ》に、中から圧力がかかり、ピシッという音とともに空気が漏れる。一瞬、あたりが一面白く濁った。それはあたかも、長い眠りから覚めた窯が漏らす吐息のようで、窯のまわりでじっと息を詰めて見守っている人間たちは、声にならないどよめきをあげる――。

「ああ……」

最初に声を発したのは、窯の一の間にはいりこんでいた昇吉だった。

留津はそれを、窯から少し離れたところで女たちに混じって聞いた。

窯を閉ざしていた蓋がきれいに剝がされ、皆が固唾《かたず》をのんで注目するなか、昇吉が、まだ熱気の残る窯のなかにすべりこむように姿を消していったのは、ほんの少し前のことだ。

「どうしたんや」

窯の外で、半兵衛が待ちきれないような声で訊《き》く。

だが、窯は静まりかえっていて、返事はなかった。窯から距離を保ちながらも、ひたすら聞き耳をたてていた留津は、その瞬間妙な胸騒ぎに襲われて、その場にうずくまった。

「どないしたんや、昇吉っつぁん」

半兵衛が、さらに大きな声を出すのが聞こえてきた。

「ああっ……」

窯のなかから漏れたのは、またも、搾《しぼ》り出すような声だった。

やがて、音もなく、窯のなかから昇吉が顔を出した。

かろうじて窯口まで這《は》いだして来たらしく、髪といわず、顔といわず、全身煤だらけになっている。

そして、そのまま無言で二、三歩こちらに近づいたかと思うと、いきなり崩れるように地面に膝《ひざ》をついた。

もはや、立ち上がる気力すら残っていないということか。煤で汚れきったその顔のなかで、宙を見つめるうつろな目が、真っ赤に充血している。

留津は、昇吉がなにか手にしているのに気がついた。

だらりと下げられたその右手に、無造作につかまれていたのは一枚の大皿だった。だが、その染付の、丹念に描かれていたはずの湖水の風景は、見る影もなく煤をかぶり、しかも素地《きじ》はすっかり黄ばんだうえ、ところどころ釉薬も剝がれている。

「失敗……なんやな」

半兵衛の声が聞こえた。

口にするのも忌《い》まわしい言葉を、夫はゆっくりと、確かめるように吐きだしている。留津はすぐに半兵衛を見た。だが、留津のところからでは、その表情までは見えない。

「そんな馬鹿《ばか》な！」

声をあげたのは、喜平だった。普段無口な喜平にしては、驚くほどの大きな声だ。そして、その声を合図のように、立ち尽くしている半兵衛の両わきをすり抜け、職人の吾助と良市、そして佐平の三人が叫びながら窯のなかに飛び込んでいった。

「うわあっ、なんちゅうことや」

窯のなかで声をあげたのは、吾助のようだ。

その声で、半兵衛はやっとわれに返った。

失敗やった。窯は失敗やった。

口のなかでつぶやいていても、まるで実感がない。半兵衛は、夢中で職人たちの後を追い、窯のなかに走り込んでいた。

窯のなかは、真っ暗で、むっとするほど熱かった。そして、焦《こ》げたような匂《にお》いに満ちていた。焦げたというより、燻《いぶ》した匂い、いやどこか金気を帯びた匂いと言ったほうが近いだろうか。半兵衛は激しく咳き込んだ。

半兵衛の目もそれなりに薄暗さに慣れてきたとき、誰かが蠟燭《ろうそく》に火をつけたらしく、突然一の間のなか全体がはっきりとする。

やきものをいれてずらりと並べてあった鞘《さや》の列が、一面に倒れてころがっている。まるで、激しい風が吹き荒れて、なぎ倒されたような無惨《むざん》な姿だ。

「これはひどい……」

背中のあたりで良市の声がした。喜平も、ぶつぶつとなにやらつぶやきながら、それでも手だけは止めようとせず、鞘を起こしてなかのものを拾い始めているようだ。

一歩前に踏み出した半兵衛は、足の裏に鈍い痛みを感じた。

あわてた拍子に草履が脱げて、倒れて割れた鞘の破片を踏んでしまったらしい。足下に目をやると、ずらりと並んだ大皿の上に、降り積もった煤が真っ黒に溶けて、べったりと盛り上がっているのがわかる。

この皿は、窯詰めのとき、半兵衛自身がこの手で慎重に並べた一枚だった。吾助の入魂の一作で、とくに絵付には時間をかけた。あの繊細な絵柄が、薄暗いなかでもわかるほど流れ、釉薬も濁って変色している。

「まともなものは、ひとつもないのか」

こみあげてくるものを抑えて、半兵衛はあたりを見回した。

だが、それに答える者は誰ひとりいない。

かわりに、どこかでやきものが割れる大きな音がして、窯室の空気を異様なまでに震えさせた。

「割るな！」

半兵衛は、反射的に叫んでいた。

「割ったらあかん。ひとつ残らず運び出して、全部調べるのや。原因をなんとしても突き止めるのや」

短気を起こすな。半兵衛は、自分にも言い聞かせていた。

どうしてこんなことになったのか。なぜこうまで失敗したのか。それを確かめないと、前に進めない。

「くよくよしても、始まらん」

声をあげたのは、普段はもの静かな喜平だった。なんとか気持ちを立て直そうとして、周囲を元気づけている。

「そのとおりや。さあみんな、早う運びだそうや」

佐平が、それに呼応するように、明るい声を出した——。

「あれはやっぱり、棟梁《とうりょう》の読み違いやったんやて」

陰で囁《ささや》く女たちのそんな声を、留津が初めて耳にしたのは、窯《かま》出しの二日後、半兵衛に頼まれた忘れ物を晒山まで届けに来たときのことだった。

「その話やったら、うちかて聞いたわ。ずっと気にはなっていたんやけど。やっぱりほんまやったんやなあ」

相づちを打っているのは、若い千代の声のようだ。

「そうや。職人らはみんな陰で言うてるわ。あれはぜったい棟梁の責任や、いくらなんでも手抜きやったって……」

柱の陰になっているせいか、留津の存在に気づかないのだろう。女たちの話は、ますます盛り上がっていく。

「へえ、あの棟梁がわざと手抜きしはったんか？」

「まさかそんなこと、あるわけないやろ」

分別のありそうな声は、最年長のおよねらしい。

失敗は、ひとの輪にまで亀裂をいれる。棟梁と呼ばれて、皆の信頼を集めていたはずの昇吉が、これではまるで犯人扱いではないか。

留津は声をあげそうになるのを、必死で堪《こら》えていた。

「うち聞いたんや。あの棟梁、昔、有田でいろいろあったんやてなあ。それでどうしても郷里《くに》にいられんようになって、あちこちの窯場を転々と流れ歩いてな、それで京に来はったらしいわ」

千代の若くてよくとおる声は、どこか得意げに続いている。

「いろいろって、なんやの？」

「ややこしいことがいろいろあったみたいやで。それに、もうちょっとで、お縄になるかもしれへんかったんやて」

「え？　お縄に？」

誰かが大きな声で訊く。

「うん。そやけど、その寸前で、色街の女のひとに逃がしてもらわはったらしいのや」

「お千代ちゃん、あんたそんなことを軽々しい言うもんやない。だいいち、なんであんたがそんなことまで知ってるの？」

そう言ってたしなめたのは、またも年長のおよねの声だ。

「そやかて、うち聞いたんやもん……」

千代はむきになったように言う。

「聞いたって、誰にや？」

好奇心をむきだしにして訊《たず》ねたのは、千代と同じぐらいの若い声だ。

「誰にって、そら吾助さんや。この前言うてはったんや。あのひとも棟梁とおんなじ有田の出やし、昔のこともよう知ってはるのや」

千代は、怒ったようにそう答えた。

「そんなこと言うて、お千代ちゃん、あんた吾助さんとなんかあるのと違うか？」

誰かがそんなふうに言い出して、女たちの話は、今度は千代と吾助のことへと移っていく。すぐに、わっと嬌声《きょうせい》があがり、留津は耐えきれないまま、その場をそっと離れた。

聞くまいと思っても、いやおうなしに耳に届いてくることがある。

とくにあの窯出しの日を境に、よからぬ噂《うわさ》ばかりが広まっているのを感じる。留津はそのことに心を痛めながらも、かといって正面きってとがめることもできず、ただ無視するしかないと思っていた。

今回の初窯が、ことごとく失敗だったのは、誰もが知っている。だが、その原因の究明については、見方が分かれるところでもあった。

半兵衛は、職人全員を集めて、何度も話し合いの場を持った。それぞれの立場から、意見を吸い上げたいと考えたからだ。

「それがなあ、いざとなると、みんななにも言いよらん」

職人同士互いに牽制《けんせい》し合うのか、あるいはかばい合ってしまうのか。肝心のところになると、言葉を濁し、いまひとつ鋭い意見は出てこない。半兵衛は、もどかしくてならないという顔で溜《た》め息《いき》を吐《つ》いた。

偶然とはいえ、留津のところには聞こえてくるさまざまな噂話についても、半兵衛の耳にはほとんど届いていないらしい。留津は、そういう半兵衛自身も最近めっきり口数が減ってきたことが気になった。

「これまでも、失敗は何遍もありました。それでも、ひとつひとつ前に進んできやはったのですやろ」

「しかし、今回ばっかりはなあ」

留津の言葉にも、半兵衛は珍しく煮えきらない。

もつれた糸を解きほぐすように、留津があらたまって窯の話を始めたときのことだ。

「うちの裏で焼いていたときも、不良品は仰山出ましたやろ？」

留津は、絹屋の裏庭で、錦窯《きんがま》でくれを焼いていたころを思い浮かべ、ひとつひとつ確認するような口調で言ったのである。

「最初のころは、目も当てられんぐらいやった」

半兵衛も、当時を思いだしてそう答える。

「最初は、たしか、くれがまだ十分乾ききっていないのを知らずに焼いたのが、失敗の原因やて言うてはりましたなあ」

「どの程度の乾燥が必要なのか、いくら頭で聞いてわかったつもりになっていても、実際にやってみんことにはなかなかわからんもんや」

「火の加減も同じでしたやろ？　あんな小さい錦窯のときですら、えらい苦労してはったもの」

「そうや。それに、せっかく完璧《かんぺき》な乾燥状態やと安心していたら、急に雨が降ってきて、不用意に濡《ぬ》らしてしもうたこともあった。あのときは、自分らの不注意が悔しいというより、あほらしいなってきて、みんなでなんや泣き笑いみたいになってしもたけど」

半兵衛は、そのときのことを思いだしたのか、懐《なつ》かしそうに唇に笑みを浮かべている。あのころは、失敗までが新鮮で、なにがあっても笑いとばせるだけのゆとりがあった。

「今回の窯焼きも、その意味では同じことやないですか」

最初からすぐに成功しなくても、何度か繰り返しているうちに要領がわかってくるものだ。これまでと同じように、また気を取り直して再出発すればいい。一回の失敗で、なにもそれほど落ち込むことはないのではないか。留津は、そんなふうに言いたかったのだ。

「まあな」

半兵衛にしては歯切れの悪い答え方だ。

「元気を出して、もう一回試してみてはどうですやろ？」

「うん……」

返事はしたものの、その顔は逆の言葉を告げている。半兵衛はなにかにひっかかっているのだ。留津は、敏感にそれを嗅《か》ぎ取った。

「もしかして、なにか大きな問題でもありますのか？　たとえば、いまの窯自体に欠陥があるとか？」

そもそもの作り方とか、構造的なところに問題があるのだろうか。たとえそれが窯として致命的な欠陥であっても、いや、そうであるならなおのこと、原因がなにかを知っておかなければならない。

「昇吉さんは、なんて言うてはるのですか」

留津は訊《き》かずにはいられなかった——。

四

その女が、絹屋の店先に留津を訪ねて来たのは、そんなことがあった翌日のことだった。

「見たところ、堅気のおひとではなさそうですけど、お通ししてもよろしいのですやろか」

店の者が気を遣って、そんなふうに訊いてくる。

「旦那《だんな》さまやのうて、この私にどうしても会いたいと言うてはるのやな？」

「はい。初めての方ですので、ご用件をお訊きしてみたんですけど、会って直接やないとお話しできないそうでして。ただ……」

言っていいものかどうか、判断がつきかねる様子だ。

「ただ、なんやの？」

「どうやら、棟梁のことみたいなんですけど」

「昇吉さんのこと？」

「たぶん、そうやないかと」

昇吉の知り合いだというのなら、留津としても、門前払いをするわけにはいかない。どんな話があるのか知らないが、本来ならば半兵衛にも同席してほしいところである。だが、あいにく朝からどこかへ出かけたきりで、帰りはいつになるかわからない。それに、その客というのも、わざわざ自分を名指しで訪ねて来たからには、なにか特別な事情があるのかもしれない。

留津は少し考えて、女を、普段客間として使っている広い座敷ではなく、あえて奥の夫婦の部屋に招きいれることにした。

「ひさ、と言います……」

留津の前に腰をおろしてすぐに、女は切り出した。

言葉からして、彦根の生まれではないのはあきらかだ。見たところ、年格好も留津とさほど変わらない。いや、むしろ小柄な分だけ留津より若く見えるぐらいだ。ただ、向かい合ってもう一度じっくりと見ると、肌の張りの具合などから、本当は三つ四つ、いやもっと年上なのかもしれないとも思う。

小柄な身体《からだ》つきのわりに、大きな柄の個性的な花唐草の着物を着ている。絹屋に嫁いで以来、ずっと呉服を見慣れてきた留津の目から見れば、安っぽい素材だとすぐにわかる。それでも、手入れの行き届いた着方をしているのは、女の身持ちのよさを表しているようで好感が持てた。ちょっとした襟元の崩し方や、帯結び、濃いめの化粧などから見ると、店の者が堅気の女ではないと判断したのも納得はいく。

だが留津は、まだ会ったばかりのこのひさという女の目のなかに、誰にも頼らず毅然《きぜん》と生きてきた者だけが持つ、ある種の強さと清潔感のようなものを感じ取っていた。

「留津さんというのは、あなたですね」

ひどい早口だ。それに、仇《かたき》にでも向かっているような顔つきである。

「はい。絹屋の家内の留津と申します。私にお話があるそうですけど」

留津はあえてゆっくりと答えた。

「昇吉さんを、返してもらいに来ました」

ひさは、その形良い濃い眉《まゆ》をつり上げて、言ったのである。

「はあ？」

なにを言い出すのかと思ったら、いきなりどういうつもりだろう。留津は思わず問い返していた。

「返してほしいって？」

「ですから、あのひとを連れて帰りたいんです」

ひさは、怒ったように言い直した。だが、それでは答えになっていない。

「連れて帰ると、言わはりますと?」

だから、留津はまた訊いた。

「連れて帰るっていうことは、連れて帰るってことです」

話にもなにもなりはしない。ひさは最初からほとんど喧嘩腰《けんかごし》で、どうやら留津に対してよほどの敵対心を持っているらしい。

「そんなこと言わはりますけど、昇吉さんは、別に絹屋で捕まえているわけでも、縄で縛りつけているわけでもありませんけどなあ」

自分でもおかしな答え方をしたものである。ただ、ひさが一方的なうえ、あまりの剣幕なので、留津も黙ってはいられなかった。

「いえ、捕まっているのも同じことじゃないですか。こんな彦根くんだりまで来て、そのうえやたらと引き留められて。あのねえ留津さん、あのひとは、もともと彦根には断りに来ただけなんです。おたくのご主人があんまりしつこくおっしゃるので、失礼がないようにと、きちんとお断りするために来ただけです。ええ、そうよ、ほんのちょっと絹屋さんの顔を見て、それでもうおしまいのつもりだったんだ。そのつもりで、ちょっと彦根に立ち寄っただけなのに、あのひとときたらそれっきり今日まで……」

よほど胸に溜めてきたものがあったのだろう、ひさは一息でそう告げた。

「断りに来たって、どういうことですか」

「だから、絹屋さんに、あなたのご主人さまにね、仕事のことで断りに来たんですよ。ところがあのひとったら、あなたに出会って、それですっかりいかれちまったみたいで……」

ひさは、最後のところを小さな声で言ってから、言葉を途切らせた。

いったいなんのことを言っているのだろう。昇吉が断りに来たというのは、初めて絹屋を訪ねて来た日のことなのだろうか。

「私と会《お》うてから？　昇吉さんがどうかしたと言わはるのですか」

留津が問い掛けても、ひさは、そのことは忘れてくれと言わんばかりに顔の前で手を振るばかりで、もう二度と触れようとはしない。

「そんなことより、ようござんすね。昇吉さんは、あたしが連れて帰りますから」

ひさはまっすぐに留津を見て言った。背筋を伸ばし、精一杯胸を反らしてはいるが、その顔がどこか寂しそうに見えるのは気のせいだろうか。

「つまり、昇吉さんは、最初から手前どもで働いてくださる気はなかったと、そう言わはるのですか？　もともと、そんな気はなかったと。それを、わたしらが無理やり引き留めたので、今日まで日がたってしもうたと？」

「だって、そのとおりでしょ」

そんな馬鹿《ばか》な、と留津は言いたかった。

もしもそれが本当なら、いったい絹屋はなんだったというのだ。もしもひさの言うとおりなら、昇吉はそんないい加減な気持ちで、今回のやきもの作りを考えていたことになる。半兵衛が一生の夢を賭《か》けた窯造りにも、その程度のいい加減さでしかつきあっていなかったことになる。

だから、今回の初めての焼立ても失敗したのだ。

この前千代が噂《うわさ》をしていたとおり、やはりあれは、すべてが昇吉の手抜きゆえの失敗だったのか。

考えれば考えるほど、こみあげてくるものがある。留津は憤《いきどお》りを抑えることができなくて、うつむいたまま、両手を膝《ひざ》の上で強く握り締めた。

あの昇吉は、そんな思いで今日まで通《かよ》って来ていたのか。そう思うと、握り締めた留津の拳《こぶし》が、次第に怒りで震えてくる。

あの日、初めて昇吉がやって来たとき、その妙に軽快な着流し姿を不審に思ったものだった。まるで、近所からひょいと絹屋に立ち寄ったとでもいうような昇吉の風情《ふぜい》に、留津がいつまでもこだわっているのを半兵衛にたしなめられ、職人とはそういうもので、常人には理解しにくい、つかみどころのない人種なのだと自分に言い聞かせたものだった。

だが、それもこれも、もしもひさが言うのが本当だとすれば、すべて辻褄《つじつま》があってくる。

それならなぜ、昇吉はきっぱりと断ってくれなかったのか。

どうして、断りに来ただけだと、一言正直に告げてくれなかったのか。

喉元《のどもと》まであふれてくるそんな言葉を、留津は目の前のひさにぶつけたかった。そのせいで、絹屋の窯《かま》はこんな目に遭っていると、文句を言わずにはいられない気持ちだ。

だが、そう思って顔を上げたとき、はたと思い浮かぶことがあった。

もしや昇吉は、半兵衛があまりに喜ぶ顔を見て言い出せなくなったのだろうか。その後も、半兵衛があまりに昇吉を頼りにし過ぎたから、放って逃げ出すことができなかったのか。だから、そのままずるずると……。

「昇吉さんは、これまで十分つきあってあげたんですからね、もうそろそろお役ご免でようござんしょう？　どうせ、窯造りなんて、おたくにとっちゃお遊びみたいなもんなんだから」

ひさは、ついにそんなことまで口にした。

「なんやて？　いま、なんて言わはりました」

思わず留津の声が大きくなった。そればっかりは聞き捨てならぬ。

「だってさ、こちらさまにはこんな立派なお店があるわけだし、呉服の商いも手広くやっていなさるんですもの、いまさら新しく窯を造るなんて、どう考えたって金持ちの道楽じゃないですか」

「やめて！」

留津が、そう叫んで立ち上がろうとしたときである。乱暴に戸を開ける大きな音がして、ものすごい勢いで昇吉が飛び込んできた。

「おひさ、おまえこんなところでいったいなにしとると！」

昇吉は、ひさの姿を見つけたとたん、つかみかからんばかりの勢いで言った。ひさは一瞬驚きはしたが、それでも悪びれる様子はない。

「だからさ、昇ちゃんはもう有田に帰るんだから、これまでのお給金をまとめてもらってあげようと思ったのよ」

「なんやて？」

「だって、どうせ昇ちゃんのことだから、また前みたいに自分ではなにも言えなくてさ、そのまま黙って消えるつもりだろうから……」

ひさは、ほんのちょっと拗《す》ねたような声になった。

「おまえ、なんてことを。すいません、奥さん。こいつの言ってることはみんな嘘《うそ》っぱちですけん」

昇吉はひさを自分の背中で隠すようにして、すまなそうに留津を見た。

「あら、嘘じゃないでしょ、昇ちゃん。あんた、今日までさんざんこちらさまの窯造りを手伝わされたんだろ? 旦那に泣きつかれたから、しようがなかったんだって、あたしにそう言ってたじゃないか。だったらせめて、もらうものもらってから辞めたって、ばちはあたんないわよ」

「黙れ!」

そう叫んだ昇吉は、いきなり留津の目の前で、ひさの頬を打った。

その乾いた音は、狭い部屋の空気を震わせ、留津の心をいたたまれなくさせる。

だが、思わずあっと声をあげたぐらいで、なすすべがなかった。

ひさは、すぐに打たれたほうの頬に手をあて、黙ったままでこちらを睨《にら》み返してきた。頬を打ったのは昇吉ではなく、実は留津自身だったのではないかと錯覚しそうなほど、その目が激しい怒りを訴えている。

やがて、勝ち気そうなその目から、見る間に涙があふれ出て、大きな粒になって次々ところがり落ちはじめた。

「お手当ては十分過ぎるぐらいいただいている。おまえなんかにとやかく言われる筋合いはないけん、勝手なことをするな」

ひさを怒鳴りつける昇吉は、これまで留津が見たどの顔よりも厳しかった。いや、厳しいからこそ、昇吉の辛《つら》さが透けて見える気がする。

「昇吉さん……」

留津は耐えきれずにそう呼びかけた。かといって、なにを言えばいいかわからない。本当に黙って彦根を去ってしまうつもりだったのか。いや、その前に、窯造りはやはり手抜きだったのか。最初からそんなにいい加減な気持ちだったのか。だから、あんなにみごとに失敗したのか。確かめたいことはいくつもある。だが、そのどれよりも、もっと訊《き》かなければいけないことがあるような気もした。

「昇ちゃん、あんた馬鹿だよ。清水坂の旦那さんに、あんなにいい話をもらっていたんだよ。なのにその出世話を蹴《け》っちゃったんだもん。あのままいけば、やりなおせるところだったのよ。そしたら田舎の借金だって……」

ひさは、流れる涙を拭《ふ》こうともせず、話し続けていたのである――。

「おひささんの話は、みんな本当のことでしたのやな?」

昇吉とふたりで部屋に向き合ったとき、留津はゆっくりと切り出した。

ひさは言いたいだけ言い、最後は捨てゼリフのようなものまで残して、ひとりで帰っていった。それを見送ったあと、昇吉だけにはこの場に残って、話を聞かせてくれるようにと頼んだのである。

どちらにしても、このまま曖昧《あいまい》にはしたくない。半兵衛のためにも、絹屋の商いのためにも、なにより窯の今後や、やきもの商いの将来のために、留津としては、どうしても昇吉自身の口から事情を訊いておかなければならないと思った。

「お恥ずかしいところをお見せしまして……」

昇吉は神妙な面持ちで留津の正面に正座をし、そう言ったままなにも答えずに、うなだれていた。思えば、こうしてふたりだけになることも、じっくり話をすることも、これが初めてのことだ。

部屋のなかを、居心地の悪い静寂が満たしている。留津は居ずまいを正して、また口を開いた。

「顔をあげてください、昇吉さん。私は、あんたを責めるつもりやないんです。ただなあ、本当のことが知りたいのや。おひささんが言うてはったのがもしも本当なら、謝らなあかんのはこっちのほうやし」

半兵衛が今日のことを聞いたら、いったいなんと言うだろう。それを思うと心が塞《ふさ》ぐばかりだが、半兵衛の耳に入れる前に、せめて真実を知っておきたい。

「とんでもないです、奥さん。謝ってもらうことなんか、なんにもありません。ひさの言ったことは、もうどうか気にせんでください」

昇吉は、あくまでも答えないつもりなのだ。

「そうはいきません。昇吉さん、あんたほんまに、あの日はうちへ断りに来はったのですか。うちで窯造りをする気なんか、最初っからなかったというんですのやな」

問いかけているうちに、留津のなかで噴きだしてくるものがある。

「それは……」

口ごもる昇吉を見ていると、なおさらだった。留津はもう、自分では止めることができなかった。

「主人が素人《しろうと》やと思うて、あんたはいい加減な気持ちで窯造りをしてはったんですのか。主人はあんなに真剣やったのに、みんな空回りやったんや。職人らが言うていたそうやけど、あの窯造りは手抜きやったんやてなあ。今回の初窯の失敗も、みんなそのせいなんやね」

「待ってください、奥さん」

たまりかねたように、昇吉が口を開いた。

「半兵衛さんは、決して素人ではないですよ。あの方は、もう何年も前から考えていただけあって、それはいろんなことをよう調べてある。素人みたいになんにも知らんような顔をして、それはいちいちなんでも聞いてこられるとです。そやけど、みんなもう自分で知ってはることばっかりですのや。それはもうこっちが舌を巻くぐらい……」

昇吉は、堰《せき》を切ったようにしゃべり続けた。

「奥さんが言うように、もし半兵衛さんが本当の素人なら、あっしは引き受けるつもりにはならんかったとです」

「それなら、なんで？」

「手抜きをした、と言いたいんですね」

「いや、私はなにも、あの窯造りが全部手抜きやったなんて、そんなふうに決めつけているつもりはないのやけど」

留津は、あわててそう言いそえた。

「よかですよ。気い遣《つこ》うて、なにもいまさら言い直すことはなか。あの窯焼きは確かに大失敗やった。誰にどう言われても、あっしにはどうしようもない。あれだけ元手もかけて、手間もかけて、それであんな結果では、あっしにもなにひとつ言い訳はできんとです。そやけど……」

昇吉は一気にそこまで言ってから、苦しそうに言葉をのみ込んだ。

「そやけど、手抜きではなかったと？」

身を乗りだすようにして訊く留津と、一瞬目が合った。驚くほど近くに顔があった。昇吉はひどく戸惑った様子で視線を逸《そ》らせ、しばらく黙り込んでいたが、やがて思いつめた表情をして、やっと留津のほうに向き直った。

「この昇吉、確かにこれまで、まっとうな生き方やったとは言いません。いろんなところで、ひとを裏切って生きてきたというほうが、合《お》うているのかもしれん」

「さっき、おひささんが、郷里に借金があるようなことを言うてはった気がしたけど」

「あいつは、ガキのころからのつきあいなんです。おひさには、なにもかもみんな筒抜けです」

「最初は、昇吉さんの奥さんかと思いましたけど」

普通の夫婦ではないだろうと直感したが、そこまでは言えない。

「本人はそのつもりかもしれません。こっちはそこまで思うてないし、祝言《しゅうげん》をあげたわけでもないですけど、気がついたらもっと長いつきあいになっていたとです」

昇吉はちょっとはにかんで、親同士が同じ職人仲間だったので、物心ついたころから一緒だったのだと言う。当時、江戸から流れてきたばかりのひさの両親は、ふたりがいずれは夫婦になると思っていたらしい。

「腐れ縁というやつでしょうか……」

そう言って、昇吉は小さな笑みをもらした。

幼なじみで、二歳年上のひさは、その後もことあるごとに昇吉の暮らしに関わってきたという。親譲りの職人気質《かたぎ》で、仕事となると幾晩も寝ずに打ち込む昇吉を、なにかと心配してくれたのもひさだった。

仕事にのめりこんで根を詰め、身体《からだ》を酷使する分だけ、終わったあとの気晴らしは極端だった。暮らし向きにはまるで無頓着《むとんちゃく》で、腕を見込まれて増えていく給金も、弟子や手伝いを連れて行く酒代になったり、仲間に誘われるままに加わる博打《ばくち》に消えていく日々だった。

「借金というのはそのときの？」

留津は気になっていたことを、思いきって口にした。

博打はひとを変えるという。賭《か》けですった金がかさみ、つい借金を重ねて身を持ち崩すということも、ありそうな話である。

厳しい職人の世界ゆえ、その気晴らしとしてつかの間の享楽《きょうらく》に溺《おぼ》れた昇吉が、むやみに金を浪費し、ついには借金までしていたとしても、それはそれでわからないことでもない。

だが、留津のそんな言葉にも、昇吉はふっと力ない笑みを浮かべたきりで、否定も肯定もしなかった。

「違うのですか」

留津の問い掛けに、昇吉はやはり笑うだけだ。

その端正な横顔の、かすかに浮かんだ口許《くちもと》の笑みが、なぜかぞっとするほど哀《かな》しげで、留津はもうそれ以上は訊くことができなかった。

「そいばってん……」

　昇吉は思いつめたように頭をあげた。

「あっしは、窯《かま》だけは裏切ったことがなか。確かにひとは騙《だま》したかもわからんけど、あっしは窯だけは騙したことがなか。それだけはわかってほしかとです、留津さん」

　昇吉は、身を乗りだすようにしてそう言った。怖いほどの顔をしている。これまで奥さんとしか呼んだことがなかったのに、いや、奥さんと呼ぶことすらほとんどなかったのに、留津を初めて名前で呼んだ。

「あ、すいません、奥さん……」

　口にしてから、自分でもそのことに気づいたのか、昇吉は急に耳まで真っ赤になって、ひどくあわてて言い直した。

「奥さんでも、留津でも、どっちでもいいんですよ」

　留津は不思議な感動を味わっていた。名前で呼ばれたからではない。それほどまでにひたむきに、昇吉が心を開いてくれていることが嬉《うれ》しかったのである。

「いえ、すいません。あっしはただの職人やけん、そがんことは……」

「職人やけど、ただの職人やない。昇吉さんは棟梁《とうりょう》です」

　だからこそ、こうして部屋にも上げたし、ふたりだけで話もしているのだと、そう告げたつもりだった。

「ばってん、このことだけは聞いてほしかったとです。ほかの者になら構わんのです。なにを言われようと気にはならん。言い訳も、弁解も、するつもりはなかです。そいばってん、ばってんあっしは……、奥さんにだけは……」

苦しそうにそう告げると、昇吉は唇を噛《か》んだ。

少なくとも、昇吉はわざと手抜きをしたわけではなかったのだ。失敗の原因は、もちろんいくつかあるのだろうが、それはきっと不可抗力というものだろう。留津は、その目に真実を見た思いがした。

「それなら、なんで、もう郷里に帰るなんて言わはるのですか」

だからこそ、留津は言わずにはいられなかったのである。

「え？」

昇吉は、驚いたように声をあげた。

「そうやないですか、昇吉さん。もしも昇吉さんが、ほんまに窯を裏切りとうないと思うのやったら、どうして途中でやめるんですか。なんであの窯に、きちんと最後まで答えを出させてあげはらへんのです」

「答えを……？」

「そうです。答えです。そうやないと、窯があんまり可哀想《かわいそう》や」

そう言った留津の顔があまりに険しかったので、昇吉は返す言葉すらないようだ。

「前に、主人から聞いたことがあります。昇吉さん、答えは窯のほうが出すものやと言わはったんやてなあ。主人とふたりで晒山を窯場にしようと決めたときのことです。窯にとって、晒山が本当に良い場所なのかと主人が訊《たず》ねたら、昇吉さんは自分でそう答えはったんです」

昇吉は、ただ気圧《けお》された様子でこちらを見ている。

「そうでしたやろ、昇吉さん。窯にとって良い場所というのは、ひとが決めるのやのうて、窯のほうが決めるのやて、主人は昇吉さんにそう教えられたと言うてました」

「あのときは……」

「口から出まかせに、主人をはぐらかすようなことを言わはったわけですか。もしかして失敗したときの弁解のためにですのやな。今回みたいに、どうしようもないことになるのを見越して」

たたみかけるように問う留津に、昇吉は激しく首を横に振った。

「そがんことは、決して……」

「そうですやろか。主人からは、ほかにも聞いています。今回の失敗についてのことです」

「半兵衛さんは、なんと？」

「詳しい説明やったと言うていました。詳しいだけやのうて、それはもう冷静な説明やったそうですなあ」

水はけのこと、くれの積み方や窯室の大きさのこと。それから、燃料の赤松の量や、温度の上げ方の速度について。そして、おそらく原因と思われるものの多くは、窯造りの段階で、季節によっての地域的な風向きの変化を読み切れなかったからではないかということと、その風と登窯の勾配《こうばい》との関係にあるのかもしれないということなど、昇吉はさまざまな手段で分析をしていたらしいのである。

「半兵衛さんにはできるだけ、わかってもらいたかと思うとったとです」

昇吉は、静かな声でそう言った。

「そやけど、主人は……」

そこまで言って、留津は言葉を途切らせた。

「半兵衛さんは？」

目でその先をうながす昇吉に、留津はいったん大きく息を吸い、思い余ったように口を開いた。

「なんにもならん、と言うていました。あいつは結局みんな口ばっかりや、他人事《ひとごと》みたいに思うとるんや、とも」

「そんな……」

「なあ、昇吉さん。職人というのは、しょうもない仕事ですのやなあ」

留津は、あえて吐き捨てるような言い方をした。

「え？」

その辛辣《しんらつ》な言い方に、昇吉はもはや言葉をはさむことさえできないようだ。

「そうやないですか。窯造りにはあんなに一生懸命に手をかけて、夢中になって働いて、もちろん、たんとお金もかけてですよ。それで、結局は、答えは窯まかせですのやもんなあ」

「いや、それは……」

「おまけに、ほかの職人らもそうですよね。節操がないというか、水臭いというか、最初はあれほどみんなでひとつになっていたのに、たった一回本焼きがうまくいかなかっただけで、もう誰も彼も手のひらを返したようや。私の耳にもいろいろはいってきますけど、寄るとさわると、棟梁にばっかり責任を押しつけて。職人の心なんて、ほんまに頼りにならんものです。私は、職人というのには、ほんまにがっかりしましたわ」

言いながら、昇吉の表情が気になった。留津の心をちくちくと刺すものがある。だが、それでも留津の言葉は、容赦がなかった。

「なあ、昇吉さん。職人なんていうもんは、所詮《しょせん》そんなものなんですか。私は奉公先でずっと見てきたけど、商人というのは、商いに命を賭けるもんです。相手にうんと言わせるように、それはもうどんなことをしてでも、がむしゃらに頑張ります」

黙ってうつむいている昇吉の、その華奢《きゃしゃ》な指がかすかに震えているのが目にはいった。留津は、それでもさらに続けたのである。

「私は、職人かて同じことやと思うていました。なにがなんでも、窯に良い答えを出させてやるって、そのぐらいのことを思うのが職人やと、そう思うていたんです。そやけど、ほんまにがっかりやわ。職人なんていうのは、結局は窯主に雇われて、みんな守られているのですなあ。成功しようと、失敗しようと、そんなもんはみんな、そのとき次第の窯次第。なにが起きても天気のせいや。風のせいや。それでもあかんかったら、最後は窯の神さんのせいにしたら、それで終わりやもの。自分はなんにも危険を冒すこともないし、責任を取ることもない。一生懸命轆轤《ろくろ》回して、絵付をして、それだけでいいんやわ。もしうまくいかなかったら、いまの窯から次の窯へ、流れていったらまた次の仕事もあるしなあ」

弾みのついた言葉は、次から次へといやおうなしに口をついて出る。留津はもう、自分でも止めることができなかった。

そのときだった。昇吉が、突然キッと顔を上げて、留津を見た。

「あんたに、職人のなにがわかるとや」

耐えに耐え、それでも耐えきれずにこぼれ出た言葉だったのだろう。昇吉の声は低く、全身からやっとのことで搾《しぼ》り出したような、なかばかすれた声だった。

「職人ちゅうもんは、職人ちゅうもんはなあ……」

握り締めた拳《こぶし》が、ぶるぶると震えている。怒りの激しさが、その唇のわななきからも十分すぎるぐらい見てとれる。

だが、昇吉は、せっかくそこまで言ったのに、またそこで口を閉ざしてしまった。

仕事を侮辱され、誇りを傷つけられ、神聖な窯まで卑《いや》しめられて、昇吉が怒りを覚えないはずがない。耐えるほうがおかしいのだ。それがわかっているだけに、留津の心もまた血を流している。

「職人ちゅうもんは……」

昇吉は、どうしても次の言葉を口にできないのか、ただそんなふうに繰り返すだけだ。

留津も必死で堪《こら》えていた。ひたすら待っていたのかもしれない。あと一歩、あともう一歩なのだ。そんな思いで、また留津は問い掛けた。

「なあ、昇吉さん。あんたなんで怒らへんのや。さっきおひささんを叩《たた》いたみたいに、なんで立ち上がって私に怒鳴らへんのや?」

「それは……」

「私は仮にも絹屋の御内儀《おかみ》と呼ばれる身です。半兵衛の家内なんです。ここまで言うからには、それなりに覚悟もできています。あんたは怒ったらええのや、昇吉さん。もっと、自分をぶちまけたらええのや。まわりの職人にも、手伝いのひとらにかて、いいえ、半兵衛に対してでも、もちろん私に向かっても同じことや。そんなに自分を抑えずに、格好なんかつけてんと、心の底をさらけ出して、なんでも言いたいこと言うてやったらええのや」

留津ごときに職人の思いなんかわかるはずがない。そう言いたいのをなぜ我慢するのだ。留津はそうも言いたかった。

「たぶん、今回の窯の失敗は、みんな昇吉さんのせいやと私は思うています。原因は、風のせいかも、窯の勾配かも、それは私にはわかりません。そやけど、そんなふうになったのも、みんなきっと昇吉さん、あなたの気持ちが原因や」

「え?」

昇吉は、虚を突かれて目をみはった。

「あなたは、きっと腕は確かな職人なんや。頭も勘も鋭いおひとや。経験かて誰にも負けへんはずです。おひささんが言うてはったように、清水《きよみず》の旦那《だんな》さんというのがその腕を見込まはったというのやから、それは間違いないんやと思います。そやけど、あなたには大きな欠点がある」

「留津さん、もしかしてあんた……」

昇吉はハッと気づいたように、声をあげた。

「そうや、あなたはそれを自分で気づかなあかんのや。窯の具合も、火の加減も、最後の最後になって、どうしても自分を押し通しきれない。それは棟梁としては失格や。せっかく頭でわかっていても、最後にそれを曲げたのではなんにもならん。棟梁やったら、負けたらあかんのや。ときにはひとを倒してでも、蹴散《けち》らしてでも、たとえみんなから嫌われてもや、棟梁やったら喧嘩《けんか》してでも、最後は自分を押し通す勇気が要るんです」

「留津さん、それでさっきはあっしにあんなことを」

昇吉は、しみじみとした声でそう訊《き》いた。

「堪忍《かんにん》してください。そやけど、私がなにも言わなくても、昇吉さんは、もうとっくに自分でも気がついてはったはずや。ただ、まっすぐに自分を見る気がなかっただけやと思います。違いますか」

「そうかもわからん……」

昇吉は神妙な顔でうなずいた。

それがこの男の優しさといえばいいのか、それともひとの良さとよぶべきか。あるいは、気の弱さと断じたほうが正しいのかは、いまの自分にはわからない。

だが、どちらにしても昇吉は周囲の人間に左右され過ぎた。緻密《ちみつ》で正しい判断材料を持っていても、そのことを最後まで主張しきれないところに、この男の弱点がある。それをいま、昇吉は自分自身が肝に銘じて感じているはずである。

留津は、もうこれ以上は言うまいと思っていた。あとは本人に任せるしかない。

「私はいつも部外者やったし、誰からも同じ遠さのところにいましたしなあ。そやから、どんなことでも、勝手なことが言えるのですやろ。実際に、自分でやるとなったら、どんなに大変なことか、それはようわかっているつもりですけど」

「いや、奥さんにはっきりと言うてもろうて、よかったと思うとります。半兵衛さんも、商人としては一流やけど、窯主《かまぬし》としては初めてのこと。あっしはあっしで、職人の経験は長いけど、棟梁《とうりょう》としては新米やったけん」

「そやけどなあ、昇吉さん。どんな熟練のひとでも、最初はみんな新人や。はじめから熟練のひとなんて、この世にはひとりもいませんよ。ただ、熟練になるためには、繰り返すしかない。それは、昇吉さん、職人のあなたが一番ようわかっているはずですやろ」

「そのとおりです」

「このままでは、悔しすぎるとは思いませんか。このまま、また黙ってここを出ていって、窯場を変わって、また新しい仕事が始まるのかも知れんけど、あなたはそれで満足ですか」

「それは……」

「無理やりにでも窯のほうにこっちを向かせて、窯に、うんと言わせてやろうとは思いませんのか」

「もう言わんでくんさい。もうよか。奥さん、あっしにもようわかっとります。あっしも職人や、棟梁である前に、まず職人や。職人っちゅうもんが本当はどんなもんか、あっしはこれからも奥さんにじっくり見とってほしか」

「そんなら、もう一回？」

「任せてくんさい。今度の窯には、ぜったいうんと言わせてみせますけん。どうしても振り向かせたか女のためやったら、男はなんでもできるもんや」

昇吉は、最後は冗談めかしてそう言った。その顔に、やっと晴れ晴れとした笑みが戻っている。留津はその横顔を、ただじっと見つめていた。

五

「旦那さんが、お呼びですが」

小兵衛《こへえ》が、神妙な様子で留津を呼びに来たのは、それからしばらくたったある日、一日の仕事がひととおり片づいた夕暮れのことだった。

なにごとかと思って店まで行ってみると、半兵衛は小兵衛と留津のふたりを、自分の目の前に並んで座らせた。

「大事な話があるのや、ちょっと聞いてくれんか」

いつになくあらたまった口調に、留津は居ずまいを正し、小兵衛もかしこまって頭を下げた。

「ふたりとも知ってのとおり、絹屋を含む三人の窯は、もう一回本焼きに向けて動きだし始めた。今回は、昇吉もこれまで以上に頑張ってくれているし、まあ一回目はことごとく失敗やったけど、今度ばかりは、なんとしても成功させると張りきってくれている」

そう言う半兵衛自身も、ひところの沈みがちな様子もすっかり消え、以前にもまして意気込みを取り戻していた。

「ぜひ、成功させてください」

留津は、心から言ったのである。

「それでや。ふたりには折り入って頼みがある」

半兵衛はそう言いながら、そばに置いてあった大きな布包みを、ふたりの前にでんと並べた。

「これは？」

「絹屋のいっさいがつけてある帳面や」

今日の時点での未精算の売掛金と、買掛金。その決済条件や決算表。借財、蓄財、総売り上げに、仕入れの総額。絹屋の古着呉服商としての、資金の動きのすべてが網羅されたものだった。

「大福帳、ですね？」

小兵衛は手慣れた仕草で、その一冊を手にとり、ぱらぱらとめくってうなずいている。毎日何度も手にし、あるいは書き込みをし、確認に使っているものだから、当然のことだろう。

留津にしても初めて見るわけではなく、たまに記入漏れがないかという確認作業や、算盤《そろばん》を使っての検算など、これまでも手伝いに駆り出されたことがある。毎日というわけではないが、そのとき何度か手にしたものだ。

「これが、なにか」

半兵衛の真意を測りかねて、留津はまずそう訊いた。

「たったいまから、これを全部ふたりに預けようと思うてる」

半兵衛の言葉はそれだけだった。

「なんですって、旦那さん」

頓狂《とんきょう》な声をあげたのは、小兵衛のほうだった。

「ということは、つまりうちらふたりで、絹屋の商売をやっていけということみたいに聞こえますけど」

「そのとおりや、留津」

「そんな無茶な……」

小兵衛は、またも大きな声をあげた。

「それから、これはこの前留津にも言うておいたことやが、小兵衛は今日から絹屋で寝起きをしてもらう」

「はあ？」

小兵衛はますます当惑しているようだ。

「正式に、うちの養子にしたいと言うているのや」

「へい……」

「なんや、不服か」

「いえ、そういうわけではありませんけど」

半兵衛と先妻とのあいだにできた実子の善左衛門《ぜんざえもん》は、亡《な》き養母、先代の絹屋半兵衛の妻女のたっての頼みで、後継者のいない養母の実家に養子に出した。

留津が嫁いで来て一年以上になるが、なかなか子宝に恵まれないこともあって、このあたりで、これまで使用人として誠実に勤めてくれていた小兵衛を養子に迎え、絹屋の稼業《かぎょう》を本格的に仕込もうというのである。

「なあ留津。小兵衛をおまえに任せたい。しっかり、良い商人に仕込んでやってくれんか」

半兵衛は、本気とも冗談ともつかぬ顔をして、何度か留津にもそう言ってきたのだった。

「留津はどう思う？」

前々から、何度も口にはしていたが、面と向かって留津の意見を訊いたのは、これが初めてだ。

「良いことやと思います。小兵衛は見どころのある子です。良い商人になると思います」

留津は即座にそう答えた。

「ただ……」

「なにか言いたいことがあるのやな？」

「はい。小兵衛も商人として見どころのある子ですが、善左衛門も算盤が得意です。書の腕も確かやし、帳面のつけ方を見ていると、几帳面《きちょうめん》な性格がようわかります」

養母の実家に養子に出たとはいえ、その腕を見込まれて、この絹屋に通って来ている善左衛門への配慮について、留津はあらためて小兵衛の前で言っておきたかったのである。

「よう言うてくれたなあ、おおきに、留津。あいつは、明日から晒山のほうへも通わせるつもりや」

「ということは、窯のほうの帳面をさせるんですのか」

「そうや、昇吉もわしも、このあとは窯のことで頭がいっぱいになる。むしろ、わしはやきものの商いに専念させてもらいたいのや。焼き上がったら、売りさばきのほうも始めることになる。そっちの帳面も、専門的にやる者が要るようになる」

「そのほうを、善左衛門にやらせるんですね」

「そのこともあって、明日からおまえらふたりに、この絹屋をしっかり守ってもらいたいと思うのや」

「えらい大役やで、小兵衛。これまでの古手呉服の商いを一手に任されるやなんて、それはもう大変なことや。旦那さまは、晒山に行ったきりにならはるかもしれへんから、これからはなにかも、うちらふたりで相談して決めることになるのやろうけど、おまえはそれでいいのやな?」

留津は、小兵衛のほうを向いて訊いた。

「はあ……」

小兵衛は、やはり戸惑いを隠せない。

「どないした、小兵衛。あかんのか」

そんな小兵衛に、半兵衛が焦《じ》れたように答えを急《せ》かす。

「良いも、悪いも……」

だが、まだ頭の整理すらつかない様子で、小兵衛は口ごもるばかりだ。

「うちとふたりでは、頼りないのと違うか」

留津が、包み込むような目で小兵衛を見た。

「いえ、それはありません」

留津の問いかけを、小兵衛はきっぱりと否定した。

これまではっきりしなかった小兵衛が、その返事だけはあまりに素早かったので、半兵衛は大きな声で笑いだした。

「よし、わかった。そんならこれで決まりや。ええな、小兵衛。本日ただいまから、おまえは絹屋の番頭となって、わしらの正式な養子になる。ということは、いずれは絹屋の主人になるという意味やさかい、わかってるな」

「はい」

小兵衛は、今度こそはっきりとうなずいた。ようやく思いが定まったという目をしている。

留津も安堵《あんど》の笑みを浮かべた。

「みんなへの披露は、追ってきちんとすることにして、とにかくそのつもりでふたりとも商いに精出してくれ」

半兵衛は満足そうにそう告げた。

「留津も、頼んだで」

「わかりました。ただ、ひとつ気になるのは、京での買い付けですが。もしかして、それも小兵衛とうちとですることになるのですか」

「当然や」

「そうやて、小兵衛。良かったなあ、京へ行かせてもらえるのやて。そんならふたりで、毎月仲良う京に行きまひょなあ」

　留津が顔を輝かせる。小兵衛もようやく笑顔になった。

「おいおい、言うておくけど、京へは古手呉服の買い付けに行くのや。遊びに行くんやないで。大事な仕事なんやからな」

　半兵衛が心配そうな声を出したので、小兵衛も留津も、つられて笑い声をあげた。

　絹屋は、また動きだした。

　初回の窯をことごとく失敗し、思わぬ穴に突き落とされたような気がしていたが、それでも、これでようやく這《は》いあがることができた。

　これでまた前に進める。半兵衛は、そして留津も、そのことをなによりその肌で実感していた。

　その後の昇吉の変貌《へんぼう》ぶりには、目覚ましいものがあった。

　職人に指示を出す声は、以前よりずっと大きくなり、これまでならほとんど目を配ることもなかった手伝いの女たちに対しても、いい加減な仕事ぶりの者には、容赦なく叱責《しっせき》するようになった。

それがもとで、辞めていった手伝いもふたりほどいたが、そのことでかえって作業場の雰囲気に緊張感も生まれ、窯への帰属意識や、皆の結束が固くなるような側面もあった。

誰より昇吉のそんな変化を歓迎していたのは、ほかならぬ喜平だったかもしれない。喜平は、無口なところは相変わらずだが、いつも昇吉のそばにぴったりと張り付き、率先して昇吉の手足となって働くようになった。

喜平のそんな働きぶりを見ていると、ただこまやかに昇吉を補佐するばかりでなく、片時も離れず昇吉に寄り添って、昇吉の持てるやきものの知識と、生涯をかける窯師としての経験を、すべてわが身に吸い取ろうとしているようにすら見えた。

留津は、任された絹屋の古着の商いに精を出し、小兵衛を伴って、毎月一度は京へ買い付けに出かけるようになった。

とくに半兵衛が頼んだわけではなかったのだが、京から帰るたびに、近ごろ京で人気の高い着物の柄や色、帯の傾向について細かく報告をした。留津が集めてくる情報はそれだけではなく、やきもの商いについても熱心に調べてくる。

初対面でも物怖《ものお》じしない留津の性格や、女であるがゆえの存在感を生かせるからか、留津が伝えてくれる京の世情は、驚くほど詳細だった。半兵衛はその報告に耳を傾け、次の窯を成功させようという意欲をさらに高めると同時に、販路開拓のための案を立てる際の参考にするのだった。

かくして、初回よりさらに慎重に、準備にも時間をかけ、晒山での二度目の本焼きを完了して、ついに窯《かま》出しの朝を迎えたのは、翌文政十三年（一八三〇年）七月二十六日のことだった。

「どうぞ、見てください」

昇吉は、誰よりも先に半兵衛に声をかけ、窯室に案内した。

短いながら、誇らしげな響きの言葉と、一の間《ま》のなかからぬっと突き出したその汗まみれの顔とが、窯焼きの結果が満足できるものだったことを雄弁に語っている。

「おう……」

半兵衛も、そんな声だけ漏らして、すぐに窯室に消えた。

留津は、この日ばかりはと、早朝より晒山にやって来て、相変わらず窯からは距離をおいて待っていたが、不思議にしんと静かな気持ちだった。

遠くで、往《ゆ》く夏を惜しむように断続的な蜩《ひぐらし》の声がする。

やがて、汗でぐっしょりと着物を濡《ぬ》らした半兵衛が窯室から出てきたかと思うと、二歩、三歩とゆっくりこちらに向かって来た。

そして手にした皿を、こちらに向けて高々と掲げてみせたのである。

瞬間、蟬《せみ》の声が大きくなった。

半兵衛の手にした染付の皿が、朝の陽射《ひざ》しに輝いて見える。

留津のすぐ後ろで、息を詰めて結果を見つめていた女たちから、期せずして歓声がわきおこった。

その歓声は、窯出しの噂《うわさ》を聞いてわざわざ晒山まで集まってきた、物見高い町人たちの輪にも飛び火した。前回の窯出しの日には数えるほどだった野次馬たちの数は、今回は十倍以上にふくれあがっていて、彦根っ子たちが窯に寄せる関心の高さがうかがい知れる。

半兵衛のあとに続いて、窯から出てきた昇吉が、帯にはさんだ手拭《てぬぐ》いで、流れ落ちる汗をしきりと拭っているのも見える。

いや、拭っているのは汗だけではないのかもしれない。

汗と、灰と、土と、そしてこみあげてくるものとで、ぐしゃぐしゃになった昇吉の顔に、晒山の初秋の太陽が照りつけている。

完成だ。ついに、絹屋の窯は成功した。そう思ったとたん、留津の胸もまた、締めつけられるような思いがした。

長く、険しい道のりだった。途中で、もう無理なのじゃないかと、考えないでもなかったが、そのたびに留津は、半兵衛の商人としての目を、ひたすら信じてみようと決めたのだ。

だが、やっとここまでたどり着けた。

鼻の奥に、ツンと痛いほどの感覚が走る。すぐに周囲の景色が流れた。

笑おうと思うのに、頬が攣《つ》れる。その頬をとめどなく伝うものがある。

留津は、少し離れたところから、窯に向かって深々と頭《こうべ》を垂れた。

「感謝します、窯の神さま。感謝します、旦那《だんな》さま。感謝します、昇吉さん……。それから、感謝します、みんな、みんな……」

心のなかで、何度も何度も、繰り返すのだった――。

六

「すまん、すまん、えらく遅くなってしまった」

ずっと後ろのほうから、弾《はじ》けるような大声がして、騒々しく走り寄ってくる足音が聞こえた。

「おお、半兵衛さん、わしだ。ついに、焼き上がったか」

大きな声の主は、遅れてやってきた西村宇兵衛だった。今日のこの晴れの日のためというわけか、いつも以上にめかしこんで、留津には、新調の袴姿《はかますがた》だとすぐにわかった。

「いやあ、めでたし、めでたし。これで、ようやくわれらが窯も完成ということだな。よかった、よかった」

場の雰囲気と、半兵衛の手にした皿を見て、すべてを理解したのか、宇兵衛は、ひとり高らかに笑い声をあげた。

「ああ、宇兵衛さん、お見えにならんので、使いをだそうかと思うてたところです。お蔭《かげ》さまでちょっとしたヤレはあるものの、今回の焼立てはおおむね成功です。ほれ、こうして無事この皿も」

半兵衛は、手にしていた皿を宇兵衛に差し出した。

「みごとなできだ。いやはや、とにかく良かったですよ。それになあ、半兵衛さん。今回は本当に間の良いことで」

宇兵衛は、半兵衛が手渡そうとした皿を一瞥《いちべつ》しただけで、手を触れようとはせず、集まっていた全員を見回すようにして、そう言った。

「間の良いこと？」

半兵衛は、なんのことかと訊《たず》ねはしたものの、気のない素振りで、むしろ完成したばかりの染付の皿にもう一度目をやった。うっすらと表面にかかった白い灰を、愛《いと》おしそうに手で拭うと、さらに輝きが増してくる。

半兵衛には、いまはもうこれ以上なにも望むものなどないと思えた。

「なあ、半兵衛さん。みんなも、いいから訊《き》いてくれ。実はな、間もなくこちらにあるお方がお見えになる」

半兵衛は、やっと思い当たることがあって、顔を上げた。

「あるお方？　もしや、そのお方というのは、宇兵衛さん……」

思わずその名を口走りそうになって、半兵衛は口を閉ざした。

宇兵衛は、黙ってうなずいている。

「そんな……。直々に？　まさか、これからおでましというのでは……」

うろたえる半兵衛の顔を見て、宇兵衛は愉快そうに笑い声をあげた。

「だからわしも、大急ぎで着替えに戻ったのですよ。屋敷を出るところで、元締が駆けつけて来られてなあ、一部始終をうかがったものですから」

几帳面《きちょうめん》な宇兵衛が、今朝の窯出しに遅れた理由がそれでわかった。半兵衛は、そのときの宇兵衛の焦《あせ》った表情が、目に浮かぶような気がした。

「しかし、どうして今日のことが」

「実はな、半兵衛さん、今朝が二度目の窯出しの日だと、わしがなにかのついでに手代仲間に漏らしたのです。そうしたら、手代仲間から元締に伝わって、それから、あのお奉行の耳にはいったようで」

「舟橋さまですのやな」

半兵衛は、あの小鼻の横のおおきな黒子《ほくろ》と、あのとき交わした約束のことを思いだしながら言った。

「そうそう。あのお奉行から、おそらく小野田様あたりに話がいって、きっとその結果、殿様の耳に届いたのではないでしょうかな。どっちにせよ殿様は、今度はどうしても見てみたい、と仰《おお》せになったそうなんですよ」

宇兵衛のいう小野田様というのは、彦根藩主井伊直亮の側近で、家老の小野田小一郎のことである。

「あの小野田様はな、趣味人としてもかなり知られた御仁です。これは、なかなかおもしろいことになってきましたなあ、半兵衛さん」

宇兵衛はぐっと声を落とし、思わせぶりな口調で説明した。

「はあ……」

「とにかく、安心しましたよ。もしも今度も失敗だったら、どうなることかと思っておったんですけど。いや、実にめでたい。よかった、よかった」

宇兵衛は、しみじみと告げて、笑顔で半兵衛の肩に手を置いた。いや、正確にいうと、置こうとまではしたのだが、その濡れて灰だらけの着物に手を触れかねたのか、所在なくひらひらとさせただけである。

満足げな宇兵衛とは反対に、半兵衛は俄然《がぜん》落ち着かなくなってきた。

彦根藩主井伊直亮が、こともあろうに自分たちの窯場を見にわざわざやって来るとは。いや、確かに宇兵衛とのあいだでは、これまでそんな話も出てはいたが、まさか現実になるとは思ってもいなかった。

「おいでになるのは、いつごろになるのですやろ?」

半兵衛は、おそるおそる訊ねた。

「わからんけど、あの殿様のことですからな、思い立たれたら、即刻御出駕《ごしゅつが》ということも考えられる。どっちにしても、急いだほうがいい」

「それはえらいことや。急げと言われても、お殿さまがこんなところまでお出ましになるやなんて。なあ、宇兵衛さん、こういうとき、わしらはいったいどうしたら良いのですやろ? 無礼のないようにお迎えするにも、わしはこれこのとおり、こんなに汚い格好やし……」

汗みずくになったわが姿を、あらためて見回し、半兵衛はすがるように宇兵衛の顔を見た。

「そうですなあ」

宇兵衛は、半兵衛の頭の先からつま先までじろりと一瞥してから、少し大げさなほど溜《た》め息《いき》を吐《つ》いてみせた。

「まあ、よろしいやろ。みんなこのわしに任せてください。こういうことは、なにごとも作法というのが肝心ですから」

顔をしかめながらも、宇兵衛はどこか声が弾んでいる。

「まず最初は、いまのうちに急いで使いの者をやって、ご本宅に着替えを取りに行かせましょう。窯主のひとりが、いくらなんでもその姿で拝謁《はいえつ》というわけにはいかんでしょう。かと言うて、半兵衛さんが御前に出られないのは、もっとご無礼にあたる」

宇兵衛がそう言うので、半兵衛はすぐに留津を呼び寄せ、そばにいた善左衛門にもことの次第を説明して、とにかく大急ぎで善左衛門に紋付き袴を取りに行かせようということになった。

「お作法と言うても、わしらには殿さまへのご挨拶《あいさつ》の仕方もなにも、皆目見当がつきません。それに、絹屋の屋敷のほうにお出ましというのならまだしも、こんな作業場のことでは、ろくな部屋もありませんしな。いったい殿さまをどこへお通しすればいいものか」

善左衛門が転がるように走り出すのを見届けたあと、半兵衛はまた宇兵衛のほうを振り返る。

「それはまあ、今日になってから決まったという突然のお出ましなのやし、なにより窯をご覧になりたいと仰せのようなのですから、ひとまずここの作業場にある座敷で、お迎えするしかないでしょうな。それに……」

今回晒山に登窯を築いたとき、細工場の続きに、さまざまな作業をこなす部屋として、十分すぎるほどの広さを持った座敷を設けてある。

実際には「田」の字の形に間仕切りのある隣接した四部屋にはなっているが、普段は襖《ふすま》や障子などを取り払って、一部屋のようにして使っているのである。

半兵衛の意向で、一番奥の部屋には、簡素ではあったが、一応の体裁を整えた床の間も作り付けてある。座敷の外にはそれなりの前栽《せんざい》もしつらえ、泉水も設けてあった。宇兵衛はその座敷を使おうと言うのである。

宇兵衛の言葉が終わるのを待たず、半兵衛はすぐにそばの者たちに指示を出した。

「おい、みんな聞いてくれ。すぐに座敷を片づけて、大急ぎで掃除をするんや。お殿さまのお出ましなんやから、くれぐれも粗相のないように、念入りに頼んだで。大急ぎやけど、特別きれいにするんや」

声にも思わず力がはいる。半兵衛のいつにない慌《あわ》てぶりと、極度の緊張感が伝わるからか、順に指示を受けていく者たちの顔にも、それぞれ張りつめたものが感じられる。

晒山の窯場全体が、突然慌ただしく動き始めたのである。

「殿様にお出ましいただく場合は、普通は三間続きの一番奥の座敷と決まっているんです。上段、次の間、下の間と続く部屋で、殿様には、まずは上段にお座りいただくことになります。そして、次の間を一部屋おいて、われわれは下の間に控えるというわけです」

宇兵衛は、さらに説明を続けた。

「お殿さまがお座りになる部屋と、わしらが座る部屋の間に、一部屋空の部屋をはさんで、距離を保つわけですのやな」

「そうです」

「それは、困りましたなあ。ここには二間続きの座敷しかありませんし、隣の部屋というのでは、やっぱりご無礼にあたるのですやろなあ」

「それもしかたがない。なにもかも、急な仰せなのやから」

「大勢でお見えになるのですやろなあ。全部で何人ぐらいになるのですやろ？　こんな部屋においりいただけるのかどうか」

「お側役《そばやく》の方々が、何人もおいでになるはずですからな。まあ、最低でも三十人ほどにはなる心積もりはしておいたほうが……」

半兵衛が次々と質問をし、宇兵衛がそれに対応策を出していく。

かくして、窯出し成功の喜びに浸っていたのもつかの間、窯場に集まっていた者たちは、ほぼ全員が作業場に移り、座敷の内も外も、にわかに騒然となった。

「そうや、昇吉に頼んで、窯のなかから一番良いできのやきものを見立てさせてきますわ。何枚か御前にお出しして、ご覧にいれたうえで、もしよろしければ、それを献上申し上げることにしては」

「そうそう、肝心なのは、われわれのやきものをご覧いただくことですからな、なによりそちらの手抜かりがないようにするのが大事です」

ふたりが話をしているすぐそばを、手伝いの女たちが足早に行き交っていく。大急ぎであたりのものを片づける者、掃除を始める者。留津がてきぱきと指示を出し、その機転のきいた采配《さいはい》で、広い作業場が見る間に藩主を迎えるための、にわかづくりの座敷にと生まれ変わっていく。

騒ぎは、窯場の内側だけにとどまらなかった。

その日は、晒山の窯出しを見ようと、遠巻きに野次馬たちが集まっていたのだが、いつの間にかそれも一重《ひとえ》二重《ふたえ》と、人垣が増えている。おそらく、藩主お出ましの噂《うわさ》が伝わったからだろう、物見高い町人たちの輪は、あっという間にふくれあがってきたのである。

ざわざわと波打っていた人の群れが、一瞬動きを止め、その一端から流れる砂のように動き始めて、大きく形を変えた。

そしてぱっくりと空いた人垣の切れ目の向こう、あたふたと道の両端に下がって土下座して平伏する群衆を尻目《しりめ》に、彦根藩主井伊直亮を乗せた駕籠《かご》を囲む一行は、ゆっくりとこちらに向かってくる。もっとも駕籠というのは大名以下が乗るもののことで、藩主ともなれば駕籠とは呼ばず「乗物《のりもの》」と呼ぶ。

列を先導してきたのは、どうやらあの町奉行舟橋音門らしい。その後ろに屈強な体格の男が二人、さらには年配の男がもう二人。この側役の四人が、直亮の駕籠を前後から囲むように歩いている。

後方には、御櫛役《おぐしやく》という役目だとあとでわかったのだが、色白で柳腰とでも呼びたい雰囲気の若い男。こちらもあとで御典医だと聞いた、白髪でひどく小柄な男がひとり。駕籠かきの中間《ちゅうげん》や小者《こもの》などを含めても、側勤めたちの数は全部でせいぜい十人ほどにしかならない。

そのうえに、さきほどの先頭の舟橋と、さらにもうひとり、常に藩主の駕籠のもっとも近くにいるのが、家老の小野田小一郎である。

「案外少なかったですなあ」

半兵衛は、思わず小声で宇兵衛にそう漏らした。

「それは、まあ、ほとんどお忍びみたいなものだからですよ」

宇兵衛は、最低でも三十人ぐらいと教えた手前か、弁解がましい口ぶりで言う。町奉行や家老が一緒なら、お忍びということにはならぬのだろうが、それにしても意外なほど簡素な供揃《ともぞろ》いである。

「さあ、いよいよですな。こうなったら、もう覚悟を決めるしかありません。着替えも間に合わんようやし、ご無礼でもなんでも、このままでお会いするしかないですやろ」

宇兵衛は、かすかにうなずきはしたが、押し黙ったままだ。

「なあ、宇兵衛さん、このあとはよろしゅう頼みますよ。なんというても、これまでお殿さまと会《お》うたことがあるのは、宇兵衛さんだけなんですから」

半兵衛がそう言うと、宇兵衛は激しく首を横に振った。

「めっそうもない。私はお目にかかったことなど一度もないですよ」

「えっ、そうなんですか」

作法の一部始終を、あれほど詳しく語ってくれた宇兵衛だったので、てっきりお目通りがかなっていたものだとばかり思っていたのだ。

「私のような御蔵手代ごときが、拝謁たまわるわけがないでしょうが」

そう言う宇兵衛は、緊張のあまりか、ひどく蒼《あお》ざめている。

「旦那《だんな》さま、旦那さま……」

大きな声で呼ぶ声がした。ついに一行のご到着である。

「ほな行きましょうか、宇兵衛さん」

半兵衛はその場に立ち上がった。そして、その瞬間から、それまでの半兵衛と宇兵衛の立場は、みごとなほど逆転したのだった。

宇兵衛は、まさに借りてきた猫のようだった。

少し前までの、あの自信に満ちた態度や、誇らしげに語る作法の知識はいったいなんだったのかと言いたいほど、寡黙《かもく》で、しおらしくて、まるで別人のようである。

過度の緊張のせいか、終始強《こわ》ばった顔で、やっとのことで口を開いても、声が震えて言葉にならない。

それにひきかえ半兵衛は、留津の目から見ても、堂々としていた。と言っても、虚勢を張るわけではなく、ほとんどいつもと変わらず自然体だったというべきだろうか。

結局のところ、やはり善左衛門が取りに戻った紋付き袴《はかま》は間に合わず、埃《ほこり》や灰はとりあえず丁寧に払ったものの、まだ汗で湿ったままの着物の上に、手持ちの羽織だけは重ねて、座敷の手前に宇兵衛と並んで手をついて直亮を迎えたのである。

座敷に続く板の間に座ってひたすら頭を下げていると、額のすぐ前あたりを歩く足の気配が感じられた。強く興味をひかれて、かすかに目だけで追っていると、その先頭を歩く足だけ、なんと素足《はだし》のようだった。

直亮は裸足なのか。すぐにも頭をあげて、その顔をひとめ見てみたい衝動にかられたが、半兵衛は忍耐強く頭を下げたままにしていた。

直亮は、大股《おおまた》で、つかつかと奥まで進んだあと、さっき留津が用意したまだ新しい座布団《ざぶとん》の上に、どさりとばかりに座る音がした。

そのあとも、何人かの摺《す》り足のような音が続いて、ひととおりの動きが静まったと同時に、頭の斜め上のほうで舟橋の声が聞こえてきた。

「あちらに控えておりますのが、窯主《かまぬし》の絹屋半兵衛と、西村宇兵衛にございます。窯主は、いまひとり、やはりこれにおります絹屋と同じ、ご城下で古着呉服商をしております島屋平助という者がおりまして、合計三名でございます」

さすがに緊張しているのだろう、以前半兵衛に対していたときより、かなりすました言い方である。舟橋に名前を呼ばれると、隣で頭を下げていた宇兵衛は、その声に呼応するように、さらに額を床にこすりつけた。

「苦しゅうない、顔を見せい」

続いて、はっきりとした大きな声がした。どうやら直亮のものらしい。落ち着いた渋さのなかに、どこか若々しさも感じさせる。

たとえて言えば青竹のような、いや、遮るもののひとつとてない大地で、あふれる光と養分を独占し、ただ上に向かってすくすくと伸びた大樹のような、自由で奔放な生き方を味わった者だけが発することのできる、力に満ちた気迫がある。

これが藩主直亮の声なのか。

半兵衛は、そう思うと全身がぴしりと引き締まるのを覚えた。

横目でそっと隣をうかがうと、宇兵衛はまだひたすら頭を下げたままだ。半兵衛も、それが作法なのかと思って、それに倣《なら》った。

「絹屋、西村、殿の仰《おお》せじゃ、面《おもて》を上げい」

直亮の言葉を、家老の小野田が取り次いでくる。

「ははあ」

半兵衛は、ひとりそう答えて、ゆっくりと頭を上げた。

「手前が絹屋半兵衛にございます。本日は、こんなむさくるしいところにわざわざお出ましいただきまして、まことに恐悦至極に存じます」

ひらきなおったせいだろうか、思った以上に、自然に言葉が出てきた。

緊張はしていたが、むしろその昂揚感《こうようかん》が心地よかった。だから半兵衛は、自分の発する声を、自ら嚙《か》みしめるように、一語一語、ゆっくりと口にしたのである。

いま、自分は彦根藩の藩主と直接話をしているのだ。

自分が発した言葉に、お殿さまはいったいどんな反応を示されるのか。

半兵衛は無性にそれが知りたくて、目の前のずっと先に目を凝らすのだが、遠すぎて直亮の表情まではやはり見えない。

「うむ」

返事をしたのは、家老の小野田のほうだった。

なるほどこれが作法というものだな。町人ごときが直接に口をきけることはないのだ。そう思って、宇兵衛のほうに目をやると、まだ頭を垂れたままで、声すら出しかねている様子だ。その肩が小刻みに震えているのが、はた目にもはっきりと見てとれる。

「宇兵衛さん、ご挨拶《あいさつ》を」

半兵衛が、小さな声でうながすと、宇兵衛はやっと少し頭を上げた。

「わ、わたくしは、に、西……、西村、宇兵衛にござりまする……」

だが、その目はうつろで、声は完全に裏返っていた。

半兵衛が、床に手をつきながらも、顔を上げているのに対して、宇兵衛のほうは、直亮はおろか小野田の顔すら見ることができないようである。

このうえは、宇兵衛に任せておくのは無理というものだ。半兵衛は意を決して、口を開いた。

「恐れながら、申し上げます。こちらにいくつか用意いたしましたのは、今朝がた、手前どもで窯出しをしたばかりの品でございます。まだまだ未熟な出来ではございますが、お目通しを賜りますれば、恐悦に存じます」

半兵衛はそう言って、用意してあった盆の上のものを、目の前に押しやり、かけてあった袱《ふく》紗《さ》を取った。盆の上に並べておいたのは、さきほど大急ぎで水洗いをし、灰を落として磨きあげておいた絵皿と、大小の鉢一揃い、それから貝の形をした変形の向付《むこうづけ》の小皿である。

今朝の窯出しのなかで、最高のできばかりだが、直亮が気に入るかどうかはわからない。半兵衛は、一瞬祈るような思いで目を閉じた。

一番手前に座っている側役の男ふたりが、すぐに立ちあがって盆のそばまでやって来た。そして、その大きな手によって、小野田の前に並べられ、それから直亮の御前にと運ばれていった。

「ほう、これか……」

直亮の声が聞こえた。

半兵衛は、おそるおそる直亮の様子を見ていたが、とくに言葉はなく、その表情も遠すぎてよくは見えない。

だが、小野田の手からもぎとるように皿を手にし、舐《な》めるほどに顔を近づけた様子や、皿に注がれたその視線の熱さというものは、直亮の全身からにじみ出る気配から、なによりの称賛としてこちらに伝わってくる。

「なるほど、これはなかなか……」

そう漏らしたのは、やはり小野田だった。

しばらくして、やっとのことで直亮が皿から目を上げた。

「絹屋というたな。苦しゅうない、近《ちこ》うまいれ」

直亮が言った。半兵衛が返事をする前に、小野田がまた重ねて言う。

「殿の仰せでござる。絹屋、これへまいれ」

小野田の声に従って、半兵衛だけが板の間から座敷のなかににじり寄った。それでもまだ、距離はある。ただ、今度は直亮の表情がはっきりと見えた。

意外なほど日に焼けた肌、はっきりとした目鼻立ち。やはり育ちを表してか、その顎《あご》の線に凛々《りり》しさをたたえている。

「のう、絹屋」

直亮の目が、直接半兵衛に向けられた。

「は、はい」

返事をした瞬間、どきりとした。いったい、どんな言葉を聞かされるのだろう。半兵衛は全身で身構えた。

「そちは、なぜに彦根でやきものを始める気になった」

直亮はまっすぐに半兵衛を見つめ、率直に訊《き》いてくる。

「は？」

まったく予想外の言葉に、半兵衛は間の抜けた声しか出せなかった。

「なぜやきものを始めたのか、その訳をお聞きあそばしておられるのだ」

小野田が、かしこまって繰り返す。

そんなことはわかっている。ただ、多様な含蓄のある質問ともとれるし、単純に素朴な興味からとも思える。どんな答えを求められているのか計りかねたのである。半兵衛は、少し考えて、口を開いた。

「この色艶《いろつや》に、魅せられたからにほかなりませぬ」

小野田にではなく、直接直亮の顔を見てそう答えた。下手に勘ぐるのはやめようと思ったら、ごく自然に、言葉が口をついて出た。

「気に入ったぞ、絹屋。もそっと近う寄れ。そちはおもしろい奴《やつ》じゃ。そうよのう、この色艶には、たしかに魅せられるのう」

直亮は、愉快そうに言って、笑い声をたてた。

「恐れ入ります」

半兵衛は、深々と頭を下げた。胸のすく思いだった。雲の上の存在に思えた直亮が、急に身近に感じられてくる。

「窯を見せてくれぬか、絹屋」

言うが早いか、待ちきれぬように、直亮は立ち上がった。

直亮は、半兵衛の案内で窯のすぐそばまで歩いた。そして、好奇心のままにいくつも質問をぶつけてきた。

そのほとんどが、ごく初期のころ、自分が昇吉に問うたものと共通している。つまりは、直亮が、それだけやきものへの関心の高さと、愛着を示しているということだと、半兵衛は思った。

小野田をはじめ、側役たちがハラハラしているのが半兵衛にも伝わってくる。それでも直亮は、そんなことなど一向に構わぬ様子で、窯場にも作業場にもどんどんはいっていく。

灰をかぶることもまるで厭《いと》わぬのか、窯の焚《た》き口にも顔を近づけ、窯の壁にも直《じか》に手を触れてみるのである。

さすがに窯室にまではいらなかったが、それは小野田が頑として引き留めたからだ。そのかわり、しきりに窯のなかをのぞきこみ、まだ窯出しが終わっていないところでは、鞘《さや》のなかまで熱心に目をやり、自ら灰に手を伸ばしたりもした。

あとから遅れてついてきた宇兵衛は、ただぱくぱくと口を開いているだけで、説明にもなにもなっていない。結局、案内はほとんど半兵衛が受け持つことになった。

直亮は、粘土で手を汚すことも構わず、轆轤《ろくろ》にも平然と手を触れた。

もしも小野田がいなかったら、自ら轆轤の前に座りたいと言い出されたに違いない。半兵衛はそんなふうに思ったぐらいだった。

作業手順にしたがって周囲をざっと見回ったあと、半兵衛が献上した何枚かの染付の皿と一緒に、直亮の一行は来たときと同じように、群衆のざわめきに見送られて帰っていった。
この日のことの次第は、側役によって詳しく書き留められた「御出留《おいでとめ》」という藩主の日々の行動記録に、いまも次のように残されている。

（文政十三年）
七月廿六日《にじゅうろく》
一、今日九ツ半時（午後一時）御供揃《おともぞろい》にて善利川《せり》（芹川《せりかわ》の旧表示）向土手瀬戸物焼御覧のため御出《おいで》あそばされ候《そうろう》段、仰せ出《いだ》され、夫々《それぞれ》へ相達《あいたっ》す。
一、八ツ時四半過（午後二時半過ぎ）、中ノ口より御出駕《しゅつが》、表御門京橋口、本町口、順礼海道（朝鮮人道）より、向土手晒屋《さらしや》庭生洲《いけす》御覧あそばされ、座敷御通り抜け、夫《それ》より瀬戸物焼場へ御出、御覧あそばされ、御供の士分《しぶん》は勝手に拝見仰付《おおせつ》けられ、七ツ時過（午後四時過ぎ）御帰り、――（中略）御道筋は御出と同じ――。

そして、この日をきっかけに、その後しばらくして、半兵衛たちの窯《かま》は、彦根藩から正式な御用命を受けることになり、そのことがやきもの作りの高級化に向けて多大な励みにもなっていったのである。

第三章　出会い

一

その若者と、絹屋《きぬや》半兵衛《はんべえ》とが初めて出会ったのは、天保《てんぽう》二年（一八三一年）の夏の朝、清凉寺《せいりようじ》の広い境内でのことだった。

清凉寺というのは、佐和山《さわやま》の麓《ふもと》にある曹洞宗《そうとうしゅう》の寺院で、窯《かま》の噂《うわさ》を耳にした禅師から、皿の焼き上がりを見せてほしいという依頼があったのは、二日前のことだ。

もしも気に入ってもらえれば、大量の注文もあるのではと期待をして、半兵衛は自ら何枚かの見本を持参して、ひとまず供もつけずにひとりやって来たのである。

その朝、最初に会釈《えしやく》をしたのは、まだ十七歳になったばかりの青年のほうからだったか、それとも四十一歳の半兵衛のほうが先だっただろうか。

そばには他に誰もいない広い清凉寺の前庭で、いくらか距離をおいたところではあったが、ふたりはほぼ同時に立ち止まり、同じように、庭に一本だけそびえ立つ大きな樹の樹《たぶき》を見上げた。

そして、互いにその視線を元へ戻したときに、偶然目が合ったのである。

「いつ見ても、凜《りん》として、ほんまに姿の良い樹でございますなあ」

半兵衛は、思わずそう言葉を漏らした。

とくに深い意味があったわけではない。見知らぬ若い侍に、なぜそんな声をかけたのかも、自分では不思議だった。

ただ、寺の奥のほうから、ゆっくりと門に向かって歩いて来る姿には、こちらをどきりとさせるほどの強いなにかがあったことは確かで、しかも、不意に向き合うことになってしまったその若者の目に、言いようのない辛《つら》さのようなものを感じたせいだったのかもしれない。

「いつも、羨《うらや》ましいと思うぐらいです」

若者は、まるで心情を吐露するようにそう告げてから、ハッと思ったのか、一瞬きまりの悪そうな笑みを浮かべた。

その声は低く、歳《とし》に似合わぬほど、落ち着きをたたえている。いや、落ち着きというより、むしろどこか世の中に背を向けてしまったような、そんなあきらめに似た静けさすら感じさせる。

なぜにこの若さで、と、半兵衛はそのことがひどく気になった。

かといって、それを問うわけにもいかず、ふたりはまた軽く会釈を交わしたあと、半兵衛は清涼寺のなかへ、若者は門の外へと、そのときはただそのまま別れたのである。

数歩行ってから、急に気になって、半兵衛は後を振り返った。

青年はまっすぐ前を向いたまま、山門を出て行こうとしていた。気持ち良いほどに背も高く、肩幅もがっしりと広い若者の背中が、夏の朝の光のなかで遠ざかっていく。

その後ろ姿を見送りながら、半兵衛はふと、妙な既視感に捕われたのだ。いつか、どこかで、あの若者に会ったことがある。だが、それがはたしていつだったのか、どこだったのか、どうしても思い浮かばない。

「気のせいや」

半兵衛は、気を取り直すように頭を振って、また歩き始めるのだった。

清涼寺から注文が来たのは、それから十日後のことだった。

期待は大きくはずれたが、それでもすぐに注文通りの品を揃《そろ》え、将来への営業の意味も兼ねてと、翌朝、半兵衛はまたも清涼寺に出向いた。

その朝、思いがけない出会いが半兵衛を待っていたのである。

端正な造りの山門に続く、広々とした玉砂利の境内には、前回来たときと同じで、誰も人影はない。半兵衛は、山門をはいって少し行ったところで、ずしりと重い包みをいったん地面に下ろし、伸ばした腰に手をやった。

この前、この清涼寺に来た朝は、照りつける陽射《ひざ》しが、生い茂った樹の葉から漏れ、夏の真っ盛りを感じさせた。だが、今朝はあの日より空もずっと高く、どこかにかすかな秋の気配を感じさせる。

わずか十日ばかりの間のその変化を確かめるように、半兵衛はまたあの樹の梢《こずえ》を見上げ、痛む腰を無意識に拳《こぶし》で叩《たた》いていた。

納品用の染付《そめつけ》の向付《むこうづけ》は、割れぬように包んで、昨夜窯場から絹屋の店先まで届けさせておいた。普段なら藁《わら》で包むところを、今回だけは特別にと、一枚ずつ丁寧に、書き損じとはいえ紙で包んである。

今朝も、荷物は手代《てだい》が運ぶことになっていたのだが、わずかな距離だから、これぐらいの荷物ならひとりで大丈夫、それより忙しい窯場を手伝ってくれと言い置いて、出てきたのだ。

だが、さすがにここまでの道のりを、これだけの物を運ぶのは腰にこたえる。自分はもはや若くはないということか。半兵衛は、そう思って苦笑しながら、またひとしきり腰を伸ばしていたのだが、気を取り直して荷物に手を伸ばした、そのときだった。

いきなり、後ろから、荷物をひょいと持ち上げる大きな手が見えた。

驚いて振り向くと、見覚えのある若者が立っている。

「あ、あなたさまはこのあいだの……」

「お早うございます。またお会いしましたね」

若者は、屈託のない笑顔でそう言った。

ぴしりと伸びた背筋と、なにかで鍛え抜いたような、がっしりとしたその体軀《たいく》。若者が手にすると、半兵衛が持っていたときはあれほど大きく思えた包みが、ひどく小さく見えてしまう。

「あきませんわ、そんな荷物持ってもろたら」

半兵衛は慌《あわ》てて、包みに手をやった。

いくら若者とはいっても、相手はれっきとした侍だ。町人の荷物など、持たせるわけにはいかない。

「構いませんよ。どうやら今朝は、行き先が同じ方角のようですから」

若者は、そう言ってさっさと歩き出したのである。

半兵衛にとってはあれほど重かった包みが、この若者の手にかかると、なんと軽々と見えることか。

「そんなもったいない。わしが持ちますので」

半兵衛は、申しわけない気持ちであとを追った。

「それでは、誰かが来るまでの間だけ、ということにして」

ひとに見られると、半兵衛の立場がないだろうから、それまでの間だけ持ってやろうというのである。この若者はそこまで気遣ってくれるのか。半兵衛は胸を打たれる思いで、若者の横顔をまじまじと見た。

さほど太くはないが濃いくっきりとした眉《まゆ》。穏やかななかにも、芯《しん》の強さをたたえた目の光。なにより、その豊かな鼻梁《びりょう》と、しっかりとした顎《あご》の輪郭が、意志の強さと育ちの良さを物語っている。

やはり、どこかで会ったのではないか。しかし半兵衛は、そんな思いを打ち消すように、またひそかに頭を振った。

「重いですやろ」

「なかは、なんなのですか」

「皿ですわ。このくらいの向付が二十枚。こちらさまにお買い上げいただいたもので」

半兵衛はそう言いながら、両手で五寸（約一五センチ）ほどの輪を作ってみせる。

「え、皿ですか？　ということは、もしかして、あなたが茶碗山《ちゃわんやま》の？」

若者は、急に顔を輝かせて半兵衛を見た。

「へえ、そうです。佐和山でやきものを商っております絹屋でございます。手前どもをご存じで」

半兵衛たちが、晒山《さらしやま》からいまの佐和山の麓、餅木谷《もちのきだに》に窯場を移してからというもの、佐和山はいつの間にか茶碗山と呼ばれるようになったらしい。そのことは、留津《るつ》からも聞いてはいたのだが、こんな若い侍にまで、そんなふうに言われるとは思ってもいなかった。

「こちらの禅師から、いつもいろいろと話を聞いておりましてね。そういえば、たしか近々皿の納品があると聞いた気がします。それが今日のことだったのですね。で、あなたはその窯元の」

「はい。手前は絹屋の主《あるじ》、半兵衛でございます」

丁寧に頭を下げて名乗りながら、半兵衛はすばやく想像をめぐらせた。

もとより、清涼寺は井伊《いい》家累代《るいだい》の菩提寺《ぼだいじ》である。藩祖直政《なおまさ》の菩提のため、後を継いだ息子の直孝《なおたか》が建立《こんりゅう》した道場であることは、もちろん半兵衛も承知していた。

ということは、この若者も、もしかしたら井伊家のゆかりの筋の侍なのだろうか。どこかで会ったような気がしたのは、たとえわずかであっても、あの直亮《なおあき》と同じ井伊家の血が流れているからか。

だが目の前の若者は、半兵衛のそんな思いを知ってか知らずか、弾むような声で話を続けてくる。

「そうでしたか。あなたが半兵衛さんでしたか。しかし、ここでお会いできたのは本当に奇遇です。実は、できれば半兵衛さんに、お願いできないかと思っていたことがありまして」

「お願い、と、おっしゃいますと」

怪訝《けげん》な目をする半兵衛に、若者は申し訳なさそうな顔になって、また言った。

「いや、これは無礼をいたしました。私は、鉄三郎《てつさぶろう》といいます。こちらの禅師から、かねてより茶碗山の窯のことも、半兵衛さんのことも聞いておりました。ですから、いつか窯を見せてもらいに行こうと、考えていたところだったのです」

このとき半兵衛は、鉄三郎と名乗るこの若者が、どういう血筋の人間で、後にどういう立場になるかなどとは、想像だにしなかったのである。

「なんや、そんなことでしたか。そんなことなら造作もないことです。手前どもの窯でよろしければ、どうぞいつでもおいでくださいませ」

「いいのですか」

若者は、ますます嬉《うれ》しそうな顔をする。

「もちろんです。どうぞ、お好きなときに、お好きなだけおいでくださいませ。むさ苦しいところでございますが、やきものや窯にご興味がおありやったら、いつでも手前がご案内して、ご覧にいれますので」

半兵衛は、心から言ったのである。こんな心優しい青年なら、さぞこまやかな作りの茶碗を焼くに違いない。

「かたじけない。実は、私は少しばかり茶の湯を嗜《たしな》むもので、楽焼にもいたく興味があるのです。わが手で土を練ることもいたすのですが、なかなか思うようにはまいらぬもので。しかも焼立てとなると、もっと難しい。それで、もしもかなうなら、いつか本腰をいれて楽茶碗を作るとき、窯をお貸し願えるところがないかと、常々探していたようなわけで……」

「楽焼でございますか。あれもまことに良いやきものですなあ。結構なご趣味やと存じます。そういうことでしたら、どうぞ、いつでもおこしください。ほんまにお易《やす》いご用でございます」

「そうですか、それは心強い」

「それから、もし手前どもの窯においでいただけましたら、ぜひ石物をご覧いただきとうございます。それはもう、土物とはまったく違って、どんなに繊細な美しさを持つか、あなたさまならきっと一目でお気に召していただけると思いますので」

「それは楽しみな。それでは、さっそくにも拙作を持参して……」

「ただ、登窯《のぼりがま》のほうは、手前どもが焼立てをする日があらかじめ決まっておりますし、楽焼には熱が強すぎましょう。どのぐらいの数の茶碗をお焼きになられるのかにもよりますが、いかがでございましょう、それなら手前どもの錦窯《きんがま》をお使いになられては」

「錦窯？」

「へえ、一度ご覧いただけたらおわかりになるでしょうが、錦窯なら、火の熱も造りも楽焼窯と同じようなものでございます。ほんまにお好きなときに、お好きなだけお使いいただけますので。それにしても、お武家様というのは、ほんまにやきものがお好きな方が多いようで、手前どもにとりましては、ありがたいことでございますが」

言いながら半兵衛は、ふと晒山の窯に、初めて直亮が来たころのことを思い出すのだった——

――。

直亮の一行が晒山の窯場視察から帰ったあとまもなく、正式に藩から御用命が下ったことは、半兵衛たちにとっては、なによりの励みになった。そのこともあって、このへんで一度、窯の将来を協議しようということになったのである。

島屋平助、西村宇兵衛、それから絹屋半兵衛と、出資者三名が中心になり、棟梁《とうりょう》の昇吉や、喜平ら職人たちもまじえて、じっくりと話し合おうというものだ。

その席で真っ先に口を開いたのは、なんと意外にも昇吉だった。

「ちょうど良い機会ですので、言わせていただきますが、将来へ向けての長い見通しを考えようというのでしたら、僭越《せんえつ》ながら、あっしはこの際窯を移転させるほうがよか、思います」

「なんやて?」

大きな声をあげたのは、平助だった。

「そんな、あほな。こんな話は聞いたことあらへんわ。一回目はともかくとして、今回はうまいことといったんやないか。それがわかったから、お殿さまのご用命もあったんや。それが、なんで急に移転なんか言い出すのや」

たっぷりとした腹を揺するようにして、平助は不快感を表したのである。

「確かに、今回は成功したとです。そやけど、二度の焼立てを終わってみて、いろいろなこともわかってきました。成功したからこそ、改善せなあかんことが見えてきたとですよ」

「それはどういうことですか」

宇兵衛は、あくまで穏やかな声で訊《き》いた。

「まず、晒山は水はけが悪すぎる。芹川《せりかわ》がすぐ目の前ですけん、ちょっと大雨が来たら、いくら盛土をしてもすぐに決壊しよる。もう目もあてられんようになりますわ」

確かに水では何度も苦労した。だが平助は、黙ってはいなかった。

「そんなんは、最初からわかっていたことやないんか。芹川は途中からできたわけやないのやし、水はけが悪いなら悪いで、それをなんとかするのが棟梁の仕事やろ。それを、簡単に場所を移せやなんて、責任逃れもいいとこや。移転なんかしたら、この先いくら金がかかると思うてるねん」

「それはわかります。わかりますからこそ、あっしはあえて申し上げるんです。いまいくらか金がかかっても、将来きっと良かったと思うはずです。いや、それより、いまの場所でこのまま窯を続けていたら、将来きっと悔いることになります。ここぞという肝心のときに、どうしようもないことになるけん」

昇吉も、頑として退《ひ》かない。

「いくらか金がかかっても、やて？　あんたなあ、えらい簡単に言うてくれるけどなあ……」

平助の苛立《いらだ》ちは募るばかりだ。

「まあまあ、平助さん。ちょっと冷静に聞こうやないですか。たとえここで資金を費やしても、長い目で見ると、窯を移転させたほうが得やと、昇吉さんは言いたいのですな？」

喧嘩腰《けんかごし》のふたりの間に割ってはいり、穏やかにとりなした宇兵衛の言葉に、昇吉は真面目《まじめ》な顔でうなずいた。

「はい。そやから、あっしは言うているんです」

「昇吉っつぁん、あんたがそこまで言うところをみると、きっとどこか、もう心当たりの候補地があるのやな？」

半兵衛は、昇吉の目を見てそう訊いた。

「へい。餅木谷です」

昇吉は、まっすぐに半兵衛の顔を見返し、迷うことなくそう告げた。その毅然《きぜん》とした即答の仕方は、絹屋に来たころの昇吉には決してなかったことである。

「餅木谷？　どこやそれ、そんなところ彦根《ひこね》にあったんかいな」

平助は、拗《す》ねた子供のように口をとがらせた。

「佐和山の麓《ふもと》やな。もしもあそこに窯があったら、そりゃあ便利になるやろうな。絹屋さんの店からも近いし、拙宅からも近くなる。それに、将来、もしもいまより何倍、何十倍と商品を扱うことになったら、搬出にも、運搬にも、相当便利になることは間違いない」

そう答えたのは宇兵衛だった。

絹屋が城下町の東端に位置するのに対して、晒山はまったくの西端だ。

今日まであえて口にはしなかったが、たしかに晒山は不便だと、半兵衛もずっと思ってきたものだ。

昇吉の今回の提案が、そのあたりまで考慮した結果であるのは、半兵衛にもわかっていた。

思えば、この男も変わったものである。

なにが昇吉をここまで変えたのか。

以前なら、口うるさい平助に楯《たて》をついてまで、昇吉がこうまではっきりと自分の意見を言うことなど考えられなかった。半兵衛は、つくづく頼もしい思いがして、また昇吉を見た。

「半兵衛さん、宇兵衛さんも聞いてください。あっしは、いろいろと調べ上げたんです。はっきり申し上げて、餅木谷は窯にはよか土地です。勾配《こうばい》の角度や、風向きなど、地形のことだけを言うているのではなく、地主のこともです。窯をこの先本気で長くやっていくためには、なにが一番必要か、それをみなさんで考えてみてほしいとです」

昇吉の訴えは、強い説得力があった。

「ああ、もうやめや、やめや。気楽な職人にはついて行けんわ」

投げやりな声をあげたのは、やはり平助だった。

宇兵衛の自宅からにしても、半兵衛の店からの距離にしても、佐和山が便利なことは誰の目にも明らかだ。そのうえ、晒山で、台風のたびに大騒ぎをしたことも、皆の記憶に焼きついている。やきもの作りが、湿気をなにより嫌うのも、ここまでやってきた者たちにとっては、明らかである。

となると、皆が昇吉側につくのは間違いないように思えた。最初は突拍子もない意見だと思った昇吉の言葉が、いまはすっかり皆の胸に浸透している。平助には、そのことがなにより悔しい様子だった。

晒山で二度目の窯出しが成功した日も、平助はついぞ顔を出さなかった。だから、藩主直亮への拝謁《はいえつ》のときも臨席しなかった。そのころあたりから、半兵衛も内心気にはなっていたのだが、平助のやきもの商いへの興味は、日増しに薄らいでいくようだった。

「ちょっと聞いてほしい話があるのやけど」

平助が、肥《ふと》った身体《からだ》をかがめるようにして、半兵衛に小声で耳打ちしてきたのは、その日の帰り際《ぎわ》のことだった。

窯の移転についてなど、詳しいことは次回に再度検討しようということになり、ひとまずは第一回目の話し合いを終えて、晒山の細工場《さいくば》で解散した。そのあと、半兵衛だけにそっと打ち明けてきたのである。

「やきもの商いには、将来があると思うてます。それはわしも期待してるんですわ。そやけどなあ、半兵衛さん、わしとしては、焼立ての成功の割合が低いのが気になってしようがない。歩留まりが悪すぎると思うんやわ」

「うん」

それは半兵衛とて、思わないわけではない。ならば平助も、皆の前でそのことを言えばいいのにと、言いたい気もした。とはいえ、平助は平助で、なにか事情もありそうだ。

「それでなあ、半兵衛さん。実はなあ……」

平助は、いつになく言いにくそうな顔をして、半兵衛を見たのである。

「窯を移転することは、きっと次の集まりで決まるやろ。移るとなると、早いほうがええのはわかりきってることや。となると、また資金が要りますわなあ」

耳打ちは、そこまで読んでのことなのか。この男も商人だと、半兵衛は思う。商人であり、出資者のひとりであるかぎり、経験に裏打ちされた自分自身の目を信じたいのも、当然のことだ。

「それでなあ、半兵衛さん。そうなっても、わしはこれ以上は金はよう出さんわ。そりゃあ、やきもの商いには期待はしてるけど、これ以上の危険はよう冒せんのや。ちょっと、うちの本業のほうでも、いろいろと要り用があるし、どうせ金を出すのなら、歩留まりの良いほうに使いたいのは商人の基本やろう」

「それはなあ……」

そのとおりだと思うが、簡単に肯定できない面もある。半兵衛は、平助以上にやきもの商いの将来を信じているからだ。

「わし自身は、いま答えを出すのは早すぎると思うけどなあ、平助さん。残念ながら、やきもの商いは歩留まりが悪い。窯の都合で、どこまで焼き上がるか、最後の最後までわからんことも確かや。そやけどなあ」

そんな半兵衛の説得を、平助は途中から遮った。

「いや、半兵衛さん。あんたらは続けたらええのや。わしも、これまでの出資金を返してくれと言うてるのやない。あれは、そのままでええから、このあとは利子だけつけてくれんやろか」

「え？」

「そやから、わしだけ、ここで脱けさせてもらうのやがな」

「島屋さん、あんた……」

いきなりの申し出に、半兵衛は面食らう思いだった。いや、心のどこかで案じていたことが、本当になってしまったと言うべきだろうか。とはいえ、半兵衛としても、平助の思いは理解できなくもない。

せっかくここまで三人でやってきたのに、ここで平助が脱けるのは残念であったが、宇兵衛ともじっくり話しあったすえ、結局は、平助の言い分をのもうではないかということになった。

その結果、平助には、利息分として、出資額の一分五厘《りん》を支払うという条件を定め、それ以降の乗合商いは、宇兵衛と半兵衛のふたりで続けることになったのである。

「まあ、これでよかったのではないですか。窯の移転も、本気で実行するなら早いに越したことはない。それが正しい結論なら、むやみに時間をかけて逡巡《しゅんじゅん》するのは、あまり意味がないことですから」

宇兵衛も、強いて平助を引き留めようという気はないようだった。

「そうやなあ、長い目で先を見ましょうや、なあ宇兵衛さん。そのためにも、将来をしっかりしたものにしなければなりませんなあ」

「そうです。晒山の地形に、焼立てを失敗させるような要素があるのがわかったからには、すぐにも撤退すべきでしょうし、もっと適した場所があるなら、一日も早く移ることは正しい選択というものです。それが、結局は資金の効率的な使い方というものですから」

宇兵衛もまた、自分と同じ熱い思いを秘めている。半兵衛は、心から救われるような思いがしたのだった。

「とにかく、なにより保《も》ちのよい窯《かま》造りをすることです。それから、なんとか焼立ての歩留まりを上げること。このあとは、この二点を目標にしていきましょう」

かくして、昇吉ら職人たちは、晒山の窯を最大限に稼働《かどう》させて大量のくれいを焼き、前回にも増して短い日数で、新しい登窯を築いたのである。

場所は、佐和山の麓、餅木谷。絹屋の店からも、宇兵衛の自宅からも便利な土地だ。そして、その新しい窯の完成を待って、晒山の窯はすぐに取り壊されることになったのである——。

「そうですか、茶碗山《ちゃわんやま》にはそんな経緯《いきさつ》があったのですか」

鉄三郎の言葉で、半兵衛は現実に引き戻された。

問われるままに、窯のことをしゃべりだすと、半兵衛もつい夢中になってしまうからか、時はあっという間に過ぎていく。

若さゆえの好奇心か、あるいは鉄三郎ならではの旺盛《おうせい》な知識欲のためか、やきものや窯についての質問は果てしなく続き、ついには清凉寺の境内の椨《たぶ》の根元に、ふたりで座り込んで、話していたのである。

「それで、窯の移転は大成功だったのですね？」

「へえ、お蔭《かげ》さまで、そのあとは思うていた以上に順調にきております」

「新しく窯を築くというのは、武士が新しい仕官の口を探すのに似ているのかなあ」

小さな声で、独り言のように鉄三郎はつぶやいた。

半兵衛には、それがなにを意味しているのかまでは、わからなかった。そしてその物言いに、どきりとするほどの翳《かげ》りのようなものを感じたのも、気のせいだったかもしれない。

ただ、半兵衛は、目の前にいる自分の息子よりも若い鉄三郎が、無性にいじらしく思えてきたのである。

「お侍さまのことは、手前どものような者には拝察できかねるところですが、商人《あきんど》の立場から申しますと、やはり窯の移転は大変な決心でしたなあ。ただ、手前はいつも思うんですが、男は人生に一度や二度、清水《きよみず》さんの舞台から目をつぶって、飛んでみなあかんときがあるもんです」

鉄三郎の日々の暮らしに、いったいなにがあるのか知るよしもないが、せめて励みになるような、なにかを伝えられたらという思いがあった。

「目をつぶって？」

「へえ。目を開いていたら、怖《こお》うて飛べませんからね。ほれ、こんなふうにしっかり目をつぶって、思いきって頭から飛び込むんですわ」

半兵衛が、実際に目を閉じて、少しおどけて谷に飛び込むような仕草をしてみせたので、鉄三郎は愉快そうな笑い声をたてた。

「まあ、その瞬間は、死んだ気になって飛び込むんですけど、かと言うて、死ぬつもりでは決してありません。ひたすら、上手に飛び越えている自分の姿を頭にずっと思い浮かべながら、自分を信じて、飛ぶんです」

「自分を信じて？」

「そうですわ。手前どもの場合を言えば、やきもののなかでも、石物がどんなに良いものか。それをこの先一生の仕事に選んだ自分の目を信じるとでも言いましょうか。そうです。石物は、この先、彦根をすっかり変えてしまうような、いつか彦根中の家という家の膳《ぜん》が、いや、彦根だけやのうて、在の村や、京や、大坂までもですけど、手前どもの石物の茶碗や皿で埋まることを信じて、その様子を頭に思い浮かべるわけです」

「石物は、それほど良いやきものなのですね」

鉄三郎も、引き込まれるように半兵衛を見る。

「それはもう、ほんまに新しいやきものです。これまでの木の椀《わん》や、土物と違《ちご》うて、水をまったく通しませんしね。薄うて、口にあたる感触もこれまでにないものです。なにより、まず美しい。きめの細かな肌合いも素晴らしいし、発色もこれまでの土物とはまるで違います。一度ご覧いただいたら、きっともう虜《とりこ》になってしまわれますよ。それから……」

これが二度目とはいえ、まるで見ず知らずの若者に、しかも、もしかしたら井伊家の縁続きかもしれない若い侍に、こんなことまで言ってもいいものか。半兵衛には、一瞬ためらいがあった。

「それから?」

だが、そういって先を促す鉄三郎の目は、そんな半兵衛の迷いなどあっけなく吹き飛ばすほど、気持ちいいぐらいに邪念がなかった。

「僭越《せんえつ》ながら、手前はいつも思うんですわ。人間、信じるということは、なにより力になりますのやなあ。それが証拠に、やっぱり思いきって窯を移したことが、それ以後の焼立てにびっくりするほど良い結果を生んでくれたんです」

餅木谷に移転してからの窯は、初回の焼立てから、期待した以上に順調だった。藩主直亮からの注文品にはかなり神経を使ったが、そのお蔭で、職人たちにもより良い品をめざす姿勢が身に付いてきた。

「このごろは、難しい注文もいただくようになってきましたし、その分職人らも苦労はいたしますが、やっぱり職人気質《かたぎ》というんですやろか、苦労した分だけ目に見えて腕があがりますなあ」

わずか一年足らずのあいだにも、焼き上がりの完成度が高まり、高級品化につながってきたことは、半兵衛にはなにより嬉《うれ》しいことだった。

「決心してよかったですね」

鉄三郎は、穏やかな目をしてそう言った。

「へえ、しみじみ思いました。手前のような商人にとっては、先を見る目は絶対に必要なんやとね。それと、自分の儲《もう》けだけのために働くのも淋《さび》しいものですしなあ。なにがあっても、誰になにを言われても、自分の扱うものに惚《ほ》れ込むことが大切なんやと思います」

「惚れ込む？」

「そうです。やっぱり人は惚れ込まなあきません。自分が惚れ込んだものやから、それを買ってくださる他人《ひと》さまにも、きっと心地よくなっていただけるようにと。そういうものを作りだしている自分を、手前自身が信じてやるとでも言うたらよろしいですやろか」

「自分を、信じてやること……」

鉄三郎は、一言一言嚙《か》み締めるように繰り返す。それは、まるで半兵衛の言葉を、そのまま自分自身に強く言い聞かせているようにも聞こえた。

「そうです」

「口で言うほどには、簡単ではなさそうですが……」

そう漏らした鉄三郎の顔に、またも暗い陰が走った気がして、半兵衛は思わず身を乗り出した。

「なに言うてはりますのや。捨てたらあきませんで。自分で自分を捨ててしもうたら、誰が自分を信じてやるんです。世の中の皆が見捨ててしもうても、わしのことは、わし自身が拾うてやる。そう思うのですわ」

つい声に力がはいって、半兵衛はハッと自らを省みた。

「あ、これは、ついご無礼を申しました。手前は、ただ、いつもそんなつもりでおりますと、そう申し上げたかっただけでして」

若者の憂《うれ》いが気になるあまり、おしゃべりが過ぎてしまった。だが、いくら若くとも相手は侍だ。半兵衛がそのことを詫《わ》びると、鉄三郎は急に真顔になって、ひたとこちらを見つめ返してくる。

それでも、まだなにかを逡巡しているようで、しばらくは無言だった。そして、やっと心を決めたように口を開いたのである。

「半兵衛さん、かたじけない。あなたの言葉は身にしみました。もしかしたら、あなたにここでお会いできたのは、亡《な》き父上のお導きかもしれぬ」

思いつめた様子でそこまで言って、鉄三郎は大きくうなずいた。

「お父上さまを、亡くされていたのですか……」

若者に、どこか翳りがあったのはそのせいなのか。半兵衛は、あらためて同情に満ちた目で、鉄三郎を見た。

「手前どものような者と、あなたさまとを、お父上さまがお会わせくださったやなんて、そんなことは滅相もない話です。そやけど、もしも手前どもの窯においでになって、それでほんのつかの間でもお心が晴れるようでしたら、こんな嬉しいことはありません。ほんまにどうぞ、いつでもお気が向いたときに、窯場においでくださいませ」

「はい。近いうちに必ず。そういえば、あの日、こちらにまいるときも、茶碗山に煙が立ち上っているのが見えていたなあ」

鉄三郎は遠くを見るような目になって、感慨深げに言った。

「このところ窯焼きは、ほぼ毎月一回はできるようにしておりますが」

半兵衛はあえてそんな答え方をした。若者にとってのあの日というのが、なにか特別の日のように思えて、かえっていつのことなのか訊《き》けなかったからである。

だから、それが、わずか二ヵ月ほど前の五月二十五日のことで、六十六歳で逝《い》った鉄三郎の父、すなわち、彦根三十五万石のかつての城主であり、歴代の名君のひとりに数えられた井伊直中《なおなか》の葬儀の日であったことなど、わかるはずもなかったのだ。

鉄三郎とは、偶然とはいえ、二度までも出会ったが、その二度とも御供のひとりもそばには見あたらず、いとも身軽ないでたちで歩いている。

そんな姿を見るかぎり、目の前にいるこの青年が、まさかあの先の藩主直中と、賢夫人の誉れ高く彦根御前と言われた側室、君田氏の富の方との間に生まれた十四男、後に直弼《なおすけ》と呼ばれるようになる人物だとは、気づかなかったとしても無理はない。

「さて、そろそろまいりましょうか」

お堂のあたりに、人影が見えたのをきっかけに、半兵衛は荷物に手を伸ばして、腰をあげた。

「つい長話をしてしまいましたが、いくら早《はよ》う着きすぎたとはいえ、手前もそろそろまいりませんと、禅師をお待たせしてはいけませんので」

「そうですね。お引き留めして、申し訳ない」

鉄三郎も、すぐその場に立ち上がった。

「とんでもありません。こちらこそ、思いがけずお話をさせていただき、楽しゅうございました。おおきにありがとうございました」

半兵衛は丁寧に頭を下げて、荷物を持ってもらった礼を言った。

「それでは、これにてご免」

鉄三郎が軽く会釈《えしゃく》をして、寺の裏手のほうに向かうのを見送ってから、ずしりと重い包みをもう一方の手に持ち替えて、半兵衛もお堂に向かって歩き始めるのだった——。

二

井伊家代々の墓の並ぶ、清涼寺の裏山に続く坂道を行きながら、鉄三郎は胸いっぱいに朝の空気を吸い込んだ。

久しぶりに、すっきりと晴れやかな思いだった。

吸い込んだ以上に、意識して長く息を吐くと、ここしばらくのあいだに胸に溜《た》まっていたものが、一気に消えていくような爽快感《そうかいかん》がある。

思えば、それほどのものが、わが胸に沈殿していたということか。いまのこの晴れやかさも、半兵衛と会えたゆえのことだろう。鉄三郎は、出会いの不思議に思いを至らせて、高く晴れ渡った初秋の空を見上げた。

父直中の死を境にして、自分を取り巻く環境はみごとに一変してしまった。そして近ごろは、ようやくそれにも慣れてきた。だが、それはただ、好むと好まざるとにかかわらず、ある種の限りないあきらめとともに、変化後の環境が日常になってきたというだけのことだ。

生まれ育った彦根城第二郭にある黒門前屋敷、通称槻御殿《けやきごてん》と呼ばれるほどに数寄《すき》を凝らした下屋敷を追われるようにあとにし、第三郭の尾末町《おすえまち》、松の下なる北の屋敷（尾末屋敷）に移ったころの鉄三郎は、日々、戸惑いの連続だった。

なにせ北の屋敷とは名ばかりで、中流以下の藩士の住宅並み。質素きわまりない住まいである。部屋も数室のみで、かろうじて別棟として中間《ちゆうげん》部屋がついてはいたが、庭も狭く、ただ雑然と木が植えてあるだけで、風情《ふぜい》のかけらとてない。

移った当初は茶室すらなかったその屋敷で、わずか三百俵の捨て扶持《ぶち》を与えられ、付役《つきやく》や、伽役《とぎやく》など数人と、さらに何人かの下男下女をまかなっていくことを、そのうえ、しかるべき身分相応の交際はしていかなければならぬような、そんな苦しい生活を余儀なくされてしまったわが身の運命を、自分はなんと受け入れればいいのだろう。

嫡子《ちやくし》以外の部屋住みの子は、他家を継ぐか、家臣に養われるようになるかどちらかというのが、二代目直孝の遺制である。さもなくば、わずかな宛行《あてがい》扶持で生活するのが井伊家の家風とされてきたことも、もちろん知らなかったわけではない。

とはいえ、父の死によって、すべてがこうも違ってくるものか。

この二ヵ月あまりというもの、鉄三郎にとっては、わが身の不運をあらためて思うことばかりだった。

鉄三郎は、幼名は鉄之介《てつのすけ》といったが、生まれたときからすでに、父は家督を兄の直亮に譲っていた。正室との間にただひとり生まれた息子直亮に、すべてを任せて、隠居の身を決めこんでいたのである。

鉄三郎の誕生は、井伊家のなかではたいして重きを置かれていなかった。だが、父が五十歳になってからの子だったからか、両親の愛情は、その一身に受けて育ってきた。だからこそ、十七歳になるこの年まで、なにひとつ不自由なく、多くの家臣にかしずかれて暮らすことができたのだ。

槻御殿での生活は、確かに恵まれたものだった。もろもろの学問や、技芸を身につけることができたのもそのためで、それは父の導きによるものであったが、鉄三郎の好みもあって、幼いころからさまざまな分野に興味を示してきた。

父直中が馬を試みたり、銃術を好んで一派を立てるような面があったところから、幼くしてしばしば射的場に伴われるようなこともあった。
十五、六歳にもなると、毎日藩校稽古館《けいこかん》に通い、弓馬、剣槍《けんそう》、居合などを学び、もちろん射的場にもおもむいて銃術も試みた。さらには、茶の湯、詠歌など、風流の道をめざしたのも、やはり父の影響だったのだろう。

そんな日々の生活も、まさに順調で、自分の一生には波瀾《はらん》などという言葉は無縁だと、信じて疑わなかったものだ。

それまでは当然のように思っていた暮らしが、いまとなってはひどく懐《なつ》かしい。北の屋敷に移ってからは、槻御殿の風雅な造りのひとつひとつが、かえって鮮明に思いだされてくる。

そもそも、藩侯の下屋敷であったあの屋敷は、井伊家四代目の藩主にあたる直興《なおおき》が、延宝五年（一六七七年）、木材にすべて槻を使って築造させた華麗なものだ。

御殿建築によるこの屋敷は、その後、直亮が文化年間（一八〇四〜一八一八年）に楽々の間を増築して以来、槻御殿という名より、むしろ楽々園と呼ばれるようになっていく。「知者は水を楽しみ、仁者は山を楽しむ」の意からとったと聞いたが、移り行く内湖《ないこ》の四季を眺め、はるか伊吹山《いぶきやま》や佐和山を望む景色は格別のものがあった。

「民の楽しむを楽しむ」の意ともされるこの庭の名前も、奇矯の人、直亮らしさを表していると、鉄三郎はひそかに思ってきた。

東隣には、玄宮園という近江《おうみ》八景を模した雅趣に富んだ庭園があり、明治になってから地震の間や、雷の間などと呼ばれるようになる、職人の技を凝らした珍しい部屋もあった。

地震の間というのは、当時は御茶座敷として使われていたが、文字通り耐震構造になっている――。

鉄三郎には、いつだったか幼いころに遭った地震のとき、父に抱かれるようにして駆け込んだことが思い出されてくる。

長じてから、父に造りの説明を受けたことがあった。人工的な岩組によって、地盤を堅固にしてあるとのことだったが、柱が土台に固定されておらず、天井裏で対角線方向に綱が張ってあるらしい。

竹製の簀《す》の子《こ》の釣り天井にはじまって、柱、梁《はり》、床、縁の下にいたるまで、特殊な仕掛けがしてあり、数寄屋造りで軽快なうえ、屋根も軽いこけら葺《ぶ》き、土壁も少なくしてあるのだとか。下部の床組に大材を使って、重心を低くしてあるという念のいった構造だった。

後にいう雷の間も、やはり雷を避ける特殊な建て方で、ほかには五十種あまりにもおよぶ袖《そで》垣《がき》があり、そのみごとさも目に浮かぶ。幼いころ、悪戯《いたずら》をして壊してしまい、父に叱《しか》られた思い出があるが、すべての垣がどれひとつとして同じ形がないという凝りようも、いまは懐かしさばかり先にたつ。

それにひきかえ、いまの北の屋敷のなんと風情のないことか。

鉄三郎は、腹違いの弟で、十二歳になる詮之介《せんのすけ》、のちの直恭《なおやす》と一緒に住まうことになったこの質素な屋敷を、転居して間もなく「埋木舎《うもれぎのや》」と呼び始めた。

これは、わが身の不憫《ふびん》さや、世を厭《いと》うてというより、むしろ、一生を世間から埋もれて過ごす覚悟からだ。そして、それでもなお、そのなかでなすべきことをなしていこうという、限りない達観の意味をこめたつもりだったのである。

「ああ、やっぱり……。ここにおいででしたか、鉄三郎殿。どれだけお探しいたしましたことか」

背後から、まるで地獄から救い出されでもしてきたような、大層な声がした。鉄三郎は顔をしかめ、舌打ちをしながら振り返った。

　案の定、一緒に清涼寺に来た御供のふたりが、額にびっしりと汗をにじませながら、安堵《あんど》の表情で立っている。

「なんだおまえたちか」

　つかの間の思索のときから、現実にひき戻されて、鉄三郎は言った。

「なんだおまえたちか、ではございませぬ。禅師さまとお話があるので、ちょっとはずせとおっしゃいますから、われらは、ほんの少しならばと思ってご遠慮申し上げたのですぞ。その間、われらがほんのしばらく打ち合わせをしておりましたら、そのすきにもうどこかへ消えておしまいになる。まったく、こちらにおいでになるならおいでになると、おっしゃっていただかなければ」

　鉄三郎を見つけて安堵した途端、つい愚痴っぽい口調を帯びてくるのは、それほど心配していたという証拠だろう。

「許せ」

「先日の墓参の朝もそうでございました。私どもが、閼伽桶《あかおけ》を片づけに行っておりましたほんの少しの間に、さっさとおひとりでお帰りになろうとなさって」

「そうだったか？」

「そうだったか、ではございませぬ」

　とがめるような口調を、とぼけてうまくかわしはしたが、そう言えばあの朝、初めて半兵衛に会ったのだった。

あ

御供の者には申し訳ないが、偶然とはいえ鉄三郎がひとりになったときだったからこそ、あした出会いも可能だった。

「やはり、父上の思《おぼ》し召《め》しだ……」

鉄三郎は、そっとつぶやいた。

「は？　いま、大殿の、なにと仰《おお》せになりましたので」

「なんでもない。さあ、帰るぞ」

「ははあ」

そう言って、さっさと歩き始めた鉄三郎に、御供のふたりは、今度こそ遅れてなるまいと、慌《あわ》てて後を追ってくる。

「それから、近いうちに、また佐和山に来ることにした」

鉄三郎は、前を向いたまま言った。

「佐和山？　ああ、清涼寺ではなく、龍潭寺《りょうたんじ》のことでございまするか」

年配の御供は、鉄三郎がまだ五歳のとき亡《な》くなった母、富の方が、その境内で荼毘《だび》に付されたという寺の名前を口にした。

「いや、餅木谷だ」

「はて、餅木谷、でございまするか」

訝《いぶか》しげな様子で、まだなにか訊《き》きたそうな御供の声を無視して、鉄三郎はまっすぐ前を見て歩き続けた。

出会いというものは、いつも不思議なものだ。そして、そのさまざまな出会いが、すべて意味を持っている。いまこのときに、自分は誰とは知らぬまま、商いにかけるその熱い心中を語ってくれた半兵衛と出会い、その生き方を知るほどに、わが身がどれだけ救われたことか。

鉄三郎はしっかりとした足取りで歩を進めながら、澄み渡った初秋の風を思いきり吸い込んでみた。

身体《からだ》の隅々まで、新しく目覚めていくような感覚があった。

もはや、わが身の不運を嘆いているだけの、無為な生活に甘んじるつもりはない。北の屋敷を埋木舎と名付けはしたが、たとえ世の表に出ることはなくとも、半兵衛のように自分を信じて、自らを磨くことまでやめてはいけない。

できる限りのことは試してみるのだ。文武の道であれなんであれ、やってみる前にあきらめることだけはしたくない。

そんな前向きな思いを取り戻せた自分が、どこか健気《けなげ》にも思えてくる。それは、近ごろにないことだった。

それも、やはり半兵衛と出会ったことと無縁ではないだろう。

鉄三郎は、あえて御供のふたりの数歩前を歩き続け、晴れやかな顔で、清涼寺をあとにした。

「なあ、もしかしたらそのお方は、お殿さまの弟君やないですやろか」

清涼寺から帰宅した半兵衛が、その夜、嬉《うれ》しそうに語って聞かせる若者の話を聞きながら、留津《るつ》はそんなふうに切りだした。

「やっぱりなあ、おまえもそう思うか」

半兵衛は、あの若者から放たれていた、どこか人を限りなく惹《ひ》きつけてやまない力のようなものを、思いだしながら言う。

「確かあそこのお寺では、ふた月ほど前に、前のお殿さまのご葬儀があったばっかりやと思います。きっとそのお墓参りやったのと違いますやろか」

「その鉄三郎さんが、うちの窯《かま》で楽茶碗《らくぢゃわん》を焼きたいと言わはるのでな、いつでもどうぞと言うてきた」

「それはようございました。なにかでご気分が晴れるなら、うちもなんでもさせてもらいます。そんなにやきものがお好きな方なら、石物の良さもわかってもらえるはずですから」

「わしも、それを思うてるのや」

「そうそう、そんなことより、夕方あなたのお留守のあいだに、西村さまが店にお見えになりまして」

「宇兵衛さんやったら、昼間も窯場で会《お》うたけどな、なんでわざわざうちのほうまで来はったんやろ?」

「なんや知りませんけど、折り入ってあなたにお話があるような口ぶりでした。もしかして、窯場では切り出しにくいことなんでは……」

留津は、その持ち前の勘のよさから、いち早くなにかを感じ取ったようである。

三

宇兵衛が、めずらしく殊勝な様子で絹屋にやって来たのは、だが、それからずっとあと、さらにふた月あまりもたってからのことだった。

もっとも、その間餅木谷の窯場は、鉄三郎の初の訪問を受けてひとしきり浮足立っていたので、さすがの宇兵衛も切り出しにくかったのかもしれない。

気になっていた半兵衛も、顔を合わせるたびに、宇兵衛にはそれとなく水を向けてみたりもしたのだが、とくに変わった様子もなく、いつしかそのままになっていた。

鉄三郎は、その後も二度ばかり餅木谷にやって来て、作業場で職人の仕事ぶりを見たり、窯出しの様子をのぞいていったりした。一度は、御供の者たちがやきもきするほど長居をし、半兵衛ともいろいろと長話をしていくような場面があった。

直亮のときと違って、鉄三郎が来るときは御供もせいぜい三人ほどで、迎える側もいくらか慣れてはきていたが、それでも窯場の者たちの緊張感は大変なもので、落ち着いて仕事に戻れるようになったのは、やっとここしばらくのことである。

窯の焼立ては順調で、職人たちの腕も日増しに上がり、ほぼ満足な製品の焼き上がりを見るようになった。

ただ、歩留まりということになると、確かに初期のころに較《くら》べると、少しずつは上がってきたというものの、依然としていいとは言えなかった。

素焼き、絵付、本焼きにかかわらず、それぞれの工程での失敗はどうしても避けられない。毎回、今度こそはと期待をこめて、出来上がりを待つのだが、最後の最後まで最高の出来でも、肝心の窯出しの時点で涙をのむことも少なくなかった。

「お留津さんは、このところ、もうすっかり一人前の商人《あきんど》ですなあ」

夕方、薄暗くなり始めてから絹屋にやってきた宇兵衛は、ひさしぶりに会う留津をまぶしそうに見て、そんなふうに切り出した。

「一人前やなんて、とてもとても。ただ、お蔭《かげ》さんで、小兵衛《こへえ》もおりますのでな、古着呉服のほうは、まあまあなんとかいってますのや」

半兵衛は、留津の代わりにそう答えた。控えめに言ってはいるが、留津と小兵衛に絹屋を任せてからというもの、目立って商いが増えてきたのは間違いない。

「いや、結構な繁盛《はんじょう》ぶりやと聞いてます。お留津さんの功労が大きいはずや」

「おおきに。褒めてもろたからやないですけど、どうぞこれを」

留津は嬉しそうに言い、運んできた茶菓子を宇兵衛の前に置いた。

「ほう、これはなんですかな。めずらしいものですなあ」

「今朝、商いのついでに、お多賀さんに寄ってきましたので、ちょっと買《こ》うてみたんです。糸切り餅《もち》といいますのや」

餅を紙のように薄く伸ばして、なかの漉《こ》し餡《あん》を包むように細長く筒状に巻き、一寸ぐらいずつ切り目がいれてある。

「へえ、これが糸切り餅ですか。名前は聞いたことがあったが、見るのは初めてですな」

宇兵衛はいつもの細い目を、さらに細めながら、一口でほおばった。

「いま流行《はやり》の、人気のお菓子ですけど、女のひとにも食べやすいように、こうして一口ずつ糸で切ってあるので、糸切り餅と言うのやそうで」

「なるほど」

うなずきながら、宇兵衛はさらにもう一個に手を伸ばす。

「な、宇兵衛さん、わかりますやろ？　このところ、わしが窯場に行ったきりですので、店はすっかりこれに任せておりますのやけど、留津はそれをよいことに、商いやと言うては、いろんなところに出かけてばかりです」

「本当に商いのためですのやけど」

留津はすかさず横から口をはさむ。

「おまけになあ、出かけるたびに、あちこちでいろんなものを見つけては、買うて来ますのや。わしから見たら、商いをしているというより、遊んでいるようなもんや」

半兵衛も、そう言って笑いながら、糸切り餅をつまんで口に入れた。

「そやかて、旦那《だんな》さま。みんなに人気のあるものは、どこか売れるように工夫がしてあるはずですやろ。その秘訣《ひけつ》を知りたいと思うのは、商人にとってはあたり前のことやと思います。売れているという噂《うわさ》を聞いたら、もうじっとしていられなくなって」

「おなごというものは、みんな口から生まれてくると言いますけど、噂には、実に敏《さと》い生きものですからな」

半兵衛は、同意を求めるような目で宇兵衛を見た。

「まさしく」

宇兵衛も、意味ありげな目をしてうなずいてみせる。

「いいえ、おふたりとも、女のおしゃべりをあなどったらあきません。女の噂話は、案外、的を射た本音が多いものです。殿方は、本音と建前をうまく使いわけられるようですけど」

留津がずばりと言うので、半兵衛も宇兵衛も、きまり悪そうに顔を見合わせた。

「それに、その噂をうまく利用して、商いに活用できると、これ以上ないぐらい売り上げ増の効果が望めるかもしれませんからね。おなごの横のつながりは、なかなか強いものですから、これを利用したら、大きな力になるはずです。売れていると噂を聞いたら、やっぱり出かけて行って、自分の目で見て、この手で触れて、舌で味わってみることが大事なのと違いますやろか」

「これはしたり、半兵衛さんが一本取られましたな。私にも、絹屋の繁盛の秘訣が、これでわかりました。いくらお上が質素倹約のお触れを出しても、そういう女独特の思い入れが良いのでしょう。やっぱり、お留津さんの功労ですな」

「なんや知らんが、いろいろ知恵をつけたようでして」

「着るものは、やっぱり女の目で買い付けるのがよろしいのや。それを、さらに女の噂好きを利用して、売りさばくやなんて、大したものや」

半兵衛が謙遜《けんそん》すればするほど、宇兵衛はことさら留津を褒めた。

そんな宇兵衛の様子が、いつもとどこか違うように思えて、留津は、妙に気になった。

「うちはただ夢中で、おもしろがってしているだけでして、そんな大層なお褒めにあずかるほどのものでは……」

だから、そんな言い方をして、すぐに部屋から下がるつもりだった。

　そのときだ。宇兵衛は、まるで冗談のように言ったのである。

「そんなことはないですよ、お留津さん。商いにはそういう勢いというものが、なにより大事なんだ。そういう元気のあるところで、いっそ、やきもの商いのほうも、私に代わって、奥さんにやってもらおうかと……」

「まさか、ご冗談を」

　留津が笑ってそう言うと、半兵衛もつられて笑いだした。

「宇兵衛さん、あんまり留津をおだてないでください。そんなにおっしゃると、これが真に受けると困ります」

　半兵衛は、もちろんとりあわなかった。本気だとは、到底思わなかったからだ。

「いや、私は本気ですよ、半兵衛さん」

　宇兵衛は、真顔になったかと思うと、突然その場で居ずまいを正して、半兵衛に向き合った。

「なんですて？」

「なあ、半兵衛さん。平助さんが脱けたあとも、私はいろいろと考えてみました。石物が世間にもっともっと広がる夢も見ました。湖上運送も、領外商いも、その構想を描いて、今日まできた。しかしなあ、やきもの商いは、どう考えても先が見えん」

「そんな、いまごろになって急に……」

　半兵衛も、慌《あわ》てて座り直した。

「藩からも、お殿さま直々に、またご用命が来ていますし、鉄三郎さまもときどき窯にお見えになっていますから、ゆくゆくは、もっと藩からのご注文も」

「いま藩から下されている注文はともかくとして、鉄三郎様に限っては、あんまり期待はできません。所詮《しょせん》あのお方は部屋住みの身や」

「藩だけやのうて、彦根以外にも、買い手を求めて商いを広げることも」

「見込みはありますかな？」

「もちろんです」

すぐにそう答えはしたが、その実、自分でも心もとないものはある。

「なあ、半兵衛さん。私も遊びでやっているつもりはありません。いたずらに、答えを先伸ばしするのも、また性に合わない。出資したからには、いつかは元も取り戻したいし、取り戻すだけやなくて、せいぜい増やしもしたい。そのための出資ですからなあ」

「確かに、その通りです。そやから、いずれは……」

「そのいずれというのは、いったいいつになるのやら。なあ、半兵衛さん」

「それは……」

「考えてもみてくださらんか、半兵衛さん。窯出しのたびに、歩留まりの悪さにがっかりし、この先、どこまで販路が開けるかを思うと、出るのは溜《た》め息《いき》ばかりです。もちろん、質の高い、高級なやきものをめざすのは私も正しいと思う。ただ、そうなると、値段はどうしても高くなる。夢は大事やし、一緒に夢を見ていたいのはやまやまですが、私には、やっぱり現実のほうが、もっと大事でしてなあ」

宇兵衛の指摘に、半兵衛は返す言葉を失っていた。

言われるまでもなく、そのすべてを、誰よりも半兵衛自身が感じていたからである。完成品の歩留まりを高めるのは、この先、昇吉たち職人の努力でなんとかするとしても、販路開拓の難しさにもっとも頭を痛めていたのは、ほかならぬ半兵衛だった。

彦根のご城下だけでなく、京や大坂への販売展開に対して、半兵衛はこれまで人一倍夢を抱いてきた。だが、京や大坂に食い込むには、すでにしっかり根付いている京焼や有田、瀬戸といったところを、何歩も引き離すような競争力が不可欠になる。

いまの半兵衛たちの製品は、いくら格段に完成度が高まってきたとはいえ、やはり京焼と較べると、どうしても向こうの製品のほうに一日の長がある。

高級品で勝負できないのならばと、目を普及品の市場に転じて、日々の暮らしの生活用品として、製品の競争力を高めるとなると、量産による低価格化の道を選ばなければならない。

そして、残念なことに、その分野においては、すでに有田のやきものが強力に食い込んでいるのである。

ならば、京や大坂ではなく、尾張《おわり》の顧客に目標を定めようとすると、そこでは瀬戸が全盛を誇っていて、半兵衛たちのはいりこむ隙間《すきま》すらないというありさまだ。

「私もいろいろ頑張った。それでも、これ以上はもう無理だ」

「宇兵衛さん……」

半兵衛は、あとに続ける言葉を、必死で探していた。

「なあ、これ以上販路を広げるには、藩の力が必要になる。藩の後ろ盾がなければ、われわれだけの力では、どうしても限界がある。こんなこと、言いたくはなかったけど、それが現実や。そう思わんか、半兵衛さん」

宇兵衛は、たたみかけるように言った。

「それは、わかっています。確かに、有田にはしっかり鍋島藩《なべしま》がついているし、瀬戸は、なんというても尾張藩の後ろ盾が大きな力になっています。それは、わしもよう知っています。そやけどな、宇兵衛さん、思い出してみてください。わしらはわしらの力だけで、頑張りたいと思うたのやなかったでしたか」

「その結果が、いまのありさまや」

「それを言うてしまえば終わりやけど、藩に協力を仰ぐとなると、当然その分あれこれ口も出されますやろ。お上に言いなりで、お上の好きなものしか作れなくなるかもしれません。そんなことは、わしらが望んだことではありません。違いますか」

「実を取るより、花が大事か……」

宇兵衛は、ひとりごとのようにつぶやいた。それは、半兵衛を責めるというより、どこか羨《うらや》ましがっているようにすら聞こえてくる。

「もう一遍だけ、考えなおしてみてはもらえませんか」

「すまない、半兵衛さん。やっぱり、私は、花だけでは無理や」

「そんな……」

「ただしな、あんたは続けてくださいよ、半兵衛さん。窯《かま》は、やっぱり彦根には必要です。ぜひ彦根でもやっていってもらいたい」

「そう思われるのなら、あと少しだけでも」

自分はひとり脱けるけれど、半兵衛にだけはそのまま窯を続けろと言うのも、あまりに自分勝手で、酷というものだ。

「いや、私は所詮、金を出すだけの役割やった。出資するなら、それなりに利を出すのが本来の姿やと思います。確実に利が出ないなら、出資の意味がない。それが投資というものです」

「それは、わかります。そやけど……」

わしも商人のはしくれや、そんなことなどとうの昔からわかっている。半兵衛は心のなかで叫んでいた。だが、負け惜しみではなく、宇兵衛の言うことも理解できる。理解できるからこそ、悔しいのだ。半兵衛は、いつしか唇を嚙《か》み締めていた。

「そうや、半兵衛さん。そやけど、あんたには続けてほしい。勝手な言い分やとは思います。それでもいつか、あんたには、どこにも負けんような良いやきものを作ってほしい。いつか、私らをびっくりさせてほしいんです。私はそれを誰よりも待っています」

「そんなこと……」

「頑張ってや、半兵衛さん。ただし、申し訳ないが、私はここまでです。今日を限りに、乗合商いは、脱けさせてもらいます」

宇兵衛の細い目が、まっすぐにこちらを見つめていた。

その目が、これまで宇兵衛がどれだけ忍耐強く協力してきたかを訴えていた。さらにこれ以上なにを言っても説得は無理だと、強く拒絶しているようにも、半兵衛には見えた。

そこまで言うなら、なぜもう少し長い目で見てくれぬと、言いたかった。

これまでふたりでも難しかったことが、この先ひとりでどうやったら切り抜けられるのかと、喉元《のどもと》まで、つきあげてくるものがある。

だが、半兵衛は唇を嚙んだまま、なにも語らなかった。

口にすれば、際限なくあふれてくるものがあるような気がして、口を開くのが怖かった。

「長い間、お世話になりました。これまでの西村さまのお力添えには、本当に感謝いたしております」

それまでずっと黙ってふたりのやりとりを聞いていた留津が、思いきったように口を開いた。

半兵衛に代わって、頭を下げたのである。それを機に、宇兵衛が席を立とうとしたので、半兵衛は慌てて顔をあげた。

「わかりました。もう、これ以上はお引き留めしますまい。おおきに、宇兵衛さん。これまで、ありがとうございました。乗合商いは今日限りで解散することになりますが、どうかこれからもよろしゅうに」

苦しすぎる言葉である。

だが、せめて別れ際《ぎわ》は潔《いさぎよ》くと、精一杯、礼儀を尽したつもりだった。そして、そのことを思い出させてくれた留津に、感謝したい思いだった。

とはいえ、半兵衛の内心は、ひどく打ちのめされていた。

このままでは、絹屋の窯には限界がある。それを打破するには、藩の力を借りるしかない……。こう言った宇兵衛の言葉が、いつまでも脳裏から消えそうにない。

この先、どうやって前に進むのか。いや、前進どころか後退も、どちらにしても身動きが取れない息苦しさがある。どうしようもないほど重いものが、突然両の肩にのし掛かってきたような思いがして、立ち上がる気力さえ萎《な》えそうだった。

「こちらこそ、お世話になりました。こんなご時世では、ますます新しいものを売るのは難しいでしょうけど、お留津さんの元気と、新しいものを見抜く洗練された目で、やきもの商いもきっと成功させてもらえるように、期待しています」

「これからも、主人に、いろいろと教えてやってくださいませ」

宇兵衛に向けた留津の声が、どこかひどく遠くに聞こえる。

「いやいや、教えるなんてことは……。ただ、もしなにか私で役に立つことがあれば、いつでも使いをよこしてください」

留津と宇兵衛のやりとりが、半兵衛の耳を空虚に素通りしていく。

「すっかり長居をしました。それでは、ここで……」

宇兵衛は、そんな言葉を残して絹屋の店先に背を向けた。

すでに日はとっぷりと暮れ、手代に持たせた提灯《ちょうちん》が、宇兵衛の少し前を揺れながら遠ざかる。

半兵衛は、留津と一緒にその後ろ姿を見送ったあと、ゆっくりと家のなかを振り返った。

一瞬、灯をしぼった絹屋の店全体が、巨大な暗いほら穴のように目に飛び込んできた。まるで、得体のしれない洞窟《どうくつ》の前に立っているような錯覚を抱いたのだ。

「留津……」

思わずよろめいて、手を伸ばしたら、そばにいる留津の肩に触れた。

その華奢《きゃしゃ》な肩は、思いがけないほど温かく、頼もしくも見えた。

「よかったなあ、旦那《だんな》さま」

留津はいきなりそう言った。

「え？」

「そやかて、これで自由になりましたもの。この先は、もうなにもかも、誰に遠慮も要らんようになりました」

留津は、嬉《うれ》しそうに言ったのである。

「なんやて？　おまえは、宇兵衛さんが乗合商いから脱けるのが、よかったと言いたいのか」

「はい」

留津は澄ました顔で、半兵衛を見る。

「この前は平助さんが脱けたし、今日で宇兵衛さんも脱けた。これからは、わしひとりになってしまうのやで」

「そうですなあ」

淡々とした口ぶりだ。

「先の見通しも、金繰りも、この先ますます大変になりそうやというのに、それでも良かったと、留津は言うのか？」

「はい。なんでも旦那さまひとりで好きにできますもの」

その表情には一点の曇りもなく、あくまで屈託のない声だった。

「おまえというやつは……」

半兵衛は、あらためてまじまじとその顔を見返した。

留津とて、小兵衛と一緒に絹屋を任されている身だ。商いの大変さを知らぬわけではあるまい。いや、どれだけ難しいかを知っているからこそ、いまのこうした事態を、あえて良いほうに受け止めようと言うのだろう。

いくら嘆いても、引き留めても、もはや宇兵衛の決心を変えることは不可能だ。ならば、せめて現実の問題を、肯定的にとらえようと言っているのだ。いつもなら、ふたりだけのときは旦那さまとは呼ばないのに、いまはあえて半兵衛をそう呼ぶのも、そのために違いない。

半兵衛は、留津の隠された思いに触れた気がしたのである。

「うちなあ、実は、絹屋の古手呉服の商いを、ご領外まで広げるにはどうしたらいいかと、ずっと考えていたのです」

「領外へ？」

「そうです。彦根のご城下だけやのうて、尾張とか、美濃《みの》とか、もっと東へでも、大きな町があるところなら、どこへでもいいんですけど。せっかく良い古手を仕入れられるのですから、彦根だけで終わるのはもったいない気がしていたんです。とにかくもっと仕入れて、もっと売る、そうやって商いの幅を広げたいと思うていたんです」

「そやから、あちこち歩きまわって、見ていたというわけやな」

「いろいろと見てきたものから、いくつか考えをまとめて、旦那さまにご相談するつもりでした」

「それで、目処《めど》はたったのか」

「いえ、やめました」

「やめたって、えらい簡単に言うけど、なんでや？」

「古手はどこにでもあります。多少は柄ゆきや、色なんかの好まれ方とか、派手や地味の違いとか、流行廃《はやりすた》りもありますけど、どっちにしても大した違いはありません。その分だけ安全な商いやとも言えますけど、どこでも似たようなものです。安全なだけ、大きく化けることもありません。商いとしては固いけど、おもしろみには欠けます。それやったら……」

「領内で頑張ろうというのやな？」

先をうながしながら、半兵衛は留津の顔を見た。

いつの間に、こんな物言いができるようになったのだろう。目の前の留津は、すでにすっかり商人の目をしている。

「はい。小兵衛とうちらは、ほんまに良い組み合わせです。力を合わせて、いまよりもっと商いを活発にできることを考えようと思うています。善左衛門《ぜんざえもん》も、上手な算盤《そろばん》で、助けてくれていますしね。あの子の帳簿は、ほんまに信頼できて助かっています」

「そうか」

言葉にこそ出さないが、留津が息子の善左衛門を褒めてくれるのは、半兵衛にはなにより嬉しいことだ。

「新しいお客さんも増えてきましたし、こうなったら、ご城下で一番の古手呉服の店になってやれと、そう思うようになりました。うちら三人で、力を合わせて励みます。そのかわり……」

「そのかわり、なんや？」

半兵衛の問いに、留津はにっこり笑って言ったのである。

「それより絹屋は、やきものの販路を広げたほうが賢いと思うんです。旦那さま、ぜひやきもののほうで、領外商いを始めてください。支店になるような貸し屋を見つけて、人別《にんべつ》届けを出して、もっと商いを増やすんです。やきものには未来があります。もっとずっと可能性があります」

「おまえというやつは……」

半兵衛は、言葉をつまらせた。

留津はさっきからこれが言いたくて、それで古手呉服の商いの話を持ち出したのだ。もちろん、半兵衛をなんとか励まそうとしてのことだ。

留津の思いが、痛いほどに伝わってくる。その熱っぽいしゃべり方も、訴えるような目も、いまはかぎりなくいじらしい。

半兵衛は、温かいものに包まれた思いで、ただ大きくうなずいた。さっきからの宇兵衛との長話に、塞《ふさ》いでいくばかりの心も、落ち込んでいく一方の思いも、いまはすっかり和らいでいる。

「そうや、その通りや、留津。もとより、ひとりでやるつもりやったやきもの商いや。ここまで来たからには、なんとでもなる。なあ留津よ、わしをしっかり見ていてくれ」

半兵衛は言いながら、留津の肩に置いた手を、そっとその華奢な背にまわし、強く抱きしめた。

ひとりになって、文字通り単独経営の絹屋窯《がま》となった餅木谷を、鉄三郎はその後も再三にわたって訪れた。

四

それは半兵衛にとっても、緊張のなかにも、楽しみなことだった。そしてもちろん、鉄三郎自身にとっても、窮屈な部屋住みの日々のなかの、ささやかな息抜きのひとときになっていた。思えば、初めて窯場を訪れた日に、半兵衛から記念にと酒盃《しゆはい》を贈られて以来、鉄三郎は、石物の繊細さにはことのほか魅せられた。

その酒盃は、餅木谷に窯を移転して、最初の火入れを記念するもので、直径二寸の薄手の染付である。朝顔形で、見込《みこみ》には若松を三本あしらい、高台《こうだい》の中側には「澤山初製」と銘を入れてある。新窯になってからの初の窯入れというので、棟梁《とうりよう》の昇吉が言い出して、うやうやしい仕草で筆を入れたときの様子は、半兵衛から詳しく聞かされもした。

そうして完成した酒盃は、初窯の記念として、親戚《しんせき》、縁者や、友人などさまざまな相手に配られたのだが、いくつか残っていたもののなかから半兵衛が選んで、鉄三郎にも進呈したのである。

「手前ども町人のあいだでは、初窯のやきもので、酒や茶を飲みますと、中風に罹《かか》らぬと申します」

半兵衛は、嬉しそうにそう言い、鉄三郎も喜んでそれを受け取った。

清凉寺で、不思議な出会いをしたことを、互いに大事に思うからなのだろうか、ふたりの間には、年齢も、身分の違いも超え、周囲が訝《いぶか》るほど話が弾むことがあった。

それは、ほとんどがやきものについての話題だったが、ときとして、職人気質《かたぎ》と呼ばれる仕事へのこだわりについてや、商人としての半兵衛の夢や持論、ひいては彦根藩の経済論にまで発展することもあった。

鉄三郎は一時期、埋木舎《うもれぎのや》に楽焼の工人を招いたこともあり、その工人から楽焼を習い、楽焼窯と構造が似ている半兵衛の錦窯《きんがま》を借りて焼立てを試みたりもした。

もとより、兄の直亮のように物にこだわる性格ではなく、進んでなにかを蒐集《しゅうしゅう》するようなことにも興味はなかった。だから、なぜにやきものに惹《ひ》かれるのか、自分でも不思議な気がしなくもない。

おそらくは、やきものそれ自体よりも、むしろ自ら試作する行為そのものに心惹かれたか、あるいは半兵衛が語り聞かせるやきもの商いの夢というものに、少なからぬ影響を受けたのかもしれない。

とはいえ、身体《からだ》を動かして創作に没頭することは、思った以上に快いもので、楽茶碗《らくぢゃわん》が思いのほか巧みに仕上がったこともあって、さらに、やきものの奥の深さに触れたいと思うようになった。やきものへの関心は、実に多種多様に及んでいったのである。

「手前どもでも、今度新しく土物も始めることにいたしまして」

半兵衛は、そう言って、新しい試作品を鉄三郎に差し出した。

土物を始めた内情は、もちろん半兵衛の経営判断からで、なんとか新規の販路を開拓するためである。

宇兵衛が去ったあと、これまでのように石物だけに固執せず、土物の陶器にも手を出し始めたのは、やはりひとえに品揃《しなぞろ》えに厚みを出すのを狙《ねら》ってのことだ。

昇吉ら職人の意見を吟味したうえで、半兵衛が最終判断を下し、窯にも、焼成にも、そのつど進んで改良を加えた。少しでも良い製品作りをめざし、販路開拓につなげようとする全員の願いが、製品の完成度を高めることになり、生産量を増やすことになる。

それが、自然に絹屋窯の経営拡大に繋《つな》がってきたのは、半兵衛にとってもこのうえない喜びだった。

ただ、商いが増えるにしたがって、当然ながら人手不足に陥ってきた。そのうえ、辞める者がいたり土物を始めたこともあって、新しく職人を雇わざるをえなくなり、昇吉の勧めも得て、思いきって瀬戸から陶工を連れて来ようということになったのである。

瀬戸からの職人選びについては、昇吉はもちろんだったが、普段は無口な喜平が意外な活躍をした。地元出身で、地味な風貌《ふうぼう》ではあるが、いまでは、すっかり昇吉の右腕として、本人も自信をつけてきたようで、昇吉の信頼もことのほか厚かった。

慣れない職人たちを、絹屋の窯に馴染《なじ》むように、要領良く指示を出していく様は、半兵衛の目から見ても頼もしい。

「良い職人に育ちましたなあ」

昇吉は、折に触れ半兵衛にそう言っては、目を細めた。

土物陶器の原料の土には、耐火粘土を産する敏満寺《びんまんじ》村小森に近い渋谷《しぶたに》と、鳥居本《とりいもと》宿の南端百々《どど》村（現在の彦根市鳥居本町）から出る粘土を用いた。

「これが天草石《あまくさいし》というものですか」

鉄三郎は、絹屋を訪れるたびに、石や土にまで興味を示し、御供の者たちが案じるのを無視して、自ら手を伸ばして触れたりもした。

石物の原料の中心ともいえる素地《きじ》には、天草石を砕いた粉を使用していたのだが、純度の高い粉薬を思わせるまでに細かくしたその純白の粉末に、鉄三郎はあらためて目をみはったものである。

「これは、天草からわざわざ？」

「はい。石物はなんといいましても素地が第一です。良いものを作るためには、なにより良い材料が必要でございますから、苦労してでも、天草から取り寄せておりますわけで」

「絵具の唐呉須《とうごす》も、美濃呉須も、みんな移入品ですね。地場の材料は、使わぬのですか」

「いえ、地場産の原料としましては、物生山《むしやま》から出る物生山石を釉薬《ゆうやく》として用いております」

物生山石の産地は、鳥居本宿の西、坂田郡物生山村一帯で、犬上郡との境になっている佐和山が、北に延びて尽きるあたりの物生山峠付近、餅木谷からもそう遠くないところである。

「ほう、物生山村の石が釉薬に……」

鉄三郎の好奇心は、とどまるところを知らぬかに見えた。

そんな日々が続き、どれぐらいたっただろうか。

久しぶりに餅木谷の絹屋窯を訪ねてきた鉄三郎が、いつになくあらたまった顔で半兵衛に言った。

「今日は、別れを言いに来ました」

「え、別れと仰《おお》せられましたか。もしや、手前どもでなにかご無礼がありましたのでは？」

半兵衛は、思わず問い直した。

「そうではありませぬ。実は、江戸に参ることになったもので」

「江戸でございますか。それは、また急なお話ですなあ。それでは、お帰りをお待ち申し上げることにいたしましょう。お帰りは、いつごろのご予定でございますか」

「それが……」

「江戸と申せば、遠いところですから、きっと長い旅になるのでございましょうけど」

「いや、彦根に帰ることは、もはやないかと……」

それ以上のことを、鉄三郎が口にすることはなかった。このたび、江戸にいる兄の直亮から、突然出府の命が下ったことなど、もとより半兵衛に告げるべきことではない。

直亮からの書状で、二十歳になった鉄三郎と弟の詮之介、つまりは直弼と直恭を、しかるべき大名の養子にするので、すぐにも一緒に江戸に来るようにと言ってきたのは、鉄三郎にとっても思いがけないことだった。

自ら埋木舎と名付けた北の屋敷、いわゆる尾末《おすえ》屋敷に移って、このままひっそりと暮らす覚悟を決めて始まった暮らしも、はや三年。ときに天保五年（一八三四年）七月のことである。

「さようでございますか、鉄三郎さまにもうお目にかかれないとなると、手前どもも寂しゅうなりますなあ。そやけど、道中どうぞご無事で、心からお祈り申し上げます」

半兵衛は名残惜しそうにそう言って、頭を下げたあと、ふと思い立って、奥の棚に手を伸ばした。

「そうや、せめて、これを江戸までお持ちくださいませ」

半兵衛が差し出したのは、近江《おうみ》八景の絵柄の筆筒だった。「比良《ひら》の暮雪《ぼせつ》」、「堅田《かたた》の落雁《らくがん》」、「唐崎《からさき》の夜雨《やう》」、「三井《みい》の晩鐘《ばんしょう》」、「粟津《あわづ》の晴嵐《せいらん》」、「石山《いしやま》の秋月《しゅうげつ》」、「瀬田《せた》の夕照《せきしょう》」、そして「矢橋《やばせ》の帰帆《きはん》」。近江の名勝が、それぞれ繊細な筆致で、優美に描きこまれている。

「ほう、赤絵ですね。みごとな作だ」

鉄三郎は、半兵衛が差し出した筆筒を、大事そうに両手で受け取った。

「鉄三郎さまもお馴染みの錦窯で仕上げたものでございます。江戸においでになりましても、ときどきは、これをご覧いただいて、彦根や絹屋の窯を思い出してくださいませ」

「絵付も、焼き上がりも、ますます磨きがかかってきましたね」

鉄三郎は、すっかり魅入られたようだ。

「おそれいります。鉄三郎さまにそう言っていただけると、手前どもの職人たちも、舞い上がって喜びましょう。江戸においでになりましたら、ぜひとも、彦根の石物をみなさまにご紹介くださいませ」

「彦根にもこんなやきものがあることを、江戸の連中に見せたらきっと驚くことでしょう」

鉄三郎は、受け取った筆筒を、御供の者には持たせず、自ら大事そうに手にして、茶碗山を去っていった。

五

騒ぎが起きたのは、それからふた月もたたぬころのことである。

前夜から降り続く雨のせいで、めっきり肌寒さを覚える餅木谷の早朝。まだ、はっきりと目覚めきっていない山の空気を揺さぶるかのように、そのとき、すさまじい轟音《ごうおん》が響き渡った。驚きのあまり声を出す暇《いとま》もないままに、地を這《は》うような不気味な震動が一回。続いて、さらにもう一回。

いつものように、柿渋《かきしぶ》を塗った紙の合羽《かっぱ》を着て窯場《かまば》に通ってきた半兵衛は、細工場の座敷に上がろうと草履を脱いだばかりの片足を思いきり踏ん張って、ぐらりと傾《かし》ぐ身体《からだ》をかろうじて支えた。

「なんや？　なにごとや？」

誰へともなしに、声をあげた半兵衛の耳に、遠くから職人たちの叫び声が飛び込んできた。

「棟梁《とうりょう》！　棟梁……」

「ああ……」

「棟梁！」

それは、低く、鈍く、まるで深い地の底から立ちのぼってくるような、不吉な予感を抱かせる声だった。

だが、半兵衛に聞き取れたのはそこまでだ。あとは声にならないかすかなどよめきが、降りしきる雨の音に掻《か》き消されていく。

「いったいなんなのや。なにが起きたんや」

いたたまれぬ思いに、半兵衛は草履を履き直すのももどかしく、急いで窯場を目指して駆けだした。

「あ、旦那《だんな》さま」

すぐに、こちらに向かって走ってきた佐平とぶつかった。

「窯が、窯が……」

佐平は、上半身が泥水を浴びたような姿で、半兵衛の姿を見たとたん、その場にへたりこんで叫んだ。

おそらく頭から灰をかぶり、そのまま雨に濡《ぬ》れて走ってきたのだろう。元結がほどけそうになった髪から、その泣きだしそうな顔へ、そして、息を切らして激しく上下するその肩から、はだけた胸へ、真っ黒な泥水が伝って滴《したた》り落ちる。

「窯がどうした」

逸《はや》る心を抑えて、半兵衛は訊《き》いた。

「はい、窯が、窯がいきなり……」

佐平は、そこまで言って、息を詰まらせた。

「いきなり、どうしたんや」

苛《いら》立《だ》つ半兵衛の声を遮るように、背後から喜平の声がした。

「それより、棟梁が……」

「昇吉？　昇吉がどうした」

思わず振り返って、目をやると、四方を土運びの人足に担《かつ》がれた戸板の上に、昇吉がぐったりと横たわっている。

まるで大きなぼろ雑巾《ぞうきん》のように、身体を曲げ、昇吉はちぢこまって横になっていた。無意識のうちに右腕をかばっているようだ。

「昇吉っつぁん？　聞こえるか？　どうしたんや、しっかりせんか」

声をかけると、一瞬ぴくりと身体が動いた。その弾みに、戸板にべっとりとついた異様な色が、半兵衛の目を射た。

「血？　これは……、ひどい血やないか」

灰まみれの痛ましい全身を、容赦なく雨が叩《たた》く。朝だというのに、まるで夕暮れのような薄暗さのなかで、あたりと見分けがつかぬほどの昇吉の土色の顔。窯のすぐそばの道具入れからはずしてきたらしい古びて濡れた戸板。そんな無彩色の世界に、そこだけ生々しい鮮血が広がっている。

「窯の壁が崩れたんです。まさか、あんなふうに落ちてくるとは。一の間《ま》のところです。棟梁が、その下敷きになって……」

喜平が横から答えた。

「事情はあとや、それより座敷に、さ、早う座敷に」

半兵衛は、かろうじてそれだけ言った。自分の唇が、震えているのをはっきりと感じる。唇だけでなく、震えは身体中に広がっていく。

落ち着け、落ち着くのや。

医者や、医者を呼べ。使いをやらせて、すぐにもここまで連れてくるのや。その前に、止血はしたか。昇吉の身体を冷やすな。濡れたものを着替えさせるのや。身体を動かすな、そっとやれ。

医者には、駕籠《かご》でもなんでも使え。急ぐのや。

昇吉を死なすな。なにがあっても助けるんや。金はいくらかかっても構わん。頼む、助かってくれ。死ぬなよ、昇吉。死んだらあかん。頼むから、なあ、昇吉、頼むから生きていてくれ……。

夢中でなにかを叫んでいた気がする。だが半兵衛には、自分がなにを言ったのか、まるで実感がなかった。

戸板の上で、もはやぴくりとも動かぬ昇吉は、驚くほど小さく見えた。

薄暗い半兵衛の視界のなかで、皆の手によって運ばれていく昇吉の、なんと頼りなげなことか。

うろたえる手伝いの女たち。そのなかで、ひとり落ち着いて指示を出しているのは、一番年上のおよねだろうか。そして、てきぱきと動いているのは喜平らしい。だが、半兵衛には、その顔すらはっきりと認識できなかった――。

どれぐらい時がたっただろう。

ふと、背後にひとの気配がして、半兵衛は振り返った。

「あ、留津……」

いつの間に来ていたのか、たすき掛けをした留津が立っている。

「大変でしたなあ。そやけど、よかったです。昇吉さんは、やっとなんとか持ち直さはりました」

「おまえ、なんでここに」

「事情を聞いて、飛んできましたのや。うちのお客さまに、お医者さまの奥さまがおいでやったのを思いだしましてなあ。すぐにお頼みして、一緒に来てくださいと言うて」

「そうか、そうやったのか。昇吉は、助かってくれたか」

全身から力が脱けていく。半兵衛は、そのとき初めて、自分が長い間肩をいからせ、すべての神経を硬直させていたことに気がついた。息すら満足にしていなかったようにも思えてくる。そのくせ実際には、ただおろおろと立ち尽くし、昇吉のそばにいるのも辛《つら》いだけで、なにひとつしてやれなかった。

喜平や佐平に呼ばれて、窯場にも行ってみたが、片側が大きく崩れ落ちて、瓦礫《がれき》の山になってしまった窯の三の間を見たときも、よくぞ怪我人《けがにん》が昇吉ひとりで済んだものだと思った。

「このところ、かなり焼立ての回数を増やしてましたので、壁に負担がかかっていたのはわかっていたのですが」

「くれがぼろぼろになっとる」

喜平の説明に、半兵衛は壁に手をやりながら、そう漏らした。崩れ落ちた瓦礫を、ひとつひとつ手にすると、そのもろさは明らかだ。耐火粘土を焼きあげたくれを、隙間《すきま》なく積み重ねた上に、さらに耐火粘土を塗りこめて作った窯壁だが、そのあとも何度も高温で炙《あぶ》られ続けるわけである。いくら強固な粘土を使っていたとしても、長い間には土が痩《や》せ、粘りがなくなって温度の変化に耐えきれず、やがては限界がくる。

「ちょっと前から気がついてはいたんです。一の間は、むしろこの反対側が弱っていまして、胴木間との境目もかなりもろくなっている感じでした。このところ何回か粘土を塗り重ねて、それでも気になるところは釉薬《ゆうやく》を塗って、そのつど補強はしてきたんです。だましだまし使っていたというところでした」

佐平が、弁解するように口をはさむ。

「わしも、昇吉からちょっと聞いてはいたんや」

「それが、今朝になって、突然一の間の逆側が崩れて……、あっしらは、こっちにいたものので助かったんですけど」

昇吉ひとりが、まるで一身にその厄を引き受けて、皆の身代わりになってくれたのではあるまいかと、半兵衛は思った。

「ほかの間はどうなってるか、調べてくれ。早いうちに、かなり手を入れて窯の修理をせなあかん」

そうやって指示を出しているときも、だが半兵衛の心はただひとつ、昇吉の安否ばかりが気になっていた。

「そうか、昇吉は助かってくれたか……」

半兵衛は、確かめるようにまたつぶやいた。すべてを引き受け、ひとり犠牲になってくれた昇吉を思って、心から救われる気がしたのである。

「そやけどなあ、旦那さま」

昇吉が助かったというのに、留津は暗い顔で、言葉を途切らせた。

「なんや、おまえは昇吉が助かって、嬉《うれ》しゅうないのか？」

「あかんのですわ」

「あかん？　なにがあかんと言うのや。おまえは、昇吉が助かったのが、悪いとでも言いたいのか？」

留津の言う意味がわからず、半兵衛は、つい責めるような声になった。

「昇吉さんの身体です」

「そやから、昇吉の身体は助かったのやないのか」

焦《じ》れて、さらに声が大きくなる。

「潰《つぶ》れてしもたんやそうです。もう、あかんのやそうですわ。あのひとの右手……」

「なんやて」

半兵衛は、留津に向かって怒鳴り声をあげた。

「旦那さま、ちょっと……」

そのとき、医者のそばにずっとつきそい、なにかと手伝いをしてくれていたおよねが、そっと半兵衛を呼びに来た。

「棟梁が、旦那さまに来てほしいと……」

「昇吉は、気がついたのか」

「はい。お医者さまも、ひとまず峠は越えたやろうと。あとは、今晩ひと晩様子を見て、それで大丈夫でしたら、安心してもよいとのことです」

「あんたも、ご苦労さまやったなあ」

留津が、およねの労をねぎらった。

「いえ、奥さまのほうこそ」

「おおきに、およねさん。あとは、うちが代わりますし、およねさんは、もう帰ってくださ い」

「はい。その前に、棟梁が、どうしても旦那さまに謝りたい様子で。さっきから、うわごとのように言い続けてはりまして……」

「あほやな、謝るって、なにを言うとるのや、あいつは。謝るのは、こっちのほうやないか」

半兵衛は、思わず強い口調になった。

「棟梁らしい、と言うたらいいのでしょうか、窯が壊れたことを、えらい気にしてはるようでして」

およねは、言いながら心配そうに眉根《まゆね》を寄せる。

「わかった。すぐ行く」

昇吉のいる座敷に向かうとき、半兵衛の背筋をなにかが走った。その正体がなんなのか、半兵衛には、すでにわかっているようにも思えた。ただ、それと正面から向き合うことが、はたして自分にできるのか。半兵衛は、無意識のうちに大きく息を吸い、心を決めたように、襖《ふすま》を開けた。

昇吉は、思いのほかきれいな顔になっていた。

おそらく、およねや留津の手厚い看病のためだろう。髪だけは、ところどころに朝のままの泥が残っていたが、顔はすっかり拭《ぬぐ》われて、着物も洗い立ての浴衣《ゆかた》を着せられていた。ただ、熱があるらしく、うっすらと赤みを帯びた頰のまま、ひたすら眠り続けている。

昇吉がはっきりと目を開いたのは、その後ふた晩過ぎた、事故から三日目の朝のことだった。降り続いた雨もやみ、ひさしぶりに小鳥たちの声がして、餅木谷にもやっと少しは活気が甦《よみがえ》ってきそうな気配がある。

「気がつきましたか」

およねと交替で、昨夜から寝ずに付き添っていた留津は、仰向《あおむ》けのまま不思議そうにあたりを見回している昇吉に気づいて、そっと声をかけた。

「ここは？　あっしは、いったい……」

「細工場です。窯で、崩れた壁の下敷きになって、それからまる二日、ずっと眠り続けてはったんです」

留津が答えると、昇吉は一気に起き上がろうとした。

「痛っ……」

「あ、まだ起きたらあきません。傷口が開くと大変やし……」

見ると、昨日の朝新しく巻き替えた右手の布の先から、また新しい血が滲《にじ》み出している。半兵衛のとっさの判断で、肘《ひじ》を強く布で縛って止血したのがよかったと、医者は感心したように話していたが、それでもまだ傷口がふさがったわけではない。

「刃物で切ったような、きれいな傷とは違いますでな」

傷口が回復するだけでも相当の日数がかかると、医者は最初に傷をみたとたん、無愛想に言ったものだ。

留津が連れてきたこの医者は、かなりの老齢だった。若いころ有名な御典医について漢方の修業をしたというのが自慢らしい。無愛想ではあったが、長年大勢の患者を診て、その分経験も豊富だから安心なはずだ。

「いくら日がかかっても、いずれは、指はちゃんと動くようになりますやろな。昇吉は職人です。こいつにとって指は生命《いのち》なんや……」

眠りこけている昇吉には聞こえるはずがないのに、枕《まくら》もとにやってきた半兵衛は、小さな声で、だが詰め寄るようにして、医者に訊《き》いた。それでも医者は、まっすぐに半兵衛を見て、厳しい顔で首を横に振るだけだ。

「そんな……」

「指の先が押しつぶされて、骨が砕けているようじゃからな、わしとて手の下しようがない。それよりまず傷を治すことじゃ。でないと、手首ごと腐ってしまうおそれもある。職人の生命かなにか、そんなことわしは知らぬ。指は所詮《しょせん》指じゃ。死んでしまってはどうしようもなかろう」

そう言われると、半兵衛は黙るしかない。

大量の出血による急激な体力の低下が心配だから、なによりまず意識を回復することが先決だ。そんな医者の指示もあって、昇吉はそのまま餅木谷で回復を待つことになった。細工場のそばの納屋《なや》の片隅を、急いで荷物を片づけ間仕切りをして、にわか仕立ての部屋にしつらえた。半兵衛の頼みもあって、そこにおよねと留津が交替で付き添ったのである。

「昇ちゃん、どこだい、昇ちゃん!」

細工場中に響きそうなほどの甲高い声をあげ、すごい剣幕であの女がやってきたのは、それから十日ばかりたってからのことだ。

昇吉の容体は日増しに快方に向かい、当初はその急激な痩せ方が心配されたが、いまはいくらか食欲も出て、なんとか床の上に起きられるまでになってきた。もとより、傷口さえふさがれば、あとは若い昇吉のことだ。その回復力には、留津の目から見ても、めざましいものがあった。

ただ、そうなるとやはり窯《かま》が気になるらしく、じっとしてはいない。昇吉は、右手を首から布で吊《つ》った格好で、崩れ落ちた場所を見に行くと言い張り、無理をするなと止める留津と、押し問答になる場面もあった。

「心配せんでも、あとはみんながやってくれてます。それより、いま無理をしたら、よけいに長引くことになります。ここはじっと我慢して」

「旦那《だんな》さんは、今日も忙しそうですね?」

半兵衛は、昇吉が意識を回復したとき、真っ先にかけつけて話をした。ただ、それで安心したわけでもないだろうに、その後は毎日部屋の前まで来て様子を聞いていくだけで、なぜか昇吉と会っていこうとしない。

「今日は、窯の修理のことで、あちこち歩きまわると言うてました」

「きっと、お金の工面ですね……」

窯は、かなり大掛かりな修理が必要なはずだ。相当の出費になるのは間違いない。昇吉はそのことが気掛かりでならないのだ。

留津は、半兵衛が今日出向いた先が、乗合商いから脱けた西村宇兵衛のところだとは聞いていた。その後の商いの伸びを聞いて、また以前のように戻ってくれればそれに越したことはない。それが無理でも、宇兵衛には藩からの借銀について相談したいのだと、半兵衛は出がけに言っていた。

商人仲間から聞いた藩からの借り受けについて、その可能性や、具体的な申し出の方法について、宇兵衛に聞いてみる気なのだろう。だがそれとても、いまは昇吉に告げて無用な気遣いをさせるべきではない。

「うちには、詳しいことはわかりません。ただ、昇吉さんは心配せんでよいからと、あのひとからは、くれぐれも安心して休ませるように言われています。窯場のほうは、喜平さんがみんなをまとめてくれていますし、甚介《じんすけ》さんも、文三郎さんも、だいぶ慣れてきはったようやし」

最近雇い入れたふたりの職人は、有田出身の昇吉たちと違って、瀬戸から来た窯師だ。だからといって、基本的には同じで、いずれも腕に自信のある職人であり、昇吉が倒れたことを誰よりも心配していることにも、変わりはない。

「すみません、奥さん。あっしのために……」

「なにを言うてはるんです。困ったときはお互いさまです」

「いや、奥さんだって、店が忙しいのに」

「店には、ふたりの息子がおります。うちなんか居んほうが、かえってあの子らは気楽やし、店を好きにできるので喜んでいるみたいです」

「それでも、外船町《そとふなまち》と行き来するだけでも、大変なはずです。あっしは、これこのとおり、ひとりで大丈夫ですから、本当に、もう……」

そう言って、昇吉は立ち上がろうとした。とたんに、身体《からだ》がぐらりと大きく傾《かし》ぐ。そして、右手をかばうような格好で、床《とこ》の上に突っ伏した。

「それ見てみ。無理したらあかんて言うたのに」

昇吉はうめき声をあげ、そのまま頭をあげようとはしない。

「どうもなかったか？」

留津はすぐにそばに駆け寄った。

だが、問いかけても、昇吉の返事はない。

「可哀想《かわいそう》に、痛いのやろなあ」

そう言って、留津は無意識のうちに昇吉の背中に手をあてた。そして、ごく自然にさすっていた。職人として鍛え抜いたはずの背中が、わずかの間に、はっきりとわかるほどに肉が落ちている。

この身体は、はたしてどこまで回復するのだろう。医者が言っていたように、もしもこのまま右手が使えなくなったら……。

ゆっくりとその背中をさすってやりながら、留津はいたたまれない思いだった。昇吉がいま直面している現実が、突然はっきりとした形となって、目の前に突きつけられた気がしてくる。

昇吉は、なにも言わなかった。

なにを考えているのか、どんな顔をしているかも、留津のほうからはわからない。もしかしたら、泣いているのではないか。息苦しいまでの沈黙のなかで、留津がふとそんなふうに思った、そのときだった。

突然、昇吉の左手が伸びて、留津の手首を捕らえた。驚いて、思わずその手を引こうとした瞬間、こちらを振り向いた昇吉が、その身体をぶつけるようにして、胸に飛び込んできた。

あまりのことに、留津には昇吉の表情までは見ることはできなかった。ただ、気がつくとすぐ目の前に、まるで母親にすがる幼子のように身をゆだねてきた、昇吉の背中がある。

「あっしの手は……、あっしのこの右手は、もう一生……」

昇吉も、自分と同じことを考えていたのだ。

くぐもった昇吉の声が、胸をとおして直接留津の身体に染《し》み入ってくる。留津は、思わずその背中を抱いた。強く、強く、昇吉を抱き締めながら、手のひらで浴衣の背中をなでていた。

「なにを言うてはるんです、昇吉さん。あなたはぜったいに治る。なにがあっても、うちがもとどおりにしてみせる」

留津は、強い声で言った。不思議に涙は出なかった。

「そがん気休めは、やめてくれ。自分の身体は、自分が一番わかっとるばい。この手は、この右手は、もう二度と」

全身から搾《しぼ》り出すような声だった。すべてを受け入れ、耐えたとしても、それでもなお言わずにはいられない、昇吉の無念さがあふれている。

「昇吉さん……」

留津は目の前の現実を打ち消すように、ただ激しく首を横に振った。

「こがん手も、こがん指も、もう一生動かんのや。もう一生……」

布にすっぽり包まれた右手を、昇吉は床に叩《たた》きつけた。それが、すべての元凶だと言いたくて、血の滲んだ右手をさらに痛めつけようとしているのか。昇吉の顔は苦痛に歪《ゆが》み、その痛み以上のなにかと闘っているかのように、唇を強く嚙《か》み締めていた。

「やめて!」

留津は、昇吉の頭をかき抱いた。

「お願いやから、もうやめて……」

言いながら、留津は昇吉を身体ごと揺さぶった。留津の腕のなかで、昇吉は小刻みに震え出すのが感じられた。

昇吉の汗の匂《にお》いがする。乾いた粘土の匂いも混じっている。それは間違いなく男の匂いだった。

そして、しっかりと抱きあった胸と胸との狭間《はざま》に、昇吉の萎《な》えた右腕があった。互いに、近づこうとするふたりの心の間に、それは、まるでしっかりと立ちはだかる現実そのものだと、留津は思った。

長い静寂があった。

どのぐらいそうしていたのだろうか。一瞬、震える身体がぴくりと反応し、昇吉は突然顔をあげた。

「すいません。あっしは、なんてことを」

そう言うが早いか、いきなり身体を離してきた。その勢いで、留津は後ろに押される格好になり、倒れそうになったほどだ。だが、昇吉はそんなことには気づかないまま、目の前の床に手をついた。不自由な右手をかばうように、それでも額を床にこすりつけるようにして、平伏《ひれふ》したのである。

「堪忍《かんにん》してください、奥さん。あっしは、とんでもないことを……。いまのことは忘れてください。すいません。申し訳ありません」

そう繰り返して、昇吉はただ頭を下げ続けるばかりだ。

「頭を上げてください、昇吉さん。うちはかまわへんのやから、そんなことせんといてください」

ついいましがたまで、ふたりの間に強く通いあっていたものが、いまは無惨《むざん》に消えうせている。留津は、言いようのない気まずさに、ただ戸惑うしかなかった。

「いいのよ、昇吉さん。なんにも気を遣うことなんてないわ。無理することもない。うちには全部言いたいことを言うて、胸の内を晴らしたらいいのや。堪《こら》えることはいらん、なあ、我慢することはないのやで」

「いいえ、すみません。あっしが悪かったんです。奥さんに甘えて……。すみません、本当に申し訳ありません」

昇吉が顔を伏せたままそう繰り返していたときだ。留津の後ろから、聞き覚えのある甲高い声が響いてきた。

「あんたが謝ることなんてなにもないよ、昇ちゃん。冗談じゃない。それじゃあ、あべこべじゃないか」

いつから立っていたのか、戸口のところにいたのは、以前絹屋に駆け込んできたことのある、あのひさだった。勢い込んでやって来たものの、ふたりの深刻な声が聞こえたので、聞き耳を立てていたのかもしれない。

「おまえ、どうしてここに」

「報《しら》せをもらったのさ。びっくりしたよ。昇ちゃんが窯の下敷きになったっていうから、息が止まるかと思った。ほら、昇ちゃんの下で働いているって言ったっけねえ、そうそう佐平という職人だよ」

「佐平が？　あいつ、また出しゃばりやがって……」

「うちが頼んだんです。昇吉さんの怪我《けが》のことを、なんとかおひささんに知らせてもらうことはできないものやろかと思うて」

留津は、さりげなく乱れた着物の襟元を直しながら、そう答えた。

「奥さんが、なんでまたおひさなんかに報せを？」

昇吉は、よけいなことだとでも言いたげに、留津を見た。

怪我が怪我だけに、留津としては、真っ先にひさには知らせておこうと思ったのだ。いずれは郷里の家族にも知らせなければならなくなる。それならそれで、ひさなら昇吉の事情に詳しいはずだから、もしもまだ彦根にいるなら一度会って訊《き》いておきたいと、そんな思いもあった。

だが、伝言を頼んだ佐平には、ひさに絹屋の店に来てくれるように伝えたつもりだった。先に事情を伝え、そのあとで昇吉に会わせるほうがいいと思っていたのだが、どこかで行き違いがあったのだろう。

「誰が言ったかなんて、そんなことはどうでもいいんだよ。それより、大丈夫なのかい、昇ちゃん。見たところ元気そうだけど、だから言わないこっちゃないんだ。さんざんこき使われて、案の定怪我までさせられてさ。あげくにその右手じゃあ使いものにならないってんで、追い出されそうなんじゃないのかい？」

ひさは、あたりに聞こえるほどに、わざとらしい大声で言う。

「おひさ、おまえは黙ってろ」

「いや、黙っちゃいないね。あのあと、昇ちゃんがどうしても彦根に残るっていうから、あたしはひとりで江戸まで行こうと思ったんだ。そりゃそうさ、あたしだってほとんど自棄《やけ》っぱちだったからね」

「え？　おひささん、江戸に居はったんですか。佐平さんの報せが、よう届きましたなあ。よかった……」

それは、留津の正直な気持ちだった。

「おまえ、女ひとりで江戸なんかに行って、もしもなんかあったら、郷里のおとっつぁんたちはどうなるんだ」

「だからこそだよ、昇ちゃん。江戸に行けば、良い薬も見つかるかもしれないと思ったのさ。だけどね、江戸に行くには行ったものの、しばらくしてやっぱり帰ってきた。もしかしたら、昇ちゃんの気が変わって、また京に戻っているかもしれないと思ったんでね」

「薬?」

「こいつの父親は、もう長いあいだ寝たきりでしてね。小さい妹たちのためにも、いまはこいつが稼ぐしかないんです」

留津の疑問に、昇吉は弁解するようにそう答えた。

ひさが意に染まぬ店で働くのも、すべてはそうした事情があったからだと、その短い言葉の端々に、昇吉の思いが滲《にじ》んでいる。

「おまけに、あっしのためにも、こいつは……」

「違うよ、昇ちゃん! あのことは、違うんだったら」

昇吉が言おうとした言葉を、ひさはあわてて遮った。なにか深い事情がありそうで、留津は、もうそれ以上詮索《せんさく》することはできなかった。

「とにかくさ、道すがら宿場で働いたりもしながら江戸から帰ってくる途中で、ちょっと彦根に立ち寄ってみたんだ。昇ちゃんのことだから、もしまだ彦根にいるなら、きっと無理にも袋《ふくろ》町界隈《まちかいわい》で暮らしてくれているはずだと思ってね。この前来たとき馴《な》染《じ》みになっていた店にも、何軒か顔を出したのさ。そうしたら、佐平さんがあっちこっちであたしを探してまわっているって聞いてね。やっぱり、女の勘ってやつなのかしらねえ。昇ちゃんが夢枕《ゆめまくら》に立ったなんて、昔のあのとき以来だし、なにかとんでもないことが起きてなきゃいいと思ったけど」

ひさは、一気にまくしたてた。

「それでやったんやなあ？　昇吉さん、うち、いまやっとわかったわ」

留津は、思わずそう口走って、確かめるように昇吉を見た。

「え？」

昇吉には、なんのことかまるでわからないようだ。

「ずっと袋町に居はったわけですわ」

窯《かま》を餅木谷に移転したとき、窯場の近くに職人たちの住まいを建ててはどうかと、半兵衛が言い出したことがあった。

「窯場に通うのも便利やし、なにかあってもすぐに駆けつけてもらえるしなあ。もちろん家は絹屋で建てるから、そうなると、暮らし向きも節約できて楽になるやろう。それに、なんと言うても、夜遊びに出かけることが減るやろうから、無駄遣いをせんでいいのやないか？」

最後は半分冗談めかした言い方をしたが、半兵衛の申し出は、職人の働きやすさを第一に考えてのものだった。それでも、昇吉は頑として聞き入れず、いくら訊いても、はっきりとした理由も告げなかった。

どうしてそこまで頑《かたく》なになるのかと思うのだが、袋町での暮らしが気に入っているので、離れたくないとだけしか言わない。彦根藩では、表向きは遊廓《ゆうかく》を禁じていたし、花街といえるようなまとまった町はなかったが、中藪《なかやぶ》町や平田《ひらた》町に代わって、袋町では遊興の店が増えてきた。だから昇吉は袋町にこだわったのだ。そんな昇吉が、留津には不思議でならなかったが、それもすべて、ひさへの思いやりと、昇吉の優しさゆえだとわかれば、納得がいく。

どんなわけがあるにせよ、町から町へと流れ、日の当たらない夜の街で働くしかないひさ。そしてそんなひさに寄り添うように、窯から窯へと渡り歩いてきた昇吉。どんなところに行き着いても、そこで花街近辺を探しさえすれば、お互いの行方にそれぞれ見当がつくという。それこそは、転々として生きてきたふたりだけにしかわからない知恵であり、強さなのかもしれない。

留津はあらためてふたりの境遇を思い、その顔を交互に見るのだった。

「おい、留津はいるか。昇吉っつぁんも、聞いてくれ」

そのとき、戸口のすぐ向こうで大きな足音がして、半兵衛の弾むような声が聞こえてきた。

「なんや、お客さんやったんか?」

満面笑みを浮かべて部屋に飛び込んで来た半兵衛は、ひさの存在に気づき、驚いて立ち止まった。

「おひさ、旦那《だんな》さんにご挨拶《あいさつ》を……」

昇吉がすかさずそう言ったので、ひさも不承不承に頭を下げる。半兵衛も、少し怪訝《けげん》な様子を見せはしたが、すぐにまたにこやかに頭を下げ、待ちきれぬように昇吉に向き直ったのである。

「昇吉っつぁん、良い報せや。あ、それより、気分はどないや。傷はまだ痛むのか」

「いえ、お蔭《かげ》さまでもうすっかり。奥さんには本当にお世話になりました。それに、仕事も長いこと休ませていただいて、申し訳ありません」

昇吉は、なにか言うたびに、何度も頭を下げる。

「そんなことはええのや。あんたが元気になってくれるのが一番やからな。そうそう、それより、聞いてくれんか。良い報せなんや」

半兵衛は、さらに昇吉に近づいて、ひざをついた。

「実は、旦那さん。あっしのほうも、今日は旦那さんに良い報せを聞いていただきとうございます」

昇吉は、あらたまった口調でそう告げた。

「昇吉っつぁんのほうにも良い報せ？　なんやそれは。そっちのほうを先に聞かせてもらおうか」

半兵衛が、身を乗り出すようにして訊いてくるのを見て、昇吉はまず、「はい」と短く答えた。そして、おもむろに左手で浴衣《ゆかた》の前を整え、背筋を伸ばし、床の上に正座したのである。

「なんや、えらいあらたまって……」

「旦那さん。これまで長い間、いろいろと本当にお世話になりました。あっしは今度、ここにおりますおひさと、所帯を持つことになりました」

「え、所帯を？」

半兵衛が驚いたのは言うまでもない。もちろん留津も、そしてひさまでもが、ただあっけにとられて、言葉を発することもできないようだ。そんななかで、昇吉だけが平然として、先を続けたのである。

「はい。おひさがこうして迎えにきてくれましたので、明日の朝にも、ふたりして有田に帰らせていただこうと思うとります。突然のことで、手前勝手なのは重々承知しております。それでも、なにとぞあっしらのために、お許しを願います。みなさんには、長い間お世話になって、本当にありがたいと思うております」

昇吉は一語一語嚙《か》み締めるように、だが、毅然《きぜん》とした声でそう告げた。

「なんやて？　昇吉っつぁん、あんたいま有田に帰るて言うたんか。それも、明日の朝やて？　いくらなんでもそんな急に」

「昇ちゃん、あんたいったい……」

半兵衛よりも、ひさのほうはもっと慌《あわ》てている。

ただひとり、留津だけが、昇吉の心のなかを見透かすような目で、黙ってその口許《くちもと》を見つめていた。

「ちょっと待ってくれ、昇吉っつぁん。実は、今日は宇兵衛さんと会《お》うて来たんや。あのひとにいろいろ教えてもろたんやけど、藩に願い出たら、わしらもいくらか藩から貸してもらえそうなんや」

半兵衛は、そのことを真っ先に伝えたくて、昇吉や留津の居る部屋に飛び込んできたのである。

「そうなったら、うちもだいぶ楽になる。いまの窯をすぐにも改築しようと思うてるからな。あちこち直すより、いっそ大きく造り直すほうがいいかなとも思うてる。なるべく早うとりかかるつもりや。そのためにも、昇吉っつぁんにはなんとしても頑張ってもらわんと」

「いえ、旦那さん。あっしの役目はもう終わったとです。ここから先は、喜平や甚介たちの仕事です。あいつらなら、立派にやってくれるはずです」

　昇吉の声には、まったく揺るぎがなかった。

「役目は終わったやて、なにを言うているのや、昇吉っつぁん。ちょっと怪我をしたぐらいで、そんな弱気でどうするのや。あんたが職人らを取りまとめて、またもう一遍、新しい窯を築くんやがな」

「いえ、弱気とか、そういうことでは……」

「いや、そうや。もちろん、あのふたりにも頑張ってもらう。喜平も立派になってきたし、甚介は頼りになる。佐平はちょっとがさつなところがあるけど、文三郎は見どころのある職人や。それはそれとして、あんたはなんというても棟梁《とうりょう》や。これまでどおり、一緒にやってくれたらええやないか。若い者らの面倒を見て、早う窯の改修をやってほしいのや」

「ありがとうございます。そう言っていただけるのは、身に余ることやと思うております。ばってん、すみません、旦那さん。これはもう決めたことなんです。いや、もともと、いつかはあっちの窯場に帰るつもりでおりました。前々から決めていたことですけん。ちょっと予定が早まっただけで、いや、というより、本来ならもっと早く帰るつもりやったと言うほうがいいのかもしれません」

「やっぱりそうだったのね、昇ちゃん。だから、あたしがあのとき言ったんだよ。もっと早くそうしていれば、こんなことにはならなかったのに」

　ひさが、昇吉の首から吊《つ》った右手を見ながら、たまらないように口をはさんだ。半兵衛と昇吉の予想外のやりとりに、これまで黙って聞いているしかなかったが、どうしても言わずにはいられなくなったのだ。

昇吉はちらりとひさを見たが、一言も発することなく、また半兵衛のほうに向き直った。

「おひさが申しますには、郷里に残してあるこれの父親の病気が思わしくないようでして。父親のこともそうなんですが、こいつのことも、いつまでもひとりにしておくわけにもいきません。手前勝手ばかりで、本当に申し訳ありませんが、どうぞ今日限りで、暇をいただきたく」

「ねえ、昇ちゃん。あたしのことならいいんだよ。せっかく旦那さんもああ言ってくだすってるんだし」

「おまえは黙っとけ」

「だけど、あんたいまはそんな身体《からだ》なんだよ。元気なときならまだしも、いまはなにも無理して辞めるより、もうしばらくごやっかいになったほうがいいんじゃないかい」

ひさは、これまでになく遠慮がちな声で言う。

「黙れと言うたのが、聞こえんのか」

昇吉の声は、どきりとするほど険しかった。

だがそれ以上に昇吉の顔が、これまで見たこともないほど苦渋に満ちているのを、留津は見逃さなかった。

「昇吉さん、あなたもしかして、その手のことを思って、それで……」

耐えきれないように口をはさんできた留津を、遮ったのは半兵衛だった。

「わかりました、昇吉っつぁん。あんたの言うことは、ようわかった。わしとしては、この先もあんたにずっと居てもらうつもりやったが、あんたがそこまで言うのならしようがない。あんたの一生や、あんたの好きなように、するしかない。わしらは、笑って見送らせてもらいます」

「そんな、旦那さま……」

留津が目で抗議するのを、半兵衛は静かに手で制した。

「なあ、昇吉っつぁん。わしは留津と一緒に、この彦根で、あんたらふたりのこの先の幸せを祈っていますでな」

「ありがとうございます。あっしらは有田の田舎で、絹屋の窯がますます繁盛《はんじょう》するように、祈っております」

昇吉は、あらためて深々と頭を下げた。

話が決まってからの昇吉らは、あっけないほど簡単に彦根を発《た》っていった。道中手形もすぐには下りないだろうし、有田に帰る前に、京でいったんゆっくりと身体を休めるようにと、半兵衛は十分な手当を用意し、昇吉にではなく、留津のほうからそっとひさに手渡した。

出発の朝、ふたりの姿が完全に見えなくなるまで、長い間見送ったあと、留津は思わず半兵衛に告げた。

「うちらは、やっぱり冷たかったんやないですやろか。昇吉さんは、もう職人として再起はできないかもしれませんし、あの右手では、どんな窯場に行ったとしても、これまでのような仕事につけるかどうか」

「そうやなあ」

半兵衛は、ひどく冷静な声でそう答えた。

「そうやなあって、それがわかってはるのやったら、なんでもっと強う引き留めてあげなかったんですか？　それが思いやりというものですやろ」

留津は、つい半兵衛を責めるような口調になる。

「なあ留津。あれが職人というものや。昇吉は、ほんまもんの窯師なんや」

「え？」

「枯れていく花をいつまでも飾っておくのは、花が可哀想《かわいそう》や。早う捨ててやるのが花に対する礼儀やと、おまえはいつか言うていたなあ？」

「はい……」

「それと同じじゃ、仕事ができん身体になった職人を、むざむざと窯の前に置いておくのは、かえってあいつに無礼になる。辛《つら》い目を味わわせるだけや。あいつは生まれながらの職人や。実よりも花を取るやつや」

六

昇吉が突然いなくなったことで、喜平の存在に重みが増したのは、ごく自然のなりゆきだった。職人や手伝いたちの取りまとめ役も、もちろん仕事の采配《さいはい》も、それから、半兵衛とのあいだの連絡係のような役目にいたるまで、昇吉が休んでいたあいだ代役をしていたことの延長のようなかたちで、そのまま喜平が引き継いだ。

半兵衛は、昇吉が去ったその日からすぐに頭を切り替えて、職人らを集め、何度も話し合いを持った。

すべては、絹屋窯《がま》のこれからについてであったが、なかでも話の中心になったのは、早急に改築が必要な窯の形態についてだった。

「石物を焼くには、たしかに丸窯が向いています。まんべんなく熱がまわり、保ち易《やす》いので良品が出るからです。有田には、この丸窯を好む職人が多いらしいけど、いかんせん薪《まき》を食い過ぎる」

瀬戸出身の甚介は、もうすぐ四十歳。それなりに経験もあり、窯師としても脂《あぶら》の乗りきった時期である。昇吉より六歳年上だったが、新しい棟梁として皆を率いるという性質ではなく、むしろどんなときも、良き二番手として黒衣《くろこ》に徹するほうが性に合っているらしい。最後の責任を負わなくていい分、話し合いとなると、意外とずばりと的を射た物言いをする。半兵衛は、甚介のそんな点をひそかに買っていた。

その甚介が、新しい窯の仕様について、これまでのような幅広の丸窯ではなく、一個一個の窯室の横幅が小さめで、燃料が少なくて効率的な、瀬戸様式とも言える古窯《こがま》に変えることを提案してきたのである。

「これぐらいの大掛かりな登窯の場合は、窯焼きの回数は年に一、二回程度というのが普通やと思います。それぐらいでしたら、まあ、二十年はもつところです。それを、絹屋さんではほとんど毎月焼こうというのですから、傷《いた》みが激しかったのはしようがなかったと思います」

甚介の穏やかなしゃべり方に、喜平や半兵衛だけでなく、職人ら皆が熱心に聞き入った。

窯は、もとより熱で膨脹し、冷えて収縮する。火を入れたときの窯は、焚《た》き口の方向から見て窯壁が左右に膨れ、弧を描いた天井部分は上下に収縮する。天井に関しては、重みで外側に膨れる場合もある。そんなふうに熱の変化による膨張と収縮を繰り返しているので、今回のように、胴木間と一の間《ま》の境の壁が、破損しやすいのである。

「わしがこちらへお世話になり始めたころにも、窯の天井からぱらぱらとかけらが落ちてきていました。そのままにしておくと、やきものの上に落ちてきて、せっかくの絵を汚したり、釉《ゆう》薬《やく》が濁ったりしますので、棟梁とも相談して、窯の亀裂《きれつ》に粘土を埋めたり、釉薬を塗ったりと、いろいろと工夫はしていたんです。それがあんなことになってしまって……」

「昇吉には辛い思いをさせたけれど、あいつも言うてくれていたとおり、失敗というものは、わしらにいろんなことを教えてくれるもんや。残されたわしらにとって大事なことは、それをひとつも無駄にせんように、この先の仕事に生かすことや」

餅木谷を去る朝、昇吉が職人らをはじめ窯場中の人間を集めて、挨拶《あいさつ》をしていったときのことが甦《よみがえ》ってくる。

昇吉と半兵衛を中心に、ぐるりとふたりを取り囲むようにできた輪のなかを、昇吉はひとりひとりと手を取り合うように向き合って、ていねいに言葉を交わしていった。

まずそれぞれ相手の長所を告げ、いくつか例をあげてその仕事ぶりを褒め、自分への協力を感謝した。そして、今後の留意すべき点について、どのようにすればもっと良くなるかと、言い残しておくことも忘れなかった。

突然の別れに驚きを隠せず、しかも、普段厳しかった昇吉から思いがけない褒め言葉をかけられて、ついには泣きだしてしまう若い女たちもいた。

半兵衛は、示唆《しさ》に富んだ昇吉のこまやかな指摘に聞き耳を立て、その言葉を素直にうなずきながら聞いている職人らの様子を、しっかりと胸に刻みつけていたものだ。

「さっきの、失敗を無駄にせんようにという旦那《だんな》さんのお言葉で、ひとつ言わせてもらいたいことがあるんですけど」

思い出したように口を開いたのは、喜平だった。

「棟梁が発たれた朝、わしに言われていたことがありますのや。今度の新しい窯を築くときのことですけど、いまの古い窯のくれを使うといいとのことで」

喜平が言い出したことに、不満そうな顔をしたのは吾助《ごすけ》だった。

「おまえ、なんば言うとうと？　いまのくれは、もうボロボロやけんね。そのせいで窯は崩れたのを忘れたのか。そんなもん使えるわけなかろうが」

「いえ、いまのくれをそのまま使うのではのうて、砕いて粉にして、新しい粘土に混ぜるんです。その割合は、だいたい二分ぐらいがちょうど良いということです。使い古したくれは、何遍も焼かれて、よう締まっていますさかい、それ以上縮むことがない。そやから新しい粘土だけを使うよりも、その分だけ窯の壁が強うなるというわけで」

喜平は、昇吉から詳しい説明を受けたのだという。

「なるほどな、喜平。ようわかった。新しい粘土に二分ほど混ぜるといいのやな。甚介さん、あんたどう思う？」

昇吉はこれまで職人らをまとめるしっかりとした要《かなめ》だった。その昇吉が去った喪失感を、いつまでも引きずることだけは避けなければならない。それによって職人らの連帯感に乱れが生じるのが、なにより怖い。半兵衛がそんな思いを秘めて甚介に意見を求めると、甚介は待ちかねていたように口を開いた。

「喜平さんの言うとおりです。瀬戸でも同じことをします。まあ、熟練の窯師にとっては、そんなのはあたり前のことやと思います。それより旦那さん、窯のことでわしがもっと気になるのは……」

甚介が、あたり前のことだと言い切ったので、吾助が苦々しい顔をするのが見えた。だが、半兵衛はそれを無視して先をうながした。

「もっと気になること?」

「やっぱり、窯の形です。使う薪の量のことです。いまのままでは、あまりに無駄が多い。それが気になってしようがないんですわ。その点、わしらが瀬戸で使ってきた形のほうが、つまり古窯のほうが、いろんな面から見ても、ずっと上です……」

「窯室が小そうなると、一回の窯入れの数が減るじゃなかですか?」

「いや、吾助さん。その分窯室の数を増やすというやり方もできます。いまの窯は五の間までですけど、七の間でも、八の間でも、足りないようなら増やせばよい。それにやきものは、どんどん作って乾かして、素焼きにしておけばいつまででも置いておける。素焼きまでなら素焼窯もあるし、錦窯《きんがま》でできるものもあるから、なんとでもなります。新しい窯ができあがるまでの間でも、職人らは手を休めずにせいぜい轆轤《ろくろ》を回して、貯《た》めておくのがいいですなあ」

不満顔の吾助に対しても、甚介の物言いは穏やかで、説得力があった。

「頑丈な窯を作って、仰山《ぎょうさん》焼くことや。今度の改築は、かなり大きなものになるやろう。となると、それなりに元手もかけることになる。そうなるとやっぱり大事なのは、先を見据えた窯にすることやな。薪が少のうて、焼き上がりの出来が良いのなら、それに越したことはない」

半兵衛が賛同し、それを揺るぎないものにするために、さらにほかの職人からも違った意見を吸い上げた。話し合いは、その後も何度か繰り返され、十分な検討が重ねられた。

窯というものは、職人にとっては特別なものだ。長い間慣れ親しみ、泣くときも笑うときも、共に過ごしてきたような窯の形態を変えるというのは、絹屋窯のやきものに対する姿勢や、将来を変えることにも匹敵する。職人らの手順や仕事量を変え、ひいてはその待遇や運命までも変えかねない。

そんな変化への漠然とした不安が、職人らの心に無用な動揺を生じさせてはいけない。半兵衛は、なによりそれを危惧《きぐ》したのである。

しかも、絹屋窯は、その中心となってきた棟梁《とうりょう》を失ったばかりなのだ。これまでの反省の上に立って、商いの先行きを盤石なものにするために、職人らの目に見えない心理的な抵抗を取り除いてやらねばならない。

だからこそ、職人らが存分に言葉を発し、胸に秘めた思いをできるだけ吐き出せるよう、心を砕き、時間を割いた。それは、とりもなおさず、昇吉の脱けたあとの虚脱感から立ち直ることであり、職人たち各自に、自分自身の肩と手で、新しい絹屋を背負っていくんだという自覚を持たせることでもあった。

一方で、このとき半兵衛は、彦根藩からの借銀という新しい資金調達の方法を模索していた。窯の破損はまったく予想外の出来事だったが、窯のこれまでと、将来に思いを巡らせるとき、ここでまとまった資金の需要が生じ、産業奨励に積極的な藩の用銀に目を向けるようになったのも、すべてはあとに続く運命の幕開けといえるような不思議なめぐり合わせだったのかもしれない。

藩からの注文を受けたことで、役人たちとの面識を得た半兵衛が、商人仲間からの情報や宇兵衛からの助言もあって、彦根藩仕法方《しほうかた》御用掛、杉原数馬《かずま》に借入を願い出たのは、職人たちとたびたび窯のことで話し合いを持つかたわらのことだった。

江戸時代は、米遣いの経済とも言われるように、経済的価値評価の基準として石高《こくだか》を用いていた。財政経済の基本は、あくまで米穀にあったのである。

しかし同時に、前代に比べて、著しく貨幣が普及した時代でもあった。

参勤交代の経費、幕府によって課せられた築城や治水をはじめとする公共工事による出費など、諸藩は米穀を財政経済の基盤としながらも、その支出については貨幣をもってしなければならなかった。しかもそうした出費は、年々増大する一方だったのである。

とくに江戸時代中期以降は、このように進展する貨幣経済と、従来の米遣いの経済との矛盾に、幕府諸藩ともに苦慮した時代でもある。

そのため、藩ごとの独自の政策により、いくつもの対策が講じられることになったのもごく当然のなりゆきだった。

初期のころには、土地経済をそのまま固守しつつ、勧農、租税重課、租米の前納、藩札の発行、半知、借財などによっていた諸藩も、中期以降から幕末にいたっては、土地経済による限界を打破するため、みずから積極的な経済活動を行なうようになりはじめた。

これが諸侯の商人化と言われるもので、藩営専売仕法、貸付仕法、国外貿易などによって、利潤を獲得しようと懸命にならざるを得なかったのである。なかでも藩営専売仕法、つまり国産専売政策は、多くの藩が採用し、大きな利潤を得ていた。

国産とは、文字通り国の産物を意味するが、江戸時代においては、国の産物であると同時に、諸国の産物、あるいは各藩の産物を指す場合も多い。また、単に領内の産物すべてのことではなく、なかでもとくに藩によってなんらかの統制を受けるものを指していた。

最初のころは、貨幣経済における利潤追求の一手段として、ただ領内産物の奨励に努めるだけに過ぎなかった諸藩も、次第に財政収入をあげる目的を持って、それら産物の販売を独占する、いわゆる専売政策を実施するようになったのである。

こうした領内産物の奨励と、その専売政策は、両者ともに密接で不可分の関係にある。両者をまとめて国産政策、いわゆる藩営専売仕法と呼ばれるのだが、彦根藩がこうした新しい経済の動向を読み、貨幣経済への転換をはかったのは、全国の諸藩に抜きんでて、かなり早かった。

もちろん国産政策を採用したのも、諸藩に先駆けており、他藩の参考にされるほどだった。藩営専売仕法の徹底や、貸付仕法によって藩内産業の振興をはかるものなど、その方策はさまざまだったが、なかでも、浜縮緬《はまちりめん》の専売政策は特筆すべき成功例である。

当時、丹波園部《そのべ》藩が領内の煙草《たばこ》をことごとく買い上げて京都の屋敷で売りさばくという仕法が、専売政策の好例として諸藩の参考にされたと言われている。だがこれとても、彦根藩の例に倣《なら》ったものだと、江戸時代の著名な経済学者海保青陵《かいほせいりよう》が、その著書『稽古談《けいこだん》』のなかで述べている。この説には異議を唱える向きもあるようだが、いずれにしても両藩共に、全国に比して格段に早い着手だったことだけは間違いない。

その他、留津の実家のある高宮《たかみや》宿や愛知川《えちがわ》宿を中心とした上布《じようふ》（麻布）も専売となっていた。

「お屋敷は、どうでしたか？　杉原さまとは会えました？」

絹屋の店先で待ち構えていた留津は、半兵衛の顔が見えたとたん、我慢しきれないようにそばまで走り寄ってきた。

「願書《ねがいしよ》のほうはいかがでした？　ほんまに貸してもらえそうですか。どのぐらい貸してもらえるのですやろ？」

たたみ掛けるように訊《き》いてくる留津を手で制し、半兵衛はなにも答えずそのまま奥へ向かった。座敷にはいり、ひとまず留津を座らせてから、自分も床の間を背にして腰をおろした。

「まあ落ち着け、留津。亭主が帰って来た早々から、店先で大声でなんやその口のきき方は。ほかに言うことはないのかいな」

半兵衛は叱《しか》りつけるようにそう言った。だが、そんな言い方をしたところを見ると、結果は予想以上に良かったらしい。言葉の端々に、隠しきれない嬉《うれ》しさが滲《にじ》み出ているのを鋭く感じ取った留津は、思わず笑みを漏らして、頭を下げた。

「すみません。お帰りやす、旦那さま。ご苦労さまでございました」

「うむ」

「それで、うまいこと行ったんですのやな？　うちは、朝からずっと心配のしどおしで……」

仕法方御用掛の杉原数馬から使いが来て、今朝早くに屋敷に出向いた半兵衛に、やっと願書の返答がなされたのである。

借銀の願書は、宇兵衛の勧めもあったので、杉原に直接会えるように願い出て、先日無事提出を済ませておいた。願書自体は杉原によって受理されたのだが、実際に検討するのは藩の上層部で、用銀貸し出しの許可が下されるのは国産方からだという。

「国産方は仰山金を抱えていますからな。しっかりと商いの説明をして、将来への発展の見通しとか、ひいては藩にどれだけ貢献できるか、それから返済の見込みなどについても、期待感を与えるのが肝心かと」

宇兵衛は、相談に出向いた半兵衛に、藩の内部事情や折衝方法についてそんな言い方をしたものだ。

そして留津は、今朝、その結果を聞くため出頭を命じられた半兵衛を、絹屋の店先で見送ってからというもの、半日のあいだその帰りを待って、何度店先に立ったことだろう。

「それで、藩の答えはどうでしたのや？」

答えを焦《じ》らす半兵衛に、留津は待ちきれぬように膝《ひざ》を乗りだした。

「これだけや」

半兵衛は、留津の顔の前に片手を開いて見せた。

「五本？　ああ、五貫目ですか。銀五貫目も、貸していただけることになったんですのやな？」

留津の声が、つい大きくなる。

「そうや、ありがたいことや」

半兵衛も、嬉しそうにうなずいた。

「で、その条件は？」

留津は、やはり一番気になることを口にした。

「ひと窯、一両やと言われた」

半兵衛は、短くそう答える。

「え、ひと窯一両？　うちで一回窯焼きをするたびに、金一両の運上金《うんじようきん》を支払うということですか」

当時、東日本では金遣いと言われるように主に金貨が流通しており、それに対して、西日本や日本海沿岸では、銀遣いと言われるように銀貨で決済が行われた。幕府の貨幣制度は、こうした慣行の上になる金銀複本位制で、それ以外に全国で流通した銭貨を含めて三貨制度と呼ばれている。

同時に、この三貨とは別に、幕府は貨幣不足を補う手段として、藩内のみで流通する紙幣である藩札の発行も許可していた。

金、銀、銭の三貨は、それぞれ異なった単位を有し、金貨の単位は両や分《ぶ》、朱《しゆ》で、枚数で数える計数貨幣である。それに対して銀貨は、重さが単位となる秤量《しようりよう》貨幣で、貫、匁《もんめ》や分などだ。また、金貨一両が四分で、十六朱（一分が四朱）という四進法を取るのに対し、銀貨は一貫目が千匁。一匁は、十分という十進法である。

小判一枚は一両で、「石一両」と言われるように、人ひとりの約一年間の消費量にあたる一石（十斗）の米が購入できたとされている。

記録によると、このころの米相場では一石がほぼ金一・四両程度。銀貨では約六十二匁となっている。それで換算すると、一両は約四十四匁となり、窯焼きを仮に月一回とすると、一年間で合計五百二十八匁の運上金の支払いが課せられたことになる。

「さすがは藩らしい貸し方というか、年間一律の利息やのうて、窯を焼く回数によって上納金を払うというのも、言うてみれば公平なやり方ですなあ。それで、杉原さまは、うちらに銀五貫目も貸してくれはるとおっしゃるのですね？」

留津は、その大きな目をさらにいっぱいに見開いて半兵衛を見た。

「なにも杉原さまが貸してくれはるのやない。藩の国産方から、貸していただくのや」

「ほかには、条件はないのですか」

「うん。せいぜい商いに励めと言われたわ。歩留まりを上げることとか、窯全体の出来上がりの数を増やすとか、もちろんやきものの質を高めることも大事やと」

「そんなことは、商人《あきんど》にとってはあたり前のことですけど」

「そうや、あたり前のことや……」

半兵衛自身も、杉原数馬と向き合いながら、内心留津とまったく同じように思ったものだ。

杉原は、髷《まげ》全体がほとんど白髪の小柄な男だった。藩主井伊直亮の世子《せいし》、直元の附人《つけびと》から側《そば》役《やく》、そして小納戸役《こなんどやく》も兼任し、小納戸役筆頭にまでなった男である。その華やかな経歴に、よほどの強面《こわもて》かと想像して、緊張しながら出向いた半兵衛だったが、顔を見た瞬間、その柔らかな物腰に拍子抜けし、かえって落ち着かなくなったぐらいだ。

宇兵衛から事前にこっそり聞かされた話によると、去年の四月になんの理由か無断欠勤をして、三日間の謹慎を仰《おお》せ付かったこともあるという。それでも、今年、天保五年（一八三四年）の正月になって、今度は鉄砲足軽三十人組から四十人組を預かる身に引き上げられたのだった。


「のう、絹屋。そちが夢中になっておるやきもの商いには、大きな将来があると見た。ぜひとも、このご城下で、立派に根付かせてもらいたいのじゃ。窯《かま》の改修には、できるだけ早く着手いたせよ」

「ははあ」

「御用銀は、すぐにも届くように手配して進ぜるゆえ、すみやかに窯を完成させ、商いをうまく安定させることじゃ。それが、やがてはご城下全体の繁栄につながり、藩の産業全体を活発にさせる。そのことこそなにより藩のためになるというものじゃからのう」

「もったいないお言葉、まことに、ありがたいことでございます」

「いまの気持ちを忘れるでないぞ。それでな、絹屋」

「は？」

「このところ世の中は、定まらぬ気候ゆえの不作に苦しんでおる。幸い、ご城下ではいままでのところさほど騒ぎにはなっておらぬが、諸藩では飢饉《ききん》による騒動も起きておる時代じゃ」

「そのようでございますなあ。手前どもにも、一揆《いっき》の噂《うわさ》など、近ごろは仲間うちからも、なにかと心配な話が耳にはいってまいります」

「商人は、皆耳が早いゆえ」

「おそれいります。それにいたしましても、まことに大変な時代になったものでございます。なんでも、南のほうでは、百姓の騒動が起こりそうだとの噂もございますようで」

「さようか。いまはひとまず無事に済んでおるが、ご城下でも、いつなんどき、どんな天災に見舞われ、飢饉に悩まされるか知れぬ。藩としても、いまはなんとか手を尽くしておるが、なかなか届かぬときもあるじゃろう。そうなれば、いつ騒ぎが起きるやも知れぬでな」

「たしかに」

「農民どもの騒ぎは、決して許されるものではない。米屋の蔵を襲うなど、もってのほかじゃ。しかしなあ、一揆というものは、人民が困窮し、追いつめられてどうしようもなくなったあげくのことじゃろう。ひとは、所詮《しょせん》なにかを食わずには生きていかれぬからのう」

杉原の口調は、一揆を起こした農民を責めるというより、深い同情にあふれていた。

「まったく、仰せの通りでございます」

「ご城下に、万が一にもそうした困窮が起きたときにじゃ。そちのような商人の器が試されるというものだ。そうは思わぬか、のう絹屋」

「飢饉普請《ぶしん》や、施餓鬼《せがき》などのことを仰せでございましょうか」

杉原の心の内を察して、半兵衛は自ら言い出したのである。藩が見過ごしてしまいがちな庶民の苦しみに、商人こそが手を差し伸べてほしいと、暗に諭しているのだろう。

「うむ。貧しき者たちにも、貧しき者たちなりの生命《いのち》もあれば言い分もある」

「おそれながら、商人には商人なりの、思いもございます。僭越《せんえつ》な言い方ではございますが、富める者には、富める者なりの矜持《きょうじ》というものがあってしかるべきかと」

「よくぞ申した、絹屋。やはり近江《おうみ》の商人は、頼もしいのう」

杉原は、そういって大きな声で笑ったのである――。


「なあ、留津よ。わしはまた頑張るぞ」

われに返った半兵衛は、目の前の留津に力強い視線を向けた。

「はい、旦那《だんな》さま」

「ひと窯一両というのは、安いとは言わんけど、まあ、そのぐらいならなんとでもなる。それより、藩から五貫目も借りられたら、かなりの規模で改築ができるというもんや。さあ、このことを早速明日にも喜平らに言うてやろう。これで、いよいよ新しい窯造りがまた始められるで」

「ほんまに、ありがたいことです」

「藩からお預りした大事な用銀やさかいなあ。一匁とて、無駄にしたらあかん。藩からの五貫目に、わしらの元手を足して、その金で早う良い窯を築くのや。また仰山やきものを焼かなあかん。これまで以上に頑張って、とびきり上質のやきものを作るのや」

「その通りです、旦那さま。商いを広げて、いつかは藩にも恩返しを」

留津も、頼もしそうに半兵衛を見る。

「そうやなあ、早うそうなれるように、みんなで力を合わせることや」

半兵衛の顔は、晴れ晴れとしていた。

七

餅木谷に移転して以来二度目になる窯造りは、喜平を中心に着実に進められた。人手はいくらあっても足りない。ついに喜平は、息子の喜三郎《きさぶろう》まで窯場に呼んで、あれこれ使い走りをさせるようになった。

「初めて見たときは、この坊主《ぼうず》、ほんまに八つかいなと思うたわ。こんなに図体《ずうたい》のでかい坊主は、見たこともない」

佐平が言うとおり、喜三郎は八歳という年齢にしては、驚くほど背が高かった。身体《からだ》つきはまだ全体にほっそりとしていて、幼さが目立つが、指も長く、手の大きさなどは、ほとんど大人と変わらない。

「いや、でかいだけやのうて、喜三郎は仕込みようによっては、いまに良い職人になるかもしれん。根っから手先が器用みたいやし、なによりこの仕事が好きとみえる」

甚介が見抜いたとおり、幼いながらも、最初から勘の良さを発揮したのである。職人らに頼まれるとなんでも快く引き受け、あちこちくるくると小気味よく動いて、職人たちの役に立った。

器用なだけでなく、繊細というべきか、場の雰囲気をすばやく察して、こまやかな気働きができるからである。頼まれた仕事を、ただこなすだけでなく、小さいながらに、窯のことをよく学びもした。

なかでも、甚介にはよくなついた。自分もいずれは父親の喜平のように窯師や細工師をめざすのだと、幼いなりに思っているのだろう。甚介が忙しいときは、周囲に手を止めている職人を見つけて、手当たり次第に質問する。そのうえ、教えられるとすぐに自分でやってみなければ気が済まない性質らしく、細工場の片隅で、喜平の目を盗んでは、幼い指を使い残しの粘土で真っ白にして、なにかしら熱心に作っている。そんな喜三郎の姿を半兵衛も何度か見かけ、微笑《ほほえ》ましく思っていたものだった。

かくして餅木谷は、またにわかに活気づいた。

新しい窯造りも、当初の予想以上に早く完成した。

甚介を年長者として立てようとする喜平の謙虚さと、歳《とし》も経験も上でありながら、有能な二番手でいることを潔《いさぎよ》しとする甚介の組み合わせは、半兵衛の思惑以上に功を奏したのである。

唯一《ゆいいつ》、職人らのあいだで不協和音を発していたのは、有田出身の吾助で、慣れ親しんだ昇吉のやり方から、日増しに瀬戸様式に染まっていくことに、なにかと言っては抵抗を示した。

新しい窯は、燃料効率の良さを考慮して、従来の丸窯でなく、やはり古窯の形を採用し、窯室も九間《ま》まで増やした。だがそれについても、吾助は最後まで抵抗したのである。瀬戸出身の甚介の進言だというだけで、吾助にはどうしても気に入らないらしい。

丸窯は、平均に高火度を保ちやすいので良品を出すが、古窯は窯室内の条件が均一になりにくいので、窯詰の段階から焼き終わりまで、入念な作業が必要で、熟練工でなくてはできないというのだ。

確かにそれも一理ある。それでも、薄手の小物を焼くには古窯が適している。燃料費が軽減できる利点も捨てがたい。それならばと、半兵衛は新たに瀬戸から熟練の職人を何人か雇いいれたいとも考えた。

もうひとり、以前からの職人で有田出身である良市は、その点吾助の煽動《せんどう》に乗ることもなく、淡々と仕事をこなしている。ただ、そうした行き場のない吾助の不平が、仲の良い手伝いの千代を通して、女たちのあいだに飛び火しないようにと、半兵衛は、それだけにはひそかに心を砕いた。

やきものの素地《きじ》には、以前と同じ天草石を用いた。従来のものも含めて、成形には轆轤《ろくろ》を四台と、筋轆轤一台を備えた。これも、西国の窯場では蹴《け》轆轤、瀬戸では手廻《てまわし》轆轤が中心だという。どちらを好むにせよ、ともに熟練を要する作業で、鉢もの、筒もの、袋ものなど、それぞれ職人らの得意とするものに専門化させることにした。

乾燥用の板にも差があって、桟板《さんいた》十五枚、六尺板八十枚を用意した。この六尺板というのは長板のことで、有田の窯に多く見られる特徴である。窯詰め用の鞘《さや》にも、丸窯と古窯とでは違いがあり、結果的には約九千個の鞘を使うことになった。やきもの作りは全体に順調で、歩留まりも少しずつではあるが改善されてきている。やきもの自体の仕上がりも、かなり満足のいくものになってきた。

問題なのは、肝心の販売に関してで、販路の拡大についてだけは、依然、手放しで喜べるものではなかった。

製品の種類は、筆筒などの文具、茶器、食器、酒器、その他厨房《ちゆうぼう》用品などで、それぞれ染付と赤絵である。かなりの良品ができ上がるようになってきたので、価格も高めに設定していた。

販売経路としては、彦根をはじめとして、彦根領内の茶碗屋《ちゃわん》にそのほとんどを卸し、そこから小売りをさせていた。残りの分は大坂の瀬戸物問屋にも委託したが、それとても、決して満足のいく販路開拓にはつながらなかった。

「もっと、なんとかならんもんかいな」

ふと気がつくと、口癖のようにそう繰り返している自分がいる。

半兵衛は、どんなときも、新しいやきものの販売網を広げるために、頭を痛めていたのである。

絹屋窯の技術は見事に向上し、当時名工が輩出し始めていた京焼の石物に較《くら》べても、一歩先を行っていた。しかし、完成度は高まっていたにもかかわらず、販路は確立できていない。それほど西の有田と、東の瀬戸や、美濃《みの》の販売力が強かったのである。

「いやあ、気持ちはようわかるけど、いかんせん、大変なご時世やからなあ。絹屋さんのところだけとは違うわ。うちらかて、どうにもこうにも、買い手がなかなか渋うてかなわんわ。財布の紐《ひも》を締めてばっかりや……」

商人仲間で集まるたびに、近ごろはつい暗い話になりがちだ。売れ行き不振は、なにも半兵衛らのやきものだけに限らないのかもしれない。

折りからの悪天候による不作で、あちこちでやれ飢饉だ一揆だと、不穏な話が聞こえてくる。彦根藩では実際にはそれほどでなくても、京や大坂では飢餓にさすらう民衆が出て、そうした噂が広まるだけで、庶民のあいだには不安が募る。そして漠然とした不安は、おのずと客の消費意欲をも、冷やしてしまうのである。

ましてや、半兵衛たちのように新規の参入となると、道はひとしお険しさを増していた。いろいろな工夫をして、新たな顧客の開拓を試みたが、いまひとつ半兵衛の思い通りには盛り上がらない。それならばと、製品の銘についても、半兵衛は毎回試行錯誤を繰り返した。

「彦根でできたのやから、はっきりとそう入れたらどうですやろ」

そう言い出したのは、留津のほうだった。これまで「澤山」と銘を入れたものはあったが、それも窯の所在地が佐和山だったからである。

「この前、喜平さんが銘を入れてはったのを見ました。瓢《ふくべ》形の枠のなかに、湖東と書いてあったんですけど、字の形も良いし、きれいでしたわ」

「うん、わしが書かせてみたんや、しかしなあ……」

半兵衛の顔はいまひとつ晴れない。

「贔屓目《ひいきめ》やのうて、絹屋のやきものは、このところほんまに立派になってきました。もっと堂々と、銘を入れたらええやないですか」

「いや、いまはまだ湖東焼という名前では通用せんのや。問屋のやつらには、むしろ、銘を入れんほうがよいと言われた」

「そんなことをしたら、せっかくの絹屋窯《がま》のやきものも、無名のままで、世のなかに埋もれていってしまいます……」

留津は悔しくてならぬという顔を、半兵衛に向けた。

「しかしなあ、留津。世の中っちゅうもんは、そんなものや」

有田や瀬戸、美濃が、すでに市場を牛耳っていて、これに対抗するには、絹屋の窯ではあまりに規模が小さすぎる。半兵衛は、商いの場に出向くたびに、それをひしひしと肌で実感していたのである。

「絹屋の窯師は、有田や瀬戸から来た者や。いくら腕が上でも、有田や瀬戸の写しやと言われてしまう」

「そんなこと言うても、うちの窯のやきものは、うちらが本歌です。どこの写しでもありません」

「もちろんそうや。そうなんやけど、世間ではそうは見てくれん。仮に、うちのやきものが、有田や瀬戸、九谷にも優《まさ》っていたとしても、それならなおのこと、湖東の銘がはいってないほうが、売れるんや」

「そんなあほな……」

「いや、残念やけど、いまの絹屋はそんなものや。それだけ、有田や瀬戸は、名前が知られているということやな。そやから、いっそ売ることだけを考えたら、有田や瀬戸らしい銘を入れるという方法もある」

「そんなことをしたら、自分から贋物《にせもの》の汚名を着るようなものです」

「そうやな、そんなことはしとうないやろ？」

「あたり前ですわ。絹屋のやきものは、絹屋のやきものです」

留津は怒ったような顔になる。

「そやから、結局、銘はなにも入れずに出して、ほんまに眼力のある客に買《こ》うてもらうしかない」

「先にうちのやきものの良さを知ってもらって、そうして、だんだんに湖東の名前を覚えてもらう、ということですか」

「それしかないやろうなあ。新しいものを世に出すというのは、それなりに月日がかかるということや」

「急がば回れと言いますけど、やっぱり少しずつでも、とにかく良いものを出していくのが、結局は早道ということですのやろか？」

留津が、まだ悔しくてならないように言うのを見て、半兵衛は目の前に小ぶりのやきものをいくつか取りだして、指を示した。

「なあ留津、これを見てみ。みんな有田や瀬戸のものやけど」

半兵衛は、これまで毎月京に古手呉服の買い付けに行く留津に、これはと思ったやきものを買い集めてくるように頼んできた。絹屋の競合商品はどんな程度か、常に情報を収集するためである。半兵衛はそれらをひとつずつ手に取って、丹念に比較をし、いつも職人らと研究を欠かさない。

「これは、みんな筆書きとは違いますなあ」

「銅版《どうばん》絵付というやつや」

「着物の型染みたいに、やきものの絵付にも型を使うのですか。それに、絵柄自体も、特別な感じですなあ」

「面白い柄やろ？　流れるような感じというか、絵に勢いがある」

「そやけど、うちのやきものと違うて、こまやかさとか上品さとか、絵心がありません。うちのもののほうが数段上やと思いますけど」

「ただし、このやり方やとたいした修業なしで誰にでもできる。名品はできんかもしれんけど、そのかわり量産ができる。商いという面では、手描きと比べて、そこが大きな強みとなるわけや」

「質より量ということですか」

「そうや。これなら、きわだった熟練の職人やのうても間に合うから、人手もいらんし手間賃も安うて済む。ということは、全体に遠いところから高い元手をかけて運んでも、経費が十分にまかなえる」

「質を追求するものと、量を求めるものと、そのどちらも商いには必要ということですか？」

「そのとおりや。庶民が毎日使うようなやきものを扱う商いでは、並みのものをいかに安く作るかが勝負になる。敏満寺や、鳥居本の土を使《つこ》うて、土物も作り始めたけど、やっぱり値段の競争には勝てん。うちには量産できるまでの技術はないしなあ」

「そのかわりうちには、有田や瀬戸や、九谷にも、もちろん京にも負けんような、良いものが作れる技術があります」

「たしかになあ、絹屋のやきものは素晴らしく向上した。もう少しで、どこにも負けんようなやきものができるようになる。そやけどなあ、唐呉須《とうごす》は高《たこ》うつくからと言うて、いまのように安い美濃呉須を使うていては、発色がいまひとつ劣るのや。それに、たとえこのまま良品を作って攻めていくとしても、茶器や花器の商いというと、茶道や華道が関わってくる独特の世界やから……」

「お茶やお華のお道具というのは、それぞれの宗家の口ききが幅をきかせている世界ですし」

「そうなんや。茶器や花器となると、やっぱり京焼が一番ということになる。あの世界に切り込むには、別の力がいるのや。どうやら瀬戸もそのあたりに気がついたみたいで、あの手の世界からは退《ひ》いたらしい」

「なんとかならないものですやろか、旦那《だんな》さま。せっかく良いやきものが出来るようになったのに、このままでは悔しすぎます」

留津は、半兵衛の前をそっと離れ、立ち上がって縁先から外を眺めた。

はるか左の端のほうに佐和山が見える。その麓《ふもと》のあたりから、白く細い煙が上がっている。まさに餅木谷のあたり、絹屋窯の煙に違いない。

留津は胸いっぱいに息を吸って、そのまま長く吐きだした。だが、胸にたまったやり場のない思いは、消えそうになかった。

せっかくここまでやってきて、絹屋窯はまたも大きな壁に突きあたってしまった。庶民を相手に量で勝負する日用品の市場では、価格競争の面で太刀打ちができない。かといって、質を求める高級品の分野でも、市場開拓は困難をきわめる。藩の御用だけでは商いが立ちゆかない。決定的な販売力不足のため、これほど苦労して育てあげた技術が、生かせないというのか。

溜《た》め息《いき》を吐《つ》きたい気持ちを抑え、留津は黙って餅木谷の煙をながめていた。背後では、きっと半兵衛も同じ煙を見ている。どんな顔をしているのだろう。その心中を思うと、留津は振り向くこともできなかった。

八

それからまたしばらくして、餅木谷から上がる白い窯の煙を、同じように深い溜め息とともに眺めているもうひとりの男がいた。

江戸から帰った鉄三郎、すなわち二十一歳になった井伊直弼《なおすけ》である。

藩主であり、兄でもある直亮《なおあき》に呼ばれて江戸に出府し、江戸藩邸で過ごすこと一年、鉄三郎は夢破れて失意のうちに、天保六年（一八三五年）の八月、ひとり彦根に帰って来た。

しかるべき大名の養子にするからと言われ、腹違いの弟、詮之介、すなわち直恭《なおやす》と一緒に出向いた江戸で、幸運にもその座を手にしたのは、弟のほうだけだった。

日向《ひゅうが》延岡藩主、内藤備後守政順《びんごのかみまさより》の養子になった直恭は、名を政義《まさよし》と改め、十月には家督を継いで、一躍七万石の城主となる。さらに十二月には、従《じゅ》五位下《げ》能登守《のとのかみ》の叙任を受けた。

それに較べてわが身はというと、一城主となった弟が威儀を整えて江戸城に登るという話を背に、もはや帰ることはないと思っていた彦根にこうして舞い戻ることになった。自ら埋木舎《うもれぎのや》と名付けた尾末《おすえ》屋敷に、またも住まうことになったのである。

「佐和山から昇る煙を見ると、どうしても感傷的になってしまうのは、やはり母につながる記憶のせいだろう」

鉄三郎は、ひそかにそうつぶやいて、またもひとつ息を吐き、はるかに見える細く白い煙に思いを馳《は》せる。

そうはいっても、母が逝《い》ったのは五歳のころだ。鉄三郎とて、決して鮮明な記憶があるわけではない。いや、直接の記憶というより、むしろそのあと何度も父から語り聞かされ続けた母の思い出が、条件反射的に浮かんでくるだけのことなのかもしれない。

先の藩主直中の側室だった母、富は、江戸　麴町《こうじまち》隼《はやぶさ》町《ちょう》伊勢《いせ》屋十兵衛《やじゅうべえ》の娘で、幼年のころから井伊家の中屋敷に仕えていたという。長じて直中の側室に迎えられたとき、その容姿の気高さと、聡明《そうめい》さゆえに、彦根御前と呼ばれていたことは、周囲から何度も聞かされた。

だがその最期《さいご》、藩侯の身として葬儀に出向くことができなかった父は、鉄三郎が五歳のとき三十五歳で逝った母の亡骸《なきがら》を、槻御殿《けやきごてん》の窓から真向かいに見える佐和山に運ばせ、西麓《せいろく》にある龍潭寺《りょうたんじ》の境内を火葬場に選んで、茶毘《だび》に付した。

秋空に溶けていくその白い煙の記憶は、鉄三郎にとってはさだかではないが、父がどんな思いでそれを眺めたかについては、優しかった父の口から直接聞かされたことがある。

さだかでないのは、母の顔も同じで、どんなに努力をしても、鉄三郎にはすでに記憶の断片として残っていない。

だからこそ、佐和山と煙というふたつの要素が、なにかあるたび切ないまでに母の存在につながってしまうのかもしれない。

「そうだ、佐和山と言えば、絹屋はどうしておる？　窯は順調か？」

鉄三郎は、ふと思い出して、付役の者に訊《き》いた。

第四章　藩《はん》窯《よう》

一

「ほう、彦根《ひこね》から届いた赤絵の徳利《とくり》というのはこれか。絹屋《きぬや》はまた腕を上げたよのう」

三千石を領する彦根藩江戸家老を勤め、中風を患《わずら》って一応退隠したものの、隠然たる力を誇る小野田小一郎為典《ためのり》は、側役《そばやく》になって音門《おんもん》から改名した舟橋右仲《うちゆう》が差し出したやきものを手にしたとたん、相変わらずの大声でそう言った。

天保《てんぽう》十一年（一八四〇年）十一月。向島の隅田川辺にある小野田家の屋敷は、その豪放で、思いきった行動力で名を馳《は》せる主《あるじ》の性格からは想像できぬほど、繊細で典雅なたたずまいだ。

「はは、殿みずから御所望の注文にも、なかなか良い出来のものを送ってまいります。本日持参いたしましたのは、小一郎様の御趣味にも最適かと思いまして、今朝がた拙宅まで届きましてすぐに持参いたしした次第で」

舟橋は、小野田の正面で両手を付き、頭を下げたままで報告する。

「そうか。絹屋は相変わらず励んでおるのか」

「ただ、販売に苦慮いたしておりますのか、窯《かま》の存続はなかなか苦しいようでございます。つい先日も、仕法方《しほうかた》との話し合いの場にて、また御用銀のことが口の端《は》にのぼり……」

「なに？　絹屋がまた御用銀の貸与を願い出てきたのか」

「そのようでございます。やきものの腕はかなり上がったものの、金繰りには相変わらず困窮いたしておりますようで。ただ、そのあたりにつきましては、まことにもって、藩には好都合と申しましょうか」

舟橋は、許しを得て頭をあげながら、にやりと含み笑いを浮かべて小野田の顔を見る。名前こそ、かつての宮内《くない》から音門、さらに右仲と変えたけれど、相変わらずの浅黒い顔である。右の小鼻の横にある小豆粒《あずき》ほどもある丸い黒子《ほくろ》を指でいじる癖も、いまだに直っていない。

「して、どのぐらい必要だというのじゃ？」

「おそらく、前回の倍額では足りますまい」

「たしか前回は五貫目を貸し付けたと聞いておる。しからば、このたびは十貫目でも足りぬというのか？　やきもの商いは、順調だったのではなかったのか」

「なにぶんにも、あの世界では絹屋は新参者にござりますれば、焼立ての技術はともかく、市場への参入については、別の才分が必要になるのかと」

「なんとか考えてやらねばならぬなあ」

「国産として、藩が後ろ盾になることもいかがかと存じます。諸藩のなかには、鍋島《なべしま》藩や、加賀藩のような好例もございます。それに、あの絹屋窯のやきものには、殿もことのほかご執着の様子でございますゆえ」

「まことじゃ。殿におかれては、昔みずから窯場に足を運ばれたぐらいだからのう」

そう言いながら小野田は、はるか昔に思いを寄せる。藩主直亮《なおあき》に同行して、初めて絹屋の窯場を訪問したのは、まだ絹屋が餅木谷《もちのきだに》に移転する前、創業当時の晒山《さらしやま》でのことだった。

「あれは文政十三年（一八三〇年）の七月二十六日でございました。ということはあれからすでに十年。時の経《た》つのは早いものでございますなあ……」

舟橋は、懐《なつ》かしさを隠しきれずにつぶやいた。

「やきもの商いの現状については、そちも調べてみてはくれぬか」

その言葉に、舟橋はわが意を得たりとばかりに膝《ひざ》を乗りだした。

「小一郎様のことゆえ、きっとそう仰《おお》せになると思いましたので、すでに手配はいたしております。このたびの絹屋からの借銀の願書《ねがいしょ》には、詳しい損益の概算を書いて一緒に提出いたすようにと、仕法方のほうから絹屋に申し付けたところでございます」

「相変わらず、手早いことよ」

「おそれいります。小一郎様は、もとより楽焼などの風雅を嗜《たしな》まれ、やきものへの御造詣《ごぞうけい》も深くておいでてございます。こちらのお住まいを拝見いたしても、それはおのずと明らかでござりまする」

舟橋は、わざとらしく座敷をぐるりと見回して言う。

向島の小野田小一郎の屋敷は、幕府旗本、御小姓衆、小納戸役《こなんどやく》を歴任した碩翁《せきおう》こと、中野播磨守《はりまのかみ》より譲り受けたものである。碩翁は、養女を側室に入れたりして、先の将軍家斉《いえなり》の信任も篤《あつ》く、かなりの奢侈《しゃし》をきわめた人物だからか、屋敷は隅々まで奥ゆかしさをたたえていた。

「ならばこそ、やきもの商いについても、小一郎様にはもっともご理解いただけるものと存じております。これからは、彦根ご城下での国産につきましても、いまひとつ、新たな向きへの

「拡大が必要かと」

「うむ。して、絹屋はその損益の概算というのを提出いたしたのか?」

「ここに写しがござりまする。絹屋の書状から、金額だけを抜き出して、表に作りなおしたものでございます。しからば、お許しをいただいて……」

舟橋は、そういって軽く頭を下げると、すり膝で小野田のほうににじり寄った。そして、懐《ふところ》から几帳面《きちょうめん》にたたまれた一通の書状を取り出し、小野田の前にうやうやしく差し出したのである。

「今朝ほど、この徳利と一緒に送られてまいりましたもので……」

「どれ、いかがなものかな」

小野田はそう言い、もったいぶった顔で書面に目を落とした。書状には、流れるような力強い筆で、次のように記されていた。

湖東焼絹屋窯、
一窯の損益計算

	銀建て	金建て
売上高　景気上昇中	二千匁《もんめ》	三十三両
製造原価	千四百匁	二十三両余り
内約		
絵具代	百八十匁	三両

柞灰《いすばい》代	九十匁	一両二歩
其《そ》の他	九百三十匁	十五両二歩
雑費	二百匁	三両
総益	六百匁	十両ばかり
販売費　運賃等	二百匁	三両余り
純益	四百匁	六両

「この書状によりますと、ひと窯で銀二貫目の売り上げとありますから、そこから元手の千四百匁を差し引いて、純益がしめて六両。つまりはおよそ二割の儲《もう》けというところでございましょうか」

「思ったほど良くはないな」

小野田はそう言って、その太い眉根《まゆね》を寄せた。

「実は、ここに付記されておりますところでは、窯の歩留まり、すなわち良品を産出いたす割合というのが、あまり良くはないとのことで」

「不良品が多く出るというのでは、困ったことじゃ」

「さらには、運送中の破損なども生じ、人手にかかる金も将来かさんでくることが考えられますので、実際にはこれ以下になるやもしれぬとの断り書きでございます」

「なんじゃ、その言い草は。なんとも気のないことではないか。絹屋が本気で十貫目以上も借り受けたいなら、もっと前向きなものを出してこなければなるまいに」

　小野田の指摘はもっともである。舟橋も苦笑せずにはいられなかった。

「まったく仰せのとおりでございまして、正直すぎると申しますか、まるで他人事《ひとごと》のような言い方かと……」

「いや、絹屋のことじゃ、おそらくなにか肚《はら》に思うところがあってのことだろう。あの男、顔には出さぬが、なかなか豪胆なところがある。ひと昔前、殿の御供をして窯場で初めて会《お》うたときに、わしはそう感じた」

「同感でございます。それに、この商い、儲けの割合が悪いとは申しましても、とりあえず採算は取れておりますわけで」

「うむ。して、仕法方はなんと申しておる？」

「まだ検討中でございまして、国産方へもなにも伝えてはおりませぬ」

「さようか」

　舟橋の言葉に、小野田は顎《あご》に手をやって考え込む。

「しかし小一郎様、なんと申しましても、ご城下で絹屋の窯を存続させることは、なにより藩のためにも必要なことかと」

「国産政策の将来を、見越してのことだと言いたいのじゃな？」

「御意《ぎょい》。昨今、年貢米《ねんぐまい》だけでは藩政も立ちゆきがたく、長浜縮緬《ちりめん》や高宮上布《じょうふ》のように商人《あきんど》より運上金《うんじょうきん》を取り立てるのみならず、藩みずからが積極的に関わる生産があってもよろしいかと存じます」

小野田のものわかりの良さに、舟橋は嬉《うれ》しそうな顔でそう告げた。

「米より、金銀の世か。そちは、絹屋の商いの手腕をなんと見る」

「絹屋半兵衛《はんべえ》は、仰せのとおり豪胆な男でございます。そのうえ、ご覧のように、やきものの仕上がりは上々で、年々優れたものを出すようになってきたのも間違いのないところです」

「確かに」

いまいちど、目の前の赤絵の徳利を手に取って、小野田はうなずく。

「資金不足に陥りましたのは、もちろんいろいろと商いの不振があってのことには違いないのですが、数年来の飢饉《ききん》騒ぎもあり、その折ひそかに義捐《ぎえん》をほどこしたことも、漏れ伝わっておりますゆえ」

「なに？　絹屋が義捐を？」

「はい。前回、絹屋に御用銀を貸し出しましたのは、天保五年（一八三四年）でございましたが、それ以降、ご城下でもなにかとございまして……」

「そうじゃろうなあ。天保五年と言えば、出羽の大洪水の翌年じゃ。ちょうど米の不作の影響が出た年じゃな。大洪水に続いて、奥羽《おうう》の流作もあり、関東でも大風雨などの天災が続いたものじゃった。米価はいっとき百匁を超えるありさまでのう」

小野田は、当時を思い出したのか、神妙な顔になる。

「一石百匁と言えば、まさに以前の倍値でございますなあ。ここ数年、不作でずっと高値は続けておりましたが」

「幕府から、米価高騰《こうとう》を抑えよとのお触れが出ても、相場というのは、なかなか思うにまかせぬものじゃ」

「まことに。そういえば、当時は大坂での大変な騒ぎも、伝わってまいりました。町奉行らが一揆《いっき》を鎮圧したあとでも、市中には不穏な張紙が絶えなかったそうでして……」

舟橋が言うように、庶民の暮らしは困窮し、しかも日々深刻化していった。大坂の市中では、捨て子が急増したという。

米商人に対しては、買い占めや囲い持ちを禁じ、堂島市場には、その商いを冷やすような規制を加えるなど、奉行がさまざまな対策を講じてみたものの、すべては官僚による小手先の手段でしかない。

また酒造米を例年の三分の二に制限して食用米を確保したり、官有の備蓄囲籾《かこいもみ》の払い下げ代銀を、低利で市中に貸し出したりもした。市民らが、もしものときのためにと、かねてより備蓄していた個人名義の囲米も、困窮する民に施与《せよ》することを奨励し、富裕な商人たちに私財を投じる義捐を勧奨したのもこのころである。

「なんでも大阪では、米を買い占めた商人の打ち壊しに賛同する有志の者は集まれという紙札が、天満天神《てんまてんじん》の鳥居や大仁村《だいにんむら》に、次々と貼《は》り出されたそうでございます。町内所々の橋などにも、打ち壊しをするから玉造稲荷《たまつくりいなり》に集合せよとの張札があったやに聞いております。天保二年に起きた長州での大一揆のことは、他人事のように聞いておりましたが、四年の九月には、播磨でも七十六カ村に及ぶ一揆が起きたと聞き、いつかはわが藩にもと、震えあがる思いをしたものでございます」

一方で、こんな状況のもとにあっても、富籤《とみくじ》は盛んに売り出されていた。いや、むしろこういう状況下だからこそ、人気を博したとも言える。当時は、札を槍《やり》で突いて当たりを決めたので富突《とみつき》と呼び、毎月四、五回、多い月には七、八回、名のある神社や寺が、再建や修繕の資金を得るためと言っては、寺社奉行の許可のもとに行なっていたのである。

興行札は通常約一万枚、札代は一枚につき銀二匁前後で、あらかじめ売弘所《うりひろめしょ》から希望者に売り渡し、毎月定められた日に抽選を実施する。当たりくじへの賞金も、せいぜい百両程度までだったものが、この天保の時代になって、最高賞金は千両、多いときには二千両にも達し、札数は十万枚以上を数え、札代も五、六匁の高値になっていた。

こうした賭博《とばく》同様の富突は、社会不安と共に年々肥大し続け、明日の食にさえ事欠く貧しい人々の射幸心を煽《あお》り、かえってその暮らしを追いつめていった。

うち続く不況のため倒産の危機に瀕《ひん》する中小の商人や、凶作のため年貢を納めかねている近隣の農民たちは、一攫千金の夢に刹那《せつな》的な望みを託すしかない。ひとりで買えない場合は数人で無理しても金を出しあい、祈るような思いで札を買ったのである。

大規模な富突の流行は、それだけ民衆の生活が困窮していたという証拠でもあり、天保二年の長州大一揆のときには、農民の要求のなかにも、富突興行の停止《ちょうじ》が盛り込まれていた。

「過熱する富突の禁止令に、米節約のため麦飯や雑穀、粥《かゆ》などを食せと勧める、食い伸ばしを説いた書物等々。まことにもって、大変な時代になったものでございます」

舟橋は、そう言って大きく溜《た》め息《いき》を吐《つ》いた。

天保五年になっても、事態はいっこうに良くならず、大坂市中の米は減る一方で、米価は高騰の一途をたどった。年初の初相場で一石百十匁前後だったものが、六月には百四十匁を突破する。さらに、銭相場も下落して、人々の苦悩はほとんど極限に達したのである。

小判はもちろん、小粒銀にも縁の乏しい銭遣いの庶民には、銭相場の下落は最も深刻である。

天保七年には、飢饉は全国にまで広がり、翌八年の正月には、八日の堂島の初相場が、一石ついに百五十九匁五分の高値をつけた。

「して、彦根のご城下では、そのころ絹屋も何度か義捐を？」

「さようでございます」

舟橋は、当時のことを思い起こすように口を開いた――。

「なあ、旦那《だんな》さま。うちは今朝、久しぶりで又十のお屋敷に行ってきたんです。そうしましたら、なあ……」

窯場《かまば》から帰ってきた半兵衛《はんべえ》をつかまえ、待ちかねたように切り出したのは、留津《るつ》のほうだった。

「なんや、そんな顔をして、又十さんがどうかしはったのか？」

留津があまりに不思議そうに言うので、半兵衛は思わずそう訊《き》いた。

「普請《ふしん》の真っ最中やったんです。この前うかがったときは、そんな話はなにも出ていなかったのに……」

「お屋敷の普請？　きっと四郎兵衛《しろべえ》さまの祝言《しゅうげん》が決まったのやろ」

「いえ、うちも同じことを訊いたのですけど、違うみたいです」

「どっちにしても、こんなご時世に、又十さんのところは相変わらず大層なご繁盛《はんじょう》なんやなあ」

「そやけど、ちょっと気になって」

「なにがや？」

「どこを見ても、長い列ができていて……」

「列？」

「へえ、ひとが仰山《ぎようさん》並んではるんです。普請中のあちこちに、仕事の指示を待っている長い列ができているんですわ。又十のお屋敷ですから、確かに大きな家には違いないんですけど、それにしても妙に人が多い気がしましてなあ。人足らにしても、賄《まかな》いの女子衆《おなごし》にしてもですけど、いくら大きな家やと言うても、あれでは誰が見ても多すぎます。又十ほどの商いに長《た》けたところが、そんなぐらいの人手の算段もできんわけないし、どうも腑《ふ》に落ちんような気がして……」


留津は、そう言いながら、思い出したようにまた首を傾《かし》げる。

世のなかは、おしなべてどこも飢饉による社会不安の風が吹き荒れている。それは農民のみならず、半兵衛のような商人とても変わらない。食べるものは日増しに高騰し、生活苦が増し、人の心も寒々としているようなありさまだ。そんななかで、留津が驚くほどに潤沢な人手をかけ、立派な屋敷の普請をするというのも、また又十ならではの実力と言うべきか。

そこまで考えて、半兵衛はハッと息をのんだ。


「わかった、留津。そうや、それはきっと、飢饉普請というもんや」

「飢饉普請？」

不況にあえぐ地元のために、さほど必要でなくてもあえて大きな家を建てようというのである。大規模な普請となれば、雇う人足の数だけでも相当なものになる。つまり、私財を投じての一大公共事業というわけだ。雇用を創出する役目を買って出て、地域に富を還元しようというのだろう。

「そういえば、お昼になるとみんなにお粥《かゆ》がふるまわれて、なんやよけいに列が長《なご》うなっていましたわ。それならそうで、言うてくれはったらいいのに、うちがいくら訊いてもなんにも言わはらへんのです」

「善行というのは、なにも表立って偉そうに言いながらするものやない。かえってこっそりと、奥ゆかしくするもんや。又十のお屋敷でも、そういうおつもりやったのやろう。それにしても、さすがは又十さんや」

半兵衛は、藤野家の懐《ふところ》の大きさをまたも見せつけられた気がしてくる。

「絹屋としても、できるだけのことはしないとあきませんなあ。うちにできることと言うたら、ささやかな炊《た》き出しぐらいですやろけど」

「なあ、どうやろう、留津。ただ施餓鬼《せがき》の炊き出しをするだけより、うちでも地元のひとをもっと雇うてみようか？」

「雇うって、どういうことです？」

「賃仕事や。いまは、絹屋の窯場はいくらでも人手が欲しい。ちょっとした荷物運びでも、水運びでもよい。地元のひとで、少しずつでもなにか仕事を頼めるひとを雇うのや。仕事は少しずつ、なるべく仰山の人を雇うことにしよう。日割りでもなんでもよい。ちょっとした賃仕事でも、これはというひとなら、仕事を手伝うてもらえばええやないか」

「お昼も、それなりに出させてもらいましょうか」

「そうやな。困ったときはお互いさまや。杉原さまからも言われたけど、それでいくらかでも世の中の助けになるなら、それが商人《あきんど》の道というものや」

「藩にお返しを、いえ、世間さまにお返しをするんですなあ」

留津は、あらためて半兵衛の顔を頼もしげに見つめ、自分自身にも言い聞かせるように、そう告げたのである。

翌日から、さっそく手伝いの女たちに声をかけた。少しずつでも地元のひとを雇うつもりでいることなどを、それとなく伝えたのである。

「とくに経験がのうてもできるような力仕事は、できるだけそういう臨時の人らにやってもらうことにしようと思うています」

留津は、つとめてさりげなく言った。

すると、聞こえよがしに不平を口にしたのは、またしても吾助《ごすけ》だった。

「そんな素人《しろうと》に窯場をうろうろされたら、かえって邪魔になるとね。このごろの旦那さんは、いったいなんば考えとらすんや、おいにはさっぱりわからんけん」

「心配するな、吾助さん。そのことはわしが仕切る。旦那さんには旦那さんのお考えがあってのことや。文句を言うてんと、わしらは仕事に精を出していればええのや。それに、水運びとか、土運びとかは、肩が痛《いと》うなってかなわんと言うていたのは、あんたやないか。重たいものを持つと、轆轤《ろくろ》を使うときに手が震えてかなわんとも言うてたやろ」

「そいばってん、喜平さん……」

「旦那さんは、そのあたりも考えてくれてはるのや。力仕事だけを一切引き受けてくれるひとが増えるなら、それに越したことはない。その分、わしらは轆轤にかかりっきりになれて、えぇやないか」

喜平はぴしゃりと言い切った。吾助が、若い者らを集めて、よからぬことをふき込んでいるふしがある。

「こんなわけのわからんご時世に、なんで臨時の雇い人を増やすのか、その訳を知ってるか？」

細工場の片隅で、女たちを前にひそひそ声で話をしている吾助を、喜平は何度か目にしたこともあった。

「あのな、旦那さんたちは、そうやって安い賃金のやつらを増やして、そいつらにどんどん仕事を覚えさせるつもりばい。いまはこういうご時世やけん、そのうち昔からいる者らはクビにして、だんだん人を入れ替えていくつもりなんや。そうしたら、人手が安うなるけん、よかっちゃろが……」

厳しい時代に、雇用を増やすという半兵衛を、吾助が誤解するのは無理もないことかもしれない。だからこそ喜平は、半兵衛の真意をくんで、吾助が職人や手伝いの女たちにつまらない動揺を与えないようにと、ことのほか気を配った。

「吾助さん、あんたえらい見くびってくれたもんやな」

背後から声をかけられ、吾助は驚いた顔で、振り返った。

「職人ちゅうもんは、そんな簡単になれるもんやったんか。一人前の職人になるのが、どんなに大変か、あんたが一番よう知っていると思うていたけどな。力仕事に雇われた臨時の下働きが、ほんのちょっとそばで見ていたぐらいでとって代われるほど、わしら職人の仕事というのは楽なもんやったのか？　あんたの腕は、そんな程度やったんか」

「なんば言いよっと？」

吾助は、痛いところを突かれたように、声を荒らげた。

「おいを馬鹿《ばか》にする気か」

いまにもつかみかからんばかりの吾助に、喜平は毅然《きぜん》としてまた言った。

「そうやない。そうやないからこそ、わしは言うているのや。阿呆《あほう》なことに気をまわすより、早う仕事場に戻って、轆轤をまわせ」

こういうときの喜平は、かつての昇吉よりも次第に雄弁になってきた。最近は、年長の甚介《じんすけ》ですら一目置くほど、職人らを取りまとめる要《かなめ》になりつつある。

「とにかく、日雇いの指示は、わしに任せてくれ。窯場で邪魔になるようなことは一切ないようにわしが仕切る」

半兵衛は、喜平のそんな一言で、職人らがぴたりと黙ってしまうことに、ひとしきり感心もし、頼もしくも思うのだった。

それだけでなく、喜平はこのところとみに轆轤の使い方が巧みになってきた。職人によって、作りあげる物にそれぞれ得意の分野や特徴が出てきたのだが、喜平に関してはとくに袋物、つまり急須《きゅうす》や壺《つぼ》などの成形に腕の冴《さ》えを見せた。

それに、その技を盗もうとして、息子の喜三郎が必死で真似《まね》ているのも、相変わらず微笑《ほほえ》ましい。曲線の成形にはいま一歩のところがあるが、喜三郎はなぜか急須づくりにとくに関心があるようで、甚介が仕事の合間に、かかりっきりで教えこんでいるような場面もあった。

彦根藩領内の飢饉《ききん》の状況は、その後、留津が心配したほど深刻にもならず、他の地方から伝わってくる話に比べると、ひどくはないようだった。

「それでもねえ、奥さま。この前の夏の大嵐《おおあらし》は、ほんまにひどかったですしなあ。どこへいっても、あのときの被害がいまだに尾を引いているようですわ。ひところ旱魃《かんばつ》やったかと思うたら、こんどはえらい大雨が来たり、めちゃくちゃなお天気が悪いのか、それとも、世の中が暗いさかいに、お天気まで悪うなるのか……」

年長のおよねは、自宅周辺の農家の情報を留津に訊かれて、そんなふうに答えながら、大きな溜《た》め息《いき》を吐《つ》いてみせた。

東北を中心にして、天保四年（一八三三年）にはかなりの旱魃に見舞われた。その回復もままならぬうちに、天保七年には全国的な凶作となり、近江《おうみ》でも長雨が続いた。とくに八月十三日の夜半、近江を直撃した大型の台風は、大雨をともなった強い北風で、各地に多大な被害をもたらしたのである。

「とくに南のほうがひどかったらしいてなあ、そのせいでえらい騒ぎも起きたようです……」

天保七年十一月には、坂田《さかた》、浅井《あざい》、伊香《いか》三郡の農民が決起を試みたが、未遂に終わっている。そのときの越訴《おっそ》騒ぎは、留津の耳にもそれとなく届いていた。

「怖いことやなあ」

「はい。いまのところ、彦根はそこまでいってませんけど、村によっては、食べるものがのうて、餓死するひとまで出たということです」

「うちも聞いたわ。京では鴨川《かもがわ》がまたひどい溢《あふ》れ方をしたらしいし、そうなるとまた疫病《えきびょう》が流行《は　や》るのと違うやろか」

「悪いときは、悪いことが重なる、と言いますしなあ」

「それでもうちらは、こうして元気に暮らせるのやし、ありがたいと思わなあかんなあ、およねさん」

留津は、およねと顔を見合わせて、心からそう言ったのである。

「そやからこそ、世間さまにも、お返しをしなあかんのや」

半兵衛の指示もあって、絹屋はその後も、できるだけ近在の雇用拡大につとめた。単純労働の賃仕事を与えて、それぞれに少ないながらも給金を払い、それだけではなく、食事どきにはささやかな食事を供した。

細工場の庭に設《しつら》えた大きな釜《かま》で粥《かゆ》を炊き、集まった雇い人たち皆に振る舞ったのである。

さらに窯《かま》出しのとき出る、商品にはならないような失敗作のやきものを、これまでのように割って捨てずに、そのまま置いておいて、手伝ったひとたちに少しずつ持たせてやるようにもした。

「そうか、あの豪胆な絹屋に、そんな義捐《ぎえん》を施すこまやかさもあったというのだな？」

舟橋右仲の説明に、小野田小一郎は、顎《あご》に手をあてたまま感心したようにうなずいた。

「近江の商人も、なかなかの者がおりますようでございます。実は、過日も下枝村で……」

気を良くした小野田の言葉に誘われて、舟橋はつい小鼻の横の黒子《ほくろ》に指をやりながら、またひとつ思い出し話を始めるのだった。

「下枝村といえば、かの又十の屋敷があるところじゃな」

「は、まさにその当の四郎兵衛が屋敷のことでございますが、実は、派手な普請《ふしん》を始めたものでございまして……」

このころ、餓死者が出るほどの飢饉を憂慮し、彦根藩は緊縮財政を布告している。領内の農民たちにも、自粛を徹底させている時期でもあるのに、まるでそのことに反発するかのように、本宅の建て替え工事を始めたことを舟橋は伝えたかったのだ。

「ああ、そのことか。飢饉に際し、質素倹約を実行せよと言っておる藩としては、その振る舞いをけしからぬとして、中筋奉行みずから、四郎兵衛に真意をただしたと聞いておるが」

「小一郎様もお聞きおよびでございましたか。それで、又十が申しますには、食うにも食糧がないこのご時世ゆえ、領民をなんとか救済できぬかと考えて、飢饉普請を思いついたと答えたというのでございます」

「ほう飢饉普請とな。よう言うたものじゃ。して、数馬《かずま》はなんとした？」

「本宅のみならず、寺や仏堂の改築にも金を出しておりまして、地元の者らや窮民を過分なまでに雇いいれ、鰊《にしん》の雑炊などの食物ばかりか、いささかの金子《きんす》までも配っておるとのことでございます。数馬も返す言葉がのうて、ただうなずいて、励めよと申すしかなかったそうでございますが」

「それは、けしからぬ。われらが藩の使者が、商人《あきんど》ごときに一本取られたというものじゃて」

小野田は、口では悔しそうにそう言ったが、目は嬉《うれ》しそうに笑っている。

「その又十もさようでございますが、先ほどの絹屋も、例の借銀のことに話がいたったときに、同じようなことを申したそうでございます」

「なんじゃと？」

「は、つまり、商人の道徳というものは、広く庶民を救い、その暮らし向きを豊かにすることにある、というもので……」

「なに？　広く庶民の暮らしを豊かにするだと？」

「はは、それが商人の道というものだと、かように申したそうでございまして……」

「商人ごときが、なにを生意気な。ものを売るだけが、商人ではないと申すのか」

「恐れ多いことではございますが、殿様のご所望になる茶碗《ちゃわん》などを注文した縁で、絹屋が前回御用銀のことで願い出てまいりました中筋奉行の杉原数馬らとは、そんな話をしていたように聞いております」

「領民の暮らし向きを豊かにするのが商人の道、か。生意気ではあるが、なかなか含蓄のある言葉よ、のう右仲。わしらとて、ちと痛いところを突かれた気もするが、こうあちこちで飢饉の惨状を耳にすると、こういう商人の力も、藩として心強いことには違いない」

「御意《ぎょい》。良きにつけ、悪《あ》しきにつけ、昨今は、ますます金の力がものを言う時代でございまする。たかが商人とて、金を持っている限り、藩もうまく御していく必要があるのではと」

「うむ」

「いえ、それ以上に、藩政そのものが、商人以上に力を備える必要もあるのかも知れませぬ」

「商人以上にとな？」

小野田のいつにない神妙な顔に、舟橋はたしかな手応《てごた》えを感じて、また口を開いた。

「とは申せ、商人がそのように頼もしくもあれば、一方で、元は与力でありながら、藩政にたてついた愚かな者もおりますれば……」

舟橋は、あえて名前を伏せて言ったのだが、小野田がわからぬはずはなかった。もちろん、天保八年二月十九日、元大坂町奉行与力大塩平八郎が、その養子格之助《かくのすけ》や弟子らと語らって、主君であっても間違いは正さねばならぬと、義憤から起こした騒動である。近在の農民などが合流して、総勢三百人を超える一揆《いっき》となったことを、小野田はいまだ鮮明に記憶している。

このときの砲火のため、大坂は大火に見舞われ、焼失した町の数は百十二町、焼失家屋はなんと三千三百八十九軒におよぶ。焼け落ちた武家屋敷も、ゆうに百六十九軒を数えたのである。

「大坂市中で潜んでいたところを発見され、自害したと聞きますが」

舟橋は、やはり名前を口にすることも憚《はばか》られるように声をひそめた。

「翌年の九月まで、ずっと塩漬けにされておったそうじゃな」

小野田は、おぞましいものを、無理やり口にさせられるはめになったとでも言いたげだ。

「塩漬けになっていたものを、さらに市中引き回しのうえ、磔《はりつけ》にしたと聞いております」

「やつらがしでかしたことを思えば、それぐらいの刑もやむをえまい」

小野田の口調には、隠しきれない憎悪《ぞうお》が滲《にじ》み出ている。舟橋は、その顔を見て、ハッとした。

「まったくでございます。確か小一郎様の甥御様《おいご》も、このとき……」

小野田の甥が大塩らに謀殺されたことを、誰かから聞いたことがあるのを思い出したのだ。

「やつらの行動を、果敢に諫《いさ》めようとしたのじゃろうて……」

身内ならではの思い入れだろう。舟橋は、すかさず大きくうなずいた。

「さぞ、御無念だったと存じます」

だが小野田は、口を閉ざしたままで、ただうなずくだけだった。

舟橋は、さらに同情に満ちた目で、小野田を見た。

自分が知るかぎり、小野田は、宇津木家から養子に入っている。その宇津木家の兄、久純《ひさずみ》の次男、つまりは小一郎の甥の矩之《のりの》允《すけ》兵太《ひょうた》は、大塩と師弟関係にあったらしい。だが、西国への遊学の帰りに大塩宅へ立ち寄ったとき、偶然決起を知り、それを止めようとして軟禁されたという。隙《すき》をみて下僕を国元へ走らせたが、本人は、小用のときを狙《ねら》われて門人に殺害されたと聞いている。

小野田の心中は、察してあまりあるものがある。舟橋は、小野田に代わって怒りをさらに強調し、また言葉を続けたのである。

「なにせやつらは、天満《てんま》一帯を焼き打ちにしただけでは飽き足らず、難波橋をわたって船場《せんば》に入り、今橋筋の大店《おおだな》を軒並み焼き打ちにしたそうでございます」

鴻池屋善右衛門《こうのいけやぜんえもん》、庄兵衛《しょうべえ》、善五郎、天王寺屋五兵衛《ごへえ》、平野屋五兵衛と続き、さらには高麗橋《こうらいばし》筋で三井呉服店、岩城升屋《いわきますや》と、指を折って並べ立てる舟橋の話に、小野田は身震いをしてみせる。

「そう言えば、わが藩の大坂蔵屋敷も栴檀木《せんだんのき》橋詰（現在の大阪市中央区北浜三丁目あたり）じゃ。南の北浜筋、今橋筋、高麗橋筋もすぐ近くで、東は目の前の中橋筋まで類焼しておるゆえ、おそらく当夜はいつ火の粉が飛んでくるかと、気が気ではなかったろうて」

「まことに、恐ろしいことでございます。あのころは、元彦根藩士の浪人梅田源左衛門《げんざえもん》も荷担して討死《うちじに》していたとのことで、ご城下はもっぱらその噂《うわさ》でもちきりでしたから、一同震え上がったものでございます」

天下の台所と呼ばれ、全国の米の集積地でもあった当時の大坂でのこの騒動は、幕府や諸藩にとっても、よそごとでは済まされないものだった。

「わが藩の蔵屋敷は、なんとか難を免れたと聞いておるが」

「まさに、幸いでございました」

「江戸への影響も、心配したまでには至らんで済んだようじゃ」

このころの生産物の流れは、すでに大坂中心の放射状の物流から、大坂自体も、江戸と各藩を結ぶ環状型の流通網へと変化しつつあったので、江戸市民への影響も直接的なものではなかった。

それでも、彦根藩の江戸屋敷へ送る荷は、松原湊《みなと》から大津蔵屋敷に着き、伏見を経て、大坂蔵屋敷に運ばれる。もしも類焼していれば、大変な打撃になったのは間違いがない。

「それはなによりでございました。それで、その憎き首謀者を塩漬けにしたうえ、磔にいたしたのは、やはり鳥居殿の手でございまするか。ずいぶん長い間、ご処分が下らなかったやに聞いておりましたが」

舟橋も、思いきり憎悪をこめて、そう口にした。

知行合一《ちこうごういつ》を謳《うた》った儒学で、日本では江戸初期に近江聖人と呼ばれた中江藤樹《とうじゅ》が広めた陽明学に傾倒した大塩平八郎は、引退したとはいえ幕府の役職にいた身である。

幕府としては、なんとか大塩に罪を着せたいところだが、もとはと言えば、幕府の無能さから庶民を救おうと行動をおこした立役者だ。そのままでは、いずれにせよ庶民から英雄視されてしまうのは明らかだ。

実際のところ、この一連の話は瞬《また》く間に全国に知れ渡るところとなり、すぐに九州や長州などで、歌舞伎《かぶき》の出し物として、好評を博するまでになる。

「あやつの処断を買って出る者など、ほかには誰もおらぬわ」

小野田は、苦いものでも嚙《か》んだかのように、口を歪《ゆが》めた。

結局、大塩の処罰に手を染めたのは、陽明学とは対立する幕府御用の朱子学の総本山、林大《だい》学頭《がくのかみ》の四男、鳥居耀蔵《ようぞう》だったのである。

「それに鳥居と申せば、いまでは老中越前守《えちぜんのかみ》の懐刀《ふところがたな》ゆえ」

さらに、小野田はそんな含みのある言い方をした。

「さても天下の野心家。鳥居は、抜きんでて頭脳明晰《めいせき》な武士と聞いております。その非情な人となりも、つとに有名かと。さすがは、晴れて老中首座の地位を手にされた幕府の妖怪《ようかい》、越前守の右腕にござりますれば……」

水野忠邦《ただくに》に関しては、舟橋の口調も皮肉たっぷりだ。

「し、声が高いぞ、舟橋」

小野田は、口先にひとさし指をあてた。

「はは」

舟橋は、少し芝居がかった仕草で頭を下げ、目であたりをうかがった。

「しかしな、お主《ぬし》が申すように、大塩の処断を担当した鳥居は、案の定、越前守に見いだされて、西丸《にしのまる》目付から格上げになり、大目付になりよったわ」

吐き捨てるような言い方だ。

「さもありなん、でございましょうな。当時の大坂東町奉行山城守《やましろのかみ》、つまり跡部《あとべ》良弼《よしすけ》は、水野越前守の実弟だと聞いております。ということは、跡部になり代わって大塩の処断を決裁した鳥居には、越前にしてみれば借りができたも同然というわけで」

「うむ」

小野田は、あらためてまじまじと舟橋を見た。

それにしてもこの舟橋という男、これほどの情報源を、いったいどこに隠しているのだろう。おそらくよほどの人脈を有しているか、あるいは特殊な嗅覚《きゅうかく》を備えているのか。さもなくば、並外れた野心の持ち主か。

そしてそのどれもが、自分の部下であるかぎり、なにより頼もしいというものだ。小野田は顎《あご》に手をやって、ひとりうなずいた。

「それにいたしましても、小一郎様。かの大塩が、あれほど厳しく処断された割には、その後も騒ぎは続きました。摂津《せっつ》で残党を名乗る一族により、またも一揆があったと聞いておりますが」

「平八郎の残党か……」

小野田は、心のなかを悟られぬよう、わざとらしく溜《た》め息《いき》まじりの声を出してみせる。

「昔もいまも、御し難きは民の心と申しますか……」

舟橋も、すくい上げるように小野田を見た。

「御し難きと申せば、なにも幕府のなかだけに限らぬしのう。いや、まこと御し難きは、わが国のなかだけにも限らぬわ」

「異国船のことを仰《おお》せでございますか。あの同じ天保八年の？」

「うむ。外からの難問も忘れてはならぬわ。お主も、あの年浦賀奉行が亜米利加《アメリカ》船を砲撃したのは聞いておるな？」

「はは。毛利なんとかと申す船とやらで？」

「モリソン号じゃ。その後、薩摩《さつま》の山川沖に停泊しておったそうじゃが、そこでも再度砲撃を加えて、追い払ったと聞いておる」

「なんでも、漂流民を送り届けにまいった船だったとか。渡辺崋山《かざん》や高野長英と申す者らが、幕府の強硬策を批判したとやらで、これまた鳥居殿が、投獄、処分を行なったそうで。いずれにいたしましても、まさに内憂外患の世でござりまするかと」

舟橋は、同情するような声でそう言ったあと、また深々と頭を下げた——。

「旦那《だんな》さま、旦那さま……」

留津の大きな声に、帰宅したばかりの半兵衛はあきれた顔を向けた。

「今夜はなんのできごとや？　おまえは、わしがいつ帰って来ても、静かに迎えてくれたことがない。騒々しゅうてかなわんわ」

「すみません、旦那さま。そやかて……」

「はい、はい。とにかく一回座らせてくれ。話はそれからや。もっとも、家に帰ってきて、おまえがもしも静かやったら、病気やないかとかえって心配やけどなあ」

口では不満そうな半兵衛だが、その目はどこか嬉《うれ》しげでもある。

「で、なんや、その急ぎの話というのは？」

床の間を背にしたいつもの席で、半兵衛は留津にも向かい合って座らせてから、おもむろに訊《き》いた。

「うち、今日また又十のお屋敷に行って来たんです」

「そうか、又十さんの普請《ふしん》は、だいぶ進んでたか」

「はい。もうほとんど形になっていました。それより、途中で急にお奉行さまがおいでになりましてなあ、えらい騒ぎでしたんや」

「お奉行さまが？」

「はい。うちはお顔は見られんかったけど、どうやら旦那さまが前に会うたのと同じ方らしいんです」

「中筋奉行の杉原さまか」

「はい、たぶん。番頭さんから、あとで聞いたんですけど、御仕法方も兼ねておられる杉原さまと言うてはったから」

「そうや。同じ人や。そのお奉行が、どうかしたのか？」

「飢饉《ききん》普請やてわからんかったので、藩からお咎《とが》めのつもりで、又十に来はったらしいんですけど」

「大層派手な普請らしいからなあ。このご時世では、藩としても、気になるところやろう」

「そやけどすぐに事情がわかって、お奉行さまからは、かえってお褒めの言葉があったそうです。そんなことより、番頭さんの話では、杉原さまというのは、えらいお優しいお方らしいんですわ。うちら商人《あきんど》の味方やて、番頭さんは言うてはりました」

「商人の味方？」

「なんでも、こんなご時世やし、藩からは角力《すもう》やらお芝居、それにお祭りも、慎むようとのお触れやったそうなんです。そやけど、うちの親元あたりでは、あのお祭りはみんなそれは楽しみにしていますやろ。そやのに、それを禁じたら民衆が可哀想《かわいそう》や言うて、あの杉原さまはあえて藩のお触れを胸に留めて、お祭りを禁止しはらへんかったぐらいやそうで……」

「ほんまかいな？　お奉行さまがそんなことをしたら、上からお目玉喰らうやろうに」

「そうです。そのせいで、三日間の指控《さしひか》えという処分にならはったみたいです。指控えになると、お勤めしてても、お殿さまに面会がかなわんのやそうです。こういう話は絶対ほかには内緒やて、番頭さんは言うてはりましたけど」

「又十さんのところには、さすがにそんなことまで噂が届くのか」

半兵衛は、杉原の謹慎の話よりも、又十がそこまで強力な情報網を持っていることのほうが驚きだった。

「そんなことで感心している場合やのうて、なあ、よい話ですやろ?」

「まあな。お奉行さまにしては、珍しいことや」

とはいえ、単なる美談である。半兵衛は、留津の真意がわからず、気のない素振りでそう答えた。

「違います。うちがよい話と言うたのは、そういう意味ではないんです」

「それならどういう意味なんや」

そう口にした途端、脳裏をかすめるものがある。半兵衛は、内心ひそかにかぶりを振った。

おそらく留津は、いま自分と同じことを思っているのに違いない。だからこそ、半兵衛はあえてそれを打ち消したくて、留津に問うたのである。

「留津、おまえ、まさか……」

「もう一回、頼んでみたらどうかと思うんです」

「頼む?」

「杉原さまにです。もう一回、もう一回だけ、お頼みするんです」

「おまえ、また御用銀を借りようというのでは」

やはり、留津も同じことを考えていた。半兵衛は、今度はまっすぐに留津を見つめ、はっきりとかぶりを振った。

「そやけど、そうしないと、このままでは、絹屋は……」

留津の口からは、さすがにその先までは言えないのだろう。

このところ、販路が延びずに金繰りに困っているのは、留津もよく知っている。もう一度藩に借銀を申し込めればどれほど助かるか、そんなことは半兵衛とて百も承知だった。

「あほなことを言うな。この前借りた五貫目かて、まだ返せてないんやで」

「それはそうですけど、こんなご時世ですし、しょうがありません」

「そんなこと無理や。無理やて……」

半兵衛は、改めて強くかぶりを振った。

「あの杉原さまなら、きっと事情をわかってくれはります。うちはそう思います」

「いや、いくら杉原さまが人情肌のひとでも、御用銀はあくまで藩のお金や。前の五貫目を返すめども立たんのに、また貸してほしいというのでは、なんぼなんでも無理というもんや。それに……」

「それに？」

留津は、半兵衛が言葉を濁したのが気になる様子で、まっすぐにこちらを見つめている。

「いや、なんでもない」

半兵衛の頭を過《よ》ぎった一抹の思いは、あえて留津には言うまい。

「そんなことより、おまえはなにも心配せんで、古手呉服の商いに精出してくれ」

「それは、もちろんそうします。うちかて、精一杯きばって商いします。そやけど、うちも絹屋の女房です。窯《かま》のほうも放ってはおけません。なあ旦那さま、とにかく一回だけ、杉原さまに頼んでみたらどうですやろ」

「うん、わかった」

半兵衛は、短くそう答えた。

もうそれ以上は言うなと、そんな思いをこめたつもりだった。

「して、お主《ぬし》の話というのは、それだけか」

小野田小一郎は、舟橋右仲を見てそう訊いた。

すかさず顔をあげた舟橋が、無意識のうちに右手の人さし指で、小鼻の横の大きな黒子《ほくろ》をもぞもぞといじり始めるのが見てとれた。なにか言おうとして、言い出しかねているときのこの男の癖だ。

「話がそれだけなら、どうじゃ、久しぶりに昼餉《ひるげ》でもとっていかぬか」

うながすように再度言って、小野田は脇息《きょうそく》に手をやった。

しめた、と舟橋は思った。

ここまでくれば、あと一歩。いや、小野田はもはや落ちたも同じだろう。

豪放な性格で、食にもこだわりをみせる小野田は、しかし、目下の者を私的な食事に誘うことなどめったにない。それなのにこうして自分を昼餉に誘ってくれたというのは、つまりは、それほど話をしたがっているということだ。それだけ気を許している証《あかし》でもある。

舟橋はひそかに笑みをもらした。やはり、水野越前守《えちぜんのかみ》の話題を選んだことは、正しかった。いつもながら、わが狙《ねら》い目に狂いはない。

「かたじけのう存じます」

最大限の喜びを顔に浮かべ、舟橋はまた丁重に頭を下げた。

小野田というのは、藩主直亮の覚えめでたく、家臣の最高位にまで昇り詰め、藩政を恣《ほしいまま》にしてきた男である。だからこそ自分も、この小野田の懐《ふところ》に首尾よく飛び込んでこそ、出世がかなうのだ。今日まで積み上げてきた日々の苦労も、ようやく結実させるときが来た。舟橋は、たしかな手ごたえに、肚《はら》の底から湧《わ》きあがってくるような喜びをかみしめるのだった。

やがて運ばれてきた昼餉の献立は、さすがに典雅な住まいに合わせて、器の類《たぐい》にも嗜好《しこう》が感じられた。肝心の食材についても、この季節には貴重なもので、近くの料理屋からわざわざ取り寄せたものに違いない。鰻《うなぎ》と葱《ねぎ》を筒切りにして浮かべた味噌《みそ》仕立ての鰻汁と、鯉《こい》の子つきなますは、舟橋が空腹だったこともあるのだが、驚くほど美味だった。

「これは、近江米《おうみまい》でございまするか？」

どれを褒めようかと考えあぐねていた舟橋は、飯を一口ほおばって、嬉しそうにそう告げた。

「国元から送ってきたものだ。だがお主、違いがわかるのか」

無頓着《むとんちゃく》に箸《はし》を使いながら、小野田は不思議なものでも見るように舟橋を見た。

「それはもちろん。この香り、舌ざわり、さすが近江の米は天下一品」

小野田とは正反対に、舟橋はゆっくりと箸を使い、味わうように口に運ぶ。食事まで期待していたわけでもなかったが、小野田の機嫌はやはり予想どおり上々だった。

それによほどこだわっていると見えて、食事中もずっと水野のことばかりが話題になった。

「お主も覚えておろう。西丸《にしのまる》の出火の折のこと」

そそくさと鰻汁をかきこんだあと、小野田はそばの火鉢に手をかざしながら、舟橋が汁を飲み終えるのを待ちかねるように口を開いた。

「もちろんでございます。あれは、確か天保九年（一八三八年）の三月のことでした……」

記憶力には自信がある。だが、舟橋は小野田にはあえてさりげなくそう答えた。大塩平八郎の騒ぎの翌年ではあったが、いまだ処断を不服とする残党たちの仕業ではないかと、ひそかに噂《うわさ》する者も少なくなかった。

「さよう、三月十日のことじゃ。忘れもせぬわ。ちょうど桜が満開で……」

その日、江戸城西丸の台所から出た不審火は、たちまちのうちに燃え広がり、ついに屋敷は書院番所だけを残して、ことごとく焼け落ちた。西丸は、幕府の大御所や世子《せいし》、すなわち前将軍や次代将軍が住まう要所である。

ようやく鎮火したあとで、幕府は諸大名にその再建を手伝わせたが、小野田は彦根藩の西丸普請の手伝い担当をみずから願い出て、御用向惣《そう》奉行に任命された。そこでは、迅速な決断と采配《さいはい》、なによりその際立《きわだ》った行動力で、小野田ならではの手腕を発揮したのである。

「あの折は、さぞご大儀でございましたでしょうが、それでもさすがは小一郎様。そのご功労に際しましては、公方《くぼう》様も特別にねぎらわれたとうかがっております」

二年後の今年三月二十一日、小野田は江戸城に登城し、将軍家慶《いえよし》より折々の季節ごとに着用する時服《じふく》を五着、羽織を一枚、白銀五十枚を拝領している。

「うむ。わしが言いたいのは、その折のことじゃ。公方様から拝領した品は、かの越前守の手より渡されたのじゃが、しかしなあ、そのときの越前ときたら……」

思い出すのも業腹《ごうはら》で、小野田は思わずごくりと大きく喉《のど》を鳴らした。

あの朝、小野田はその日のためにと調《ととの》えた礼装で、厳粛な思いで登城した。仮にも、自分は譜代大名筆頭で、しかも溜間詰《たまりのまづめ》筆頭の井伊《いい》家の家老である。ましてや今回の一件では、紛れもない功労者なのだ。

どんなに丁重な扱いを受け、どれほどの賛辞を浴びるものかと、長い廊下を歩くときも、誇らしさと晴れがましさとで、つい足が速くなる。そのあとに予定されている老中方へのお礼勤めさえも嬉《うれ》しかったが、そんな思いを隠し、威厳をそこなわぬようにとみずからを戒めながら、小野田は緊張しきって、城のなかを進んだ。

ところが、そんな小野田の思いは、すぐ粉々に打ち砕かれたのである。迎えた水野越前守忠邦の様子は、まさに予想もつかないものだった。

その驚くほどに横柄《おうへい》な態度。相手を見下すような無礼な目つき。かける言葉のひとつひとつに、尊大さがあふれている。

「いま思いだしても虫酸《むしず》が走るわ」

小野田はそう言いながら、怒りにまかせて箸を置いた。箸は、勢いあまって膳《ぜん》の角にぶつかったらしく、乾いた音を立てて弾《はじ》かれ、畳の上にころがっていく。

「目に浮かぶようでございます……」

舟橋はすかさず腰をあげ、小野田の箸を拾い上げて、そう応じた。

「しかし、小一郎様、あの越前守はそもそもそういう男。小一郎様のようなお方が、腹を立てるにも値しない輩《やから》でございます。老中首座の地位をその手に得るまでは、相当あこぎな手段をとってきたやに聞いております」

肥前唐津藩主、水野和泉守忠光《いずみのかみただあき》の次男として江戸に生まれた忠邦は、幼くして他界した長兄芳丸《よしまる》に代わって、十九歳で家督を継いだ。だが、名目六万石で、実質的には二十万石の豊かさがあっても、幕政の中枢《ちゅうすう》には参加できない唐津藩を捨て、幕政に近づくためにと、幕閣に猛烈な賄賂《わいろ》攻勢をかけたのである。

やがて浜松藩六万石への転封画策に成功し、まず寺社奉行につく。その後、大坂城代、京都所司代、西丸老中を歴任し、天保五年には老中にまでのぼりつめ、五年後の天保十年には、ついに望みどおり老中首座、つまりは現代で言えば内閣総理大臣に等しい座を手にしたのだった。

「自らの立身出世のために、これまでさんざん賄賂をばらまいておきながら、いまとなっては、急に改革だなんだと公方様にこっそり進言いたしているとの噂もございます。まったく片腹痛いことで……」

「なに？　公方さまにご進言を？」

「詳しいことまでは漏れてきませぬが、いろいろと、この耳にもはいってまいります」

舟橋はわざとらしく声をひそめ、小野田のほうへ膝《ひざ》でにじり寄った。

「あのイタチ顔で、今度はなにを画策しているのやら」

小野田は、嫌悪感《けんおかん》をむき出しにして言う。そういえば、いつか垣間見《かいまみ》た水野の風貌《ふうぼう》は、いかにも狡猾《こうかつ》な雰囲気で、口の悪い小野田でなくても、イタチと形容したくなる。

「イタチ顔とは、よくぞ仰《おお》せになりました。そういえば、あの貧弱な身体《からだ》つきに、あの貧相な顔。そのわりに腹だけは妙に出ております」

舟橋もここぞとばかりに、遠慮がない。その分体格の良い小野田を褒めたことにもなるからだ。

「まったくじゃ」

小野田は、思わず笑い声をあげた。

「自分が賄賂をもって出世を勝ち得ておきながら、老中首座になったとたん、皆に賄賂を禁じようというのは、まことに的を射た手段。賄賂を禁じたら、今後はそれを武器にして自分を追い抜いていく者が、生まれなくなりますからして」

「みずから率先して賄賂を活用しただけに、よけいにそのことには敏感というわけじゃな」

「しかし、小一郎様。だからこそ、でございまするぞ」

急に真顔に戻った舟橋を見て、小野田からも笑みが消える。

「なにが、だからこそ、なのじゃ」

「わが藩のこれから、でござりまする。ゆめゆめ油断なきようにと。まこと僭越《せんえつ》ながら、申し上げたき次第で」

「うむ」

「わが彦根藩は、譜代筆頭のお家柄。されば、なにごとにおいても、諸藩に先んじておらねばなりませぬ」

ひかえめながら、舟橋の諭すような口調に、小野田は、その頑強な体軀《たいく》を、座布団《ざぶとん》の上で窮屈そうに収めてから、うなずいた。

「そのことは、もとより、お主に言われるまでもないことじゃ。世は内憂外患のとき、わが藩もいまこそ気を引き締めてかからねばなるまい」

「仰せのとおり、なにより藩の力をさらに強化し、自衛の策も固めることがなにより肝要になってまいります。諸事に先駆けて、やはり藩がその掌中におさめ、育てておくべきは……」

「国産、だと申したいのじゃな？」

「御意《ぎょい》。これまでとは違って、藩にはますます不可欠なものになってまいりましょう。越前守は、公方様にこの先なにを進言するやも知れませぬ。この先、とんでもないお触れが出される可能性も、あながち否定はできませぬ。そうなった折、万が一にも、藩が孤立する場合があったとして、それでもわれらが三つの要《かなめ》を手にしていれば、問題はござりませぬ」

「三つの要、とな？」

今度は、小野田のほうから、舟橋に顔を近づけてきた。

「まずひとつめは、もちろん街道の陸運。ふたつめは、琵琶湖《びわこ》の水運でございます。このふたつを確固たるものにして、なにより先に、わが藩の手に確実に収めることでございます……」

「して、三つめは？」

なんだそんなことかと言いたげに、小野田はその先を急《せ》かす。

「最後は、産物そのものの生産でございまする。藩がみずから乗りだして運営し、産物の生産を藩自身が握っておりますれば、自給も可能。そして陸運も水運も、流通はともにわが藩の自在。この三つが備われば、どんな事変がありましても、これ以上心強いことはございませぬ。わが藩はびくともいたしますまい」

「うむ」

小野田は、そばの火鉢にかざしていた手を戻し、胸の前で深く組んだ。

「その国産に、まずは絹屋のやきものをと、お主は言いたいのか」

うなずいた。

「御意」

豪胆で、行動力を誇る、小野田ならではの洞察力だ。舟橋は満足の笑みを浮かべて、大きく
「絹屋窯《がま》を藩の運営で、か」

「あの窯は、この先の工夫次第で、さらに良品を産出する可能性を秘めております。さすれば、諸藩との関係におきましても、公方様との今後におきましても、どれほど重宝な窯になりますことか」

「諸藩や、公方様との関係とな?」

「金銭などの賄賂でなく、れっきとした進物の品として、それ相当の使い方もできますゆえ」

舟橋は、小野田の目を見てにやりとした。たとえ水野忠邦が賄賂の禁止令を出そうとも、道を究めた風雅な贈答であれば、文句は言えぬはずだ。舟橋の目の奥には、そんな言外の含みが読み取れる。

「なるほど、お主の言いたいことはようわかった。絹屋窯の出来においては、あのお道楽の殿様でさえ、お気に召したほどのものゆえ。それだけ格式高いやきものを贈られて、喜ばぬ大名はおるまい」

「諸藩の大名筋は、小一郎様と同様で、皆お目が高《たこ》うございまする。われらが窯のやきものが、お目にとまらぬわけはござりませぬ」

「しかし、あの窯をわが藩のものにして、運営が立ち行くものか?」

「むしろ、そのほうが格段によろしいかと。なんと申しましても、この舟橋右仲、絹屋が最初

に窯を築くときから詳しく見ておりますゆえ」

小野田の心配にはおよばぬと、舟橋はことさら強調した。

先日、国元の中筋奉行杉原数馬や、中筋代官の薬袋主計《みないかずえ》が、自分あてに送ってきた近況報告の書状からも、読み取れることは多くあった。

国産の成功例として、高宮上布や長浜縮緬《ちりめん》からあがる上納金は、確かに藩の財政にとって歓迎すべきものである。だが、商人が管理する殖産の運上ではなく、もはや藩みずからが運営に乗りだす時代が来ているのだ。

国元の中堅官僚たちが、国産の最前線で実感している商業時代の到来を、舟橋は持ち前の鋭い嗅覚《きゆうかく》で、しっかりと受け止めていたのである――。

二

わかった、と言ったまま、半兵衛は黙ってしまった。

なにものをも拒むような、重い沈黙だった。

半兵衛が黙ってしまうと、部屋に息苦しいほどの静寂が満ちてくる。いつもの座敷に、普段と変わらず座っていたはずなのに、急にどこからかすきま風がしのびこんでくるのを感じて、留津はその冷たさに、思わず身体を震わせ、居ずまいを正した。

こういうとき、いつもならどうやって声をかけていただろう。話の接《つ》ぎ穂を、どうやって見つけていたものか。留津は、ひそかに思いをめぐらした。そして、あらためて気づいたのである。

絹屋に嫁いでから、はや十三年。半兵衛とは、一緒にさまざまなことを乗り越えてきた。その間、互いの思いが食い違って、ときには諍《いさか》いをすることもなかったわけではない。ちょっとした誤解や、たいていは留津の早合点から、思いがけず半兵衛を怒らせてしまったことも何度かあった。

それでも、拒まれたことだけは一度もなかった。

たとえどんなに違った考えであっても、たとえそれがあきらかな間違いであっても、半兵衛は、留津がそれを口にすることをよしとしてくれた。思うことをまず言葉にして、自分の口で夫に伝える。そんな留津のまっすぐな性格を、半兵衛は内心おもしろがり、ときにはあきれながらも、いつもしっかりと受け止めてくれたものだ。

それこそが、半兵衛という男の度量の大きさを示すものであり、なにより人としての優しさなのだと、留津は内心嬉しく思い、感謝もしてきたのである。

ところが、いまの半兵衛は、これまでとは違う。

たった独りで、自分だけの殻に閉じこもってしまい、まるで、周囲のすべてとの接触を断ちたがっているようにさえ見えるほどだ。それがいったいなぜなのか。夫をそうまでさせているものは、なんなのか、留津にはまだ見当すらつかなかった。

「なあ、旦那《だんな》さま。くどいようですけど……」

留津は、おそるおそる半兵衛の顔を見た。こんなことは初めてだ。

「おまえは心配せんでもええと、言うたやないか」

半兵衛は、留津を見ないままそう答えた。思ったほどには、強い言い方ではなかった。

「そやけど……」

だから、思いきって留津は続けたのである。

「そやけど、もう一回だけ、あのお奉行さまに会《お》うて、御用銀のことを訊《き》いてみるだけでも……」

半兵衛の横顔に、かすかな苦悩の色が走る。それがいったいなんなのか、留津は知りたいと強く思った。

「なあ……」

と、留津が再度声をかけようとしたとき、半兵衛が突然こちらを向いた。

「実はなあ、留津」

どきりと息をのむほど、怖い顔だった。

声を出すこともできず、留津はただ大きくうなずいた。

「杉原さまには、もう会うてきたんや」

「え？」

思いもかけない言葉だった。いったいいつの間に、と言いそうになったが、留津はあえて黙って、次の言葉を待った。

「この前、藩からまたご注文をいただいたやろ。その納期について、わしがお城に呼ばれて、ご相談に行ったのを覚えてるか？」

留津の心をすべて見透かすように、半兵衛は言った。

「へえ、藩のほうからお使いが来て、納期のことで話がしたいから来いと言われたって、朝早《はよ》うから出かけはった、あの日ですか？」

「そや。あのとき、わしがなんにも知らずに御小納戸役《おこなんどやく》のところまで行ってみたら、実は薬袋《みない》さまが絹屋に会いたいとの仰せやと言われてなあ」

老中からなど、藩からの通常の注文なら賄役《まかないやく》が一括して担当している。だが、そのときは藩主直亮からの特別の注文だと言われていたので、窓口になっている小納戸役を訪ねたのだった。

「薬袋さまって？」

「杉原さまの下で中筋代官をしてはってな、御仕法方のお役人でもあるお方らしい。なんでそんな方に呼ばれるのかと思うていたら、別の座敷に通されてな、その部屋には杉原さまも一緒やった」

「そうやったんですか。納期のご相談に行った日なら、もうだいぶ前のことですがな」

すでにひと月ほどにはなるだろう。だが、そんなに長い間、自分にはなにも知らされなかったのか。留津にはそのことのほうが、ひっかかった。

「うん。それでな、御仕法方から、いろいろ訊かれたのや」

「いろいろって？」

めずらしく言葉を濁す半兵衛がもどかしくて、留津は身を乗りだすようにして、先を急かす。

「そら、いろいろや。絹屋の窯の商いについて、売り上げとか、仕入れの種類とか、量とか、値段とか……」

なんでそんなことを、と、また言いかけて、留津はやはり口を閉ざす。

「そのときなあ、わしのほうからはまだなにも言うてないのに、向こうから御用銀の話を出してきはった」

「え、御用銀のこともですか？」

留津は、内心少し苛立《いらだ》ち始めていた。そんな大事なことが話に出たのに、なぜ半兵衛は今日まで言ってくれなかったのだろう。そんなことは、これまで一度だってなかったことだ。

「それとなく言わはっただけなんやけどな」

「杉原さまのほうから、藩のお金を貸し出して、うちらを助けてやろうと、そう言うてくれはったのですね？」

留津は、半兵衛の一語一語を、確認するように繰り返した。

「いや、貸してやろうとまで、はっきり言われたわけやない。けど、わしにしてみたら、そんなふうにとれるような口ぶりやった」

それならばそうと、なぜもっと早く言ってくれないのだ。

藩のほうから言い出してくれたのなら、こんな確かなことはない。願ったりかなったりとはこのことではないか。

それに、もしももっと早くにわかっていたなら、自分はなにもこうまで催促がましく半兵衛を責めはしなかったし、これほど取り越し苦労もせずに済んだ。

安心したとたん、ここまで焦《じ》らせた半兵衛に、留津はむしろ不平の一言も言いたくなってくる。

「やっぱり藩のほうでも、うちらのことを心配してくれてはったのですなあ。うちらが一生懸命商いをしているのを、みんなちゃんと見ていてくれはったんですわ」

だが、留津は素直にそう告げた。なにより、嬉《うれ》しかったからだ。

「薬袋さまには、とりあえず願書《ねがいしょ》も出せと言われた」

「出したのですか」

そこまで言われたのなら、間違いはない。

「とりあえずな。その願書に、さっき言うてた損益の概算もつけて出しておいた」

「なんや、そうでしたのか。藩のお役人のほうから言われて、そこまで話ができているのでしたら、もう借銀は決まったも同然ですやろ。どっちにしても、ありがたいことやないですか」

よかった。これで息がつける。絹屋はまたしばらくは安泰だ。

半兵衛には、どうしてもっと早く教えてくれなかったのかと、文句のひとつも言いたい気持ちはあったが、それでも留津は正直に嬉しかった。資金繰りのめどさえつけば、もう一度絹屋の皆は思う存分頑張れる。

職人らにも、手伝いの女たちにも、なにより当の半兵衛自身に、明るさが戻ってくるだろう。

留津は暗くたちこめていた頭上の雲が、急に晴れていくような思いだったのである。

「それで、今度はいくらぐらい貸してもらえるのやろ？」

心からの笑顔で半兵衛を見て、留津は訊いた。

「うん。たぶん十貫目は固いやろ」

答える半兵衛は、だが、少しも嬉しそうではない。

「十貫目？　そんなにですか」

「いや、もしかしたら、十五貫目ぐらいは出してもらえるかもしれん」

十五貫目といえば、初回の三倍の額である。

「そんなに仰山？」

「わしはなあ、米札《べいさつ》ではのうて、直接銀で欲しいと言うてきた」

通常、藩としては貸し出しには藩札、つまり藩が発行する米札を用い、返金には現銀でするのが通例だ。もちろん藩財政にとっては、現銀が得られて都合がいいからである。

だが、半兵衛は、絹屋が全国各地からやきものの材料を仕入れていることを理由に、藩発行の兌換《だかん》札ではなく、現銀で貸し出してくれるようにと願い出たと言うのである。

「そんなこと言うたら、元も子もないのと違いますか」

せっかく向こうから貸銀の話を持ちだして、便宜を図ってやろうと言ってくれているのに、なぜそこまで強気で無理を言うのだろう。下手に相手の機嫌をそこねたら、話がご破算になりはしまいか。留津の頭には、そんな心配が過《よ》ぎったのである。

確かに、米札ではなく、現銀で直接借りられたら、こんなに便利なことはない。藩にしても、米札で貸し出しておきながら、返済は現銀でというのも都合が良すぎると以前から思っていた。

それに、天草石《あまくさいし》の買い付けにしても、美濃呉須《みのごす》の調達にしても、なにかといっては銀が要り用なご時世だ。半兵衛が、そのことを願い出る気持ちは分からないでもない。

だが、これまでの半兵衛なら、藩に対して、はたしてここまで言っただろうか。ましてや、こちらは借銀を願い出る立場なのだ。

「まあ、どっちにしても、うちらはお金さえ借りられたら、助かります。ほんまに良かったですなあ、旦那さま」

心の揺れを隠し、留津は同意を求めるように半兵衛を見た。

だが、半兵衛はすぐには答えず、ひどく浮かぬ顔で言ったのである。

「ほんまに、そうやろか」

「そうやろか、って？」

訳が分からず、留津は問うた。

「なあ、留津よ。ほんまに、わしらは手放しで喜んでええのやろか？」

こんな朗報を、半兵衛がひと月ほども留津に内緒にしていたことも理解できなかったが、それ以上にこの表情はいったいなにを意味しているのか。

「どういうことですか？」

なにもかも腑《ふ》に落ちない。留津は、少し苛立つ声でまた訊いた。

「わしらは、前の五貫目もまだ返してない。返すめどすら立ってない。それは藩としても、それなりにわかっているはずや」

「はい。そやから、商いの勘定のことを、いろいろ詳しく訊かれたのと違いますのか」

「うん。わしもそう思うたから、わざと悪い金額を伝えてきた。実際よりもちょっと控えめに、そのうえ、いろんな場合を考えて、あんまり儲《もう》かってない金額を伝えてきたのや」

「なんで、そんなことまで……」

留津は、あきれて言葉を途切らせた。半兵衛の真意が、ますます分からなくなってくる。いったい、御用銀を借りたくないと言うのだろうか。

「しかしなあ、留津。そこまで言うても、藩はまたわしらに金を貸してくれはるのや。しかも、今度は十五貫目もや」

「杉原さまは商人《あきんど》の味方やと聞いていています。きっと、うちらのことを心配して……」

「それもないとは言わん。ここへきて、窯《かま》もまただいぶ傷《いた》んできたし、手間賃も結構かさんできた。わしかてお金が欲しいのはやまやまや。そやけど、なあ留津。おまえ、おかしいとは思わんか」

「おかしいって、どういうことです？」

そう問いかけながら、留津自身も頭のなかで、これまで半兵衛から聞かされた経緯を反芻《はんすう》してみる。

前回、藩から五貫目を借り受け、大掛かりな窯の改築をしてから、すでに六年がたった。その間も、ほぼ毎月のように窯焼きを繰り返してきたので、最近は窯の傷みもとみに目立つようになってきた。

このままでは、いつ壁の崩れが起きてもおかしくない状態で、また昇吉のときのような事故にならないとも限らない。そのせいで、肝心の窯焼きもいまは滞りがちだと聞いている。できることなら、すぐにも修理に取りかかりたいというのが、むしろ半兵衛の本音だろう。

その改修工事のためにも、いまは元手がいくらあっても足りないぐらいだ。藩が出してくれるというのであれば、半兵衛としては、それこそ喉《のど》から手が出るほど欲しいはずだ。

それなのに、役人らの前で半兵衛がしてきたことと言えば、まるでその逆ではないか。藩からの借り受けを、米札ではなく、現銀でと願い出る気持ちは、もちろん留津にもわかる。だが、それとても、なにもいま頑《かたく》なに主張する必要がどこにあろう。

領内で、現銀の使用が禁じられているのは、留津でも知っていることだ。それに、なにも現銀での貸し出しにこだわらずとも、必要ならばご城下の米札引換所に行けば、手数料は取られるが、いくらでも現銀への両替は可能だ。

京や大坂では、彦根の蔵屋敷の周辺なら、米札で十分通用する。とくに彦根藩の米札は信用度が高いので、場合によっては領外でもそのまま通用するところがあるぐらいだ。

そしてそのことも、もちろん半兵衛が知らぬわけはない。なのに半兵衛は、絹屋にとって不利になるような条件を、あえて願い出たというのである。いったい、なににそれほどこだわっているのだろう。

「なあ、教えてください。どういうことですのや」

「わしにもわからん」

「そやかて、おかしいって、さっき……」

「わからんから、おかしいと言うてるのや」

「藩が絹屋にお金を貸す理由が、腑に落ちんということですか。うちらが気がついてないような、なにか別の訳があるのやないかと？」

「裏に、なにかあるとしたら、なにがあるのです？」

「なにかあるとは思わんか」

たたみかけるようにそう言ったとき、留津は背中にぞくりと寒気を感じて、身震いをした。

十一月もなかばを過ぎたすきま風は、身体《からだ》ばかりか心のなかにまでしのびこんできて、冷え冷えと、気持ちを沈ませる。

「うん……」

　半兵衛もそう言ったきり、黙り込んでしまった。

「絹屋が藩のお金を借りることが、なにか藩のためにもなるということですか？　うちらにお金を貸して、藩がそのかわりになにか得することって、ありますのやろか」

「それは……」

　半兵衛はそう言うと、なにか言いたげな目をしたが、またもそのまま口を閉ざした。

「なあ、もしもですよ。もしも、なにか藩としての思惑があるとして、それがなんなのかはうちにはわかりませんけど、それやったら絹屋としては、藩の御用銀をあてにしたらあかんということですか」

　留津は問わずにはいられなかった。

「いや、もしも裏になにかあるとしたら、どっちみち同じやろ」

「え、それはどういうことですか」

「なにかはわからんけど、ほんまになにか裏があるとしたら、わしらが御用銀を借りようが、借りまいが、どっちにしても大して変わりはないやろと言うてるのや。借りても、借りんでも、なるようになるだけや」

「そんないい加減な……。絹屋は、どうなってしまうんですか？」

　半兵衛の言い方に、留津はつい声を大きくした。

「わからん」

「そんな、旦那《だんな》さま……」

「おまえは心配せんでええよ」

「そんなこと言うても、旦那さま……」

ここひと月ばかり、半兵衛が留津にも告げずにいた理由は、きっとこのあたりにあったのだろう。これまでなんでも話してくれた半兵衛が、ここまで言い澱《よど》むのは、よほどのなにかがあるということだ。

「おまえは心配せんでも、御用銀はたぶん借りることになるやろう。藩は約束どおり、絹屋に十五貫目を貸してくれはると思うし、わしもそれをありがたくお受けするやろう。なにも、お断りする理由はないしなあ。それで、またこの前みたいに窯を改修して、いや、前よりもっと窯を大きくして、またもとどおり、わしらは窯焼きができるようになる……」

絹屋窯にとっては歓迎すべきはずのことなのに、半兵衛はひどく投げやりな声でそう言った。無理にも他人事《ひとごと》のような口ぶりをして、どこか突き放したような言い方だった。

いや、留津からすれば、半兵衛は、すでになにかをあきらめ始めてしまったような、そんなふうにも聞こえてならなかった――。


彦根藩国産方より、半兵衛の願書どおり十五貫目の御用銀が貸し出されたのは、翌天保十二年の五月のことだった。

銀十五貫目というのは、金にして約二百五十両である。当時大工一日の手間賃が銀二匁《もんめ》五分と言われているから、概算すると六千人分に相当する金額だ。貸し出しに際しては、現銀でという半兵衛の希望はかなえられず、やはり通例どおり米札が用いられた。

報《しら》せを受けたあと、半兵衛は感謝の意を伝えるため、すぐに中筋奉行の杉原数馬を訪ねた。杉原には、前回五貫目を借り受けたときに続き、これで二度にわたって世話になったことになる。

梅雨も中休みか、めずらしく晴れ渡ったその日、半兵衛は複雑な思いを抱えて絹屋の店先を出た。

すでに夏の盛りのような陽射《ひざ》しのなかで、そびえ立つ天守閣の白壁が、今日はくっきりと空に映え、ことのほかまぶしく思える。半兵衛は思わず目を細め、いっとき足を止めて城を見つめたまま、大きく息を吐いた。

京橋下片原町《きょうばししもかたはらまち》（現在の彦根市本町二、三丁目）にある中筋奉行の屋敷に着くと、すっかり白髪になった杉原は、相変わらずの柔和な笑みで半兵衛を迎えいれ、いつもの穏やかな物腰で口を開いた。

「よかったのう、絹屋。前回に続く、今回の貸し付けについては、その金額もさることながら、条件も緩やかだったと聞いたが」

「はい。前回と同じで、ひと窯につき一両の支払いでよいとのことでございました」

「藩としてもまったく異例の計らいじゃな。つまりは、それだけわが藩が絹屋の窯の将来を楽しみにしているということじゃ。そちも、そのことを肝に銘じておかねばなるまいな」

「もったいないお言葉、まことにありがとう存じます」

半兵衛にしても、その言葉に嘘《うそ》はなかった。いろいろと、思うところはあるにせよ、杉原を前にすると、やはり素直に礼を言いたくなってくる。

「期待しているのは、われらだけではないぞ。そちも存じておるだろうが、われらが殿様ご自身も、絹屋の窯が作るやきものについては、大層お気にかけておられるのじゃ」

「身に余る光栄でございます」

半兵衛は、ひたすら頭を下げ続けた。

「そちの窯の出来いかんでは、藩の国産仕法の将来を大きく変えていくことになるかもしれぬ。そのことを忘れずに、今後はますます心して、窯を大事にするのじゃぞ」

「このうえは一刻も早く窯の改修作業に取りかかり、これまで以上に量産のできるようにしたいと存じます。もちろん資材の買い付けにも、さっそく取りかかる所存でおりまして……」

「そうか。それはよい心掛けじゃ。せいぜい商いに励めよ」

「ははあ」

頭を下げながら、半兵衛の心は揺れ始めていた。

だから、自分に向かって、言い聞かせていたのである。

ついに借りてしまった。だが、今回は、どうしても金が必要だった。それがどんな意味の金であれ、誰からのものであれ、借りずに済ますことはできなかった。やきもの商いを存続させていくには、どうしても追加資金が要り用だったのだ。

やきもの商いは、金のかかる商売だ。

留津が古手呉服の商いを担《にな》い、そこからあがる収益が確保されてはいたものの、それすらかなりの部分をやきもの商いに注ぎ込んできた。絹屋は、そうせざるを得ないほどに、逼迫《ひっぱく》していた。

確かに、商品のできあがり自体はめざましく進歩してきた。それには自分でも満足している。だが、だからといってすぐに儲けが出るほど、やきもの商いは簡単ではない。販路確立には、まだまだ時間が要る。それまでは、なんとしても金が要る……。

半兵衛は、自分に向かって必死で繰り返していた。

まるで、弁解でもしているように、いや、自分自身をなだめるかのように、半兵衛は、何回も言い聞かせた。

良いものを作るためには、それにともなう元手が必要なのだ。

だから、どちらにしても、いまは金を借りなければならなかった。おまえが選んだ道は、正しかった。すべてに目をつぶって、藩からの話にとびついたのも、それしかほかに方法がなかったからだ……。

そう思えば思うほど、心が揺れる。

繰り返せば繰り返すほど、心が乱れる。

半兵衛は、頭を下げたまま、いつしか唇を噛《か》んでいた。

藩から金を借りるということは、藩への義務も背負うということだ。それが、のちにどんな形になろうとも、すでに借りてしまったからには、もはや自分には文句は言えまい。

「前回の返済もままならぬうちに、またもお借りしたわけでございますから、責任の重さもひしひしと感じております。ここまで御用銀をお借りするからには、この絹屋半兵衛、それなりの覚悟もできております」

口にした言葉に偽りはなかった。

だが、口にした途端、その言葉が矢となって、みずからの胸を突き刺し、半兵衛を追いつめる。

「よくぞ申した、絹屋」

杉原の声に、半兵衛はただ無言で、また頭を下げた。

「そちの身には、わが彦根藩のお家の将来がかかっておる。そちの窯《かま》も、もはやそちだけのものではないと思うて、ますます良いやきものを作るのじゃぞ」

杉原の言葉はあくまで優しかった。

そして、優しいゆえに、とてつもなく重い。

激しく揺れ続ける半兵衛の心には、その温かくしみいるような杉原の声も、ただひりひりと辛《つら》いばかりだった。

三

同じ天保十二年の五月は、幕府老中首座、水野越前守忠邦が、幕府の改革派を集め、幕政改革に着手したときでもある。

水野とはなにかと仲が悪く、思うようには才能を発揮させてもらえなかった大御所家斉がついに他界し、将軍家慶の頭をおさえつける存在も、もはやなくなった。

だからその家慶の誕生日に照準を合わせたかのように、翌五月十五日、水野は高々と幕政改革を布達したのである。

しかもそれは、あくまで将軍家慶の上意として掲げられ、老中の覚書が添えられるという形式になっていた。

　この日を皮切りに、五月二十二日には祭礼緊縮令が、翌二十三日には関東農村奢侈《しゃし》禁止令が、そして六月三日には、あろうことか、腐敗した官僚機構の刷新が敢行されると告げたのである。

　のちに天保の改革と呼ばれるこれらの布達は、約百年前に遡《さかのぼ》る享保《きょうほう》の改革や、約五十年前の寛政《かんせい》の改革を模倣したものだった。つまりは、改革というよりも、むしろ復古と呼ぶべき内容で、単に風俗の取り締まりや、倹約の奨励、農村の復興政策といったものではない。

　舟橋が小野田に語った水野の右腕、鳥居耀蔵による「蛮社の獄」などに代表される蘭学者《らんがくしゃ》への弾圧。寄席《よせ》、歌舞伎《かぶき》、浮世絵、人情本といった町民文化に対する弾圧。さらには、低物価政策とも言うべき株仲間の解散令や、江戸や京、大坂に近い大名や旗本の領地を天領化しようとする上知令《あげちれい》なども、これら改革のなかのひとつだった。

　しかし、蛮社の獄は、鳥居の蘭学嫌いに端を発したものに過ぎず、株仲間の解散令も、かえって当初の思惑に逆行する結果となる。

　田沼意次《おきつぐ》以来これまで、営業権の保証である株を認める代わりとして、商人たちによる株仲間からは、冥加金《みょうがきん》を上納させていた。だが、その株仲間こそが物価高騰《こうとう》の原因だと、水野はそれらを廃止し、誰もが商品を自由に扱えるようにしたのである。

　ところが、株仲間解散により、これまで保たれていた商人たちの秩序が乱れ、かえって買い占めや売り惜しみ、流通の停滞などを招いて、物価を押し上げてしまった。

　上知令にいたっては、諸藩、旗本の猛烈な反対に遭い、四ヵ月後にはすぐさま撤回するなど、水野自身の命取りともなってしまう。

改革は、すべてにおいて排他的で、高圧的なものに陥りがちで、水野のなかにあったはずの斬新《ざんしん》な着想も、意欲も、現場を知らぬゆえの悲しさか、空回りに終わったのである。

だがこのとき彦根藩では、譜代筆頭という立場にもかかわらず、株仲間解散令については消極的な対応しか示さなかった。また翌天保十三年に発布された国産の専売禁止令に対しても、独自の判断により専売を中止しなかったばかりでなく、むしろますます積極化していったような傾向がある。

一方、彦根藩から二度目の御用銀十五貫目を借り受けた半兵衛は、がむしゃらに新しい窯造りに没頭していた。

毎朝、まだ夜が明けきらぬうちから、朝食に簡単な茶漬けを流し込むようにして、外船町《そとふなまち》の絹屋を出る。そして、夜はというと、とっぷり暮れてから、手代《てだい》もつけずに、みずから提灯《ちょうちん》を持って、音をたてぬようにそっと帰宅する日々が始まった。

「おまえも仕事があるのやから、起きてわしを待ってることは要らんで」

半兵衛はそう言うのだったが、ときには窯場に泊まり込む日が何日も続き、それも、昇吉と一緒に初めて窯造りを始めたころ以来のことなので、留津はそんな半兵衛の変貌《へんぼう》ぶりに、人知れず不安を募らせていた。

今回の改修工事は、窯の傷《いた》みのわりには作業がうまく運んだ。

くれの焼き上がりも、手慣れてきたためか思った以上に早く完了し、梅雨あけの夏の時期で、乾燥に適していたことも幸いした。

当初全面的な改築をと思っていたのだが、そこまでにはいたらずに済み、その分作業日数も少なく完了した。以前からの瀬戸様式を取り入れた古窯《こがま》で、九間《ま》におよぶ絹屋の大きな登窯《のぼりがま》は、それでも丹念な修築作業を経て、新しく生まれ変わったのである。

「なんやまた最初のころに戻ったみたいですわ」

古くからいる職人らは、窯場に活気が戻ったことをなにより喜んだ。

「旦那《だんな》さんも、このごろ若返らはったみたい」

「やっぱり、窯が良うなるのはみんな嬉《うれ》しいからなあ……」

手伝いの女たちも、半兵衛の働きぶりを好ましく見て、そう言った。

表情だけを見ていると、皆が言うように、半兵衛はまさに仕事に夢中だった。みずから率先して忙しく動き回り、以前にもまして快活だった。

相変わらずの大声で、仕事中は怒鳴るように周囲に厳しく指示を出すが、仕事を終えて皆で一息つくときになると、わざとらしい冗談を言っては、周囲を笑わせたりもしていた。

だが、その反動なのか、あるいは連日の長時間の作業による疲労からか、家にいるときの半兵衛は、これまでになく無口になった。気がつくと、いつもあらぬ方角を見つめて、なにかしら物思いに沈んでいる。

そのくせ、留津が心配して声をかけると、驚いたように振り向いて、すぐに笑顔になり、思いだしたように他愛《たわい》もないことをしゃべりだす。

その話ぶりは決して以前と変わらないし、機智《きち》に富んだ冗談も、歯切れのいい大声も、半兵衛らしく陽気なものには違いない。

だが、どこかが違う。どこかに無理がある。

どうしてもそう思えて、留津は気掛かりでならなかった。

半兵衛は、きっとなにかをふっ切ったのだ。

いや、むしろなにかをふっ切ろうとして、だがそれができずに、わざとそのことから逃げようとしている。だから、少しでもそれを忘れようとして、無理にも仕事に没頭しているのではないか。

留津には、そんなふうに思えて仕方がなかった——。

餅木谷《もちのきだに》の麓《ふもと》から、また以前のように窯の煙があがり始めたのを見て、嬉しく思っている男がもうひとりいた。

江戸へ行くことになったのだと、半兵衛たちに別れのあいさつに行ったあの日以来、鉄三郎は一年後に帰郷したことも告げず、なんとなく絹屋窯から足が遠のいていた。

だが、足を運ばなくなった分だけ、折にふれて佐和山をながめる回数が増えた気がする。そのたびに、絹屋窯の白い煙を見ては、なぜか安心する自分がいる。

鉄三郎は、その日も埋木舎《うもれぎのや》を出て、引き寄せられるように松原内湖のほとりに立ち、無意識に佐和山のほうに目をやった。

「みごとな紅葉でございますな、鉄三郎様」

よほど恋しげに山を見ていたからだろうか、長年側仕《そばづか》えをしている西村孫左衛門光長《まござえもんみつなが》が、鉄三郎の背中にそんな声をかけてきた。

このところ朝晩急に冷え込んできたせいか、日ごとに紅葉が進んでいる。

山は、いまもっとも華やかで、饒舌《じょうぜつ》な季節のなかにあるのだ。まもなく訪れる雪に閉ざされた長い沈黙のときを前に、いまは名残を惜しむように、ありったけの言葉をつくして、おしゃべりを続けるのか。

「そうだな」

鉄三郎は、相変わらず佐和山のほうに顔を向けたまま、そう答えた。

その短い答えのなかに、なにかを敏感に感じ取ったのか、孫左衛門はさらに言葉を続けてくる。

「そういえば、絹屋の窯の煙も、このごろはまたよく見るようになりました。夏ごろまではしばらく途絶えておりましたが、先月はじめごろでしたか、窯の修築を終えたそうでございます。それでまた商いがうまくいくようになったのでございましょう」

「そうか」

「茶碗山《ちゃわんやま》から窯の煙がのぼっておりませんと、どうも物足りなくていけませぬゆえ。これで、茶碗山にもやっと活気が戻ったようで、なによりでございまする。それに、どうやら絹屋の窯では、近ごろは職人らも相当腕をあげたようでございまして、かなりの名品を出していると聞いております」

「うむ」

餅木谷からあがる白い煙が、一段と活気づいている。煙もまたなにかを語っているのだろうか。鉄三郎は、なおもじっと山を見ていた。

「そう言えば、以前は、鉄三郎様もよくあちらにお出かけになりましたなあ。錦窯《きんがま》と申しましたか、あちらの小さな窯を借りて、楽茶碗などをお焼きになったりされましたが。あの半兵衛と申す主《あるじ》も、なかなか肚《はら》のすわった、おもしろい男でございました」

「ああ」

何を言っても、短い返答しかしない鉄三郎だったが、それにももう慣れていると言いたげな声で、孫左衛門はさらに語りかけてくる。

「鉄三郎様は、もう茶碗には興味をなくされたのでございまするか？」

「いや……」

なぜそのようなことを訊《き》くのだという顔で、鉄三郎は後ろを振り返った。孫左衛門は、瞬間にやりと笑みを浮かべ、どこかけしかけるような口ぶりになる。

「江戸からご帰還あそばしてからの鉄三郎様は、あまりあちこちお出かけにならなくなりましたゆえ」

「そうかな。道場にも、清涼寺《せいりょうじ》にも、通っているではないか」

「もちろん、居合の稽古《けいこ》には毎日のようにおいでになりますし、清涼寺に禅師をお訪ねになることも、欠かさずなさっておられます。ただ、それ以外の遊び心と申しましょうか、近ごろはそれがございませぬようで」

「遊び心か……」

思いがけない指摘に、鉄三郎はまじまじと孫左衛門を見た。

「さようでございます。僭越《せんえつ》ながら、このところの鉄三郎様は、どうかいたしますと、ずっと部屋におこもりになったきりで、とくにここ数日は、読書ばかりたしなんでおられます」

「そうだったかな」

意識していたわけではなかったが、そういえば、近ごろ書物に没頭することが増えているのは間違いない。八ツ時（午前二時）ごろまで起きているのは常のことだが、昨夜もつい夢中で読みふけっているうち、明け方近くになっているのに気がついて、あわてて床にはいったぐらいだった。

だが、書物というものは、こちらがその気で向き合うと、限りなく奥の深さを示してくれるものだ。そしていまの自分は、学問や修養こそわがなすべき業だと思うよりほかに、心の支えを見いだせない気がしている。

父直中が、寛政十一年（一七九九年）に興《おこ》した彦根藩の藩校、稽古館《けいこかん》（のち弘道館《こうどうかん》）は、儒学とともに古文辞的古学と国学の両者を主流とし、藩士のなかには荻生徂徠《おぎゅうそらい》、賀茂真淵《かものまぶち》、本居宣長《もとおりのりなが》らの門下生が多かった。

鉄三郎は、鈴屋《すずのや》（宣長）門の岡村教邦《のりくに》や、村田泰足《やすたり》の門人である山本昌蔭《まさかげ》に師事し、このふたりに皇典詠歌の道を教授された。

こうした彦根家中の国学者らは、その多くが歌文の集いであったり、風雅の道を重んじるもので、鉄三郎も青年時代から漢文よりも和文を好み、詩よりも歌を好んで詠《よ》んだ。

だが、清涼寺に通って禅師から禅の道を説かれ、槻御殿《けやきごてん》時代から茶の湯に親しみ、長じて風雅の和歌をたしなんでも、道を求めれば求めるほど、わが身の未熟さをひしひしと思い知らされる。

ならばこそ、それをどうすべきかと確かめるためにも、また次なるもう一冊をと、さらに多くの書物が読みたくなってくる。

「こんなことを申せばご無礼とは存じますが、近ごろ鉄三郎様が書に向かっておられるときは、なにかに取り憑《つ》かれでもしたような、近寄り難い厳しいお顔をなさっておられます。この孫左衛門にとりましては、書は楽しむべきものだと思うておりましたが、鉄三郎様のご様子を拝しておりますと、まるで、身をいじめて悟りをひらく修行僧のようかと……」

「ほう、修行僧とな？」

鉄三郎は、思わず顔を強《こわ》ばらせた。

「あ、いえ、とんだご無礼を申しました」

孫左衛門は、あわてて頭を下げる。

「いや、咎《とが》めているのではない、気にするな」

軽く手を振って、鉄三郎は言った。

気を悪くしたわけではない。むしろ孫左衛門の洞察力にどきりとしたのである。言われてみれば、もっともかも知れないと、自分でも思う。

「そちが申すとおり、私はいま、まさに修行中だと思うておる。しかしなあ、茶の湯の世界にしても、歌詠みにしてもそうなのだが、学べば学ぶほど、ますます道に迷い込んでいくような気がしてならぬ。なあ、孫左衛門よ、道を究めるというのはいったいどういうことを言うのであろうな」

「道を究める、でございまするか？」

孫左衛門は大げさに首をひねって、また溜《た》め息《いき》とともに口を開いた。

「至極難題でござりますれば、この孫左衛門ごとき者には、一言にてはいかばかりも申し上げられませぬ。しかし鉄三郎様、それはむしろ鉄三郎様ご自身がすでにご存じなのではありませぬか」

孫左衛門は、なにが不服なのかと言いたげに顔をあげる。

「現に、新心流の居合では、一派をたてるほどにまで極めておいでですし、江戸においでのときに学ばれた山鹿流《やまがりゅう》兵学は、こちらにお帰りになってからも研究を続けておいででした。ですからこそ三年前には、ついに伝授書を授かられたのではありませぬか。なのに、なぜ急にそのようなことを」

「うむ……」

鉄三郎は、ここしばらく、自分に取り憑いて離れないものの正体に、思いを巡らせた。

それは、学問へのあくなき探究心というより、むしろ飢餓感とでもいいたいほど、切迫したものだった。

確かに孫左衛門が言うように、これまで自分なりに学んできたものがないわけではない。自分なりに心血を注ぎ、がむしゃらに研鑽《けんさん》を重ねてきたつもりだった。

だが、弟詮之介《せんのすけ》の晴れ姿をよそに、江戸から独り失意のまま彦根に舞い戻ってからというもの、それらのすべてが、まるで色褪《あ》せて見える。あれほど誇らしかったものが、なにもかも中途半端《はんぱ》に思えてならないのである。

いったんそう思い始めると、今度はすべてに自信がなくなってきて、いったい自分はこれまでなにをしてきたのだろうと、無性に焦《あせ》りが募ってくる。

もちろん武士たる身、ましてや部屋住みとはいえ藩主の子に生まれた者として、その焦りを表に出すようなことは決してしない。だが、ふとした拍子に、突然その焦燥感に襲われると、もはやいてもたってもいられないほどわが身が頼りなく思えてくる。

「おそらく、自分を信じることができぬせいかも知れぬ。なあ、孫左衛門よ、そちは自分というものを信じてやれるか？」

思わず口からこぼれ出た言葉に、孫左衛門は、またも不思議そうな顔をして、こちらを見た。

「自分を信じてやる、のでございますか？」

「そのとおりだ。ずっと以前、私にそう教えてくれたひとがいた」

「鉄三郎様に、そんなことを仰《おお》せになったのは、どこのどなたさまでございまするか」

「うむ、それはなあ……」

ずっと以前、初めて半兵衛と出会ったときのことが浮かんでくる。偶然とはいえ、あのとき二度も続けて会ったのも、思えば不思議なことだった。

「江戸の方で？」

孫左衛門が、先をうながすように訊いてきた。

「いや、清涼寺で会《お》うたひとでな、あのときは、もしや父上のお引き合わせかも知れぬと思うたものだ……」

鉄三郎は、あの朝境内の大きな椨《たぶ》の樹《き》の下で、語り合ったときの半兵衛の顔を思い出しながら言った。

それ以降も何度か窯場を訪れて、さまざまなことについて語りあった。半兵衛が口にするのは、ほとんどがやきものや窯のことで、そうでなければ商いの話だった。だが、いま思えば、自分はそのなかから限りなく多くのことを学んでいた気がする。

「ほう、清凉寺ですか。で、そのお方とは、いまも？」

「いや、もう、ずいぶん会うてはいないな」

そうやって口にしてみると、急に懐《なつ》かしさを覚える。

商いについて語るときの、半兵衛のあの熱い語り口調。窯から出したばかりのやきものを、愛《いと》おしそうに見つめる顔。謙虚ではあるが、頑固なまでの芯《しん》の強さと、自分への厳しさをうかがわせる目。

あの男の目も、道を究めようとする者の目ではなかったか。

「どういうお方でございましょうな」

孫左衛門は、大層興味を惹《ひ》かれたようだ。

とはいえ、半兵衛はあくまで商人の身である。だからこの孫左衛門には、あえて誰とは言わないほうがよいだろう。鉄三郎は、ふっと笑みを浮かべ、孫左衛門の問いかけをかわした。

「会うて話をすると、なぜかこちらまで元気になるような、そんな気がするひとだったが」

鉄三郎のそんな口ぶりから、なにかを察したのだろう。孫左衛門は急に嬉《うれ》しそうな顔になり、鉄三郎をまっすぐに見てこう言った。

「鉄三郎様、それではその方に、もう一度お会いなされませ」

「なに？」

「どなたか存じませぬが、ぜひその方のところにお出ましになって、またじっくりと話をなさるのです。心ゆくまで、語りあっておいでなさいませ」

孫左衛門は、まるで佐和山から立ち上る白い煙に向かって告げるように、そう言ったのだった——。

四

半兵衛が、最初にその噂《うわさ》を聞いたのは、出入りの炭屋からだった。

御用銀十五貫目のお蔭《かげ》で改築を終え、窯に活気を取り戻して半年ばかりした天保十三年（一八四二年）四月のことである。

「そうですのや、半兵衛さん。このまえ、いろいろ聞かれましてなあ」

炭屋は、含みのある言い方をし、上目遣いに半兵衛を見た。

「お侍さまが？　うちの店のことをかいな」

「へえ、そうですのや。大したことではないのんですけどな。ただ、あとで考えてみたら、なんやえらい熱心やったなあと思うて」

炭屋の主《あるじ》は、そう言って首を傾《かし》げる。

「なんで、うちのことなんかを？」

「それがわかりまへんのや。それとなく訊いてはみたんやけど……」

「どういうことですやろ」

「さあな、ただ、わしの店から買《こ》うてもろてる炭の量とか、月々の支払いの様子とか、それはもう次から次へと……」

「そんなことまで」

「あ、わしかて、なにもかもべらべらしゃべったわけやないのんでっせ。そやけど、それはまあな、お侍さまからいろいろ訊かれたら、ずっと黙ってるわけにもいかんし、ちょっとぐらいは、その……」

弁解するように言ってから、炭屋はそのときの様子を詳しく語ってきかせるのだった。

藩士の屋敷や、城への出入りを許されている商人たちの間には、その立場ゆえの、強い連帯意識がある。商いというものは、決して独りではできないものだということを、身をもって知っているからだろうか。

挨拶《あいさつ》を欠かさないのはもちろんだが、半兵衛も、誰かと出会ったときは、必ずなにかしら少しでも言葉を交わすようにしている。たいていは互いの家族を気遣う言葉や、簡単な世間話で終わるのだが、単なる儀礼的なものでは決してない。

相手が信頼できる商人だけに、そんなさりげない会話のなかから学ぶことも多く、意外な商いのきっかけを見出《みいだ》すこともある。半兵衛自身も、こうした商人仲間から、これまでどれだけ多くの情報を得て、商いに生かしてきたことだろう。

自分がそうであるだけに、相手にもそれを認め、自分が聞きたいと願う分だけ、相手にも報《しら》せてやろうという思いが生じる。なにか新しいことを耳にはさんだときは、相手にもそれを伝えてやるのだ。

曖昧《あいまい》な情報ならば、そうとことわって、それでもしっかり伝え合う。相手を助けることは、みずから助けられることにつながる。それが、仲間としての礼儀であり、互いの信用を守るための不文律であり、同時にまた、商人としての誇りでもある。半兵衛はいつもそう思っていた。

そんな商人仲間のひとりから告げられたことが、数日もしないうちに、ほかの仲間からも伝わってきた。

「そうですのや、半兵衛さん。おたくのお客さんの出入りとか、うちから買うてもろてる米の量とか、茶碗《ちゃわん》の売れ行きはどうやとか、それはまあ根掘り葉掘り、うるさいぐらいで……」

「藩のお侍が、なんでそんなにうちのことを知りたがるのやろ」

「最初は、わしもなんでやろと思うたんですけど、どうもなあ、国産方で、なんや動きがあるらしいて」

半兵衛の問いかけに、相手は意味ありげに声をひそめた。

「国産方で？」

「へえ。それからなあ、半兵衛さんなら知ってると思うけど、このところ、小野田さまのお屋敷に、いろいろと職人がはいってますやろ」

「外船町のお屋敷の畳替えのことは聞いてるけど」

「そうや。あそこの庭師に聞いたところによると、どうやら近々お殿さまと一緒に、ご家老さまが江戸から帰ってきはるらしいのや。ほんまは、もう家老を辞めはったんやけど、辞めたあともお殿さまのそばでずっと同じような仕事をしてはったらしいからなあ」

「そろそろかな、とは思うていたのやけど、そうか、やっぱり小野田さまも彦根に帰ってきはるのか」

といぅことは、もしかしたら……、と言いそうになって、半兵衛は口を閉ざした。

そのとき、いつの間に来ていたのか、留津が横から声をかけてきた。

「うちもさっきその話を魚屋さんから聞きました。お殿さまと小野田さまが、もうすぐ帰ってきはるらしいって。それで、旦那《だんな》さまにそれをお知らせしようと思うて、急いで走って来たんです。それから、さっきおよねさんもお店に寄ってくれて……」

「およねは、今日は親戚《しんせき》で法事があると言うていたんで、一日暇をやっているはずやが」

「はい。たぶんその帰りにうちへ寄ってくれたのやないかと思います」

「およねがどうかしたんか」

「昨日の朝、およねさんが窯場《かまば》に通って来るとき、立派な商人《あきんど》風の人に道を訊《き》かれたというんです」

「道を？」

「最初は、それだけやと思うて、教えてあげていたら、途中からうちの窯の話になって、いろいろ訊いてこられたのやそうです。ただの世間話やと思うてなんとなく答えていたら、だんだん詳しい話になって、職人の数とか、手伝いの女子衆《おなごし》の数とか、そのうちおよねさんのお給金はいくらぐらいかとまで訊かれて、びっくりしたと言うてました」

またか……。

半兵衛は、内心舌打ちをした。

「半兵衛さん、そのお人、もしかしたら国産方の人と違うやろか」

米屋の主がそう言うと、留津はすかさず口をはさんだ。

「そやけど、お侍さまとは違いますよ。立派な商人風やったって、およねさんは言うてましたから」

「国産方というのはな、留津。上の役人はもちろん藩のお侍やけど、実際の細々した仕事は、商人に委託されているのや」

「それやったら、いったいどういうことになるんですか？　もしもそのお人が国産方の人やったとして、なんでおよねさんはいろいろうちの事情を訊かれたんです？　こんど、小野田さまやお殿さまが彦根に帰ってきはることと、なにか関係があるのですか？」

留津は、心配でたまらないような顔で訊いてくる。

そして天保十三年五月、江戸をあとにした彦根藩主井伊直亮は、十二年ぶりに国入りをはたした。元家老小野田小一郎も、職人ふたりを伴って、六月四日には江戸を発《た》ち、同月十七日に彦根に到着したのである。

水野忠邦の改革姿勢に、最後までなじまなかった直亮は、水野によって改革令が発布された昨年五月十五日の二日前、十三日に大老職を解かれている。

「やっぱり、彦根はいいよのう」

小野田は、真新しい畳の座敷を背に、手入れの行き届いた庭に下りたって、大きく伸びをしてみせた。まぶしいほどに晴れ渡った夏空に、みごとな入道雲が見える。

「見よ、舟橋。江戸と違って、雲までが伸び伸びとしておるではないか」

小野田は、空を見上げたままで言った。

「仰《おお》せのとおりでございまする。彦根は、江戸と違うて、やはりすべてがおおらかでござりますれば」

座敷の濡縁《ぬれえん》に正座したままで、舟橋右仲はすかさずそう答えた。

彦根に帰り着いて以来、気ぜわしく諸事に追われているうちに、あっという間に日が過ぎていく。舟橋にとっては、こうして空を見上げるのも、思えばひさしぶりのことだった。

小野田自身も、旅の疲れも癒《い》えぬまま、七月十七日には木俣《きまた》土佐《とさ》とふたり、井伊家の始祖共《とも》保《やす》の七百五十回忌の御宮造営と遠忌《おんき》祝の掛《かかり》を命ぜられ、いまはそれこそ息を吐《つ》く暇もないはずだ。

それでも小野田は、なにかと言っては、頻繁に側役の舟橋を外船町の屋敷に呼びつけた。舟橋は、そのたびにいそいそとやって来て、乞《こ》われるままに話し相手になっていく。

もちろん、舟橋にとってもっかの最大の関心事である絹屋窯のその後についても、詳しく報告するのを忘れなかった。

「こうして彦根に帰ってきたことだし、自浄院様御遠忌の大役を無事に終えたら、久方ぶりにわしも少しぐらいはのんびりしたいと思うてのう。また楽焼でも始めてみたいと思うのじゃ。やきものはやはりよいものじゃからのう」

小野田はそう言って、空に向ってまた大きく伸びをした。

「小一郎様におかれましては、天与の才をお持ちでおられますゆえ。そうそう、今日はこれをお持ちいたしたのを、つい忘れておりました」

舟橋は、持参した包みをうやうやしく小野田の前に差し出した。

「なんじゃ？」

「昨日、焼き上がったばかりの大皿でございます。以前拝見させていただいたご所蔵の品を図面にして、それを手本に作らせてみたのですが」

待ちきれぬように包みを解いた小野田は、なかから出てきた皿を両手で大事そうに持ち上げ、膝《ひざ》にのせた。

「ほう、今回は染付の二尺皿か。絹屋も、相変わらず良いものを焼いておる。ついこの間、茶碗山から煙があがっているのを見て、また窯を訪ねてみたいと思うたものじゃ」

「絹屋の現状につきましては、これまで御用仰せ付けの際にも、役目の者にいろいろと話をさせてまいりましたし、その後も手をつくして、下調べもしてまいりました。小一郎様も、絹屋のことでほかになにかご要り用のものがございますれば、なんなりとお申し付けくださりませ」

「うむ」

「例の一件につきましては、すでに殿様のご内諾もいただいたことでございますれば、もうそろそろ……」

舟橋はそう言って、すくいあげるような視線を小野田に送る。

「そうじゃな」

小野田は、みなまで言う必要はなかった。

「それでは、この舟橋に、みなお任せくださりますか」

念を押すように舟橋が訊くと、小野田は、にやりとうす笑いを浮かべ、黙って小さくうなずいた。

「ははあ、ありがたき幸せ」

間髪を入れず、舟橋は大げさなまでに頭を下げた。


それからしばらくたった天保十三年八月十七日。その日は、半兵衛にとって、一生忘れることのできない日になった。

それを単なる偶然と言うか、あるいはなにかの予感と呼ぶのかはわからないが、その朝、半兵衛はひどい頭痛に襲われて、いつになく寝床のなかでぐずぐずとしていた。

寝冷えをしたのか、風邪でもひいたのか、それともこのところの忙しすぎた日々がたたっているのか。ここ二日ばかり頭痛だけでなく、身体《からだ》のあちこちが、なにかで打たれでもしたように重い。先に起きて、身支度を整えた留津は、半兵衛の額に手をあてて、心配そうに顔をのぞきこんだ。

「今日は、ゆっくりとお休みやす。ちょっと熱もあるようやし……」

だが、半兵衛はそれに答える気力すらなく、すぐに濡れた手拭《てぬぐ》いを額にのせられ、そのまま臥《ふ》せっていたのである。

眠りはひどく浅かった。眠れないなら、いっそ早く起きて、窯場に行ったほうがよい。こんなところでじっとしてなどいられないのだ。

そう思って起き上がろうとしてみるのだが、手も足も、まるで床《とこ》に縛りつけられているように動かない。

しかたなく目を閉じたままじっとしていると、そのうちさまざまなことが浮かんでくる。窯はどうした。うまく焼き上がったか。つい声をあげそうになったとき、なぜか、昇吉のことが頭をかすめた。

あのとき、戸板の上で、死んだように横たわっていた姿もよみがえる。昇吉、死ぬな。半兵衛は、いつしか自分が必死で叫んでいるのに気がついた。いや、違う。よく見ると、戸板の上に寝ているのは自分の姿だ。戸板の四隅を、まったく見知らぬ男たちが肩に担《かつ》ぎ、自分をどこかへ連れて行こうとしている。そんなばかな……。

わしや、半兵衛や。待て、待ってくれ。どこへ連れて行く気や？

半兵衛は、夢中で叫び声をあげていた。

「旦那さま、旦那さま……」

自分を呼ぶ声がして、半兵衛はふとわれに返った。

留津がそう呼びながら部屋にはいってきたとき、半兵衛は夢とも現実《うつつ》ともわからぬあいだで、まどろんでいたのだ。

「なんや？」

濡れ手拭いが落ちぬように、ほんの少しだけ声のほうを向く。とたんに、ずきりとこめかみのあたりに痛みが走った。半兵衛は、思わず顔をしかめる。

「すみません。あの、旦那さま。ちょっと起きてもらえませんやろか」

「どうしたのや？」

目を開けると、すぐ目の前に留津の顔がある。切羽詰まった顔だった。

「あの……」

言いにくそうに口ごもってから、留津は心を決めたように口を開いた。

「お侍さまがふたり、旦那さまにご用があるとかで、いまお店においでになっているんです」

そこまで言って、半兵衛の耳元に唇を寄せ、ささやくように言った。

「藩のお役人さまやないかと……」

「なんやて、藩のお役人？」

半兵衛は、驚いて床の上に起き上がった。瞬間、激しい眩暈《めまい》に襲われ、こめかみのあたりに、またも強い痛みが走る。

「痛っ」

耐えきれぬ声を出したとき、留津の冷たい手が額に触れるのを感じた。

「ひどい熱や」

半兵衛は、その手を振り払って、髪のほつれに手をやった。

「すぐ起きていくさかい、着替えを出してくれ」

心配そうな留津に、無理にも笑顔を作ろうとするのだが、頰が強《こわ》ばってできなかった。気を抜くと、すぐに後頭部のあたりから血の気がひいていくような気がしてくる。

天井がぐらりと揺れ、半兵衛は身体を支えようと床に片手をついた。

「そんな身体では、無理ですわ。おふたりさんには、事情を話して、また出直してもらうように、言いましょう」

「いや、そんなわけにはいかん。相手は藩のお侍や」

「そやかて……」

「心配するな。しばらくしたら、すぐに治る」

「いえ、旦那《だんな》さまは寝ていてください。うちが事情を話して、代わりにお話をうかごうてきます」

言うが早いか、留津はその場に立ち上がり、半兵衛が止めるのも聞かず、部屋の襖《ふすま》をぴしゃりと閉めてしまった。

絹屋の店から、中座敷を通り、前栽《せんざい》に面した濡縁を抜けると、絹屋の離れがある。普段はほとんど使わないその賓客用の座敷で、床の間を背にした席に、今日の招かれざる客、彦根藩の役人らしい侍ふたりが待っている。

どんな相手か知らぬが、鬼でもなければ蛇《じゃ》でもない。相手が人であるかぎり、なんとかなるはずだ。どんな用件でも、とりあえず聞くだけ全部聞いてみればいいのだ。

留津は、そんなことをぶつぶつとつぶやきながら、心を落ち着かせるためにと、まず台所に行き、丁寧に二人分の煎茶《せんちゃ》をいれた。それを盆に載せ、目の高さに掲げて、意を決して離れに向ったのである。

襖に手をかけたとき、ほんの少し手が震えた。それでも、留津はひと思いに開いて声を発した。

「お待たせいたしまして、申し訳ございません」

深々と頭を下げて挨拶《あいさつ》をし、まず相手に茶を差し出してから、襖のすぐ手前に下がって座り、留津はまた神妙な顔で口を開いた。

「大変ご無礼とは存じますが、主《あるじ》はただいま病に臥せっておりまして、たぶん流行《はやり》風邪かと存じますが、もしお許しいただけるものでしたら、かわってこのわたくし、絹屋の家内がご用の向きを……」

と、そこまで一気に言ったところで、留津の背後で襖が開いた。

「お待たせいたしました」

留津が驚いて振り向くと、開いた襖の後ろに、身支度を整えた半兵衛が座っている。紅潮した頬は、まだ熱が高いからだろう。だが、まっすぐに背筋を伸ばしたその姿は、いつも以上に頼もしく、毅然《きぜん》として見える。

「旦那さま……」

心配のあまり声をあげた留津だったが、半兵衛はその姿すら目にはいらぬように、そのまま留津のすぐ鼻先を通り過ぎ、ふたりの侍と真正面に向き合う場所まで堂々と進み、正座した。

「手前が絹屋の主、半兵衛にございます」

いま一度、まっすぐに相手のふたりを見つめてから、作法どおりゆっくりと両手をついて、半兵衛は礼儀正しく挨拶する。

「お主《ぬし》が半兵衛か、大儀である」

口をひらいたのは、床の間を背にしていた年上のほうの男だった。

「本日は、わざわざこんなむさくるしいところまでご足労いただき、恐縮に存じます。突然のご来訪でございましたので、長い間お待たせをして、まことに申し訳ございません」

半兵衛は、頭を下げたままそう言った。

「頭をあげよ。拙者、彦根藩元家老、小野田家家中の者で、松居武右衛門と申す者。こちらにおられるのは、御仕法方元締の青木半之介《はんのすけ》様でござる。実は、本日はちと話があってまいった……」

松居と名乗る男は、ひどくしわがれた声だった。

聞いている留津のほうが、思わず何度か咳《せき》払いをしたくなるぐらい、口の、なかにこもるような話し方である。

留津は、なんとかよく聞き取れるようにと、半兵衛の半歩ほど後ろまで膝で進み、その背中に斜めに並ぶ位置に座った。

そして、半兵衛と同じく、ひたすら頭を下げ続けていたのである。

松居は、そのあと一度小さな咳をして、ぼそぼそとなにやら話し始めた。

留津は、全身の神経を耳に集めて、男の言葉に聞き入った。だが、いくら耳をそばだてても、話の内容がいまひとつ理解できない。いずれも持ってまわった言い方で、言葉数は多いのだが、なにを伝えたがっているのか要領を得ないのだ。

ほんの少し顔をあげ、斜め隣の半兵衛をうかがうと、さっきまで赤みを帯びていた顔が、こんどはすっかり蒼《あお》ざめて、血の気が失《う》せている。半兵衛には、話の内容がわかるのか、うなだれたままじっと黙って聞いている。

ただ、あきらかに強ばったその顔は、はたして相手の話が原因なのか、それとも体調の悪さゆえなのか、留津には判断できかねていた。

やがて松居は、ひとつ大きな息を吐《つ》き、これで大役が果たせたとでも思ったのか、満足げな表情になって、留津が差し出した茶に手を伸ばした。

半兵衛は、黙ってまた深々と頭を下げたあと、なにを思ったのか、すっと立ち上がって床の間の前まで行き、違い棚に飾ってあった一枚の皿を手に取って、松居らの目の前にそれを静かに置いた。

皿は、最近焼き上がったばかりの染付で、元家老の小野田からの注文で作ったものだ。職人らにとっても、もちろん半兵衛にとっても、近年にない会心の作だと喜んでいたものである。

留津は、目の前で展開していることの一部始終を目で追いながら、ことの次第がまるで理解できていないことに苛立《いらだ》ち始めていた。まるで不思議な芝居でも見ているようで、現実感がない。

半兵衛は、やがてまたもとの場所に戻ると、もう一度頭を下げて、やっと口を開いたのである。

「ご用件の向きは、しかとうけたまわりました。手前どもといたしましては、まことに光栄なことと存じます」

なにとはわからずに、留津は半兵衛につられて、ただ一緒に頭を下げた。

「うむ。さらば、召上《めしあげ》の日取りは、追ってまたしかるべき筋からも詳細なご沙汰《さた》があるだろう。それまでそのほうは、御事が滞りなく運ぶように、心して準備をしておくように……」

そのとき、松居の声がやっと聞き取れた。

相変わらずくぐもっていて、前後ははっきりしないのだが、それでも耳をとらえた一言が、留津の胸を貫いた。

「め、召上？」

留津の喉元《のどもと》から、突然大きな声が出た。自分でも驚くほどの声だった。

「どういうことですのや？　召上って、いったいなにを？」

ふたりはいったいなんの話をしているのだ。留津には、なにがなんだかわからなかった。

「どういうことなんですか？　なあ、旦那さま、召上って、絹屋のやきものをですか。この、きれいに焼けた、染付の大皿をですか？　それとも、まさか、もしかして、……」

留津は、思わず半兵衛の隣まで膝《ひざ》でにじり寄っていた。

「もしかして、窯《かま》のことですか？　このお侍さまは、まさか絹屋の窯を召し上げると言うてはるのではないですよね？　それとも、やっぱりうちの窯を藩のものにすると、そうなんですか、旦那さま……？」

振り払おうとしても、留津の頭に次々と浮かぶものがある。

「落ち着け、留津」

半兵衛は、顔を半分だけ振り向けて、低い声でそう言った。

「いいえ、落ち着いてなんか、いられません。旦那さま、このお侍さまは、なにを仰《おお》せになっているんです。うちにははっきり聞こえませんでしたが、旦那さまは、光栄なことやと答えてはりました。ご家老さまのお使いかなんか知りませんけど、なんでそんな簡単に、そんな勝手

精一杯、抑えたつもりだったが、気持ちが急《せ》いて、留津はつい大きな声になる。

そうなのだ。藩が、絹屋窯を召し上げる。あまりに唐突に、こんなに一方的に。そう考えれば考えるほど、留津には納得がいかない。

「なあ、旦那さま、なんとか言うてください」

半兵衛は留津から顔を背け、眉根《まゆね》を寄せて声を発した。

「静かにせいと言うているのが、わからんのか、留津」

ひどくかすれた声だった。そしてそれだけ言うと、またしばらく黙りこんでしまった。

その後、半兵衛はまたおもむろに顔をあげ、松居に向き直って、畳に両手をつき頭を下げた。

「ご無礼を申しました、松居さま。お話は、すべてうけたまわりました。ただ、手前どもにとりましては、あまりに唐突なお話でございますので、このうえは、ひとまずゆっくりと考えさせていただきとう存じます。つきましては、いましばらくご猶予《ゆうよ》を頂戴《ちょうだい》いたしたく……」

半兵衛の声は、終始低いままだった。

穏やかで、冷静ではあるが、全身の力を絞りに絞って、かろうじて出てくるような、怖いほどの声だ。

いったい夫は、いまどんな思いでいるのだろう。そう思ったとき、留津は、突然鳥肌がたってくるのを覚えた。

そうなのだ。半兵衛は、いまその低い響きのなかで、ありったけの力をこめて叫び声をあげているのだ。

松居と、いや、松居を通して、藩の元家老の小野田小一郎と、いや、誰よりも自分自身と、激しく戦っているのではないか。

留津は思わず目を閉じた。

わかってください。どうぞ、わかってやってください。あの窯は、半兵衛の命です。このひとが一生をかけた夢なんです。どうか取り上げないで、どうぞいまいちど、お許しを……。

留津は、心のなかでそう叫びながら、額が畳につくまで、ひたすら頭を下げ続けた。

ふたりの侍が帰ったあとも、半兵衛は、ほとんど口をきこうとはしなかった。いつもの座敷の、床の間を背にしたいつもの場所に、さっきからずっと思いつめた顔で座っている。

その目は宙の一点をとらえてはいるのだが、おそらく視界にはなにもはいっていないに違いない。ただ、その視線はなにかを睨《にら》みつけるように動かず、さっきまであんなに蒼ざめていた顔には、また赤みが戻っている。

半兵衛は、思いつめているというよりも、むしろ、深く考え込んでいるような、いや、もっと言えば、なにかの答えを探っているような、そんな顔をしていた。

「熱があるのですから、部屋に戻って、もう一遍、横になってたほうがいいのと違いますか」

留津は、やっとの思いで声をかけてみたのだが、半兵衛は黙って首を振るだけで、動こうともしない。だが半兵衛の心中を思うと、それ以上なんと言っていいかもわからず、留津も向き合って同じように座り、じっと黙っているしかなかった。

「なんで、こんなことになりますのやろなあ」

重苦しい空気に耐えきれなくて、ついそんな言葉を漏らした。

留津が絹屋に嫁いだ翌年、半兵衛が初めてやきもの作りを始めると言い出してから、はや十四年がたつ。その間さまざまなできごとがあった。思いもかけぬことに翻弄《ほんろう》され、留津はただ足を踏ん張って、ついてくるだけで精一杯だった。それでも、どんなことが起きようと、半兵衛のやきものに寄せる熱い思いはいつも変わらず、なんとしても窯を守り続けてきた。やきものを焼き、新しい商いを育て、守り抜いてきたのである。

「職人らも、手伝いのみんなも、いいえ、誰よりも旦那《だんな》さまが、ここまでくるのにどれほど苦労してきはったことか。それやのに、やっとここまで来て、なんでこんなことになってしまわなあかんのです。なんとかここまでやれるようになって、もうこれでみんな終わりやなんて、それではいくらなんでもあんまりです……」

言っても詮《せん》ないことと知りつつ、留津の口からはつい愚痴がこぼれる。

それでも言わずにはいられなくて、つい大きな溜《た》め息《いき》をつきそうになったとき、いままであらぬ方を見つめていた半兵衛が、いきなり留津を振り返った。

「そんなことはないで、留津」

「え？」

突然のことに、留津には、半兵衛がなんのことを言っているのかわからなかった。

「そんなことないって、どういうことです？」

「これで終わりやなんて、とんでもない。そんなこと、このわしがさせるわけがないやろ」

「これは終わりやないで。ええか、留津。これは、始まりなんや」

「はい……」

「どういうことですか」

半兵衛の言葉に、留津は食い入るようにその目を見る。

「ちょっと前、杉原さまに会うたときから、わしはうすうす感じていたんや。十五貫目の御用銀をお借りしたときから、いずれはこの話になると、わしにもわかっていたしな」

「え、そうやったんですか……」

「そやから、ずっと考えてきた。わしなりに、いろいろなことをな」

「旦那さまは、なんにも言うてくれはらへんでしたので、うちはなんにも気づきませんでした」

きっと、心配をかけまいとして、半兵衛はなにも告げなかったのだろう。そして、ひとりでさまざまな思いを巡らしてきたのだ。

「なあ、留津。これは賭《か》けなんや。わしらにとって、大きな賭けが、向こうからやって来よったんや」

半兵衛は、そう言って、目をいっぱいに見開いて留津を見た。

「賭け？」

「そうや、きっと清水《きよみず》の観音さまが授けてくれはった賭けなんや。これで、わしらの商いはびっくりするほど大きくできる。藩がのりだしてくれたら、いままでわしの力では絶対できんかったような、大きな賭けができるようになる。窯も、やきものも、もちろん商いかてや。いろんなことができるようになる」

半兵衛は、きっとなにかをつかんだのだろう。その頬は、熱のせいか赤らんで、いくらか辛《つら》そうではあったが、目にはいつもの強い光が戻っている。留津は、なによりその奥にある熱くたぎるようなものの存在を、はっきりと見た気がした。

「そやかて、召上言うたら、窯が藩のものになることですやろ？　そうしたら、うちらの手を離れるのと違うのですか」

だからこそ、頭にうかぶ一抹の不安を口にすることができたのだ。半兵衛が、こうまで言うからには、それなりの考えがあるはずだ。それを、どうしても知りたいと思った。

「そんなもん、こっちの持っていきようや。交渉次第やないか」

半兵衛は、顔色ひとつ変えずに言った。

「それでも、相手はお侍さまや。藩のお役人です。さっきのお侍さまの言い様も、えらい高飛車やったし……」

「心配するな、留津。いくら相手が侍でも、誰が言うなりになんかなってやるかい」

「そやけど、今日のお侍さまは、小野田さまの家中の者やて言うてはりました。小野田さまゆうたら、ご家老さまです。いつやったか、お殿さまと一緒に、晒山《さらしやま》のほうに窯を訪ねてみえたという、あのご家老さまですのやろ？　そんな偉い方と……」

「小野田さまか誰か知らんけど、家老が怖うて、商いができるか。任せとけ、留津。わしは商人《あきんど》や。こっちにも、ちゃんと考えがある」

半兵衛はそう言うと、愉快そうな笑みを浮かべたのである。

第五章　移　管

一

舟橋右仲《うちゆう》が、外船町《そとふなまち》にある小野田小一郎の屋敷を訪ねたのは、絹屋《きぬや》に窯《かま》の召上《めしあげ》を通告した翌日、天保《てんぽう》十三年（一八四二年）八月十八日の昼下がりのことだった。

「小一郎様におかれましては、まずは祝着《しゅうちゃく》至極に存じまする。それもこれも、小一郎様の適切なご指示ゆえにございますれば」

舟橋は、いつにもまして深く頭を下げ、あくまで謙虚にそう告げた。

ことの次第は、万事が小野田の思うがまま、自分は、あくまでその指示に従って動いているだけだ。舟橋の口ぶりは、まさにそう言いたげである。

だが、そんな言葉のすぐ裏には、自分がいかに優秀な配下で、今回の企てがうまくいったのも、ひとえに自分が周到にことを運んだ結果なのだという、ひそかな思いが透けて見える。

そしてなにより、そんなことができるのは、この自分をおいてほかにいないだろうと、その表情がこのうえなく雄弁に伝えている。

「そちもご苦労であった」

もったいぶった舟橋の顔も、その誇らしげな語り口も、小野田にとってはすでに馴染《なじ》みのもの。こういうときのこの男には、望みどおりの褒め言葉を、ほんの少し多めに与えてやるのがいい。

そうすれば、この男はまた喜び勇んで、手抜かりなく次の作業に移るはずだ。それでいい。それが大事なのだ。

「うむ、まことに大儀であった」

小野田はあらためて、もう一言、褒め言葉を添えてやった。

今回の絹屋窯の召上については、藩主直亮《なおあき》が思いのほか乗り気になっている。それは小野田にとっても、期待以上の展開だった。

長崎に和蘭《オランダ》船から船載の逸品がはいると、商人《あきんど》のあいだでは、「彦根《ひこね》様か薩摩《さつま》様にお目にかけよ」などと言うらしい。直亮の名が、それほど「道具好き」として知られていることの証《あかし》だ。

確かに、このところの直亮の道具熱は、六年におよぶ大老職で世界情勢に目を向け、洋学を奨励していたことと相俟《あいま》って、海外の珍器や楽器にまで及んでいる。ましてや日本の刀剣道具にいたっては寝食を忘れるばかりだ。自ら刀を鍛えたこともあるほどの凝りようだから、その直亮が、あの窯を欲しがる理由は、おのずと知れている。

舟橋が言葉を重ねて言うほどに、藩の国産に深く関心があってのことかどうかは、もとより疑問である。だが、それがなんだというのだ。

われら笹之間詰《ささのまづめ》たるもの、心を痛めるのはお家の大事だけでよい。殖産や、国産などということは、平士どもに委《ゆだ》ねていればそれでよいのだ。その者らをまとめ、うまく生かして、よく働かせるのが、武役席にいる者の役目だ。つまりは、この舟橋のような男こそ、うってつけというものだ。

小野田は心のなかで、ほくそ笑んだ。

「身に余るお言葉、おそれいります……」

そうとも知らぬ舟橋が、丸い顔をくしゃくしゃにして笑みを浮かべるたびに、鼻の横の大きな黒子《ほくろ》までが嬉《うれ》しそうに動く。この男は、まるで鼻の横に別の生き物を飼っているようではないか。

小野田は、笑いだしたくなるのを抑えて、舟橋の顔をじっと見つめた。

「で、絹屋の様子はどうなのじゃ？」

小野田は、またさりげない顔で訊《き》く。

「それはもう、小一郎様。藩にお召上となれば、光栄に思わぬ者はおりますまい。絹屋も、もちろん大層喜んでおりましょう」

舟橋は、すかさずそう答えてきた。

「そうか。ならばよい。では、問題なく、すぐにも藩の窯として、移管はできるな」

「はは。ただ、いまいちど、掛《かかり》の者に絹屋に行かせるつもりでおりまする。窯のお召上につきまして、もしできますれば、ご上意の書状など、持たせてやるのがいいかと存じまして」

「そんなものは要らぬ。相手は商人《あきんど》じゃ。御用銀を二度にわたって、しかも都合二十貫目もの大金を貸し出してやったのじゃぞ。すべては、召上を視野にいれてのことよ」

「御意《ぎょい》」

「それに、あの絹屋の主《あるじ》が、その程度のことを気づかぬとも思えぬ。なにも、特段のご上意を下すような必要はないじゃろうて」

「さようではございまするが、念のためと申しましょうか、まったく形式上のことではございまするが、あの手の商人に関しましては、今後のためにもぜひそのほうがいいかと。もしよろしければ、書状の件につきましては、殿様にはこのわたくしめが、直接にお願い申し上げますので」

「あいわかった。そちの好きなようにせい。ただし、殿には、わしから申し上げておく。ご報告もせねばならぬからな。そちは心配せんでよい」

小野田はぴしゃりと言い捨てた。

今回の絹屋の一件については、直亮には、すべて自分の口から伝えるつもりだ。側役《そばやく》とはいえ、舟橋によけいな口出しなどさせるつもりはない。そもそも、その側役になれたのも、いったい誰のお蔭《かげ》だと思っているのか。小野田はそうも言いたいぐらいだった。

「ははあ、かしこまりましてございまする」

舟橋は、なにも気づかなかったように、また深々と頭を下げた。

これでよい。小野田は思った。直亮の無邪気な笑顔が目に浮かぶ。

「して、どうなのじゃ、この後は？」

肝心なのは、これからだ。小野田はそれが言いたかった。

舟橋の腹づもりを訊いておかねばなるまい。召し上げたあと、藩窯《はんよう》としてどういう将来図を描いていくか。藩として、大金を掛けて描いた殖産興業の一端を、今後どうやって育て、運営していくかについては、この小野田小一郎の口から、藩主直亮に伝えねばならぬ。

いくら無頓着《むとんちゃく》な道具狂いとはいえ、仮にも直亮は藩主だ。しかるべき召上の大義名分として、耳に入れておくのは家老職たるわが役目である。

「そのことでございまするが、以前からも申し上げておりますとおり、絹屋の技術はかなり評価できるかと存じます。なんとしても存続させ、このあともさらに良いやきものを産出させるべきかと存じます」

「うむ、それはわかっておる。だからこそ召し上げるわけじゃからな」

小野田は、舟橋に向って意味ありげな目配せをした。

舟橋は、一瞬鼻白んだ表情を見せたが、両手を畳につけたまま、顔だけあげて口を開いた。

「仰《おお》せのとおりでございまする。この右仲、絹屋の窯とのつきあいは長《なご》うございます。御用仰せ付けの際につきましても、その納品に関しましても、詳細にわたって御小納戸役《おこなんどやく》より逐一報告を受けてまいりました。絹屋の現状は、残さず知りえておりますれば……」

真面目《まじめ》くさった顔で、なおも続けそうなのを、小野田が遮った。

「わかった、わかった。そう何遍も言わんでも、そのことはわしもよう知っておる。江戸では、絹屋の損益の概算表まで見せられたからのう。そちの詳しい報告によると、技術は良いが、歩留まりが悪いのじゃったな」

無事に召上がかなったあと、この舟橋が何を望んでいるのか、みずからの手柄を何度も強調するその顔から透けて見えるものがある。

「御意。ただ……」

「なんじゃ、なにかほかにまだ悪いところがあったのか」

「そういうわけではございませぬが、お召上になったあとのことを考えまするど……」

「まだまだ改善が必要だと言うておったな。この先、公方様《くぼう》へのご献上品や、お家から諸大名へのご進物品として使うためには、さらに高級なものが求められよう。そのためには、この先なにが必要じゃ？　人手か。いっそ職人らを全部入れ替えるか」

先を急《せ》かせるように、小野田は言う。

「いえ、職人や雇い人らにつきましては、せっかくここまで熟練してきたのでございますゆえ、しばらくは、これまで通りでよろしいかと。もちろん増員は要りましょうが、そのあたりは、御普請方《ごふしんかた》の者に任せていくつもりでおりまする。当初はすべての雇い人を、そっくりそのまま藩窯に移管させ、その後に新規で雇いいれるのが、もっとも簡便かつ肝要かと」

「うむ。それでは、改良が必要なのは、窯か？　いや、このあいだ、修築いたしたばかりと聞いておったな」

「仰せのとおり、窯は修築したばかりではございますが、今回の修築は、前回と違って、全面的に新築したわけではなかったようでございますので、遠からず耐用年数が来るかと存じます。どちらにしましても、窯にはまだまだ問題があるように見受けられますので、ここで一気に改良を加え、いっそ新築するのもよろしいかと」

「あいわかった。藩で操業するとなると、もっと規模の大きいものが必要になるじゃろう。大量にやきものを産する、良い窯が必要じゃて」

「仰せのとおりでござりまする。それから、材料の土も、当面はいまのままでよろしいかと。

天草石《あまくさいし》は、遠くから運んでまでも、絹屋がこだわっているからには、それなりの理由がありましょう。ただ、もっと良い土があるやも知れませぬゆえ、小一郎様が江戸よりお連れなされた信造殿にご相談申して、しかるべき者に、より良い土を探し出させるようになされてはいかがでござりましょう。それより、むしろ……」

「まだあるのか」

「早急に改善すべきは、絵付《えつけ》でござりましょうか」

「絵付とな？」

「風雅の世界にご造詣《ぞうけい》深き小一郎様には、まさに釈迦《しやか》に説法かと存じまするが、やきものの質はともかく、その出来、不出来は、やはり絵付で決まるものかと存じます」

「そうじゃな。いまの絹屋窯のものでも、まずまずとは申せ、これまでのような写しだけではなく、これこそ彦根のやきものというべき、なにかひとつ特別なものが要りようじゃな。とくに、諸藩の大名筋をうならせるほどの、御進物として使用いたすには、もっと繊細で、良質なものを作る絵師が不可欠じゃろう」

「さすがは、小一郎様。まったく仰せのとおりでござりまする。これまでも、絹屋窯の製品は、いくつか手にしてまいりましたし、近ごろは、こちらから依頼し、細かく注文をつけて、特別に焼かせた高級品もございまする。それなりのご所蔵品を見本に見せ、図面に書き写させて、それを手本に作れというような注文をいたしましても、十分に応《こた》えられるように職人も育ってまいりました。ただ……」

「写しは、あくまで写しじゃからな。すべてに抜きんでて、これこそ、という品が欲しいところよのう」

「御意。おそれながら、わが井伊《いい》家彦根藩の窯《かま》にいたしますからには、いままでとは違って、独自のより良いやきものを作らなければ意味がないものと存じまする。そのためにもと思い、江戸にても仰せのとおり、心あたりの絵師をあたらせております。これはという絵師や、これまでにない高い技を持った窯師などを早急に引き抜いてくるよう、すでに手配を済ませておりますれば」

「そうか、大儀じゃ。どこぞで、早う腕のよい絵師を見つけてまいれよ」

「この右仲にお任せくださいませ。それから……」

「なにより肝要なのは、その販路の開拓じゃな？」

みなまで言うな、とばかりに、小野田は言った。

「これはしたり。まったく仰せのとおりで、これは絹屋窯の、今後のなによりの課題でございますれば」

「うむ。絹屋窯は、そちの申すように、多くの可能性を秘めた金の卵かも知れぬのう。大きく育って、さらに金の卵を産んでくれるのか、それとも、ただただ餌《えさ》ばかり喰らう雄鳥《おんどり》になるか。すべては、このあとのそちの腕にかかっておるのじゃ」

「ははあ」

「なあ、舟橋よ。殿はいま絹屋の窯にことのほかご執心じゃ。それに、これまでのそちの働きについても、殿には、わしからよう申し上げてある。そちの働き如何《いかん》で、この先どれほどのご評価が下るやも知れぬぞ。なにせ、お家の将来がかかっておるうえ、国産の手本となることじやからのう。このうえは、そちも遠慮は要らぬ。それほど猶予《ゆうよ》もあるまいしな。そのつもりで、心してそちの手腕をさらに生かすのじゃ。このわしも、殿とご一緒に、とくとそちの働きぶりを見ておろうぞ」

小野田は、そう言って、ゆっくりと顎《あご》に手をやった――。

二

舟橋の行動は早かった。

まず、みずから直接統治するため、仕法方御用掛《しほうかた》に就任した。そしてそれから半月ほどもたたぬ間に、召上後の管轄《かんかつ》となる普請方のなかに、陶器方を設けることができるよう、小野田の内諾を得て、精力的に根回しを始めたのだ。藩窯への影響を保つためには、自分自身は陰に居ることが肝要だ。

そのうえで、今回の絹屋窯の召上では、自分が功労者とならねばならぬ。

のみならず、これからの運営についても、自分がすべての鍵《かぎ》になるのだ。小野田がそう言ってくれたのだから、これ以上確かなことはない。舟橋の夢は、はてしなく膨らんでいたのである。

やがて訪れる貨幣経済全盛の時代。そのなかにあって、彦根藩きっての国産の花形産業。その核ともなるべきやきもの生産の、そのまた要《かなめ》の人物こそ、自分にふさわしい職務なのだ。この舟橋右仲こそが中心となって、藩の経済を掌握する時代がやってくる。

最初に絹屋を見いだしたのはこの自分だ。あのときの判断は、やはり正しかった。そして、やがて時が満つれば、あまたの商人たちを統治し、国産の頂点に君臨する……。

舟橋の夢は、限りなく広がっていく。

そしてそう思えばこそ、舟橋の行動には、おのずと加速がついた。

藩士の間での、さまざまな根回しの一方で、舟橋は半兵衛《はんべえ》への接近も、もちろん欠かさなかった。またも小野田の意を受けたかたちで使いの者をふたり立て、上意の書状を持たせて、絹屋を訪れさせたのは、月が変わって、九月になったばかりの朝のことである。

半兵衛は、役人らふたりをまたも離れの座敷に通し、今度は、前回以上に落ち着いた素振りで、深々と頭を下げた。

「お役目、ご苦労さまでございます」

やって来たのは、ひとりは前回と同じ仕法方元締の青木半之介《はんのすけ》だったが、もうひとりは瀧谷《たきたに》右八郎といい、同じく仕法方元締だと名乗った。

青木とほぼ同年に見える瀧谷は、青木と違って体格の良い侍で、前栽《せんざい》に面した渡り廊下に出るときも、離れの座敷にはいるときも、鴨居《かもい》の高さが気になるのか、いちいち大げさに頭をさげて通る。

座敷にはいったあとは、座ることもせず、上背のあるその上半身を丸めるようにして、懐《ふところ》から一通の書状を出し、不器用な手つきで開いてみせた。

半兵衛と留津《るつ》が揃《そろ》って平伏しているのを一瞥《いちべつ》すると、やおら大股《おおまた》を開いて立ち、朗々とその文面を読み上げ始めた。

「上意でござる……」

頭の上から瀧谷の大きな声が落ちてくる。

その言葉に、いやでも高まってくる緊張感のなかで、留津は、横目でちらりと半兵衛の様子をうかがった。

半兵衛は無表情のままで、さらに深く頭を下げたが、その横顔にはいくらかゆとりすら感じられる。

留津はその様子に安堵《あんど》して、自分も倣《なら》って頭を下げた。

「そのほうも承知しているように、このたびの召上に関しては……」

瀧谷が読み上げる書状のなかで、いったい何度、召上という言葉が繰り返されたことだろう。そのたびに、留津は胸苦しさに耐えきれず大きく息を吐き、また横目で半兵衛の顔を盗み見た。

半兵衛は、相変わらず無表情のままだった。よほどの考えがあるのか、その横顔に動揺は見えない。だが、留津自身としては、どうやっても平静でいることなどできそうになかった。

瀧谷が、無神経に召上という言葉を口にすると、そのつど、胸をずぶりと刺されるような気がして、思わず顔をしかめてしまう。

だが、そんな留津の心の内になど気づくはずもなく、瀧谷は相変わらずの大きな声で、もったいぶって最後まで文面を読み上げたあと、なにごともなかったような顔で書状をまた元のようにたたんだ。

そうして書状を半兵衛に手渡してしまうと、もう用は済んだとばかりに、「いずれ上納目録を受け取りにまいる」とだけ言い残して、あっさりと引き上げて行ったのである。

翌朝、半兵衛は目を覚ますと、すぐに餅木谷《もちのきだに》に出かけた。

いつものように窯場《かまば》をぐるりとまわって、すでに仕事を始めている職人らとそれぞれ言葉を交わし、いつもの朝と同じように必要な指示を出した。

そのあと、思い立って窯のすぐそばに立ち、長い間壁面にじっと手を触れていたのである。それはまるで、ここに窯があることを、自らの手でしっかりと確かめているような、いとおしいもののぬくもりを、手のひらで味わっているような、そんな仕草だった。

「どうかしはったんですか、旦那《だんな》さん」

声をかけてきたのは喜平だった。

「いや……」

半兵衛は、驚いたように振り向いて、首を振った。召上のことは、留津以外には誰の耳にもいれていない。なにも知らない喜平には、その朝の半兵衛の様子が、奇異に映ったとしても不思議はなかった。

「なんでや？」

動揺を隠すため、半兵衛は、逆にそう訊《き》いた。

「いえ、窯の壁の具合が、なにかご心配なのかなあと思いまして。それに、旦那さん、なんやちょっと顔色が悪いようにも見えましたし」

「そんなことはない。気のせいやろ」

「それならええんですけど」

安心したのか、喜平は屈託のない声になる。

「あ、そや、旦那さん。次の窯詰めは、予定どおり五日後の心づもりをしています。うちの次男坊の喜之介《きのすけ》も、去年の改築以来、大皿がえらい気に入ったのか、しょっちゅう手伝《てつた》いに来てますし」

「そうか」

言ったとたん、胸の奥から、突き上げてくるものがあった。思わずもう一度窯の壁に手をやって、半兵衛はその表面を何度もなでた。

この窯は、絹屋のものだ。ほかの誰にもさわらせたくはない。

「なあ、喜平よ、この窯はわしらが守ってやらな、なあ」

「はあ……」

喜平はあいまいに答えた。無理もない。喜平に半兵衛の言葉の意味がわかるはずがないのだ。

半兵衛は、窯にあてていた手を離し、かわりに喜平の肩にのせた。

窯肌の冷たさのせいで、冷えきった半兵衛の手のひらが、喜平の体温をことさら温かく感じ取る。

「頼むぞ。なあ、喜平」

半兵衛は、喜平の顔をのぞきこむように言った。

「へい、旦那さん」

喜平は、また不思議そうに半兵衛を見て、自分も窯肌に手をやった。

窯場をあとにして、半兵衛はその足で杉原数馬《かずま》の屋敷を訪ねた。

朝のうちに、おうかがいしたいと使いを出しておいたのだが、その返事を持って手代《てだい》が窯場に来たので、半兵衛はそのまま屋敷に向かった。

昨日ふたりの使者を送りだしたあと、半兵衛は、長い間ひとり離れにこもり、召上の書状に何度も目を通した。そのあと、夜を徹して、留津とも話しあったのである。

「わしは、杉原さまにご相談するのが一番ええと思うてる」

「杉原さまは優しいお人柄で、うちら庶民の味方やと聞いてます。それに、お立場からしても、今日うちへ来はったおふたりの、上役にあたるのですやろ？」

「そうや。瀧谷右八郎さまも、青木半之介さまも、御仕法方の元締やと言うてはったから、同じ御仕法方で御用掛もされている杉原さまなら全部事情を知っておいでのはずや」

「旦那さまが言葉を尽してお願いしはったら、きっとなんとかしてもらえますやろ」

留津が言うほど簡単かどうか、半兵衛にも確信はない。

だが、これは賭《か》けだ。好機なのだ。この機をうまくとらえて、これまでのやきもの商いの問題点を一気に解決する。いや、自分の力だけでは、どうしても乗り越えられなかった壁を突き破り、この先、彦根のやきものとして飛躍的に拡大させられる、まさに勝負の分かれ目にさしかかっている。

「こうなったら、もうわしらも後戻りはできん。最初のお達しだけならともかく、今日はご上意の書状まで拝受したのや。わしらがお断りをできるような話ではなくなった。目をつぶって前に進むしかないのや」

半兵衛は強い目で、留津を見た。

「なあ、杉原さまなら、きっとわかってくれはります。旦那さまは、これまでこんなにきばってやきもの商いを育ててきはったのです。そこのところをようお話しして、しっかり聞いておもらいやす」

「そうやな」

「いくらご上意とはいえ、今日の瀧谷さまを見ていると、なんていう高飛車な言い方やろうとうちは思いました。聞いているときはそれほどでもなかったのですけど、うちはいまごろになって腹が立ってきましたわ。いきなりよそからやって来て、ひとの大事なものを取り上げるなんて、まるで盗《ぬす》っ人《と》みたいです」

「おいおい、口が過ぎるぞ、留津」

半兵衛は、たしなめるように言って、留津を見た。

「そやかて、違いますか？　旦那さまには旦那さまの考えがあるのですやろけど、うちはやっぱり嫌やわ。こんな一方的なお召上なんて、うちは納得できません。いくらお役人かて人の子や。切ったら血も流れるし、涙を流さはるときかてあるはずですやろ」

そう言う留津の顔は、あまりに一途《いちず》だった。半兵衛は、そんな姿が急にけなげに思えて、思わず目を細めた。

「心配するな、留津。この前も言うたように、これはわしらの運なんや。絹屋の窯がもっともっと大きくなれるような、まあ言うてみれば、玉《たま》の輿《こし》の縁談やとは思えんか」

「縁談？」

留津は、まだ不満そうに口をとがらせる。

「そうや、これは縁談なんや」

半兵衛は、自分自身にも言い聞かせるように、うなずいた。

「あの窯は、わしらにとっては子供みたいなものや。そやから、おまえが心配するのは無理もない。そやけど、わしらが手塩にかけた娘の嫁ぎ先が彦根藩なら、相手にとって不足はない。そうやろ？」

「それは、そうですけど……」

「とにかく、明日杉原さまに会《お》うてくる。あの杉原さまなら、少なくとも嫁ぎ先の事情が、ほんまのところはどういうことなのか、それとなく聞き出せるはずや。なにがお気に召して、うちの娘に白羽の矢がたったのか。内情を調べてくる。それより、おまえも明日は早いのやろ、早《はよ》う寝たほうがええぞ」

半兵衛は、留津にはすぐにも床につくように言ったが、自分はとても眠れそうになかった。どうやって杉原に向き合うか、この先どうやってことを進めるか、次々に思いが巡ってくる。

これまで杉原とは何度か会った。その話しぶりや言葉の端々から、藩の国産仕法、つまりは藩の政策が、大きな転換期を迎えようとしていることが強く感じられた。

国産品の専売保護によって運上《うんじょう》を得る方策から、一歩踏み出して、藩自らが経営に携わろうとしているらしいのも知った。

だが、まさかその第一段として、自分が興《おこ》したやきもの商いが選ばれるとは、思いもしなかった。

それについては、もちろん商人として誇らしくも思うし、嬉《うれ》しくもある。同時に、自分の手を離れてしまうことへのどうしようもない寂しさも、隠しきれないのだ。

留津に告げたとおり、いまはまさに娘を嫁に出す父親の心境そのものだった。そしてだからこそ、さすが絹屋の娘よと、言われるまでにしておきたかった。娘にとっても満足のいく縁談にしてやりたい。そのためにはなにが必要か、自分がなすべきことはなんなのか。あれこれ考えているうちに、半兵衛はとうとう朝を迎えたのだった。

「嘆願書を出してみてはどうかな」

杉原数馬の最初の言葉は、意外なものだった。

屋敷に訪ねてきた半兵衛を、自分のすぐそばまで招き入れ、向き合って話に聞きいっていたのだが、杉原はそんな提案をしてくれたのである。

「嘆願書、でございますか」

「うむ。いっそ、そちのほうから、わが藩に向けて、いくつか希望のようなものを申し上げてみてはどうかと思うのじゃ」

「はあ」

そんなことができるのかと言いたいのを抑えて、半兵衛は杉原の顔をじっと見上げた。

「ご上意が下ったということは、そちの窯はその時点ですでに藩のものになったということじゃ」

「はあ……」

杉原は、もはや決まりきったことだと言っておきたいのだろう。

「そのことは、もはや揺るぎないことゆえ、そちもご城下の商人《あきんど》として、藩のご意向に従うまでじゃ。ただ、従ううえでも、そちの願う方向にどこまで持っていけるか、それが鍵《かぎ》じゃな。藩の諸役人とて、そちの力がまったく要らぬ訳ではあるまい」

「と、仰《おお》せになりますと?」

杉原の言葉には含みがある。半兵衛は、どんな言葉も聞き漏らすまいと、全神経を集中させた。

「此度《こたび》、御側役の舟橋右仲殿が、御仕法方御用掛を兼帯されることにあいなった。こんなことを申すのもなんじゃが、実に異例のことじゃて」

「異例のこと……」

あの、絹屋窯開設当初横やりを入れてきて、そうかと思うと途中からころりと態度を変えて許諾認可を後押しした曲者《くせもの》の町奉行が、また一枚噛《か》んでいるという。半兵衛は、溜《た》め息《いき》をつきたい思いだった。とはいえ、一介の町人の立場では、何人《なんぴと》たりとも藩の方針に背くわけにはいかぬ。どんな理由であったとしても、従うしかないということだ。ならば表面では従順な姿勢を示しておきながら、各論で攻めろと言いたいわけか。

杉原の言葉に隠された裏を読まなければならない。半兵衛の頭は、めまぐるしい勢いで回転していた。

「のう、絹屋。今回藩から下された二度の御用銀はともかくとして、それまでの十年間あまり、そちが窯に投じたものは数知れぬはずじゃ」

最初の窯を晒山《さらしやま》の土手に築いたあのころから、窯造りにはどれだけの資金を投じてきただろう。半兵衛は杉原の言葉を耳に、思いをめぐらせた。

「考えてみよ、絹屋。窯《かま》を築くことだけではのうて、これまで知り得たやきものに関する知識や、詳しい手立て、そのつどの問題解決や、折々の改善策。さらには、やきものに使うべき資材の吟味や、職人たちの雇用策など、藩とて教えを乞《こ》いたいことも数知れぬほどあるのではないか」

「いえ、手前がお教えすることなど、とても……」

思わずへりくだってそう言い、起業の苦労を思い出しながら半兵衛は頭を下げた。

あの窯をここまでにするのに、これまでどれだけの思いをしてきたか。

敏満寺《びんまんじ》でようやく耐火粘土を見つけ出すことができたのも、物生山《むしやま》の土が釉薬《ゆうやく》に適していると発見したのも、昇吉と自分があれほど歩きまわり、さまざまな場所を掘り起こし、何度も試し焼きを重ねたからこそのことだった。

どうしてもやきもの商いを始めるのだという強い意志と、あのころのふたりの執拗《しつよう》なまでの試行錯誤や、窯に寄せる熱い思いと執着がなければ、絹屋窯は実現しなかった。

それだけではない。その後の度重なる失敗にもめげず、予想外のできごとにも屈せず、どんなことがあってものり越えて来た気の遠くなるような忍耐の日々がなければ、絹屋の窯はとうてい今日まで維持できなかったのである。

そのことを、この杉原はわかってくれている。

それらの日々の積み重ねを、藩の役人らには断じて過小評価させるなと、そう言ってくれている。

半兵衛は、こうして杉原のすぐそばで頭を下げていると、全身が温かいものに包まれていくような気がして、思わず目を閉じた。

「この杉原の前では、遠慮は要らぬぞ」

「もったいないお言葉でございます」

嬉しさに、半兵衛はしみじみと言った。

「わしはな、絹屋。そちのその経験こそ、なによりの宝だと言うておるのじゃ。そちとて、商人としての誇りもあろうし、意地もあろう」

「そんな、めっそうもないことで……」

そう言ってさらに頭を下げ続けたが、抑えても、抑えても、こみあげてくるものがある。

「いや、よう聞け、絹屋。現場の経験という宝は、たとえどのような立場の者であれ、盗むことなどできまいぞ。だからそちはなんとしても守りぬくのじゃ。決して無駄にせぬことじゃ。そち自身が苦労し、勝ち得てきたものじゃゆえ、もしも売るときは高《たこ》う売れ。決して短気を起こさず、自ら捨てるようなことだけはしてはならぬ」

「ははあ、肝に銘じて」

閉じた目頭が、熱くなってくる。

「わかるな、そちも……」

半兵衛はひたすらうつむいて、静かな喜びを噛み締めていた。

「……そうして、のう絹屋。わが藩のために、その宝を生かしてもらいたいのじゃ」

半兵衛は、突然ハッと頭を上げた。神妙にうつむいていた横面《よこつら》に、不意に平手打ちでも喰らったような気がしたからである。

「え、藩のため、でございますか？」

突然の言葉に、半兵衛は確かめるように繰り返した。

絹屋の宝を藩の役人らに過小評価させるなと言ったそのすぐあとで、万事は藩のためだと、そう言うのか。それではいったい……。

「さようじゃ」

杉原は、ためらうことなくそう答えた。

すべては、藩のため。結局のところ、お家が第一。

なんだ、つまりはそういうことだったのか。半兵衛は、ついさきほどまで嬉しさに胸を詰まらせていた自分が、急に滑稽《こっけい》に思えてきた。

杉原がいくら庶民の味方とて、所詮《しょせん》は侍だ。藩の御為《おんため》と、殿様のご意向の前には、ひれ伏すしかない。どんなきれいごとも色褪《あ》せる。

「杉原さま」

思いのたけをこめて、呼びかけた。

「なんじゃ」

杉原は、顔色ひとつ変えていない。杉原にとっては何も矛盾はないのか。

「すべては、お家のためなのでございますね？」

くどいように繰り返してみる。

「さよう、そちが丹精こめて礎《いしずえ》を築いたやきもの商いが、ご城下に根をおろし、やがては花開く。きっとわが藩の将来を立派に支えていこうぞ。のう、絹屋。おぬしもそんな夢を見てはみぬか」

半兵衛は揺れていた。

きっと杉原の言うとおりなのだ。杉原ほど、自分の立場を理解してくれている役人はいない。それはどう考えても事実だろう。半兵衛にとって有利なようにと、親身に助言をくれる侍など今となってはいないはずだ。

しかしながら、杉原がどこまで自分の味方だと言い切れるのだろう。やはり最後は藩の側に立つのではないのか。いくら商人の苦労をわかってくれるとはいえ、杉原がみずから痛みを感じるわけでは決してない。

「ひとつ、お聞かせ願いとうございます」

心を決めて、半兵衛は言った。杉原の顔が、ついさっきまでとは違って見える。だからこそ、半兵衛は努めて冷静に言葉を選んだ。

「なんなりと申せ」

「手前には、どうしても守らなければならぬものがございます」

「うむ」

杉原はうなずいた。その目は、あくまで優しかった。

「手前どもの職人や、そのほかの雇い人たちのことでございます」

「それはそちが案ずるにはおよばぬぞ」

「皆、いまのまま仕事を続けさせていただけますので？」

「もちろんじゃ。それもこれも、そちが嘆願書で願いあげればよいことじゃが、わしからもそのことはよう申し上げておく」

「必ず？」

「うむ、きっとじゃ。心配いたすな」

「ありがたき幸せに存じます……」

そう言い終えて頭を下げたとき、ふっと、身体《からだ》が軽くなった。

次の瞬間、不覚にも涙があふれてきた。

いったん堰《せき》を切った涙は、どうやっても抑えられない。

半兵衛は、顔をあげることもできず、何度もまばたきを繰り返した。

杉原の屋敷に来て、こんなに杉原のそばに近づいたのは、たぶんこれが初めてだろう。その目の前で、ひたすら頭を下げる半兵衛に、いま見えるのは真新しい畳の目と、そこに両手をついた自分の手の甲だけだ。

粘土を捏《こ》ね、灰を運び、重い石を扱うようになってからは、この手にもすっかり汚れが染《し》みついてしまった。着物を扱っていたときは、留津から女みたいだと笑われるほどきれいだったこの指も、若いころから常に清潔を心がけてきたこの爪《つめ》も、いまは何度洗っても白くはならない。

この染みついた指の汚れが、これまで半兵衛が歩いてきた険しい道のりをなにより雄弁に物語っている。

そしていま、その手の甲が涙でにじむ。

だが、いったいこれはなんの涙だ。半兵衛は自分でもはかりかねた。

わしは、窯を取られるのが悔しい。ここまで育てた窯を、みすみす藩にあけ渡すのは無念すぎる。そやからこれは悔し涙や。

それより、窯を失うのが辛《つら》い。自分の手を離れるのが寂しいのや。あれほど愛着を持って大事に守ってきたものが、この手を離れていくのが寂しゅうてならぬ。そやから、これは惜別の涙や。

半兵衛は、激しく首を振った。

いや、違う。もしかして、やっと窯から解放されるという、これは安堵《あんど》の涙ではないのやろか。

たしかに、窯を他人に取られるとは思ってもいなかった。これまでの苦労を思うと、ここでみすみす素直に藩に渡すなど、やはり我慢できぬ。さりとて、このまま絹屋として窯を続けたら、販路の開拓はますます困難を極めるだろう。御用銀を借りはしたが、いずれまた資金不足に陥るのは目に見えている。ましてや、ここでもし藩に盾突いたらどうなるか。

ならばこそ、いっそこの機になんとかして藩に高く売りつけたいと願ったのではないか。そうすれば、もうこれ以上苦しむこともなくなるだろう。高く売りつけて、職人や雇い人ごと藩に引き受けさせ、これまでの元手さえ回収すれば、また窯を始める前の振りだしに戻ることもできる。

やきもの商いも、彦根藩の国産として、もっと大掛かりに商いを広げることができれば、それはそれで、自分の役目は立派に成就《じょうじゅ》したことになる。ひとりの力では厳しいばかりのやきもの商いも、藩の力をもってすれば容易に拡大できるに違いない。

だからこそ、今回の条件交渉さえ間違わなければ、自分はもう自由になれる。困難なところだけ藩に委《ゆだ》ねて、絹屋に有利な取引になるよう申し出ればよい。杉原が言うように、嘆願書でこちらの希望を示せばいいのだ。

だが、それでいいのか半兵衛。

これまで五十二年生きてきて、その内の十三年もやきものに命をかけてきて、おまえは、それで本当に満足できるのか？

半兵衛は、自分への問いかけに、答えも見いだせないまま、ひたすら頭を下げ続けていた。

家に帰ってきた半兵衛を、留津はやはり店先で待ち受けていた。

「どうでした？」

挨拶《あいさつ》もそこそこに訊《き》いてみるが、半兵衛は「うん」と言ったきり、まっすぐ奥の座敷に向かった。

留津は、半兵衛が三和土《たたき》に脱ぎ散らかした草履を片づけ、次いで無造作に脱ぎ捨てた羽織を拾いあげながら、あわててあとを追う。

「なあ、どうでしたの？」

「これから嘆願書を書く」

半兵衛は、留津を振り返りもせず、早口で答えた。

「まあ待て、留津。先に書くものを用意してくれんか。話はそれからや」

杉原の屋敷を出て、帰宅するまでの道すがら、いろいろと考えをめぐらせ、半兵衛は自分なりに策を練ってきたのだろう。きっとそれを忘れぬうちに、書き留めておきたいのだと、留津はすぐに察した。

「わかりました。紙と筆ですね。すぐ取ってきます」

留津は、半兵衛の羽織を持ったままで、また店先にとって返し、商い用の大きな硯箱《すずり》と、紙の束を持って座敷に戻ってきた。そして、いつものように床の間を背にして座っている半兵衛の前に、そっと並べて置いた。

「うちらの窯を取り上げんといてほしいという嘆願書ですのやな?」

硯箱の蓋《ふた》を開けながら、それでいいのだとばかりに、留津は半兵衛の顔をのぞきこむ。

「いや、そうやない」

半兵衛は、そう言ったあと居ずまいを正し、なにも書かれていない紙を見つめて、じっと考え込んでいる様子だった。

だが、やがてひとつ大きく深呼吸をしたあと、今度こそ覚悟を決めた顔になって、筆を取ったのである。

その横顔があまりに厳しかったので、留津は声をかけそびれた。

静かな座敷に、筆が紙のうえをすべる音だけが聞こえる。

半兵衛の文字は、太く豪快で、そのくせどこか几帳面《きちょうめん》だった。まるで性格をそのまま表しているようだと、留津は思った。

一行書いては、いったん筆を止め、大きく息を継いで、硯のなかでゆっくりと筆先を整える。次の一行も、またその次の一行も、半兵衛は一言も発することなく、丁寧に書き進めていく。一文字ごとに、ありったけの思いと、全精力を注ぎ込んでいるようで、留津も、ただひたすらその姿を見守るしかなかった。

どれぐらいのときがたっただろう。やっと全文を書き終えたあと、半兵衛は筆を持ったまま、いま書いたばかりの文面を目で追うように読み返し、筆を置いてからも、もう一度ひとわたり全体をながめまわして、静かに上下を返して、留津のほうに差し出してきた。

「読んでもいいんですか？」

留津が訊《たず》ねると、半兵衛は黙ってうなずいた。

半兵衛が書いた、まだ濡《ぬ》れたままの黒々とした文字を読んでいると、そのあとを追うように半兵衛の声がした。

「第一に、窯場《かまば》と土石採掘場として、佐和山麓《さわさんろく》や陶土用の坂田郡百々山《ごおりどど》や犬上郡敏満寺村渋谷《しぶたに》など、それに物生山《むしやま》は、絹屋が開発した土地である。したがってその年貢《ねんぐ》六斗八升四合は、藩の御普請方《ごふしんかた》のほうでお支払い願いたい……」

留津は驚いて顔をあげ、半兵衛の目をまっすぐに見た。

「召上についてこちらから条件を出すのですね。しかも全部で三つも？」

半兵衛は、にやりとしてうなずいた。

「土石の採取権料とか、餅木谷の土地やら家屋にかかる年貢なんかは、これまでうちで払うてきましたが、それを藩に肩代わりしてもらいたいと」

　ここでいう年貢とは、いわば現在の固定資産税や賃貸料のようなものだ。絹屋が所有する土地や家屋と土を掘るために借りている土地などにかかる年貢を、それらを使用することになる藩に代弁してほしいと願い出たのである。

　つまりは、今回の召上に際して、絹屋はあくまで窯の使用権を渡すのであって、所有権や賃借権は渡さないと意思表示したことになる。

　勘定方の帳簿上は年貢収入は必要だろうから、経理上、普請方が勘定方に直接支払うか、普請方から絹屋経由で藩に支払うかになる。いずれにしろ、藩窯を管理することになる普請方の支出として計上し、召上以降は、絹屋はその支払いを免除されるよう願い出たというわけだ。

　留津が感心していると、半兵衛はまた口を開いた。

「第二は、前から借用している御用銀の未返済分の十八貫目についてやけど、絹屋は無利子三十年賦《ぶ》で返済する……」

「なんですって？　無利子で三十年賦言うたら、ほとんどただでもろうたようなもんです」

　あきれてつい大きな声になる留津に、半兵衛はまた愉快そうにうなずく。

「どうや、気に入ったか」

「気に入ったも、なにも……」

　留津は、なんと言っていいかわからなかった。

「それから、第三の条件は、窯場の設備や什器《じゅうき》などについてやが」

　半兵衛が言い出すのを、今度は留津が遮った。

「これについても、それ相当の買い上げ代金を支払って貰《もら》いたいというわけですね。窯にしても、いろんな道具類や、細工場にしても、絹屋としてはこれまでかなりのお金をかけてきました。それを全部召し上げられてしまうのやったら、お金を出してもらうのは、考えてみたらあたり前のことやとはうちも思います。確かにそうは思うけど、それもこれもみんな町人のあいだのことで……」

今回の相手は殿さまだと、留津は言いたいのだ。

「しかしな、留津。これまでわしらがかけてきたのは、見かけの金だけやない。人手とか、長い年月とか、いろんな手法とか、手立てとか、失敗してみて初めてわかったやり方とか。なにより、わしらの知恵というものもある。そういうものがみんな詰まったうえでの窯やからな」

「そういう目には見えない値打ちを、どうやって計るかとなると、お金に換算するしかないということですね？」

「そういうことや。それと、ここには書いてないけれど、絹屋で働いている職人や、雇い人は、全員そのまま召上後も、同じ条件かそれ以上で働かせてもらえるようにはお願いしておいた。藩に召し上げられたとたんに、みんながたちまち仕事を無くすようなことだけは、どうしても避けてやらなあかん。それは、わしの役目やからな。それと……」

「まだあるのですか」

留津は、なおも心配そうに半兵衛を見る。

「これも、嘆願書には書かんけど、湖東焼《ことうやき》という名前を残してほしいとお願いするつもりなんや」

「湖東焼の名前を？」

「藩の窯になってしもうたら、絹屋の名前はもう消えてしまう。そのかわり、今度は彦根のやきものとして、もっと大きい窯になる。今度こそ、わしの夢やった領外商いが成功する。わしらが始めたやきものが、ご城下を出て、広がっていくのや」

「もしもその願いが受け入れられたら、そのときこそ、湖東焼という名前で、大勢の人らに知られるようになるのですね」

「絹屋が始めた、彦根独自のやきものとしてな」

「旦那《だんな》さまの始めたやきものが、湖東焼という名前で日本中に広がっていくのですか。もしもほんまにそうなったら、有田や瀬戸でも、九谷でも、湖東焼として堂々と名が通るんや。ああ、そんな日が早う来たら、どんなに嬉《うれ》しいですやろ……」

留津は、何度もうなずいた。

やきもの商いの苦労はさまざまだったが、販路を開拓するうえで、無名であるがゆえの屈辱は人知れず何度も味わってきた。

販路を広げるためとはいえ、涙をのんで、あえて銘を消したこともあった。せっかく優れたものを作りあげても、有田や瀬戸の写しとして、銘を入れずに売ったほうがいいとまで言われてきた。

湖東焼という銘が世に広まるのは、半兵衛の悲願でもあったことを、留津は誰よりもよく知っている。

半兵衛が覚悟を決めて提出したこの三箇条の嘆願書は、やはり、なにより助言を与えてくれた人物でもあり、今回の召上の使者となった仕法方で御用掛を務める身でもある杉原数馬に託すことに決めた。

そして、提出するなら早いほうがいいと、嘆願書を書き終えた翌日、意を決してまた杉原の屋敷を訪ねたのだ。だが、あいにく杉原は職務の最中とのことで、会うことができなかった。

応対に出た屋敷の者から、書状は代わって受け取ってやる、杉原に間違いなく手渡してやるからと言われ、半兵衛はしかたなく何度も念を押して、嘆願書だけを預けて帰るしかなかった。

その後、杉原から使いの者が来るまでの数日間というもの、半兵衛はなにをしていても落ち着かなかった。

使いの者によると、杉原へ提出した嘆願書は、今後、舟橋と杉原によって十分に吟味されるという。ただし、内容によっては、そのあと詳しい事情説明とともに、主務官庁に回付されることもあるらしい。

それと同時に、まもなく杉原の配下である仕法方から、元締の瀧谷右八郎と青木半之介をはじめとする何人かの下役が絹屋窯に送り込まれることも決まった。

これからは、絹屋の雇い人はすべて藩の管理下に置かれ、藩がその雇い主になるからそのつもりでいろというのである。

杉原の使者が帰ったあと、半兵衛はすぐに、職人の責任者として喜平を、それから手伝いの責任者としておよねを呼び出し、藩による召上の意向について伝えることにした。

役人たちが乗り込んでくる前に、まずこのふたりの耳に入れ、明日にも正式に窯場の全員を集めて、詳しい事情を説明するつもりだった。

ずっとうつむいたままで、黙って話に聞きいっていた喜平は、さすがに驚きを隠せなかったようだが、それでも静かに顔をあげ、半兵衛の目をまっすぐに見て口を開いた。

「わかりました、旦那さん。職人らのことはわしに任せてください。どんなことになっても、窯を守って良いやきものを焼くのがわしらの仕事です。女子衆《おなごし》のほうも、およねさんがうまいことまとめてくれはると思います。なあ、およねさん」

喜平に言われて、およねは大きくうなずいた。だが、こみあげるものを抑えきれないらしく、その両目には涙があふれている。

「なんで、こんなことになったのですやろ……」

悔しそうにそう言っては、着物の袖口《そでぐち》から襦袢《じゅばん》の袖を引っ張り出して、しきりに涙をぬぐっている。まさか召上とまではわからなかったが、絹屋の窯が大きな変わり目にさしかかっているのは、それとなく察しがついていたと言う。だが、半兵衛や留津の心中を思うと、たまらないのだと、声をつまらせる。

「おまえの気持ちは嬉しいけどなあ、およね。なにもおまえが泣くことはないのやで。喜平にもおまえにも、もちろん窯の皆にもやが、仕事はこれまでと変わらずやってもらう。なにも心配せんでええのやからな」

召上の条件も、藩から嘆願書に対して返答が来るまではまるでわからない。今後の窯の運営についても、ずっと仕法方の管轄《かんかつ》でいくのか、あの老獪《ろうかい》な舟橋や、いまだに大きな権力を握る元家老小野田の思惑がつかめないいまは、まだ先行きが見通せない不安もある。

だが、雇い人たちにだけはそんな思いを悟られてはいけない。なんとしても、守ってやらなければいけないのだ。半兵衛は自分に強く言い聞かせていた。

「今後は、なにをするにも藩の御仕法方の指図に従うことになるやろ。当面は戸惑うことが多いかもしれんけど、喜平もおよねも、皆をまとめていろいろと相談にのってやってくれんか」

「はい、旦那さま。女子衆のことはまかせてください」

涙を拭《ふ》きながらも、およねは気丈に答えた。

「なあ、喜平。職人は腕が命や。どんなことがあっても、よい腕さえもっていたら、誰にもなにも文句を言われることはない。周りのことは気にするな。職人は、良いやきものを作ることだけ考えていればそれでよいのやからな」

半兵衛がそう繰り返すのに、喜平は強くうなずくのだった。

仕法方の役人たちが、大勢の人足を従えてどやどやと餅木谷にやって来たのは、半兵衛が皆を集めて話をした翌日のことだ。

大柄な瀧谷右八郎が、まず窯場の全員を集合させ、居丈高な態度で藩窯《はんよう》になったむねを宣言した。そして、そのあとすぐに取りかかったのは、大勢の人足らに指示して、大急ぎで窯場の外側をぐるりと杭《くい》で取り囲み、柵《さく》を設けることだった。

半兵衛や、喜平ら職人があっけにとられている間に、窯場の入り口に簡単な門が作られ、二日もすると、その両脇《りょうわき》に監視の役人が交替で立つようになった。

今後、窯場に出入りする者はすべてここで確認を受けることになり、何人《なんぴと》たりとも許可なく勝手に立ち入ることはまかりならぬというのである。

それは半兵衛であれ、下働きの人足であれ、同じだった。

藩から餅木谷にやって来たのは、仕法方元締の瀧谷と青木半之介のほかに、新顔の男ふたりだった。

ひとりは小野田小一郎が江戸から連れてきた尾張《おわり》出身の信造で、青貝細工、いわゆる螺鈿《らでん》職人だが、やきものにも詳しい男。もうひとりは、江戸向島の植木屋惣兵衛《そうべえ》の息子忠兵衛《ちゅうべえ》で、藩主の下屋敷、黒門前屋敷（欅御殿《けやきごてん》）の庭の改修に呼ばれていた。このふたりが、総監督として今後の窯場の運営にあたり、従来の職人らはその配下に置かれることになったのだ。

さらには、瀧谷、青木、信造、忠兵衛の四人に、いまひとり、尾張の陶器御用達《ごようたし》中本次三郎の弟武六《たけろく》を加えて、藩窯としての新しい陶土探しに着手することにもなったのである。

変化は、いやおうなしに突きつけられた。

絹屋窯から藩窯へ。あっけないほどの移管だった。

半兵衛は、嘆願書の返事を心待ちにしながらも、それに従うしかなかった。毎朝早くから餅木谷に出向き、夜まで居る日々は以前と変わらない。窯の行く末を案じる気持ちも、また以前となんら変わりはなかった。

その間も、職人らに藩営の窯としての心得を伝えながら、あれこれと窯場を歩きまわり、そのつど役人らに呼びつけられては、説明や質問に応じる忙しい日々が続いた。

慌《あわ》ただしかった夏も過ぎ、十月になって、絹屋窯の時代に成形や素焼きが終わっていた半製品と、藩の召上以降に作られた試験用のものとが、御用窯となってから初めての窯として焼き立てられることになった。

三

御用窯第一回目の火入れが終わったあとも、なんとなくその場を立ち去り難く思えて、半兵衛は喜平らと一緒に窯のそばで朝を迎えた。

昼前になって、疲れきって絹屋まで帰ってきたあと、少しは横になろうと思うのだが、やはりつい佐和山のほうに目がいってしまう。

店先の畳敷の間に立つと、窓の外には、これまでと変わらぬ姿でみごとな紅葉の佐和山が見えた。もはや自分の手を離れることが決まってしまっても、餅木谷の窯からは、これまでと同じように煙が上がっている。

その白い煙から、どうしても目が離せず、半兵衛はたまらない思いでその場に立ち尽くしていたのである。

どれぐらいそうしていたのだろう。

ふと、背後から聞き覚えのある声がして、半兵衛はわれに返った。

「ごきげんよろしゅうございます」

歯切れの良い、大きな女の声だった。

「その声は……」

振り向いた半兵衛は、すぐ目の前で両手をつき、神妙な顔でこちらを見上げている上品な女の姿に驚きの声をあげた。

「あんた、おひささん？」

半兵衛が首を傾《かし》げたくなるのも無理はなかった。昇吉と一緒にここを出ていったころに較《くら》べると、かなりふっくらとして、肌は磨きがかかったように艶《つや》がある。

以前の、世間のすべてに対してつっかかっていくような、あのすれた雰囲気も、生活苦を感じさせる翳《かげ》りも、いまは微塵《みじん》もなくなっている。もとより派手な目鼻立ちではあったが、暮しのゆとりからなのだろうか、そこに品のようなものが加わって、どこか大店《おおだな》の御内儀《おないぎ》を思わせる余裕の風情《ふぜい》があった。

そのゆとりは、着ているものの趣味にも表れていて、地味で渋い色合いながら、質のよさがはっきりとわかる小菊模様の小紋の着物と、きりりと締めた垢抜《あかぬ》けた帯との組み合わせからも見てとれた。

「はい。その節は、うちのひとが格別のお世話になりまして、ありがとう存じました」

ひさは、そう言って殊勝な顔つきでまた頭を下げた。そんなちょっとした挨拶《あいさつ》の言葉も、すっかり昇吉の女房暮らしが板についてきた証左なのだろう。半兵衛は、微笑《ほほえ》ましく思って会釈《えしやく》を返した。

「おひささん、いつ彦根に？　突然やさかい、えらいびっくりしたがな。それで、昇吉っつぁんは一緒やないのか」

「はい、それが……」

ひさは、少し口ごもりながら、後ろにいる留津を振り向いた。

「すみません。旦那さまをびっくりさせたいので、昨夜《ゆうべ》こちらに着かはったことは黙っているように言われていたんです。実は、さっきから奥に……」

ひさと昇吉のことについては、どうやら数日前に留津あてに手紙が着いていたようだ。

「なんや、一緒やったんかいな。有田からふたりでわざわざ彦根に？」

半兵衛の問い掛けに、答えたのは留津のほうだった。

「いえ、あのふたりはいま京にいはるんです。というより、有田には結局住まわずじまいやったようで。この前うちが古手呉服の買い付けに行ったとき、清水《きよみず》の観音さまのところで偶然おひささんに声をかけられまして」

留津が話し始めたところへ、待ちきれぬ顔で昇吉が襖《ふすま》を開けて飛び出してきた。

「旦那さん、窯が大変なことになっているそうで、びっくりして飛んで帰ってきました」

昇吉は、無意識にも、帰ってきたという言い方をした。そのことが、半兵衛には無性に嬉《うれ》しかった。

「昇吉っつぁん、よう帰ってきてくれた。手は、その後どないや」

見ると、昇吉の右手は黒い布の手甲《てっこう》で覆《おお》われていて、その下から親指と、歪《ゆが》んだ人さし指の先だけがわずかにのぞいている。昇吉は、半兵衛に言われてハッとしたように左手を重ねて隠しかけたが、すぐに思い直したのか、ゆっくりと半兵衛の前に右手を差し出した。

黒い手甲の下で、潰《つぶ》れた他の指先は見えない。だが、あれからもう八年が経《た》ったのだ。親指には新しい皮膚が育ち、根元には茶色に変色したままの部分が残っているものの、ほとんど動きに支障はないようだ。

ただ、それ以外の指の様子を、手甲を裏返して見せてくれとまで言う勇気は、半兵衛にはなかった。

「お蔭《かげ》さんで、怪我《けが》のあとはもうすっかりよかです。親指も人さし指もこれこのとおり、元のように使えますし、なんも不自由はなかとです。包丁も使えるようになりましたし」

そう言って、何度も二本の指を動かして見せる昇吉の笑顔には、明るさ以上に、どこか大きな自信が感じられた。

「奥さまに、たんと頂戴《ちょうだい》したお金のお蔭で、うちのひと、京ではとっても良いお医者に診てもらうことができたんです」

ひさが、横からそう付け加えた。うちのひとというその呼び方にも、ふたりで苦難を乗り越えてきた強い喜びがあふれている。

「包丁を使うって、昇吉っつぁん、料理なんかするんか？」

それでも痛々しさの残る指の動きから目を逸《そ》らせるように、半兵衛は昇吉の顔を見て言った。

「旦那《だんな》さま。昇吉さんは、いま京でお店を開いてはるんです」

「え、店を？」

「はい。それで、板場で包丁を持ってはるのやそうです。うちもこの前ちょっと寄せてもろたけど、雇い人も仰山《ぎょうさん》いて、立派なお店でしたわ」

「そんな、めっそうもない。お蔭さまで、ようやく自分たちの店を持つことができましたけど、奥さまがおっしゃるような大した店ではございません」

留津の説明に、ひさは手を振って謙遜《けんそん》し、それでも嬉しさを隠しきれない顔をして、これまでのことを語り始めるのだった。

「きっかけは、奥さまの握り飯だったんですよ」

「え、うちの？」

ひさの言葉に、今度は留津が驚いた声をあげる。

「そうなんです。絹屋さんでは、窯詰《かま》めのときだとか、火入れのときだとかって、なにかあるたび奥さまがおいしい握り飯をたんとこさえて、窯場の職人らにふるまってくだすったんですってね。うちのひとは、そのときの味がいつまでも忘れられないらしくってねえ。おいしかった、おいしかったって、それはもうずっと言い続けていたんですよ」

ひさは、わざと悔しそうな顔をして見せる。

「そういえば、おひささんたちのお店には、特製にぎりめしというのがありましたね」

「はい。彦根のお米を使っているんですよ。お蔭さまで、とっても評判がようございましてね。清水坂《ごじょうざか》や五条坂にも粟田口《あわたぐち》にも、相手が窯場の職人さんの場合は、こちらから出前をさせていただくこともあるんです。職人さんらは、いったん窯に火がはいったら、親の死に目にもあえないって言いますでしょ。片時も窯場を離れられないし、忙しくって、ご飯だってろくすっぽ食べてはいられませんもの。いまでは、うちのひともいろいろと相談相手になったりして、みなさんにはそれはもう喜ばれておりますの」

「いい加減にしないか、おひさ。そんなことより、旦那さん、窯のほうはその後どうなったとですか」

嬉しそうにしゃべり続けるひさの言葉を遮って、昇吉は半兵衛に向き直った。

「うん……」

「この前お目にかかったとき、窯が全部藩に召し上げられそうやというのを、ちょっと聞きましたけん」

「留津、おまえ昇吉っつぁんにそんなことまで言うたんか」

「いえ。奥さんが黙っておられるのを、あっしが無理やり頼み込んで聞き出したとです。ただ、いったん知ったら、もういてもたってもいられんようになって、これまでのお礼やら、ご報告やらもできていないままでしたし、ずっと義理を欠いておりましたんで、こうしてご迷惑も省みずに、のこのこと彦根までやってきたというわけで」

「おおきに、昇吉っつぁん」

「それで、旦那さま、窯のほうは？」

「そうなんや。わしらの造ったあの窯は、いまはもう藩に好きなようにされている。職人らはかろうじて前のまま仕事を続けさせてもろてるけど、なんとかしようにも、手も足も出せんようになってしもた。いまも窯にはああして、変わらず火ははいっているのやけどなあ」

半兵衛は、窓越しに見える佐和山に目をやった。

「だからなんですよ、旦那さま。あたしたちが彦根に来たのは、そのためなんです。もう大丈夫。なにもかもご心配には及びませんよ。あたしたちは、そのために来たんだから。これでようやくご恩返しができる。喜んでもらえるねって、うちのひととふたりで、そう言ってやって来たんです」

「おひさ……」

昇吉は、先走ってしゃべり出したひさをたしなめた。

「おまえは黙ってろ。旦那さんに向かってなにを言い出すかと思うたら」

「だって昇ちゃん、そうじゃないか。あたしたちのあのお金を使って、藩から窯を取り返してやるんだって、昇ちゃんだってあんなに息巻いて……」

ひさは、そう言って口をとがらせる。その仕草は、八年前とまるで変わっていないようで、ふたりを見ながら留津は嬉しくなってきた。

「あのお金?」

問い返したのは、半兵衛だった。

「そうなんです。金は天下のまわりもの、って言いますけど、ほんとにそうだなってこのごろしみじみ思います。あんなに欲しかったときには、一向にまわってこなかったくせに、いまになって嘘《うそ》みたいについてくる」

「嘘みたいに、ですか?」

ひさの口調に、留津もついつられて口をはさんだ。

「そうですよ。なにもかも、もうどうでもいいやって、そう思ったとたんに、嘘みたいに向こうからやって来るんですよね」

そう言って、ひさはまるで他人事《ひとごと》のように話し始めるのだった。

ふたりして彦根を発《た》ったあの八年前の朝から、昇吉はほとんど口をきかなくなったという。ひさは、腫《は》れ物にさわるような思いで介抱を続けながら、それでもなんとか京までたどりついた。

絹屋を発つとき留津がそっと手渡してくれた金には、本当に救われた。そのお蔭で医者にもかかれた。漢方だけでなく、蘭方医《らんぽうい》による外科的な治療も受けることができたのだ。ただ、なんとか外傷は癒《い》えたものの、右手が不自由になったということは動かしようのない事実で、それは職人にとっては、間違いなく死を意味していた。

「でもね、あたしはこれでやっと昇ちゃんを独り占めできるって、そんなふうにも思えてね。どこか、ちょっぴり嬉しかったりもしたんですよ」

ひさは、過ぎた日々を振り返りながら、小さく笑みすら浮かべていた。

「あのころの昇ちゃんは、朝から晩まで、ひとっこともしゃべらない日が続いて……。いっそ自棄《やけ》になって、お酒にでも溺《おぼ》れてくれていたら、あたしだってこんな調子ですからね、昔みたいにいくらでもやり返してやったんですけど」

あくまで明るく冗談めかして言うひさに、昇吉はただ黙って笑っているばかりだ。だが、ふたりが平気な顔でいればいるほど、かえってそのころの辛《つら》さが伝わってきて、留津は胸が締めつけられる思いがする。

「落ち着いてから、実はいったんはふたりで有田にも帰ったんですよ。だけど、もうなにもかも遅すぎてね。お父っつぁんは……」

ひさは、そう言って声を落とした。

懐《なつ》かしさに、逸《はや》る心を抑えて郷里に赴いたふたりを待っていたのは、ひさの父の訃報《ふほう》だった。しかも、それをきっかけに弟妹も離散して、どこを探しても行方がわからなくなってしまっていたのだという。

「親孝行、したいときには親はなし、ってね」

ひさは、冗談とも自嘲《じちょう》ともとれる言い方をした。

「ばちが当たったんだって、そう思ったとですよ」

そのとき、昇吉がぽつりと言った。

「ばちって？」

留津は、問わずにはいられなかった。

「昔、さんざんひどいことをして、郷里を捨てたばちですよ」

昇吉の目は、もう笑ってはいなかった。

若いころの派手で気ままな職人暮らしは、一方で、窯一筋の厳しい修業の日々でもあった。

窯焼きが始まると、寝食も忘れて窯に付きっきりになる。そのかわり、仕事が終わった直後はついはめもはずす。そんな刹那《せつな》的な職人暮らしのなかで、仲間に誘われて博打場《ばくちば》にも連れていかれ、若さにまかせて無謀な勝負にのめりこみもした。

「ご多分に漏れず、そこで作った借金を踏み倒し、こいつの知りあいにも、さんざん煮え湯を飲ませたりしたもんです」

「でね、そんな借金もみんなきれいにするつもりで、ふたりして有田に帰ったんですけど」

ひさがそう言うのを、昇吉が遮った。

「実はこいつ、そのときあっしにとんでもないことを隠していたんです」

「とんでもないことって？」

声をあげたのは、今度は半兵衛のほうだった。

「旦那さん、富突《とみつき》ってご存じですか？」

「あの、お寺でやってる富籤《とみくじ》のことですやろ？」

昇吉が問うのに、留津が答えた。

「こいつったら、銀六匁《もんめ》もする籤を買っていたというから、あっしもびっくりしたとですよ」

「だって、たまたま通りがかったお寺で、ものすごい人垣ができていてさ、ひょいとのぞいたら、ちょうど一枚売れ残ってたんだよ。欲しいかいって訊《き》かれたら、誰だって手を上げちまうさ」

ひさは昇吉のほうを向いて、さらに口をとがらせた。

「それに、そのころの昇ちゃんったら、いまにも首をくくりそうな顔して、いつも黙りこくっていただろ。こっちだって、気持ちが滅入《めい》っちまうばかりで、とにかくなんでもいいから馬鹿《ばか》なことにお金を使いたくなったのさ」

ひさが言うのに、昇吉も半兵衛もあきれた顔で笑っていたが、留津にはその鬱積《うっせき》した思いも、どこかにはけ口を求めないではいられない気持ちもわかる気がして、笑えなかった。

「まさか、それが当たったと言うんやないやろな」

笑ったままでそう訊く半兵衛に向かって、ひさは顔を輝かせた。

「ほんまかいな」

「びっくりでしょ？　忘れもしない、巳《み》の四拾九番。手にした札を見たら、いかにも縁起が悪そうな数で、だからあたし、それこそ仏さまが馬鹿な無駄遣いをするなって怒ってらっしゃるんだって、そう思ったんです。それに気づかせてもらっただけで、もうそれでよかったかなって」

「ところが、なんと三百両も当たったとですよ」

「え、本当に当たったんですか？」

昇吉が言い終わる前に、留津は思わず大きな声をあげた。

金三百両分と言えば、いまの相場なら、銀にしておよそ十八貫目だ。素早くそう換算して、留津があらためてひさの顔を見つめていると、昇吉がすぐにその場から立ち上がり、奥から重そうな布包みを持ってきて、そのまま半兵衛の前に置いた。

「これです。ここにそのときの三百両があります。このおひさは、つい先日、清水の観音さんで奥さんとばったりお会いするまで、この金のことはあっしにも一切言わずに、隠しておりました」

昇吉はそう言いながら、ゆっくりと包みの結び目を解いた。

「だって、ほんとにあれは仏さまのばちだと思ったんだもの。あのころのあたしたちときたら、もういつどうなってもおかしくないぐらい気持ちが荒《すさ》んでいただろ。だから、突然ふたりに法外な金を持たせて、今度こそもうどうしようもないほど、あんたとあたしを落ちるところまで落として、別れさせてやろうっていう、仏さまのばちだと思ったんだよ」

ひさは、弁解じみた口調で言う。昇吉は、そんなひさを笑いながら手で制して、目の前の金を包みのまま半兵衛の前に押しだした。

「旦那《だんな》さん、どうかこの金をお収めください。窯《かま》のために、少しでも用立てていただけるなら、あっしにとってこれ以上嬉《うれ》しいことはありません」

「なにを言うてるのや、昇吉っつぁん。そんなことできるわけがない」

半兵衛は、あわてて包みを押し返す。

「いいえ、旦那さん。お恥ずかしい話ですが、おひさの言う通りなんです。もしもこいつが、あのころこの金をあっしに見せていたら、きっと今日のあっしはありませんでした。職人をあきらめて、食い物の店を出すなんて、きっと考えもつかなかったとです」

「それならなおのことやないか。おひささんが、黙ってとっておいたのも見上げたことやけど、今後いくらでも要ることになる。新しい商売を始めたのなら、金みたいなもんはこれからいくらでも要ることになる。ざというときのために、このままずっととって置くのも、女房の務めというものや」

「いいえ、旦那さま。このお金は、ぜひ絹屋さんで使ってやってください。あたしらは、そのために京から来たんです。こういうときこそ、なんでもいいから、ちょっとでもこちらにご恩返しができたらと……」

「おおきに、おひささん。あんたのその気持ちだけで、わしは嬉しい。ほんまにおおきに」

半兵衛は、顔をくしゃくしゃにさせて頭を下げた。

「だったら、旦那さん。どうか受け取ってください。藩のお侍に会《お》うて、この金を叩《たた》きつけてやってください。御用銀のことは聞いております。そんな借金のかたに、あっしらの窯が取られるくらいなら、なんとかこれで」

「いや、わしもなんとかできるものなら、なんでもしたい。昇吉っつぁんが貸してくれるというのなら、いまはどれだけでも貸してほしい。そやけど、もう金だけでは、どないもならんのすか」

「どうにもならないって、藩から借りたお金を返したら、それでいいというわけじゃないんで

や」

ひさは、納得ができないという面持ちだ。

「それがなあ、どうやら藩の役人らは、前から絹屋の窯を欲しがっていたらしいのや。あっさりと御用銀を貸してくれたのも、最初からそういう腹づもりがあったからやろ。藩は、自分らでやきもの商いをしたいのや」

ひさにというより、むしろ昇吉に聞かせるように、半兵衛は言った。

「そんなまさか、お侍が自分らでやきものを焼いて、商いをするとですか」

昇吉は、信じられないという顔をする。

「彦根藩の国産として、やきもの商いを新しい柱にするつもりらしい」

「馬鹿ばかしい。国産だかなんだか知らないが、それじゃあんまり勝手すぎるんじゃないですか。藩のやきものが作りたいなら、それはそれでいいですよ。百歩譲って、お侍が自分らでやきもの商いをするというのも、いいとしましょう。だけどね、それだったら、最初から自分たちの手でやればいいんだ。窯造りからなにから、みんな自分らでやればいいじゃないのさ。なにも、すっかりできあがっている他人様《ひとさま》のものを、横から手を出してまるごと盗むような真似《まね》をすることはないでしょう」

ひさは、悔しくてならないというように、一気にまくしたてる。

「そうは言うても、相手はお侍や。藩の役人なんやからなあ。それに、藩がそこまで思うとい

うことは、それだけあっしらの窯の良さが認められたということにもなるわけやし」

昇吉は、複雑な思いをにじませて言った。

「そんな御用銀なんか、いっそ借りなきゃよかったんですよね」

ひさは思わずそう口走ってから、しまったというように唇に手をやり、昇吉を見た。昇吉がそんなひさをたしなめようとすると、それを制するように半兵衛が先に口を開いた。

「そうやな。まったくおひささんの言うとおりや」

「申し訳ありません、旦那さん。事情をよう知りもせんくせに、こいつときたら。決して悪気はないのですけど……」

「ええのや。ほんまにそのとおりなんやから」

「いえ、他人がいろいろ言うのは簡単やばってん、いざ商いとなると、どれだけ大変やったか、いまのあっしにはようわかるつもりです。こちらに置いていただいて、ただの職人として働かしてもろうていたときは、あっしにも決してわからんかったとですが」

昇吉の思いがけない言葉に、半兵衛はハッとしたようにその顔を見た。

「旦那さんは、表には決して出すひとではなかですけど、きっと大変なご苦労があったはずやと思います。いま、あっしもこうして思いがけず店を持つ身になってみて、それがしみじみとわかるようになりました。仕入れの元手に、雇い人の手間賃などと、実際のやり繰りや金勘定というものは、はたからみているほど楽ではなかですけん」

半兵衛は黙ったまま、頼もしそうに昇吉を見て、目を細めた。

「ずっと前、旦那さんに初めて京でお会いしたとき、やきものはこれからおもしろい商いになる。きっと儲《もう》かりますと申し上げたのはあっしでした」

「そうやったなあ、あのときのことはいまでもはっきりと覚えているわ」

「京に、毎月古手呉服の買い付けに通うてはった旦那さまが、清水の窯を訪ね歩いて、そこで昇吉さんに会うたんやというてはりましたなあ」

留津にとっても、あのころのことは忘れられない。

「そうや。わしと一緒に、京のやきものにも有田のやきものにも負けんような、日本一のやきものを作ろうやないかと声をかけたんや。やがて石物の茶碗《ちゃわん》や皿が、これまでの土物にとって替わる時代が来る、言うてなあ」

「そうそう、いまに日本中の台所が、あっしらの作った石物の茶碗で埋め尽くされるようになるんや言うて、毎晩旦那さんと息巻いていましたけん」

「わしらの予感は間違《まちご》うてはいなかった。見通しは、正しかったんや。実際、もうすでにその通りになってきたもんな。そのことは、今回藩がわしらの窯に目をつけてきたことにも、十分表れている」

「そがんです。ばってん、その反面、やきものほど金を食う商いも、きっとほかにはなかとでっしょう。あっしも自分で店を持ってみて、これまでのことを別のところから見ることができるようになりましたけん」

「そうか、昇吉っつぁんも、自分の店を持ったんやものなあ」

「はい。窯の仕事というのは、必死で頑張って、なんとか失敗のないようにと注意して焼立てても、いざ窯出しをしてみると、ほとんどが失敗ということもあります。いったいどのぐらいの割合で無事に焼き上がるのかなんていうことは、窯出しをして、鞘（さや）を開けてみんことには、誰にもわからんところがありますけん」

「そうですなあ。毎回窯出しのたびに、うちも自然に窯の神さまに手を合わせるようになったのですけど、それはきっと、やきもの作りというのが、それだけ出来が読めんからやと思うんです」

　留津も言わずにはいられなかった。最初はあんなに反対していたのに、いざ始まってみると、窯への愛着が人一倍強くなっていることに、留津自身が驚いたものだった。

「そうやなあ、わしもこれだけ何遍も窯焼きをしてきたけど、毎回必ず窯の神さんにも、それからご先祖さんにも、ほんまにみんなについ手を合わして、必死で拝んでるわ。どうぞうまく焼き上がっていますように、なんとか失敗がありませんように、いうてな」

　半兵衛が、おどけて手を合わせる振りをして見せたので、ひさがつられて笑い声をあげた。

「ただしなあ、そうやってたとえ満足なものが焼き上がっても、良いやきものを作ることと、いざそれを上手に売りさばくこととは、また別の苦労があるもんや」

「そのことも、あっしは窯を離れてみて初めて気がつきました。職人と、商人《あきんど》の仕事の大きな違いは、その点にあるのやとあらためて知った気がするとです。旦那さんは、職人の仕事も商人の仕事も、その両方をひとりでやっておられるとやから、さぞ大変やったろうと思うんです」

「そのとおりや、昇吉っつぁん。ものを作る腕と、それを商いとして売る力には、別の能というものが要る。わしはそれをずっと身にしみて感じてきた。ひとりで両方やるには、おのずと限界がある。そやからこそ、今回の藩の召上に、わしは賭《か》けてみようと思うてるんや」

「召上に賭けるって、どういうことなんです？」

ひさが不服そうに口をはさんだ。

「うん。それはなあ……。そうや、昇吉っつぁん、こんな店先で長話もなんやから、その金の包みもしっかり仕舞《しも》うて、奥へ行ってゆっくりしよう。最近うちで窯出ししたばっかりのものもいくつか置いてあるし、見てみてくれんか」

「へい、それはぜひ……」

昇吉は顔を輝かせて、腰をあげた。

「このごろは、うちのやきものもかなり良うなってきたんやで。ほんまに、京あたりのものには負けんぐらいや。あんたがわしらに残してくれたものがどんな風に育ってきたか、ぜひ見てもらいたい。じっくりと見て、正直な感想も聞かせてほしいんや」

半兵衛と昇吉が先に立って奥に向かったあと、留津はひさに声をかけた。

「今夜は、ゆっくりしていってくださいね。昇吉さんも、うちの旦那さまも、きっと積もる話が山ほどあるやろうし、大したものはできませんけど、ひさしぶりにうちで夕飯も食べていってください」

「そうや留津、みんなで一緒に飯を食うて、そのあと今夜はうちに泊まっていってもろたらええ」

半兵衛が、奥のほうから振り返って、大きな声でそう告げた。

「そうや、そうしてください、おひささん。よろしいやろ？」

「まあ、嬉しい。ほんとにいいんですか。実は、懐《なつ》かしい袋町《ふくろまち》に宿をとってはいたんですが、今夜は遠慮なくお言葉に甘えさせていただきます」

ひさもよほど嬉しかったと見えて、昇吉が口を開こうとする前に、先にそう答えた。

「なあ、おひささん、あのふたりは奥でやきものの話があるやろうし、うちが、先に今夜泊まってもらう部屋にご案内しますわ」

留津はそう言って奥座敷を通り抜け、ひさを離れの間に連れて行った。


「あのふたりだったら、いったんやきものの話を始めたら、もうほかのことは目にはいらなくなりますからね。いつまで続くかわかりませんもの」

ひさは、口では不服そうに言っているが、それでもひどく嬉しそうだった。留津は、夜具の置き場などを説明しながら、そんなひさの様子を微笑《ほほえ》ましくも思っていた。

「それにしても、お父さんのことは大変でしたやろ。お悔やみ申します」

「ありがとう存じます。だけど、これぱっかりはしようがありません」

「有田でも、苦労しはったんですなあ。差し出がましいようやけど、昇吉さんの昔の借金は、もうすっかりかたがついたんですやろか」

言いにくいことではあるが、留津としては、どうしても訊《き》いておきたかったことである。

「郷里に帰ったときは、ほんとにさんざんでした。うちのひとがあんな姿になっちまったもんですから、落ちぶれて行くところがなくて逃げて帰ってきたのか、みたいな言い方までされて……」

「そうやったんですか」

借金を返すつもりで訪ねた先でも、ほとんど門前払いのような状況だったのだと、ひさは思い出すのも悔しそうな顔で、語り始めた。

「まあね、その前に郷里を捨てて出ていったときが、ひどかったですからね。それもしかたがないと言えば、そうなんですよ。許してもらおうなんて、思ったあたしたちが甘かったんです。でもね、あのとき、うちのひとは本当にそれなりの金子《きんす》を貯《た》めていたんですよ。あたしのお父っつぁんのためにと思ってくれていたんでしょうね」

留津は、そのとおりだというように、大きくうなずいた。

「それにね、絹屋さんでいただいたお給金は、たまに若い職人らに飲ませてやったりするぐらいで、使うことがほとんどなかったって言ってました。博打《ばくち》も遊びも、彦根ではまったくしなかったらしくてね」

「その分、昇吉さんは仕事ばっかりしてはったし……」

考えてみると、あのころの昇吉は、なにかあるたびいつも窯場《かまば》につきっきりで、細工場に寝泊まりしていたことも多かった。

「たぶん、それが嬉しかったんだと思いますよ。あのひと、ほんとにこちらさんでの仕事が好きだったんですね。遊んだり、酒を飲んだりする間も惜しいぐらいに、がむしゃらで、窯にいるのがきっと一番楽しかったんじゃないかと思います」

ひさの声は穏やかだった。いつだったか、ここから無理矢理にも昇吉を連れて帰るんだと言って、ものすごい形相でのり込んできたあのころのひさは、いまではもう想像もできない。

「それで、そのお金で、借金は返せたのですね？」

「ええ、ただ、こっちは返すつもりで行っているのに、相手にはまた騙《だま》しに来たって思われるんです。もうその手には乗らん、なんて言われて、信じるどころか話を聞きもしない。もっとも、昇ちゃんがあんな身体《からだ》でしたから、向こうがそう思うのもしかたなかったのかも知れませんけど」

「昇吉さんのことやから、さぞ悔しかったことですやろ」

「口に出さないひとですからね。その分はたで見ていると、こっちが辛《つら》くなることもありました。なにせ気位ばっかり高いひとですからね。そういう意地みたいなものを無くしたら、生きていけないひとなんですよ」

それは半兵衛も同じかもしれない。留津は黙って大きくうなずいた。

「ただね、あたしは、たとえどんなことがあっても、富突が当たったことだけは黙っていました。死んでも言うまいと思っていたんです。あれは、ぜったい仏さまのばちだと思いこんでいましたし、だったら意地でもその手には乗るもんかって、あのひとをこの手でそのばちから守ってやるんだなんて、精一杯思いつめたりしましてね」

ひさは、そのころを思い出したのか、また小さく笑みを浮かべた。

「それで良かったんやと思いますよ」

留津は心からそう思ったのだ。こうしたひさの強さがあったからこそ、昇吉は甦《よみがえ》ることができた。

「どうなんでしょうかね。馬鹿《ばか》みたいって思いませんか」

「いいえ、おひささんはほんまにしっかりしたおひとやと思います。うちやったら、たとえ頭ではそう思うて、富籤《とみくじ》の賞金には手をつけないと誓いを立てても、実際にあれだけの大金を目にしたら、守れるかどうか……」

「いえね、あれはあたしの金じゃないんだって、そう思っていただけですよ。もちろん気持ちが揺れたことはありますよ。だけど、たとえちょっとでも手をつけたら、それでなし崩しになりそうで、そうなればもうみんなお終《しま》いだって思ったんです。あたしは仏さまに試されている。だからしっかりしなくちゃって、どうしてもそう思えたんですよ」

ひさは、また笑ってそう言った。

きっとこのひさは、子供のころから口には出せぬ金の苦労をしてきたのだろう。それだけに、最後は金の力に負けてなるかと、毅然《きぜん》とした姿勢が貫けたのかもしれない。留津には、そんなひさが頼もしくも、羨《うらや》ましくも思えてくる。

「ですけどね、奥さま。結局、もうあたしたちは有田にはいられないなって、はっきりと思ったんです。お父っつぁんもいないし、弟妹もてんで行方がわからないし、とりあえず迷惑をかけていた相手にはできるだけのお金を返して、気の済むまで謝って、そのあとやっぱり、逃げるようにして京に戻るしかなかったんですよ。お蔭《かげ》で手持ちはすっからかんになって、もう本当にどこへも行くところがなくなってしまって、身も心もぼろぼろになって……」

深刻なはずの話なのに、ひさは終始口許《くちもと》に笑みを浮かべながら、みんな他人事《ひとごと》のように、淡々と話し続ける。

「大変でしたのやなあ……」

ほかにもっと言い方がないかと思うのだが、留津には言葉が見つからなかった。

「でもね、奥さま。昇ちゃんだって変わりましたよ。それは間違いなくこちらの旦那《だんな》さまのお蔭ですけどね」

「え、うちの？」

「ええ。こう言っちゃなんだけど、窯造りややきもの商売に関しては、旦那さまは最初は本当にずぶの素人《しろうと》だったわけでしょ。それが、いまは立派な窯主ですもの」

「それは、みなさんのお蔭です」

留津は、心から言った。

「いえ、そうじゃありませんよ、奥さま。いくら助けてくれるひとがいたって、誰にでもできることじゃありません。一度ぐらい失敗しても、へこたれないでまたやり直す気合っていうか、もう一回、またもう一回って、何度でもあきらめないしっかりとした根性がなきゃ、ぜったいできっこないことです。他人《ひと》任《まか》せにしないで、自分からやり直そうという強い気持ちがなければ、あそこまで続けることなんてできませんよ」

「おおきに、おひささん……」

「ほんと言うと、これはうちのひとから聞いた受け売りなんですけど、でもあたしもそのとおりだなって思いますからね。それと、うちのひとがそんな旦那さまに数えきれないぐらい教わったのも間違いないことです。あのひと、ほんとにどこか奥の深いところで、強くなりましたから」

「うちも一時は心配していたんですけど、昇吉さん、ほんまに貫禄《かんろく》が出て、良い顔にならはりましたなあ」

「はい。もともと手先の器用なひとでしたけど、これまでの職人としての自分を全部をご破算にして、まったく握ったこともない包丁を手にしたのも、やっぱり旦那さまを見習ったからですよ。この歳《とし》になって、しかもあんな身体になって、それでも新しい生き方を始めようなんてことは、昔の昇ちゃんだったら、ぜったいできなかった」

そう言ってじっと留津を見つめるひさの目には、そのまっすぐな思いがあふれている。昇吉のためにも、留津にはそのことが嬉しかった。

「あたしたちは勝ったんだって、このごろつくづく思うんですよ。昇ちゃんともいろいろありましたけど、結果的にはこれが一番良かったんだと思っています。災い転じて福となす、って言いますでしょ。あのときのあの手の怪我《けが》も、いまはありがたかったとさえ思えるぐらいで」

「おひささん、そんなこと言うたら……」

絹屋をかばって、ひさはここまで言ってくれるのか。留津は、ひたすら頭が下がる思いだった。

ひとは、すべてが満ち足りたとき、こうまで謙虚に、そして優しくなれるものなのだ。そう思うと、留津は昇吉やひさと出会えたことが、誇らしくもなってきたのである。

「でも、本当なんですよ。そりゃあいっときは、なんであたしたちだけこんなに辛い思いばかりしなくちゃいけないのかって、世間を恨んだこともありました」

当然だろう。留津は、黙って大きくうなずいた。

「けどね、そうやって他人様を恨むときって、案外自分の足は動いてなかったりしてね」

「足が？」

「ええ、誰かにもたれかかって、なんとか楽になりたいって、そんなふうに思うばかりでね。ただ、待ってるだけで、自分ではなにもしちゃいなかったりするもんなんですよ。あたしが、やっとそんなことに気がついたのも、やっぱり昇ちゃんや旦那さまのお蔭です。いまはみんな、心からありがたいって思うばかりで……」

ひさはしみじみとした声でそう言って、これ以上ないほどの笑顔を見せたのである。


「ほう、喜平はここまで腕をあげましたか」

ひさや留津と離れて、座敷で半兵衛と向き合い、焼き上がったばかりの染付《そめつけ》の急須《きゅうす》を見せられた昇吉は、思わずそんな感嘆の声を漏らした。

「この胴のふくらみといい、全体に偏《かたよ》りのない薄さといい、なによりこの軽さも申し分なかとです。それからあっしが気に入ったのは、蓋《ふた》のつまみと、きの細工や。こんな絶妙な合い方は、ちょっと誰にも真似《まね》できん」

昇吉は、不自由な右手を器用に急須の胴に添え、左手の指で蓋をつまみあげた。その蓋のふちと、胴の口の部分が接する合わせ目、つまり「き」の部分を、なんども確かめるように、重ねている。

「あの小轆轤《ろくろ》、ちょっと貸してもろうてよかですか？」

そう言うが早いか、急須を手にした昇吉は、半兵衛がやきもの検査に使うため座敷の隅に置いている絵付用の小さな轆轤の前に進み、無造作に急須をその上に置いた。そして左手で、轆轤に右回りの回転を加え始めたのだが、その仕草にはやはりぎこちなさがなくもない。

掛ける言葉を探しあぐねて、半兵衛が黙って見ていると、昇吉は今度は右手の黒い手甲からわずかにのぞいた歪《ゆが》んだ人さし指の先で、急須の腹を軽くとん、と叩《たた》いたのである。

半兵衛は、ハッと息をのんだ。

その仕草は、紛れもなく、手慣れた職人の指遣いだったからだ。

回転を始めた小さな轆轤の上で、一緒になって回り始めた急須は、最初はその互いの中心が合わず、ぎくしゃくと回転していた。ところが、昇吉の指先がわずかに触れたその瞬間に、突然なにかに吸い寄せられるように急須が轆轤の上をすべり始めたのだ。

それは、半兵衛がまさに瞬《まばた》きをするかしないかの間のできごとだった。轆轤の上の急須の中心が、回転する轆轤の真芯《ましん》にぴたりと重なり、一体となって回り始める。

「さすがや……」

半兵衛は、思わず声を漏らした。

轆轤の回転軸に、やきものの中心点を合わせるこの「心出《しんだし》」という作業は、主に成形のときに行う基本中の基本で、半兵衛もこれまで何千回と繰り返してきた。だが、はた目にはきわめて簡単に見えるこの技が、実はどれだけ難しいことかは、やった者でなければわからない。

「よかですか、旦那さん。これは、やきものの職人なら誰もが最初に覚える簡単な技のひとつです。まあ、いろはのいというところですけんね」

窯に細工場を完成させ、新しい轆轤が据えられたあのころ、職人の心得として、初めて昇吉に教わった日のことが浮かんでくる。

「さすがや、昇吉っつぁん。窯を離れて八年たっても、あんたはまだ立派な職人や。あんたに教えてもろうてからもう十三年もたつのに、わしがやるとこうはいかん」

半兵衛は、昇吉のその指遣いの繊細さに、感動すら覚えるのだった。

「なにを言うてはるんですか大げさな、旦那さん。そんなことより、みごとなのは、この喜平の出来ですばってん」

急須の胴と蓋の合わせ目は、轆轤引きのとき、胴から必要な分だけ土を残しておく。その部分を指先で微妙につまみ出すようにして、「き」を作り出すのだ。

その成形方法は、職人によってさまざまだが、親指の爪《つめ》を伸ばしておいて、それで一定の形にする者がいたりするほど、微妙な指遣いが必要になる。当然ながら、蓋ももちろんその「き」の形に合わせて作る。

やきものというのは、焼成過程で焼き締まって、八割強ぐらいにかさが減る。

「石物は一七《イチナナ》、土物は一五《イチゴ》ですけん」

それは、昇吉からやきもの作りの手ほどきを受けたとき、何度も繰り返し聞かされた言葉だった。

つまり石物は焼き縮みする割合が大きく、窯入れの段階では百十七だった大きさが、焼き上がった時点では百に縮む。それに較《くら》べると土物は収縮率が小さいので、もしも完成品を百の大きさにしたいなら、窯入れのときは百十五の寸法にしておかなければいけないというのだ。

だからこそ、焼き上がった時点で、胴と蓋がぴたりと合うように作りあげるためには、細心の注意が必要になってくる。

土物用と石物用に、それぞれ別の縮尺度でものさしを作り、竹の輪切りで作った「き」の型を使ったり、とんぼ形の竹篦《たけべら》で寸法をあわせることもあるのだが、それにしてもこの合わせが完璧《かんぺき》と言えるまでになるには、技以上のものが要るのではと、半兵衛はいつも思う。

「うん、さすがは喜平」

昇吉は満足げな様子で、また大きくうなずいた。だがその目は、まだ食い入るように轆轤の上の急須に注がれたままだ。

「それがなあ昇吉っつぁん。これは喜平の作やないのや」

半兵衛は、ちょっといたずらっぽい目になって言った。

「えっ？ この手の感じは、間違いなく喜平の癖のはずですけど」

「そうか、あんたには、やっぱりそういうことまですぐにわかるのやな。そやけどなあ、これはあいつの息子の喜三郎《きさぶろう》が作ったのや」

「あの息子が、ここまで作れるようになったのですか」

昇吉は、心底驚いた声をあげた。

「そうや。喜三郎は、今年でもう十六になりよった。初めてうちに来たのは、八つぐらいのときやったかなあ。坊主《ぼうず》のときから、ちょこちょこと窯場《かまば》をうろついて、轆轤のそばで一日中粘土を捏《こ》ねて育ってきたやつや。あんたと一緒で、根っからの職人気質《かたぎ》なのかもしれんなあ」

「そうでしたか。それはよかねえ」

「あいつは、この先どんなおもしろいものを作ってくれるか、わしもちょっと楽しみにしているのや。いまは、窯に来ている藩の役人らにも、喜三郎やのうて、きびしょと呼ばれとるけどなあ」

　きびしょというのは、急須を意味する別称である。周囲の者らが満十五歳にしかならない喜三郎をそう呼ぶのには、まだ幼さの残る喜三郎への親しみと同時に、その大人顔負けの腕に対する敬意も込められているようで、半兵衛にはその呼び方がなんとなく嬉《うれ》しかったのだ。

　喜三郎は、その後何年もたってから父親を継いで喜平と名乗り、やがては「きびしょの喜平」と言われるようになる。

「ということは、旦那さん、茶碗山《ちゃわんやま》の窯場には、もう毎日お役人が何人も来てはるということですか？」

「そうや。いまはもうわしらも窯場には好きにはいれへん。そのつどきちんと許可を得てからやないとあかんのや」

「旦那さんでも、ですか？」

「わしも、喜平も、日雇いの人足も、みんな一緒や。毎朝門のところで札を見せて、当番の役人に許しを受けるんや。それでやっとなかにいれてもらえるんやけど、そのたびに、ここはもうわしのものやないのやと、自分によう言い聞かせているわ」

「そんな……」

　昇吉は、そのあとに続ける言葉が見つからないのか、悔しそうにただ唇を嚙《か》むばかりだ。

「そやけどな、このところ毎日のように、藩の役人が見つけてきた新しい職人が窯を見に来よる。知らん顔がどんどん増えていくようやわ」

「新しい職人？」

「それがなあ、こんなこと言うのはなんやけど、やっぱりさすがに藩が連れてくる職人は違うと思うたわ。尾張からは土探しの職人が来よったし、そのつてで来た兄弟の職人もおる。絵師も、加賀やら尾張から、それに京からも呼び寄せるらしい」

「そんなに増やすとですか？」

「うん。わしの考えもつかんような、おもしろい職人が来よるんや。江戸からも、すでにふたり乗り込んで来よってなあ」

「江戸からも、ですか」

「前の家老の小野田さまが、新しい棟梁《とうりょう》にするつもりで連れてきはったそうや。ふたりともやきものが本職ではないんやけど、なんというても、江戸は生き馬の目を抜くようなところやからな、ものの考え方がえらい変わっとるんや。いろいろと参考になるわ。そのふたりとは、窯の運営について、ちょっと話をしただけなんやけど、ほんまにおもしろかった」

「新しい棟梁にねえ、やきものが本職やない者をですか……」

棟梁という言葉には、やはりどうしても思いが残るのだろう。昇吉の顔には、隠しきれないこだわりが見てとれる。

「ちょっと変わった職人やけどな、そやけど、ああいうやつらを窯の管理者に据えると、もしかしたら、もっと大きなところからやきもの商い全体が見渡せるかもしれんと、わしは思うたわ」

「藩がそこまで考えてひとを送り込んでいるのなら、いいのですけど」

昇吉は、まだ半信半疑のようだ。

「しかしなあ、やっぱりこれからの時代は、相当質の良いものが求められるやろ。一目見ただけで、ひとの心をぐっと惹《ひ》きつけて離さんような、そのぐらい力のあるものが焼けるようにならなあかん」

「とくに石物は、薄さで勝負できる点もありますけんね。そうなると、絵付ももっと細い線で、絵心のあるようなものがほしくなります」

「そうなんや。普段使いのものとは違う、飾っておいて目で楽しむようなやきものは、もっともっと美しさや繊細さが求められる。うちの窯でもこれまででだいぶ上達はしたけれど、京にも、どこにも負けんような、立派なやきものにするためには、さらにずっと上を見ていかなあかんやろ」

「それは、あっしもつくづく感じています。絹屋の窯は、あっしの時代より数倍腕をあげています。驚くほど良うなった。そのことはあっしにもはっきりと言えます。そやからこそ、藩の目に止まったのですけん」

「おおきに。あんたにそう言うてもらうと、わしも元気が出るわ。それに、藩の窯になったさかいに、これからは藩の御用が仰山来るやろ。その分いろんな仕事が試させてもらえるはずや。藩としても、ほかの藩や大名筋があっと驚くような、特別なやきものを作ろうとするやろうしなあ」

「もっと質の良いものや、技を極めたもの、ますます手のかかったものへと、狙《ねら》いが定まってくるとでしょう」

昇吉の目が、次第に輝きを増してくる。やきものの未来を語るのに、これほどの相手はいないだろう。半兵衛は、心強い思いで昇吉を見た。

「わしが、藩の考え方をなるほどと思うたのは、まさにその点なんや。そういう窯の将来というか、めざすものがはっきりしてくると、俄然《がぜん》動きが早うなることや。すでに出来上がった一流の職人を、あちこちから選び抜いて引き抜いて来ようとするところなんかは、藩ならばこその力やしな。窯場で職人を一から育てるのも大事やけど、なんというても月日がかかるし、それなりの金もかかる。それならいっそ外から引き抜いてしまえ、というのは、腕もわかっているし一番てっとり早い。元手もかえって最小限度ですむというものや」

「簡単に認めるのは悔しいばってん、そういうことは、少なくともこれまでのあっしらには考えもできなかったやり方ですけんね。あっしみたいに、まがりなりにも店を持った立場としては、そういう引き抜きが自在に出来たら夢のようやと思います」

「そうやろ、昇吉っつぁん。あんたもそう思うやろ？」

念を押すような半兵衛の声に、昇吉は黙って深くうなずいた。

「わしかてな、今回の召上については、いろいろ思うところがないわけやない。そやけど、それよりなにより、あの窯の将来に賭《か》けてみたいと思うのや。わしらが苦労して始めたあの窯で、この先どんな上等なものが焼けるようになるか。どんな素晴らしいものが出来てくるか。それを思うと、なんやゾクゾクしてこんか？」

半兵衛はそこまで言って、いったん言葉を切った。そして、もう一度昇吉の目をじっとのぞき込むように見てから、またおもむろに口を開いたのである。

「それになあ、昇吉っつぁん。それだけやない。もうひとつ、なにより期待できるのは……」

昇吉は、みなまで言うなとばかりに、すかさず答えたのである。

「ついに、領外への拡大ですね？」

「そうや、そのとおりや」

半兵衛は、何度も大きくうなずいた。

「質を求めて、繊細な置物用のやきものを作るのと同時に、日常に使うためのやきものも量産するのや。そっちのほうはできるだけ歩留まりをあげて大量に焼く。それを大掛かりに領外で売りさばくのや。そうなると、窯の焼立て全体の割合からして元手の節約にもなるしな。その二本立てで、この際一気に藩の外へ攻めて出るんや」

「有田や、瀬戸に牛耳られていたところに、彦根藩のやきものが殴り込みをかけるわけで？」

昇吉も、にやりとして半兵衛を見た。

「わしは、このことを藩に進言するつもりや」

思えば、それが窯を始めたときからの願いだった。この昇吉と手を取りあって、何度語りあったことだろう。いつか自分たちの手で、日本中の台所を彦根のやきもので埋め尽くして見せる。その日のためにと、どんなことにもめげずに耐えてきたが、それでもどうしても果たせなかった夢だ。

「ようわかりました、旦那《だんな》さん。これであっしにも、旦那さんのお気持ちがやっとわかりました」

「わかってくれるか、昇吉っつぁん。わしは、賭けたのや。一世一代の賭けをして、わしはあの窯を、自分から藩に預けることに決めたのや」

結果的には召上に違いない。だが、今回のことは、決して受け身の決断ではない。みずから差し出すぐらいの気概を持ってのことだと、昇吉にだけは伝えておきたい。ふたりの話は尽きることを知らず、みなで夕食を済ませたあとも、夜遅くまで続いたのだった。

そして翌朝、名残を惜しみながらも、店のことが心配だからという昇吉とひさは、また京に向けて帰ることになった。

「窯場にも、顔を出してやってほしかったし、職人らにも声をかけてやってほしかったけど、いまはこれまでのようにはいかんしなあ」

「あいつらの顔を見るのは、またの日にさせてもらいます。みんなにも、これまでどおり頑張るように、よろしゅう言うておいてください」

昇吉はそう言って頭を下げた。

「おひささんも、身体《からだ》に気いつけてなあ。それに、大金を持っての旅やから、道中もくれぐれも気いつけるのやで」

「はい。旦那さまも、たまには京においでくださいまし。奥さまが、着物の買い付けに見えるときにでも、ぜひご一緒に」

「そうやな、近いうちにそうさしてもらいますわ。お店も見せてもらいたいし、なにより、昇吉っつぁんの板前ぶりも見たいしなあ」

「それじゃあ、また近いうちに。旦那さまも奥さまもお元気で」

何度もこちらを振り返りながら去っていく昇吉とひさの姿を、半兵衛は留津と並んで、店の前でずっと見送った。

しかし、京へ向かうふたりを、このあとどんな騒ぎが待っているかなど、このときの昇吉とひさには、いや、もちろん留津と半兵衛にも、想像することすらできなかったのである——。

四

半兵衛の苦悩の日々は、また同じように、鉄三郎《てつさぶろう》の悩み多き時代と重なる。半兵衛が、昇吉と再会したほんの一月ばかり後、すなわち天保十三年（一八四二年）十一月二十日、鉄三郎もついに念願だったある男との出会いを果たした。

「まだ、お見えになりませぬかな」

さきほどから、伽役《とぎやく》の西村孫左衛門《まござえもん》は何度その言葉を繰り返しただろう。

「まあ、待て孫左衛門、きっと暮れ落ちてからだ」

待ち焦《こ》がれているのは、孫左衛門以上のはずだが、鉄三郎はあくまで穏やかに言う。

「しかしまあ、よう叶《かな》い申した。思えば、あれは五月の二日でございましたか、長野殿にはなんとか彦根においで願おうと、せっかくそれがしが参上いたしたものを、ほんのひと足違いでその朝出立《しゅったつ》されたばかりで、お目にかかることすら叶わなかったものを」

いま思いだしても口惜しいとばかりに、孫左衛門は眉根《まゆね》を寄せた。

「そうだったのう。多賀に問い合わせた四月には、長野殿はあちらに四、五日はおいでとのことだった。だからあのときは、そちにわざわざ志賀谷《しがや》まで出向いてもろうたのだったなあ」

「それにいたしましても、鉄三郎様のご執心ぶりには、この孫左衛門もただただ敬服いたすばかりで」

「執拗《しつよう》なまでに、と申したいのだな」

「いえいえ、めっそうもない。鉄三郎様が、なにごとについてもご熱心で、中途半端《はんぱ》では済まされぬのは周知のこと。なかでも、敷島《しきしま》の道にはこのところどれだけご専心しておいでか、それがしとてよう存じておりまする。ただ……」

孫左衛門はそこまで言って、さすがにその先をためらった。

そうまでして鉄三郎が会いたいというのは、長野義言《よしとき》、通称主馬《しゅめ》。のちに彦根藩士籍に列し、百五十石を得て主膳《しゅぜん》と名乗ることになる男。

鉄三郎と同じ文化十二年（一八一五年）の生まれで、天保十年、二十五歳のころ、鈴屋《すずのや》国学の蔵書を誇る伊勢《いせ》国飯高《いいたか》郡川俣《かばた》郷宮前村滝野の大庄屋、滝野次郎祐知雄《じろうのすけともかつ》を頼って研鑽《けんさん》に励んだ。

また、天保十二年には知雄の妹多紀《たき》を娶《めと》ってもいる。

そして同年三月、伊勢の河崎《かわさき》から船に乗り、漂泊の国学者として尾張、三河《みかわ》、美濃《みの》の各地を多紀とともに遊歴した。

わずかなすれ違いを知ったあとも、鉄三郎の思いは覚めるどころか、その逆で、長野と直接対面して歌道の教えを仰ぎたいと願う書状を切々と認《したた》めたのだった。ほかにも、和歌を送って添削を依頼したり、その返信とともに長野からはその著書「かつみぶり」を贈られたりしている。

「ただ、なんなのだ？　申してみよ、孫左衛門」

「はは、さらば遠慮のう申し上げまするが、鉄三郎様の几帳面《きちょうめん》ぶりは、息苦しいばかりでござ

ります る。なにごとも道を究めずにはいられぬのもわかりまするが、生真面目《きまじめ》すぎて、遊びがないとでも申しましょうか」

「またそれか。そちはすぐにそれを言う。もっと遊べというのだな？」

「御意《ぎょい》。国学や和歌、武道諸般は、まだそれでもようござりまする。ただ、鉄三郎様の場合、その生真面目さは、まさに女子《おなご》に対しても同じでござりますようで……」

孫左衛門が誰のことについて言っているか、鉄三郎にはすぐにわかった。

埋木舎《うもれぎのや》で学問や修養に専念していた鉄三郎にも、若さゆえの悩みがなかったわけではない。

孫左衛門が憂《うれ》いた相手の女子、つまり村山某《なにがし》の女《むすめ》と言われているたかは、実は紏某《ただす》の女で、彦根からさほど遠くない多賀大社の社僧、般若院《はんにゃいんじ》慈尊《そん》の縁戚《えんせき》だった。

若いころは門院にも仕えていたことのあるたかは、鉄三郎より五歳年上で、歌心もあれば、聡明《そうめい》なうえに、伎芸《ぎげい》にも長《た》けていた。

そのこともあってか、慈尊に連れられて彦根を訪れ、埋木舎にもたびたび出入りをしていたのである。

鉄三郎が初めてこの村山たかと会ったのは、天保十年のころだった。その聡明さと、色白で小柄ながら、たおやかな身体つき、なにより、誰もが息を飲むほどの美貌《びぼう》を備えていたたかが、鉄三郎の心を強く捕らえるのにさほどのときは必要なかった。

やがてたかは、ひとりでも埋木舎に通うようになり、鉄三郎の寵《ちょう》を得るようになったのだが、それもごく自然のなりゆきだったと言うべきだろう。

一方、秋山勘七の娘であり、のちに千田又一郎の養女となって側室となる静江にも、鉄三郎は生真面目すぎるほどの接し方をした。

なにごとにおいても手抜きのできぬ鉄三郎の、その不器用なまでに完璧《かんぺき》を期する生き方は、長いあいだそばで見続けてきた孫左衛門にとっては、このうえなく歯がゆくも思えて、余計な一言も言ってしまうのである。

それでも、まさかその夜埋木舎に迎えた長野義言が、その後鉄三郎にとって重要な関わりを持つ人物となり、かの村山たかとも浅からぬ縁を結ぶことになろうとは、このときの孫左衛門には予測だにできなかった。

その日、長野は寄寓先《きぐうさき》の坂田郡市場村の門人三浦太冲《たちゆう》宅から、太冲をはじめ近江《おうみ》の門人四人を連れて彦根に出た。藩主直亮の在城に遠慮して、陽が落ちるのを待ってから、三浦太冲ひとりを同道し、孫左衛門の案内で埋木舎にやって来たのだ。

その顔を初めて見たとき、孫左衛門は女ではないかと思った。それほどまでに白い頬は、鋭い刃物でそぎ取ったように細く、なめらかなのだ。そのくせ髪は漆黒で、額は広く、鼻筋がとおっている。

鉄三郎に召されて、控えめに座敷に進んだ長野は、黒羽二重《はぶたえ》に剣酢漿草《けんかたばみ》の紋をつけた縮緬《ちりめん》羽織に、白襟と絹袴《ばかま》がことさら映える姿だった。物腰は繊細で、京と伊勢を交えたような言葉を、ごく静かな声で話す。

蠟色《ろいろ》の大小を腰にしてはいるものの、もしもそれがなければ、武人というよりほとんど公家《くげ》のようだと、孫左衛門はまた思った。

背丈はすらりと高く、なで肩で、痩《や》せている。ただ、その穏やかな風情《ふぜい》のなかにも、眼光だけはとりわけ鋭く、どうやら相手を射るがごとく見つめるのが癖らしい。

「そこにいてはすきま風も来ように、さあ、もそっと近《ちこ》う」

次の間に控えている長野に、鉄三郎が声をかけ、ふたりの初めての対面が始まった。

日頃どんな相手に対しても臆《おく》せずものを言う長野は、威儀を整え、鉄三郎を正面から見据えるようにして、前に進んだ。ただ、女のように白いその頰は、心なしか紅潮している。たとえ部屋住みの身とはいえ、鉄三郎は仮にも三十五万石を誇る筆頭譜代大名彦根藩の藩主の子だ。いかに長野でも、そのことを意識せずにはいられないのだろう。孫左衛門は、長野のどんな些《さ》細《さい》な変化も、決して見逃すまいと目を凝らした。

「御事《おこと》とは、歳《とし》が同じと聞いておるが」

鉄三郎が長野にかけたそんな親しげな言葉は、初対面のふたりを一気に近づけるかにみえた。

「二十八にござりまする」

長野は、言葉少なにそう答える。

「これは異なこと。それがしには、殿のほうがどうしてもいくつか上にお見受け申しまするが」

孫左衛門は、大げさに驚いてみせた。正直に言ったつもりだったが、鉄三郎はその本心を見抜いてか、大きな声で笑い飛ばす。

「おいおい、鉄三郎は殿ではないぞ。義言殿の前だからとて、いつもと違う呼び方をすることはなかろう。そちがなにを思うても、この鉄三郎に限っては、この先もそんな呼ばれ方をすることなど、よもやあるまいに」

「なにもこの場でそんなことを……」

臆する孫左衛門に、長野も一瞬戸惑った顔を見せた。しかし、鉄三郎はそんなことなど一向に構わぬ様子で、大きな声で続けるのだ。

「よう目を開いて見るがよい、孫左衛門。この義言殿は、幾月もかけて諸国を見聞し、学問を修め、多くの門人に教えを説いてこられたお方だ。なまじ藩主の子に生まれたばかりに、この埋木舎に隠れひそんで囚《とら》われの身のような、無根水《むねみ》のごとき生きかたをしている者と較《くら》べれば、同じ歳でも中味が幾歳も違うものよ」

「なにを仰《おお》せかと思えば、そんなめっそうもないことを……」

長野はさすがにあわてて手を振り、頭を深く下げたが、鉄三郎の率直さに触れたからか、さきほどよりはずっと打ち解けた雰囲気がある。無根水というのが、鉄三郎の号にもかけて言っているのだということは、義言も以前送られた和歌で知っていたので、理解できたのだろう。

茶道の号は宗観《そうかん》というが、これを「むねみ」と読んで、この文字をあて別号にしているのだ。無根水《むこんすい》とは、無限の泉から湧《わ》いて出る水、仏法の意味にも通じるのが鉄三郎らしいと言うべきか。

ふたりが交わす言葉が、急速に親しげになっていく。まさに、一目で打ち解けるとはこのことだ。こんなことが、はたして男と男のあいだで起きうるとは、思いもよらなかった。孫左衛門は不思議な気持ちでふたりを見つめるのだった。

今宵《こよい》にいたるまでに、何度か書状のやりとりがあったのも幸いしたのかもしれない。風雅の道を求めて互いに惹《ひ》かれあってきたものが、やっと相手を前にしてその存在を確かめあい、あらためてさらに求めあうがごとくである。そんな孫左衛門の予感どおり、結局その夜ふたりは朝まで語り明かすこととなった。

まずは、若いふたりらしく堅苦しい歌の解釈論から始まったのだが、歌を読み解く力には、心の内が正直に表れるものだ。互いの力量に惹かれ合い、その背景にある学問の深さを認めあって、いくつかの和歌のやりとりにと移っていく。

この歌の贈答は、この会見中にも、鉄三郎と長野とのあいだだけに留まらず、孫左衛門や太冲、伽役で歌人の青木平輔頼方《へいすけよりかた》も加わることにもなった。

とくにこのときの第一夜は、鉄三郎も長野もすっかり心を開いて、話を弾ませるとともに、鉄三郎は、長野から贈られた「かつみぶり」への疑問を問い、それについて詳しく教えを乞《こ》うた。

「かつみぶり」というのは、長野が言葉の活用について述べた、両面一枚刷りの小さな著作だ。そして、長野とのこの出会いによって、最初は風雅の歌への思いに終始していた鉄三郎の向学心が、次第に国学の方面にも開かれていくことになる。

明け方近くには、「かつみぶり」の解釈に新境地を見た鉄三郎が言い出して、盃《さかずき》を交わすこととなり、ついには師弟の契《ちぎ》りを結ぶまでになった。

さらに翌日も、またその翌日も、長野は都合三晩も続けて、夜になると埋木舎を訪れ、鉄三郎と夜を徹して語り明かし、歌を交わしては、明け方になってあわててその場を辞するのだった。

義言を師と仰ぐようになってからの鉄三郎は、語学だけでなく、古学の研究にまで開眼《かいげん》し、風雅の域を出なかった和歌にも、さらに磨きがかけられていく。

三夜の会合が明け、白みはじめた寒空を帰っていく義言に、鉄三郎は、「義言うししばしとて故郷にかへりける時、はなむけのやうにてとて」と題して、次のように詠《よ》んだ。

さまざまにちぎる心をしをりにて花さく春はとく尋来《たづねこ》よ

それに対して、義言が詠んだ返歌は、

憂身《うきみ》こそわかれはゆかめ心さへ君につかへぬ時あらめやも

鉄三郎は、この返歌をすぐさま床の掛物にして愛《め》で、義言を慕う歌や書状を綿々と書き送った。この歌に込めた鉄三郎の思いは、長いあいだ渇望《かつぼう》していた歌道の師を得た喜びにほかならず、ふたりは学問上で固く結ばれたにすぎない。

だからこそ結んだ師弟の契りが、その後まさか違った方向に育ち、生涯をかけた関係にまでになっていくとは、このときのふたりに予測することはできなかった。

しかし、もとより鉄三郎は、なにごとにおいても途中で投げ出すことができない性格である。どんなことでも自分が納得するまで究めずにはいられないその性癖は、この長野義言という師を得たことによって、増幅され、また助けられもする。

そして、このあと鉄三郎を待ち受けているすべての数奇な運命において、この義言の返歌にも象徴されるふたりの関係の真価が、ことごとく試されることになるのである——。

五

一方、昇吉とひさを見送ったあと、相変わらず窯場《かまば》に通いつめていた半兵衛は、ある日あらたまった顔をして、留津を座敷に呼んだ。

「なあ、そろそろ、ええのやないかと思うのやが」

「あ、窯の嘆願書のことですか」

留津はすかさずそう訊《き》いた。藩からは、その後あの嘆願書についてはなにも言ってこない。業《ごう》を煮やした半兵衛が、きっとまたなにか考えついたに違いない。留津はそれがなにより心配だった。

「違うがな、留津。早とちりするのやない。わしが言うてるのは、小兵衛《こへえ》のことや。窯が召上になって、変な話やけど、ここんとこちょっと落ち着いてきたやろ。嘆願書のことは気になるけど、それがはっきりする前に、小兵衛のこともそろそろ考えてやらなあかんのやないかと思うてな」

先妻との間の子の善左衛門《ぜんざえもん》を、養母の実家に養子に出した後、留津と相談して新たに養子に迎えたのが手代の小兵衛だった。いまや小兵衛は、留津の頼れる右腕として、立派に古手呉服商いを支えてくれている。

「そうですなあ、小兵衛のことは、うちもずっと気になっていたんです。これまであの子は、一人前に商いを覚えるまでは言うて、縁談にもなかなか耳を貸さへんかったんですけど、いくらなんでも、もうすぐ三十になりますしなあ」

「あいつはおとなしい男やけど、芯《しん》の強いところがある。周囲に甘えることのできんやつや。ときにはそれが仇《あだ》になって、もの思いをじっと溜《た》め込むようなことにもなる。これまでおまえがいくら言うても所帯を持たんかったんは、あいつなりに、わしらに気を遣《つこ》うておったのかもしれん」

「いえ、うちが商いにかまけて、あの子の本当の気持ちに気づいてやれんかったんです。うちには子供ができんのやし、せめてあの子をもっと大事にしてやらなあきませんのやけど」

留津はうつむき加減になって、申し訳なさそうにそう言った。子供のことを口にするたび、留津はどうしても後ろめたさを感じずにはいられない。

嫁いだばかりのころの留津は、絹屋の商いを覚えるのに精一杯だった。やがて少しは着物を見る目ができ、その値打ちについても見当がつくようになり始めたころ、半兵衛がやきもの商いを始めると言い出した。

やきものという新しい商いに没頭する半兵衛に代わって、今度は絹屋に代々続く古手呉服の商いのほうを、留津が一手に担《にな》うようになった。そうして気がつくと、子供のひとりも作ることができなかった自分がいた。

「なあ、留津。確かにわしらには子供ができんかったから、おまえは自分で子育てをしたことがない。そやから、小兵衛の気持ちにもいまひとつ気づいてやることができんかったのやないかと、そう思うているのか」

半兵衛は、怖いほどの顔をして留津を見た。

「そやかて、自分のお腹《なか》を痛めて子供を産んだり、自分の乳をふくませて、子供を育てたり、女としてそういうことを一度もしたことがないから、そやからうちは、うちは……」

いったん口にしてしまうと、次々と思いがあふれてくる。長いあいだ、決して口にはするまいと心に決めて、抑え続けてきたものだ。それが、いま出口を求めて、留津の心の奥から噴き出してくる。

「それは違うで、留津。おまえは立派に子供を育ててきたやないか」

「え？」

「おまえにとっては、絹屋の商いを育てるのが、子育てそのものやった。おまえが、又十さんでの奉公のときに身に付けた帳簿のつけ方やら、いろんな書のことについて、こっそり小兵衛や善左衛門に教えてやっているのを、わしが知らんとでも思うているのか？」

半兵衛は、包み込むような目で留津を見た。

「旦那《だんな》さま……」

「誰になにを言われても、おまえはそんなふうに自分を責めることは要らんのや。わしらに子供ができんかったのも、そのかわりこうして長いあいだきばって商いを続けてこれたのも、もしかしたら、みんな最初から観音さまのお考えやったのかもしれん」

半兵衛は、おまえに子供ができなかった、とは言わず、あえてわしらに、という言い方をした。半兵衛の優しさは、そんなささいなところにもあふれている。

留津は言葉も出ないまま、こくりとうなずいてみせた。頭を上げると、こちらをじっと見つめる半兵衛の顔がすぐ目の前にあった。若かったころからあった白髪が、このごろはめっきり増えてきた。

商いのときも、窯のそばにいるときも、ひとを寄せ付けないほど厳しい表情を見せるこの顔が、いまは限りなくいとおしそうにこちらに向けられている。

そう思ったとたん、留津の鼻の奥をツンと突き抜けるような感覚が走る。一瞬、涙があふれそうになって、留津はあわててまばたきをした。そして、限りなく萎《な》えていきそうな思いを振りきるように、胸を反らして、留津は笑顔を作って言ったのだった。

「なんや旦那さま、そんなこと言うたら、おひささんの真似《まね》みたいですなあ。あのひとも、富籤《とみくじ》が当たったことを仏さまのばちやなんて言うてはりましたやろ？」

「そう言えば、そんなこと言うてたなあ」

「おひささんの流儀で言うなら、うちの場合は、子供が授からんかったかわりに、きばって商いをする身になったのも、仏さまのばちやったということになるのかもしれませんけど……」

「子供の苦労をせんでええかわりに、商いの苦労をせえと、仏さんが言うてはるということか？　そやけどおまえは、それ以上に、もっと大変な苦労をしているやないか」

「え？　もっと大変な苦労？」

なんのことかと尋ねようとして、半兵衛を見上げると、その目の奥に、いたずらっぽい光がある。

「そうや。ほれ、彦根の絹屋とかいう店の、なんとかという名前の赤子のこっちゃ。えらい利《き》かん気が強うて、言い出したらとことんやらな気が済まんらしいし、守りが大変なそうやないか」

半兵衛がおどけた声でそう言い、片目をつぶってみせるので、留津は思わず噴き出してしまった。

「ああそうやったわ、あそこの大きな赤子は、いつまでたっても手のかかるほんに大きいぼんぼんやし。確かあのお子、半兵衛とか言うてはったかいなあ」

　留津が負けじと言い返したので、半兵衛もつられて噴き出した。子供のできない留津の淋《さび》しさと、それを補ってあまりある努力を、半兵衛はこうして笑いに紛らせてねぎらってくれているのだ。

　普段は商いに追われて、じっくり話すこともない。たとえ話をするとしても、どうしても商いのことが中心になる。それでも、半兵衛の心の底には、いつも変わらぬ温かいものがある。だからこそ留津は、子のない肩身の狭さを口にすることもなく、今日までやってこられたのかもしれない。

「なあ、留津。ついでに、小兵衛というもうひとりの赤子も、頼んますわ」

　半兵衛は、すくいあげるような目でこちらを見て、さらにおどけて、また言った。

「はいはいぼんぼん。どうぞうちに任せてください。そやけど、冗談はおいといて、ほんまにあの子には良い所帯を持たせてやりたいですなあ」

「どこぞに、ええひとはおらんのかいな」

「さあ。口数の少ない子ですし」

小兵衛は、普段は決して前に出ようとしない男だ。手代上がりということもあるのか、いつも一歩下がって半兵衛や留津を立ててくれる。留津がなにか意見を求めても、必ずいったんは身を退《ひ》いて、留津の意見を聞いてからものを言う。

それでもここぞというときには、誰よりも絹屋の店を守ろうとする律儀《りちぎ》さを持ちあわせている。むしろ偏《かたよ》らない公平な物の見方に、留津もこれまでどれだけ助けられたか知れなかった。

「どうせなら、身体《からだ》の丈夫な、子だくさんな家のひとがよろしいなあ」

何気なくつぶやいた自分の言葉に、留津はアッと、小さく声をあげた。

「そう言えば……」

「心あたりがあるのか」

「いえ、はっきりは知りませんのですけど、この前あの子のところに京から便りが届いたことがあって」

「京から？　いつごろのことや」

「そやなあ、もうひと月以上前になりますやろか。ちょうど、昇吉さんとおひささんがうちに来はるちょっと前ぐらいやったかなあ」

「恋文か？」

「さあ、そこまではわかりません。ただ、うちと目が合《お》うたら、なんやあの子、急に赤い顔になって逃げて行ったんですわ。そのときはうち、あんまり気にも留めんかったんですけど、いまから思えば、やっぱりそうやったんやろか」

そのときのことを思い出して、しきりと首を傾《かし》げている留津に、半兵衛は歯がゆくてならないように声をあげた。

「なにしてんのや留津、早う小兵衛を呼んでこんかい」

「え、小兵衛をですか？　いま、ここに？」

「あたり前や、こういうことは本人に訊くのが一番早い」

「はい……」

半兵衛に言われて、留津はすぐにその場を立った。

ほどなく、留津のあとから、小兵衛が座敷にやってきた。

「お話、いうのは、なんですやろ？　なんや私にお訊《き》きになりたいことがあるそうですけど」

小兵衛は、ひどく神妙な顔をしていた。きっと、あらたまって何事かと心配しているのだろう。

「うん。わざわざ来てもろたのはほかでもない。留津が、おまえのことをえらい心配しているのでな、それなら直接おまえに訊いたほうがええのやないかと思うたんや」

「は、ご心配をおかけするようなことが、なにかありましたやろか」

「おまえ、ええひとができたそうやないか？　京のおひとやてなあ」

半兵衛の問い掛けが、あまりに単刀直入だったので、あわてたのは留津のほうだ。

「旦那さま、うちはそんなことなにも……」

だが、半兵衛はそう言う留津を手で制して、また口を開いた。

「わしは全然気づかんかったんやけど、さすがは母親や。なんにも言わんかて、おまえのことはなんでもわかるんやろ。おまえがええと思うのやさかい、きっとええ女子《おなご》はんに違いないやろうと、お母はんは言うてはる。どうや、どんなおひとなんや、わしにも教えてくれんか」

あまりに突然のなりゆきに、小兵衛は目をみひらいて半兵衛と留津を交互に見るだけで、声も出ない様子だ。

「おまえももうすぐ三十や。これまでは、お母はんとふたりで一所懸命きばってくれたけど、そろそろ絹屋の跡継ぎとして、立派に所帯を持ってもらわなあかん歳《とし》や。おまえが見そめたおひとがあるなら、わしらも一回会うてみたい」

「いえ、そんな、私は……」

そう言ってうつむいた小兵衛は、首すじまで赤く染まっていた。

「そうか、わしには言えんようなひとなんやな」

今度はがらりと声が変わる。留津は、そんな半兵衛を横で見ていてハラハラしてくるのだった。

それにしても、半兵衛の話術は絶妙だった。

小兵衛にはすでに好きな相手がいるものと、はなから決めつけて訊いている。最初に、まず小兵衛のことを心配していると前置きをして、相手に小さな不安を抱かせ、そのあと間髪をいれずいきなり本題を突きつける。

しかも、みそめた女がいるかどうかと問うのではなく、いると断定して訊いていくのだ。最初はやさしく尋ね、相手の様子を見ながら、答えられないと見ると今度は強く出る。そんな激しい変化が、小兵衛をさらに動揺させ、かえって事実を否定できなくさせている。

留津は、半兵衛の横顔をまじまじと見つめた。

これが交渉の術というものか。商いの極意は、ここにあるのだ。

留津は、小兵衛のこととは別に、商人としての半兵衛の大きさを、あらためて知る思いだった。

「そんなことはありませんけど……」

小兵衛は、消え入るような声で言った。

「なんていう名のひとや？」

たたみかけるように、半兵衛が訊く。

「……おいと、と言います」

うつむいたまま小兵衛が答える。

「ほう、ええ名やないか」

半兵衛は大きな声でそう言って、すぐに留津のほうを向き、嬉《うれ》しそうな顔で目配せしてきた。

「おいとって言うたら、もしかして中島屋さんの、あのおいとちゃん？」

留津も思わず大きな声になっていた。小兵衛は、もはや耳まで真っ赤になって、うつむいたままこくりと首をたてに振る。

「留津、おまえその娘を知ってるのか。中島屋はん言うたら、烏丸《からすま》二条の、あの中島屋はんのことやろ？」

半兵衛は、自分も以前はよく通いつめた中島屋の店先に思いを馳《は》せた。京の烏丸二条にある生糸割符仲間商人で、古手呉服の小売り兼仲買い業を営み、絹屋とは古いつきあいのある店だ。

ただ、おいとという娘に記憶はない。きっと、京での買い付けを留津と小兵衛に任せたあと店に出るようになったのだろう。

「おいとちゃんなら、うちもよう知ってますわ」

「どんな娘なんや?」

半兵衛が訊くと、急に小兵衛が顔を上げて、口を開いた。

「いつもにこにこして、どんな面倒なことを頼んでも嫌な顔ひとつせんひとです。こっちが頼んでおいた古手の色やら、柄についても、小物の種類についても、あ、それから勘定もそうですけど、ほんまになにを頼んでもきっちりしてはって、間違《まちご》うたことがないんです」

突然雄弁になった小兵衛に、今度は留津と半兵衛が唖然《あぜん》として、顔を見合わせる番だった。

「商いのこと以外には、私もそれほど口をきくわけではないのですけど、ものを頼むときは、やっぱりおいとさんが一番安心なんです。挨拶《あいさつ》ひとつにしても、いつも笑顔で心がこもっているし。京に買い付けにいくたびに、あのひとを見てると、なんや心が温こうなるというか。それに……」

小兵衛はそこまで一気に言って、なぜか言葉を途切らせた。

「それに、なんや? 遠慮せんと、なんでも言うてみい、小兵衛」

半兵衛が微笑《ほほえ》みながら先をうながす。

「はい。それに、あのひとがきばって働いてはるところを見てると、なんやお母はんのことを見ているような気がしてくるんです」

「留津のことを?」

「そうです。店中で一番忙しいはずやのに、いつも一番にこにこしてはって、誰に対しても裏表がのうて。たまに、私がひとりで買い付けに行くと、お母はんのことを病気やないのかと必ず訊かれるんですけど、そういうとこなんかも、やっぱりお母はんにそっくりで」

小兵衛はそう答えると、やはり恥ずかしそうに目を逸《そ》らせた。

「小兵衛、あんたという子は……」

今度こそ、留津はこみあげてくるものを抑えることができなかった。

小兵衛はそんなふうに自分のことを見ていてくれたのか。それは、留津にとっては思いがけないことであり、このうえなく嬉しい驚きだった。

女だてらに商いに没頭し、ふと気がつくと、母としての喜びも知らずに働いてばかりの毎日だった。だがそんな自分を、こんなにも温かい目で見てくれていた息子がいた。たとえ血はつながらずとも、それにどんな意味があろう。

留津は無意識に、小兵衛の手に自分の手を重ねていた。

「おおきに、小兵衛」

それだけ言っただけで、もうなにも必要なかった。留津にとって、これ以上の褒美《ほうび》はない。

「おおきに……」

留津には、何度言っても言い足りない気がした。

「これで決まりや。どんなおひとか、わしもいますぐ見てみたい。どうや、今度の買い付けには、わしも一緒に連れてってくれ。いや、わしはもうそれまで待てん。すぐにも、行こう。三人で京に行こう」

半兵衛らしいと言うべきか、そんなふうに言い出して、三人が京に向けて旅立ったのは、それからまもなくのことだった。

おいとは中島屋の主《あるじ》の妻の遠縁で、話は予想以上に早く進んだ。おいとはもとより絹屋とは商いのつきあいも長く、互いの信頼感があったことも幸いした。小兵衛より九歳下で、末娘だと言う。

あらかじめ半兵衛から主に宛《あ》てて丁重な書状を出し、こちらの思いを伝えてはおいたが、ひさしぶりに再会する主と半兵衛のあいだで、小兵衛とおいとの話はあっという間に盛り上がったのである。

少し強引で、仲人《なこうど》を通さない異例のやり方だったが、それも半兵衛らしいことだと留津は思った。ただ、それが相手の両親にどのように受け止められるか、一抹の気掛かりがなくはない。小兵衛のおいとへの思いが強いだけに、もしもうまくいかなかったときはその分落ち込みも激しいだろう。思いつめて心を閉ざしてしまわないか、そうなったときはどうやって慰めてやればいいかなどと、留津はそんなことまであれこれ思いを巡らせていたのである。

だが、そうしたひそかな心配も、京の中島屋に着いたとたん、すべてが杞憂《きゆう》だったことがわかった。

中島屋の主が、半兵衛の気性をよく承知していたからか、先回りをしておいとの両親に連絡をつけ、中島屋に呼んでくれていたのだ。だから、宿で身なりを整え、清水の観音様にも連れ立ってお参りをしてから、半兵衛たち三人が中島屋に到着したときには、そのまま両家の親が揃《そろ》っての顔合わせとなった。

つまりは、おいとの父親がその席に顔を出した時点で、小兵衛の縁談は無事整ったも同然で、若いふたりのことは、両家だけでなく、中島屋の主夫婦にとっても好意的に受け入れられたことになる。

「手前どもにとっては、おいとが居んようになるのは本当はきつう痛手ですのやけど、あの娘《こ》の幸せを思うとなあ、そうも言《ゆ》うていられませんし」

長い半日が終わって、中島屋の店先で留津らが礼を述べたとき、中島屋の主がそっと漏らした。おそらくその言葉には、商人の本音が隠されているのだろう。それはまた、嫁に出す側のおいとの父親の思いでもあったはずだ。

中島屋の主が、にわか仲人のような立場で気働きを示してくれ、すべての話が済んだあとは、皆が揃って仕出屋の料理で昼食をとり、盃《さかずき》まで交わすことになった。そうして、喜びをかみしめながら三人が中島屋をあとにしたのは、そろそろ夕刻というころだった。

「おめでとう、小兵衛」

中島屋を出て、宿に帰る途中、留津はあらためて小兵衛に言った。

「ええか、小兵衛。おまえは、今日のことをずっと忘れたらあかんで。おいとちゃんのお母はんのあの嬉しそうな顔も、それからあのお父はんの無理矢理笑うてはったような顔も、なにかあるたび、必ず思いだすのやで」

中島屋の座敷で、ずっと上機嫌だった半兵衛が、さっきとは別人のように真顔でそう言うので、留津は意外な思いでその顔を見た。

「そうやで小兵衛、京で生まれて、京で育って、ずっと京からは出たことがないと言うてはったけど、そんなおいとちゃんからすれば、彦根はやっぱりなんというても遠い国や。それでも、絹屋の小兵衛に嫁いでいこうと心を決めてくれはったおいとちゃんの気持ちも、あんたはいつまでも忘れたらあかん」

そう言いながら、留津は知らず知らずにひさのことを考えている自分に気がついた。あのころ、昇吉を追いかけて、ひさはどんな思いで有田から京を経て、彦根までの道のりを歩いたのだろう。

「せっかくやから、宿に戻る前に、昇吉っつぁんのところへ寄って行こうやないか。小兵衛のことを報告して、ついでにみんなでお祝いや」

半兵衛が言い出して、昇吉の店をのぞいたのが、ちょうど夕方の書き入れどきと重なった。店は客で満杯で、ひさは頭に手拭《てぬぐ》いをかぶり、たすきがけをした袖《そで》から、いまはもうすっかり肉のついた二の腕を出して、汗をふきふき店の中を走りまわっているのが見える。

昇吉のほうも板場の仕事があるらしく、半兵衛たちが着いたのに、店に顔を見せることもできないらしい。座る場所もないのでと、もうしわけなさそうにしきりと頭を下げるひさの案内で、三人は店を出て、すぐ近くの住まいのほうに行くことになった。

しゃれた格子戸《こうしど》の狭い戸口を入り、細長く奥に続く廊下を行き、一番奥にある狭い座敷に通された。夕暮れどきの忙しさが一段落するまで、ひとまずここで待っていてほしいというのだ。

いつも以上の早口でそれだけ告げ、ひさがそそくさと家を出ていくと、あとは店のあの喧騒《けんそう》が嘘《うそ》のように、しんと静まり返る。

「昇吉っつぁんの店、えらい繁盛《はんじよう》してるのやなあ」

半兵衛は、座敷に設《しつら》えてあるこぢんまりとした床の間を背に腰を下ろしながら、そう言ってあたりを見回した。

ひさと入れ替わりに店の者らしい若い娘がやってきて、火鉢に火を入れ、ひとまずこれでと、塩辛や香の物と一緒に徳利と盃を並べていく。

それからどれほどたっただろうか。二本の徳利を、半兵衛と小兵衛とですっかり空にし、さらに手持ち無沙汰《ぶさた》な思いでしばらく待ったあと、ひさがやっと戻ってきた。

「すっかりお待たせしちまって、もうしわけありません。あ、そうそう、それよりこのたびは、小兵衛さんには本当におめでとうございます」

あらためて頭を下げるひさに、半兵衛も留津も、それから小兵衛も並んで居ずまいをただし、揃って礼を言うのだった。

忙しいのも一段落したのか、さっきの娘とさらにもうひとり娘が顔を見せ、今度は酒と料理も運んできてまた出て行った。そのあと、少しして昇吉がやってきた。

「みなさんよう来んしゃった。このあいだはかえってお世話になったけん」

「いやいや、こちらこそおおきに……」

「小兵衛さんもついに嫁さんもらうとね。おめでとう。それにしても、月日の流れは早かねえ」

昇吉は、着流しのうえから粋《いき》なたすきがけをして、すっかり板前の風情《ふぜい》になっていた。最初のころこそ、疲れた肩に手をやって、しきりにもみほぐすような仕草をしていた昇吉も、半兵衛たちの顔を見て、すっかりくつろいだのか、酒の仲間にも加わった。

盃がすすむうちに、店の話になり、ひさも加わって座は盛り上がる。

「それがね、聞いてくださいましよ。ほんとに散々だったんですよ、あたしたち。いえね、この前彦根から帰ってくるときのことなんですけど」

ひさが言い始めると、昇吉はもう思いだしたくもないというふうに手を振った。

「やめとけ、おひさ。恥ずかしかろが、あんな話は」

「だってさ……」

昇吉が止めると、ひさはいつものように口をとがらせる。

「なんですの？　彦根からの帰りに、なにかあったんですか」

そうひさに問うたのは、留津だった。

「それがね、ええ、あれはたしか彦根を出て、守山宿で一泊してから、翌朝ゆっくり宿を出たあとのことですから、草津宿に向かってすぐのあたりだったかしらねえ。あたしたちったら、それはもう大変な騒ぎに巻き込まれちまって……」


ふたりが京へ帰る途中で遭遇したのは、天保十三年（一八四二年）十月なかばに起きた、のちに言うところの近江大一揆《おうみだいいっき》、つまりは近江国天保一揆の流れの群衆だった。この一揆は、発生した地名をとって「甲賀騒動」や「甲賀一揆」とも、あるいは参加者が押しかけた土地の名をとって「三上騒動」や「百足山騒動《むかでやま》」とも言われている。

水野忠邦《ただくに》による天保の改革で、幕府の収入増加策のひとつとして行なわれた検地に対し、反対する地元農民が起こした行動であるが、野洲《やす》川沿いの庄屋が集まって衆議を重ね、嘆願書を書き、農民の統率を図って行動したことなどから「天保義民」と呼ばれることもある。

その検地には、尾張徳川家、仙台伊達《だて》家の領地もあったが、彦根藩領も含まれていた。ただ、有名大名ならではの幕府内への働きかけによるのか、なぜか見分の役人は足を踏み入れないようにしていた。

幕府はまずこの検地について、農民に対しては検地ではなく見分であると告げていた。見分というのは、開発可能な未開地を見つけ出すことであり、京都町奉行所を通じて、「湖水縁《べり》・川之《の》筋・空地・新開場御見分」、「空地・洲寄新開場御見分」と触れていたのである。

見分役として、江戸からは勘定奉行所勘定方の市野《いちの》茂《も》三郎《さぶろう》、普請役《ふしんやく》大坪本右衛門、藤井鉄五郎ら三名を派遣し、介添役には、京都町奉行所同心柴田《しばた》清七、上田栄三郎《えいざぶろう》、大津代官所手代山下五四郎、信楽《しがらき》代官所手代芝山金馬らを同行させ、その他に絵師、医師、竿《さお》取り、縄引きなど諸役を含めて総勢四十名ほどの集団となった。

しかし近江で最初の見分地となった湖南地域では、役人らの目にあまる横柄《おうへい》さや、賄賂《わいろ》の要求など、そのあまりに理不尽な行為が農民らの強い反感を買った。

そして野洲川沿いの甲賀、栗太《くりもと》、野洲の三郡で、四万人といわれる農民が整然と蜂起《ほうき》し、天保十三年十月十四日夜から始まってわずか二日のあいだに、見分役の役人から、検地を十万日日延べするという証文を勝ち取ったのだ。これは、あまたの一揆のなかにあって、数少ない農民側勝利の例として記録されている。

ただ、騒ぎの後十月二十二日からおよそ一週間で、百人ほどの幹部が逮捕され、京都町奉行所で吟味を受け、拷問《ごうもん》によって死亡する者も出た。十二月十四日からは、大津代官所に勘定奉行留役を派遣して、さらに厳しい詮議《せんぎ》が始まり、この段階で三十人以上が生命《いのち》を落としている。

その後も、幕府の面子《メンツ》にかけて延べ二千人におよぶ農民が逮捕され、無実の罪で取り調べ中に死亡者も出る状況のなか、幹部はひたすら黙秘を続け、一年続いた取り調べの途中で、江戸へ送られることになる。

農民らの蜂起の目的は、もとよりその見分の中止を求める嘆願書を、京都町奉行所へ取り次いでもらおうと、そのころ三上藩領にいた見分役の市野に交渉に出向くことだった。黙秘を続けた幹部たちは、その本来の志を、江戸での吟味で、思い残すことなく述べようとしたのである。

江戸でのこの吟味には、次席老中土井大炊頭利位《おおいのかみとしつら》を中心とする反水野忠邦派があたった。そして、うち続く失政の挽回《ばんかい》にと、将軍家慶《いえよし》の日光社参をたくらんでいた水野の繁忙の隙《すき》をついて推し進められ、近江の検地は正式に中止が決まる。土井派の大物には、鳥居耀蔵《ようぞう》によって北町奉行から大目付に左遷《させん》された遠山左衛門尉景元《さえもんのじょうかげもと》、替わって北町奉行となった阿部遠江守正《あべとおとうみのかみまさ》蔵《くら》などがいた。

この検地の失策は、のちの上知令《あげちれい》の失敗とともに、水野忠邦失脚の遠因となった。ちなみに、水野が画策した将軍の日光社参には、彦根藩主井伊直亮も、また一揆の現場になった三上藩主で水野派の若年寄、遠藤但馬守胤統《たじまのかみたねのり》も供奉《ぐぶ》している。

また、彦根藩元家老の小野田小一郎もその準備に努め、舟橋右仲は中手行列持鉄炮頭《てっぽうがしら》として、直亮とともに同行している。

「ああ、あのときの騒ぎのことかいな。わしも聞いてはいたが、大変やったそうやな。そやけど、たった二日であれほどみごとな首尾というのも、さすがは近江の百姓衆やともっぱらの噂《うわさ》やった。そうか、昇吉っつぁんらは、ちょうどあのときの騒ぎに巻き込まれてしもうたんか？」

半兵衛は、思わず身を乗り出して訊《き》いた。

「へい。ほんとにもう、間が悪いというか、なんというか」

昇吉はそう言って、自嘲《じちょう》ぎみに何度もうなずく。

「確かいま京では、つかまった首謀者らの吟味が続いているはずやと聞いてるけど、えらいきつい取り調べらしいな」

「そのことは、あっしも聞きました」

「しかしなあ、そもそもお上が腐りきっとるんや。老中の水野さまがどれだけ偉いか、妖怪《ようかい》鳥居某《なにがし》がどれだけ賢いかわしらは知らんけど、このところのお上のやることは滅茶苦茶《めちゃくちゃ》やないか。役人らのほうも、長いものには巻かれろで、自分らの好き勝手をしとるだけや。飢饉《ききん》がおさまって、米の高値もなんとか落ち着いて、豊作祈願の奉納相撲なんかも、やっとまた始まりかけてきたところや。なにもかもこれからやと思うたとたん、湖東の検地をするという話やろ？　そりゃあ百姓衆かて怒ってあたり前やと、わしは思うけどな」

「そうそう、そうですよね、旦那《だんな》さま。あたしたちには、贅沢《ぜいたく》はだめだとかって、ささやかな楽しみまでなにもかも禁止しちまうしねえ」

「どうやら今回の検地でも、役人は実際には測量もしないで、賄賂次第で増し分の空き地を加減したという話もあるとです」

「自分たちばっかりいい思いをして、自分の腹だけ肥やしといてさ、そのくせあたしたちからは運上だの年貢《ねんぐ》だのって搾《しぼ》り取るんだ。お上なんて、いつもお侍以外は二の次、三の次なんだもの、こっちがよっぽどちゃんとしていないと、世の中どうなっちまうかわかんないってものですよ」

ひさも、黙ってはいられないという顔で言う。

「おひささんの言うとおりかもしれんなあ。やれ改革やなんやとか言うてはるけど、うちらにばっかり痛みを押しつけて、お役人ら本人がわが身大事では、なんのための改革かわからへん。先のことをちゃんと考えて、大きな目で世の中全体の将来を見ている役人が、どれだけいてはることか」

留津も言わずにはいられなかった。

「そうやな、留津。三方領地替えみたいなもんも、誰が見てもおかしい。お上が、なんとかひいきの大名にええ思いをさせようというのが見え見えや。世の中の実情やら、そこに住んでる庶民の心情を全然知らん役人連中が、ただ屋敷のなかだけで考えて物事を決めて、それで世の中を変えようと目論《もくろ》んでも、的外れもええとこや」

「小手先だけで、やみくもに年貢を増やそうと思うても、皆の反感買うだけやというのがなんでわからんのですやろなあ。今回の近江の一揆もそうですけど、いくらお上が頭だけで考えて、勝手な改革の案を押しつけ、うちらを好きに抑えつけようとしてもそうはいかんということが、お上にもようわかってもらえたのならええのですけど」

「いつの世でも、ほんまに世の中を変えられるのは、やっぱり民の底力というものなんや。それは今回の大一揆の話でもようわかる。最後に一番大事なのは、そうやって自分らの力で自分らの世の中を築いていこうという、みんなの願いがひとつになることや」

半兵衛がしみじみとした声で言った。

「それにしても、昇吉さんもおひささんも、まさか、いくらなんでもその一揆に加わったということではないですやろ？」

「違いますよ。あのときはあたしたちも、最初なにがなんだかわかんなくてねえ。ただ、ものすごい勢いでこっちに向かってくる大勢のひとたちといきなりぶつかっちまったんです」

なにしろ、近江の大一揆に立ち上がったのは、四万人ともいわれる大群衆である。昇吉たちが出会ったひとの群れは、野洲川の川原で行われる集会に参加しようと、気分も大層昂揚《こうよう》し、ほとんど小走りの勢いで進んでいた周辺の農民たちだったらしい。

「あたしだって、あんなにたくさんのひとを見たのなんて、生まれて初めてでしたからね。どうしたらいいかわかんなくてね。でも……」

ひさは、そのときのことを思いだしたのか、遠くを見る目をして、辛《つら》そうに唇を嚙《か》んだ。

「ねえ、奥さま。あたし、お金というものは、ほとほと怖いものだと身にしみて思いましたよ」

「お金？」

突然のひさの言葉に、留津はなんのことかわからなかった。

「ええ、お金です」

ひさがうなずいて言うには、その大勢のひとが迫ってくるのを見て、一瞬どうしようかと立ちすくんでいると、出合いがしらにそのうちのひとりの肩がひさの肩にぶつかったというのだ。よろめいたひさを、右手の不自由な昇吉が、とっさに支えようとしたとき、背負っていた重い荷物が道に落ちた。しかもその荷物は、ぶつかった男のすぐ後ろにいた男に思いきり蹴飛《けと》ばされ、はずみで中味がはじけて、道にばらまかれてしまったという。

「それはもう、あっという間のことでした。すごいありさまでしたね。なんといっても、目の前に金貨銀貨がぶちまけられたんですもの。まるで畑に蒔《ま》いた種に、雀《すずめ》や烏《からす》が群がってくるみたいで……」

道幅いっぱいにそれなりに整然と列を組んで来たひとの群れが、瞬間大きく崩れたかと思うと、道に散らばった金にわっと先を争って群がった。着物のままで膝《ひざ》をつき、なかには地べたにしゃがみこみ、この世の者とも思えぬほどすさまじい形相で、土や石ころごと金を掻《か》き集める。

あたりには土埃《つちぼこり》があがり、ひとびとの頭がひしめいて、昇吉の荷物はたちどころにその姿を消していた。

三百両分の金のほとんどがなくなるのに、いったいどれぐらいのときがかかっただろう。

「それで、どうなったんですか？」

留津は、せき込むように昇吉に先をうながした。

「どうもこうも、それだけですよ」

「それだけって、そのあとお金は？」
今度はひさに向ってそう訊くと、さあ、とばかりにちょっと首を傾《かし》げ、ただ黙って笑ってい
るだけだ。
「あっしは、あわててみんなを追っ払おうとしたとです。そうせんかったら、みんな盗《と》られる
とでしょ。そんな馬鹿《ばか》なって、あっしは必死で追い払おうとしたとですよ。ばってん、こいつ
はあっしの腕をつかむんです。ぎゅっとね、それはもう痛いぐらいに」
「え？」
昇吉によると、ひさはそのときその場に突っ立ったままで、金に群がる人々をひとりとして
追い払うことをしなかった。むしろ、どこか笑っているようにも見えるぐらいで、じっとその
姿を見つめていたのだという。
「こいつというたら、やっぱり、やっぱり、ってね、そんなふうに何遍も口のなかでぶつぶつ
言いよるだけで……」
「やっぱりって？」
「あたし、あのとき思ったんですよ。あの富籤《とみくじ》で当たった三百両は、やっぱり本当に仏さまの
ばちだったとね。それは前々から何度も言ってたことなんだけど、今回のことで間違いなくそ
うだったって、はっきりとわかった気がしました」
「阿呆《あほう》やなかかって、そう思わんとですか」
昇吉は、そう言って、半兵衛と留津を交互に見た。
「だってあたし、ほんとにそう思ったんだもの。お金を拾って、一目散に逃げていくひとは、

みんな苦しそうな顔しててさ。あたしと目が合うと、親の仇《かたき》みたいな怖い顔で睨《にら》んで、すぐに背中を向けちまうのね」

「そりゃそうや、おひささん。言うてみたら盗《ぬす》っ人《と》と同じなんやから」

「確かにそうなんですけどね。でもねえ、教えてもらえませんか、旦那さま。お金って、いったい何なんです？　お金なんて、ほんとにあたしらに要るもんなんですか？」

ひさは真剣なまなざしで訊いた。

「おいおひさ、いまさらなんば言うとうと？」

答えに詰まる半兵衛の代わりに、昇吉が慌《あわ》ててたしなめる。

「だって、そうじゃないか。あたしらの暮らしに、お金なんてものが出てきちゃったから、だから人は欲を出すようになっちまったんだもの。あたしらはさ、お天道《てんと》さまがちゃんと照って、お米が十分に出来てさ、三度のご飯さえちゃんといただけたら、もうそれ以上なにもなくたって、生きていけるのさ。お金なんか、ただの紙切れか、金や銀の塊だよ。そんなもん、いくらあったって、ほんとはお腹《なか》の足しにもなりゃしない。それが証拠に、あのとき誰を見ても、あのお金を拾って心から嬉《うれ》しそうなひとなんて、ひとりもいやしなかったんですよ。それを見ていてあたしは思いました。ああ、これで終わったってね」

「終わった？」

「ええ。ほんとはあたし、あのひとたちにお礼を言いたいぐらいでした」

ひさは、留津や半兵衛にというより、むしろ自分自身に言い聞かせるように、そう告げた。

「あんな大金を、全部ひとに持っていかれて、なにを阿呆なことを言うとるのやと、思わんですか」

昇吉はあきれたようにそう言ったが、その顔は、口で言うほどには悔しそうではなかった。

「うちは……」

しばらくのあいだ、ずっと黙ってうつむき加減にひさの話を聞いていた留津が、突然顔をあげ、静かに口を開いた。その思いつめたような目を見て、皆がその口許《くちもと》に目をやった。

「うちには、ようわかるわ、おひささん。あんた、やっと仏さまのばちから解き放されたと、そう思わはったのやろ？」

その言葉に、ひさはただこくりとうなずいた。

「よかったね、おひささん、おめでとう」

「奥さま……」

「うちもな、実は、おんなじようなばちから救われたばっかりやし」

「なんですって、奥さまがまさか同じようなばちを？」

「はい。うちも長いあいだ、ずっとこだわってきたんですけど、これでやっと解き放してもらいましてなあ。これからは、堂々と世の中を渡っていけるような気がしていますのや」

「へえ、あたしとおんなじですよ。あたしも、これでやっと昇ちゃんの本当の女房になれたような気がしているんです」

ひさは、留津がどんなことを悩み続け、いまなにから解放されたと思っているのか、あえて訊《き》こうとはしなかった。

だが、留津がそうしたものからどれほど救われたのか、そしていまはどんなに清々《すがすが》しい気分でいるか、それだけははっきりと理解できると言いたいらしい。そして、なにより留津と強い連帯感を分かち合え、それが嬉しいと思ってくれているのだろう。

そんな留津とひさの様子を、昇吉も半兵衛も、それから小兵衛も、不思議なものを見るように見つめていた。


やがて、感慨深げに声を出したのは、昇吉だった。

「こがんこと言うては悪かばってん、女は怖いとあっしは思いよったです。大勢の見知らんひとが、あっしらの金に群がっとるんですよ。それを目の前にして、このおひさはにこにこして見てたとですけんね。あの金があれば、あっしらはいろんなことができたとばい。店を大きゅうすることも、雇い人を増やすことも、いや、もう一軒や二軒、店を増やすこともできたかも知れん」

「昇ちゃん、そんなことを思ってたのかい?」

ひさは意外な顔をして昇吉を見る。

「ばってん、そうやないか。あの金があれば、おまえはもう店で働かんでええし、贅沢《ぜいたく》さえせんかったらこの先一生のんびり暮らしていくこともできたけんね。それをですよ、旦那《だんな》さん、こいつはへらへら笑《わろ》うて、他人様《ひとさま》にほとんどくれてやったとです」

ひさはただ黙って、愉快そうに笑っているばかりだ。

「あっしは、自分がこんなすごい女と所帯を持ったんかと思えて、ちょっと背筋が寒うなりましたけど」

あきれた顔でそう言いながらも、昇吉はむしろどこか晴れやかだった。

「しかしなあ、昇吉っつぁん。ほんまに金というものは怖いもんかもしれんな。ないときはないで、えらいしんどいもんやし、そやからと言うて、手に入れたらもっと苦しみが増える」

「そうですなあ。あぶく銭は身に付かんと言いますけど、やっぱりきちんと働いて儲《もう》けたお金やないとあかんということですやろか」

「そうや。小兵衛も一人前の商人として、この先、金ではいろんな場に出会《でくわ》すやろう。今日のおひささんの話は、よう覚えておくのやで。それから……」

留津の言葉を受けて、真顔で言い始めた半兵衛は、そこでいったん言葉を切った。そして、思わせぶりに留津を見てから、小兵衛に向かってまた口を開いた。

「それからなあ、女の怖さというのも、これからおまえにはおいおいわかってくるやろうし……」

「まあ、どういう意味ですか、旦那さま」

問い詰める留津に継いで、ひさも黙っていられないという顔になる。

「そうですよ。いけませんよ、旦那さま。これから所帯を持とうという小兵衛さんに、女についていまからそんな間違った料簡《りょうけん》を植え付けては可哀想《かわいそう》ってもんです。あんまり変な知恵を付けないでくださいましよ」

ひさはそう言って、半兵衛を大げさに睨みつけたので、皆の笑いを誘うことになった。

外は、底冷えがする京の冬。ときおり通り過ぎる木枯らしに、雨戸が音をたてて震えている。それでも五人にとっては、心の底からほのぼのとできる夜だった。そのあともさまざまなことに話がおよび、五人はひさしぶりの出会いをいとおしむように、夜の更《ふ》けるのも忘れて語りあったのである。

半兵衛ら三人が京から彦根に帰り着いた翌日、それを待ち受けていたかのように絹屋に使者がやって来た。

使者は彦根藩の普請《ふしん》奉行からで、半兵衛にすぐ奉行役宅まで出向くようにと言う。場所は、円常寺の二軒東隣にある安中半右衛門《あんなかはんえもん》の屋敷だ。

「いよいよですやろか」

半兵衛が急いで身支度をするのを手伝いながら、留津は小声でつぶやいた。留津はあえてそれ以上は言葉にしなかったが、半兵衛にはもちろんすぐにわかった。

着替えるとき、半兵衛は思い立って、下着まですべて新しいものを身に付けた。それがなにを意味しているか、留津もわかっていないはずはない。

思えば、嘆願書を出してすでに三月近くになる。その間、窯場《かまば》には藩から次々と新しい人間がはいりこみ、十月の一回目の焼立てのあと、古窯も改築されて、その雰囲気はすでにすっかり藩窯のものとなってしまった。

だが、半兵衛が提出した嘆願書に関しては、その後藩からの正式な回答は得られていない。このままなし崩しになってしまうのなら、再度なんらかの方策を講じるべきかと、半兵衛も考えていた矢先のことである。

「大丈夫ですやろか」

黙ったままの半兵衛に、留津はまた言った。留津にしてみれば、なにより半兵衛の身を案じての言葉なのだ。短いその一言に、留津の思いがあふれていて痛いように伝わってくる。

もとよりあれほど強気の条件を並べて出した嘆願書だ。いくら自分たちが苦労して築きあげた窯だとはいえ、相手は藩であり、武士である。

めったなことはないと思いつつも、いざとなったらどんな仰《おお》せが下るかはわからない。万が一の場合、夫の身に最悪の事態が起きないとも、言えないのだ。

「まさか……」

留津は、その先を口にしようとして、それを打ち消すかのように、激しく首を振った。

「わからん。まあ、とにかく話を聞いてくるしかない」

「どんなことがあっても、話だけで済みますやろなあ」

「いや、ともかく行ってみんことには、わしにもわからん」

半兵衛は努めて平気な顔で、だが、そうかと言って安易な気休めは言わずに、絹屋をあとにした。

そんな半兵衛を見送ったあとも、心配のあまり、ときおり胃のあたりが締めつけられるような思いと闘いながら、留津は半日を絹屋の店先から離れられずに過ごした。

ともすると、つい悪いほうへ想像をめぐらしてしまいそうな自分を叱《しか》りつけ、留津はひたすら無心でいることを自分に課した。そして、ただ半兵衛の帰りを待っていた。

やがて、昼もかなり過ぎてから、半兵衛は厳しい表情で帰って来た。

「ああ無事やった……」

　思わずそう言ってから、留津はあわてて「おかえりやす」と言い直した。

「いろいろと詳しいことを訊かれたわ。まあ言うてみたら、いままでに提出しておいたやきもの商いの帳面についての問い合わせというところやな」

「嘆願書に対するお役人側の答えとは違《ちご》うたんですか」

「いま、関係する役所で、相当細かいところまで話し合いがされているようやった。茶碗山《ちゃわんやま》は、このあとはどうやら御仕法方の手を離れて、御普請方の下に置かれるみたいや」

「御普請方ですか」

「安中さまのお話では、いずれはやきもの商い専門の役人も決まっていくらしい。それに、新しく御陶器方というのもできるような口ぶりやったわ」

「御陶器方？　やきもの専門のお役所が生まれるわけですか」

「そうや。その際も、資金に関しては御国産方が担当するみたいやけどな」

「えらい大層なことですなあ」

「どうやら藩は、相当腹を決めて、やきもの商いにとりかかる気やないかな。話をしていて、わしはそれを強う感じたわ。そのこともあって、いろいろと細かい金勘定が必要になってきたのやろ」

「それで、絹屋の金勘定のことをいろいろと？」

「うん。絹屋がこれまでやきもの商いにどれだけ元手をかけてきたか、それに対する売り上げはどれぐらいやったか、これまでも問われるままにわしが渡しておいた絹屋の帳面があったけど、その中身について、詳しゅう説明せいと言われたんや」

「帳面については、善左衛門がきっちり抜かりのうつけてくれてきましたし、なにを訊かれても問題はありませんけど」

「藩もそのへんはようわかっていると思う」

「旦那さまも、あのあと結構いろいろと書状を出してはったみたいでしたしなあ。いつやったか、江戸からきた職人の信造さんやら、忠兵衛さんからまで、うちに使いのひとが来てはりましたけど」

「なにかというては問い合わせがあったんや。窯場で訊かれても、わからん勘定は、店のほうに取りに来てくれと頼んでおいたしなあ。まあ、お蔭《かげ》でわしも、なんやこのごろは書き物ばっかりしていた気がする」

「最初のころは、瀧谷さまやら、青木さまにも帳面を出してはりましたやろ。お役人というのは、あたり前みたいな顔をして、あちこちからいろんな控えを出せと言うて来はるし、こっちも店があって忙しいのに、そのたびに見せなあかんから大変やったけど」

藩からの要望に、留津と善左衛門とで精一杯対応してきたのは、すべて窯が大事と思うからで、なにより半兵衛のために良かれと願うからだった。

「御国産方のほうでも、そのことは感心してはったそうな。なにを訊かれても、絹屋はいつもきちんと帳面を出してくると言うてな」

「みんな善左衛門のお蔭です」

留津はあくまで善左衛門を立てて言った。だが半兵衛は、養子に出した息子の善左衛門に、帳簿の細かい部分や勘定について、留津がなにかと教えていたのも知っている。

「きっと、わしの嘆願書で出した条件がほんまに適当なものかどうか、これまでの帳面を調べて、一つひとつ吟味していくつもりもあるのやろう。それと、これから藩がやきもの商いを拡《ひろ》げていくうえで、なにかと参考にしたいのやと思うけど」

「ということは、嘆願書のことも考慮してくれはるということで?」

「まだなんとも言えんけど、握りつぶすようなことにだけはならんやろう」

留津は思わず大きな息を吐《つ》いた。少なくとも、侍が刀にものを言わせるような、そんな最悪の事態だけは免れる。そう思うと、朝からずっと胸のあたりにつかえていたものが溶けて消えていくようだった。


このころ、半兵衛が詳しく説明を求められたものは、以前提出してあった原料価格についての一覧表や、それぞれの販売価格などに関するものが中心であり、その数値に関しては次のようなものが残されている。

一、諸原料

価額《かがく》	材料
十九匁《もんめ》五分	上々繪薬四斤《きん》半
二十匁	繪薬六十五匁

十五匁	漉石粉《こいしこ》百貫目
九匁	石粉三十荷
三十匁七分二厘《りん》	敏満寺土二百七十三貫五百目
金二両（銀百二十九匁）	檮灰《いすばい》二個
五匁二分五厘	白繪土三貫五百目
二匁二分	同　一貫六百目
四匁五分	同　三貫目
七十匁九分	小割木四百九十六貫五百目
三十五匁七分五厘	大割木二百八十六貫五百目

一、販売価額

価額	品種	十個の価
八匁二分四厘	千鳥繪茶漬茶碗百三	八分
二十一匁九分	花繪茶漬茶碗三百六十五	六分
十七匁五分	湯呑《ゆのみ》三十五	五匁
九十八匁六分四厘	赤壁繪上出し茶碗四百十一	二匁四分
二匁八分	赤繪徳利二ツ	十四匁
一匁八分	箕形皿九ツ	二匁

十三匁四分
二分
二匁二分五厘
六分
四匁三分二厘

五号入徳利百卅《さんじゅう》四　一匁
一升徳利二ッ　一匁
火鉢九ッ　二匁五分
水入二十　三分
杯百四十四　三分

藩からのこうした聴聞《ちょうもん》は、その後、年をまたいでさらに二度ばかり続いた。そのたびに半兵衛が役宅まで出向き、求められるままに骨惜しみせず応じてきた。そんな落ち着かない状態のうちに激動の天保十三年（一八四二年）も暮れ、新しい年、天保十四年を迎えることになった。

　年が明けるのを待ちかねたように、舟橋は早々から小野田の屋敷を訪れた。

「今年は、まさに大願成就《じょうじゅ》の年。小一郎様におかれましては、いよいよもってご隆盛の段、まことにおめでたきこととお慶《よろこ》び申し上げまする」

　舟橋は大きな声でそれだけ言うと、作法どおりに深々と頭を下げた。

　表向きはあくまで新年の賀詞であり、小野田自身の念願達成を祈ってという口ぶりだが、舟橋の本音はもちろんほかにある。絹屋窯をなんとか召上げることができ、晴れて藩窯《はんよう》になったあかつきには、自分の功績は明らかになる。そう思うと、おのずと笑みがもれてくる。

「そちはいつも堅固《けんご》じゃのう。しかしそのほうが申すとおりじゃ。今年も良い年になってほしいものじゃ」

「それはもう間違いはござりませぬ。小一郎様には、昨年もなにかとご重責をお務めでござりました。とくに晴れのお席には、小一郎様は欠くべからざる御方だと、殿様もお考えのようでござりますれば」

「うむ」

軽くうなずくだけだったが、小野田は、まんざらでもない様子だった。その顔色を見ながら、舟橋は確かな手ごたえを感じるのだった。たしかに、このところの小野田は忙しかった。早々に、次の参勤の同行を命じられ、その後も共保遠忌済《ともやすおんき》祝いの観能など、なにかといっては藩主直亮に招待されている。それだけ信頼され、とりたてられているということだ。

ならば、この小野田を直亮への窓口として、舟橋自身の足固めも確実なものとなる。舟橋は、おのずとこみあげてくる笑みを抑えて、また深々と頭を下げる。

「それに加えて、今年はまず、あの窯《かま》のことだけでも、確かな動きを見せましょうから」

「絹屋のことか？　国産のひとつにと、申しておったな」

「御意《ぎょい》。とかく商人《あきんど》というものは、放っておきますと、それぞれ勝手な競争をいたしますものでございます。そこはそれ、やはりわれわれがうまく導いてやることが肝要かと。とくにあの窯は大いなるものを秘めておりまする。それは、ずっと見てまいりましたこの舟橋が、よく存じておりますことで。もちろん、すべては小一郎様の御為《おんため》、ひいては藩のためでござりまするが」

「昨年、ご公儀は国産の専売を禁止してきおったが、わが彦根藩は、他藩のごとく止《や》めることなく、むしろ、ますます積極化策を執ってまいった」

「所詮《しょせん》は、越前《えちぜん》殿の愚策でござりますれば」

「そのとおりじゃ」

舟橋の気の利《き》いた受け答えに、小野田はことさら満足げに言う。

「江戸国産会所へは、大坂商人を経ずに国産品を直送してまいりましたが、考えまするに、いずれはいまご城下においておりまます国産役所を、むしろ産地のほうへ移し、もっと力を入れてまいることも肝要かと」

「なるほど」

「今回の絹屋窯の召上につきましても、そのあたりの瀬戸物問屋をうまく使って、こちらに有利に進めることも十分可能でござりますれば……」

あえて小野田に言いはしないが、これまで絹屋に用立ててやった御用銀の返済については、すでに仕法方にも根回しをしてある。絹屋からの嘆願書を吟味している普請方《ふしんかた》にも手をまわして、仕法方に別途申請しろと回答するよう、画策もしておいた。

国産方が地場産業の育成に携わるところで、普請方が藩の土木に関わるのに対して、仕法方は、なんといっても国産方の金の管理をするのが役目だ。わが藩は、他藩に較《くら》べると蓄財も、その貸付による利鞘《りざや》稼ぎも、とくに長《た》けている。

だから自分は、この先その仕法方で力を振るっていく立場になるのだ。

どちらにしても、こうまで巧みな根回しができるのは、この舟橋ならではのこと。ほかの者には決して真似《まね》できるものではない。それもみな、去年の十月ごろから始め、月日をかけて丹念に進めてきたのである。

「藩の窯となりますれば、土石の採掘のことも改善が必要になりましょう。この舟橋、すでに瀧谷や青木、それに職人の信造や忠兵衛、武六などを加えての領内踏査も終えました」

陶土や磁石《じせき》の安定供給を目指すのは、基本中の基本だ。

「そうか、そこまで……」

小野田が感心したような声を出す。

「天草石や、薩摩《さつま》柞灰《いすばい》は、取り寄せ先の確保もいたしてございます。古窯の改築も、敏満寺小森の耐火粘土のおかげで、順調に進むはずでござりまするので、あとは、より上手《うま》い陶工絵師の確保かと。加賀や京、瀬戸などに信造を派遣して探させることが肝要でござりましょうか。ここはひとつ、道具好きの殿様の御名を使わせていただくことができますれば」

「おぬしも大儀であったな」

次々と飛び出す舟橋の考えに、小野田は感心したような声を出すのだった。

「ははあ。もったいないお言葉、この舟橋、ありがたき幸せにござりまする。ただ、それもこれも、小一郎様あっての舟橋でござりますゆえ。なにとぞ、これからもお引き回しのこと、お願い申し上げまする」

「あいわかった」

舟橋の脳裏に、去年八月十八日に小野田と交わしたやりとりが蘇《よみがえ》ってくる。

「それにいたしましても、あの窯が早晩わが藩のものとなりますれば、いよいよ御仕法方のほうにも御用掛が必要になってまいりますな。やきものの窯の管理など、わが藩にとってはなにせ前例のないことでござりますれば、手違いなどゆめあってはなりませぬ。何事も最初が肝心。その御用掛は、なんと申しましても、あの窯を熟知しておる者でなければ、勤まりませんでしょうな」

ここまで言えば、いくらなんでも小野田もなにか言わざるをえないだろう。舟橋の計算は緻《ち》密《みつ》を極めていた。すでに、国産方の者にも個別に会っている。それなりに根回しには十分力を注いできたのだ。国産方だけでなく、普請奉行の協力もとりつけている。舟橋の作戦は巧妙だった。

それでも、決して表に立ってはいけない。自分を常に戒めながら、舟橋は動いてきた。指図はあくまで小野田にさせる。表向きのことだけではあるが、これはなにより守るべき姿勢だ。そのやり方さえ誤らなければ、小野田を自分のために動かすことなど、さほど難しいことではない。肝要なのは、小野田を最後まで持ち上げてやることだ。

長いつきあいを経て、舟橋は小野田の人となりを見抜いていた。

そうして、杉原数馬とともに、元締の瀧谷や、青木、その他の手代たち数名を使って、絹屋の窯を管理していく。実権を握るのは、この自分だ。やがては国産の先端を行く花形として、藩窯はみごとに花開くはずだ。

そしてもちろん舟橋は、その花形の藩窯に堂々と君臨するわが姿を胸に描いていたのである。

「おぬしがやればよいではないか」

しめた、と舟橋は思った。その言葉を待っていたのだ。だが、ここで急《せ》いてはならぬ。口を開けて待っている犬のように見えては元も子もない。ここはむしろ一段退《ひ》き下がって、固めの作業というものが要るのだ。

舟橋はおもむろに背筋を伸ばし、毅然《きぜん》としてはいるが、それでも決して不遜《ふそん》には見えぬように、むしろ大いに残念な表情を浮かべて口を開いた。

「しかし、この舟橋、おそれながら、御側役という重責を担《にな》っておる身」

舟橋が言い終わらぬうちに、小野田は突然大声で笑いだした。

「小一郎様……」

慌《あわ》てて小野田を見上げる舟橋に、小野田はこともなげに言った。

「おぬしも律儀《りちぎ》な男よのう。なにを言うておる。兼帯とすれば問題なかろうに」

「ははあ」

完璧《かんぺき》だ。舟橋は思った。それでこそ小野田小一郎だ。これで自分は、側役の立場を確保したままで、さらに次代の藩の国産を担う窯にも君臨できる。これぞ筋書きどおりというものだ。

あらためて頭を下げながら、舟橋は無上の喜びを嚙《か》みしめていた。

晴れて御用掛となった日には、絹屋の嘆願書も、あらためて検討せねばなるまい。

最初に受け取ったのが、あの杉原であったことは業腹《ごうはら》だった。もちろんねちねちと嫌みな言葉を並べてやったが、あの杉原にどこまで通じたかは疑問が残る。

だが、それもまあよい。最後はすべて自分が決めればいいのだ。なにせ、背中に小野田を背負っている限り、この舟橋に怖いものはない。

たしかに、あのときが始まりだった。そして、自分の狙《ねら》いに狂いはなかった。

普請奉行の西堀傳之丞《でんのじょう》と、安中半右衛門には、藩窯になったなら普請奉行管轄《かんかつ》にするから、絹屋にはほどよい回答をして、窯から閉め出すようにと言ってやろう。なにもかも、この舟橋に任せておけば、悪いようにはしないとも伝えてやればいい。

舟橋の頭は、細かな計算を怠らなかった。

そもそも舟橋家というのは、元は二百石の家柄である。名を宮内《くない》といっていたころ、あらたに五十石が加増され、天保三年（一八三二年）側役に就任した。その後、音門から右仲と改名してから五年を経て、さらに五十石が加増され、都合三百石になった。筋奉行、町奉行、さらには側役まで歴任して、武役席待遇を得てきたのも、すべてはみずからの手でつかみ取った結果なのだ。

だが、これだけで満足する自分ではない。

国産奉行は二人。それぞれ、五十石から三百石の平士が就任している。普請奉行の西堀が二百石、安中は三百石だ。舟橋はひそかにうなずいた。道はまだ続く。いや、これからが本当の見せ場になろう。確固たる足場を築いたいまこそ、この力量が試される。

「小一郎様、なにとぞ御安心のうえ、この舟橋にお任せくだされ。御城下の商人ごときには、何ひとつ申させませせぬ。この春の江戸出府までには、この舟橋がみな取り仕切ってご覧にいれますゆえ」

力強い声だった。

「頼んだぞ、右仲」

「ははあ、すべては、小一郎様のためでござりますれば……」

舟橋は、忘れることなくそう言い添え、小野田をまっすぐに見つめて、含みのある笑みを浮かべるのだった。

同じころ、絹屋の屋敷でも、半兵衛が正月の祝詞を受けていた。

「いよいよ今年は小兵衛の婚礼の年や」

正月の祝い膳《ぜん》を前に、座敷にずらりと顔を揃《そろ》えた皆を見回しながら、半兵衛はそんなふうに切り出した。

床の間を背にしてまず半兵衛と小兵衛が並んで座り、その右側には前栽《せんざい》の見える濡縁《ぬれえん》を背にして窯場の職人が古い者から順に並んだ。そして左側には善左衛門と留津とが控え、さらに次の間には、絹屋の手代連中や竈《くど》回りの女たち雇い人が、歳《とし》の順に並んで座る。

半兵衛がどうしてもと言い出して、元日の祝いの席には、絹屋の雇い人ばかりでなく、窯場の職人らも呼ぶことになり、例年になく大人数が集まることになったのである。

例年の正月というと、絹屋の身内だけで元旦《がんたん》の祝いを済ませた昼過ぎごろから、職人らがそれぞれ年始の挨拶《あいさつ》にやって来て、半兵衛が座敷で短く応対するのが習いになっていた。だからこうしてほぼ全員が同席するのは初めてのことだ。

今年が初めてで、きっとこれが最後になる。留津はそう思い、たぶん半兵衛も胸の内で同じ気持ちを噛み締めているのだろうと思った。だからこそ、質素ながらも精一杯の料理や酒を用意し、温かい雰囲気のなごやかな宴《うたげ》にしたかったのだ。

「来年の正月は、みんなどうなっているのやろう」

誰かがぽつりと口にし、それが合図だったかのように、皆が黙りこんでしまう場面もあった。確かに、来年のいまごろは、半兵衛はもう職人らに直接声をかけることすらできなくなっているのかもしれない。

「いろんなことが始まる、ええ年になるとよろしいなあ」

留津は、わざと元気な声でそう言った。切なる願いをこめて、言わずにはいられなかった。

「殿さまも小野田さまも、春にはまた江戸に発《た》たれるという話や。ということは、そのころまでには窯《かま》のほうもこの先の詳しいことが決まるということや。嘆願書にもはっきりとした答えが返ってくるやろ。みんなにはこれまでいろいろときばってもろうた。ほんまにおおきにやった。わしは心から礼を言う。これからも、なにかあったらいつでも気軽に相談に来てくれたらええ。そのかわり、今後は藩のためにみんなで助け合うてほしい」

半兵衛はそう言って頭を下げ、それぞれと盃《さかずき》を交わしながらいつまでも語り合った。

翌日、半兵衛はなにやら朝から探しものをしていたかと思うと、喜三郎の作ったとびきり出来の良い急須《きゅうす》を見つけだしてきた。

「絹屋の窯の最後のやきものとして、あのお方にもろうてもらいたい」

そう留津に言い置いて、鉄三郎のいる埋木舎《うもれぎのや》を訪ねたのである。

第六章　絵　師

一

自分がよもや世子《せいし》になるなどと、考えたことがあっただろうか。

鉄三郎《てつさぶろう》は、藩主であり兄でもある直亮《なおあき》から最初にそのことを匂《にお》わされたとき、まず自分に確かめるようにそう問うた。

わが身のさだめをなぞらえるように、このわが住まいを埋木舎《うもれぎのや》と名付け、ひっそりと、しかし実直に、これまでひたすら自己鍛錬に邁進《まいしん》してきたのはなんのためか。

たとえ一瞬でも、心のどこかでもしやと思ったことが、本当に一度もなかったと言えるのだろうか。

十四男ではあるものの、仮にも藩主の子として生まれたこの身である。もしやと、心のどこかで思うからこそ、かえってそんなことなど起きるはずがないと強くそれを打ち消し、自分に言い聞かせて、この埋木舎で覚悟を決めて生きてきたのかも知れぬ。

だから鉄三郎は、昨年の秋、いきなり槻御殿《けやきごてん》に呼びつけられ、直亮から世継ぎのことについてほのめかされたとき、事態の重大さや、突然のなりゆきにというよりも、まず自分自身のそんな心の動きに当惑していたのである。

「しかし殿、この鉄三郎にそんな大役が勤まるとお思いでございまするか。ましてや、ご世子の徳之介《とくのすけ》様もおいでになりますのに……」

直亮が、表御殿にではなく、わざわざ槻御殿に自分を呼びだしたところにも、その口には出さぬ真意が透けて見える。

精一杯の抵抗を秘め、必死で訴える鉄三郎だったが、直亮は一瞬、まるで不思議な生き物でも眺めるように見たあと、さも愉快そうに高笑いをしてみせた。

「鉄三郎、そちは相変わらずよのう。この期《ご》におよんで、自分が口にしておることの意味がわかって言っておるのか」

「おそれながら」

「このわしとて、いまは大老の座を退いたものの、いっときは公方《くぼう》様の右腕を自任していた身ぞ。このことは、そちの兄である前に、彦根《ひこね》藩主として申しておるのじゃ。わしとて、よしんば徳之介が頼りになるものなら、なにも今日こんなことまでそちに言うまいに」

今度はこちらの同情をひく戦略か。鉄三郎はあえて表情を変えずにまた言った。

「おそれいりまする、殿。ただ……」

「ただもなにもないのじゃ、鉄三郎。わしとて、いかんともしがたいことじゃが、徳之介は、もはや長《なご》うはない」

直亮は言ってから、口にしてしまったことをわずかに悔やむような目になった。だが鉄三郎は、その目の奥にあるものが、徳之介つまり世子直元への憐愍《れんびん》でも、ましてや悲しみでもなく、藩主としての冷酷なまでの平静さだということを醒《さ》めた心で見抜いていた。

「なにもそんなことまで仰《おお》せにならずとも」

鉄三郎は、直亮の落ち着きに、かえって切なさすら感じたのだ。

「いや、ここへ至るまでに万策を尽くしたうえでのことじゃ。天下の名医の言葉ゆえ申すのではない。わしがこれまであの骨と皮ばかりの姿をこの目で見てきて、天命だと感じるゆえにやむをえぬ思いで申すのじゃ」

「ここしばらく、またお加減がすぐれぬとは、風の便りに聞いておりましたが」

「うむ。徳之介に望みがないとなれば、しからばそちをおいてほかにお家を託せる者が居《お》ろうか。のう鉄三郎。三十五万石、筆頭譜代大名の井伊《いい》家を担《にな》う者は、もとよりそれにふさわしい器でなければならぬ。江戸は魑魅魍魎《ちみもうりょう》の蠢《うごめ》く世界じゃ。公方様の回りにも、雑多な輩《やから》がつきまとうておる。そこをみごと泳ぎきり、無事お家を守り抜くには、肚《はら》はもとより、それなりの技も知恵も必要と言うものじゃ。ならばこそ、お家のためを思うそちの心根を知りたかったのではないか」

直亮は、いつになく優しげな声を出してそう言った。

それが直亮の本音だと、鉄三郎もよもや思ったわけではない。直亮が、そこまで自分を買ってくれていると考えるほど、自分は愚かでも自惚《うぬぼ》れでもないつもりだ。だが、たとえ口先だけにせよ、直亮がこんな言葉を吐いてみせることも、これまでには一度もなかったことだ。

「しかし、兄上……」

鉄三郎は、その真意の糸口でもつかめないかと、口を開いた。

「まあよい。なにもいますぐという話ではないゆえのう。ただ、天下広しといえども、世継ぎになることを断る男など、おそらくそちをおいてほかにはまずおるまいぞ」

直亮はそう言ってまた高らかに笑う。鉄三郎が、冗談とも本気ともはかりかねているうちに、話は直亮によって巧妙にはぐらかされてしまい、やがて直亮がまた江戸に発《た》ってしまったあとは、もはやその真意を探る手立てもないままになってしまったのである。

そして、直亮のその予言どおりと言うべきか、直元が病死したという報《しら》せは、思っていた以上に早く鉄三郎の耳に届くことになる。年号があらたまって弘化《こうか》三年（一八四六年）正月十三日に、同母の兄でもある直元が他界したことを、鉄三郎は江戸からの便りで知らされた。このとき、直元三十七歳、鉄三郎は三十二歳である。


「いや、まずはおめでとうござりまする」

西村孫左衛門《まござえもん》は、傍目《はため》もはばからず大声で告げた。

長年のあいだ伽役《とぎやく》として鉄三郎の側《そば》に仕え続けてきた孫左衛門にとって、直元の訃報《ふほう》は、とりもなおさず鉄三郎を世子にという朗報だった。

「すぐに江戸に出府せよと言うてきた」

「早《はよ》う旅のお支度をされねばなりませぬな。静江殿にも申し上げねば。旅と言うても、ほかでもない。これまでとは意味が違《ちご》うてまいりまする。さあ鉄三郎様、忙しゅうなりまするぞ」

孫左衛門は、そう言いながらも、ただうろうろするばかりで、興奮のあまりなにも手につかない様子だった。

「それにしてもこの孫左衛門、いつかはこんな日がくるものと、願《ねご》うておりました。いや、絶対にそうなると信じておりました」

鉄三郎が黙って苦笑いしているのをいいことに、孫左衛門はさらに饒舌《じょうぜつ》になる。

「めでたいことは重なると申していた者がおりましたが、やはり本当でございまするなあ。静江殿におかれましても、今回ばかりはご無事にご出産あそばしましたし、そのあとすぐにこのたびの鉄三郎様の吉報。きっと今度のお子が、幸いを連れておいでになったのでございましょう」

孫左衛門は、最後はうわずった声になり、目をうるませているようでもあった。その喜びようを見ていると、鉄三郎は無下《むげ》にもできず、ただうなずくばかりだった。

思えば、天保《てんぽう》十四年に長女を死産してからというもの、静江には不運が続いていた。その翌年、弘化元年に長男が生まれたときは、今度こそという思いで静江も願かけをしていたようだが、生まれたその日に亡《な》くなるという悲しい思いを味わった。

そして、弘化三年が明けた今年正月早々に、無事二女の誕生を迎えたことは、静江のみならず鉄三郎にとっても、このうえない喜びだった。

「まさに、苦労の甲斐《かい》があったというものでございまする。まったく、幸いというものは、重なるごとに幾倍にもなり、嬉《うれ》しさもひとしおでございますゆえ……」

孫左衛門の言うとおり、こうしてひっそりとしていた埋木舎は、にわかに騒然となった。これまでほとんど訪れる者とてなかった屋敷にも、この先自分が江戸に発つまでは、きっと思いがけない客人が次々とやって来るようになるのかもしれない。

江戸への出立《しゅったつ》に際しては、準備に明け暮れるまま、日々はあっというまにたっていくのだろう。

孫左衛門をはじめとする側仕えの者たちの手放しの喜びように反して、鉄三郎の心中は複雑だった。直亮が自分を世子にしたのは、ほかに立てる者がいなかっただけだ。直亮がなにを望み、自分になにができるのか。

鉄三郎は、ひたすら自問を繰り返していた。

父直中には十五人の男子があったが、正室とのあいだに生まれたのは三男の直亮ひとりで、あとはすべて側室とのあいだの子である。直亮の世子に立てていた直元は、鉄三郎の同母兄で、十一男にあたる。

長男も井伊姓を名のっていたが、すでにこの世を去り、二男は死産、四男、五男も夭折《ようせつ》していた。あとはことごとく他家を継いでいる。

中川修理太夫久貴《しゅりだゆうひさたか》の養子になり豊後《ぶんご》岡藩（大分県竹田市）七万石あまりを継いだ七男悌之丞《ていのじょう》直教《なおのり》（のちに久教《ひさのり》）、内藤摂津守政峻《せっつのかみまさみね》の婿《むこ》養子になり三河挙母《ころも》藩（愛知県豊田《とよた》市）で二万石を継いだ八男昌之進直福《まさのしんなおとみ》（のちに政成《まさなり》）、松平大蔵少輔勝升《しょうゆうかつゆき》の養子になって下総多古《しもうさたこ》藩（千葉県香取郡）一万二千石を継いだ九男雄三郎勝権《ゆうざぶろうかつまさ》、そして兄の直福に養われて挙母を継いだ十三男の勝之介直与（のちに政優《まさひろ》）ら四人は、諸侯を継いだ。

さらに、六男恭之介中顕《なかあき》は中野助太夫中経の、十男茂之進親良《しげのしんちかよし》は木俣土佐守守易《きまたとさのかみもりやす》の、十二男貞之介義之《よしゆき》は横地佐平太義截《よしのり》のそれぞれ養子となったが、その先はどれも彦根藩の家老の家柄である。中顕だけは、後に井伊姓に戻って一門となり、親良（木俣守業）は木俣家から分かれて、同じ家老筋の新野左馬助《さまのすけ》の名跡を継承した。

あとに残されたのは、十四男の鉄三郎と、異母弟で十五男の詮之介《せんのすけ》（直恭《なおやす》）のふたりで、その両名の養子の話で直亮に呼ばれ、意を決して江戸に出向いたこともあった。

あのときは、もはや彦根に帰ることはないと覚悟を決めていたけれど、結局養子先が決まらず鉄三郎だけ独りで帰ってくることになった。

しかし直元の死の知らせに続いて、江戸表への召状《めしじょう》が届いたいま、今度こそは井伊家の家督を継ぐ身となって出府するのだ。いずれは、世子として、晴れて登城ということにもなるのだろう。

鉄三郎は、わが身のめぐりあわせを、いまさらながら不思議に思うほかなかった。

江戸住まいの一年を除いて、この埋木舎に身を置くことほぼ十五年間。世に背を向けるような不遇な部屋住みの日々も、これが最後になる。好むと好まざるとに拘《かかわ》らず、この屋敷に移り住むことになり、またいまこの埋木舎とも別れることになるのだ。

そう思って見ると、この簡素なたたずまいの一つひとつが妙に名残惜しく、しみじみといとおしい。

気ぜわしさのさなかにあって、それでも鉄三郎は、埋木舎で過ごした日々を懐《なつ》かしく思い浮かべずにはいられなかった。

ここに移って来てからしばらくして、戸惑いながらも、自分が最初にしたのはなんだっただろうか。

表から奥にはいる通路にあたる四畳半の一室を、自ら茶室にしつらえ、澍露軒《じゅろけん》と名付けた。いまとなっては、その質素な茶室も離れ難い。

鉄三郎は、騒ぎのおさまらぬ家人たちの輪を離れ、ひとり部屋を抜け出して澍露軒のなかに座った。あえて茶をたてることもせず、静かに部屋を見回してみると、ここで過ごしたときの思いが身に迫ってくる。

ふと、思い立って水屋に向き直り、自ら焼いた楽茶碗《らくぢゃわん》を手に取った。できることなら、少しでもこうしたものを江戸に持っていきたい。向こうでの暮らしがどんなものか、いまの自分には想像だにできぬけれど、せめて彦根を偲《しの》ぶよすがになるものがほしい。

鉄三郎は、慌《あわ》ただしい思いをしている家人たちをおいて、独り茶道具に目をやっている自分がおかしく思えた。だが、そうしたつかのまの静けさが、いまはかけがえのないもののようにも思えて、箱書きをした楽茶碗を、いくつか手元に取りだしてゆっくりとした仕草で並べてみるのだった。

ふと、目をやると、さらに奥のほうに大事そうにしまってある桐箱《きりばこ》が目にはいった。

「そうか、これもあった」

取りだして、目の前でかけひもを解くと、なかから現れたのはみごとな曲線を描く急須《きゅうす》である。

「絹屋《きぬや》は、いまごろどうしておるのだろう」

突然、鉄三郎の目の前に、茶碗山の姿が浮かんできた。白い雲を背後に、晴れた空に映えるあの燃えるような紅葉と、細く長く、風と戯《たわむ》れるようにたちのぼる白い窯《かま》の煙。

あの佐和山の煙を見ると、いつも不思議に心が休まったものだ。

そういえば、前回江戸に出立するときも、半兵衛《はんべえ》がくれた近江《おうみ》八景の赤絵の筆筒を持ってい

ぎり、職人の腕がまた格段に上がったのがわかる。

あのときの筆筒も、静江がどこかにしまっているはずだが、それにしてもこの急須を見るかった。なにかあるたび取りだして、彦根に思いを馳《は》せたものだった。


ったた。


ぶりに会えた鉄三郎をまぶしそうに見上げて、そんなふうに切り出した。

あの日、天保十四年が明けて間がないころ、突然この埋木舎《うもれぎのや》にやってきた半兵衛は、ひさし
「絹屋の窯は、あのあと藩にお召上《めしあげ》になりまして」

「その話は、耳にはしていたのですが」

鉄三郎も、噂《うわさ》を聞いて気にはなっていたのだ。ただ、藩の役人がからんでいると聞き、道具好きな直亮の意向もあって召上の話が進んだとも聞かされたあとでは、関わりあいになるのが煩《わずら》わしく思えた。それでよけいに足も遠のいて、窯を訪れることもなく今日まできた。

それにしても、半兵衛はいつになく思いつめた顔だった。いや、表情はいつもと変わらず穏やかだったが、心の内深く、なにか強い思いを秘めていたように感じられる。

「さようでございましたか。いまはもう茶碗山のあの窯は、ほとんど藩のお役人の手で動いております。この私も、なかにはいるには番人のお許しが要るぐらいでございまして」

「もはやそんなところまで」

「はい。窯場も、職人らの顔触れも、すっかり変わってしまいました。窯焼きも、前回は半分が藩のものでしたので、前々回に焼立てたのが絹屋としての最後になってしまいました。これはそのときのもので、手前どもにとっては記念の一品でございます。もうこんなものしか残っ

ておりませんでしたが、ぜひとも、鉄三郎さまにはひとつお持ち願えればと……」

半兵衛はそう言って、持参した包みをゆっくりと解き、遠慮がちにこの染付《そめつけ》の急須を差し出したのである。

絹屋の窯を最後に訪れたのは、いつだっただろう。江戸に発つ前ごろだったから、もう九年になろうか。鉄三郎がそのことを口にすると、半兵衛も当時を懐かしむような目になって、その後どういう経緯で召上の話になったか、かいつまんで話をした。

「それにしても、なんと姿の良い急須だろう。茶をいれる道具というより、飾っておいて、いつまでも眺めていたいと思わせる。こんな急須はこれまで見たことがない」

鉄三郎は、両手で包みこむようにして、目の前の急須を持ち上げた。ふっくらと曲線を描いたその胴が、てのひらにぴたりと吸い付いてくる。短めの注ぎ口と、やや太めの持ち手。全体に小振りな姿がなにより好ましい。やはり使うより飾っておきたい気持ちになる。

「それに、驚くほど軽い……」

鉄三郎は、素直な感想を口にした。

「おそれいります。お褒めにあずかり、光栄に存じます」

「見ていると、作った者の思いが伝わってくるような気がしてまいる。ここまで薄くできるのは石物ならばこそのこと。きっとさぞ手練《てだ》れの職人なのだろう」

「いえ、それがまだ若い職人でございまして、以前鉄三郎さまにお持ちいただきました赤絵の筆筒を作った喜平の息子で、喜三郎《きさぶろう》と申します。まだまだこれからの職人でございますが、もしもこの急須を鉄三郎さまに使うていただけると知りましたら、喜三郎にはこの先どれほど励みになりますことか」

「これから先が楽しみというもの」

「おそれいります。喜三郎は、子供のときからうちに通うてきておりまして、人一倍目をかけて育てた職人でございます。皆からきびしょとあだ名されるぐらいその形にはこだわっておりますようで、手前がこんなことを申しますのはなんですのやけど、この先どんなものを作ってくれるのやら、楽しみな職人やと思うております」

ふたりの話は、そのあとひとしきりやきもののことになり、鉄三郎が絹屋の窯で焼いた楽茶碗の話にもおよんだ。半兵衛がやきものに寄せる熱い思いは、相変わらずこちらにもひしひしと伝わってきたし、販路を開拓する難しさも、言葉の端々から痛いほど感じられた。

それ以上に、半兵衛の肚《はら》の内に実はなにか訴えたいことがあるのではないかと、鉄三郎は敏感に感じ取っていたのだが、半兵衛は最後までついぞなにも言い出すことはなく、終始笑みを浮かべたままで、鉄三郎と話ができたことに何度も礼を言いながら、帰っていった。

いま、こうしてこの急須を見ていると、あの日、半兵衛がなにげなく語っていたなかに、もしかしたらあの男の言い得ぬ大きな思いがこめられていたのかも知れないと思えてくる。

いったいそれがなんなのか。いまの鉄三郎にはわかりようもないが、このみごとな作りの急須とともに、半兵衛が自分のなかになにかを残していったことだけは、間違いがない。

「湖東焼か……」

鉄三郎は、声に出してつぶやいた。埋木舎を辞するときになって、半兵衛がふと口にした言葉が甦《よみがえ》ってきたからだ。

「藩には、手前どもが興《おこ》したやきもの商いに、せめてその名前を残していただけたらと願うております。近江の、恵み深いあの湖のように、天下のあまたの人々に幸いをもたらしてくれるような、そんなやきものに育ってほしいというのが、ふつつかな生みの親としての、この絹屋の願いでございますので」

湖東焼。それはまさに、この繊細なやきものにふさわしい名ではないか。そして、彦根を偲ぶよすがとして、このあとの江戸出府に際して持っていくのに、これ以上のものもないだろう。

鉄三郎は、その姿に魅せられたように、いつまでも急須を手にしていたのである。

二

直亮からの正式な出府命令を受け、鉄三郎が彦根を発《た》った二月朔日《ついたち》、絹屋の店先には、しばらくぶりで喜三郎がやって来た。

茶碗山の絹屋窯が藩に召し上げられてから、すでに五年目を迎える弘化三年（一八四六年）のことである。

「よう来てくれたな、喜三郎。この前の休みには顔を見せんかったし、どないしているかと思うて待っていたのや。早うあがり、はよ」

半兵衛は、満面に笑みをたたえ、相変わらずせっかちそうに言って、喜三郎を座敷に案内した。

「すんまへん、旦那《だんな》さま。今日はちょっと窯の用があって近くまで来ましたんで、ちょっと挨《あい》拶《さつ》だけでもと思うて寄らせてもろたんですけど」

喜三郎は人懐《ひとなつ》こい笑顔を見せて、半兵衛に向かってぺこりと頭を下げた。

職人らみんなを集めて、新年を祝った天保十四年の正月の宴《うたげ》以来、喜三郎はこうしてことあるごとに絹屋にやって来るようになった。

最初は、父親の喜平が喜三郎を連れて、正月の宴の礼を言いに来たのがきっかけだった。そのとき、留津《るつ》がにぎりめしを出してやったり、なにかと気遣いをしてやったのがよほど嬉《うれ》しかったらしく、窯場が休みの日ともなると、喜三郎はひとりでふらりとやって来ては、自分の作るやきものや、窯の様子を留津に話していくのである。

どちらかというと無口な男で、普段は寸暇を惜しんで手を動かしているような根っからの職人だが、幼いうちに母親を亡《な》くしたこともあってか、どこかで留津を母親のように慕っていたのだろう。

絹屋に顔を出し始めたのも、だから、決してにぎりめしが目当てというだけではない。子供が母親には自分が夢中になっているものについて話を聞いてもらいたがるように、喜三郎のどこかに、留津へのそんなひそかな甘え心が隠されていたのかもしれない。

やがて春になり、おいとが絹屋に嫁いできてからは、その話の輪にときどきおいとも加わるようになって、その分よけいににぎやかになってきた。

一度、そのことを聞きつけた喜平が、ひどく慌てた様子で、申し訳なさそうに何度も頭を下げながらやって来たことがあった。

ちゃっかりと奥にあがりこんで、遠慮のない様子を見つけると、すでに十七歳にもなる喜三郎をまるで幼子のように叱《しか》りつけ、ひきずるようにして連れ戻していったのである。

それでも父親の目を盗むようにして、一月や二月に一度、朔日や十五日の窯の休みの日になると、喜三郎はその後も相変わらず留津のところに顔を見せた。そして、いまはおいとが用意してやるようになったにぎりめしと漬物を、満足そうにたいらげ、いっとき話しこんでいくのである。

そのうち、話の輪には半兵衛も加わるようになった。

藩の窯になり、窯場の顔触れもすっかり入れ替わってからというもの、半兵衛自身も次第に窯のなかにはいりにくくなってきた。とはいえ、窯場の様子が気になってしかたない半兵衛にとって、喜三郎の訪問は、その後の窯の様子を知る格好の手立てになっていったのである。なにか新しい動きがあったときには、喜平も同行して来るようになり、喜平の口から詳しい事情を聞かせてもらうこともあった。そんなふたりの来訪を、半兵衛は心待ちにするようになっていった。

「それがなあ、殿さまのそのご注文に、勘介《かんすけ》さんはそれはもう苦労してはるんですわ。かれこれ足かけ三年ほどかかってはるのと違うやろか」

「勘介さんというのは、加賀から来はったひとやと言うてたなあ」

半兵衛は、自分の記憶を整理するように問いかけていく。窯のことなら、どんな些細《ささい》なことでも知っていたいからだ。

「そうです。わしらと違うて、藩のお抱え絵師で、祥瑞《しょんずい》が得意で……」

「なに言うてるのや、喜三郎。窯が藩のものになったからには、おまえかて立派な藩のお抱え袋物師やないか」

袋物師というのは急須や壺《つぼ》などの成形工のことだが、半兵衛がからかうようにそう言うと、喜三郎はめっそうもない、と顔の前で手を振った。

「わしらは、とてもやないけどああいうひとらの足下にもおよびません。お抱え職人やなんて、とんでもない話ですわ。あのひとらは、なんせ藩が八方手を尽くして、あちこちから引き抜いてきた絵師や細工師ですさかい、みんな最初からすごい腕のひとばっかりです」

藩窯《はんよう》に移管した当初は、それまでの職人に加えて、絵師として加賀から呼んだこの村井勘介と佐吉、京からは文人画を得意とする小林源六が加わった。

「勘介さんは、確か十六羅漢やら、竹林七賢人が得意やと言うてたな?」

「へえ。龍《りゅう》とか、孔雀《くじゃく》なんかもみごとなもんです。そやけど、さすがに今度の殿さまのご注文にだけは、往生してはるみたいで……」

「そんなに難しいご注文やったんか」

「蜜柑《みかん》形の火鉢で、紗綾《さや》形の散らしを描けということらしいのですけど」

「あの殿さまはいろいろと好き嫌いが激しいしなあ。わしらのときにも、御用品の写しをとご注文を受けて難儀したもんやけど」

「なんでも、ひとつずつはそれぞれきちんと散らしになって描かれているのやけど、全体で見ると、そのひとつずつが上下左右でお互いに上手に繫《つな》がって、大きな紗綾形になるようにというご注文やそうで」

「えらい難しそうやな」

「まっすぐの紙の上に描くだけでも、ややこしそうですのに、蜜柑形の火鉢やったら、丸みがありますしなあ」

そばで聞いていた留津も、思わず横から口をはさむ。

「そうですのや、その丸みに沿うて、最後はきれいなひとつの絵に仕上がるように、勘介さんがもう意地みたいになってはりましてなあ。もう何遍下絵を描き直さはったことですやろ。そのたびにお役人にお渡ししてお殿さまにご覧にいれてはるそうですけど、いくら描き直しても、なかなかお気に召さんらしいて……」

「あしかけ三年もかかってる言うたら、たいへんなことやで。それにしても、藩の窯《かま》になってから、もうそんなになるのやなあ」

そう言った半兵衛の顔が、あまりに寂しげで、留津は声をかけることさえできなかった。

思えば、あの日からすでに三年近くもたってしまった。

これまで、どんなときも相手に弱みを見せず、いや、たとえ一時的にでもめげたり落ち込んだりすることを決して自分に許さなかった半兵衛が、ひとに隠れてとはいえ、あれほどの面を見せたあの日のことを、留津はいまでも忘れることができない。

そんな半兵衛に対して、このままではどうなってしまうのかと、留津は本気で案じたものだった。それでも、三年の歳月というものは、誰のうえにも偏《かたよ》りなく降り注ぎ、もっていきようのない憤《いきどお》りや、なすすべのないもどかしさも、さらには、ひとの願いや執着さえも、すべてを洗い落として過ぎていくものなのだろうか。

留津はいま、このところ目尻《めじり》の皺《しわ》がめっきり深くなり、急に老《ふ》け込んでしまったような半兵衛の横顔をあらためて見つめながら、あのころの絹屋に、そして自分自身にも、思いを馳《は》せるのだった。

三

天保十四年、窯場の職人や雇い人らを招いて新年を迎えたあと、三月の小兵衛《こへえ》の婚礼まではまさにあっという間に過ぎた。おいとは、小兵衛の伴侶《はんりょ》であると同時に、商いを支え、いずれは小兵衛とふたりで絹屋を担《にな》っていく立場になる。そんなおいとを迎えるため、留津は細々《こまごま》と心を砕いた。

婚礼の準備のため率先して指示を出す留津に向かって、なにもそこまですることはないと言いたげな半兵衛に対しても、このときだけはとばかり、留津は譲らなかった。

「商人《あきんど》に嫁ぐということは、なまじの覚悟ではできませんのや。ただその家の旦那さまに嫁ぐということだけでは済まへんのです。そやから……」

商家に嫁ぐということは、夫と添い遂げるというだけでなく、その家に代々受け継がれてきた商いそのものに嫁ぐということだ。だからこそ、せめてその晴れの門出には、おいとのそんな決意と気概に精一杯の敬意をこめて、準備をしてやりたい。

留津は、同じ戦に加わることを決めた新しい同志を迎えるような気持ちで、おいとが嫁いでくる日を待ちわびたのである。

やがて、そんな小兵衛とおいとの婚礼も無事に済み、おいとが絹屋の暮らしにようやく慣れてきた仲夏、五月二十五日、ついに普請《ふしん》奉行から使いの者がやって来た。以前半兵衛が提出しておいた嘆願書への返事を申し渡すので、翌朝、奉行の役宅へ出向くようにというのだ。

その日は、降り続いていた五月雨《さみだれ》が夕方になって激しさを増し、夜になると妙に生暖かくなってきた。やがて風も強くなって、ついには遠くで雷までも聞こえ始め、ときおり五月闇《さつきやみ》に稲妻が走った。

藩からの返事のことが気になって、夜更《よふ》けになってもほとんど眠ることができなかった留津は、雨戸を揺する風の音と、ときおり激しくなる雨音に、何度も寝返りを打った。

それは半兵衛も同じだったようで、そのまま朝を迎えたふたりは、いつもより半時も早く床から起きだした。

あとしばらくしたら、ついに藩からの最後の申し渡しが下る。その回答次第で、絹屋の将来は大きく変わっていくのだろうか。

そう思うと、留津もじっとしていられない思いがして、おいとが手早く用意してくれたせっかくの朝餉《あさげ》も、気もそぞろに口に運んだ。そのくせ、半兵衛と向き合っていても嘆願書のことには触れず、なぜかふたりとも雨戸を叩《たた》く雨のことばかりを案じていた。

「梅雨寒とは言いますけど、今朝はきつう冷えますなあ。昨夜《ゆうべ》の暖かさが嘘《うそ》みたいですわ」

「おまえも風邪ひかんようにな。しかし、なにもよりによって、今日みたいな日にこんな天気にならんでもええのに……」

そんなふうに答える半兵衛の顔を見ながら、心の内はきっと自分以上に揺れているのだろうと留津は思った。

半兵衛は、そのあと店先で留津に切り火で見送られながら、夕方のように暗い空を見上げて溜《た》め息《いき》をもらし、意を決したように絹屋をあとにした。

風にあおられ、愛用の鳥居本宿名産の柿渋《かきしぶ》の合羽《かっぱ》も浸《し》み通すほど激しい雨にぐっしょり濡《ぬ》れながらも、半兵衛は歩をゆるめずに歩き続けた。城の北東側にあたる外船町《そとふなまち》から、南西側にある円常寺そばの普請奉行安中半右衛門の役宅までは、いつもの半兵衛ならなんでもない距離だ。だが、さすがに今日は普段よりはるかに遠く思える。

それでも、昨日使いの者から厳しく言われ、遅れないようにと必死で歩いて来たので、屋敷の裏門に着いたころには、合羽の下の着物は汗ですっかり湿っていた。侍ではないので表門からはいるわけにはいかない。急いで来たにもかかわらず、屋敷にはいった土間のところでひどく待たされた。最初はそれほどでもなかったが、そのうち汗で湿った肌着と、雨で濡れた足下《あしもと》や着物のすその両方から、容赦なく冷えが襲ってくる。

半兵衛は、言い知れぬ緊張のためだけでなく、その寒さゆえに、身体《からだ》を小刻みに震わせながら、それでもなんとか身体を温めようと、その場で足踏みを繰り返しひたすら待っていた。

どれぐらいたっただろうか、若い手代がやって来て、寒さに縮こまっている半兵衛に、まるで濡鼠《ぬれねずみ》かなにかを見るような視線を投げかけながら、その名前を呼び捨てた。

先に立って早足で行く手代のあとを追うように廊下を渡り、屋敷の奥に案内されて、半兵衛は言われるままに立ち止まり、その場に座らされた。だがそこは板の間で、半兵衛はまたもや冷えと闘わなければならなかった。やがて両方から襖《ふすま》が開き、やっと座敷の次の間に通されたころには、歯の根も合わぬほどに全身震え上がっていたのである。

「そちが絹屋の主《あるじ》じゃな」

これまでの聴聞《ちょうもん》で二度も会《お》うているのに、顔すら覚えていないのか。

安中半右衛門のそんな呼びかけに、一瞬そう言ってやりたい気もしたが、ならばせめて堂々と答えてやれと思って、半兵衛はおもむろに口を開いた。

「は、は、半兵衛でございます」

ところが、意に反して唇は寒さにわななき、声は無様に裏返る。そのうえ、両肩までが音をたてそうなほどに震え始めた。

半右衛門はしかし、こちらがどんな思いをし、どんなに寒さで震えていようと、そんなことはいっさい気にならぬらしい。いや、半兵衛の姿など、きっとその目にすらはいっていないのだろう。

半兵衛は、声の震えを隠すために、食いしばっていた歯に力をこめた。

「うむ。では半兵衛、まずはこれへ」

次の間で控えていた半兵衛に、ひとまず同じ部屋へはいって来いというのだ。言われた半兵衛は、冷えきって痺《しび》れたような感覚の両手を畳につき、頭を低くしたまま膝《ひざ》をすべらせて、半右衛門のいる座敷に進んだ。

同席している同じ普請奉行の西堀傳之丞《でんのじょう》も、そばに控えている手代らも重苦しく黙ったままで、声を発しないばかりか、ことりと音をたてる者もいない。その分だけ、相変わらず降り続く激しい雨の音が、よけいに大きく聞こえるようだ。

「さて絹屋……」

やおら口を開いた半右衛門は、そう言って一度ちらりと半兵衛のほうに目をやったが、またすぐ手にした書状に視線を戻して、大儀そうに告げ始めた。

「茶碗山《ちゃわんやま》の窯の召上に関し、そちから出されていた嘆願書については、これまで十分に吟味をしてまいった。そのうえで、このたび正式な沙汰《さた》を申し渡すこととあいなった。そちの意向も聞き届けてやったうえ、普請方としても十分に検討を重ねた結果じゃによって、心して聞くように」

半右衛門の言葉は、ひどくもったいぶった調子だった。嘆願書を提出するように提案してくれた筋奉行の杉原数馬《かずま》のような、窯を始めてここまでにしてきた半兵衛に対する労《ねぎら》いの言葉もなければ、心情を汲《く》んでの同情に満ちた表情もない。

半兵衛は、まるで自分が囚人になって、白砂《しらす》で裁きを受けているかのような錯覚すら覚えて、ひたすら頭を下げるのだった。

その後頭部のあたりに、半右衛門の居丈高な声が落ちてくる。

「嘆願書の第一の年貢《ねんぐ》の儀は、許可せられる……」

一瞬、半兵衛の身体にカッと熱いものが走った。

「は、いまなんと？」

「だから、許されたと言っておるのじゃ」

いちいち確認させるなと言いたげに、煩《わずら》わしさを大げさに表して、半右衛門はうなずいた。

「と、仰《おお》せになりますと、窯場の土地や採掘場などにかかる年貢は、お役人さまのほうで払ってくださるということで？」

「うむ」

「それは、まことでございますね。ありがとうございます」

意外なほどの展開に、半兵衛は小躍りする思いだった。

細工場の敷地や土砂採取の鉱区は、藩が賃借することとして、これまで支払ってきた絹屋に代わって年貢を払う。そんな嘆願書の第一の項目は、そのまま受け入れられたのである。

とはいえ、よくよく考えてみると、その年貢は藩に還流してくるので、実際には帳簿上のことだけで、金が動くわけではないはずだ。それなのに、このことだけでもいくつかの役所が絡《から》んでくるからか、審議には存外なときがかかったということだろう。もしかして、あの黒子《ほくろ》の舟橋の得意な根回しや脅しなどもあったのだろうか。

半兵衛は、ひそかに思いをめぐらせた。

「で、第二の嘆願、つまり返納銀の儀についてじゃが……」

これまで絹屋が藩から借り受けていた御用銀の残債、都合十八貫目の返済について、返済は無利子で三十年賦《ぶ》という条件をあげていたものだ。

「ははあ」

半兵衛はさらに頭を低くした。もしかしたら、これもこちらの意向を聞き届けてくれるのだろうか。そう思って、じっと耳を澄ましたのである。

「これについては、当方の関知するところではないゆえ、あらためて御仕法方に願いあげるべく……」

「そんな、お奉行さま」

これまでさんざん待たしておいて、いまさらその答えはないだろう。またしてもあの舟橋の嫌がらせか。そもそも嘆願書は、仕法方の杉原さまに出したものではないか。だが半右衛門はそんな言葉など耳にはいらなかったように、ひとつ咳《せき》払いをしただけで、また口を開いた。

「さて、その次の第三じゃ。これが最後の条項であるが、窯の設備や什器《じゅうき》の買い上げの儀については……」

これまで築きあげてきた登窯《のぼりがま》や細工場などの設備、細々とした什器などについて、藩には相当の金を支払ってもらいたい。残存資産の買い上げを願い出たのである。

「絹屋は無償上納ということに決まった」

馬鹿《ばか》な。半兵衛は、身体の寒さと反対に、顔だけがひどく火照《ほて》ってくるのを感じた。

「まさか……。すべてについて、でございますか？」

とっさに聞かずにはいられなかった。

「そうじゃな。設備と什器、その他もろもろについて、すべてを無償上納ということじゃ」

「あの登窯も、細工場の設備いっさいも、全部無償で藩に納めろとそう仰せになるわけで？　それでは……」

あまりに一方的で、あこぎではないかと、そう言いたかった。だが、そんな半兵衛をみて、半右衛門はにやりと笑みを浮かべたのである。

「まあ、待て絹屋。その代わりの案を、藩はちゃんと用意してやっておる。おぬしのことと て、決してないがしろにするわけではないのじゃから、慌《あわ》てずしっかりと最後まで聞け」

半右衛門は、急に声を和らげてそう言ってから、いったんあたりをぐるりと見回し、また正面に向き直った。

「代わりの、と仰せになりますと？」

待ちきれぬように声を発した半兵衛を手で制して、半右衛門はさらに声をひそめた。

「そちに瀬戸物問屋株を与える」

「問屋株、でございますか。手前どもに、瀬戸物問屋の株をいただけると仰せなので？」

「そうじゃ、嬉《うれ》しかろうが」

「はて、このたびのご公儀による天保の世直し策で、確か株仲間は解散せよとのお達しやと聞いておりますが……」

半兵衛は思わず口にして、半右衛門を見あげた。

老中水野忠邦《ただくに》の改革で、株仲間の存続は諸物価高騰《こうとう》の元凶であるとして、解散令が出たのは記憶に新しい。半兵衛ならずとも、商人なら知らない者はいないはずだ。それを承知で、いまさら問屋株を与えると言われてもどういうことを意味するのか。半兵衛は問わずにはいられなかった。

「それがどうかしたか」

だが、半右衛門はまったく動じない。

「おそれながら、どうかしたかもなにも、窯場の一切合切を無償で差し出せと仰せになられて、その代わりが……」

「そちが申す窯場も細工場も、もはやかなり老朽化しておるではないか。いずれは全部取り壊すか、大幅な改築をせねばならぬ。普請方《ふしんかた》としてもその方針で、すでに作業も開始いたしておるのじゃから、文句はあるまい。それに、その他の什器《たぐい》の類についても、やはりみな古くなっておるゆえのう。無償での召上は至極当然のことじゃろうて」

ことなげに言う半右衛門に、半兵衛は唇を噛《か》んだ。

「よいか、絹屋。これをもって、そちはあの窯から今後一切、手を引くこととあいなった。だからこそ、その分の年貢の支払いはこちらでのんでやろうということになったのじゃ。そのうえ、さらに瀬戸物の問屋株まで与えてやろうと言うておるのじゃぞ」

なにが不服かと、半右衛門は言いたげだ。しかし、そこまで言われては、半兵衛も黙っているわけにはいかない。背後にどこかあの舟橋の影も感じられる。ましてや、すでに禁止令の出ている株仲間の権利をやると言われても、納得しろというほうが無理だ。

「仰せではございますが、お奉行さま。その問屋株というのはすでに禁止令の出ているもの。大津では昨年三月に布達されたと聞きおよんでおります。ご譜代筆頭の彦根藩なら、当然ご公儀の方針に従われるはずでは……」

半右衛門は、その薄い唇の端を歪《ゆが》め、含みのある顔になって、半兵衛の言葉を遮った。

「よう考えてみよ、絹屋。そちも商人なら、先のまた先を読むことにも長《た》けておらねばならぬ」

「は？」

「奉行のこのわしが言うておるのじゃぞ。天保の世に、いくら解散令が出たとしても、わが藩としてはどうかのう。じっと静観いたすか、あるいは見ないで済ませることも……。のう、絹屋。驕《おご》れる者は久しからずと、昔から申すではないか。まあ、いまにわかる。みなまで言わせるな」

半右衛門は、にやりとして、じっとこちらを見たのである。

「と、仰せになるということは、お奉行さま……」

やがては水野忠邦も失脚する。そのときは株仲間も復活する。半右衛門はそう言っているのだろうか。それとも、彦根藩は公儀の決定を無視するということか。実際、天保十三年（一八四二年）に町奉行が諸株仲間の取り調べは行なったが、解散を命じた気配もなく、彦根藩国産方は専売を中止してもいない。

半兵衛が、その目をまっすぐに見返すと、半右衛門は大きくうなずいた。

はたしてこの奉行が言うとおりになるのか、あるいは単なる気休めか。どちらにせよ、半兵衛が覚悟を決めて提出しておいた嘆願書に対する、これが藩からの正式な回答だ。

同席していた西堀傳之丞によれば、結論はこの春には出ていたとのこと。ただ、四月十三日から二十一日に日光社参があり、藩主直亮も供奉《ぐぶ》し、元家老の小野田小一郎もその準備に忙しかったので、ふたりの了解を得て最終決定とするのに手間取ったということらしい。日光社参には舟橋も同行しており、小野田との最終調整は江戸で行なわれたということか。

だが、これですべては決まったのだ。半右衛門が念を押したように、この先どんなことになろうと、あの窯の一切がこれで完全に自分の手を離れることになる。株仲間の一員として、なんらかの繋《つな》がりを残されるとしても、所詮《しょせん》はそれだけのこと。あの窯が、もう自分の手の届かない存在になってしまったことには変わりがない。

半兵衛は、あらためて畳に両手をついて、すべてをふっ切るつもりで深々と頭を下げた。

そのとき、一瞬、紫色に似た閃光《せんこう》が走った。

気のせいか、と思ったとたん、耳をつんざく破裂音がして、すぐに地の底から伝わってくるような轟音《ごうおん》が続いた。まるで、屋敷ごと揺さぶられているかと思うほどの震動だ。おそらく、近くに雷が落ちたのだろう。

すぐに手代たちが立ち上がり、障子を開ける者や、廊下を走る者がいて、あたりはにわかに騒然となった。

それでも、半兵衛は動かなかった。

雨の音は、すでにやんでいる。ようやく頭を上げようとしたとき、ずきりとこめかみを貫く痛みがあった。忘れていた悪寒《おかん》が戻ってくる。顔だけが妙に熱い。ついに夏風邪をひいてしまったらしい。

そのあと、どんなふうに普請奉行安中半右衛門の屋敷を出て、どうやって絹屋の店先まで帰りついたのか、半兵衛にはどうしても思い出せない。

ふと気がついたら、薄暗い奥の部屋で床《とこ》に寝かされていて、額には濡《ぬ》れた手拭《てぬぐ》いがあてられていた。

そばには誰もいなかったが、見慣れた天井といつもの夜具は、間違いなく絹屋の自分たちの部屋のものだ。ただ、なぜここに寝ているのか、わからなかった。急いで床のうえに起き上がろうとすると、頭が割れそうに痛む。身体《からだ》を動かすたびに関節がきしみ、おまけに眩暈《めまい》もしてくるようで、半兵衛はあきらめてまたゆっくりと横になった。

目を閉じると、頭痛が少しはやわらぐような気がした。そして、そのまま半兵衛は、また深い眠りに落ちてしまったのである。

「あ、旦那《だんな》さま、気がつかはったんですか？　ああ、よかった」

次に目を開けたとき、すぐ目の前に留津の顔があった。

心配そうにのぞきこんで、留津はその手を半兵衛の額にのせた。ひんやりとして柔らかい手だ。その手のひらが、熱も頭痛もすっかりぬぐい去ってくれるような気がして、半兵衛はまた目を閉じた。

「聞こえますか？　旦那さま、うちがわかりますか？」

留津の問いかけに、半兵衛は目を閉じたまま、うなずいた。

「びっくりしましたわ。帰ってきはったときはもう顔が真っ青で。いえ、蒼《あお》いというより、死んだひとみたいに紫色でしたもの。それで、うちの顔見たとたん、店先で倒れてしまわはったんですよ」

「そうやったんか」

「それからまる二日です。ずっと眠り続けてはって……」

「わしは、二日も寝てたんか」

低いが、しっかりとした声で半兵衛は言った。その声をもう一度確かめるように半兵衛を見て、留津は心から安心したように微笑《ほほえ》んだ。

「はい。ひどい熱でしてなあ、お医者はんに来てもろうて、診てもろうたんですけど、びっくりしてはりました。風邪を、きつうこじらせてしもうたのと、疲れがたまっていたさかいやと言うことでした。身体を温めて、煎《せん》じ薬を飲ませるようにと言われました」

「うなされていたか」

今度は小さな声で、半兵衛は訊《き》いた。

「いいえ、ずっとおとなしゅう眠ってはりました……」

留津は半兵衛の耳元に近づいて、そっと答えた。

熱が高かったあいだ、半兵衛がどんな様子だったのか、どれほど苦しんだかについては、誰にも言うつもりはない。たとえ本人にでも、いや半兵衛にだからこそ、決して告げるまいと留津は思った。

あれは、肉体の苦しみというより、おそらくもっと大きな苦痛だったに違いない。耐えて耐えて、人知れず耐え抜いてきたゆえのほとばしる苦悩だったはずだ。

熱にあえぎ、途切れがちな短い息のあいまに、獣が吠《ほ》えるような声にも似た、全身を搾《しぼ》るような叫び。半兵衛は、夜を徹してひたすら身悶《みもだ》えを繰り返した。

ときに、宙に両手をあげ、なにかを必死でつかもうとする。かと思えば、床の上で、なにかに脅《おび》えて身体をあとずさりさせるような、なにかから必死で逃れようとする仕草もあった。そのときは、泣いているような声も漏らした。そばで聞いているのが切なくなるような、悲しげな声だ。心配そうにつきそっていた小兵衛も、そしておいとも、見かねて目を逸《そ》らさずにいられないほど痛々しい姿だった。

「かまへんから、ここはうちに任せて、あんたらにはお店を頼みます」

留津は思いたって、半兵衛の床には医者以外近づけないようにした。そうしておいてから、唸《うな》り声をあげて身体を震わす半兵衛に、自分の身体を重ね、しっかりと抱きしめてやったのである。

夜着から出る腕や足を、祈りをこめて一晩中さすり続けた。血の気の失《う》せた半兵衛の顔に、かすかに紅《あか》みが戻り、やがて額にうっすらと汗がにじみはじめるまで、留津はたえず手を動かし、半兵衛の身体を温めたのである。

「負けたらあかん。なあ、旦那さま、負けたらあかんのや」

留津は小さく繰り返した。

なにが半兵衛をこれほどまでに追いつめているのか。それが留津には痛いほどわかる。だからこそ、たまらないのだ。自分の力では、どうすることもできない無念さを、半兵衛と肌を重ねることで、せめて分かち合いたかった。

「お義母《かあ》はん、お薬ができましたけど」

襖《ふすま》の向こうでおいとの声がした。医者から渡された薬を、留津にかわってていねいに煎じてくれていたのだ。留津は、自分の着物と半兵衛の夜具を手早く調え、襖を開けた。

「うちも手伝いまひょか」

そう言って、おいとも半兵衛の身体を支えてくれるのだが、半兵衛に薬を飲ませるのは困難をきわめた。無意識のうちにも拒絶して、顔をそむけ、どうしても薬を受け付けない。だが、薬を服用しなければ、回復も望めない。

「しょうがないひとやね」

留津は、すぐそばにいるおいとの手前そう言って、少しためらっていたが、やおら薬のはいった茶碗《ちゃわん》を手に取った。思いきって口に含むと、喉《のど》の奥から鼻にかけて薬草の強い匂《にお》いと苦みが広がる。そのまま嫌がる半兵衛に唇を寄せ、口移しでゆっくりと流しいれたのである。

ごくり、と喉が鳴る。半兵衛が薬を飲み込んでくれたのだ。

「お義母はん……」

あっけにとられているおいとを振り返って、留津は嬉《うれ》しそうにうなずいた――。

「わしなあ、夢を見てたわ」

半兵衛の声で、留津は現実に引き戻された。こうして気を取り戻してくれたのも、あの薬のお蔭《かげ》だろうか。それにしても、いっときはこのままどうかなるのではないかと思ったが、よくここまで回復してくれたものだ。

「夢、ですか？」

留津は、こみあげてくるものを抑えて、そう訊いた。

「はっきりとは覚えてへんのやけどなあ、なんや荒れた海を、一所懸命泳いでいるんや。雪も降っていてなあ、冷たい海やった」

「きっと寒かったからですやろ」

「うん。そのうち、いつのまにか海が空に変わってるんや。それで、今度はわし、空を泳いでるのや。あれはちょうど茶碗山の上あたりやったのかなあ。空から窯《かま》のあたりを見下ろしているのや。そしたら、窯のそばにいた役人に名前を呼ばれてな。そんなとこを飛んでいたらけしからん言うて、えらい怒りよるんや。わしも大きな声を出して怒鳴ってやった気がするけど、そうか、まる二日も、わしはおとなしい寝ていたんか」

半兵衛は、その二日間の自分のことを、まったく覚えていないらしい。

「もう大丈夫やわ、旦那さま。ほんまによかったですなあ」

留津は、半兵衛の額にこびりついた髪を、手で梳《す》いてやるのだった。

半兵衛が床から起き上がって、もとの暮らしに戻るのには、そのあとさらに三日ばかりを要した。そして、すっかり元気になってから、自らの記憶を確認するように、半兵衛はまたも書状を認《したた》めはじめた。

嘆願書への回答の内容については、茶碗山所轄《しょかつ》の普請《ふしん》奉行から文書を受け取っている。安中半右衛門から手渡されたものだったが、あの高熱のなかでも、半兵衛は大切に着物の懐《ふところ》にしまいこんで帰宅したらしく、留津が湿った着物を着替えさせてくれたとき、見つけて保管しておいてくれた。

その嘆願の第二項目、つまり返納銀のことに関しては、仕法方へ再度問い合わせろとのことだったので、半兵衛はあらためて仕法方に書状を出し、答えを求めようというのだ。

「それにしても、うちはすっきりしませんわ」

少し痩《や》せはしたものの、すっかり元気を取り戻した半兵衛に安心したからか、留津は胸にたまっていたものを吐きだすように言う。

「なにがや？」

筆の先を硯《すずり》で整えながら、半兵衛は、しきりと首を傾《かし》げている留津のほうに目をやった。

「そやかて、絹屋の窯を全部ただで取り上げて、その代わりに、いまさら問屋株をやると言われてもなあ……。お役人らは、ただの気休めを言うてはるだけです。きっと空手形に違いないわ」

「わしもそれは考えた。しかしなあ、留津。どっちにしても、もうこれであの窯は完全にわしらの手の届かんところにいってしまうんや」

「旦那さまも、なかにははいれんようになるんでっしゃろか」

「たぶんな。向こうからなにか用があって呼ばれるとき以外は、はいるのが難しいなるやろうし、そのうちに呼ばれることものうなるやろ」

「そんな……」

「いや、それが現実や。わしらはその現実をしっかりと見据えるしかない」

「それなら、せめて瀬戸物の問屋株をもろうて、絹屋の窯の、いいえ、もう藩の窯やけど、そのやきものを売る側にだけでもなろうと？」

「そうや。あの窯は、誰がなんというてもわしが始めたやきものや。この先どんなことになろうと、この目で最後まで見届けてやりたい。たとえどんな形ででも、関わっていきたいと思うのや」

「旦那さまがそうしてあげはったら、きっと窯も喜ぶと思います」

留津は、真顔でそう言った。

「窯が喜ぶ、か。留津らしい言い方やな」

「そやかて、あの茶碗山の窯は、旦那さまが大事に大事に育ててきた子供みたいなものですやろ？　旦那さまの手が完全に離れたら、あの窯かて寂しがります」

「そうやったなあ。これからのわしは、やきものを作る側からはもう締め出されてしまうけど、あの窯のためにも、やきものを売っていくほうで見守っていくことにするわ。それに、たぶん彦根藩としては、いずれは株仲間は復活すると見ているようやし」

「株仲間が復活するということは、もしかして……」

「そうや、要するに水野さまは近いうちに失脚するということやな。少なくとも藩のお役人らはそう思うているということやろ。なんというても、彦根は譜代筆頭のお家柄や、そうでなければ御公儀にそむくはずがない」

半兵衛は、自分自身に言い含めるようにそう告げた。問屋株を受け入れて、やきもの販売の権利を保有することで、将来に一縷《いちる》の望みをつなげたかった。そのためにも、これまで借りてある御用銀の返済については、なんとしてもこちらの要望をのませたい。

ここが踏ん張りどきだ。半兵衛は、心して書状を書いたのだった。

その甲斐《かい》あってか、半兵衛が認めた書状による問い合わせについては、仕法方からあらためて丁寧な回答があった。これまで借用していた御用銀の返済については、ついに半兵衛の要求どおり受け入れられることになった。つまり、残債の銀十八貫目分は、無利子で三十年賦《ぶ》という条件で、絹屋に貸し置かれることになったのだ。

この回答をもって、絹屋半兵衛が彦根に起こした初めての石物の窯は、十四年の歳月を経て、名実ともに半兵衛の手を離れることになった。そして彦根藩の窯となって生まれ変わり、新しく設けられた陶器方の管理するところとなったのである。

四

それから三年近くがたち、半兵衛がその後の窯の様子を知るのは、もっぱら喜平と喜三郎の話からだけになってしまった。

藩窯《はんよう》に移管してすぐに新たな陶土の探索が始められたことも、天保十五年（弘化元年・一八四四年）には藩が京と大坂に陶器売捌《うりさばき》会所を設け、やきものの販売を始めたことも、喜三郎から聞かされた。

さらには翌弘化二年に、それまで九間あった古窯を、また五間連房の丸窯に全面改築したことも、喜平や喜三郎の口から聞かされていなかったら、半兵衛が早くから知ることはなかっただろう。

絹屋時代の窯でも、最初は熱の管理が容易な丸窯だった。ただ、その反面燃料が大量に要るので、天保五年に古窯に改築した。それを、藩はまた丸窯に戻したのである。

「藩としては、やっぱり大型の良品を作りたいのやなあ」

半兵衛は、そんな感想をもらしたものだ。喜三郎の報告を聞くにつけ、藩窯の狙《ねら》いはまさにそこにあると思える。

「染付とか、赤絵だけやのうて、錦手《にしきで》や金襴手《きんらんで》も、みごとなものができあがっています。このところ、肥後の天草石も、薩摩《さつま》の柞灰《いすばい》もそれは仰山《ぎょうさん》使うていますわ。ただ、柞灰は高《たこ》うつくさかいと言うて、お侍はん方の庭で、何本も植えはじめはったようですけど」

「へえ、お侍の庭で柞《いす》の木をか？　なるほど、それぞれが庭に植えて、自給しようというのやな」

「お小屋ものやからと言うて、これまでと一番違うのは、いろんな写しにとくに力をいれるようになったところですやろか」

お小屋ものというのは、世に言う藩窯のことで、窯の上位に職人ではない役人たちが位置している。つまり、それだけ製品の出来に厳しく目を光らせるということで、結果を厳しく評価されるわけだ。

職人らも、お抱え職人として藩から手当てを受けるだけに、それに見合う成果が求められることになる。将軍家の細工小屋にちなんで、お小屋ものと称するのだが、藩主の気に入る仕上がりにいかに近づけるかが、最優先されがちで、いきおい他の著名な作品の写しに手を出すことになる。

「写しか……」

半兵衛は、残念さを隠しきれずに、つい溜《た》め息《いき》をもらした。

湖東焼という名では、どうしても販路の開拓が難しくて、半兵衛もやむをえず写しを手がけてきたものだった。それは、まだ無名ではあるものの、絹屋窯がめざし、そして培《つちか》ってきた、他に抜きんでた優れた技術を、広く知らしめたいからこその苦肉の手段だった。

だが、藩窯になったいまも、まだその写しを続けているというのか。

半兵衛は、みずから進んできた道を、藩が踏襲していることに自尊心をくすぐられる一方で、藩の窯もいまだにその域から抜け出せずにいることを知って、残念でならないのだ。

「そやけど、旦那《だんな》さま。九谷写しもえらいええもんができていますし、安南《あんなん》の写しも格段に上等なのができあがっています。瀬戸の飴釉《あめゆう》なんか、どうみても本物の瀬戸よりきれいなものに仕上がっていますし」

「そんなにいろいろ手を伸ばしてるのか？」

「それぞれが本物を越える写しを作るんや言うて、自分らの腕試しをしているようなもんです」

「職人らも、各地から集められていると言うてたしなあ。さぞかし、良い写しができあがっているのやろ」

絹屋窯の時代より、優れたやきものを作ってほしいという願いはもちろんある。だが、藩窯になってずばぬけて質が高くなったと言われるのも、それはそれでどこか淋《さび》しい気もする。まさに、おいとを嫁に出した里の父親の心境かと、力なく笑う半兵衛だった。

「そやけど、旦那さま。新しい職人らも、前からの絹屋の腕を頼っています。安心しておくれやす。絹屋の窯の腕は、間違いのう藩に引き継がれていますから」

喜三郎は、誇らしげに半兵衛を見て、言った。

道具好きで有名な直亮が、藩窯に求めたのは、なにより彦根藩として誇りにできるような優れたやきものだ。諸大名に向けて、彦根藩らしい体面を保てるような優れた贈答品を望んだのである。

「おまえも腕のみせどころや。なあ、きびしょの喜三郎。きばって立派な急須《きびしょ》を仰山こしらえておくれや」

いまとなっては、半兵衛にはそう言うしかない。

「へい、それはもう」

喜三郎は、そんな半兵衛の思いを知ってか知らずか、力強くうなずくのだった。

藩から約束された瀬戸物問屋株の件については、弘化三年(一八四六年)七月に、ほかの問屋仲間とともに招集され、詳細について申し渡されることとなった。

この年の正月十六日、小野田小一郎為典《ためのり》は外船町の屋敷で療養中に他界した。直亮は、この正月に世子の直元だけでなく、腹心の小野田も相次いで失ったことになる。だが、やっと重石《おもし》が取れた思いの舟橋右仲は、すでに二年後には隠居するほど年をとってはいたが、意のままに藩政に口をはさんでいったのである。

一方、水野忠邦はというと、彦根藩の予想した通り、改革に失敗し、天保十四年に老中を罷《ひ》免《めん》された。天保十五年六月には、ふたたび老中首座に返り咲いたものの、和蘭《オランダ》国王の開国要求に、意見の統一を果たせず、翌弘化二年、病気を理由に辞職する。在籍中の不正により二万石を没収され、隠居謹慎を命じられた。

そして嘉永《かえい》四年(一八五一年)二月十五日、蟄居《ちっきょ》謹慎を解かれたが、翌日、五十八歳でこの世を去った。

水野が禁止した株仲間が復活するのは、その嘉永四年三月の問屋復興令を待たなければならないが、株仲間規制はすでに実質的に崩壊していた。

水野の失脚を知った舟橋右仲は、ついに問屋仲間結成を画策したのである。

瀬戸物問屋の顔触れというのは、彦根町（現在の元町と佐和町）の茶碗《ちゃわん》屋新五郎、橋本町（現在の河原二丁目、芹橋《せりはし》二丁目）の茶碗屋与兵衛《よへえ》、本町（現在の本町一〜三丁目）の茶碗屋彦八《ひこはち》の三人で、これまで半兵衛が絹屋窯《がま》の製品の領内販売を委託していたところでもある。その三人に、さらに半兵衛を加えた合計四人で、正式に瀬戸物問屋株を許可されることとなったのだ。

売りさばき条件としては、次のような六箇条が示された。

一、陶器売捌所は藩の為《ため》に精々売り方を熟考すること。
二、商品の仕入れ代金は六十日目に半金、九十日目に皆納し、藩札でなく正金にて上納すること。
三、上納金は時々の相場によること。
四、商品は藩の取り決めた値段にて売捌くこと。ただし売れ残ったものは値下を申請して売ること。
五、京、大坂にある売捌会所からの注文は、最優先で納品すること。
六、販売の世話料としては、一割五分を与えられる。

半兵衛は、絹屋の窯のすべてを無償上納させられ、その代わりにと問屋株を与えられたのだが、結局はわずか一割五分の世話料を約束されただけだったのである。

このことを知って、真っ先に口を開いたのは、留津だった。

「そんなあほな。そんなことってありますか」

そのあまりの剣幕に、半兵衛のほうがなだめる側にまわった。

「まあまあ、留津。そう言うな」

陰でほくそ笑む、あの舟橋の顔が目に浮かぶようだ。きっと、あの黒子《ほくろ》も笑っているのかもしれない。それでも半兵衛は、あえて留津を制したのだ。

「いえ、言わしてもらいます。絹屋は、仮にも旦那さまがほかのひとらと同じ条件やなんて、いくらなんでも納得できませんやろ。全部無償で藩にくれてやったのやないですか。それやのに、これからはほかの三人とまったく同じ立場で、これまで売りさばきを頼んでいたあのひとらと、ただの株仲間のひとりとしてつきあっていくことになるんですか」

「そやけどな、留津。あの窯は、どこにも負けん立派なやきものを作れるようになる。あの窯が作るやきものの良さを、一番よう知ってるわしが言うのや、間違いはない。あのやきものやったら絶対に売れる。そのことについては、わしはどの株仲間にも負けん自信がある。そやからこの先、わしが一番仰山売ってやるのや」

「旦那さま……」

留津は、思わず半兵衛を見た。藩からどんな扱いを受けても、どんなに不利益を強いられても、ものともしない凛《りん》とした姿があったからだ。

「これは新しい賭《か》けなんや。藩自体も、賭けをするつもりや」

「藩も、賭けを？」

「そうや、新しい商いのやり方に、挑んでみる気なんや」

「藩が、新しい商いをする気やと言わはるんですか？　いったい、どういうことですのや」

「つまりな、これまでとは違う、もっと大きな規模の商いのやり方や。作る側と売る側、これまでわしはそれをひとりでやろうとしてきた。それで、なかなかうまくいかんかった。良いやきものを作ることはなんとかできるようになったけど、売れんことには商いは成立せん。それで結局は大きな借金を作るはめになった」

「それは、なにも旦那さまだけが悪いわけでは……」

「まあ聞け、留津。ものを作ることと、それを売ることとでは、全然別の才覚が要る。新しいことを思いつく才覚も、それを実践する考え方も、どっちも必要やけど、両方ともそれぞれ別の力で動くんや。そやから、藩は、その製作の部門と、販売の部門を最初からふたつに分けてやろうと、つまり分業して進めるつもりなんや。そのほうが、より専門的になれるし、知恵も技も、それから力も、おのおの独自に伸ばせるからや」

「確かに、分業したら、ひとつのことに集中して力が発揮できますやろなあ。もしかしたら、元手も分けて無駄なく使えるかも知れません」

　留津は、感心したような声をもらした。

「そのとおりや、わしらではなかなか思いつかんかったようなことやけど、わしは藩のこの新しいやり方は、きっと正しいと思う。この先国産の品をどれだけ伸ばせるかわからんぐらい、すごい考え方やと思うのや」

　そう語った半兵衛の目には、以前にも劣らぬ迫力があった。昔、窯を始めたころの、あの燃えるような野心に満ちた強い半兵衛が戻ってきた。留津はそれをひしひしと感じていた。

高熱にも耐え、度重なる試練から立ち上がった半兵衛は、以前より数倍のたくましさが備わっている。藩窯になって三年がたち、やきものづくりの現場からは離れて、いまは絹屋の古手呉服の商いに携わっているが、留津は、その目の光に以前にもまさるたくましさを見たのである。

「そこでな、わしらとしては、まずなによりも商いの実績を作ることが大事になる」

「実績ですか?」

「そうや。藩の新しいやり方に、わしらがこの先うまく関わるためにも、それから、もちろんあの窯をますます発展させるためにもやけど、わしらができることは、まず実績や。役人には、なによりそれが説得力を持つのや。実績だけ見せてやれば、いずれ向こうから頭を下げて来よる。世話料の歩合かて、交渉の余地が生まれるはずや」

「わかりました、旦那さま。どうぞきばって仰山売ってください。あの窯のためにも、それから、彦根のためにも」

「よっしゃ、任せとけ」

留津の励ましに、半兵衛は大きくうなずいた。

「窯についての詳しいことは、喜平さんも喜三郎さんも、そのつど報告に来てくれますしなあ、こんな心強いことはありません」

「それもわしにとっては強みのひとつやな。どんなやきものがどういう仕上がりになりそうか、この先どの職人がどんなものを作っていくか、そういうことが誰よりも先にわかるのは、なによりありがたいことや」

半兵衛の顔は、あくまで明るかった。

藩の一方的な方針によって、否応《いやおう》なしに窯から引き離されてしまった格好だったが、それでも窯との繋《つな》がりがすべて断ち切られたわけではない。これからは、関わり方こそ違ってくるが、窯を育てていく立場であることには変わりがないのだ。

これでまた新しく目指すものができた。自分が生みだし、苦労してここまで育ててきた彦根のやきものが、あの湖東焼がこれでさらに大きくなる。半兵衛には、なによりそれが嬉《うれ》しかったのである。

それからというもの、喜平や喜三郎の話には、いままで以上に熱がこもってきた。ふたりにとっても、半兵衛に窯の事情を報告することで、商いに直接役立つのだという、はっきりとした目的ができたからだ。

そんなある日、いつものように窯の休みにふらりと絹屋にやって来た喜三郎が、いつになく声を落として、半兵衛に耳打ちしたことがあった。

「そう言えば、ちょっと妙な噂《うわさ》を聞いたんですけど……」

「噂？」

半兵衛が興味を示すと、喜三郎は一度あたりを見回してから、膝《ひざ》で一歩にじり寄った。

「可水《かすい》はんという職人のことですのやけど」

「可水？　ああ、自分の家で描いている絵師のひとりやな？」

染付は、釉薬《ゆうやく》の下に絵が描かれ、釉薬とともに焼き付けるので作業はすべて茶碗山の窯場で行なわれる。だが、赤絵となると、まず釉薬を焼き付けておいてから、その上に絵付をして、さらに錦窯《きんがま》という小さな窯で少し低めの温度で焼く。

もちろんそれらも茶碗山で焼くのだが、絵付職人のなかには、わざわざ茶碗山の細工場には通わず、自宅で作業をする者もいた。そうした職人たちは町中に住み、必要なとき茶碗山に素地《きじ》を取りに行くのである。

「ああいう職人は、うちの裏庭にあるような錦窯を自分の家にこしらえて、それで焼いてるのやろ。素地は茶碗山から買うてはるのか？」

「へい。ただ、藩はやきものの質も数も、みんな茶碗山のほうで管理したいらしいんですわ。そやから、絵付用の素地も、注文通りにわしらが茶碗山で焼いて、それを届けてます。そのとき、ついでに絵付のでき上がってるものを受け取ってきて、焼き上げはまた茶碗山の窯でするんです」

「そうか。それで、その可水という絵師がどうかしたんか。噂になるほど腕のよい絵師やと言うのやな？」

「いや、そういうことではのうて……」

「なんや、腕が良いわけではないのか。どうしたんや。喜三郎らしいない。奥歯にもののはさまったような言い方をして」

「大きい鉢の見込《みこみ》に金襴手《きんらんで》の七賢人とか、龍《りゅう》を二四、こんなふうに雲の上を舞《ま》うている姿でとか、まあ絵柄のほうは、それなりになんとも言えんような味があるんですけど」

手で絵柄を示す仕草をしながらも、喜三郎はいつになく言い淀《よど》んでいる。

「どうも、いまひとつ、手《て》練《だれ》の職人の出来という感じではのうて、わしらの目から見たら、素人《しろうと》みたいというのか。その……」

「つまりは下手なんやな？　絵心はあるものの、やきものの絵付としては大したものにならんとか」

「まあ、そこまで言うたら気の毒ですけど。塗りつぶしの赤が白みを帯びていたり、まだらになっていたり、白抜きの枠の線なんかも、どこか歪《ゆが》んでいたりしましてなあ。赤絵の上に描く金彩も、いまひとつですのやけど、そんなことより、実はちょっと……」

「ちょっとって、なんなのや」

喜三郎の口ぶりに、半兵衛は焦《じ》れたようにそう訊《き》いた。

「その可水はんのものは、ほかの意味で値打ちがあるというか……。つまり、どうやらただの職人やのうて、実は藩のお侍やないかと」

「なんやて？」

「それも、相当偉いお方らしいとか」

「そんな偉いお方が、あの窯の絵師になってはると言うのか」

「いま、窯場では陰でみんな噂しています。可水はんは、なんでか知らんけど、最初から自分の家の錦窯で焼いて納めてはるんです。それに、なんでも天保十三年には、藩が九平窯から錦窯を三つもお買い上げになったという話もあるそうですし」

茶碗山の近くに九平窯という土物を焼く窯があるのは、半兵衛ももちろん知っている。絹屋窯と同様に、藩へも納めていて、九兵衛《きゅうべえ》とは連判で書状を出したこともあった。召上になった天保十三年九月、その窯が、赤大雪平《おおゆきひら》や酢徳利《すどくり》などと一緒に、錦窯を三個も藩に納めたのも知っていたが、藩士の誰かの楽焼にでも使う窯かと半兵衛は思っていたのだ。ただ、喜三郎らがもっぱら噂するように、確かにその窯を赤絵や金襴手を仕上げるために使うこともできる。

「ということは、御仕法方の誰かが、赤絵や金襴手のための窯を買うて、絵付をしてはる藩士に納めたと？　それがその可水という絵師やと、そう言いたいのやな？」

「表だっては、はっきり言えませんけど、なんせその絵師は、銘にも大日本可水とか、蟠龍軒《ばんりゅうけん》可水というのを入れてはるぐらいですし」

「おまえ、蟠龍軒というたら、殿さまの……」

半兵衛は、思わず大きな声を出していた。

欅御殿《けやきごてん》の東南には、お花畑と呼ばれる場所があり、その中央にある茶室こそが蟠龍樹《しゃ》と名付けられているからだ。

「そうです。わしも全然知らんかったんですけど、なんでも、その蟠龍樹のそばには茶の湯に適した井戸があるらしいて、そやから、懐《なつ》かしんで蟠龍軒可水という銘をつけはったんやないかと。その絵師は、きっと鉄三郎さまのご兄弟やないかと、みんなで言うているんです」

「鉄三郎さまのご兄弟というたら、つまりは、いまの殿さまのご兄弟にもあたるやないか。そんなお方が絵師に？」

「そうです。まあ、あくまで噂ですので……」

喜三郎は、そう言って唇の前に人さし指をあてて見せるのだった。

半兵衛が喜三郎から聞いた話は、あながち間違いではなかった。

当時、鉄三郎の兄にあたる十男茂之進（親良）は、いったんは木俣土佐守守前と守易の親子二代の養子になって、木俣中守を名乗っていたが、後に木俣家の分家として、同じく家老筋の新野左馬助の名跡を継いだ。天保十三年には、名も大隅中守から左馬助良親《よしちか》と改め、名実ともに新野家を立てていくことになる。

おりしも、その家士の中村市郎兵衛《いちろうべえ》と市之丞《いちのじょう》の親子を、絵師として藩窯に差し出している。父親の市郎兵衛のほうは文人画を能《よ》くし、息子の市之丞は文人画だけでなく花鳥画、間取りの唐草模様なども得意だった。ともに新野家からは扶持《ふち》を、陶器方からは絵付賃をもらい受けている。

そのふたりがあまりに嬉々《きき》として務めを楽しむ様子を見聞きし、新野左馬助はどうしてもみずから絵筆を取ってみたくなった。

かといって、表だって絵師になるわけにもいかず、中村親子のもとへ茶碗山《ちゃわんやま》から届けられる素地のなかから何個かを借り、気の向くままに自分でも絵付をしているうちに、すっかり病みつきになったのである。

もとより、若いころから絵心があり、清来《せいらい》とか雪樝《せっさ》と号して詩作や書画を嗜《たしな》んでいた。しばらくの間病を得て、療養中の身の手遊《てすさ》びに、つい夢中になり、そのうち大きな鉢物の絵付にまで手を出すようになったというわけだ。

身元を明かすこともならず、いたずら心にふと思いついた蟠龍軒可水という銘もいたく気に入って、その後もいくつかの作品を描き上げ、中村親子に頼んで錦窯で焼かせ、完成させた。

だが、当然ながら病気の快癒とともにまた家老職としての江戸詰もあり、直弼《なおすけ》の元で重職となって繁忙になり、やがてはやきものづくりからも遠ざかったので、その作品数は多くはない。

「自宅で絵付をしてはる絵師は、ほかにもいてはります」

喜三郎は、その後も忘れず絹屋にやってきて、窯の近況をつまびらかに報告していくのだった。

「可水はんのような絵師がいるかと思えば、絵柄も絵付の細やかさや腕の確かさも人並みはずれて、名実ともに立派な職人のくせに、普段の暮らしは大酒飲みで、自堕落なひともいてはります」

喜三郎の話に、半兵衛はまたも身を乗り出した。

絵師のなかでもその腕の良さで群を抜いていた幸斎《こうさい》の場合は、喜三郎の言うような自堕落な職人の典型というべきだろうか。幸斎が彦根にやってきたのは、可水の話が出てからさらに三年ばかりたった嘉永《かえい》二年（一八四九年）のころである。

このころには、舟橋右仲も病に倒れ、還《かえ》らぬ人となっていた。藩窯は、大きく変貌《へんぼう》を遂げるときを迎えていたのである。

「この前おまえのおやじとひょっこり会うたんやけど、近ごろものすごい腕の絵師が彦根に来たと言うとった。えらい鼻息で褒めていたけど……」

「ああ、幸齋はんのことですやろ」

半兵衛の問いに、喜三郎はにやりとして言った。

「相当腕のたつ絵師なんやて？　変わり者らしいという話やったけど」

喜平の話によると、幸齋はもとは飛騨《ひだ》高山の僧だったのが還俗《げんぞく》して京に学んだのだという。もともと京の生まれだという噂もあったが、本人にそういうこと自体を訊きかねる雰囲気もあって、どちらが真実かさだかではないようだ。どちらにしても、かなりの変人であることに変わりはない。

「わし、このあいだいろいろ見せてもろたんですけど、あれなら道具狂いのお殿さまのお好みにぴったりやと思いました。錦手《にしきで》や金襴手を描いてはるようですけど、それだけやのうて、鉄三郎さまのお好きな柳なんかを染付で描かせても、きっとさぞかし見事やろうと思います。とにかく絵柄の良さといい、気が遠うなるほど細かいところまで手抜きのない、きっちりとした描き方といい、言葉にできんぐらいええ仕事をしはります。わしらみたいに毎日やきものばっかり見ている職人でも、幸齋はんのものだけは、いつまでもじっと見とれていたいような、そんな絵付ですのや」

幸齋を語るとき、喜三郎は俄然《がぜん》雄弁になった。その言葉の端々に、幸齋への畏敬《いけい》の念があふれていて、そんな喜三郎を見ているだけでも、半兵衛には作品の良さが目に浮かぶようだ。職人というのは、たとえ分野が違っていても、共通の理解があるのだろう。技に対する崇高なまでの執着に対しては、文句なしに敬意が払われ、なにものにも最優先される。

それは同時に、夢中で職人技について語る喜三郎自身の探求心をも感じさせて、半兵衛はそんな職人らの純粋さがうらやましくもあった。

「旦那《だんな》さまも、一目ご覧になったら、すぐに虜《とりこ》にならはりますわ」

それでも言い足りないとばかり、まだ興奮してしゃべり続ける喜三郎の目を見ているだけで、半兵衛は浮き立つ思いがしてくる。そして、その作品がどれほどのものかと、嫌でも想像をかき立てられるのだった。

「わしらにも、早う見せてもらいたいもんやな。瀬戸物問屋として、そういうのを預からせてもらえると、なんぼ心強いことかわからへん。そうか、とうとう彦根にもそんな名工が来てくれるようになったか……」

半兵衛は、感慨深い声をもらした。

幸齋には、もちろんたくさんの注文がはいっているようだ。喜三郎が指摘したとおり、江戸での奢侈《しゃし》に馴《な》れて、華美に流れ、珍しいものがめっぽう好きだった藩主直亮からは、錦手、金襴手をはじめさまざまな依頼があったという。

倹約という言葉が、表では声高に叫ばれても、直亮の無類の道具好きに歯止めをかける者はいない。幸齋は、それに応《こた》えてお抱えになることもなく、東新町の自宅でひたすら見事な作品を描き続けているのである。

「それだけやのうて、幸齋はんは、えらいおもしろいおひとですのや」

なにを思いだしたのか、喜三郎はうつむいて笑いを堪《こら》えた顔になった。父親の喜平は、幸齋のことを気難しい男のように言っていたが、喜三郎のほうには生来の人懐《ひとなつ》こさがある。おまけにこうと思えば、どんな相手にも臆《おく》せず自分から近づいて、その懐《ふところ》に飛び込んでいくようなところもあるので、その腕の良さにひかれて、夢中で幸齋の仕事場を訪れたらしい。喜三郎は、その純朴さゆえに、幸齋に気に入られてしまったのかもしれない。

「職人っちゅうもんは、たいていおかしなのが多いもんやけど」

半兵衛は、話の先をうながすようにそう答えた。

「そやけど、お殿さまからあれだけご注文を受けて、それなりに仰山もろてはるはずですやろ。それが……」

喜三郎は、さぞかし立派なところに居を構え、贅沢《ぜいたく》に暮らしているのだろうと想像して行った。ところが幸齋は、仕事以外にはまったく興味がないようで、作業のためにと畳もはがしてほとんど板の間に変え、夜具以外はなにも見当たらないような質素きわまりない家だったという。日頃無頓着《むとんちゃく》な喜三郎でさえ、さすがにその暮らし向きには驚いたようだった。

「あの分では、儲《もう》けたお金はほとんど全部飲んではるんやないかなあ」

「そんなに酒好きなんか？」

「好きもなにも、めちゃくちゃですわ」

喜三郎はくすりと笑い、それより、と真顔に戻って、作業部屋の様子を詳しく話してくれたのである。

幸齋が、いかに繊細で精密な絵付をするかは、喜平からもよく聞かされている。その達者な筆致には、おしなべてひとつの特徴があった。

繊細な線と点。塗りこめる部分は余白がほとんどないほどにべったりと塗る。そしてその上を金の線描で飾っていくのだ。

「ひとの顔を描くとき、眉《まゆ》やら目やら髭《ひげ》なんかが、こうやって顔の輪郭をはみ出ているんですわ。それを描くときの楽しそうなことというたら……」

「眉も目も髭も、顔の輪郭を横切るのか？」

「そうです。そのくせ、ひと以外の文様は、きっちり算術で計ったみたいに割り付けてはるんです。小さい盃《さかずき》に描くときでも、まったく隙間《すきま》がないぐらいですわ。いや、ちょっとでも余白があったら、細字でびっしりと埋めるのが得意やし。こんな小さい馬上盃《ばじょうはい》の、そのまたこんな小さい部分に、長い文をびっしり書けるなんて、噓《うそ》みたいですやろ？」

「ほう、細字か。きっと漢詩やな」

「髪一筋ほどの細さで、相当細かい文字ですのやけど、盃の曲線に合わせて、それはもうびっしりと書きこまはるんです。鉢の見込に描くときでも同じです。わしは、あんなの見たのは生まれて初めてでした」

「筆は？　そんな細かい字を書くのなら、特別のものを使うのやろな」

「わしも気になって聞いてみました。染付なんかは、普通は狸《たぬき》の毛を使うのやそうですけど、赤絵は鼬《いたち》なんやそうです。毛の腰が強いほうが向くのやそうで、鼠《ねずみ》もええと言うてはったなあ」

「鼠か？」

「そうです。そやけど、彦根の鼠はあかんのやそうです」

「彦根の鼠はあかん？　それはまたなんでや」

「あちこち走り回って毛が擦り切れてしもうているのやそうです。彦根の鼠はとくに元気やと言うてはりました。そやから、精密な技のための筆やったら、山の野鼠がええそうで……」

「なるほど」

半兵衛は、笑いながらも、妙に納得するのだった。

「そやそや、これまでわし、気にもとめんかったんやけど、呉須《ごす》を溶くのは番茶なんやそうですなあ」

「なにをいまさら言うてるのや」

絹屋の窯《かま》のころにも、職人らはずっとそうしてきたのに、喜三郎はそれにまったく気づかなかったという。

「わし、轆轤《ろくろ》ひきばっかりやってたから、絵付のことはからきし知らんかったんですわ。なんや茶色い水やなあと思うてはいたんですけど、てっきり器のそばにおいてある粘土かなんかが混じって、それで茶色くなっているのやとばっかり思うていました。なんできれいな水を使わへんのか、えらいじゅんさいなことしてはるわ、ぐらいに思うていたんです」

「あれはな、番茶をしばらく置いておいて腐らせるのや、そしたら粘りが出てきてなあ、呉須を溶いたときに、線がうまいこと伸びるんや」

「旦那さま、そんなことまで知ってはったんですか」

喜三郎は驚いたように目を大きく開き、あらためて半兵衛を見た。

「その、番茶がどうかしたんか」

「へい、幸齋はんの家は、絵付の道具のほかは、ほんまに布団《ふとん》と酒徳利ぐらいしか置いてないような家なんですけど、なんでや知らんが、番茶だけはしっかり入れてはって、不思議に思うていたんです。そしたら、呉須の茶溶きの話をしてくれはって……」

　喜三郎は、さらにいろいろと素朴な質問をしたようだ。金襴手《きんらんで》の金の部分を磨くためには瑪《め》瑙《のう》を使うこととか、その瑪瑙で磨くと細い線がつくので、それをさらに念入りに磨くのだとか、微に入り細を穿《うが》って問い掛ける喜三郎に、幸齋はうわべでは大儀そうな顔をして見せるものの、結局は真面目《まじめ》に答えてくれたのだという。

「瑪瑙で磨いてついた細かい筋は、こんどは鹿革《しかがわ》で磨いて艶《つや》を出すのやそうですけど、それも自分でみんなしはるそうです。なんでも自分でやらな気が済まんのはわしとそっくりで、いちいち自分でやってみせて、丁寧に教えてくれはったのには、びっくりしました」

「それはおまえが同じ職人やからや。素人《しろうと》には、きっと教えてもらうのは無理やろうな。それなりに、秘伝のものもあるやろうし」

「そのかわり、わし、幸齋はんにきつう言われました」

「なにをや？」

「絵師は、よい素地《きじ》があってこそ技も生きる。おまえはこの先もきばって修業して、もっともっとよいきびしょを作れ、やて」

「そうか。幸齋はんは、おまえにそんなことを言わはったのか」

「いまが肝心や、若いうちに苦労しとけって、えらい恐《こわ》い顔して睨《にら》まはるんですわ。おまえは見どころがあるさかいいうて」

　喜三郎はそう言って、そのときのことを思いだしたのか、ちょっと肩をすくめてみせる。

「そのとおりやで、喜三郎。せっかくそこまで腕のたつ絵師が彦根に来てくれはったのや。おまえも幸齋はんに負けんように、きばって袋物師としての腕を磨くのや」

「幸齋はんに負けんように？」

「そうや。いくら相手が名だたる絵師でも、なにも遠慮は要らん。恐がることもない。幸齋はんはこの先歳《とし》をとっていくのやろけど、おまえのほうはこれからが勝負や。この先いくらでも修業はできる。どんなええもんを作れるようになるか知れんのや。おまえが丹精しているみごとな急須《きゅうす》をさらに究めるのも良し、ほかに茶碗《ちゃわん》や鉢を作るも良し。もっともっと腕を高めて、幸齋はんのような立派なひとに絵付を頼んで、天下一のやきものを作ってくれ。そしたら、わしがどこへでも持っていって、高う売ってきてやるさかいな」

半兵衛は、そう言いながら喜三郎の肩に手をやった。

生まれも歳も違い、絵師と袋物師という違いはあっても、若い喜三郎と手練《てだれ》の絵師のあいだには、半兵衛などにははいりこめないような心の交流があったに違いない。

きっとそれは、さらに質の高いやきものを完成させたいという、職人ならではの欲であり、尽きることのない理想への渇望《かつぼう》なのかもしれない。だからこそ、同じ道をめざす職人同士、それと意識せずとも強い連帯感が芽生えたのだろう。

こうした職人たちがいるかぎり、藩の窯は安泰だ。いや、ますますその出来に期待が持てるようになってきた。湖東焼が、天下に名を馳《は》せるようになる日も、そう遠くはないはずだ。

半兵衛は、喜三郎の肩に置いた手に力をこめた。

これこそが、自分が望んだ窯の姿だった。望みはしたが、どうしてもなしえなかったやきもの商いの姿でもある。

それを、藩は難なくその掌中に得た。

本来手にするはずだったこの自分ではなく、いとも簡単に実現させようとしているのは、藩なのだ。そしていま、著しく成長をとげている窯場の、もっとも中心の活気ある位置にいて、直《じか》にその熱気に浸って仕事をしているのは、この目の前の喜三郎だ。幼子《おさなご》のときから面倒をみてやり、職人として育ててきたこの男なのだ。

そう思うと、半兵衛の胸の片隅を、どこかいびつに引き攣《つ》れるような、言い知れぬ感覚が走るのだった。

五

そして、みずからの技には厳しくも、無類の酒豪絵師、岡幸斎《こうさい》の腕を高く評価し、その作品をこよなく愛《め》でた男がもうひとりいた。

江戸に居を移した鉄三郎、すなわち井伊直弼《なおすけ》もまた、幸斎の作品をひと目見て大層気に入ったのである。

御典医上田成伴《なりとも》が幸斎と親しいと聞き及んで、嘉永三年（一八五〇年）七月二十六日付で、成伴に宛《あ》てて書状を認《したた》めた。

「先に注文した急須は、見本どおりの品がなく似たものが送られてきたが、世話になった。それでも随分良かったので早速進物にした。ほかに見本どおりのものができたら、また二、三送ってほしい。幸斎は珍しい人物だ。その名のあるやきものを近ごろ二、三見た。茶碗や蓋物《ふたもの》のようなものばかりでは引き立たぬが、幸斎のような風流人の作ならば、品格も上がろうというもの。かねてよりこういう人物を探していた。そちは幸齋とは懇意とのこと、なんとかして、二、三年も彦根に引き留めておきたく、そちらでよろしくことを進めてほしい。

幸齋の赤絵は格別に見事につき、盃洗《はいせん》の鉢を一対、近江《おうみ》八景の絵を描き詩歌をそえたものを、赤一色に所々金を入れて頼みたい。

別紙に概略図を認《したた》めたので、内々に注文してほしい。なるべくは下絵を描いて見せてほしい。素地は幸齋が窯元に発注してくれればよいが、湖東の素地はどうしても青味がかるので、白くしたほうが赤絵が引き立つのではないか。

急ぎの注文ではない。代金もいくらかかってもよい。立派に仕上がることが肝要だ。ほかにも注文を出すつもりだから、まずは用向きのみ」

直弼は、そうした内容の書状を書き終えてから、また一通り目をやり、満足そうにもう一枚に目をやった。

別紙には、「盃洗雛形《ひながた》」として盃洗の側面図を丁寧に描いておいた。外側には扇型の枠取りを並べて描き、そのなかには近江八景と、詩歌に見立てた数本の線も書き入れた。

こちらのほうも、思い通りにできたと思う。こんな簡略な下図でも、幸齋ほどの絵師なら、こちらの意向は十分に汲《く》み取れるだろうという自信があった。

下絵には、「赤画金入」と書いた。高台《こうだい》には透かしを入れるようにと「スカシ」という指示も入れた。絹屋の窯の時代から、彦根のやきものは、地の部分が青味がかっている。染付のときはそれが独特の味わいを出して趣があるのだが、赤絵のときはやはり地は白に限る。その点も忘れずに注意を書きいれた。

さて、どんなものができあがってくるか。考えるとおのずと心が弾んでくる。これでひとつ楽しみができたというものだ。

「近江八景に詩歌の組み合わせ。まこと、彦根を偲《しの》ぶに格好の盃洗」

直弼はそうつぶやいて、ふと思いたって、「スカシ」と書いた文字の横には、「近江、湖東、幸齋」とも書き入れた。この下図は、幸齋にこそ渡すべきもの。あの絵師だからこそ注文する品なのだ。

できあがってくる自分好みの盃洗の姿を思い浮かべて、直弼はまた満足そうな笑みを浮かべ、ゆっくりと筆を置いた。

書き終えて、直弼はいっときしみじみと彦根の窯に思いを馳せる。

茶碗山には、いまもあの白い煙があがっているのだろうか。

彦根の窯にも幸齋のような名工が来て品格が備わってきたように、この自分自身にも、近ごろになってようやくこうしてゆとりらしきものが生まれてきた。

直弼は、おもむろに文机《ふづくえ》の前から立ち上がって、庭に面した濡縁《ぬれえん》まで歩いた。腕を大きく拡《ひろ》げ、思いきり伸びをしてみる。ひんやりと澄み渡った空気が頬に心地良い。庭を渡るかすかな風はすっかり秋の匂《にお》いがした。

「江戸で迎える秋も、これでもう五度目になるのか……」

直弼は、胸いっぱいに吸い込んだ息を、またゆっくりと吐いた。

思えば、生後わずか半月にしかならない愛児の弥千代《やちよ》に別れを告げ、住み慣れた埋木舎《うもれぎのや》を出た弘化三年のあのとき以来、自分を取り巻くものがものの見事に一転した。

直亮から出府せよとの急飛脚が着いたのが正月の二十六日だったのに、二月朔日《ついたち》にはもう彦根を発《た》つという慌《あわ》ただしさだった。

その夜に宿をとった大垣には、直弼を見送るためのその前夜から長野義言《よしとき》と三浦太冲《たちゅう》が来てくれていて、別れを惜しんで夜を徹して語り合った。

自らの思惑とは関係なく、突然動き始めた自分の周囲に、あの夜はいささかならず動揺していたのだろう。国学のことや将来のことなど、三人とも一夜では語り尽くせぬ思いで夢中になって話をした覚えはあるのだが、その詳しい内容までは、いまとなってはどうしても思い出せない。

それでも翌朝早々に大垣をあとにして、ようやく江戸に着いたのは十日だった。そしてその日から、直弼にとっては、晴れがましくも、まさに戸惑いの日々が始まった。

二月十八日に、正式に直亮の養子となる儀を仰《おお》せ付けられ、二十八日には直亮に伴われて、晴れて初の登城となった。将軍家慶《いえよし》に初めてお目見《まみ》えし、直に上意を拝して帰宅する駕籠《かご》のなかでは、さすがにこみあげてくるものがあった。

三十二の歳まで、部屋住みの身から抜け出すことなど考えもしなかったが、ついにここまで来たかという感傷だったのだろうか。直弼は、駕籠のなかで何度もまばたきをし、自問を繰り返していた。

自分自身のこんな反応が、意外でならなかった。

だが、その年の十二月には従《じゅ》四位下《げ》に叙せられ、侍従となり、玄蕃頭《げんばのかみ》と名を改めるにいたっては、あの気まぐれな兄を養父として、生涯仕えるのだと、もはや肚《はら》を決めるしかなかった。

直亮の目から見れば、直弼の存在など、これまではものの数にもはいっていない。それは直弼自身が何度も思い知らされてきたことだ。だからこそ、三十二の歳まで疎外《そがい》され続けることにも慣れ、埋もれて生きることもよしと、自分に言い聞かせてきたのである。

だが、正式な世子となり、出府してきたあとになっても、国許《くにもと》に帰った直亮からの仕打ちには、これ以上ないほど悩まされた。

江戸での暮らしがなんとか落ち着いてきたころ、側役《そばやく》を通じて奥向《おくむき》の者を彦根から呼び寄せたいと依頼したが、何事においても直亮の思惑ばかりが優先され、直弼の願いはなかなかかなえられない。

それがやっとのことで実現したのは、出府から半年も経た秋ごろになってからで、しかもわずか上下四人が江戸に下向してきただけだった。弥千代の母で側室の静江や、西村忠次《ただつぐ》の娘の里和もこの四人のなかにいた。

直亮の思惑と、それを最優先させる家臣とのなかにあって、直弼は、日常のごく些細《ささい》な事柄についても、私的な暮らし向きに関する金銭の面でも、さらには公的な生活のうえでも、そのすべてにおいて不自由さを味わっていたのである。

直亮は、先代の名君と言われた直中の後を受けて三十五年、いわゆる大御所時代の泰平の恩恵を謳歌《おうか》してきた身である。大老という重職を経験したゆえの傲《おご》りもあった。もとより、好き嫌いも激しく、気性も荒い。当然ながら家臣の忠言を素直に聞く性格でもないので、周囲にはそれなりの者しか集まらなかった。藩主本人が真摯《しんし》に藩政に向き合わないからには、藩のためを思って苦言を呈する賢明な家臣も次第にそばを離れていく。すべては直亮のひととなりゆえのことであろう。

江戸での暮らしのなかで、世子としての諸侯との交際や、読書好きの直弼ならではの書物の購入などもあり、手《て》許金《もときん》不足にはいつも悩まされ続けた。その心中を、直弼はおりにふれて国許にいる用人《ようにん》格の老臣、側勤評定《そばづとめひょうじょう》役の犬塚外記《げき》に書状を認め、愚痴をこぼすしかなかった。

そんなおり、弘化四年（一八四七年）の春には、思い掛けない事態が起きることになる。

「まだ届かぬのか……」

直弼はそのとき、苛立《いらだ》ちを隠せぬようにそう漏らした。

「官服が揃《そろ》わぬのに、どうやって先立《さきだち》を務めよというのだ」

言っても詮《せん》ないこととは知りながら、直弼は思わずつぶやいた。

正月三十日に、上野寛永寺で文恭院、つまり徳川家斉《いえなり》の七回忌法会《ほうえ》があり、直弼は将軍参詣《さんけい》の際に先立を務めることになっていた。それで、前の年から彦根の小納戸《こなんど》役《やく》と交渉し、式用の衣冠を至急送ってくれるよう依頼しておいたのだ。

ところが、その後もなんの連絡もなく、苛立ちを抑えて待ちわびていた直弼の前にやっと届けられたのは、亡《な》くなった兄、直元の衣冠だった。

「法会は三十日じゃぞ。これを着て良いものかどうか、殿からはまだなにも言うては来られぬのか」

衣冠が届いたものの、直弼用のものではない。あくまで直元の衣冠であるとなれば、それを代わりに着用して支障がないものか、直亮の指示を仰がなければならなかった。

そうして、直弼の焦《あせ》りも頂点に達しようかという、それは法会のわずか七日前、二十三日のことだった。

「彦根から飛脚が着きましてございまする。いましばらく……」

大きな声で叫びながら、ころがりこむように奥書院に走り込んできた側役の西尾隆治《たかはる》が、神妙な顔で告げたのである。

「殿様から、御小納戸に向けて直書《じきしょ》が下ったとのことでございまする」

「よし、やっと知らせが参ったのじゃな。助かった。これであの衣冠を着られるな。ならば法会にも間に合う」

そう言って、やっと胸をなでおろした直弼に、西尾は辛《つら》そうな顔で目を伏せ、おずおずと口を開いた。

「おそれながら、その直書によりますれば、殿様は直元様の衣冠では、此度《こたび》の法会でお召しになるのは外聞が悪いと仰せとのこと」

一瞬、直弼は絶句し、やがてかすれたような声で言った。

「それなら何故《なにゆえ》……」

それだけ告げるのが精一杯だった。直元の衣冠を着てはならぬと言うなら、どうして依頼したものを送ってはくれぬのだ。

直弼は口許まで出かかった言葉をのみこみ、悔しさに唇を嚙《か》み締めた。無意識のうちに、強く握りしめた拳《こぶし》が震えてくる。

あまりの情けなさに、声も出せずにいる直弼の様子を、側役らは息をひそめて、ただ見守っているしかなかった。

「ともかく、在府の御側役や御小納戸役の者らで、よくよく善処いたしますれば、いましばらく、お待ちを願いますしか……」

西尾は、同情をこめた目で、そう告げた。

だが、いくら話し合ったとしても、妙案が浮かぶはずもない。もとより、直亮が否《いな》と言ってきた限り、直元の衣冠を着用するわけにもいかないのだ。

「此度の法会勤仕には、溜間《たまりのま》ご同席の会津藩主松平肥後守容敬《ひごのかみかたたか》殿と、高松藩主松平讃岐守頼胤《さぬきのかみよりたね》殿より、有り難きお言葉まで頂戴《ちょうだい》してあったのに」

言っても仕方がないことと思いながらも、直弼は口にせずにはいられなかった。このふたりから、立派に先立を務めるようにという激励を受け、直弼も当日は早く出向いて習礼《しゅうらい》をすることを願い出て、心から楽しみにしていたのである。

「衣冠が整わぬとあらば、法会先立も辞退申すしかあるまい。ご公儀には、病にてやむをえず、とでも申し上げるしかないか」

「それでは、あまりに無念でござりまする」

側に仕える者らが口々に言うが、無念な思いは、自分のほうがその百倍も強い。だが、結局は二十四日より瘧《おこり》と称して仮病を使い、引《ひ》き籠《こも》って、直弼は登城することすらあきらめたのだった。

文恭院法会の先立に関しては、ひとまずこれでことが済んだ。だが、このあともすぐ、二月二十日には最樹院、つまり一橋治済《はるさだ》の二十一回忌法会がある。直弼は、ここでも先立を申し付けられていた。

「一度ならず、二度までも辞退しては、仮病も通じまい。法会のたびごとに引き籠っていては、お家としてもそれこそ体裁がつかぬ」

「仰せの通りでござりまする。もとより、直元様の衣冠も、新調のものには及びませずとも、見苦しいほど汚れているわけではござりませぬ。もしも、国許の殿様よりご一報さえござりますれば、新しい衣冠など江戸では一昼夜もあれば、仕立てあがりましょう」

直弼の辛い心中を配慮してか、西尾は、なんとか今度こそ無事先立を勤められるようにと、心を砕いた。直弼も、次はなんとしても無事大役を果たしたかったので、彦根の犬塚外記にも書状で手配を依頼し、在府の側役や小納戸役からも彦根への連絡を密にさせた。

しかし、どんな手を使っても、どれほど待っても、直弼の望んだ直亮の一言はついに届かず、最樹院の法会も断念せざるを得なかった。

無念さを越えて、世子ゆえの無力さを見せつけられた直弼は、その後も法会のあるたびに引き籠るのでは格好がつかないので、登城することも控えざるを得なかった。

そして、そんな事情で直弼が登城できずにいたときに、彦根藩としてはまさに予想外のことであり、屈辱きわまりないような、あの幕命を受けるはめになってしまったのである。

そのとき彦根藩に下った幕命とは、相州警備についてのもので、実際には直弼が引き籠りの最中《さなか》にあった二月十五日、彦根にいる直亮の名代として登城するはずの直弼に代わって、同族の与板藩（新潟県長岡市）藩主井伊《いい》直経《なおつね》が受けた。若く切れ者の老中、阿部伊勢守正弘《あべいせのかみまさひろ》からである。

沿海警備といえば、これまで相模《さがみ》は川越藩主松平大和守斉典《やまとのかみなりつね》が、そして安房《あわ》と上総《かずさ》は忍藩主《おし》松平下総守忠国《しもうさのかみただくに》が拝命していた。だが、幕府は今回さらに相模に井伊直亮を、安房と上総には会津藩主松平容敬を加え、四家の担当とした。

弘化年代には日本近海に出没する外国艦船が増えてきたこともあって、沿海警備を強化しようという意向のもとに、新たに溜間詰の二大藩主を追加したのである。

しかし、このことを聞いたとき、直弼の無念さは頂点に達した。

「何故われらが彦根藩が、相州警備などを担《にな》わなければならぬのだ」

直弼は、たまりかねたように憤《いきどお》りを口にした。

そもそも井伊家は、代々京都警備の重責を果たすべき家柄なのだ。その格式ある家柄を知りながら、相州警備などという命を下されるとは、これぞまさしくお家の瑕瑾《かきん》以外のなんであろう。

そんな煮えたぎるような思いを、直弼はもはやひとり自分の肚には納めかねた。これまで、自分がしてきた苦労はいったいなんだというのだ。すべては、直亮が招いた失態にほかならない。

官服の一件など、取るに足らぬことだ。それが直亮の気まぐれや思慮のなさゆえなれば、自分はいくらでも耐えてみせる。しかし、そんな小事でも、積もり積もれば今回の相州警備下命のような大事にいたる。

まわりまわって、お家に疵《きず》をつけるはめになる。

衣冠の一式など、いかほどのものだというのだ。それより以前に、直亮の周囲の家臣たちは何故にこうも頑《かたく》ななのだろう。そして、それもこれも、すべては直亮の狭量《きょうりょう》さゆえにほかならぬ。

直弼は、感情をぶつけるように、国許にいる付役安東七郎《しちろう》右衛門《えもん》に宛《あ》てて書状を書き、なにかあるたび腹心の老臣、犬塚外記にも訴えた。

藩主直亮の評判は、散々だった。

それは、直弼も埋木舎《うもれぎのや》の時代から耳にしていたことではあった。だが、世子の身となってからは、それをさらに切実に実感するようになったのである。

犬塚外記によると、藩内では、直亮の不徳は二百年来ないほどのひどさだと噂《うわさ》され、善悪の区別すらつけられない人物だとまで、陰で言われているという。こうしたことも、それが藩のなかだけにとどまっているあいだは、まだよかった。

江戸に到着してからの、いや、はるか昔、埋木舎の時代からずっと直弼のなかにくすぶり続けてきた直亮への不信感や不満が、この相州警備の一件を機に一挙に表面化し、未来の彦根藩主としての直弼自身の意識に繫《つな》がっていったのは当然のことだ。

気持ちの整理も心の準備もできないまま江戸にやって来てからの、息もつけぬような日々が、いまさらながら直弼の脳裏によみがえってくる。

自分が世子になってわずか三月足らずの弘化三年五月六日に、直亮は彦根に帰ってしまった。直亮が不在の間は、彦根藩名代として、直弼は慣れない溜間詰の勤めがどういうものであるかを必死で覚え、次代の藩主としての修養を身に付けようとなんとか努めてきた。

三十二歳になるまで、部屋住みの狭い世界しか知らずに来た直弼は、これまで自分がいかに無知であったかを自覚し、ともすれば自信を無くしそうになった。だが、何事においても、中途半端《はんぱ》なことができない性格ゆえに、そんな自分を叱咤《しった》し、養父の評判が悪い分だけ、自分が領民のために尽力しなくてはと自戒してきたのだ。

祖父のように思い、心を許してきた犬塚外記からも、直亮のようにだけはなるなと進言を受けた。周囲の諸大名と、うまくやっていくことがお家のため、将来の直弼のためだという老臣ならではの忠告だった。

「いまは、ただ流れに従うも大事なことかと存じまする。鉄三郎様にとりましては、この先はまだまだ長き道。孝道を立てることも肝要かと。国というものは、愛人と施物《せもつ》をお忘れなくばすべて治まるものでござりまする。ひとを敬い、愛すること。施し、贈る心をゆめお忘れなきよう」

藩主直亮については悪言も吐くが、その基本では孝行を尽くせとも言う。犬塚外記のこんな口癖は、ことあるごとに、直弼の胸に浮かんできた。

毎月十日と二十四日には、登城して黒書院の溜間に詰め、老中に謁見《えっけん》して政務のあるときは討議をする。将軍の起居を伺い、直接意見を述べることもできるのが溜間詰の大名で、大事があった際、それを諸大名に伝達するときは老中と列座する立場であることも知った。

その溜間詰のなかでも、さらに歴然とした差がつけられていることも、否応《いやおう》なしに気づかされた。つまり、彦根、会津、高松の三家は常溜《じょうだまり》と呼ばれ歴代溜間詰の家格。それに対して姫路、松山、忍、桑名の四家は特命によって列せられる飛溜《とびだまり》。さらにはこのほかに、老中などを辞めた者が優遇され、この当時の佐倉藩主堀田備中守正篤《びっちゅうのかみまさひろ》と小浜《おばま》藩主酒井若狭守忠義《わかさのかみただあき》のふたりのように、臨時に一代限りで溜間格となるのである。

そんななかで、自分が世子となって継いでいくことになった井伊家は、この溜間詰でも常溜、しかもその旗頭の身分なのである。

直弼は、嫌でもわが身の立場を意識しないではいられなくなっていく。さらに生まれついてのその几帳面《きちょうめん》な性格ゆえに、井伊家の家格がいかに重んじられるべきかという思いが、次第に確固とした矜持《きょうじ》となって、直弼自身も気づかないまま、その意識や行動を支配していくようになるのだった。

「すぐにも、警備地に赴かねばなるまいな」

幕府から相州警備の命を受けたあとすぐに、直弼は中老岡本半介《はんすけ》を呼んで、家臣たちに今回の拝命の一件を布達するように告げた。みずからも、早急に現地に出向いて、どういうところなのか現状を知っておかなければならないと考えたのだ。

たとえ、井伊家の家格に釣り合わぬ命であっても、いったん拝命したからには、やり遂げなければならない。いや、井伊家の家格ゆえに、なお一層立派に任務を完遂させたいという思いが強くなる。警備には周到を旨《むね》として、井伊家ならではの働きをしたいと思慮をめぐらせるのだった。

なんといっても、井伊家と言えば「赤備え」と称せられるほどに、関ヶ原の合戦以来、強靭《きょうじん》な陣立てを誇ってきた。

赤備えというのは、井伊家の戦装束が鮮やかな朱の色だったところから来た呼び名で、朱地に「井」の字の金箔《きんぱく》をあしらった旗印をはじめ、藩主から家臣にいたるまで、赤で揃《そろ》えられた鎧兜《よろいかぶと》が圧巻だったからだ。

縅糸《おどしいと》の色はさまざまだったが、鎧兜の鋳型《いがた》の部分はすべて朱の漆で塗って仕上げ、赤一色に統一された陣立ては、まさに赤の軍団とでもいいたいほどで、その強い戦力とともに代々井伊家の威厳を保ってきた。

直弼は、そんな戦丈夫の誇りにかけても、みごと相州警備の役目を果たしていかなければと、そう思っていたのである。

そんな矢先のこと、藩主直亮がまた彦根を出て、四月二十八日には江戸に到着した。直弼は、間の悪さに舌打ちしたい気持ちだった。

「ご安心めされ、鉄三郎様。殿は、異国船に対しては内心大層恐れられているご様子。御《おん》みずから、そんな異国船が出没するような所にまでおでましになるなどとは、よもや仰《おお》せになりますまい」

西尾隆治が、声をひそめてそう耳打ちするので、直弼もきっとそのとおりかもしれないとひとまず安心していた。

だが、事態は皮肉にも直弼が当初憂慮したとおりに進展する。

相州警備に関しては、直弼がいかに考えを練っていても、口をはさむ余地は一切なかった。

実際にその警備にあたった藩士の様子は散々なもので、ついには「井伊家の祭備え」と揶揄《やゆ》される始末だった。

仙台平《ひら》の袴《はかま》に長い羽織の着流し。高足駄を履いて従卒に刀や鉄砲をかつがせて進むさまは、警備などというものではなく、まるで祭りに行くような格好だというのである。

直弼自身もうすうす感じてはいたのだが、藩士の士気が緩んでいることも、直亮が経費を惜しむゆえに警備が弱体化していることも、残念ながら事実だった。

だからこそ、国許《くにもと》の家老木俣《きまた》土佐《とさ》らに改善を命じたりもしたのだが、直亮の顔色ばかり窺《うかが》っているような面々に、直弼の願いなど聞き入れられようはずがない。

それればかりか、情けない現状にひとり心を痛めている直弼とは裏腹に、直亮のわがままな行動はさらに増長していった。

悪評に謙虚に耳を貸すこともせず、もちろん家臣の止めるのも聞かず、同じ立場の川越藩の事情もかえりみないまま、浦賀奉行の管轄《かんかつ》地とともに川越藩の持ち場まで巡回したいと言い出して、幕府の返事も待たずに、直亮は物見遊山《ゆさん》のように相州巡回に出向いたのである。

そして、ついに幕府とひと悶着《もんちゃく》起こすにいたっては、直弼もほとほとあきれ果てるしかなかった——。

六

新しい環境の変化を真っ向から受けて、これまでとは違った立場で悩み抜き、さまざまな抵抗に遭いながらも必死に周囲と闘っていたのは、絹屋半兵衛もまた直弼と同じだった。

藩に召上げられたあとも、窯《かま》の将来のためと心を決めて、その販路を拡《ひろ》げるために半兵衛はありとあらゆる可能性を追求してきた。

「なあ留津、わしらはこれまでと同じような売り方をしていたのではあかん。なんか新しいことを始めようと思うんやが」

相談をもちかけた半兵衛の目には、また以前のような生き生きとした光が感じられた。

「なあ、留津は古手呉服の商いで、あっちこっち歩いているよなあ。たとえば街道筋で、土産物を売るみたいにして、やきものを並べてみるのはどないやろ」

「あ、旦那《だんな》さまもおんなじことを考えてはったんですのやな」

「なんや、留津もそう思うていたんか」

「はい。小さいお店で十分やと思うんですが、ちょっと小綺麗なお店にするか、そうやな、お祭りのとき境内に出る露店みたいな造りのお店とか。女子《おなご》はんが気軽に出入りできるような店にして、いろいろやきものを置いてみたらどうかと。そんな可愛《かわい》らしいお店をあちこちに出して、そこに並べてみるのもよいかと思うていたところです」

「あれだけ良い品ができるのやから、小そうてもそれなりに格のある店で、そうなると露店はどうかと思うけど、どっちにしても彦根ならではのお土産としてあのやきものを売ってみたいなあ」

留津の案も聞き入れて、半兵衛の思いはさらに膨らんでいく。

「それから、今度はわし、長浜あたりまで足を伸ばしてみようかとも思うているんや」

「長浜ですか」

「長浜やったら、絹屋の呉服商いで大事にしてきた商いのつきあいがいくつもある。それを生かして、今度は彦根のやきものを売っていくのもひとつの方法やろ」

案が浮かんだら、すぐに実行に移す。それが半兵衛のやり方だった。

またもや無からの始まりだったが、それでも半兵衛は嬉々《きき》として、その思いつきを実際の商いの軌道にのせたいと、努力を惜しまず歩きまわった。

夜が明けると同時ぐらいに見本の茶碗《ちゃわん》や皿をいくつか持って、手代をひとりつけて絹屋の店先を出る。帰宅するのは、ほとんどあたりが見えなくなるほど暗くなってからだった。

すぐには受け入れてもらえなくても、それでも半兵衛は決してあきらめない。熱心というより、執拗《しつよう》なほどだと、小兵衛すらも苦笑するほど、半兵衛の販路開拓への意気込みは他を圧していた。

「どうや、若いころのわしに戻ったみたいやろ」

半兵衛は、草履を脱いでその底を留津に見せた。ここまですり減り、鼻緒をこんなに何度もすげ替えるのは、半兵衛が言うように、確かに若いころを思いださせる。

「気のせいか、旦那さまの身体《からだ》つきまですっきりと若々しゅうなりましたなあ」

冗談めかして言いはしたが、留津は半兵衛のやつれ方が心配だった。

だが、そんな半兵衛の努力が報いられ、商いが成功するためには、肝心な大きなことがひとつ欠けていた。

半兵衛の夢を阻《はば》むのは、あろうことかその根本である藩の態度や、やきもの商いについての指針そのものだったのである。

「やれ株仲間のひとりにしてやる、瀬戸物問屋株を持たせてやる、そやからおまえらは精々きばって売ってこいと、藩のお役人さんらはそう言わはったんですのやろ？　そやのに、肝心の窯の上物は、みんな藩のご進物にまわされるんでは、いくら旦那さまでもまともに売れるわけありまへんわ」

留津が早口でまくしたてるのを、半兵衛はどうなだめていいか言葉が見つからなかった。留津が我慢ならないと思うのも、もっともなのだ。いや、むしろ半兵衛はもはや文句を言う気力すら萎《な》えそうだった。

「まあな」

半兵衛は、溜め息《たいき》とともにそう答える。喜平や喜三郎から、そのつど聞かされる素晴らしい作品については、ますます頼もしく思っていたところだ。職人らの腕にもさらにみがきがかかり、幸齋《こうさい》のようなこれまでにない格の高い絵付もできるようになった。

しかしそれらの品は、いくら待っても半兵衛たちの手許にまわって来る気配がない。瀬戸物問屋の株仲間で売ることが許されている商品ときたら、ほとんどが特徴のないもので、他のどの地方のやきものともなんら変わらないような、ちょっとした日常品か食器類に限られている。

「それやったら、まるで売れ残りの処分市みたいなもんやないですか。いくら旦那さまが足を棒にして歩きまわったかて、肝心の商品がそんな調子では、無駄骨というもんやわ」

留津は、さすがに遠慮して売れ残りという言い方をしたが、半兵衛にしてみれば、自分たちに課せられたのは、はっきり言って屑物《くずもの》整理と同じだと思えた。

「せっかく良いやきものができているのに、そういうものがこっちにはなかなか回って来んのや。いや、良いものほどかえってみんな殿さまのものになっていく。幸齋はんの絵付なんかもそうやけど、良い品ができればできるほど、殿さまの手許から離れんようになる。せっかくあんな良い品ができているのや、目利《めき》きのひとや好事家《こうずか》にうまいこと売っていったら、窯の評判を一気に高めることができて、あとあとのためになるのに……」

半兵衛は悔しくてならなかった。

「いったい、藩はなにを考えてはるのですやろ？　商いは、なんというても商品あってのものや。お侍さんらにはそれがわからへんのですやろか？」

「たぶんそうなんやろな。というより、藩にとっては、やきもの商い以上にもっと大事なものがあるのやろ。諸侯への進物とか、贈答の品は、お侍にとっては出世にかかわるなによりの道具や」

「そんなら旦那さまらの商いはどうなるんです？　売れるものがなかったら、いくら旦那さまが辛抱してきばってもみんな水の泡や。たとえお侍の間で良い品やと評判になっても、町人や百姓衆まではその噂《うわさ》も届きません」

留津もつい声が大きくなる。

このところ、少しでも可能性があるならと、半兵衛は心あたりの相手があれば四方八方、片っ端から歩きまわっている。夕暮れになって、店先に脱いである土埃《つちぼこり》で真っ黒になった草履と、一緒に脱ぎ捨ててあった足袋とを留津が片づけていると、足袋の先にべっとりと血が滲《にじ》んでいて、草履の鼻緒にまで沁《し》みているのを目にすることもあった。

足にできたマメがつぶれたのだろう。それを口にすることもなく、ひたすら売り歩いている半兵衛の姿に、留津は頭が下がる思いだった。

「ええか、小兵衛。商いは確かに商人の腕で決まるもんや。口も動かすけど、足も使う。それからもちろん頭を全部や。強気で、押してばっかりやのうて、ここぞというときにちょっと引いてみせることも肝心や」

「へい、旦那さま」

「そやけどなあ、なによりもまず肝心なのは辛抱や。なにを言われても、お客さんの前ではじっと笑《わろ》うていられるように、あほになることやで。ええか、小兵衛。卑屈になることはないけどな、世間というもんは、喧嘩《けんか》して渡ったらあかん」

半兵衛が、諭すように言うのが聞こえてくる。その言葉は、半兵衛がまるで自分自身に言い聞かせているように、留津には思えてならなかった。いまとなっては、以前のような窯主の身分とはまったく違う。瀬戸物問屋株仲間のほかの三人とも、まさに競合する立場なのだ。これまでの卸し先が、もはや商売仇《がたき》になったのである。

「へえ、えらい変わらはったんやなあ。あの絹屋はんが、いまはこんなことまでしてはるのか」

いつだったか、店先で偶然出会った古手呉服の商売相手に、大げさに驚かれたこともあった。同情に満ちた、なかばこちらを見下すようなその視線が、半兵衛の目にはいらなかったはずはない。きっと外では、もっと嫌みなことを言う相手も多いことだろう。

それでも、半兵衛は一言たりとも愚痴をこぼすことはなかった。

そのかわり、一緒に歩きまわっている手代の末吉が、同じ手代仲間に悔しそうに話しているのが耳にはいってくる。

「昨日行った茶碗屋のことなんやけど、いま忙しいのや、またにしてんかと言われてなあ。それで、半時あとにまた来いと言わはるんで、旦那さまと一緒に言われたとおりにもう一遍行ったんや」

「半時してから？」

末吉より三歳年上の手代の留蔵は、末吉のほうを向くこともなく、反物を巻く手も止めずにそう訊《き》いた。

「そうなんや、留どん。そしたら今度は、まだ忙しいさかいもう半時したらまた来てんかと言われてなあ。旦那さまはけろっとしてはるし、またしばらくしてもう一回行くことになったんやわ」

「今度は話を聞いてもらえたのか」

「いや、それがな、今度は、また半時して来いと言われて……」

「なんや、それ？」

留蔵は、手を止めてやっと末吉の顔を見る。

「結局な、その店のひとらは最初から話なんか聞く気はなかったんや。そやけど、旦那さまはにこにこしながら、『おおきに、また来まっさ』って言うて、何事もなかったみたいに、またあとで行かはるのや。結局、同じことを六遍も繰り返さはったんやで」

「六遍も？」

留蔵の声が思わず大きくなる。

「そやけど、そのうちあたりも暗うなってきたし、やっぱり今日は無理や、またあした出直そうと言うて、最後は行かんかった」

「そしたら？」

「あいつら、ひとの足下《あしもと》見よって、昨日はこっちをからこうていただけやったのや。今朝行ったらな、なんて言いよったと思う？」

そのときの無念さを思いだしたのか、末吉は指で鼻を何度もこすりながら言う。

「なんで昨夜《ゆうべ》来んかったんや。せっかく待っててやったのに。あのあと、欲しい茶碗があったし、ほかのところから仰山仕入れてしもうたわ。せっかく来いと言うてるのに、来んかったおたくらのほうが悪い、ってな。そりゃもうえらい剣幕で怒られて、それでしまいや」

「そんなあほな。そんなもん、みんな嘘《うそ》っぱちに決まったるわ。それで、旦那さまはなんて？」

「それがなあ、やっぱりけろっとして顔色も変えはらへんのや」

「なんでや？　なんか言い返したりしはらへんのか」

「うん。なんにもなかったみたいにニコニコして、『ああ、そうですか。ほんならまた次のときによろしゅうお願いします』やて。わし、ほんまにびっくりしたわ」

末吉が言うには、半兵衛はそのときむしろ嬉《うれ》しそうな顔をして、これで一歩前進だと喜んでいたぐらいだった、という。

「人間っちゅうもんはそれほど悪いばっかりやない、って旦那さまは笑うてはった。悪いことをしたら、そのとき心の揺れ戻しが起きるんやて。相手に嫌みを言うたり、あくどいことをしたら、自分でも気づかんうちに心のなかに重苦しいものが生まれて、心の借りができてしまうんやて」

「心の借り？」

「うん。そういう嫌みなことは、されたほうより、した者のほうが忘れられんようになるもんや。平気なようで、案外その心の借りが、どんどん重荷になっていく。そやから、どこかでずっとひきずってしもうて、その意地悪をした相手を、いつまでも忘れられへんようになるって」

「そんなもんかも知れへんなあ。わしやったら、きっと長いこと嫌な気持ちをひきずってしまうと思うわ」

「旦那さまは、そやから今回のことは相手のひとを恨むんやのうて、かえってありがたいことやと、感謝せなあかんとも言うてはった」

留津は、ふたりの手代の話にこっそり聞き耳をたてながら、半兵衛の心中を察していた。窯《かま》主《ぬし》だった誇りも捨て、一介の瀬戸物卸の商人として、無心に商いに没頭している姿は痛ましいには違いない。

それでも、商いというのは、ひとをひととして信じることから始まるものだと、身をもって手代に教えている姿も、半兵衛らしいことだ。それに、留蔵や末吉の話にあったようなできごとは、留津自身にとっても覚えのないことではなかった。女であるがゆえに、古手呉服の仕入れのかけひきや、売り捌《さば》きのためのやりとり、算盤《そろばん》勘定の場で、どれだけ理不尽な仕打ちを受けてきたことだろう。

半兵衛が、窯のことで頭がいっぱいだった時期は、留津の采配《さいはい》ですべてを進めなければならない場面も多かったからだ。小兵衛や善左衛門《ぜんざえもん》がそばにいてくれたものの、最後は留津がひとりで思いを定め、独力で仕切らなければならないことも何度かあった。

女だからと正面切って見下され、仕入れの場面で信じられないような高値をふっかけられたこともあった。競《せ》りのときは、仕切りの胴元から意味ありげな目配せをされ、かえって周囲から誤解を受けることもあった。そんなときは、意地でも突っぱねるだけの度量も身につけなければならなかったし、かといって、なんとしても絹屋の名前にだけは傷がつかないようにと、半兵衛には見せないところで肩ひじ張って今日まで来た。

あるときは相手に伍《ご》して張り合い、別のときは謙虚に折れもする。威嚇《いかく》するように声を荒らげることもあれば、みずからが馬鹿《ばか》になって柳に風と受け流すことも要る。そんな臨機応変の力加減は、思えば半兵衛のやり方を見て、見様見真似《みようみまね》で学んだものだ。それだけに、いまの半兵衛の商人としての無念さも、留津には痛いほどにわかる。

「なんや、留津。こんなところにいたのかいな」

そのとき、後ろから声をかけられ、留津はどきりとして振り向いた。

「ああ、旦那《だんな》さま」

あらためて目が合ったら、思わずこみあげてくるものがあった。

「どないしたんや、そんな顔して」

「いえ、なんでもありません。それより旦那さま、足のほうはどうもありませんか」

「足？　わしの足がどうかしたか？」

「草履に血がついていましたので」

「あ、あれか、ちょっと石に蹴《け》つまずいただけや。どうってことはない」

「それやったらよろしいけど、明日からは、古い足袋と二枚重ねて置いておきますし、忘れんとそれを履いていってくださいね」

せめて、足にかかる負担を少なくしてほしい。少しでも身体《からだ》を痛めずにいてもらいたいと、留津は願いをこめて言うのだった。

「すまんな」

「それで、商いのほうは、その後どうです？」

うまくいっているはずがないと知っていながら、留津は訊いた。

「うん。まあまあやな」

半兵衛は、そんな答えを返してきた。愚痴が出るなら、聞きもしよう。それで気が晴れるならそれも良し。そう思って訊いたのだが、半兵衛の答えは、まんざらでもないという口ぶりだった。しかし、商いが思わしくないからこそ、半兵衛がそう答えたのを知っている。だからこそ、留津もあえて平気な振りをして、口を開いた。

「そうですか……」

会話はそれで途切れた。

だが、よそよそしいというのでは決してなかった。手代の話を聞いてしまったことも、売れ行きが思わしくないのではということも、留津からは決して口にしない。留津が言えば、半兵衛はさらに辛《つら》くなるだけで、だからといってなにができるわけでもない。ましてや、商いの不振は、半兵衛だけの責任ではないのだ。

それがわかっているから、留津にはかえってなにも口にできなかった。

沈黙は、気まずさではなく、お互いへの思いやりゆえのことだ。わかりあっているからこそ、口にしないということもある。

「それよりな、ちょっとがっかりすることがあったんや」

気持ちを切り替えるように、半兵衛が言った。

「がっかりすることって？」

これ以上まだなにか失望することがあるのかと思い、留津は問うた。

「幸齋《こうさい》はんが、京へ帰ってしまわはったそうな」

「え、あの幸齋はんが？　なんでですか。喜三郎はんの話では、お殿さまから仰山ご注文が来て、機嫌よう仕事してはったのと違いますのか？」

「藩の窯の先々に、あのひとなりに愛想つかしをしたというところやな」

「愛想つかしですか？　幸齋はんが？」

「それしかないやろ。自分の腕にあれだけ自信を持っていた絵師や、きっと彦根では自分を生かしていけんと思うて、さっさと見切りをつけたのや」

「そんな、絵付の職人が、藩の窯を見限るやなんて……。そんならこの先、窯の絵付はどうなるんです？」

「まあ、絵師はほかになんぼでもいてはるから、いますぐどうということはない。ただ、あそこまでの絵師は、この先そう簡単には見つからんやろ」

「せっかくの腕を、惜しいことをしましたなあ。なんとか引き留めることができんかったのですやろか」

「喜三郎の話では、どうやら江戸の鉄三郎さまからも、なんとか二、三年でも引き留めておけんかという書状が届いたらしいけど」

「あの鉄三郎さまからですか？　若いころからやきものがお好きやったし、本当の良さがわかるお方でしたから、江戸においでになっても、彦根のことやうちらの窯のことを、ちゃんと覚えていてくれはるのですなあ。うち、こんな嬉しいことを聞いたのは、ひさしぶりやわ」

「その思いはわしも一緒やけど、ただ、幸齋はんがそれでまた彦根に帰って来るかどうかは、別の話や。わしらにはなんともわからん」

「鉄三郎さまが、直々に戻れと言わはっても、あかんのですか？　幸齋はんを連れ戻すことはできませんのか」

いまやあの鉄三郎は、次代の藩主として江戸に赴いた身なのだ。その彦根藩主の世子みずからが、幸齋のような絵師を高く評価し、極力引き留めるようにと書状を出したのに、それでも絵師ひとりを引き戻せない。

留津は、職人の生き方にあらためて驚いたのである。

「職人は頑固やしなあ。とくにあのひとは変わり者やったそうやから。鉄三郎さまが、早うお殿さまにならはって、藩主として頼まはったら、話はまた別やろうけど」

「しっ、旦那さま。そんなこと言うたら、いまの殿さまに早う死ねと言うてるようなもんです。

そんなことがどこぞに知れたら、大変なことや」

「わかってるがな。ただな、ちょっと小耳にはさんだ噂《うわさ》では、いまのお殿さまは、どうも具合が良うないらしいのや」

「ご病気ですのか？」

「そうらしい。どうもこのところ、藩は災難続きなんやそうな」

半兵衛が、商人仲間の強力な情報網から得たところによると、二月に江戸の麴町《こうじまち》で火事があったそうで、外桜田の上屋敷（現在は跡地に憲政記念館）も類焼を免れなかったという。

「江戸のお屋敷が火事ですか。怖いことですなあ。鉄三郎さまはご無事やったんですやろか？」

「うん。なんでも、間のええことに、出火当日は、八丁堀にある同じ溜間詰《たまりのまづめ》の松平さまのお屋敷に行ってはったそうでな、からくも難を免れはったそうや。ただ、藩の上屋敷はそんなわけで全部焼け落ちてしもうて、鉄三郎さまの身の回りのものは、仰山の本や手道具の類《たぐい》と一緒に、みんな燃えたらしい」

「お気の毒に。きっと、うちの急須《きゅうす》も焼けたのですやろなあ」

留津は、江戸へ出立《しゅったつ》の前に、半兵衛が届けた喜三郎の作の急須を思いだしていたのである。

その火事で、直弼はまたも彦根の藩士らとの確執に、心を痛めることとなる。

報《しら》せを受けて、慌《あわ》てて上屋敷まで駆け戻ったときは、すでに屋敷は武器土蔵を残すだけで、ことごとく焼け落ちていた。

その後、直弼は赤坂喰違《くいちがい》にある中屋敷（現在は跡地にホテルニューオータニ）にいたのだが、焼け出された上屋敷の家臣たちはさぞかし困っているだろうと不憫《ふびん》に思い、彦根の家老になんとか助けてやれぬものかと書状を認《したた》めた。だが、いくら事情を伝えても、家老の木俣土佐からは、拝借金はならぬと返事があるのみだ。

「やむをえぬ。せめて近習《きんじゅう》の者らにだけでも少しは手当を渡してやれ。とても足らぬだろうが、できる限りのものを渡してやるのじゃぞ。彦根にいくら頼んでも埒《らち》があかぬのは、それがしの不徳のいたすところゆえ」

直弼はわが身の無力さを痛感しながら、そんなふうに告げるしかなかったのである。

藩主直亮や、家老の木俣土佐の意向で、思うようにことが運ばなかったのは、上屋敷の普請《ふしん》についても例外ではなかった。

「普請が遅れがちなことについて、ご公儀よりお叱《しか》りを受けたのはもとよりでござりまするが、屋敷構いが低すぎて、公方《くぼう》様のお通りの際に目障《めざわ》りだとのお申し入れもまいっておりまする」

家臣の報告を受け、そのことも彦根に伝えたのだが、それもまったく甲斐《かい》なく、直弼はまたも溜《た》め息《いき》を吐《つ》くばかりの日々となった。

直亮は前年、つまり嘉永二年四月にまた彦根に帰っており、本来ならば五月には参勤の予定だったのだが、この火事のため、五月ではなく八月まで出府を遅らせることを許可されていた。ただ、四月ごろから病を得て、思うように回復しないばかりか、ますます悪化していった。そのうち病状はさらに重くなり、直亮は歩行も困難になったうえに、言葉すら満足に発せなくなった。だが、そのことを国許《くにもと》の家老や用人たちは、直弼にひたすら隠しとおしたのである。

それゆえ直弼が藩主直亮の病気を知ったのは、江戸での噂話を耳にし、彦根にいる直弼の腹心の家臣から内々の書状が届いたからだった。

国許の家老木俣土佐は、ひがみの強い人物だ。それは直弼も常々感じていた。だが、のちに一連の所業を知るにいたっては、つくづく彦根藩の前途が思いやられた。

というのも、木俣は自分が家老職に留《とど》まりたいため、なんとか直亮を隠居させずに済むようにと、ひそかにあれこれと画策していたからだ。城使宇津木六之丞《ろくのじょう》に命じて、直亮の年内の参勤はもとより、翌年まで参勤の猶予《ゆうよ》を願えないかと極秘で働きかけていたらしい。

それだけでなく、さらに就封《しゅうほう》の時期になれば、そのまま在城を願い出て、翌々年の参勤の時期まで延期できないかと、他家の例なども調べながら、企てていたのである。

だが、藩主がそこまで長く江戸を不在にするのは、彦根藩としても決して得策ではない。ましてや、いまは異国船の渡来も取り沙汰《ざた》され、沿海警備がより重要となっている不穏の時期だ。直弼は、六月二十八日、三浦十左衛門《じゅうざえもん》に書状を送り、養父にはゆっくりと養生してもらいたい、と認めながらも、お家のために、またご公儀のために、配慮が必要だと、そんな心中を漏らした。

まったく、家臣が本来の立場を忘れ、藩の将来よりも自己の保身や既得権を守ることにだけ腐心するようでは、国も立ち行かぬ。

直弼の嘆きは募るばかりだった。

その後も、直亮の病状は思わしくなかった。藩医や町医にかかわらずあらゆる診察や投薬を試みても、効果はなかった。八月下旬には、京から百々《どど》陸奥守《むつのかみ》を招いて診断を依頼したが、陸奥守は診察のあと深く腕を組んで、重い口を開いたのである。
「おそれながら、殿様にあらせられては脾腎《ひじん》虚弱のうえ、脚気《かっけ》までも併発しておられる模様……」

事態が深刻になってきてはじめて、木俣からはようやく直弼の許に容態についての報告があったが、すでに九月にはいってからのことだった。

心配のあまり、直弼はすぐに彦根まで在府の側役を差し向けようとした。だが、それも家老に留められてしまう。直亮の容態は九月中旬からさらに重篤《じゅうとく》な事態に陥り、その様子は彦根の側役から刻々と江戸に伝わってくる。

直弼は気が気ではなかった。

直亮には、これまで幾度苦汁をなめさせられただろう。それでも、養父であり兄であることに変わりはなかった。以前から、腹心の老臣、犬塚外記に何度も繰り返して諭された言葉が甦《よみがえ》ってくる。

「末長く孝道を立て、人を愛《いとお》しみ物を施せば、おのずと国は治まるもの」

直弼は、国許に帰っていた三浦十左衛門に急いで書状を認めた。

「殿の看病に帰国したいのだが、それすら在藩の家老らに阻止されてしまう。しかし、ひそかに旅支度を整え、いつでも江戸を発《た》つ心積もりでいる」と、そう伝えたのだ。

ただ、そこまでしても、まだ気が納まらず、直弼は幕府の許可を得て、ついに江戸を発ったのである。十月五日の夕刻のことだった。

その夜は川崎宿に一泊し、翌朝早く宿を出ようとした矢先に、彦根からの飛脚に会った。

それは、十月朔日《ついたち》、殿様御逝去《ごせいきょ》との彦根からの報せだった。

「間に合わなかったか……」

江戸へと引き返す道中、直弼はむなしさで一杯だった。

確かに、直亮には幾度となく苦しめられてきた。とはいえ、その直亮がいなければ、自分はいまこの地にはいなかった。

あのまま、生涯を埋木舎《うもれぎのや》で過ごすものと自分に言い聞かせてきたが、それを拾ってくれたのは、ほかならぬあの直亮なのだ。

直弼は、自分を引き上げてくれた養父への思いを噛み締めながら、同時に、言いようのない解放感もまた、味わっていた。

これまで自分の思いをことごとく阻止し、その行いを逐一制限してきたものがこれですべて消える。恵まれない部屋住みの時代を十五年、不自由なだけだった世子の時代が五年。都合二十年におよぶ不遇のときを経て、三十六歳のいま、ついにわが考えのままに行動できるときが来た。

頭のなかが、ひどく混乱していた。

このあと、なにをなすべきか。新しい藩主として、直亮の遺志を継ぎ、井伊家をさらに守《も》り立てていくにはどうすればいいか。最後にかなえられなかった養父への孝道についても、なにをもって償うべきか。養父が為《な》しえなかったことはなにか。自分にはなにができるのか。

直弼は屋敷に戻る道で、ひたすら自分に問いかけていた――。

七

幸齋《こうさい》があっけなく去っていったあとの彦根に、新しい絵師、鳴鳳《めいほう》がやって来たのは嘉永四年（一八五一年）のことだった。

鳴鳳は京の寺侍だったが、妻子と弟の鸞英《らんえい》を伴って絹屋の北隣にある裏新町（現在の船町）に居を構え、幸齋と同じように、藩のお抱えにはならず、自宅で上絵付を行なった。茶碗山《ちゃわんやま》の窯《かま》から好みの素地《きじ》を買い受けて、絵付をしてから、自宅の離れに築いた屋根付きの作業場の錦《きん》窯《がま》で焼くのである。

「いや、びっくりしましたわ。腕の良い絵師というのは、やっぱりいるところにはいてるもんですなあ」

ひさしぶりに絹屋に訪ねてきた喜三郎が、半兵衛と留津の顔を交互に見て、しきりと感心しながら言うのだった。

「そんなにうまいのか」

半兵衛も、つい嬉《うれ》しくなって身を乗り出した。商いの不振が重くのしかかっているだけに、新しい職人の話はとくに気になる。

「うまいもなにも、ちょっとこれまでとは違います。あの腕は、幸齋はんと優劣がつけ難い。いや、鳴鳳はんのほうがきっと上ですやろな。なんせ、あのひとの絵付は、まるで絵そのものや。それに、字も良い」

「ほう、おまえに字の良さがわかるんか」

からかうように言った半兵衛に、喜三郎はちょっと拗《す》ねてみせる。

「お言葉ですが旦那《だんな》さま、字そのものはわからんでも、わしかて職人や、きれいなもんはようわかります」

「そうやわ旦那さま、そんなこというたら気の毒や。喜三郎さんは立派な職人やし、うちらよりよっぽどようわかりますわなあ」

留津がそう言って半兵衛をたしなめたので、喜三郎はパッと顔を輝かせて、留津のほうに向き直った。幼いころから、母親のように慕ってきただけに、留津に褒められるのがなにより嬉しいのだ。

「それはすまんこっちゃ、喜三郎。それで、鳴鳳はんはそんなに良い腕なんやな？」

「それはもう、みごとなもんです。幸齋はんのとき以上に、わしはいつまでもじっと見とれてしまいますわ」

鳴鳳の作品の特徴は、上品で端正なところにある。大きな空白を残して全体に均整のとれた、絵心の豊かなその構図。写実的に描き込んだ筆致。喜三郎は、そうした素晴らしさを、うっとりしたような調子で語り続けた。

「たぶん京で相当の絵の修業をしてきはったのやないかと、うちの親父《おやじ》は言うていましたけど」

「やっぱり変人か」

半兵衛が、喜三郎の顔をのぞき込むようにして訊《き》いた。

「いいえ、所帯持ちやし、子供さんもいてはるし、幸齋はんほどではないようです。そうは言うても、やっぱりちょっとは変わってはるかもしれまへんけどなあ。なんでも、猿ケ瀬川とか、松原内湖とかで、いつも釣りをしてはるそうですわ」

「釣りを？」

「へい。そのためやろか、水辺の草花とか、水禽《すいきん》の絵柄が得意みたいなんです。色合いはどっちかと言うとあっさり気味ですけど、それがかえって品があるし、水鳥の羽根なんか、細かいところまでそれはもう丹念に描き込んでいかはるのです」

喜三郎の興奮気味な説明を聞いているだけで、留津は自分まで胸が弾んでくるのを覚えた。

「そやけど、いくら絵の修業をしてきはったと言うたかて、茶碗やら盃《さかずき》いうたら、それ自体がもともとが小さいもんです。そのうえ面が平らやのうて、丸いのやさかい、絵はもちろんやけど、字を書くのは相当腕も根気も要りますやろ」

「そうです奥さま。わしも同じことを尋ねたことがあるのですけど、最初に下絵を描いても、なんせ面が丸いですので、そのままではやきものの表面には乗りません。それで先に、丸みのある面に馴染《なじ》むようにまず描き直すのやそうです。わしもさっき絵のようなと言いましたけど、絵とはもっと違った形に変えたり、別な筆遣いが要るんやそうです」

「それにしても、藩はまたそんな腕の良い職人を、よう見つけたなあ」

半兵衛は心から感心していたのだ。

「まあそれはそうなんですけど、藩が見つけたというより、向こうから来はったみたいなんですわ」

「へえ、なんで彦根なんかに？」

「聞いたところでは、なんでもわしらの窯は、いまあちこちの職人連中の間で結構評判になっているそうでして」

喜三郎が嬉しそうに言うには、職人というのは、とくに腕に自信がある者ほど、よりよい職場を求めて流れるというのである。横のつながりを生かし、いつも情報には敏感で、いまよりさらに良い環境へ、もっと良い窯にと、常に移動を繰り返すというのだ。

それは決して金のためだけではなく、なにより自分の腕を高めるためであり、あるいは、より良い評価を得て高度な技に挑戦させてもらうためでもあるのだという。

「なんせまあ、窯ぐれというぐらいですから」

喜三郎の話を聞いて、半兵衛は昇吉のことを思い浮かべていた。良い窯場があると聞くと、たとえどんなに遠くても、行ってみたくなる。そこで自分の腕を試してみたくなるのが職人気質《かたぎ》というものだ。その結果、より良い窯を求めて気ままに流れ歩くことになり、一ヵ所に定住できなくなってしまうのが職人の性《さが》なのだと、棟梁《とうりよう》だった昇吉にはよく聞かされた。

「そうか、あの茶碗山が、職人らの噂《うわさ》になっているというのやな? 職人が一回そこで自分の腕を試してみたいと思うほど、それだけ良い窯になったということなんか?」

半兵衛には、そのことがなにより嬉しかったのである。

茶碗山では、最初から石物の高級品をめざし、きれいなものを焼き上げていたので、このころには京からも名工が訪れている。三代目清水六兵衛《きよみずろくべえ》が作った火鉢には、直弼が茶の十徳を書き、三代目和気亀亭《わけきてい》も煎茶碗《せんちやわん》を造り、永楽保全《えいらくほぜん》は金襴手《きんらんで》の鉢や、急須《きゆうす》、赤絵の煎茶碗などを作っている。湖東焼が、京焼の手本にされていたのである。

「まあ、幸齋はんのように出ていってしまう職人もいますけど」

「そやけど、窯さえしっかりしていれば、また鳴鳳はんみたいに新しく来てくれる職人もいる」

「そうです。良い職人が来てくれたら、窯の評判もあがります」

「評判があがれば、もっと良い職人が集まるしな。そうなると、順繰りか。良い回転がきくと、どんどん窯は良うなるということやな。そのかわり、逆の回転が始まると、悪い順繰りが起きるというわけか。あかんと見たら、職人はすぐに逃げていく。良い職人ほど、腕一本で生きているわけやから、逃げていくのも早いのやろ。窯としては、あかんようになるときも、その分きっと早いのやろな」

半兵衛はしみじみとした声で言った。そうした職人を迎え、また送りだしていく窯自体も、誕生から成長期を経て、やがて成熟期へと移っていく。まるで人間の一生そのものだ。半兵衛は思った。それは、もしかしたら新しく起こす商いについても言えることかもしれない。

「そやけど、旦那さま。職人にもいろいろあります。いろいろな考えがあっても良いのやないかと、わしは思うています」

「うん」

「わしは、子供のときからずっとお世話になって、自分の生まれた家にいるより、もっと長いこと窯のそばに置いてもろうてきました。わし、あの窯のそばで大きゅうなって、泣くのも笑うのも、みんなあの窯のそばやった気がします」

喜三郎はいつになく殊勝な顔でそう言った。

「おまえが初めてうちに来たときは、まだちっちゃいぼんやった」

幼かった喜三郎の背丈を思いだし、半兵衛は目を細める。

「えらいやんちゃなぼんでなあ、あたりのもんを割らへんかと、喜平がいつもハラハラしとったわ。それがいまはこうして一人前の袋物師や」

喜三郎は少しうつむいてはにかんでいたが、顔をあげて半兵衛を見た。

「旦那さま、わし……」

口ごもっている喜三郎をまっすぐに見つめ、半兵衛はその先の言葉をうながすようにうなずいた。

「わし、窯ぐれにはなりません。なりとうないんです。わしは一生あの窯のそばに置いてもらいます。あの窯と一緒に腕をみがいていきます」

一気に言ってから、喜三郎は照れたようにまたうつむいた。その姿が、半兵衛には限りなく頼もしく思える。

「そうか、おおきに。いまはもうわしの窯ではないのやけど、あの窯に代わって、わしから礼を言わしてもらう。おおきに喜三郎」

深く頭を下げる半兵衛に、喜三郎はあわてて首を振った。

「やめてください、旦那さま。お礼やなんて、そんなとんでもない」

「なあ、喜三郎。あの窯には、これからも領外からいろんな職人がやって来る。そんななかには、幸齋はんや鳴鳳はんみたいに、おまえがこのひとならと思うような腕の良い職人がきっといてはるやろ。そんなときはな、そのひとの腕も、技も、どんどん盗むとええのや」

「技を盗む?」

「そうや。ええか、喜三郎。どんなときでも、誰に対しても遠慮は要らん。おまえは欲張りな職人になれ。おまえの好きなとおり、おまえの思うとおりに生きたらええのや」

「へい、旦那さま。わしいま、鳴鳳はんからは、赤絵のことを教えてもらおうと思うていたんです。幸齋はんのは、ちょっと黒みがかった赤やったけど、今度の鳴鳳はんのは、赤そのものが違う気がしますので」

「赤が違う?」

「錦窯での焼き方が違うのか、絵具そのものが違うのか、どっちにしても、良い赤を出すのは難しいことです。幸齋はんのはべったりと厚めやったけど、それに較《くら》べて鳴鳳はんのは、なんやすっきりとして、品があるんです。殿さまからも、その赤のことではいろいろとご指示があるようやし」

「殿さまって、あの鉄三郎さまからか?」

「へい。今度の殿さまは、前の殿さまと違うて、やきもののことをほんまによう知ってはるお方やと思います。ご注文の仕方を聞いていると、それがようわかります。そやから、わしら職人のほうも特別に力がこもるんです。作るときの気合いが違うてくるんですわ」

「あのお方はな、お若かったころから、わしもようやきものの話をさせてもろうてきた。やきものがそれはもうお好きな方やった。以前はうちの錦窯で、楽茶碗を自分で焼いたりもしてはったから、人並み以上にやきもののことをわかってはるのや。その殿さまが、赤絵のことでどんなことを言うてきはるのや」

江戸にいて、もはや半兵衛にはお目通りも叶《かな》わぬような藩主の身となった直弼が、いまも窯のことを気にかけてくれている。それは半兵衛にはなにより嬉しい報《しら》せだった。

「今度の殿さまは、赤が濃すぎてもあかんとのことです。焼くときに焦《こ》げて黒うなるのもよろしからずと」

「そうか。あの鉄三郎さまが、そんなとこまで言うてはるのか。焼き付けの火加減は、赤絵はとくに難しいさかいなあ」

半兵衛は、直弼の目のつけ方に、あらためて感心したのである。厳しい注文は、それだけやきものに対する思いが深いということだ。

染付の場合、素地《きじ》に呉須《ごす》で絵を描いて、そのうえに釉薬《ゆうやく》をかけて焼く。すると釉薬が溶けてガラス質の薄い層になるのだが、赤絵の場合はその逆で、上絵付と呼ばれるように釉薬の上に色が乗るのだ。

つまり、釉薬より低い熱で融《と》けるガラス質に、金属塩を入れて色ガラスにする。まず素地に釉薬をかけて高温（一二〇〇度）で焼き、その上に上絵具で絵付をほどこしてから、低温（八〇〇度程度）で再度焼くのである。

「そやからわし、鳴鳳はんにも、そのへんをよう尋ねてみようと思うているのですけど」

半兵衛に言われるまでもなく、喜三郎もやはり職人として、技や知恵を会得《えとく》しようと願うことにおいては貪欲《どんよく》だった。

「そうやな。絵具の作り方から、焼き付けのときの火の具合まで、いろいろと秘策があるのやろう。おまえなら、うまいこと教えてもらえるかもしれん。赤の絵具は、まず緑礬《りょくばん》を焼いて紅《べん》殻《がら》を作るのやけど、そもそもこの焼き加減も難しいのや。緑の濃い緑礬を弱火で何遍も焼くと、真っ赤になって紅殻ができる。これを丁寧に水簸《すいひ》するんや」

「紅殻も水簸してから使うてるんですか」

「そうや。喜三郎も、荒仕《あらし》が石物用の粉を水簸して作ってるのは知ってるやろ？」

水簸というのは、原料を水に溶いて、それぞれの粒子の粗さや、比重の差を利用して精製する方法である。

石物の原料となる石は、風化して土に近い状態や砕石状のまま俵にはいって届くので、窯《かま》のある茶碗山では、これを臼《うす》で挽《ひ》き、篩《ふるい》にかけて粉末にする。その粉末を水に溶くと、粒子の粗いものから順に沈殿していくから、上澄み液だけを別の桶《おけ》に移し替え、そこでも沈まずに残る細かなものをさらに別の桶に移していく。

こうして、最後は非常にきめの細かい粉末が得られる。沈んだ粗い粉末は、また臼に戻して挽き、篩にもかけ、繰り返し精製するのだ。

茶碗山では、紅殻も発色をより良くするため、仕入れたものをさらに細かく磨《す》ったり、水簸したりして使っていたのである。

「そのへんの微妙な加減は、きっと何遍も失敗を繰り返して、やっとの思いで見いだした秘策なのかもしれません。わしも、なんとか鳴鳳はんから教えてもらえるといいのですけど」

「そうやな。赤絵には、わしらも長い間苦労してきたしなあ。なんとか教えてもらえると心強いのやけど。苦労は赤絵だけやないのやが、わしらもどれだけ失敗して、焼き上がったものを何遍泣きながら割ってきたか」

「わし、しっかりきばります。職人として、いつかはあの殿さまのお目にかなうようなものを作りたいと、そう思うていますのや……」

水簸して得た微細で混じりけのない紅殻には、発色に見合う調合で釉薬を加えて、描いていく。ただ、他の色なら溶けたガラス質に金属を混ぜて色ガラスにするが、赤だけは別なのだ。ガラス状になるまで焼いたら、黒か緑青色《ろくしょういろ》になってしまう。紅殻は、ガラス質のなかで還元されると緑がかった黄色になり、酸化されると黒飴《くろあめ》のような色になるのである。

綺麗《きれい》な赤を出したければ、ガラス質を極限まで減らしていくのだが、良い赤を出すと、今度は釉薬の表面に固着しにくくなる。しかも、綺麗な赤にしたいと思うほど、ガラス質ではなくなり、光沢も落ちる。

「赤はほんまに難しいそうですね。どこの窯でもどれだけ苦労してはるかわからんと聞いています。先の殿さまの時代には、どうしても黒ずんだ赤しかできんかったのです。それが、鳴鳳はんが来はってから、ほんまに驚くほど赤が綺麗になったんで、わし……」

赤絵の具は、通常は紅殻三匁《もんめ》に対して、唐土三匁、白玉五匁を加えて描くのだが、茶碗山では白玉をさらに三匁加えることで、赤がいくぶん淡くなり、光沢も増すようになった。

「鳴鳳はんに、よう頼みこんで、詳しく教えてもらうのやな。おまえの急須にも、赤絵の細密な絵付をほどこすと、きっと映える」

「旦那《だんな》さまもそう思わはりますか？　それに、幸齋はんもそうやったけど、鳴鳳はんは、赤絵と金彩の組み合わせが絶妙やし」

「そうや、うまいことできたら、これはぜったい評判になる。湖東焼の赤絵は誰にも真似《まね》できん、天下一やと、みんなに思わせてやれるようになってくれ、喜三郎」

「へい、旦那さま。わしにきばって形のよいきびしょを作って、鳴鳳はんに丹精こめて絵付をしてもらいますわ。あ、それから、もうひとつ殿さまが言うてはりましたんやけど」

「まだあるのか?」

「へい。うちの窯は、素地がちょっと青みがかっていますやろ? それは染付の場合はよい味わいを出していて良いのやけど、赤絵付のときはよろしからずと。赤が映えるように、素地は白うないとあかんと……」

「そうか、そう言うてはったか」

鉄三郎は、やきものを良くわかっている。心の底から愛《め》でている。赤を綺麗に見せるためにも、地をより白くするようにと望むのは至極当然だ。

半兵衛は、あらためてそのこまやかな指摘に心を打たれた。

ほかのやきものに較べて、素地の色がほのかに藍《あい》がかっているのは、確かに絹屋の窯の特徴だった。だから染付のときは、呉須の透明な藍色とあいまって、えも言われぬ上品さがあった。だが、直弼が指摘したように、赤絵の場合はやはり素地は白のほうが格段に美しさが増す。せっかく苦労して出した赤の色を、最大限生かすには純白の地がほしい。

ただ、素地を白くするためには、あのほのかな藍がどこから来るのかを調べなくてはならない。土そのものが原因か、はたまた水の成分のゆえなのか。湖東焼の赤絵の完成をめざして、この若い喜三郎には、またしても難題が課せられたのである。

第七章　近江《おうみ》の商人

一

新しい藩主となり、世子《せいし》時代には思いもしなかったような晴れがましい行列を仕立てて、初めて彦根《ひこね》に帰る駕《か》籠《ご》のなかで、直弼《なおすけ》はこれまで味わったことのない昂揚《こうよう》を感じていた。嘉永《かえい》四年（一八五一年）六月、世子となるため彦根を発《た》った弘化《こうか》三年（一八四六年）の二月から数えて、五年ぶりの帰国である。

引き締めようとしても、口許《くちもと》が自然に緩んでくる。体格の良い直弼にとって、これまでは窮屈なだけでしかなかった駕籠のなかが、今回ばかりはなぜか妙に居心地が良い。

こんなことはかつてなかった。

直弼は穏やかに揺れる駕籠のなかで、自分を戒めるために心して下腹に力を入れ、両の唇を引き結んだ。

だが、少しでも力を抜けば、全身がふわふわと浮いてしまうのではないかとさえ思えるほどの弾む感覚。抑えようとしても、おのずと滲《にじ》み出てきてしまう笑み。

その思いは、途中で遠州井伊谷《いいのや》に立ち寄り龍潭寺《りょうたんじ》の先祖の墓参りを終えてから、彦根が近づいてくるにつれてさらに強くなり、直弼はそんな自分自身の反応に、ただ戸惑うばかりだったのである。

藩主としての立場を思うと、確かに緊張感はいやがうえにも高まってくる。この先自分が担《にな》っていくものの重さや、この手で推し進めていかなければならない藩政を考えると、身体《からだ》が震えるほどの怖さもある。

それでも、直弼のなかには、不思議なほどの解放感があった。

これからは、みずから信じるものを、信じるままに実現できる。誰に遠慮することもなく、阻止されることもなく、思いのままに人を動かし、突き進んでいける。そんな力と権限を、自分はいまこそ得たのである。

それは同時に、自分の考えと、この手次第で、お家の将来が決まるということをも意味している。良きにつけ、悪《あ》しきにつけ、藩主としてこの身ひとつに藩を背負うということは、そういうことなのだ。いままで以上に他人の意見に耳を傾けることが必要になろう。

無邪気なまでに心弾むものを確かに感じる一方で、背負ってしまったものの存在もまた、逃れようのない重さとなって迫ってくる。

直弼は、規則正しく伝わってくる駕籠の上下動に身を委《ゆだ》ねながら、そんな極端な二方向に揺れ動く自分の気持ちをもてあますように、今日までの走り抜けてきたような日々に、思いを馳《は》せるのだった。

養父の容体を案じるあまり江戸を発ち、その翌朝、急いで川崎宿を出ようとしていた矢先に、彦根からの飛脚に会い、直亮《なおあき》の死を知らされたのは、嘉永三年十月六日朝のことだった。

世子になったときから、少なからず覚悟していたこととはいえ、直亮亡《な》きあとの慌《あわ》ただしさは、直弼の予想をはるかに超えていた。

幕府から、養父の遺領として井伊家三十五万石を継ぐことを正式に許可されたのは、十一月二十一日。次いで二十七日には、官名もこれまでの玄蕃頭《げんばのかみ》から、養父のものだった掃部頭《かもんのかみ》に改めることになった。

養父の死を悼《いた》む間もなく、直弼がまず着手しなければならなかったのは、直亮の遺金の分配だ。

そのとき直弼の心中に浮かんだものは、養父への恩誼《おんぎ》という言葉だった。所詮《しょせん》は部屋住みの身でしかなかったこの自分を、世子に取り立ててくれたのは直亮である。そのことだけは、やはりどんなことがあっても忘れるわけにはいかない。

国許の老臣、犬塚外記《げき》からたびたび諭されていた言葉を、直弼はこれまでもことあるごとに繰り返し、自分に言い聞かせてきたものだ。

「末長く孝道を立て、人を愛《いとお》しみ物を施せば、おのずと国は治まるもの……」

直弼の縁組にも骨を折ってくれたあの犬塚外記は、藩主となって初入部する直弼を、どんな顔をして迎えてくれるのだろうか。

「殿、ああ、殿。今度こそ、大きな声で殿とお呼びできるのでござりまするなあ。この幸せを、なんと申せばいいのか……」

そんなふうに言いながら大げさに手を拡《ひろ》げて、涙すら浮かべかねないだろう犬塚の顔を思い描いて、直弼は揺れる駕籠のなかで、ひとり笑うのだった。

それにしても、ついに自分は藩主となった。

このうえは、代々続いてきた井伊家を、先代の直亮からすべて引き継ぎ、次代の者に無事引き渡すこと。果てしなく連なる鎖のひとつの輪のように、自分の前にあったものを、次の輪に確実に繋《つな》げること。それこそが、この身に求められた役目であり、藩主としてのなによりの責任なのだ。

それは、これまで何代も繰り返されてきたことであり、自分の次の者も、またその次の者も繰り返すだろうことである。

そうやって営々と受け継がれてきた筆頭譜代大名の彦根藩が、いまなおこうして健在であるということは、ひとえに領民の人望を集めてきたからにほかならない。

つまり、藩主としてなにより守らなければならないのは、藩士や領民の人望を受け継ぐことに尽きる。民を決して動揺させてはいけないのだ。その信じるところ、よりどころとなるものを、揺るがせてはいけない。

だからこそ直弼は、新たに藩主になったいま、できるだけ改革は避けようと考えた。可能な限り旧習を踏襲すること、少なくとも、最初は領民らに広くそれを知らしめること。それはもちろん養父への孝道を示すためでもあり、さらには先主を立てる政策によって、受け継いだ者の存在を肯定することになるからだ。

たとえ悪評ばかりだった直亮でも、先代を否定することは、井伊家そのものを否定することになりかねない。なにより優先させなければならないのは、お家の末長い継承なのだ。

あの佞臣《ねいしん》の木俣土佐《きまたとさ》は、先年十一月には江戸に呼び、今年二月には隠居謹慎させたが、同日、既に家老加判となっていた嫡子半弥《ちゃくしはんや》にその跡を継がせた。家臣の系譜もまた長く存続させていくのが藩主の務めである。

木俣土佐のように、ものごとの正否より私腹を肥やすことを考えるような輩《やから》は、藩主になった直後からできる限り排除してきた。このあと彦根に着いたら、さらにみどころのある藩士をとりあげ、腹心の配下として周囲を固めることだ。直弼の意気込みは、さらに強く、思いは広く巡っていく。

問題の多かった先代の直亮も、表向きはあくまで尊重するのだ。それがお家を長く存続させるための良策だからである。新しい藩主として、やむをえないことは指示するけれど、表立った改革は避ける。

領民に向けて、井伊家がこれまで継承してきた一筋の路《みち》を揺るぎなく歩み続けることを周知させ、未来永劫《えいごう》、継承されることの証《あかし》を示すことが肝要なのだ。もちろん、実質的な改革は内々にやる。

そう心を決めたからこそ、直亮の遺金の分配についても、同じ考えで対処してきたのである。まず在藩の家老に命じて、先々代の藩主であり実父でもあった、名君の誉《ほま》れ高い直中が採用した遺金の分配率を調べさせた。井伊家を代々受け継いできたこれまでの藩主の実例にのっとって、直亮が遺《のこ》した金十五万両は、領内の藩士、町民、農民らにすべて分配することにした。

直弼自身は、部屋住みのころはもとより、世子になったあとも、金にはさんざん不自由してきた。手許金は常に不足していたし、金のない辛《つら》さは身にしみて味わってきた。だからといって、いや、だからこそ、直亮の遺金を私物化してはいけないと思ったのである。

直亮の正室であり直弼にとっては養母にあたる燿鏡院《ようきょういん》と、兄直元の正室であり義姉の俊操院《しゅんそういん》、そして嘉永四年元旦《がんたん》に家老職となる兄の新野左馬助《さまのすけ》には、それぞれに金百両を与えた。

それ以外の者たちは、全員をそれぞれ十四級に分け、そのなかで一万石以下で五十石以上の知行取《ちぎょうとり》は、知行高にそって八級に分けた。

この金十五万両というのは、当時米三十万俵を買えるほどのもので、この時代の彦根藩の年貢《ねんぐ》比率、四公六民からみても、井伊家の一年分の実質収入に匹敵する額だ。直弼はそれだけのものを、領民の身分に応じて、広く分配したのである。

すなわち、一万石から八千石までの者にはそれぞれ金五十両ずつ、順次減額されて百石以下の者たちには金七両ずつとした。知行取跡扶持方《ふち》らには金五両ずつを与え、小姓らには金四両ずつ。騎馬徒士《かち》、扶持方郷士は金三両とした。

武士と足軽の間の身分である歩行《かち》や伊賀《いが》歩行、それに七十人歩行の合計百三十人には金二両ずつ。さらに足軽以下にも、惣苗字《そうみょうじ》を持つ者は金一両ずつ、苗字のない者には銭一貫五百文ずつをそれぞれ分け与えた。

また、近江と飛び地の下野《しもつけ》佐野、武蔵《むさし》世田谷《せたがや》の領民に金三千両を、彦根町、長浜町民には金七百両を、ほかにも寺院には、寺格に応じて銀一枚から金二百匹分ずつを分配した。

そして直弼は、みずから直書《じきしょ》を認《したた》めた。つまり、これは先君のご遺志によって分配される格別の遺金である。くれぐれも勝手向きに散財することのないよう心するがよいと、広く諭したのだ。

知行取から近習《きんじゅう》の者までは、武備の道具を整え、いざ戦というときに役立てるようにしておくこと。歩行以下の者らも、それぞれの刀の修理に充《あ》て、志をただすようにと伝えたのである。新しい藩主、直弼のこの寛大な措置を、もとより領民が喜ばないはずはない。ましてや、先代の直亮のことを思えば、藩士や領民にとっては、較《くら》べるべくもない恩恵だった。

直弼が、遺金の分配実施の直書を下したのは嘉永三年十二月二日。あれからはや半年が過ぎた――。

「殿……」

駕籠《のりもの》の外から声がして、直弼はわれに返った。

いつの間にか駕籠の揺れも止まり、あたりのざわめく気配が小さな無双窓《むそうまど》を通して伝わってくる。どうやら、行列は彦根の松縄手《まつなわて》に到着したらしい。直弼は、いっとき間を置き、一度大きく息を吸い込んでから、威厳を持って、声のするほうに向いて答えた。

「うむ」

その声に安心したかのように、すぐまた無双窓越しに声がかかる。

「殿、着きましてござりまする……」

「わかっておる」

直弼の返事に呼応するように、静かに引戸《ひきど》が外から開けられると、いきなり目を射るような光が差し込んできた。六月二十八日の彦根の空はどこまでも青く、強い陽射《ひざ》しが真上から容赦なく照りつけている。

全身からいっせいに噴きだしてくる汗を感じながら、まだ駕籠のなかに座ったままの直弼は、もう一度ゆっくりと息を吸い込んだ。それでも、かすかに頬を撫《な》でる風がある。湿り気を帯びて、どこか藻の匂《にお》いを含んだそれは、はるか湖上を渡ってきた風に違いない。

彦根の匂いだ。

直弼は、こみあげてくる懐《なつ》かしさに、思わず目を細めた。

藩主が、江戸から帰国し彦根城下にはいるには、ふたつの方法がある。ひとつは鳥居本宿《とりいもと》から、切通峠を経て、松縄手にいたる陸路。あとひとつは番場宿から米原《まいばら》を経て、船で内湖を渡り、外船町《そとふなまち》の舟入に着いて上陸する方法である。

ただし、船による入部はやや略式となるため、今回のような初入部の場合は陸路とされている。

しかも、直弼のほうから言い出して、途中浜松宿から井伊谷に向かい、龍潭寺の先祖の墓にも参ってきた。井伊家先祖の魂とともに、正式な入部をしたかったからだ。

直弼は、この松縄手で駕籠《かご》を降り、ここから馬に乗って、いろは松のところまで行く。そこからは徒歩で入城し、佐和口門をはいった右手にある筆頭家老の木俣屋敷で一度休息をとり、家老らとの対面の儀式も行なうことになっていた。

今回の入部の道程では、各所でおりにふれ、直弼は自分が藩主となったことをあらためて実感させられた。

江戸出立《しゅったつ》のときも、ここへ着くまでの道中もそうだったが、いたるところで家臣らが送り、出迎え、目見《まみ》えるのだ。

切通峠越えのときも、鳥居本側の山田村では、まず藩主の武芸師範が出迎えていた。直弼があたりを見渡すまでもなく、道筋を厳しく見回っている目付役も目に入った。

騎馬で、城下町の入口の猿ケ瀬川の石橋を行くと、北側に居並ぶ内目付の姿が見え、遠くからは、「はいれ、はいれ」という供先による人払いの大きな声が聞こえてきた。藩主が市中を通行するときは、領民は門外にいることができないのである。

その声を耳にしたとき、ふと直弼の脳裏に、部屋住み時代の自分の姿が鮮やかによみがえってきた。あれは確か十七歳のころだったか、松原馬場を歩いていたとき、帰城する途中の当時の藩主、直亮の一行と偶然出くわしたことがあった。

あのとき兄は、おそらく狩場で騎射でも楽しんで帰る道すがらだったのだろう。だがそのときの自分はといえば、わずかひとりしか供のつかない身で、供先の「はいれ」の声に驚いて、あわてて他人の家の軒先に身を避けたものだった。

同じ兄弟でありながら、そのあまりの身分の違いをまざまざと見せつけられる思いがしたが、あの頃の自分は、なぜかそれを当然のことと感じていた。そしてそのまま一生を埋もれて過ごすものとばかり、思い込んでもいた。

その自分が、いまはこうして藩主の身となっている。あのときの直亮の立場になって、上の立場から藩士や領民らを見下ろしながら、城に帰りつこうとしているのだ。直弼は、わが身の運命の不思議さに、いまさらながら苦笑せずにはいられなかった。

目をやると、道沿いには数えきれないほどの役人らが、新しい藩主の入部を祝い、御目見《おめみえ》の順番をいまかいまかと待ち受けているのが見える。あのころの自分は、いまこうして頭を下げる役人らよりも、肩身の狭い思いをしていた。

「続きましては、……にござりまする……」

側役《そばやく》の三浦十左衛門《じゅうざえもん》が、すぐそばから声をかけてくる。その名までをはっきりと聞き取ることはできなかったが、直弼は威厳を保ちながら軽くうなずいてみせた。

ここまでの間ずっと十左衛門は、通りに並んで頭を下げている役人らを一人ひとり示して、丁寧にその役名を告げてくるのだ。だが、その額や首筋からは、とめどなく汗が滴《したた》っているのが見える。

十左衛門は、以前は諱《いみな》を安弼《やすすけ》といったのだが、安庸《やすつね》と改名したと聞く。直弼に仕える身を遠慮して、同じ文字を使うのを避けたのだろうが、いかにもこの男らしい気の使いようだ。

世子時代から直弼に仕えてくれ、嘉永四年正月十一日、側役に取り立ててからは、さらに政務に邁進《まいしん》しているが、その十左衛門の声も、今日はどこか誇らしげだ。

陽射しは相変わらず強く、直弼の背中にも幾筋もの汗が伝って流れるのがわかる。それでも直弼は背筋を伸ばし、新しい藩主として家臣の挨拶《あいさつ》に応じながら、あえてゆっくりと地を踏み締め、一歩ずつ前に進んで行くのだった。

やがて直弼の乗った馬は外船町を抜け、左に折れて内町通りを行く少し手前で、絹屋《きぬや》の脇《わき》にさしかかった。

船町通りと、南北に交差する通りの角にある絹屋の屋敷は、入母屋《いりもや》の平入造《ひらいりづくり》で、端正な出桁《でげた》のある商人の家らしいたたずまいを見せている。店の入口の戸には、墨で「絹屋」と書かれているが、字が大きすぎず、かといって小さすぎることもなく、そのほどの良さがいかにも半兵衛《はんべえ》らしいと言うべきか。

直弼は、手綱をほんの少し引き、馬の背からじっと屋敷に目をやった。この壁のすぐ向こうで、いまごろあの半兵衛はどんな思いでこの行列が通り過ぎるのを待っているだろう。

半兵衛が半生をかけて築いたあの佐和山の窯《かま》は、いまは召上げられて藩の窯になっているが、この先どんなやきものを生んでくれるか楽しみは尽きない。幸齋《こうさい》は去ったようだが、入れ替わるように鳴鳳《めいほう》が彦根に来て、ついこの間も目をみはるような鉢を送ってきた。

それにしても、あの半兵衛と初めて清凉寺《せいりょうじ》で会ってから、もうどれぐらいの月日がたったことか。

錦窯《きんがま》を借りて楽茶碗《らくぢゃわん》を焼いていた若侍が、まさか藩主となって彦根入りするなどとは半兵衛とてついぞ思いもしなかったに違いない。

藩主として初入部のこの行列を、半兵衛は家のなかに控えていてその目で見ることは許されないが、ひそかに喜んでくれているのだろうか。

直弼のそんな思いが、屋敷のなかの半兵衛や留津《るつ》には届かなかったように、ふたりがどんなに嬉《うれ》しい気持ちで祝福を送っていたかということも、行列の過ぎる音に祈るような思いでじっと耳を澄ませていたことも、このときの直弼に届くことはなかった。

「殿、どうかあそばされましたか」

よほど長く見つめていたからだろうか。側役の十左衛門が、心配そうに声をかけてきた。

「いや……、なんでもない」

直弼はそう答え、後ろ髪をひかれる思いで、絹屋の前を通り過ぎた。

次に駒《こま》を進めた柳町西側では、鉄炮方、京賄《きょうまかない》手代、そして御馳走所《ごちそうしょ》家守林吉兵衛が、おなじく東側では舟方元締が、そのあと彦根町西側では足軽手代が、それぞれ緊張しきった様子で並んでいるのが見えた。東側では、用米蔵奉行も顔を揃《そろ》えている。

また、この外町筆頭の町である彦根町では、西側のなかほどで、町方支配を誇示するように奉行が顔を揃えていた。

「町奉行の早乙女多司馬《さおとめたじま》……、続きまして、同じく町奉行の勝野五太夫《ごだゆう》にござりまする……」

三浦十左衛門は、暑さにもめげぬ大きな声で、相変わらず名前を告げてくる。その声が、ややかすれはじめてきたのを耳にしながら、直弼も一人ひとりに大きくうなずいて、前に進む。彦根町の南端、切通門の外にある駒寄せのそばでは、長柄小頭、鳥毛小頭、普請《ふしん》手代らと、藩に出入りの京の町人らが列をなしていた。さらに門前では普請奉行、作事奉行、それから普請着到付役が、そして番所の前には御門番頭が、それぞれ御目見を待っていた。

その役人らの数には、あらためて驚かされたが、これこそが筆頭譜代大名彦根藩が誇る、盤石の官僚体制の礎《いしずえ》なのだ。

直弼は、自分がこの先背負っていくものの重さと、その確かさを味わいながら、わが身の立場にいま一度思いを馳《は》せ、いまはわがものとなった城に向かって、力強く歩いて行ったのである。

二

藩主としての滑り出しは、順調だった。

直弼は、自分でもそのことに満足していた。生来の几帳面《きちょうめん》さと、なにごとにも手抜きのできない生真面目《きまじめ》さは、藩主としての立場にもいかんなく発揮されたのである。それに、当面は直亮時代の旧習を踏襲したとはいえ、もちろんなにも変えなかったというわけではない。

なかでも直弼が行なった改革としては、綱紀粛正を目標に、藩校の弘道館《こうどうかん》を、父直中が稽古《けいこ》館《かん》を創立したころの理念に戻したことが大きかった。

天保《てんぽう》元年に直亮が弘道館と名を変えて後は、文事教育は儒学者に委《ゆだ》ねられ、武芸は武人にと明確に二分される傾向にあった。それを直弼は、教育こそ藩政の要《かなめ》であるとして重視し、家老に掌握させるようにしたのである。

長い部屋住み時代、不遇の生活を経験しただけに、直弼は、藩主たるもの、民の声に耳を傾ける努力が不可欠であると強く感じていた。

また、世子時代に直亮から受けた数々の仕打ちや、藩主としての務めを逸脱したような直亮の所業を思うと、自分だけはああはなるまいという強い思いも内心あった。理想的な藩主にならなければという気概は、日増しに強まっていく。

その現れとして、これまでの藩主と大きく違っていたのは、直弼がみずから率先して領民に近づいていったことだ。

新しく藩主になったのち、領内を巡見することは、歴代の藩主も行なってきたことではあるが、直弼のように熱心だった者はほかにいない。直弼が藩主だったのは嘉永三年（一八五〇年）から安政七年（一八六〇年）までの十年間だが、最後の二年は大老として国政に携わっていたので、藩政のために尽力したのは都合八年である。しかもそのうち五年間は、参勤交代で江戸にいたので、彦根在城はわずか三年間にすぎなかった。

だが直弼は、その短い期間にもかかわらず、合計九回にわたって、領内をあまねく訪ねて回った。

領内各地では、有力農民や豪商の家が、一行の休息所や宿泊所にあてられ、そこで直弼は領民との直々《じきじき》の対面を行なって、その現状をつぶさに見、生の声を聞いたのである。

まず第一回目の巡見は、嘉永四年の九月十五日から十九日までの四泊の行程で、南筋を琵琶《び》湖《こ》沿いに柳川《やながわ》から本庄を経て、奥之島や沖之島などを巡るものだった。

第二回目は、翌五年二月二十一日に城を出立し、安食中《あんじきなか》村、山本村など中筋南部から南筋の中山道《なかせんどう》沿いを中心に、瓜生津《うりうづ》村などを巡る五泊の旅。第三回目は、同年三月四日から、北筋の西上坂《にしこうざか》村や、榎木《えのき》村などを回る三泊の旅となった。

そして、第三回目の領内巡見が終わり、三月七日に城に帰りついてまもなく、十二日にはすでに第四回目、つまり南筋主要部から中筋への巡見に発《た》っている。今度は下枝村の豪商、又《また》十《じゅう》こと藤野四郎兵衛《しろべえ》の屋敷や、小田苅《こたかり》村の丁吟《ちょうぎん》こと小林吟右衛門《ぎんえもん》の屋敷などを本陣として、宿泊所にあてることになっていた。

このときの藩主の一行は、御用人の椋原主馬《むくはらしゅめ》をはじめ、側役の細江次郎右衛門《じろうえもん》、三浦十左衛門と続き、小姓衆が八人、鷹衆《たかしゅう》が四人、筋方代官が四人、御用頭が二人と、医師も三人同行した。

さらに、乗馬方五人、目付方四人、賄百人、組頭三人、駕衆《かごしゅう》上下十七人、玉薬組十三人、道具小頭十人、馬役九人、茶坊主《ちゃぼうず》十人、台所諸侍人十人、本陣小使四人、草履取一人、筋方下役一人、代官下役一人、煙管《きせる》掃除衆一人、小納戸《こなんど》長持才領風呂掛《ふろがかり》二人、元触二人、馬衆六人と、総勢二百人を超える家来が随行し、これに馬二頭を加えた大行列となった。

この領内巡行の主旨は、あくまで領内の実態を視察することにある。よって、食事や献上品などもくれぐれも質素にするようにと、直弼はあらかじめ申し渡しておいた。とくに休憩地や、宿泊地にあてた各家には、藩主が訪ねるからといって、特別な改築などを行なう必要はない。破れた襖《ふすま》や障子、傷《いた》みの目立つ畳などの補修や、厠《かわや》の清潔さぐらいに注意すればそれでよい。むしろ、ありのままの姿で一行を迎えるようにと、伝えたのである。

また、一行には医師が同行するゆえ、もしも領内で病人などを抱えているようなら、診察も施薬《せやく》もしてやるので申し出るように、との触書《ふれがき》も出した。

この第四回目の巡見での最初の宿泊先、又十の主人、藤野四郎兵衛は、ほぼ直弼と同い年である。蝦夷《えぞ》地を中心に隆盛を誇る、彦根藩でも屈指の豪商、藤野四郎兵衛屋敷では、直弼は思いがけない人物と、再会を果たすことになる。

「旦那《だんな》さま、えらいこっちゃ、旦那さま……」

大きな声とともに、転がるように座敷に飛び込んできた留津を、そのとき半兵衛は、またいつものことかと、なかばあきれながら迎えたのだった。

「こんどはなんや？」

半兵衛は手許《てもと》の書き物に目をやったまま、留津のほうには顔も向けず、気のない様子でそう訊《き》いた。

「そんなに落ち着いている場合やありませんのや。四郎兵衛坊ちゃんが、いえ、又十はんとこの旦那さまが、うちに手伝いを頼みたい言うて、いま使いをよこしてきはったんです」

留津は、奉公していたころの古い呼び名を口にして、慌《あわ》てて言い直した。

「又十はんが？」

その名前を聞いて、半兵衛はようやく顔をあげた。

「そうです。うちはこれからすぐに行きますさかい、旦那さまも早う支度しておくれやす。一緒に手伝わせてもらいに行きますのや。急いでおくれやすや。頼みますし……」

たすきを解きながら、もどかしそうにそれだけ言い置いて、留津は半兵衛の返事も聞かずに、座敷を出ようとする。

「ちょっと待て、留津。頼みますって、いったいどういうことや」

慌てて半兵衛が呼び戻すと、留津は気もそぞろの顔で立ち止まった。

「そやから、言うてますやろ。すぐに支度をして、早う又十はんのところの手伝いに行かなあかんのです。せっかく声をかけてくれはったんやし、遅うなったらなんにもなりません」

留津は早口で言って、ほどいたたすきのひもを口にくわえ、ほつれた髪をすばやくなでつけた。すでに前掛けもはずしている。

「手伝い？　又十さんのところで、いまごろおまえになんの手伝いをしてほしいというのや」

「お殿さまです。お殿さまの手伝いです」

もどかしそうに言う留津だったが、その話はまるで要領を得ない。

「殿さま？　殿さまって、あの鉄三郎さまのことかいな」

「そんなもん、彦根のお殿さま言うたら、いまはあのお方に決まってますやろ。そやから、ついいましがたお使いが来て、あの鉄三郎さまが、こんどの十二日の夜に、又十はんの屋敷に来て泊まらはるんやそうで」

「それで、その手伝いに来いと言うて来はったのか？　あほ、そんならそうと早う言わんかい」

事情がわかってくると、半兵衛には、留津の慌てぶりも理解できる気がした。直弼が、ご領内をあちこち見てまわって、みんなの声を聞いているとは噂《うわさ》に聞いていた。

「そうか、鉄三郎さまが、又十さんのところにも……」

半兵衛は、思わず感慨深い声になる。

「わかったら、旦那さまも急いでおくれやす。あのお殿さまに会いに、いえ、会いに来はるのは、お殿さまのほうからやけど、どっちにしても、うちらはこれからすぐに又十はんのところに手伝いに行きますのや。なんでも、お供やらご家来衆やら、えらい仰山《ぎょうさん》のお客さまになるそうで、屋敷の掃除やら、賄いやら、大変なことになっているそうです」

「そやけど、わしまで一緒に行って、ええのか？」

手早く硯箱《すずりばこ》を片づけながら、半兵衛は、急に心配顔になって訊いた。

「使いのひとが、そう言うてはりましたのや。人手はいくらあっても足らんので、旦那さまにもぜひ来てほしい。よろしゅうお願いしますって、そう伝えるように、四郎兵衛坊ちゃんがわざわざ言うてはったそうですわ」

「それにしてもえらい急な話やな。十二日やったら明後日《あさって》やないか。使いのもんは、書き付けを持ってきたのと違うか？　ちょっと見せてみ」

　半兵衛は、慌てる留津を落ち着かせるように言った。

「ええっと……、あっ、これです」

　留津は、あちこち探したあと、袂《たもと》にしまいこんでいたのを思いだして、又十からの書状を差し出した。見ると、直弼が到着するのが三月十二日で、その前日には来てほしいと書いてある。

「慌てんでもええ、留津。ここに書いてあるやないか。わしらが行くのは明日や。よう見てみい」

「なんやそうでしたか。使いのひとがえらい慌ててはったさかい、うちはてっきり……。それに、あのお殿さまのことやと聞くと、つい……」

　そんな留津の思いは、半兵衛にもわからないではなかった。

　半兵衛の脳裏に、先日の直弼のお国入りの様子が浮かんでくる。ひときわ晴れやかな行列を仕立てて、絹屋のすぐ前を一行がゆっくりと通っていったときは、留津と一緒に家のなかからじっと目を凝らし、耳を澄ましていたものだった。

　あのとき留津は、嬉《うれ》しさのあまりか、行列のほうに向けて両手を合わせて、拝むようにしていた。その様子がおかしくもあり、またいじらしくも思えて、半兵衛はついからかってみたりもしたものだ。

「うちらも、やっとあのお殿さまに会えるのですなあ」

留津がそう漏らしたので、半兵衛は諭すようにその顔を見る。

「いや、たとえ又十はんのところに行ったかて、わしらまでお殿さまにお会いすることは難しいやろな。なんというても、あのお方はもうこれまでの鉄三郎さまとは違う。お殿さまにならはったんやからな。又十の旦那さまは別格やけど、わしらまで直々にお会いするのは、たぶん無理や」

「お会いできまへんのか？」

「それでもええやないか、留津。同じ屋根の下で、ちょっとでもおそばに寄れるだけでも嬉しいことや。それに、又十の旦那さまにしたかて、そういう晴れの日におまえを呼んでやろうと思うてくれはったのや。それだけでも、ありがたいことやと思わなあかん」

「それはそやけど、なんや、鉄三郎さまにはお会いできまへんのか……」

さっきまでの勢いはどこへ行ったのか、留津がすっかり気落ちしてしまったようなので、半兵衛は思わず留津の肩に手をやった。

「ただ、わしが聞いた話では、お殿さまは、あちこちで地元の者らに親しゅうお声をかけて回ってはるそうやから、もしかしたらということもないわけではない」

商人仲間のもっぱらの噂では、直弼は歴代の藩主と違って、このたびの領内巡見でも、宿泊先で領民の孝行話に聞き入ったり、直々に褒め言葉を与えたりしているという。

「ひょっとして、お会いできたらよろしいのになあ。もしも、そうなったら、窯《かま》のことなんかも、いろいろとお話しさしてもらえますやろかなあ」

留津はそんなことを口にしながら、翌朝早く半兵衛とふたり、心弾む思いで出かけたのである。

その日、藩主の一行を迎える又十の屋敷では、家の内も外も、朝から大変な騒ぎだった。ただ、絹屋にやってきた使いの者が言っていたほどには混乱もなく、藤野家では、どうやらかなり前から雇い人や女子衆《おなごし》も準備にとりかかっていたらしい。どちらにしても、留津自身が意気込んでいたほどには、立ち働く必要はなさそうで、むしろふたりは客人のような扱いで迎えられたのだった。

天保の飢饉《ききん》の際、飢饉普請《ぶしん》で建てた屋敷の座敷も、今回は直弼を迎えいれるためにすっかり畳替えを終えているようだ。藺草《いぐさ》の香りも清々《すがすが》しい屋敷のなかでは、座敷の家具調度から、藩主の宿泊用にと特別に揃《そろ》えた夜具にいたるまで、藤野家の豊かさを物語るような設《しつら》えがすべて整っている。

「さすがは、又十はんや。立派な支度をしてはるのやなあ」

半兵衛は、屋敷のなかを案内してもらいながら、留津を振り返って感心しきった声を漏らした。

藩主直弼以下、藩士、家来衆全員の夕餉《ゆうげ》の仕度についても、塗り椀《わん》から酒器にいたる食器類はもちろん、各種の食材や調味料まで、こまやかな心遣いを尽くして準備が完了している。

「そやけどなあ、旦那さま。気がつかはりませんでしたか？　よう見てみてください。きれいに張り替えてはあるけど、畳表は全部が全部新しいものとは違うようでしたやろ？」

留津が声をひそめて言うのに驚いて、半兵衛はあらためて座敷を見渡してみる。確かに、言われてみるとそのとおりだ。藺草の香りもしているし、全体にきれいに仕上げられてはいるが、すべてが新品というわけではない。むしろ、傷のない部分を上手に生かして、無駄なく張り替えてあるといった風情《ふぜい》である。

「台所のお椀にしても、そうでしたやろ。あれも新品とは違いましたで。きれいに塗り直して、上手に使うてはるようでしたわ。もちろん、元が上等のものを使うてはるし、ちょっと見たぐらいでは、新しいものとかわりまへんのやけど」

「せっかくお殿さまを迎える晴れの日やのに、又十はんともあろう屋敷で、なんやえらい始末してはるのやなあ」

半兵衛は、藩主の宿泊という栄誉を受けた豪商らしからぬ節約ぶりに、腑《ふ》に落ちない顔で、留津を見る。

「違います。決して新しいものを揃えるのを惜しんではるわけやないのです。お殿さまのほうから、わざわざそんなお触れがあったのやそうです」

「なんやて、殿さまからそんな細かいことまでかいな」

「はい。今回のために特別な修復は必要ない。賄《まかな》いも、ありのままでよいからと、役人を通じてご丁寧に言うてきはったそうですわ。そのあたりも前のお殿さまとは大きな違いやろと、さっき奥さまも言うてはりました」

「そうか、お殿さまからそんなところまでお達しがあったのか。なんや、いかにもあの鉄三郎さまらしい気もするなあ……」

半兵衛は、初めて出会ったころ、まだ若かった直弼が自分に接するときの、あの気取らない仕草や言葉遣いが思いだされて、微笑《ほほえ》ましい気持ちになるのだった。

「そういう意味合いでは、あの又十の旦那さまも、ちょっと鉄三郎さまに似てるところがある気がせんか」

「確か、ふたりは同い年やったと思います。おそれ多いことやけど、ちょっと通じるようなところがある感じがしますなあ。あ、そんなこと言うてたら、あそこに四郎兵衛坊ちゃんがいてはるみたい」

そのとき、屋敷の奥のほうに顔を見せた四郎兵衛に、留津は嬉しそうな笑みを浮かべ、ちょっと手招きをしてから、頭を下げた。

「このたびは、わざわざうちらにまでお声をかけてもろうて、おおきに」

留津はそう言って、もう一度半兵衛と一緒に深々と頭を下げた。四郎兵衛の心遣いを思うと、何度礼を言っても言い足りない気がした。表向きは手伝いと称して声をかけてくれたのだが、今回この屋敷に半兵衛までも招いてくれたのは、おそらく四郎兵衛なりになにか考えがあってのことに違いない。留津にはそう思えてならなかったのである。

「いやいや、こちらこそ。おふたりとも店が忙しいときやのに、遠いところからよう来てもろうて、ありがたく思うてます」

四郎兵衛のほうも留津と半兵衛に向かって、それぞれ丁寧に頭を下げた。

この四郎兵衛のことは、留津が又十の先代に奉公にあがっていたころ、まだ子供だった時代からそばで見てきてよく知っている。幼いころから利発だったが、どちらかといえば繊細で、心優しい少年だった。

留津を姉のように慕うあまりか、ときにはほかでは決して見せないような甘えを感じさせることもあった。だからこそ、今日のような晴れの日に、わざわざ留津たちを屋敷に呼んでもくれたのだろう。

そして、先代藤野喜兵衛《きへえ》が四十四歳で病死し、数え年十四歳の若さで家督を継ぐことになった直後は、四郎兵衛のその彫りの深い端正な横顔にも、どこか険のようなものが現れて、留津は人知れず心を痛めたこともあった。

だが、もとより先代の血を受け継いだ気骨があり、四郎兵衛自身も、商いの場で強い自信を得たのだろう。やがて、所用で近江《おうみ》の郷里に帰ってくるたびに、その表情には商人として、いや大店《おおだな》の主《あるじ》としての風格が備わってきて、留津はその顔を遠くで見守りながら、一段と頼もしさを感じてきたのだった。

藤野家の先祖は、もとは中山道愛知川宿《なかせんどうえちがわ》にほど近い、ここ下枝村の美濃紙《みのがみ》を扱う商人だった。だが、当時百姓をしていた先代の喜兵衛が、姉の嫁ぎ先に丁稚《でっち》奉公にあがった縁で、その出店先だった蝦夷地《えぞち》へ渡り、蝦夷地産物の売買を手がけて独立開業したのが、今日の成功のきっかけとなった。

数年の間に大小七隻《せき》の船主となった喜兵衛は、東西蝦夷地に数ヵ所の漁場を請け負い、千島《ちしま》、国後《くなしり》にまで進出した。鮭《さけ》や鱒《ます》、鰊《にしん》などを陸揚げして、兵庫、大坂、下関などまで輸送したのだ。

そして、喜兵衛個人が各地で納める運上金《うんじょうきん》だけで、松前藩の藩庫収納総額の四分の一を占めるようになるまでの巨利を得ていったのである。

先代喜兵衛から受け継いだものを守るだけでなく、この二代目四郎兵衛も、松前藩有数の豪商として、蝦夷地での漁業や廻船業をさらに発展させてきた。若さに似合わぬ思慮深さと、そのくせ豪胆な決断力は、商いに大きく生かされたのである。

藤野家の隆盛は留まるところを知らず、四郎兵衛は、先代が漁場を開いた余市、宗谷《そうや》、紋別、斜里に加えて、さらに根室沿海に新漁場を開拓し、色丹《しこたん》、択捉《えとろふ》島にまで進出した。漁場開拓だけでなく、漁獲量を格段に上げる新しい漁法を考案したり、花咲では昆布を発見し、上方へ運んで成功をおさめた。

天保三年（一八三二年）には、松前藩から根室一国の海上差配を委任されるにいたったが、天保十一年には、根室一円が幕府直轄《ちょっかつ》となったので、場所請負は罷免《ひめん》となり、択捉漁場はすべて返上した。

弘化二年（一八四五年）には、四郎兵衛は三十一歳で早々と隠居を決め、番頭の清水次兵衛《じへえ》を支配人と定めて、喜兵衛を襲名させた。その後、嘉永二年（一八四九年）には、根室場所が幕府直轄から、再び松前藩に復活したので、藤野家はまたも根室一円の漁場請負を申しつけられている。

「それにしても、あの四郎兵衛さん、このごろまた一段と貫禄《かんろく》がついてきたみたいやな。はやばやと隠居しはって、気持ちにゆとりができたからかなあ。ちょっと肥えてきはったせいか、顔もぽっちゃりして」

あとになって半兵衛は、四郎兵衛の風貌《ふうぼう》を評して、留津にしみじみとそう語った。

「先代が亡《な》くなったころは、えらいきつい目つきをしてはってなあ、根が真面目《まじめ》なおひとやさかい、うちは心配でしょうがなかったもんやけど」

留津も、当時を思いだして言う。

「そりゃあ、留津。商いというもんは、戦と同じようなものやさかい。ましてや、親子二代にわたって、はるばる蝦夷地で商いを拡《ひろ》げて、それで大変な身上《しんしょう》を築いた家柄やしな。あの若さで、ほかの藩まで行ってひとりで戦うとなったら、たいていの神経ではやっていけん。いくら先代の跡を継いだとはいえ、相当厳しい橋を渡らなあかんときもあったはずやし、他人様《ひとさま》には言えん苦労もあったやろ」

そんな半兵衛の言葉には、同じ商人同士だからこその限りない同情と、それ以上の強い羨望《せんぼう》とが、複雑に入り混じったような響きがあった。

できるものなら、自分も商人として、そんな大きな商いの場に身を置きたかった。窯場《かまば》を築き、新しくやきものの商いを始めたときも、領外への進出を強く夢見たものだった。松原内湖からやきものを船いっぱいに積んで、広く各地へ運んで売り捌《さば》くところを胸に描きながら、何度湖畔にたたずんだことだろう。

だが、いまとなってはその領外商いも、夢のまた夢だ。

半兵衛は、自分でも気づかないまま、溜《た》め息《いき》をもらしていた。そんな自分に較《くら》べると、四郎兵衛のあの顔はなんと穏やかなことだろう。それこそまさに、確かな自信に裏打ちされた成功者のゆとりとでも言うべきか。

「四郎兵衛はんには、最初に継ぐべき身代があったしなあ。それはそれで大変やろけど、商いを始めるのがまったくの白紙からやないのは、やっぱりなによりの強みやろ。わしのやきもの商いみたいに、なんにもないところから始めなあかんような、そんな苦労とはまた別や」

半兵衛は、低い声でそうつぶやいた。

もちろん、絹屋の古手呉服の商いのほうは先代から継いだものだ。だから、後継者ならではの苦労というものも十分知っている。だが、未知の商いを、創業者として白紙の状態から起こすことの苦労に較べると、出発地点ですでに大きな差がついている。

商いを一から起こす苦労は並みではない。半兵衛は、自分にそう言い聞かせることで、自分自身をなだめているのかもしれないと思った。いっそ古手呉服の商いに専心して、巨利を追求したほうがよかったのか。それとも、新しい商いに挑んだことをよしとすべきか。

いまは、大きな成功をものにした四郎兵衛を前に、自分のなかに芽生えた抑えようのない羨望が、これ以上膨らまないようにと願うしかない。

留津は、黙ったままで、ただこちらを見つめている。

そのまっすぐな視線が、半兵衛の心の内をなにもかも見抜いているようで、半兵衛は思わず目を逸《そ》らせた。

「なあ、覚えてはりますか、旦那《だんな》さま。うちが嫁いで来て間もないころのことですけど、旦那さまがやきものを始めると言い出さはって、元手がかかることやし大変やと言うて、うちが乗《のり》合《あい》商いのことを持ち出して……」

留津がそう言い出したので、半兵衛は救われたように息を吐《つ》いた。

「そうやったな、あのときおまえは、ひとりでこの又十はんのお屋敷に乗り込んで来たんやった」

「そんな乗り込んで来たやなんて」

「そやけど、そのとおりやないか。あのときはなんとか一口乗ってもらえんやろかと言うて、この又十はんに泣きついたんやろ？　残念ながら、引き受けてはもらえんかったけど」

「うち、泣きついたわけではないですけど、あのときはなんとしても旦那さまに夢をかなえてほしかったし、必死でしたなあ。ただ、あれは先代が亡くなって間がないころやったし、四郎兵衛坊ちゃんも蝦夷地のことで頭がいっぱいで、結局うちもそれ以上は強う頼むことができんかって」

「そのかわり、この又十はんには、古手呉服の卸売をさせてもらえるようになったんやからな。あのときの留津の働きは、大したもんやった。おまえがうちに来てくれたお蔭《かげ》で、絹屋としてもこちらとは商いの繋《つな》がりができたんや」

やきものの乗合商いには参加してもらえなかったけれど、又十はそれ以降絹屋の上得意のひとつになったのである。

「絹屋みたいな地商いの商人《あきんど》と、領外に出て成功してはる近江の商人とでは、なんや大きな違いがあるように言われますけど、旦那さまかて、その気になったらいくらでも又十はんのようにならはったはずですのや」

「なんや、留津。急にそんなこと言い出して……」

「そやかて、あちこちの藩まで出て行って、大きなお店を構えているような近江の大店かて、最初はやっぱりうちらみたいに古手呉服の商いをしていたところが多かったのですやろ」

「日野の商人あたりはそうや。ほかは、呉服もそうやけど、地場の麻やら蚊帳《かや》やら、畳表なんかをてんびん棒で担《かつ》いで行商したのが始まりで、そこからだんだん大きくしていかはったんや」

「どっちにしても、旦那さまが地商いに留まらんと、そういう近江の商人の道を行くことにならはっても、全然おかしいことはなかったんです。そしたらいまごろは、きっと又十はんに負けんぐらいになってはったわ」

「おまえがそう言うてくれるのは嬉《うれ》しいけど、そんな簡単にはいかんやろなあ」

半兵衛は、思わず小さな笑い声をあげた。

「いいえ、うちはそう思います。旦那さまやったら、きっといろんな方法を考え出して、もっと店を大きくしてはったはずです。ただ、旦那さまは、そうやって古手の商いを領外に広めるかわりに、新しいやきもの商いに目をつけはったんや」

「まあ、そう言うてみればそうかもしれん。それで、それが苦労の始まりやったということか。ほんまに、あの窯を始めるために、わしはいろんなものを見限ったのかもしれんなあ」

半兵衛が、何の気なしに口にしたその言葉に、留津は大きく首を振った。

「それは、断じて違います。旦那さまが築こうとしはったものは、もっともっと大きいものに育って、いまでもしっかり生きています。というより、藩の窯となって、このあとどれだけ伸びていくかわかりません」

「そやけど、自分の家に残ったのは、損ばっかりやったなあ。やっぱり、この又十の旦那はんのようには、身上が築けんかった」

同じ商人として、半兵衛はそれがなによりもどかしいのだ。

「四郎兵衛坊ちゃんは、ほんまにようきばらはったと思います。それに、うちがなにより嬉しいと思うのは、なにも四郎兵衛坊ちゃんが先代の跡を継いで、立派に商いに成功しはったということだけでもありません」

「留津は、飢饉普請《ききんぶしん》のことが言いたいのやろ。ご城下から外に出て、苦労してきた商人は、地元を人一倍大事にしはるみたいやしな。きっと、外に出た身ならではの、故郷への思い入れがあるのかもしれん」

「あの坊ちゃんは、小さいころから気のええお子で。うちみたいな汐踏《しおふ》みの女子衆《おなごし》やら、使用人らにまで、えらい優しいお子でした。そやから、天保の飢饉で村の衆が苦しんでいるのを知ると、自分のことのように心を痛めてはったみたいやし」

「そうやったんか」

「天保のあいだに蝦夷でも飢饉が起きたときは、下関からはるばる自分の船を二隻も使うて、三千五百俵のお米を運んで、みんなを助けはったそうな」

「わしもな、留津からいろいろ話を聞いて、最初は四郎兵衛はんというのはもっときつい顔のおひとやと思うてきたのやけど、実際に会《お》うてみると、えらい優しい顔してはるので、びっくりしたもんや」

「藩はなんにもしてくれへんと、役人らをけなすだけなら簡単やけど、それではなんの解決にもならへん。そやから、四郎兵衛坊ちゃんは、自分でなんとかできることはしようと、飢饉普請も思い立たはったのです」

批判したり、愚痴を言ったり、ただ嘆いているばかりではなにも始まらない。そんな思いが高じて、四郎兵衛は私財を投じて米を運び、飢饉普請をするにいたったのだという。さらには炊《た》き出しや、寺社を修築するための寄進なども、ごく自然に生まれた行為だった。

留津にとっては、四郎兵衛のそんな心の広さや他人への思いやりが、いや、なににもましてその実行力が、近江《おうみ》の者たちの不屈の商人魂と相まって、限りなく誇りに思えるのだった。

留津が絹屋に嫁いだのが縁となって、半兵衛は古手呉服の商いでも、この又十には世話になってきた。又十が、松前藩や蝦夷地で売り捌くためにと、古手呉服の注文をしてくれるようになったからだ。絹屋は言わば中間の問屋のような存在で、京で仕入れてくる古手呉服を、又十に卸すという商いが始まったのである。

そしてそれが、半兵衛がやきもの商いに没頭しているあいだの、留津に任せっぱなしの絹屋の商いを、ある部分支えてくれた面もあった。早くに隠居を決め込んだ四郎兵衛は、ときどき挨拶《あいさつ》にやって来る留津を歓迎し、良い話し相手と思っていたのだろう。商いのちょっとした心得などについても、それとなく留津の相談役になってくれていたらしい。今回、こうして半兵衛が一緒に招かれたのも、そういう背景があったからだ。

「そういえば、いつやったか、おいとが店の陰で泣きべそかいていたことがありましてなあ。あの子は、京でまだ汐踏みの途中やったし、しかも他国に嫁いできたのですさかい、その分苦労しているのかもしれません」

汐踏みというのは、若いころの留津のように、上女中《かみ》として行儀見習いに奉公にあがる若い娘のことを言う。「辛《つら》い目を見る」という意味の「塩を踏む」から来ている呼び名だ。

豪商の家には、文人や茶道華道の大家などさまざまな文化人が長逗留《とうりゅう》することも多く、貴重な蔵書も揃《そろ》っている。だから、良家の子女でも汐踏みとして大店《おおだな》に奉公に上がり、単に労働力となるためではなく、むしろ商家の娘なりの実地教育として、商いのあうんの呼吸や、気働きなどを教わったのである。

そうして商家に嫁ぐための教育を受けた、すぐれた娘たちが、妻として内助の功を発揮し、近江商人たちのめざましい成長の一翼を担《にな》ったことは言うまでもない。女性の地位が低かった時代にありながらも、大店のなかでの、とくに人事管理や雇い人の教育において、妻は大きな実権を握り、その存在は家そのものにも多大な影響を与えていた。

「いっそ、いまからでも、おいとを又十の奥さまにいろいろと仕込んでもらえると、将来のためになるかもしれませんけど」

「又十ほどの大店やと、奥さまも大変やろしなあ」

「それはもう、うちなんかとは、えらい違いです。村で、丁稚《でっち》を志願してくる者らを、まず奥さまがみんな面談しますのや。だいたい、大店ではみんなそうみたいです……」

それで、採用された丁稚志願者は、本宅で主《あるじ》の妻から導入教育を受ける。そして、その成績如何《いかん》で、店に配属されるのである。

「又十ぐらいの大店になると、奥さまも、仮に店に出はったことがのうても、奉公人のことはなんでも知ってはりますわ」

雇い人の情報は、妻が確実に把握して、男である主にはできないこまやかな人間評価をするのである。

「なんせ、宿下がりで郷里に帰って来はる奉公人は、なにを措《お》いても、本宅にご機嫌伺いに参上しはりますやろ。そやから、奥さまにはどんな些細《ささい》なことでも筒抜けや。噂話《うわさばなし》もみんな自然に耳にはいってきますし、奉公人も、うっかり隠し事はできまへん」

そうして、大店の妻は、汐踏みの上女中のなかから適任者を選び、奉公人の結婚の世話もする。その結果奉公人が祝言《しゅうげん》をあげると、その妻は郷里に戻って亭主の留守を守るのだが、その若い妻と、大店の主の妻との関係も、主従のつながりに準ずるようになるのである。

つまり、本宅に用があれば、手伝いに上がり、本宅の慶弔仏事には、これら奉公人の妻たちが台所を担当する。

こうした手伝いの風習は農村では常識だったので、本宅の手伝いについても、なんの抵抗もなく受け入れられていた。留津自身も、又十で人一倍長く汐踏みを経験したので、なにかあるたび、藤野家には当然のように手伝いに来ていたのだ。

「それにしても、おいとが店の陰で泣いていたのは、わし気づかんかったけど、なんかあったんか」

「いえ、たいしたことではないのですけど」

留津はなにかを思いだしたらしく、おかしそうに笑みを浮かべた。

「近江泥棒に、伊勢乞食《いせこじき》ですわ」

「なんやて？」

いきなり留津がそう言うので、半兵衛は面食らった。

「おいとのところに京から手紙が来て、そんなことが書いてあったのやそうです」

その譬《たと》えは、確かに半兵衛も耳にしたことがある。

近江の商人の手堅さと、そのめざましい繁栄を羨望《せんぼう》する者の、心ない中傷だろうが、そうは言っても、ひとり京から彦根に嫁いできたおいとにとっては、さぞ辛い言葉だったに違いない。

「京の親元では、絹屋のことをそんなふうに言うてはるのか」

ならば許せないと言いたかったのだろうが、半兵衛がそう思ったとしても無理はない。留津はあわてて手を振った。

「違います。そんなこと言うてるのは、おいとの女友達ですのや。あの子を心配してのことやろけど、いろいろと書いてよこすみたいで……」

「おいとには、おまえからちゃんと言うてやってくれ。その譬えは、近江の商人と伊勢の商人の違いを、言葉あそびしたものが広まったのやてな。近江の商人には、目新しい商いやら扱いの大きさで、大変な身上《しんしょう》を築いた大店が目立つから、その分他人様《ひとさま》の妬《ねた》みを買うことも多いのやろ」

「うちもおいとには、もちろんよう言うて聞かせました。ほんまの謂《いわ》れは、泥棒というのは、はいってきて持ち帰るから近江の商人。それに対して、乞食というのは、座っていて通る人から取るから伊勢の商人やてなあ」

他藩にはいっていって物を売り、売ったその金を使って仕入れた物を、また自分の藩に持ち帰って売る。それが近江商人による領外商いの基本だから、それを、泥棒がはいってきて物を取っていくのになぞらえたのだろう。だが、泥棒は売り物を持っては来ない。近江商人の産物廻しの商売の合理性を理解できず、持って行かれるという部分だけが強調されてしまったのだ。

昔から、どの藩でもたいていは他所奉公を禁じてきた。本籍を離脱する者には鞭打《むち》ちなどの罰を与え、藩からの労働力の流出を極力防止しようとしたのである。

農業主体の藩政を敷いているため、領民が生産性の高い副業に没頭して、耕作をおろそかにすることも恐れたのだ。

さらに、為政者から見れば、百姓は飢えさせてはならぬ大切な働き蜂《ばち》で、検地にもそれなりに手心を加えているし公簿に現れない産米高というのもあって、これが農民の蓄えにもなっている。

農業での生産人口を確保するため、彦根藩でも、農民による商行為や、丁稚奉公を禁じていたのだが、江戸中期には藩の農業中心の財政に翳《かげ》りがさし始めた。世の中が、米本位の経済から、貨幣経済へと移行し始めたのである。

彦根藩は、国産の奨励に乗りだしたのも他藩より早く、藩の経営意識は高かった。そこで、商業については、宝暦六年（一七五六年）の藩の条目で、農閑期の地場物《じばもの》の緒締《おじめ》、苧《お》、畳表、魚、鳥などは、商売ともいえないので副業として認め、他国で売るには申し出て許可を受けよ、と決めた。

つまり、地回り行商は一括許可を出し、他藩への商いを専業にする者は許可制にするといった緩和策を取ったのである。

安永六年（一七七七年）、奉行が神崎郡金堂にあてた達書《たつしがき》では、「農民の何割何人ぐらいまでなら奉公に出ても耕作や村方作業に支障をきたさないか」と調べさせてもいる。

つまり、他国への持下《もちくだ》り商人や、出店への丁稚奉公など、領民の移動が頻繁になったが、時代の流れにはもはや抵抗できない。ならば、農業本位制を維持するとして、それに最小限必要な人口はどれぐらいかを調べようという動きがあったのだ。それを確保したうえで、余分に相当する人数には出国を許可しようと考え始めた。

こうして、幕末にかけて、彦根藩の五箇荘《ごかしょう》、愛知川《えちがわ》、豊郷《とよさと》、高宮《たかみや》などから、湖東商人が輩出することになった。

先見性に富んだ彦根藩の体質が、他藩に先駆けて経済統制を緩めることになり、その結果商人のあいだに自由な活動の可能性をもたらしたことが、彦根藩領から近江の商人を広く世に送りだすきっかけとなったのである。

「それにしても近江泥棒に伊勢乞食とは、よう言うたもんや。もっとも近江の商人《あきんど》のなかには、身の回りのものをできるだけ始末したり、代々の家訓で無駄を厳しく禁じて、それをしっかり守ってはる店も多い。そういうのをはたで見て、いろいろと要らんことを言うひともいるのやろ」

「江州人《ごうしゅうじん》はけちんぼやとか、勘定高いとか言われているようですけど、うちはそれもちょっと違う気がしてるんです。どう言えばいいか、ものごとの起こりと結末を、きちんと頭であらかじめ考えてからなにかを始めるような、ことの筋道を立てて、先を見越してからやないと動かへんような、そういうおひとが多い気がしますのや」

「まあな。昔から領主がころころ変わる土地柄やし、いまでも天領やら各藩の飛び地も多いしなあ。本領へ出かけることも多いさかい、つい外に目や耳が向いてしまうのやろ。そうやって見聞きしたことから、次にどう動くかを考える癖がついたのが、江州人の気質になったんと違うかな。そやからこそ、近江の国からは、百姓のあいだからも商人が生まれたのかもしれん。商人の子が商人の家を継いできただけとは違《ちご》うてなあ」

「おまけに、絹屋の窯《かま》の召上《めしあげ》みたいに、お侍さんまでが商いに乗りだすわけやし」

留津は、ちょっと皮肉っぽい言い方で、そう付け加えた。

「そのことについてやがな、留津。江戸のお侍らは、『商人というのは程《ほど》のよい盗賊にて、泥棒や乞食のごとき人情ならでは、勝利は得難い』と言うているらしい」

「お侍さんらは、そんなことを……」

留津は、悔しそうに眉根《まゆね》を寄せる。

「お侍というのは、商人のことをどうやら泥棒や乞食みたいに考えてはるようなところがありそうなんや。今回の藩の窯の商いにおいても、そもそもそれがあかんのやと、わしは思うのやけどなあ」

半兵衛は、留津の顔を見ながら、声を落としてそう言うのだった。

「お着きでございます」

そのとき甲高い男の声がして、門前あたりから、にわかに騒然とした気配が伝わってきた。

それまで藤野家を満たしていた緊張感が、一気に頂点に達するのを感じる。まるで、門の外からいきなり吹き込んできた熱い突風が、あたりのものすべてをなぎ倒して、巨大な渦になってうねり始めたようなものだと、留津は思った。

屋敷の奥で、頬を上気させながら一行の到着を待ち構えていた女子衆《おなごし》は、指揮をとる女中頭の一声で立ち上がり、蜘蛛《くも》の子を散らしたようにそれぞれの持ち場に向かって行った。目をやると、裏の三和土《たたき》のあたりには、次々と侍衆がはいってくるのが見える。おそらく表の長屋門からはいって、式台玄関には直弼の駕籠《かご》や側近の藩士らも到着していることだろう。草鞋《わらじ》を脱いで、屋敷に上がるために足を清める水の用意も、座敷への案内の手はずやもてなしの段取りも、今日までに十分に準備されていたはずだったが、いざとなると混乱は避けられなかった。

藤野家ぐらいの家柄なら、冠婚葬祭など、普段から大勢の客に慣れていないはずはないのだが、さすがに二百人を超す人数となると話は別だ。いくつかの棟に別れて客を迎えるため、桶《おけ》を持って右往左往する女子衆に、埃《ほこり》まみれで到着した客らの面々がぶつかって、又十の屋敷はさながら戦場の様と化した。

留津は、無意識に立ち上がっていた。

その姿を、誰かが見つけたのだろう。どこからか聞き慣れた声が飛ぶ。

「すんまへん、お留津はん。頼みますわ」

声の主は、四郎兵衛の妻だった。周囲があたふたとうろたえているのに、さすがに落ち着いて、場を取り仕切る姿にも品格がある。又十に嫁いできてまだ十年足らずだが、その祝言のときに初めて出会って以来、歳《とし》を重ねるごとに貫禄《かんろく》が増すのを、留津も微笑《ほほえ》ましく見守ってきた。

「へえ」

留津は、大きな声で答えていた。

胸の奥に、急に懐《なつ》かしさがこみあげてきた。屋敷こそ新しいものに変わっているが、身体《からだ》に染《し》み込んだ確かな記憶が、留津の手足をいとも自然に導いてくれる。

娘時代から何百遍と繰り返してきた慣れた仕草で、袂《たもと》に入れてあったたすきを掛け、前かけを締めた。その瞬間、背筋がおのずとまっすぐに伸びる。さあ、このときのために、自分はこの又十にやって来たのだ。

屋敷のなかのことや、藤野家のしきたりについては、すでに知りすぎるほど知っている。まごついてばかりの若い賄《まかな》いの女たちや、緊張しきっている汐踏《しおふ》みの娘たちとは年季の入り方が違うのだ。

留津は、にっこりと笑みを浮かべ、半兵衛に向かって軽く頭を下げた。

「ほな、旦那《だんな》さま……」

半兵衛はいくらか緊張の面持ちで、頼もしげにこちらを見て、大きくうなずき返した。その顔を満足そうに見届けてから、留津は台所に向かってまっすぐに飛びだしたのである――。

三

台所をはじめ、屋敷内のあちこちには、いまだ祭りのあとのような興奮の余韻があったが、それでも夕餉《ゆうげ》のすべてが無事終わり、あと片づけや、明日の朝餉の下準備も完了して、藤野家の長い一日が静かに終わろうとしていた。

決して華美には走らないのに、選び抜いた蝦夷《えぞ》や地元近江《おうみ》の素材をうまく生かした献立と、細部まで行き届いた心のこもったもてなし。藤野家での滞在は、その一つひとつのいずれにも、主《あるじ》の強い意志がこめられているようで、直弼をこの上なく満足させるものだった。

新しい藩主として、領内の巡視を始めてすでに四度目を数えるようになり、直弼自身もさることながら、供の衆にはすっかり慣れが生じている。とはいえ、迎える側の領民たちにとっては話は別で、これだけの大勢を迎え入れる大儀を思い、直弼はその随所で、労《ねぎら》いの言葉を惜しまなかった。

又十の主については、遠く蝦夷地で成功をおさめていると聞いている。そのことには直弼も早くから強い興味を覚えていたが、二代目の主である藤野四郎兵衛が、自分と同い年と聞いてからは、会ってみたいという思いがさらに強まった。

屋敷自体は、さすがは天下の豪商又十ならではと思わせるものだったが、事前に触れを出しておいた直弼の願いである、ありのままの姿で、という項目が、過去三回の巡見でもこれほど適切に実践された屋敷はなかった。

無駄がなく、けれど決して不自由もない。真に「足りる」ということに対する解釈をみずからに課したような、まさに道を究めるその姿勢が、直弼の心を強く捕らえたのである。

それゆえ、その夜、一日の予定のすべてを滞りなく終えたあと、直弼は待ちかねたように、主の四郎兵衛を再度座敷に呼んだ。

「四郎兵衛か、苦しゅうない、もそっと近《ちこ》う」

作法通り、ひとつ部屋を空けた次の間に控え、静かにこちらをうかがっている四郎兵衛に、直弼は親しみをこめて声をかけた。

「遅くにすまぬが、よかったら、今宵《こよい》はそちの話を聞かせてもらえぬかと思うてな」

召されて、近くまで進んだ四郎兵衛は、直弼のそのくつろいだ様子に、ひどく嬉《うれ》しそうな笑みを浮かべた。

「おそれながら、今宵はまことにお殿さまの仰《おお》せのとおり、床に着くには惜しいような春の宵でござりまする。手前どもとて、おくつろぎのお相手をさせていただけるとは、まさに光栄の極み。さて、どのような話をご所望でござりましょうか？」

同い年ゆえの近しさは、四郎兵衛も感じていたのだろう。直弼の望むまま、ひとしきり話は四方に飛び、商いの話を発端にして、蝦夷地から持ち帰った土産の品々を、直弼に披露することになったのである。

「蝦夷地か、遠いよのう。彼《か》の地での商いと申せば、さぞ難儀も多かったことだろうが……」

「それが、そもそも近江の商人と蝦夷地の関わりは、かなり古うございまして……」

四郎兵衛は、静かに語り始めた。

「蝦夷地との交易の始まりはと申しますと、いまからですと二百五十年余もさかのぼることになりましょうか」

「ほう、そんなに古くから近江と関わりがあったのか」

「彼の地にはいったお侍さまは、陸奥《むつ》などより移ってきた人たちでございまして、冬の寒さも尋常ではございませぬゆえ、米を作らず、もっぱら海の漁で暮らしをたてておられました。すなわち、漁をして得た海産物を売り、そのかわり米や身の回りのものは、内地から買い求めるわけでございまして、古くからそこに、おのずと商人が介在する余地があったのでございまする」

「ふむ」

うなずいて話に聞き入りながら、直弼は、四郎兵衛の話が単におもしろいだけでなく、その正確さや、多方面から筋道をたてて持論を導きだすような話し方に、深い感銘を受けていた。

「それで、近江の商人も？」

「いえ、それだけなら、蝦夷交易は、大坂商人や北陸の商人にとっても、いくらでもやりようがあったわけでございます。ところが、その実蝦夷地での商いは、近江の商人が九分かたを占めておりました」

「なんと九分までもか……」

直弼は、思わず四郎兵衛の顔を見て、感嘆の声をあげる。

「舟で、琵琶湖《びわこ》を塩津《しおつ》や海津《かいづ》などへ向かい、そこから塩津街道や七里半越などで若狭《わかさ》へ荷を運び、若狭からまた船で海岸沿いに蝦夷地にまいるわけでございますが、柳川《やながわ》村の建部七郎右衛門、田付新助のご両名が、初めて松前に渡られたのが、天正の十六年、彼の地で蔬菜《そさい》種子の行商をしたそうでございます。が、建部さまは、商人と申しますよりも、いまの松前侯のご先祖の知恵袋として地歩を固め、その後、薩摩《さつま》、柳川と八幡《はちまん》の両浜《りようはま》からあとを慕って商人が渡り、両浜商人と呼ばれるほどの力を得ていったのでございます」

「ほほう……」

四郎兵衛の話に、直弼はますます引き込まれていく。

「その後も、蝦夷地を領地としておられます松前侯の藩士におかれましては、知行地を授かっても寒冷地ゆえ米を作れませぬ。しからばと、ご領地内の海産物を売って暮らしをたてていかれるのでございますが、商いと申しますのは、お武家さまには煩《わずら》わしいばかり。そこで、いっそ商人にすべてを委《ゆだ》ねて運上を払わせる、すなわち『場所請負』が広まることにあいなりまして、そこで近江の商人が多く選ばれたのでございます」

「そこで、四郎兵衛殿のような才長《た》けた商人が生まれたということかな」

直弼は、頼もしそうに笑みを浮かべて四郎兵衛を見た。

「おそれいります。ただ、手前どもは、先達の開いた道を通っているだけでございまして、少しは蝦夷地の奥にまで足をのばし、干鱈《ひだら》、干鰯《ほしか》、鰊《にしん》、鮑《あわび》、白子、昆布、わかめなどを、近江を経て、京、大坂へと送りまして、今度は米や、身の回りの雑貨、衣服などを蝦夷地へと持ってまいるだけでございます」

建部七郎右衛門、田付新助のあと、松前や江差に向かった近江商人は、ほとんどが八幡町(近江八幡)、柳川村、薩摩村の出身で、江戸初期の寛永年間(一六二四〜一六四四年)に集中している。近江では、柳川、薩摩から蝦夷に渡ったものを小中組といい、八幡出身者を松前組といった。このふたつを合わせて両浜組と称したのである。

松前藩はこれらをとくに保護し、また同時に、依存もしていった。

領主との目通りが許されたばかりでなく、松前の沖ノ口番所や海関では、相場と関係なく均一の関銭《せきせん》(関税)としたり、本土に送る荷は荷所荷《にどこに》と称して、廻漕《かいそう》に従事する荷所船《にどこぶね》は各港で特別扱いを受けていた。松前藩の収入にも関わることだからである。

そうして、松前藩内の近江商人は、江戸中期の宝暦八年（一七五八年）には記録に残るだけで三十一軒におよんでいたが、天明六年（一七八六年）には松前の外来富豪番付十七名中、十一名を近江商人が占めることとなった。

蝦夷地が幕府直轄《ちょっかつ》となったあと、寛政十一年（一七九九年）から文化九年（一八一二年）のあいだは、御用は命じられず、近江商人の数は六軒にまで減っていった。

このころは、紀伊《きい》藩を後ろ盾とした楢原屋《ならはらや》、江戸に本店を置く伊達屋《だてや》、淡路の高田屋嘉兵衛《かへえ》などが活躍することになる。もちろん、一部の近江商人は、そうした環境を生き延びて幕末まで続き、巨万の富を築きもした。

そんな最中《さなか》の寛政十二年に、又十こと、四郎兵衛の父喜兵衛《きへえ》が松前に渡る。このころから、両浜ではなく、湖東の商人が蝦夷地を目指すようになるのである。喜兵衛は、高田屋嘉兵衛と共同経営で漁業や廻船業に励み、力をつけ、松前侯が蝦夷地支配に復帰するとともに、豪商として財をなしていった。

四郎兵衛は、それを受けてさらに蝦夷奥地に進出し、漁法にも改良を加え、揺るぎない近江商人となっていった経緯を、直弼に問われるままに、控えめに話したのである。

「海上では、異国船にも遭《お》うたのであろうな」

直弼は、膝《ひざ》を乗りださんばかりになって訊《き》く。

「はい。露西亜《ロシア》の船も、英吉利《イギリス》の船も、それはもう、うじゃうじゃとおりまする」

「なに、うじゃうじゃとな？　そなたの船にも近づいてまいるのか」

「商いを求めて、気軽に声をかけてまいります」

「向こうから、近づいて声をかけて来るのか」

「はい。顔や姿は違うても、同じ人なのでござりましょうな。もとより、ご禁制のことゆえ、闇《やみ》の商いの誘いには、手前どもは耳を貸さぬことにしておりましたが……」

四郎兵衛は、直弼の目を見て、きっぱりと言った。

直弼は、そのあとも思いつくままにさまざまな問いかけをし、四郎兵衛は、それに丁寧に答えていった。ひとつ疑問を投げかけ、答えを返すごとに、互いの心が近づくのを確かめあっているような趣があった。

直弼と四郎兵衛の話は、そのあとも多岐にわたって広がり、どんなことについて語りあっても、飽きることなく話が続くのが不思議なぐらいだった。

強く心を惹《ひ》かれ、さらにその先を知りたいと願う対象には、おのずとその人となりが正直に反映されるものだ。問いかける側も、問いかけられる側も、相手が言葉の向こうでなにを望んでいるかが、素直に伝わってくるような実感を抱いた。

直弼はもちろんのこと、四郎兵衛のほうも、その日が初対面であることを忘れるほど、話に夢中になった。

どれだけのときが経《た》っただろうか。ふと気がつくと、春の夜もとっぷりと更《ふ》けている。

「ふむ、ようわかった。して、四郎兵衛殿、そこでひとつ、肝心のことを訊かせてほしいのだが」

直弼は、じっと四郎兵衛の顔を見つめ、おもむろにそう訊いた。

「肝心のこと、でございますか。どうぞなんなりと」

四郎兵衛も、すっかり打ち解けた声で言う。

「そなた、商いにとってなにより大事なものは、どんなものだと思われる？」

「はて……、それはいろいろございますが……」

思いがけない問いに、四郎兵衛は一瞬声を途切らせ、言葉を選ぶような顔になった。

「そなたは若くして蝦夷地へ渡り、その双肩《そうけん》に大店《おおだな》を背負い、その手で広く商いを御してこられた。そのようなさまざまな場を経て、そなたがいま思うところを聞かせてはもらえぬか。商いの道を究めたそなたにとって、どうしても欠かしてはならぬものとは？」

直弼の目の奥に、強い光が宿るのを四郎兵衛は見た。

「道を究めるなどと、滅相もございませぬ。それに、手前はもはや隠居の身、あらためて申し上げても、さして、どなたさまにも通用いたすものではございますまい。ただ、おそれながら、もしもあえてふたつ申し上げるといたしますれば……」

「ふたつ、とな？　それはなんだ」

「はい。それは、御先祖さまと世間さま。そのふたつでございましょうか」

「なに、先祖と世間？」

「さようでございます。店は、ご先祖さまからの預かりもの。店が栄えるのは、すべてご先祖さまのお蔭《かげ》でございますゆえ」

「うむ……」

直弼は、もっと別な答えを予想していたのだ。だが、不意を突かれたようなその答えには、あらためて大きな共感を覚える。この自分も、代々続いた井伊家を預かり受けた身だ。直弼は、深くうなずいた。

「ですから、心して勤めに精を出し、ご先祖さまの恵みに報いるのは、身代を譲り受けた者にとっては、あたり前のことでございましょう」

四郎兵衛の顔には、なんのてらいもなかった。それを見て、直弼はまた清々《すがすが》しいものを感じたのである。

「それでは、あとひとつの、世間というのは？」

「商いは、もとより世間さまを抜きには語れますまい」

「と、申すと？」

「領外に出て商いを営む近江《おうみ》の商人は、おそらく皆一様に肝に銘じておることでございましょうが、他国に赴いて、商いをいたしますときは、その国を他国と思わず、その地の民すべてを大事にすることが肝要でございます。売り手が存するのも、買い手があってこそのこと。そして、両者の商いが成就《じょうじゅ》しますのも、すべては神仏のお恵みがあってこそのこと」

「うむ……」

「世間さまのことを忘れて、私利私欲を貪《むさぼ》っては、所詮《しょせん》は先が見えてしまいます。商いは牛の涎《よだれ》とも申しますゆえ」

「牛の涎？」

一瞬の沈黙があった。

「はい。細く、長くが、なにより肝要と」

四郎兵衛は、いたずらを見つかってしまった子供のような顔で、そっと直弼を見上げた。直弼は、思わず噴き出した。

「あいわかった。いや、牛の涎とはよう言うたものだ」

経営の急成長を志向するのではなく、堅実に、薄利でもよいから実利を積み上げていく。それは、その身をもって得た本音なのだろう。成功に所詮近道はない。日頃の努力の積み重ねが必要だと、四郎兵衛はなにより言いたかったに違いない。

それにしても、生真面目《きまじめ》すぎるほどのその商いの教訓を、笑いに紛れて告げる様には感じ入った。直弼は、目の前の四郎兵衛にますます親しみを感じたのである。

「ところで、そんな四郎兵衛殿に、もうひとつ訊きたいことがある」

「なんでございましょう」

「今度は、やきものについてだ。見ると、そなたも大層好きと思えるゆえ」

床の間に飾られた大小の壺《つぼ》に目をやりながら、直弼は言った。

「おそれいります。さすがはお殿さま、きっとお気に召していただけるものと思っておりましたが」

「うむ。みごとな壺だ。だが、そなたも、彦根にも良い窯《かま》があるのは存じておろう」

直弼がそう口にしたとたん、四郎兵衛はパッと顔を輝かせた。

「それを語るには、いまちょうど良い方が控えております。これへまいることを、お殿さまにお許し願えればでございますが……」

四郎兵衛の嬉《うれ》しそうな顔を見て、直弼はすぐに察しがついた。

「もしや、絹屋がここに？」

「はい、手前どもとは不思議な縁がございまして」

「なぜ、それを早く言わぬ。苦しゅうない、すぐにここへ」

「ありがとうございます。あの方のことでございますから、おそらくいつお殿さまからお声がかかってもよいようにと、今宵《こよい》は寝ずに待っておいでのことでございましょう。では、さっそ

く呼びにやらせましょう」

半兵衛は、控えめな態度ながら、嬉しさを隠しきれない様子でやってきた。直弼と四郎兵衛のふたりに、半兵衛が加わったことで、話はさらに弾みがつく。

話題はもっぱらやきものに終始したのだが、やきものを愛《め》でる側としての直弼が、さらに良いものをと求める飽くなき欲を語り、それを受けた半兵衛は、やきものを作る側の立場から、職人の情熱や矜持《きょうじ》と、それゆえの苦悩を語った。

そして四郎兵衛は、商人の立場からと前置きして、やきもの商いの現状や、天下に広めていくための策について補足していったのである。

話の種はいよいよ尽きることなく、熱っぽく語り合う三人が気づかないまま、穏やかな春の宵は静かに更けていったのである。

翌日は、小田苅《こたかり》村の丁吟《ちょうぎん》こと、丁子屋小林吟右衛門《ぎんえもん》の屋敷に泊まり、元持《もともち》村の池田愿同《げんどう》邸や下山本村滞在などを経て、直弼は無事五泊六日にわたる第四回目の領内巡視を終えた。そして、

第五回目の領内巡視に出立《しゅったつ》するとき、直弼は思い立って、茶碗山《ちゃわんやま》を訪れることも予定に組み入れた。

半兵衛がこだわり続けたやきものづくりの実際と、絹屋から召し上げたあとの窯場がどんなふうになっているか。それから、半兵衛の精神がどこまで生かされているかも、この目でどうしても確かめておきたかった。

茶碗山の窯は、しばらく見ないうちにすっかり様子が変わっていた。

窯場の雰囲気そのものも変わっていたのだが、それ以上に、絹屋の窯に客として訪れたときと、みずから藩主となって藩の窯を訪れたいまの気分とでは、おのずと大きな違いがあった。

轆轤《ろくろ》の工程や、窯詰め、焼き上がったものなどを、次々と見ていくうちに、直弼の心を温かく満たすものがあった。

良い窯だ。これほどのものを、よくぞ彦根に生みだしてくれた。

それを思えば、半兵衛のこれまでの苦労がどれほどのものであったかを、しみじみと考えさせられる。口にこそ露ほども出さなかったが、道なかばで、手放さざるをえなかった半兵衛の内心は、いかばかりかとも思う。

だからこそ、直弼のなかには藩主としての強い思いも芽生えてくる。

このうえは、筆頭譜代大名として、どこに出しても恥ずかしくない天下一のやきものを産出できる窯にしなければならぬ。

直弼は、固い決意を胸に、窯場を後にしたのだった。

四

五回目の領内巡視を終えたほぼ一月後、嘉永五年四月二十七日に、直弼は参勤のため、またあわただしく出府することになった。

江戸への出立が間近にせまったある日、直弼は急遽《きゅうきょ》在郷の家老たちを集めて、あらためて話をすることにした。このあとの藩政についての、直弼なりの指針を示しておきたかったからだ。

直弼はこのとき、湖東焼についても、自分なりの考えを述べることを忘れなかった。藩窯《はんよう》として将来のあるべき姿と、藩主としていま必要なものは何かという二つの面について、はっきりと分けて皆に伝え置いたのである。

つまり、半兵衛の起業当初の理念であり、夢でもあったところの、領民の豊かな暮らしに供するやきものを作ること。その意味において、国産としての湖東焼は、長浜縮緬《ちりめん》や高宮上布《じょうふ》に劣らない品質を持っている。

そして、領民らの豊かな暮らしのために、いまこそ政事を動かすことが肝要で、そのための手段として、湖東焼の名品が必要であると語って聞かせたのだ。いましばらくは、彦根藩が譜代筆頭、溜間詰《たまりのまづめ》旗頭として、その役儀円滑のためにも、湖東焼を諸大名への進物に多用することが、どれだけ意味のあることか。

それでも、藩窯の本来の目的は、広く名産として世に送り出すことにある。湖東焼にはその両面の可能性があり、潜在する魅力がある。だからこそ、いま湖東焼に力を注ぎ、その発展を優先させたいともつけ加えた。

直弼は半兵衛と同じ思いだった。半兵衛がやきものに賭《か》けた情熱と、同じものを信じていた。

「人の命はやがて費《つい》えよう。だが、湖東焼は百年、二百年と世に残る。皆の者は、そのことを常に忘れることなく、心してあたれよ」

強くそう訴えたのである。まずは、幸齋《こうさい》や鳴鳳《めいほう》のような、腕の良い名絵師や名工を集めて欲しい。しばらくは元手もかさむだろうから、窯の経営は、国産方のように商人に任せることも一案かもしれぬ。

陶器方は、昨年から兼任にしたようだが、職人と窯場を管理するには専任にしたほうが良いのではないか。とにかく、名工を各地から引き抜くことによって、高い技術を揺るぎないものにすることだ。それによって、まず先に評判を高めてから、土物や、普段使いの石物へと、広げていけば良い。

避けるべきは、むやみに当初の元手を惜しんで、中途半端《はんぱ》な赤字を出すことだ。

直弼は熱く語った。

「それから、のう岡本」

言い終えて、最後に、そばにいた岡本半介《はんすけ》を呼び止めた。

「ははあ」

半介は、さきほどから一言ももらすまいと聞き入っていたが、あらためて深く頭を下げた。

「絹屋のその後については、そちに頼んだぞ。あの者が、苦労して窯を起こさねば、われらもここまでは出来なんだ」

直弼は多くは言わなかった。この男になら、思いは十分に伝わるはずだ。

「かしこまりましてござりまする」

半介は、力強い声でそう答えた。

そこで家老たちに諮《はか》っておいたことだが、出立の前日の二十六日には、これまで領内巡視に同行させたこともある長年の国学の師、長野義言《よしとき》を、二十人扶持《ぶち》を与えて、正式に藩に召し抱えることにした。

国学の道を究めた義言なら、藩主としての直弼の知恵袋となってくれるはずだ。天皇や公家《くげ》にまで知己がいることも、彦根から京への使者として、心強い側近になってくれるだろうという確信があった。

申し渡しのときは、義言の門人でもある家老庵原助右衛門《いおばらすけえもん》や、新野左馬助《にいのさまのすけ》らにも同席させたのだが、義言の召し抱えについては、直弼はことのほか周囲に心配りをした。

義言については、もちろんその才覚を高く買っているからこそ召し抱えたのだが、他国の者でもあり、各地を漂泊してきた国学者でもある義言を藩士に登用することは、直弼の贔屓《ひいき》ゆえだと思われかねないからである。

心配りということでは、もうひとつ、周囲を気遣って岡本半介に任せ、直弼がひそかに進めていることがあった。

それは、領内巡視のとき四郎兵衛の屋敷で語り合ったあの夜に思いついたのだが、そのあと茶碗山を訪ねたときさらに確証を得て、直弼の強い願いとなったことでもあった――。

そのころ絹屋では、またいつもの暮らしが始まっていた。

藤野四郎兵衛の屋敷でのあの長い緊張の一日も、過ぎてみればあっという間で、半兵衛と留津が疲れきって外船町の絹屋に帰ってきたのは、直弼の一行を送りだした日、後始末を半分ほど手伝ったあとのことだ。

陽が落ちる前に、なんとか家にたどりつくことができたものの、ふたりは口をきくのも大儀なぐらいで、そのまま夜着に着替える手間ももどかしく、倒れ込むように床にはいった。

それでも留津は、疲れもすぐにとれたようで、翌日から相変わらずくるくると忙しそうに動き回っていた。それに較《くら》べて半兵衛はといえば、なんとなく疲れが抜けきらず、寝込むほどではないものの、食欲がない。

「やっぱり歳《とし》かいなあ」

いつになく弱気なことを言い出す半兵衛に、留津は、冗談として軽く笑い飛ばしてはいたのだが、気にならないわけではなかった。

「なに言うてはりますのや、旦那《だんな》さま」

「そやけど、お殿さまやら四郎兵衛はんのお話を聞いていたら、おふたりとも話がごっつう大きいのや。世の中を見る目が新しいというか、つくづく自分は歳やなあと思えてなあ」

拗《す》ねたような、それでいてどこかにかすかな甘えも感じられる。いつもの半兵衛らしからぬそんな言葉の裏に、隠されている思いが痛いほど伝わってくる。

留津は、半兵衛の本音がわかるだけに、ただ笑ってみせるだけで、すぐには答えようがなかったのである。

半生を賭け、心血を注いできたやきもの商いが、あっけなく召し上げられたあと、半兵衛に残されたのは、中途半端なままの売り手の立場だった。それに、鳴鳳が彦根にやって来て、せっかく素晴らしいものができているというのに、半兵衛らが売れるものは、相変わらずの普及品だけだ。

袋物師の喜三郎《きさぶろう》は、この正月に父親の喜平が他界し、いまは二代目喜平を名乗るようになったが、以前と変わらず休みになるとやって来て、その後の窯の様子を語っていく。

二代目喜平も、すっかり熟練の職人になってきたからか、近ごろは絹屋に来るときにも若い職人仲間を伴ってくるようになった。その若者にあれこれと指示するところを見ていると、口ぶりや、顔や目つきまでもが、ますます頼もしくなってきたのが感じられる。

この前半兵衛を訪ねて来たときは、直弼が窯場にやって来てあれこれと見て回ったとも言っていた。窯場はその後もどんどん変貌《へんぼう》をとげ、窯として成熟していく様子がうかがえるのに、半兵衛自身には進歩がない。

いくらやきもの商いを拡《ひろ》げようと必死になっても、売れる品物に限界があっては、半兵衛ら株仲間の努力だけではどうしようもない。嫁にやった娘を案じるような思いで、湖東焼の将来に思いを馳《は》せても、所詮《しょせん》は自分ひとり空回りしているようで、もどかしさや無念さを感じるばかりだ。

どこにもぶつけようのない苛立《いらだ》ちや、商いに対するあまりの手応《てごた》えのなさが、半兵衛から覇気を失わせ、体力までも萎《な》えさせる。そのせいか、近ごろの半兵衛は、なにかというと身体《からだ》のだるさを訴えるようになり、食欲がめっきり衰えていた。

留津は、口では気にしていないように言い、そんな素振りを装《よそお》いながらも、心のなかではなんとか元気になってもらいたいと、半兵衛の好きなものを選んで工夫し、夕餉《ゆうげ》の膳《ぜん》に載せるのだった。

琵琶湖《びわこ》で取れた新鮮なもろこをさっと炭火で炙《あぶ》り、甘酢に漬けた一皿は半兵衛の大好物だ。どんなに食が進まないときでも、小さくて野趣のあるこの魚にだけは、必ず箸《はし》をつけ、嬉《うれ》しそうに頭から口に運ぶ。

「それからお義父《とう》はん、身体がしんどいときはこれに限ります。これを食べて、元気を出しておくれやす」

そう言って、大きな皿を持ってきたのは、嫁のおいとだった。

「おう、鮒鮨《ふなずし》か。今年は上手に漬かったし、もう食べきってしもうたと思うてたけど」

薄切りにしてきれいに並べられた鮒鮨は、発酵して白濁した飯の白と、鮮やかな橙色《だいだいいろ》に締まった鮒の卵とで、染付の大皿の上に、まるで大輪の花のようにきれいに盛りつけられている。

半兵衛は嬉しそうに目を細めた。

「こういうときのために、ちょっとずつ出すようにして、大事に残しておいたんですわ」

半兵衛の喜ぶ顔を見て、留津は心から安堵《あんど》して言った。なんにせよ、食欲さえ出れば心配ない。

「そやけど、おいと、おまえ鮒鮨が食べられるようになったんか」

「そうですのや。おいとは京の子やし、この匂《にお》いのきついのが嫌や言うて、最初はお皿のそばに寄ることもできんかったんですけど」

「そうか。鮒鮨が食べられるようになったら、おいとももう一人前の近江《おうみ》の嫁やな」

「おおきに、お義父はん」

おいとは若嫁らしく、恥じらいがちな笑みを見せた。

「なあ、旦那さま。このおいとは、来年になったらうちに鮒鮨の漬け方を教えてほしいと言うてますのや」

鮒鮨の漬け方は、糠漬《ぬかづけ》や沢庵《たくあん》などと同じで、それぞれの家に代々伝わるものだ。おいとも絹屋の嫁として、それを受け継ぎたいというのだろう。留津はそんなおいとの言葉が嬉しかった。

「お義父はん、待っててておくれやすや。来年はうちも手伝わせてもろて、おいしいのを仰山作りますえ。なあお義母《かあ》はん、鮒鮨を仕込むのは、寒いときですのやろ？」

「そうや、お腹《なか》にいっぱい子を持った寒鮒やないとあかんのや。源五郎鮒はちょっと骨が堅いけど、にごろ鮒を使うと軟らこうておいしいなあ」

留津は、おいとに問われるままに、鮒鮨の漬け方を話し始めるのだった。

まず、琵琶湖で釣れた産卵前の新鮮な寒鮒を、腹の卵に傷をつけないように、針金を使ってうまく内臓だけを取りだす。そのあと鱗《うろこ》を取り、きれいに水洗いしてから水気を拭《ふ》き取る。

「最初は大きな樽《たる》のなかで、仰山の粗塩だけで、夏の土用が明けるまで漬けておくのや」

「そんなに長いこと、塩漬けにするんですか？」

土用があけたら、いったん水洗いをする。そのあと布巾《ふきん》で水気をきれいに拭き取り、筵《むしろ》に並べて表面を少し乾燥させる。そして、次はいよいよ白米で漬けこむのである。

「二回目は炊《た》きたてのご飯で漬けるのや」

「え？　ご飯でですか？」

「そうや、うちわで冷ましながら、ご飯と鮒とを段々にはさんで、ちょっとお塩もふりかけるのやけど」

「炊きたてのご飯が、こんなふうに酸《す》っぱい味になりますのか」

樽の底に米飯を敷き、その上にエラから米飯を詰めた鮒をすきまなく並べ、またその上に米飯を敷くという繰り返しで、大きな樽いっぱいに並べ終えたら、その上に竹の皮でぴったりと蓋《ふた》をし、重石《おもし》をする。

「その竹の皮のうえに、水をいっぱいはってな、腐らんようにするのや」

水の層で空気を遮断し、雑菌が混入するのを防ぐのである。

「腐らんようにて言わはるけど、うち、最初この鮒鮨を見たときは、てっきり腐ってるのかと思いました」

「まあ、おいとがそう言うのも無理ないけど、ほんまに腐ったときはもっと臭い。その樽の上の部分の水は、毎日取り換えなあかんのやで。そやないと、ほんまに腐って、食べられんようになるさかい」

そうして、秋から冬まで漬けこんだ鮒鮨は、正月には食べごろになる。

「鮒鮨って、そんなに手間がかかるもんでしたのか。それに炊きたての白いご飯で漬けるやなんて、えらい贅沢《ぜいたく》やわ。そやけどお義母《かあ》はん、今年の土用にはうちにもきっとやらせておくれやすや」

そんな留津とおいとを、半兵衛が微笑《ほほえ》ましく見ていたそのときである。突然店先が騒がしくなり、手代が転がるように駆け込んできた。

「旦那さま、旦那さま！　藩のお役人がお店に……」

よほど慌《あわ》てて来たとみえて、手代は肩で息をしている。

「藩のお役人？　なんの用や」

「さあ……」

「あほやな、それを訊《き》かんかい」

「すんまへん。そやけど、なんやあらたまったご用みたいでした。えらい怖い顔してはったんで、てっきり……」

「わかった、そんなに慌てることはない。わしもすぐに行く。とりあえず、奥座敷にお通ししておいてくれ」

半兵衛は、そう言うなり箸を置き、急いで身なりを整えて、待たせてある座敷に向かった。いまどきどんな用なのだろう。考えてみても、半兵衛にはまるで見当もつかない。

奥座敷の襖《ふすま》を開けると、床の間を背にして座っているふたりの男がいた。どう見ても足軽か元締といったところか。それでも半兵衛は、入口のところで正座し、両手を畳について、作法どおりに深々と頭を下げた。

「お待たせいたしました。手前が絹屋の主《あるじ》でございます」

「うむ。そちが主か」

「はい、半兵衛でございます」

「此度《こたび》は、町御奉行勝野五太夫様の使いで、そちにご伝言を伝えにまいった。半兵衛とやら、明日三十日、明け五ッ（午前八時）、石ヶ崎町（現在の城町二丁目）の勝野五太夫様のお役宅まで出向いてくるよう、しかと申し置く。よいな？」

「は？　手前が、お奉行さまのお屋敷にうかがうのでございますか」

「そうじゃ」

「明日の朝でございますか？」

「うむ、明け五ッじゃ、遅れるでないぞ」

「ははあ。ただ、おそれながら、どういうことなのかご用の向きをおうかがいするわけにはまいりませんでしょうか？　お奉行さまのお屋敷に、なんで手前などが呼ばれますので？」

「言われたとおり、来ればよいのじゃ」

役人は、半兵衛の問い掛けなど、まるで意に介さぬらしい。

「もちろんまいりますが、せめてどういうことかぐらいは……」

「よいな、拙者はしかと伝えたぞ」

役人はそれだけ言うと、来たときと同じぐらい唐突に、大股《おおまた》で肩で風を切るように出て行った。

翌朝は、いつもより早く目が覚めた。

昨夜はなかなか寝つかれなかったが、それは留津も一緒だったようで、今朝も早くから起きだして、神棚や仏壇に念入りに手を合わせていた。

「どんな用やわからんけど、まさか焼いて食おうというわけではないやろ」

冗談を言って家をでてきた半兵衛だったが、さすがに町奉行の屋敷についたときは緊張した。そして、裏門のところで名前を告げ、そこから通り土間伝いに案内された場所を目にして、半兵衛は、あっと息をのんだ。

「こ、ここは、お白砂《しらす》……」

町奉行の役宅に来なければならない理由にも心当たりがなかったが、そのうえこんな白砂に呼ばれるなどとは、想像もしていなかった。

見ると、八畳ほどの畳が敷かれた屋根のついた式台があり、そこをぐるりと取り囲むように庭に細かい砂利が敷き詰められている。真ん中あたりには、厚手の筵が敷かれていて、言われるままに進んで、そこに正座してみると、白砂は思った以上に広々と感じられた。

視線が低くなったせいだろうが、正面の踏み段がひどく高く思え、その分だけ周囲からの圧迫感となって、こちらに迫ってくる。

半兵衛は、自分の存在がひどくちっぽけで、頼りないものに思えてきて、まるで罪人にでもなったような気分だった。

まさか、こんなところに座ることになろうとは。

それにしても、いったいなにがあったというのだろう。

もしや、先日の又十の屋敷でのあの一夜のことなのか。呼ばれるままに鉄三郎さまのいる座敷にまで顔をだし、あまりの懐《なつ》かしさと楽しさに誘われて、いや、なにより鉄三郎さまと四郎兵衛の話題の豊富さに感服して、つい自分も言わずもがなのおしゃべりをしてしまった。

だが、鉄三郎さまは、もはや殿さま。あのとき、自分でも気づかないままに、なにかとんでもない粗相をしてしまったのではないだろうか。

なかでも、やきものの話につい夢中になって、自分がとくにこだわってきた湖東焼の名前を、ぜひとも強く前面に押しだして、天下に誇れるようなやきものにしてほしいなどと、声高に言ってしまった。

やはり、あのことが、お殿さまのお気に障《さわ》ったか……。

そこまで考えて、半兵衛はあらためてかぶりを振った。

そんなことは、ない。あの鉄三郎さまにかぎって、そんなおひとでは決してないはず。それはこの自分が一番よく知っている。

だが、それなら、なぜ自分はこんなところに。藩の役人らは、自分からこれ以上なにを取り上げようというのだ……。

不可解さと、緊張とで、落ち着かない半兵衛の気持ちとは裏腹に、あたりは静寂に満ちていた。広い白砂にひとり座っていると、まもなく梅雨が始まろうというのに、空はどこまでも高く、青く、陽射《ひざ》しが砂利に反射して、まぶしいほどだ。

ときおり遠くで鳥の声がする。思いだしたように、風が木々を揺らして通り過ぎていく。だがそれ以外は音もなく、半兵衛をここに案内してきた男も姿を消し、ひとが出てくる気配もなくて、ここだけときが止まってしまったような錯覚すら覚える。

やがて、静けさを破って、大きな声がした。

「町奉行勝野五太夫様のご着座……」

二人の元締に先導され、奥から出てきたのが町奉行の勝野五太夫だろう。小柄なわりにせっかちそうに大股で歩を進め、元締や手代らを両脇《りょうわき》に控えさせて、玄関の中央に座った。

半兵衛は、ハッとわれに返って、慌てて筵に両手をつき、深々と頭を下げた。いったいどんな話になるのか。緊張感はいやがうえにも高まってくる。

突然、雲がかかったのか、陽射しが陰った。それに呼応するように、鳥の声もぴたりと止《や》んだ。半兵衛は、ひたすら頭を下げながら、全神経を耳に集中させた。

「そちが絹屋か」

妙に甲高い声だ。頭を下げたままなので、顔は見えない。だが、きっとあの小柄な奉行だろう。なにがあっても驚くまい。どんなことを言われても、見苦しい様だけは見せないことだ。

半兵衛は大きく息を吸い、ゆっくりと口を開いた。

「ははあ。半兵衛にございます」

しっかりと答えて、さらに頭を低くする。

「おもてを上げい。半兵衛とやら、そのほうの願いのとおり、此度をもって苗字《みょうじ》御免とあいなった。御書付《かきつけ》を読み聞かすので、謹んで拝聴いたせ」

「は？」

町奉行はいきなり用件を告げてきた。

一瞬なんのことかわからなかった。願いのとおりもなにも、半兵衛にはまるで覚えのないことだ。

「はあ、あの……、お裁きではございませんので？」

「お裁き？　なにをたわけたことを申しておるのじゃ、半兵衛。そちに、苗字が許されたと言うておるのじゃ」

町奉行の声に、かすかな笑いがにじむ。

「苗字、でございますか？」

驚きのあまり、つい声が大きくなる。

「ここに御家老様からの直々の御書付がある。謹んで、ありがたく拝聴するがよい」

あっけにとられている半兵衛を尻目《しりめ》に、横にいた元締がうやうやしく書付を受け取り、ゆっくりと開いて読み上げ始めた。

もう一度頭を下げて聞く半兵衛の後頭部に、感情のない、だが、朗々とした声が落ちてくる。

「外船町、半兵衛。右の者、二十四年以前、瀬戸物焼発起致し、焼立て候《そうろう》ところ、損じなど夥《おびただ》しく損失あいかかり候《そうら》えども、段々骨折り焼立てあい考え、追々損失埋め合わせの場に及び候ところ、窯元《かまもと》御普請方《ふしんかた》へ引き請けにあいなり。右様の次第にて瀬戸物焼立て発起の志につき、右規模として苗字御免申し渡し候あいだ、その旨《むね》申し渡さるべく候、以上。子《ね》四月晦日《みそか》。老中」

書付は、家老から町奉行に宛《あ》てたもののようだった。

ほかならぬ、この半兵衛自身のことではないか。

淡々と、だが力強い声で読み続ける元締の一言一句を聞いていると、やきもの商いを思いついたときから、今日にいたるこれまでの長い年月が、一瞬にして半兵衛の胸に甦《よみがえ》ってくる。

なんということだ。藩は、それを功績と認めて、苗字を名乗ることを許してくれるというのか……。

これまでの彦根藩で、商いを起こした者だからといって、苗字御免になったという話など聞いたことがない。町人への苗字御免といえば、長く町役人を勤めあげて藩政に貢献するか、金を上納した者ぐらいだ。労働や金で苗字を買うようなものだと言ってもよかった。

確かに自分は、茶碗山《ちゃわんやま》の窯場のいっさいを藩に無償で上納はしたが、それを功績として苗字が許されたのだとしたら、金一千両を献納したのと同じ扱いということになるではないか。

藩は、自分をそこまで高く評価してくれたのか。

元締の声が、まるで天から降ってくるような思いがした。半兵衛の胸に、じわりとこみあげてくるものがある。

「右のとおりじゃ、半兵衛」

元締が読み上げる声が終わると、町奉行が短く告げた。

「お奉行さま……」

湧《わ》き上がってくる熱いものに、半兵衛は声をつまらせた。

「なんじゃ、なにか異存があるのか」

「いえ、めっそうもございません。ありがとうございます」

丁寧にたたみ直した書付を持って、元締が踏み段を降りてきた。

目が合うと、黙ったまま大きくうなずいて、半兵衛にしっかりと手渡してくれた。その目は笑みをたたえ、半兵衛を祝福してくれている。

半兵衛は、その書状を頭の上におしいただき、また頭を下げた。深く、さらに深く、感謝をこめて下げ続ける。

「もう、よい。帰ってよいぞ、伊藤《いとう》半兵衛」

町奉行があらためて呼んだのは、いままさに公《おおやけ》に認められた、自分の苗字だった。

伊藤半兵衛。これからは、この姓名を堂々と名乗ってよいのだ。

「身にあまる光栄、まことにありがとうございます」

半兵衛は、もう一度筵に両手をつき、丁寧に頭を下げて、町奉行の勝野五太夫が奥に下がっていくのを見送った。

書状を手渡すためそばに来ていた元締が、立ち去りぎわに、喜びにうち震えている半兵衛に向かって、そっと耳打ちするように言った。

「よかったな、伊藤殿。気をつけて帰られよ」

「おおきに、ありがとうございます」

やがて元締の姿も消え、半兵衛はまた白砂にひとり残された。

見上げると、いつのまにか空は晴れ上がっていた。さっきまでの雲はどこかに消え、陽射しは一段と強まっている。さえずりを始めた鳥の声までもが、半兵衛を祝福してくれているようだ。

ふと、これは夢ではないかと思った。

なにもかも、自分が勝手に作りあげた幻想なのではないか。そう思い始めると、急に不安になってきた。半兵衛は、あたりをぐるりとうかがったあと、急いで手にしていた書付をそっと開いてみた。

もしや、白紙なのでは……。

そう思うと書付を開く手が震えてきた。

ここに来るまでは、まさか苗字御免の言い渡しを受けるなど、想像もしていなかったことなのに、自分の愚かしさがおかしかった。

開いてみると、間違いない。たしかに苗字御免の言葉がある。老中という差出人の文字もはっきり見える。四月晦日の日付もある。「段々骨折」という言葉も、「追々損失埋合」とも記されている。

やはり夢などではなかった。

これまでの、あのやきもの作りの苦難の日々も、それゆえの手応《てごた》えや、喜びも、もはやすべて失ってしまったと思っていたが、この伊藤の二文字となって、半兵衛の生涯に残ることとなった。

やきもの商いは間違っていなかったのだ。自分で考え、思いつくまま、がむしゃらに窯造りを始め、何度失敗を繰り返したことだろう。書付にもあったけれど、周囲の者や家族の者らを巻き込んで、いったいどれだけの損を蒙《こうむ》ってきたことか。

そのたびに、歯嚙《はが》みする思いで、みずからを叱咤《しった》し、ただ一途《いちず》に進むしかなかった。それでも、やってよかったのだ。やきもの商いを始めてよかったのだ。

半兵衛は、いま初めてその答えを得たような思いでいっぱいだった。

開いたままの書付を両手に掲げて、いまはもう誰もいなくなった式台に向かって一礼し、また丁寧にたたんで、懐《ふところ》に大切にしまいこんだ。そして半兵衛はゆっくりと背筋を伸ばし、力強くその場に立ち上がった。

だが、その瞬間、足の力が抜けて踏ん張れず、前につんのめってしまったのである。砂利の上に長く座っていたせいで、足が痺《しび》れていたのだが、そんなことにも気づかないほど、気持ちが昂《たか》ぶっていたのだろう。

すぐに、大声で笑いだしたくなってきた。

笑ったとたん、涙があふれた。

足の痺れが嬉《うれ》しかった。無様な自分がいとおしかった。これが生きているということだ。半兵衛は泣き笑いの顔のまま、足をひきずるようにして、城を挟んで絹屋とは反対側にあたる石ヶ崎町の町奉行の屋敷をあとにした。

帰り道は、あっという間だった。

絹屋までの道のりも、まったく苦にはならなかった。それより、留津に早く知らせたいと思うあまり、半兵衛は無意識に小走りになっていた。

やっと店先に着くと、なぜかいつもは真っ先に迎えに出てくるはずの留津がいない。

「留津……、留津はおらんのか」

半兵衛は大声で呼んだ。

「なんや慌《あわ》てて出かけて行かはりましたけど」

店の手代が気のない返事をする。

「出かけた？　どこへや？」

「さあ、それは……。どっちにしても、旦那《だんな》さまがお出かけになったすぐあとでしたけど」

「しょうがないなあ、あいつは」

せっかく喜ばせてやろうと、急いで帰宅したのに、半兵衛は留津がいないのが不満だった。

「お帰りやす、お義父《とう》はん。小兵衛《こへえ》はんも、うちも、きつう心配してましたえ。お奉行さまの御用って、なんどしたの？」

おいとが、小兵衛と一緒に奥の間にやってきて、心配顔で訊《き》いてくる。

「え？　うん……」

半兵衛は、つい曖昧《あいまい》に言葉を濁した。

若いふたりが心配してくれているのは痛いほどわかる。今日の経緯《いきさつ》を話してやったら、どんなに喜んでくれることだろう。

「なんや、お義父はん。様子が変どすなあ。なんか悪いことが起きたんどすか。どうしはりましたんや。なにがありましたん？」

「いや……」

それでも半兵衛は、苗字御免のことについては、どうしても言えなかった。誰よりも先に、留津に教えてやりたい。留津とふたりで、この喜びを分かち合いたい。その気持ちが、半兵衛を無口にさせていた。

「それより留津は？　留津はどこへ行ったんや」

もどかしさに、半兵衛はつい大きな声を出した。

「ああ、お義母《かあ》はんやったら、今朝きつう思いつめた顔しはって、どっかへ出ていかはったけど」

「どこへ行ったんや。行き先をなにも聞いておかんかったのか」

「すんまへん」

そのとき、店先が妙に騒がしくなった。

「あ、もしかしたら、お義母はんやろか。ちょっと見てきます」

おいとは、そう言ったかと思うと、店に向かって出ていった。

「お義父はん、ちょっと来とおくれやす。早う、お義父はん」

店のほうから声がする。おいとが、叫んでいるのだ。半兵衛は、急いで店先に向かい、三和土《たた》《き》に立っているその姿に思わず立ち止まった。

「留津……」

「あ、旦那さま。ああ、ご無事でしたか……」

消え入るような声でそう言ったまま、膝《ひざ》から崩れるようにその場に倒れ込んだ留津を、小兵衛がそばから慌てて抱きかかえた。

髪はほつれ、埃《ほこり》まみれで、額も首すじも全身汗みずくだ。そのうえ、着物のすそを高くからげているので、細かい柄の襦袢《じゅばん》が大きく見えている。しかも素足のままの足は、泥だらけだった。

「どこへ行ってたのや、留津。そんな格好で」

半兵衛は、驚きのあまり怒ったような声になった。

「すんまへん、旦那さま。そやかて、うち……」

留津は、かすれた声でかろうじてそれだけ言い、がくりと気を失った。

それからは、まさに大騒ぎだった。

小兵衛が、留津を軽々と抱きあげて奥まで運び、おいとが半兵衛夫婦の部屋に急いで敷いた布団《ふとん》に寝かせた。そのあとも帯を解いたり、髪を整えたり、埃だらけの顔を拭《ふ》いたり、泥だらけの足を清めたり。おいとは、実にかいがいしく留津の世話をしたのである。

なにがあったかはわからないが、留津が寝込むことなどこれまでめったになかったし、ましてや倒れたことなど一度もないので、半兵衛はなすすべもなく、ただおろおろとするばかりだ。

だが、手代が慌てて呼びに行った医者が、絹屋に着く前に、留津はなにごともなかったような顔で、突然その大きな目を開いた。

「あ、お義母はん、気、つかはりましたか？」

おいとが、これ以上ないほど嬉しそうな声をあげる。

「ここはどこや？　うち、なんで寝てますのや？　そやっ、うちこんなことしてられまへんのや」

留津は、そう言うなり、布団の上に急いで起き上がろうとした。

「まだ起きたらあかん」

半兵衛が、怒ったように手で制した。

「そやかて、旦那さまが……。旦那さまが、お城の向こうのお奉行さまのお屋敷で……。いまごろはきっと……」

留津は、まだ混乱しているのだ。

「わしはここや。おまえの目の前にいるやないか。よう見てみい」

おいとと入れ替わって、半兵衛が留津のそばに寄った。

「あ、ほんまや。旦那さま、ご無事でしたんか。よかった。うち、ほんまに心配で心配で、そやから、うち……」

そう言いながら、留津は両手を伸ばし、半兵衛に身体《からだ》ごとぶつけるようにして、しっかりとしがみついてきた。

「おいおい、留津。みんな見てるやないか」

そうは言いながらも、半兵衛は両手で留津をしっかりと抱きとめた。そして、片手でその背中をなでてやりながら、首だけねじって、照れ臭そうに小兵衛やおいとのほうを見たのである。

「そやけど、留津、おまえどこに行ってたんや？　こんなになるまで、なにをしていたのや」

「いえ、あの、ちょっと……」

恥ずかしそうに口ごもる留津に、おいとが横から口をはさんでくる。

「もしかして、お義母はん。またお百度を踏みに」

「お百度？」

半兵衛が、怪訝《けげん》な顔でおいとを見る。

「へえ、そうどす。うちに無事ええ稚児《やや》が授かりますようにいうて、お義母はんはずっと願かけのお百度を踏んでくれてはったんです。このまえ裏のおせんちゃんからそのことを聞いて、うちほんまにありがとうて、涙が出ました。きっとお義母はん、今日はお義父はんの分も」

「あ、おいと、そのことはまだ誰にも……」

留津は、半兵衛の腕のなかで、慌てておいとを振り返った。

「なんやて、おいと。いま稚児って言うたのか？　まさか、おまえ」

小兵衛が驚いた声をあげた。

「すんまへん。黙っているつもりやなかったのどすけど……」

うなだれるおいとに、留津は思わず大きな声を出す。

「怒らんといてやって、小兵衛。違うのや。おいとは、この前みたいに間違いやって、あんたをまたがっかりさせると悪いと思うて、それやったら、もうちょっと様子を見て、はっきりしてから、あんたにちゃんと話すつもりでしたのや。そやから、うちもまだ稚児のことは知らんことにしていたんやけど」

祝言《しゅうげん》をあげてから、長い間子供のできないおいとに、ずっと心を痛めていたのは、ほかならぬ留津である。何度ももしやと期待をかけ、そのたびに失望を繰り返してきた。

だが、おいとに自分と同じ思いはさせたくない。なんとしても子供を授かってもらいたい。

そう思うと、留津はもういてもたってもいられなかったのである。

だが、だからといって、自分がおいとにしてやれることはなにもない。今度も勘違いかもしれないがと、先日おいとからこっそり打ち明けられたときは、留津はそのまま夢中で家を飛びだして、神社で手を合わせずにはいられなかった。

それ以来、毎日のように内緒で家を抜け出しては、神社の境内でこっそりお百度参りをするようになった。それは、おいとに対するせめてもの義母らしい真似事《まねごと》だったのかもしれない。

たとえ気休めに過ぎなくても、なにかしていないと、いられないような気持ちだった。

わざわざ遠くの神社を選んで出かけていたので、まさか誰かに見られているとは思わなかった。そんな矢先に、半兵衛が町奉行に呼びだされたので、その心配も重なって、今朝は夫の分と二人分の願掛けをした。

夜もろくに眠らず、食事ものどを通らないまま出かけて、一心不乱に境内を裸足《はだし》で歩き、お百度を踏んでいたので、無理が過ぎたのかもしれない。ついにはこんなことになってしまったのだと、留津は恥じながら語った。

「そうやったのか、留津。そうか、おいとに、ついに稚児ができたか。よかった、よかった。わしはとうとうおじいちゃんか……」

「お義父はん、まだそうと決まったわけでは……」

おいとが、困惑したように口をはさむ。

「ええやないか。あかんかったら、それはまたそのときのこっちゃ。そやけど、今度こそはおいとの稚児も間違いないかもしれんぞ。なんというても、お義母はんのお百度参りは、ものすごい御利益《ごりやく》やからな。それが証拠に、なあ、留津。おまえの願掛けのお蔭《かげ》で、ほれ、このとおりや……」

半兵衛は、留津の手をとって、そのうえに苗字《みようじ》御免の書付をのせてやったのである。

第八章　湖東焼

一

その年、安政七年（一八六〇年）の正月、松の内も終わろうというころになって、二代目喜平は遠慮がちに、絹屋に新年の祝いにやって来た。

「旦那《だんな》さまは、どんなお具合で」

「おおきに。だいぶ良うはなってきたのやけど、なんというても年やしなあ。このごろは治るのが遅うならはったわ。それに、又十はんの四郎兵衛《しろべえ》坊ちゃんが大晦日《おおみそか》に亡《な》くなって、新年早々からお葬式があったやろ。こんなに早う亡くなるやなんて、うちもびっくりしたけど、旦那さまにはもっと堪《こた》えたんやわ」

半兵衛《はんべえ》は、その葬儀の手伝いのときにひいた風邪がなかなか抜けず、今朝もお膳《ぜん》のものを半分以上残して、すぐ横になってしまった。伊藤《いとう》の苗字《みょうじ》が御免になってから、はや八年ほどもたち、半兵衛も、年が明けて七十歳になった。

「立派なご葬儀やったそうで」

「あの四郎兵衛坊ちゃんは、隠居しはってからというもの、その前以上にいろいろ善いことをしてきはったしな。それはもう仰山《ぎょうさん》のひとが、見送りに来てはったわ」

　留津も、しみじみとした声で言う。

　又十こと藤野四郎兵衛は、その後も困窮者の救済や社会奉仕、それに寺社の建立《こんりゅう》や営繕などの善行を重ねてきた。そのなかには、父の遺志を継いだ千樹寺の再興もある。完成した弘化《こうか》三年（一八四六年）の遷仏供養《せんぶつくよう》のとき、受け継がれてきた念仏踊りをより民衆に親しみやすい音《おん》頭《ど》に作り変えさせ、絵日傘、扇で踊らせた。これが、美濃《みの》、伊勢《いせ》などにまで広まった江州《ごうしゅう》音頭のはじまりといわれている。その四郎兵衛は、奇《く》しくも、初代喜兵衛《きへえ》と同年齢で永眠したのである。

「親しいひとが死なはると、若いもんでも、気持ちが塞《ふさ》ぎこんでしまうもんです。奥さまも、くれぐれも気いつけてください」

「おおきに。そやけどよう来てくれたわ、喜平はん。あんたの顔みたら、きっと旦那さまも元気がでますやろ」

　留津はそう言いながら、喜平を奥の部屋に案内した。

「旦那さま、明けましておめでとうございます。旧年中はいろいろお世話になりまして……」

「おお、きびしょの喜平か」

　襖《ふすま》越しにその声を聞いただけで、すぐにわかったらしく、部屋のなかからいつになく元気な声が返ってきた。留津がそっと襖を開けると、半兵衛はすでに夜具の上に起き上がり、嬉《うれ》しそうにこちらを見ている。

　めっきり少なくなってしまった髪も、痩《や》せて、咳《せ》き込むたびに丸くなっていくような背中も、日ごとに痛々しくなるが、喜平の前では、目の奥に昔のような力が甦《よみがえ》ってくるようで、留津は嬉しかったのである。

「しばらく来てくれんかったけど、窯《かま》は、その後どないや」

半兵衛が訊《き》くのはいつもそのことだ。喜平もそのあたりは心得ていて、近ごろの窯場《かまば》の様子をあれこれと話して聞かせる。ただ、最近の半兵衛は、やはり年のせいか、同じことを何度も繰り返し訊くようになった。

「へえ、旦那さま。窯場は、それはもう大層な勢いですわ。それに、去年の七月二十日には、窯場につながる北の土地をまた三反十四歩も買うて、土焼窯と細工場が造られるんやと言われています。その先もっと勢いづいてきますのやろなあ」

「ほう、そうか。あのお殿さまのことや、また大きいことを考えてはるのやろう」

「へえ、私みたいな者にまで、一昨年《おととし》には二人扶持《ぶち》をいただけるようになりましてなあ。職人らにも扶持持ちが増えて、やる気満々ですわ」

喜平の六歳下の弟で、大皿や青磁を得意とする喜之介《きのすけ》のほうが、勤続年数は十年ほどと短いものの、実は一年半以上も早く二人扶持をもらっていた。だが喜平は、それを不満や恨みに思う様子もなく、茶碗山《ちゃわんやま》が栄えることにひたすら喜びを感じている様子だ。

「そうか、扶持持ちの職人か。ええ時代になったもんや」

半兵衛は、目を細めて何度もうなずくのだった。

安政四年（一八五七年）には二千両以上も増資され、翌安政五年十一月十一日には銀三十五貫八百匁《もんめ》の増資が実施された。

さらに安政六年三月六日には、直弼《なおすけ》みずからが側役《そばやく》の宇津木六之丞《ろくのじょう》に命じて、自分の手許金《てもときん》から一千両を下付させ、五月七日には元方勘定方から金百両と、銀七貫四百五十三匁が交付された。

湖東焼は直弼の指示で、まさに拡大の一途をたどっているのである。

「それだけやない、あのお殿さまは、湖東焼を船で運ぶつもりなんや。なんというても、去年は大坂で藩の船を八隻《せき》も作らせはったんやからな」

「旦那さま、それは一昨年のことですわ」

留津が、横から口をはさんだ。

「そうやったかいなあ、あれは一昨年のことか。そやけどあのお殿さまは、去年はお江戸でえらい出世しはって、とうとう大老さまにならはったんやなかったか？」

「旦那さま、それも一昨年のことですわ」

今度は、喜平が言い添える。

「あれ、そうやったか。年をとると、物覚えが悪うなってかなんなあ」

「どっちにしても、藩のお役人らは、ますます湖東焼に力を入れていかはるようです。それは、わしら職人にも近ごろとくによう伝わってきます」

「よかったなあ……」

半兵衛は、しみじみと嬉しかったのである。

「きっと、お殿さまが、力をいれてくれはるのと違いますか」

留津は、そんな半兵衛の顔を見て、なにより安堵《あんど》するのだった。

「それは間違いないことですやろな。職人もあちこちから雇うてきはるので、このごろは仰山増えました」

「領外から一人前の職人ばっかり雇うていたのでは、高うつくさかい、ご城下の子供らを募って、稽古人《けいこにん》として教えてはるそうやてなあ」

「へえ、そうです。子供稽古人は、最初は四人だけやったんですけど、毎年雇うてはるので、一時期は二十人ぐらいになりました。通いの子やら、住み込みの子やら、両方いてますけど、途中で辞める子もいますので、いまでは十三人ぐらいですやろか。それ以外でも、いろいろと、藩はえらい意気込みですわ。あれは、亡くならはった又十の旦那はんが、窯場のやり繰りを藩に返上しはったあたりからですやろかなあ」

「そんなに仰山はいってきてはるのか？　子供らは、きばって習うてはるのかいなあ」

「へえ、そらもう。頭が軟らかいし、素直ですさかいな。その子の向き不向きで、成形にまわる子やら、絵付の子やらいろいろですけど、子供のときに一からきちんと習うのは良いことですわ」

「喜平もそうやったしなあ」

父親の初代喜平に連れられて、幼い喜三郎《きさぶろう》が窯に来たころを思いだす。それがいまはこうして立派に窯場を支える職人になった。ますます活気づいてきた窯場の様子を、目の前の二代目喜平から聞き、半兵衛はここにいたるまでの湖東焼に思いを馳《は》せるのだった。

藤野四郎兵衛は、藩窯の経営を委託され、それを受ける際にみずから金四千両を提供し、その功績により藩の産物方として、苗字帯刀を許されている（先代喜兵衛の苗字帯刀は一代限り）。同時に、その間多くの拝領品と一緒に、湖東焼の試作品や、名器を数多く拝領している。だが、その経営は決して思わしいものではなく、二年後の嘉永《かえい》七年（一八五四年）千五百両の欠損を出して、経営の受託を返上した。

四郎兵衛が藩窯経営を担《にな》っていたころは、半兵衛もなにかといっては又十の屋敷を訪れ、四郎兵衛に問われるままに、自分なりの率直な考えを伝えてきた。

表面上は、湖東焼とはすでに縁が断たれていたのではあるが、蔭で助言を求めてくれる四郎兵衛の気遣いは、半兵衛にとっても嬉しかったし、なにより湖東焼のためを思って、助言を惜しまなかったのである。

又十が藩の窯を託された翌年の嘉永六年には、直弼は六月一日に、一度彦根《ひこね》に帰ってきている。

四郎兵衛への藩窯の経営委託は、直弼が江戸から家老を通じて指示したものである。その後初めての帰郷なので、一度はゆっくりと湖東焼の将来を語りあえると思っていた。

本腰をいれて湖東焼全体の将来図を描くためにも、今回の帰郷では、四郎兵衛にもその旨《むね》を伝え、できるものなら半兵衛を交えて、またいつかのように語り明かすのも良いと、そう思っていた矢先のことである。

七日の夜、彦根藩が幕府から命を受けている相州警備の現地から、青天の霹靂《へきれき》とも言うべき、火急の飛脚が彦根に到着した。

「殿、大変でござりまする……」

折から、過労気味のうえに夏風邪が重なって、やっとの思いで一息ついて、臥《ふ》せっていた直弼は、大儀そうに床から起き上がった。

「何事じゃ」

熱のせいか、頭を動かすだけで眩暈《めまい》がする。

「相州よりの書状によりますれば、浦賀に亜米利加《アメリカ》の艦隊が渡来したとのことでございまする」

「なんだと、亜米利加の艦隊とな？」

直弼は、言うが早いかカッと目を見開き、急いで書状に目を通した。

世界が、ついにまわり始めた。

かつてない勢いで、激しく回転を始めたのだ。直弼は、そんな強い予感に、思わず身体《からだ》を震わせた。

「明朝一番で、家老らを全員集めよ。此度《こたび》のことについて、それぞれ意見書を出させるのだ。よいな」

「明朝でございまするか」

「相手は亜米利加のことゆえ、悠長なことは申しておれぬ。おそらく御公儀からは、早急に出府せよと言うてくるだろう。その前に、彦根藩としての意見をまとめておかねばなるまい」

「ははあ、しかし、殿のそのお身体では……」

「心配いたすな。大事はない。しばらく横になっていたら、すぐに治る」

直弼は、そう言って相州からの書状を枕元《まくらもと》に置き、また床について目を閉じた。だが、眠ろうとすればするほど、目が冴《さ》えてくる。結局、あれこれ考えているうちに、夜が明けた。

その翌日から、直弼の周辺はにわかに慌《あわ》ただしくなった。

家老の岡本半介《はんすけ》は、直弼と入れ替わるように六月十五日彦根を発《た》ち、二十四日に江戸に着いた。二十七日には、米国使節ペリー提督がもたらした米国国書の訳文が溜間詰大名《たまりのまづめ》らに提示され、このとき江戸詰家老はこの岡本半介ひとりだったので、岡本から直弼の元に送られてきた。

思ったとおり、幕府からの出府命令の書状も届いていた。

直弼は七月九日の出立《しゅったつ》を決めた。だが、米国国書の訳文を目にしてから、長野義言《よしとき》にも意見を聞くなどして、休む間もなく考えにふけっていたからだろう、またも夏風邪をぶり返してしまった。

「御公儀からのお召しだ。明日にはなんとしても出府せねばなるまい。急いで仕度せい」

声を出したとたん、また眩暈がした。直弼は慌てて脇息《きょうそく》に手をついた。

「しかし殿、そのお身体では、いくらなんでも道中が心配でございます。せめてあと十日、いえ、せめて七日はお休みあそばされねば」

家臣らが止めるのも聞かず、それでも直弼は病をおして、七月十三日に彦根を出立し、儒臣中川禄郎《ろくろう》を伴って、二十四日に江戸に到着した。藩士となっていた長野義言は三日遅れて江戸に着いている。

一方このころ幕府内では、六月二十二日に将軍家慶《いえよし》が死去。七月二十二日に発喪。そして次代の家定《いえさだ》の将軍宣下《せんげ》は実に十月二十三日。渦中《かちゅう》にあって将軍不在という状況だったのである。

江戸に着いたときには、すでに米国艦隊も江戸湾を退去していた。

ペリー来航に際して、すでに彦根藩としては相州警備を厳重にしてある。川越藩兵八百余名とともに、彦根藩兵二千人余をもって、久里浜応接所付近の陸上警備にあたっていた。

直弼が江戸到着後、まず最初にとった行動は、それらの藩兵をねぎらうことだった。あとひとつは、国書に対する幕府の諮問《しもん》に対して、意見書を提出することである。

米国措置に関わる彦根藩としての意見書は、その後の八月十日と、二十九日の二回にわたって提出された。

家老岡本半介の意見は、当初は交易は不許可という立場だった。これは岡本に限らず、家臣らのほとんどは、米国からの要求を拒絶する側に偏《かたよ》っていた。

だが直弼はこれらを採用せず、儒学をもって仕える家臣、中川禄郎の書いた『籌辺或問《ちゅうへんわくもん》』をもとにして、開国進取派の中川に起草させ、それに直弼自身が手を加えて、幕府への意見書を作成した。

中川禄郎は、先代藩主直亮《なおあき》によって召された藩校弘道館《こうどうかん》の教官で、鈴屋《すずのや》門下の国学者小原君《きみ》雄《かつ》の長男である。直弼が世子のころから信任を得ており、今回の出府より側近として仕えるようになった。なにかあるたびに、質問をするとすぐさま答えを返していた。

意見書の内容は、彦根藩の相州警備での経験が生かされたもので、一回目は、鎖国の祖法は変えるべきではないとした。米国からの石炭の要求に対しても、わが国も火輪船の製造に着手しているので、石炭を必要とするから、他国の要求には応じられない。要求を受け入れない限りは、当然ながら一戦を交える覚悟で臨むべしとした。

ただし、二回目の意見書では、その論旨を正反対に変えたのである。

すなわち、有効論を採ったのだ。臨時急用の際は、長崎において石炭を供給すべしと述べ、時勢に応じて国是を定めるべきで、むやみに祖法を墨守するのは賢明でないとした。

米国の要求を拒絶して、そのため戦いとなるような事態は避けるべきだとしたのは、やはり彦根藩みずからの相州警備での経験ゆえのことだ。さらに、祖法の改変には朝廷に諮《はか》るという姿勢も、国学の師であった長野義言の進言によるものである。

一度目と、二度目とで、内容をこうも変えたのには、直弼ならではの計算があった。つまり、一度目は論旨をあいまいにしておいて、幕府の意向を打診し、出方を見たかったからである。

さらには、ペリー来航に際して、幕政参与となった前の水戸藩主、徳川斉昭《なりあき》が、直弼の意見書に一月先んじて、強硬な主戦論で応じていることを知っていたからでもある。

二

望みに反して、再会もならぬまま江戸に舞い戻った直弼が、米国への対応に追われているころ、近江《おうみ》では、藤野四郎兵衛が、折り入って話があると、半兵衛と留津を自宅に招いていた。

「話というのはほかでもない。藩の窯《かま》のことですのや」

四郎兵衛は、半兵衛の目をまっすぐに見て、静かに口を開いた。

「なんですやろ」

半兵衛も、居ずまいを正して、その顔を見た。

「藩から、あの窯を任されて二年がたちました。その間、私なりにできるかぎりのことはしてきたつもりです」

四郎兵衛はそこまで言って、いったん大きく息を吐いた。

「大変なことでしたやろなあ」

半兵衛は、心から労をねぎらう思いだった。

「お殿さまが、私にあの窯を任そうと思わはったのは、いずれは蝦夷地《えぞち》での販売もお考えにいれてのことやったのやないかと、そう思うています。それを考えると、申し訳ない思いもないわけではない。そやけどなあ、半兵衛はん」

思いつめた表情に、半兵衛は言葉の裏にあるものを読んだ。

「これ以上は、無理やと?」

だから半兵衛は、先回りしてそう訊《き》かずにはいられなかった。

販路開拓がうまく進まないのは、この自分が一番よくわかっている。すでに有田や瀬戸が大量生産の体制を確立し、安価な量産品で全国市場を寡占《かせん》しているので、食い込むのは至難の業だ。

又十ほどの豪商ならば、どんな妙案を出してくれるかと、ひそかな期待はあったけれど、それがどれほど難しいかということぐらい、これまでの経験から半兵衛にはよくわかっていた。

「商いとして、有田や瀬戸の市場を切り崩していくには、湖東焼の名前で、とびきり上質なもので勝負するしかないですやろ」

四郎兵衛の言葉に、半兵衛はまさにその通りだと、大きくうなずいた。

「そうですのや。質の良いものはみんな藩の手許《てもと》に置いておいて、くずみたいなものばっかり売れと言われても、どだい無理ですのや」

「そやけどな、半兵衛はん。私はお殿さまのお気持ちもわかるんやわ」

「え？　どういうことですやろ」

「なんでも、江戸の筋からの話では、今度彦根藩では、相州の警備を免じられて、そのかわり大森や羽田とかの江戸の内海の警備をすることになるらしい。浦賀には亜米利加の艦隊がやって来たということやし、お殿さまとしては、この先ますます諸藩の大名らとの繋《つな》がりが大事になっていくことですやろ。そのためにも、相当のものが要りますやろしなあ」

「ということは、つまり」

「湖東焼は、ほんまに良い窯です。職人も良いのが揃《そろ》うてきました。精出して立派なやきものを作って、それを彦根のやきものとして、諸侯への進物にするのが賢いやりかたや」

「売るのはあきらめる、ということですか？」

「あきらめるのやない、上手に生かすということです。商いとしては、結局損金を計上することになってしもうたけど、湖東焼はどこに出しても恥ずかしいない立派なやきものや。そやからこそ、あのお殿さまにとってはなくてはならん世渡りの道具になりますのや。私も商人《あきんど》です。せっかくの窯やもの、できるだけ良いものを焼いて、それを売りたいのはやまやまです。そやけど、わかりますやろ？」

四郎兵衛は、一言ずつ言葉を選ぶようにして言った。

「なあ、半兵衛はん。あのお殿さまは、いまが一番大事なときや」

「わしにもそれはようわかっています」

「彦根藩は、江戸での複雑な政治関係を、言うてみれば、上手に調整していくような立場です。あちこちの大名らの力を借りて、うまくやっていくためにも、公方《くぼう》さまに上手に取り立ててもらうためにも、ここぞというときに良い進物をすることが肝心になってきます」

「それはそうですけど……」

「言いたいことはわかります。もっと上等な品を売り物にまわすことは、やきもの商いを考えたら当然必要なことです。それをしない限り、商いとしてこれ以上望むのは無理や。そやけど、それより前に、お公家衆《くげしゅう》や諸侯への進物にすることのほうが、いまのあのお殿さまには大事なんや。言うてみれば、戦のときのとっておきの武器みたいに、周りの大名らをうならせて、一目置かせることができるような進物をするのが、どうしても大事なんです。そやからこそ、あの湖東焼がものを言いますのやで。あの上品な湖東焼を進物に使うことがどれだけ意味のあることか」

四郎兵衛は、半兵衛の目の奥を、のぞき込むようにして言った。

「わかりました、四郎兵衛はん。あの湖東焼は、わしが手塩にかけた子供です。嫁に出した娘みたいなもんです。そこまで言うてもらえたら、本望ですわ。どうぞ、四郎兵衛はんの思わはるように、しておくれやす」

「わかってくれはるのですね。おおきに、半兵衛はん。もとより私は隠居の身。私はここまで、窯の経営から手を退《ひ》かしてもらいます」

「もう十分です。わしは、これでもう十分満足です」

それは、半兵衛の心からの言葉だった。

「そやけど、半兵衛はん。立派な窯を作らはったなあ。湖東焼は、これからあのお殿さまの大事な宝物になりますで。あのおひとはこのあとどんどん偉《えろ》うなっていくおひとや。そんなお殿さまにとって、大事な戦力になっていくのは間違いない。湖東焼は彦根藩の宝物や。私は、いまそれだけは、はっきりと言わせてもらいます」

「おおきに、四郎兵衛はん。そこまで言うてもらえるだけで、わしは……」

胸の底からわき上がってくるものに、半兵衛は言葉をつまらせた。

こうして、藤野四郎兵衛が藩窯の経営受託を返上したあとは、直弼はみずからの手許金も投下して、湖東焼の本格的な大改革にものりだすこととなる。湖東焼はまさに黄金時代を迎えるのだ。

世界は、大きく動き始めた。

直弼のなかに、それを強く訴えてくるものがある。

激しく、そして猛烈な速さで回転を始めた渦のなかで、直弼は、あたかもなにかに突き動かされるように行動していた。

その様子は、はた目には、まるで誰かに急《せ》かされているようにも思えるほど、大胆で、急激で、そしてそれゆえ背中合わせの危険をはらむものでもあったのである。

京から、突然ひさがやってきたときは、留津もさすがに驚いた。

「おいでやす。よう来てくれはったなあ、おひささん」

それでも、嬉《うれ》しさに声を弾ませて言うと、ひさはいつになく深々と頭を下げた。

「ご機嫌よろしゅうございます。すっかりご無沙汰《ぶさた》しちまって……」

かれこれ十二年ほどになるだろうか。久しぶりで訪れた絹屋の店先を、懐《なつ》かしそうに見回すひさは、どこかひどくやつれて見えた。すぐ後ろには、二十歳そこそこに見えるおとなしそうな若者が控えていて、荷物を抱えたまま、黙ってひさに寄り添っている。

「こちらは、どなたはんですのや」

「ええ、息子の良平です」

ひさは、迷わずそう言った。

「え、息子はん？」

初めて聞く話だ。留津は、あらためて隣りの男に目をやった。良平は、神妙な顔つきのまま、あらためて頭を下げてくる。

「ご縁がありましてね、ふた月ほど前に、あたしたちの息子になってくれたんです。お蔭《かげ》でどれだけ助かっているか」

驚いている留津に、ひさはそんなふうに言い添えた。若いころに無理をしたせいか、ひさに子供ができないのは聞いている。それは留津も同じだったから、とりたてて触れることもなかったが、それでも気にはなっていた。

「あのひとが急に言いだしてくれましてね。店で一番長く勤めてくれたこの良平を、養子に迎えることになったんです」

見たところ、実直そうな若者である。これから年老いていく昇吉ら夫婦にとっても、心強い支えになってくれるだろう。

「それは、よろしおしたなあ。まあ、そんなところに立ってんと、早う奥に入っておくれやす」

留津は自分のことのように嬉しかった。

「あれ、それはそうと、今日は昇吉さんは？　ご一緒やないんですなあ。京でお留守ですか」

なんの気なしに、留津は言った。

そういえば、このところ便りもなかったが、ふた月あまり前に、小兵衛《こへえ》がいつものように京に古手の買い付けに行ったときは、昇吉たちの店にも立ち寄り、ご馳走《ちそう》になったと言っていた。

「へえ、それが……」

それだけ言って、ひさは急に留津に抱きついてきたのである。

「どうしはったんです、おひささん」

「あのひとは、きっとみんなわかっていて、それで良平を養子に……」

「なんですのや？　みんなわかってはったって、どういうことです」

ひさが、なんのことを言っているのかわからず、留津はその肩に手をやって訊いた。

「奥さま、あのひとは、あのひとは……」

ひさは、そう言ったまま、声をあげて泣き出した。

今日まで耐えに耐え、それでも我慢を続けてきたのかもしれない。あふれる涙も、嗚咽《おえつ》も、もはや堪《こら》えることなどできないとでもいうように、ひたすら留津の胸で泣きじゃくっている。

「どうしたのや、おひささん。泣いてたら、わからへんがな」

その背中を撫《な》でてやりながら、留津は問い掛けた。ひさに代わって、後ろから良平の遠慮がちな言葉が返ってくる。

「急なことやったんです。頭が痛い言うて、二日ほど寝込んではったんですけど、それだけでした。あっけないぐらいの、眠るような最期《さいご》でした。明日で、ちょうどふた月になります」

「なんやて、昇吉さんが……」

思いもしなかった訃報《ふほう》に、留津はそう言ったまま言葉を詰まらせた。

ひさを抱きかかえるようにして、奥の座敷に通し、半兵衛とふたりで向き合った。

「もう十年になりますかねえ。絹屋さんには、来たがっていたんですよ。窯場《かまば》も、いまはずいぶん立派になったんですってねえ。せめてもう一度ぐらい、見せてやりたかった……」

ふだんは決して口にしなかった昇吉が、亡《な》くなる前夜に、一言だけ漏らしたのだという。

「あのひとは、みんなわかっていたんですよ。自分がもうすぐ消えちまうってことをね。具合が悪かったのも、みんな我慢していたのかもしれません。だから、この良平を養子にするのも、なんだかずいぶん慌《あわ》てて言いだして。そんなことも、みんなあたしが気づいてあげなきゃいけなかったのに、あたしったら、自分のことばっかりで……」

「いえ、そんなことはありまへん。お義母《かあ》はんは、ようしてあげてはりました」

良平は、静かな声でそう言った。かばうようなその口調には、哀《かな》しみのなかにも、ひさへの限りないいたわりがこもっている。

「そうか、あの昇吉っつぁんが、もう……」

衝撃は、むしろ半兵衛のほうが大きかったのかもしれない。

「それでね、旦那《だんな》さま。今日は、ひとつお願いがあって、まいったんです。もしもできましたら、窯場のそばに、埋めてあげられないかと思って持って来たものがありまして」

「窯場に？」

半兵衛に問われて、ひさが胸元から大事そうに差し出したのは、昇吉がいつも不自由な右手にはめていた、手甲《てっこう》だった。

その使い古した黒い手甲に、留津は思わず手を合わせた。

頭のなかを、さまざまな思い出が駆け巡る。初めてこの絹屋にやってきたとき、遊び人風の着流し姿に、留津は強い反感を抱いたものだ。それから、窯造りが始まり、初めての皿ができあがり……。窯が崩れて大怪我《おおけが》を負った昇吉を、しっかりと抱きしめたときの感触までもが、よみがえってくるような気がした。窯を支え、半兵衛を支え、いつも遅くまで居残って、細工場で黙々と身体《からだ》を動かしていた昇吉の姿は、いまも留津の脳裏には強く焼き付いている。

あの昇吉がもういない。留津はこみあげる涙を堪えることができなかった。

「喜平に頼んで、窯場に連れていってもらうとええわ」

どれぐらいときがたっただろうか。

長い間語りあったあと、良い供養《くよう》になったはずだと、名残を惜しみながらひさと良平は絹屋をあとにした。

「せめて、一晩ぐらいうちに泊まっていかはったらよろしいのに」

引き止める留津に、ひさは静かに首を振った。

「ありがとうございます。でも、旦那さまや奥さまにお会いできて、これでやっとあたしも気が済みました。それに、袋町に宿をとっていましてね。窯から帰ったら、今夜はあのひととこの良平と三人で、懐かしいあの町で過ごします。そのあと、すぐに京に戻って、いろいろと支度がありますので」

「支度？」

「はい。京のお店はこの良平に任せて、あたしは有田に帰ろうかと思うんです」

「有田に帰るって、おひささん、そんなひとりで……」

驚いて声をあげる留津に、ひさは気丈な笑顔を見せた。

「だって、あのひとのお骨は、やっぱり生まれたところに埋めてあげたいですからね。あのひとが残してくれたお金もたんとありますから、その気になれば向こうで窯元をやってもいいし」

「京でも有田でも、いえたとえ蝦夷地《えぞち》でも、お義母はんには、わたしがどこまでもついて行きますので」

心配そうに見守る半兵衛と留津に向かって、良平は告げた。

ひさの言葉がどこまで本気なのかわからないが、この良平がついているかぎり、滅多なことはないだろう。留津は頼もしげに良平を見た。

やがて、半兵衛と留津は店先までふたりを案内し、手代に言って、窯場まで案内させ、あとは喜平に頼もうということになった。喜平なら、きっとそつなくやってくれるだろう。

「元気でなあ、おひささん。身体にはくれぐれも気いつけて」

留津は思わずひさの手を取って、心から言った。有田に行ってしまえば、もう二度と会うこともできないのかもしれない。

「奥さまも……」

半兵衛と並んで店先に立ち、ひさと良平が何度も振り返りながら遠ざかるのを、留津はいつまでも見送っていた。

そんなことがあった一方で、このころの直弼は、これまでになかったほどの規模で、御用品の注文を出している。各藩の諸大名への進物用としてはもちろん、京の公家《くげ》たちや、皇室への献上品として、大規模な準備にとりかかったのである。

絵師としては鳴鳳《めいほう》を指定。品物は最高級の湖東焼による台子《だいす》の皆具《かいぐ》である。つまり、やきものでは作れない風炉《ふろ》と釜《かま》をのぞいた、杓立《しゃくたて》、蓋置《ふたおき》、建水《けんすい》、水指《みずさし》の四点からなる茶道具一式。

絵柄は、鳴鳳が得意とする翡翠《かわせみ》や雁《かり》などの水禽《すいきん》を中心にして、繊細で、かつ華麗なもの。一幅の絵画を思わせる雰囲気で、自由に描いた金襴手《きんらんで》。

直弼は、みずから細部までこだわって、注文を出した。

溜間詰《たまりのまづめ》、筆頭譜代大名の井伊《いい》家が贈る進物として、その名に恥じぬ風格のなかにも、気品と優美さを備えたものでなければならない。

「数は、いかがいたしましょうか」

彦根に送る注文の書状に添付するため、直弼の言葉を漏らさず書き留めていた側役の三浦十左衛門《じゅうざえもん》が、硯《すずり》で筆先を整えながらそう訊《き》いた。

一瞬、間を置いて、直弼はおもむろに口を開いた。

「四十だ」

十左衛門は顔をあげ、確かめるように直弼を見る。

「は？　四十と仰《おお》せられますと、杓立、蓋置、建水、水指で一組でございますれば、合計四十個。すなわち、それぞれ皆具十組ということになりますので？」

「いや、四十組じゃ」

直弼はすぐさま、そう訂正した。

「し、四十組でございまするか。しからば、合計百六十個ということになりまするが……」

十左衛門は、驚いた声をあげる。

「うむ。鳴鳳には大仕事となろうが、これぞ彦根の湖東焼というものを、楽しみにしていると伝えてやれ。できたものから順次、江戸に送るように頼むとな。なるべく早くできあがるよう、手配いたせよ」

「は、ははあ……」

直弼からの注文を受けて、彦根では窯場と鳴鳳との間で、これまでにない連携体制が生みだされた。

「えらい大きなご注文が来たもんやさかい、窯場はもう大騒ぎですわ」

このときの様子も、喜平は半兵衛のところにやってきて、詳しく語ってくれている。

「皆具を四十組も作れってかいな」

「へい。窯場のほうと鳴鳳はんとで、いまいろいろ相談していますわ。両方とも、えらい気合いがはいってましてなあ。力を合わせてやることになっています。とはいえ、ちょっとやそっとではできんぐらいの数やけど」

「ところで、おまえのほうはどうなんや。その後、真っ白の素地《きじ》はできそうなんか」

湖東焼の素地の特徴はそのごく淡い藍色《あいいろ》にあり、染付のときにはいい味を出す。だが、赤絵に合うには純白のものがよいとして、改良するようにと以前から直弼の指示がはいっている。

「いまわしらで、きばってやっているところです。だいぶ地の藍は薄うなってきているんですけど。どうも、物生山《むしやま》の石の量を減らすだけでは十分やないみたいで、荒仕《あらし》やら、窯師やら、みんなで頭を寄せ合うて、土を変えてみたり、これまでの土に別のものを混ぜたり、水簸《すいひ》の仕方を変えてみたり、いろいろ試しているんですけど、いまのところはなかなか……」

「水はどうや？　あのあたりは金気《かなけ》の多い水やから、それが原因やないかとわしは思うているのやけど」

「それも考えはしたんですけど、まだそこまでは……」

「一回沸かした水を使《つこ》うてみるとか、なんかそういう工夫をして、金気を取った水を使うてみるようなことはできんもんかいなあ」

喜平とこうして話していると、半兵衛は、まるで自分もまだ窯場にいるような錯覚に陥るときがある。

四郎兵衛が藩から委託されていた窯の経営を返上し、販売を担《にな》っていた株仲間も解散になった。いまは、別の茶碗屋《ちゃわんや》の伝兵衛《でんべえ》、彦兵衛《ひこべえ》、六兵衛《ろくべえ》、それに与兵衛《よへえ》の四人が、新しく設けられた陶器売捌所と、窯元肝煎に指定されている。

表向きは湖東焼とは完全に縁が切れてしまった半兵衛だったが、それでも喜平がこうして来てくれるかぎり、どこかで少しでも湖東焼とつながっていられるという思いがあった。

四郎兵衛が経営を委託されていたころは、ふたりでよく湖東焼について語りあったものだが、いまはもうこの喜平だけが、自分と窯場とをつなぐ唯一《ゆいいつ》の絆《きずな》になってしまった。だからこそ、いまはなにより大事に思えて、喜平からなにか聞かされるたびに、陰の助言を惜しまなかったのである。

鳴鳳をはじめとする職人らが、大量注文に取り組んでいるころ、江戸では、さまざまな事態が直弼の周辺を取り巻いていた。

幕府中央からの命令で、彦根藩の仕事は次々と変更された。

ペリー来航のおり相州警備をみごとにこなしたあと、嘉永六年十一月十四日には、羽田や大森の江戸内海警備に、持ち場替えを命じられた。翌年正月のペリー再来航のときには、江戸内海警備と相州への部隊派遣を果たしたかと思うと、三月の日米和親条約締結後、四月九日には、再び京都守護への任務復帰を命じられ、警衛兵の増強にも応じた。

京都守護については、直弼には念願のことだったとはいえ、転々と任務が変わるたび、それにともなう藩の出費はかさむばかりだ。

それでも直弼は自分なりの誠意と、譜代大名筆頭の矜持《きょうじ》を持って、精一杯仕事にあたった。

たとえ家格に合わぬと思える相州警備の任に対しても、譜代筆頭らしく二千余名の藩兵で大過なく勤めあげた。しかし、相州沿岸警備には年々五千両の費用がかかっている。

さらに四郎兵衛が藩窯《はんよう》の経営委託を返上してきた嘉永七年（一八五四年）、京都守護を命じられた翌日になって、京都から四日前の四月六日に御所が焼失したとの急報がはいった。

直弼は、孝明天皇が書物に不自由されていると聞き、五月に帰国の際、長野義言を通じて歌垣八十部を献上している。このときは、直弼にも、長野にも、朝廷はまだ素直に尊崇すべきものだったのである。このわずか四年後に、勅許を得ないまま通商条約の締結を決意し、孝明天皇に退位を決意させるほどのことになろうとは、誰が想像できただろう。

翌年の安政二年十二月二十九日には、内裏造営助役の命が下り、御所造営料として、藩内の商人などから募金した四万九千九百十七両を献上している。

これについて彦根藩は、五年間の分納を、二度にわたって老中に願い出た。だが、あえなく拒否された。分担金の献上を命じられたのは十四人の大名で、井伊家はその筆頭でもあり、京都守護の重責を担っているからと、老中の指示どおりに一括献上するしかなかったのである。

同じ年、この火事の少し前の十月二日夜には、安政の大地震が起きている。

風が穏やかだったため火災による被害は少なかったものの、江戸直下型の大地震で、震源地に近い本所や深川では、地面の割れ目から水や泥が噴き出し、死者は七千人を超えた。小石川の水戸屋敷では、水戸斉昭の信任篤《あつ》かった藤田東湖が母親をかばって梁《はり》の下敷きになり、圧死している。この時点で貴重な知恵袋を失った水戸藩は、このあと船頭を失った船のように迷走を始めるのである。

そういえば、あれはペリーが再度来航した昨嘉永七年のころだ。御所焼失のあと、九月に大坂湾に現れたプチャーチン率いる露西亜《ロシア》艦隊も下田へ去ったあとの十一月四日、京都周辺の巡視を終えて、朝廷への挨拶《あいさつ》のために立ち寄った京でも、直弼は地震に遭っている。思えばあのとき以来、幕府の運営も、揺らぎ続けてきたのかもしれない……。

直弼が直面した難問は、それだけではなかった。

続いて安政三年、若狭《わかさ》小浜《おばま》藩領の越前敦賀《えちぜんつるが》と琵琶湖《びわこ》との間に、新川開削と新道開設をする話が持ち上がったのである。

経路はふたつあり、ひとつは敦賀から水路で疋田《ひきだ》へ出て、陸路で塩津街道沿いに沓掛《くつかけ》を経由し、琵琶湖岸の塩津へいたるもの。あとひとつは、敦賀から疋田は同じで、そこから陸路山中、山門《やまかど》をとおって、また水路で湖岸の大浦に通じるものだという。

衝撃は、彦根中に走った。

琵琶湖は近江《おうみ》のものである。いまにして思えば、そんな傲《おご》りがあったのかもしれない。確かに、琵琶湖は領民の心の糧《かて》であり、商人たちの水運の要《かなめ》である。

そこへ、若狭の小浜藩が新川と新道を作って、琵琶湖の水運権にまで割りこんでくるとなれば、米はもちろん、日本海の魚も物資も、いやそれ以上のものが、敦賀から大津まで彦根藩を素通りして、京へ、そして大坂へと運ばれてしまうことになる。

そんなことになれば、近江の商人らにとって、どれだけの打撃となるかわからない。もとより彦根藩の経済も、無傷というわけにはいかぬだろう。

幕府からの度重なる命によって、藩としても、年を経るごとに出費はかさむ一方だった。財政の逼迫《ひっぱく》を目の前にひかえ、ここで思わぬ打撃を受けることは、藩としては、どうしても避けなければならなかった。

このうえは、湖東焼を藩窯として立派に発展させ、力強い国産の中心的存在として、藩の財政を担うようなものにしなければならない。

そして、琵琶湖から京や大坂に向けて、いや、いずれは九州や琉球《りゅうきゅう》、そして蝦夷地《えぞち》にまでも、商圏を拡《ひろ》げていくことも必要になる。

そのためにも、いまが大事なときなのだ。こんなところでさらに財政難を招くようなことは、なんとしても防がなければならない。

琵琶湖と日本海を繋《つな》ぐ事業は、彦根藩こそがこの手で行なうべきものだ。

小浜藩が、敦賀に関わる京の商人や幕府と結託したような今回の事業など、どんなことをしても阻止しなければならなかった。

とはいえ、新川開削の許可を願いでた小浜藩は、その理由として、京が非常時に陥った際に、安定して米を供給できるからだと言っているらしい。今回の案が、藩主酒井忠義《ただあき》の欲からでたものであることは明白だが、いまは、それが京の安定をはかる政策という大義にすりかえられようとしている。直弼には、そのことがなにより無念だった。

京の安定という言葉を持ちだされれば、京都守護の大任を負う彦根藩としては、立場上、むやみに反対はできない。

それでも直弼は、老中の堀田正篤《まさひろ》（のちに正睦《まさよし》）や、阿部正弘《あべまさひろ》らに対して、反対の陳情をした。同時に、京の情報収集のため公家《くげ》や朝廷との関係を築かせてきた長野義言に命じて、かねてより親交のあった関白九条尚忠《ひさただ》にも働きかけた。

藩の陳情ごときに、朝廷の重臣をも動かすのは、確かに異例なことだ。それでも、長野ならやってくれると期待したからだ。

しかし、直弼のそんな願いもむなしく、小浜藩の一件は幕府から許可され、新川開削工事も安政四年には始まってしまった。

直弼の思いは、空回りばかりしている。

溜間詰筆頭《たまりのまづめ》という立場ゆえに、なにごとにも熟慮を重ね、強い執着を持って任務にあたってきた。直弼自身も若いころから国学を学んで朝廷を尊び、井伊家も代々京都守護を担ってきた家柄である。

彦根藩は、京都守護の職と同時に、西国諸大名の鎮圧も任務としてきた。嘉永七年に露西亜艦隊が大坂湾にはいってきたとき、孝明天皇は、万が一のときは彦根に遷幸《せんこう》される意向をしめされていたぐらいだ。たとえ多額の資金でも、朝廷のためというなら、喜んで供出しよう。

感情に走って判断を誤らぬよう、常に強い意志と信念を持って、なにごとも熟慮するよう自分に言い聞かせたのである。

道を究めることをよしとして生きてきた身だが、いくらそんな思いで行動をしていても、幕府のなかには常に反対者があった。

筆頭譜代大名であるという矜持のもとに、誠意を持って慎重にことにあたってきたつもりでも、自分の立場はいつも中途半端《はんぱ》なままだった。それは幕府内にとどまらず、めまぐるしく形を変えながら迫ってくる難題は、あとを絶たなかった。

時代の急激な流れに翻弄《ほんろう》されながら、直弼は、わが身の矜持と無力感の狭間《はざま》で、いつも揺れ動いていたのである。

それでもこのころの直弼は、彦根においては茶碗山の窯場の大改革を進め、安政二年（一八五五年）九月には、七間《ま》の丸窯を九間に改築していた。各地から良工を招き、陶器方御用掛も、十月二十一日には兼務から専務に変更した。

　このとき直弼は、第一番に瀬戸出身の市四郎を、お抱え職人として招いている。市四郎は、嘉永年間の初めにいったんお抱えになったものの、しばらくして郷里に帰っていたのを、直弼のたっての希望で再び呼び寄せたのである。

　窯師ながら、蹴轆轤《けろくろ》で成形する大物を得意とし、そのうえ小物もうまく、もちろん窯の管理にも秀《ひい》でていた。周囲からの人望も厚く、職人のなかでただひとり苗字《みょうじ》を許されて寺尾と名乗り、のちに明治時代になってからは、郷里に近い川名村で川名焼とも、市四郎焼ともいわれる窯を築いたという。

　もうひとり、市四郎に仕込まれ、窯師としても絵付師としても腕を上げ、後に市四郎の娘を妻にした傳七《でんしち》が、少し遅れてお抱えとなっている。

　傳七は、瀬戸の名門加藤幸《こう》右《え》衛門《もん》の系譜に繋がり、明治には京都清水産寧坂《さんねいざか》で、湖東焼の技術を生かして京焼に新しい息吹《いぶき》を吹き込むことになる。

　江戸では、この国始まって以来の最大の危機に対処しながらも、直弼は強い意志を持って、藩窯の大改革に取り組んでいた。いや、こういうときだからこそ、未来につながる質の高い藩窯の存在価値を認め、育てあげる必要性を感じていたのだ。

いずれは海外に向けて、貿易が自由になり、製品輸出が可能となる。そうした将来を見越して採用された、仕法大改正であり、新窯の増築であり、職人の新規採用や販売組織の改革だったのである。

海外に目を転じると、変化はますます加速してくる。

翌安政三年には、タウンゼント・ハリスが駐日米国領事として来航し、ついには登城して将軍に謁見《えっけん》するにいたり、しきりと通商を迫ってくるようになる。

老中首座の堀田備中守《びっちゅうのかみ》正睦は、「蘭癖」、つまり西洋かぶれと陰で噂《うわさ》されるほどの西洋通で、攘夷《じょうい》主戦論者の急先鋒《きゅうせんぽう》である水戸の徳川斉昭とはことごとく対立してきた。堀田は斉昭を無視して事を進め、通商条約締結の決意を固める。

ところが、堀田は将軍継承問題にからむ有力大名や幕臣らの確執に巻き込まれ、その犠牲となって前線を退いていく。尊王、佐幕、攘夷、開国と、もつれにもつれた時代の渦に、さらに将軍継承問題までが加わって、政権運営は困難をきわめることになる。

政治に責任をとらない周辺の者らは、無益な論争を重ねるばかりだった。

三

それは突然にやってきた。

前日に、直弼の息女弥千代《やちよ》が松平頼聰《よりとし》(のち高松藩主)との婚姻の儀式を無事済ませ、明日は婿入《むこい》りという日のことだ。

座敷の飾り付けも終わり、ほっとひと息ついたとたん、将軍よりの使者として、徒頭《かちがしら》の薬師寺元真が直弼と直接に話したいといって、明朝の急な御用召を伝えてきた。それではと、慌《あわ》てて明日の婿入りは延期との連絡をしたり、飾り付けも片づけるやらで、屋敷は大騒ぎとなったのである。

翌朝、安政五年四月二十三日六ツ半（午前七時）すぎ、直弼が登城すると、将軍家定から御座の間で上意があり、大老職を命じられた。

昨夜の使者の話から想像しないわけではなかったし、その後、城使富田権兵衛《ごんべえ》が、奥右筆《ゆうひつ》加藤惣兵衛《そうべえ》の話として伝えてきてもいた。

しかし直弼は、上意のあとすぐさま堀田正睦に会い、辞退したい旨《むね》を告げた。

ところが堀田は、逆に、松平忠固《ただかた》とともに、将軍の眼鏡にかなってのことだからと強く勧めてくる。

それでも直弼の辞意は固く、さらに側御用取次、平岡道弘《みちひろ》を通じて将軍に辞職を願い出たのだが、再度ていねいな上意を得た。

直弼は考えた。

なにごとも言うのは易《やす》い。批判や議論だけなら簡単だ。

だが、どんな卓説や正論でも、単に口にするだけでは世の中はなにも変わらない。どんな言葉も、実現されなければ意味がないのだ。

強まる諸外国との軋轢《あつれき》と、戦火の危険性から、自分はなんとしてもこの国を守らなければならない。

国を守ること。それは、譜代大名である井伊家にとって、とりもなおさず将軍を尊重し、守ることを意味している。井伊家は、まずもって徳川家の家臣。将軍として徳川家が存在し、幕府があってこそ、譜代大名の井伊家の存続にも意味がある。

思えば、生涯を三百俵の捨扶持《すてぶち》だけで、埋木舎《うもれぎのや》での暮らしに終わるはずだった自分を、はからずも三十五万石の彦根藩の世子に任じてくれたのは、あの養父直亮《なおあき》だった。所詮《しょせん》は「出《い》でまじき身」だったこの自分を、取り立ててくれた養父直亮の恩誼《おんぎ》を忘れてはいけない。

だからこそそれと同じように、直政《なおまさ》や直孝《なおたか》以来、井伊家が将軍徳川家から受けた恩にも、報いなければならないのだ。そうしてこそ、由緒《ゆいしょ》ある井伊家の家名を守ることにもなる。直弼はみずからに言い聞かせた。

大老になろう。直弼はついに心を決めたのである。

この身に与えられたなすべきことを、満足に成し遂げるには、権限を持つしかない。筆頭譜代大名の地位だけでは、近江の新川開削を阻止することすらかなわなかった。わが身の無力感は、埋木舎のころから十分すぎるほど味わってきたではないか。

考えを空回りさせることなく、しっかりと実行に結びつけるには、権力を持つしかない。直弼は、そう自分に強く言い聞かせるのだった。

元来、直弼は、国学を学ぶ身としての尊王論を思考の基本としてきた。さらに、溜間詰の職を通じて外国事情にも明るくなり、外国を知ったことによって、おのずと開国をめざすようにもなってきた。

外国との交易を開く通商問題は、この国がこの先どうしても避けては通れぬ重要な課題だろう。だから、ハリスの要求に対しては、まだ溜間詰としてだが、直弼なりに提案もしてきたのである。

つまり、亜米利加《アメリカ》はあくまで交易を最大目的としているのだから、それがわが国のためになるなら一旦《いったん》取り入れ、もしも将来不都合が生じたら、すぐに中止できるような臨機応変な態勢を整えること。そのうえでなら、開国も良しと唱えたのだ。

だが、それに対する周囲の反応は鈍く、まだ結論は出ていない。

どちらにせよ、なにより大事なのは、海戦にも長《た》けた外国勢と戦火を交えるような事態だけは、断じて避けることだ。

急がなければならない。

無用な逡巡《しゅんじゅん》にときを費やしている時期ではない。下手に答えを遅らせて、戦を招くことにでもなれば、取り返しがつかなくなる。

直弼は焦《あせ》りすら感じていた。

これまでにも、西欧各国の東洋における暴挙は、決して少なくはなかった。英吉利《イギリス》による印度《インド》侵略、阿片《アヘン》戦争、アロー号事件、香港《ホンコン》の植民地化、仏蘭西《フランス》の印度支那《インドシナ》侵略、露西亜《ロシア》の北辺侵入と脅迫など、近隣諸国が辛酸をなめさせられたことも記憶に新しい。むやみに敵にまわすことの愚かさは、これらの史実が語っている。

こうした事件について詳しく書かれた書は、意外に広く読まれており、それゆえ鎖国堅持を唱え、攘夷を声高に叫ぶ者も多かった。

幕府内においても、とくに名門水戸の徳川斉昭などは、ひとり強硬論を唱え、光圀《みつくに》以来の尊王論で攘夷派と結託し、ひそかに倒幕を企図するような発言もしていた。七男で一橋家に養子にいった慶喜《よしのぶ》を擁立して、将軍の座を水戸の手中におさめるべく、将軍廃立の動きすら秘めていたのである。

水戸家にとって徳川将軍というのは、尾張家、紀伊《きい》家と同様で、まさに身内とでもいうべき存在である。しかし水戸家は将軍の補佐を任務とし、将軍を出さない副将軍の家柄として、代々甘んじてきた。

紀伊家や尾張家より官位も一段低い水戸家には、いずれは尾張よりも先に将軍を送り出したいという密《ひそ》かな悲願があったのかもしれない。

時代のうねりはさらに激しく、複雑さをきわめ、直弼は望むと望まざるとにかかわらず、中央へ中央へと押しやられていく。

そして、彦根へも、湖東焼へも、思いを残したまま、国事から目が離せなくなっていく。

前年の安政四年一月に、彦根に帰っていた直弼は、普請《ふしん》奉行の献案にしたがって改善策を下し、茶碗山《ちゃわんやま》御用は腹心である家老の庵原助《いおばらすけ》衛門《えもん》、三浦内膳《ないぜん》、側役の椋原主馬《むくはらしゅめ》、宇津木六之丞《ろくのじょう》らの取り扱いと決めてあった。

二月には八ツ尾山の材木薪炭利益金から一千両の増資も行ない、丸窯《まるがま》の北に、五間の古窯と五間の土焼窯を連続して造らせた。

日用品の量産体制も作ろうとしたのである。職人の住宅用にと、土地も買い増した。その年の暮れには、赤水《せきすい》、自然齋《じねんさい》、賢友《けんゆう》ら町人や元足軽の床山《とこやま》に対して、普請奉行から赤絵窯元としての掟書《おきてがき》を下付し、お抱え職人以外にも湖東焼の絵付を認める制度を作ったりもした。

まさに、普段使いのやきものにも、街道を行く旅人向けの土産品にも、そしてもちろん高級な贈答用の美術品としても、湖東焼はその幅を大きく拡《ひろ》げようとしていた。改革は着々と進み始めていたのである。

同じころ直弼はまた、京の朝廷工作の密使として、次々と任務を果たしてくれる長野義言についても、新知百五十石を与える大抜擢《だいばってき》をしている。長野を「余人をもって代え難し」と評価し、優遇したのだ。

権力は手にしたものの、大老になってから、直弼はますます孤独感を味わうことになった。それゆえなおのこと、湖東焼の存在がことのほか心を癒《いや》してくれる。

彦根の名産には、ほかにも牛肉の味噌漬《みそづけ》や、干牛肉などもある。だが、湖東焼は単に進物として使うだけが目的ではない。半兵衛が夢みたように、国産として、縮緬《ちりめん》や上布のような世に役立つものにしていきたいのだ。直弼は、みずからに強く誓った。

孤独には耐えられる。だが、そんななかだからこそ、情報はなによりの武器になる。直弼は、あらためてそれを実感していた。

大老として、通商条約締結を決めたからには、一刻も早く天皇の裁可をとりつけておく必要がある。直弼は、長野を京に送り、公家《くげ》や周辺の有力者らにもひそかに接触させた。いつ調印という事態になっても大丈夫なように、事前の準備を怠らなかったのである。

この間、苦悩の末に未練を絶ったあの懐《なつ》かしい村山たかが、京で長野と再会し、あの稀《まれ》にみる才色と人脈を生かして、克明な京の事情を長野に宛《あ》てて送ってくれていることも、直弼が気づいていないわけはなかった。

下田にいたタウンゼント・ハリスは、米艦ポーハタン号で江戸に着き、露西亜の船も下田にはいった。アロー号事件で清国《シン》を降伏させた英仏の艦隊数十隻《せき》がわが国に向かっているという情報もある。

相州警備の経験からしても、この国の海防の不備や、軍備の不足は明らかである。英仏の数十隻に伍《ご》して戦えるとは露《つゆ》ほども思えぬ。

大挙して攻め入られ、力ずくで条約の締結を迫られなどしたら、国としても恥ずべき事態だ。いや、それ以上にどれだけの犠牲をともなうか、考えるまでもないことである。

もはや、猶予《ゆうよ》はならぬ。

ふと、直弼の脳裏に、以前、沿岸警備に関する意見書を認《したた》めたときのことが甦《よみがえ》ってくる。

あれは、ペリーが江戸湾を退去したあと、嘉永六年（一八五三年）八月に、幕府の若年寄本多忠徳《ただのり》らが率先して進言し、内海防備を増強しようと、品川沖に十一ヵ所の台場を築造することになったときだ。

相州警備を経験した彦根藩の立場から、強く訴えずにはいられなかったのである。

直弼が述べたのは、台場の防御力についてだった。

そんな短期間に、にわか造りで築いたものに、どれだけの効果が期待できるのか。莫大《ばくだい》な財政を割き、人員を投入しても、所詮は大した防御力は望めない。そもそもわが国の側には、まだ敵艦を撃退できるような優れた炮術《ほうじゅつ》もなければ、暴風雨をおして航海が可能な軍艦もない。

それに対し、外国勢はなんといっても経験がある。連炮台に対処する術《すべ》などとうに心得ている。いざ戦火を交えることにでもなれば、きっと相手はいとも簡単に炮台など撃破してくるだろう。そして、もしもそうなれば、わが国側の孤島の兵たちは、ただ犬死にするしかないのである。

直弼は意見書のなかでそう訴えた。

だが言いたかったのは、それだけではない。

すぐにも立場の上下を超え、心を合わせて、外国勢に対処すべき内海警護の実態を把握することが必要だ。無用な台場の築造などすぐにも取りやめ、それで浮いた経費をもって、本当に必要な防備を充実させるべきではないかと説いたのだ。

いまは、そんな愚かな浪費をしているときではない。直弼は、品川台場の無用論を強く唱えた。

もしもその中止によって財政に余力ができたなら、長崎港の警衛や、江戸近海の防備にまわし、近海の防備を任されて財政難におちいっている諸藩をこそ、救うべきだ。

つまり、無駄だとわかっている公共投資を中止して、当世の大不況を救うべきだと言ったのである。

なにより重要なのは、外国から日本を守るという重大事について、まず国としての確たる大きな展望を持つことだ。それにのっとって、役職や立場を超えたすべての者らが、一貫してことにあたる気構えが不可欠なのだ。直弼は意見書を、そんなふうに結んだ。

米国処置に関して、出《で》貿易すなわち海外進出を論じ、非戦論を訴え、効果のない出費をやめるよう説く。そして、世界を俯瞰《ふかん》する視点が肝要だと述べた直弼の意見は、他の大名たちの机上の空論に較《くら》べて、経験にもとづいたうえでの強い訴えだった。しかし幕府は耳を貸さず、台場を造ったのである。

直弼は固く目を閉じた。

それでも、まだ勅許を待つべきか。

条約に調印して、国を守るか……。

答えはどちらか一者を選ぶしかない。もはや躊躇《ちゅうちょ》しているときではないのだ。朝廷の信認は得られる自信があった。だから、直弼は自分に命じたのである。違勅と言われるのはわかっている。

その責めはこの身ひとりで負えば良い。それより優先させるべきは、まずこの国を救うことだ。

そう考え抜いた直弼は、行動に出た。ついに日米修好通商条約調印にいたったのである。大老就任の約二ヵ月後、六月十九日のことだった。

岩瀬忠震《ただなり》、井上清直の両名が条約に調印してきたことを認めたものに、二十一日には五老中が奏聞《そうもん》のため連署し、勅許を待たずに調印した言い訳も添えて、朝廷の武家伝奏へ飛脚を出したのは、翌二十二日、調印から三日後のことである。

反響は予想以上に大きかった。

その怒りは激しく、譲位までほのめかした孝明天皇も、ついには裁可せざるを得なくなるのだが、すでに国中はこのことに大騒ぎをはじめ、真相は、浮足立った者らの「違勅」という声にかき消された。

さらに追い討ちをかけたのは、七月の将軍家定の急死だった。

不穏な世情は、ひとの心を揺さぶり続ける。

将軍家定の死を、水戸斉昭による毒殺と噂《うわさ》する者まで出たのである。

病床にあった将軍の許《もと》で、一橋慶喜の後継を主張し続けた斉昭には、幕府から謹慎が言い渡され、一橋慶喜や水戸藩主徳川慶篤《よしあつ》にも登城禁止の処分がでた。

世に言う「安政の大獄」についても、直弼は弁解するつもりはなかった。

西欧から、次々と列強国がこの国を訪れ、あわよくばと機会を狙《ねら》っているこの時期、国内に騒乱が起きることだけは避けなければならない。そんなことで国が弱体化すれば、西欧諸国に日本支配の好機を与えるだけだ。まさに相手の望むところではないか。

いまは、どんなことについてもまず国がひとつにまとまって、とにかく他国に油断を見せてはいけない時期だ。

直弼は、みずからが矢面に立って誤解の渦中《かちゆう》にいることよりも、そのことに強く心を痛めていたのである。

京において急に激しさを増してきた一橋派の暗躍も、逐一耳にはいってくる。京での任務に奔走する長野が、言葉を尽くして、周辺の情報を伝えてくるからだ。

だが、条約締結後の長野の活動は、ますます困難になってきた。入京後、身を寄せていた宿、俵屋の和助のところに投げ文があり、長野を留め置くと宿に迷惑がかかるという脅迫があったという。

また、直弼が命じて、彦根と京を行き来する途中に近江《おうみ》の藤野四郎兵衛を訪ねさせ、彦根藩への資金援助を依頼したときは、長野自身が水戸藩士ではないかと思われる浪人たちに襲われるという事態もあったらしい。

床の間を背に座っている長野をめがけて、三人の刺客が乱入し、刃傷沙汰《にんじょうざた》に及んだというのである。幸い四郎兵衛の機転で、床の間の裏に仕組まれていた隠し扉から逃げ、ことなきを得たとのこと。

しかし、賊の刀を除《よ》けたときに、どこかに刀が当ったような音がしたので、おそらく床の間を傷つけてしまったのではないかとも長野は伝えてきた。

その報告を聞いたときは、直弼の脳裏に、すぐにあの又十屋敷のことが甦ってきた。藤野四郎兵衛と、それからいまは伊藤《いとう》と名のっているはずの半兵衛との三人で、親しく語り明かしたあの夜のことが、彦根への郷愁となって胸に迫る。

長野の報告は詳しかった。

直弼は、それらをすべて信じきった。誰が元凶で、誰がなにを考えているか。国を騒乱に導くのは誰か。誰が危険人物か……。

そのなかに、万が一偽りがあったとしても、それを確認することはできない。長野を師と仰いできたからには、長野のひとを見る目を信じ、その言葉を受け止めるしかなかった。

尊王攘夷《じょうい》の行動や一橋一派の暗躍にも、内偵は着々と進められ、その組織の概要も明らかにされていった。その処分の仕方については、慎重にも慎重を期して絞りこんだつもりだ。梅田雲浜《うんぴん》の烏丸《からすま》での捕縛に始まり、梅田自身の自白によって、尊王攘夷派の首脳は次々と逮捕され、断罪されていく。

最初直弼は、厳罰など反対だった。そして、反対派の意見にも耳を傾けるべきだと、思いもした。

殺したいわけではない。

直弼は、声をあげてそう叫びたかった。

しかし、天皇は勝手な条約締結に心悩ませているという勅諚《ちょくじょう》が、幕府よりも先に水戸藩に下されたのは、どう考えてもゆゆしきことだ。この動きを捉《とら》えきれなかった長野に対しても、いっときは怒りを覚えた。

あれから一年、いま目の前には、それぞれの処遇についての決定を仰ぐ、評定所からの書類が置いてある。その判決をくだすため、直弼は三日もかけて考えあぐねた。この者らには親もあれば、子もいよう。なにもこの者らを殺し、島流しにし、貶《おとし》めたいわけでは決してない。

それでも長野の判断を信じるしかない。直弼は思った。その報告に、たとえ誇張や粉飾があろうとも、それを知るすべはなかったからだ。

ただどうしても、これ以上に国の騒乱は、続けさせるわけにはいかない。このままにしておけば、この国にとって致命傷になる。不穏な動きはここで完全に根絶することだ。それがいまこそ不可欠なのだ。

まず機先を制すること。そしてそのためには、断罪も思いきったものでなければならない。責めはこの自分が負う。

すべては、この生命《いのち》にかえてでも……。

直弼は意を決して付札《つけふだ》に向かい、筆を執った。

その結果、老中のところでは通常、評定所が提示してくる刑罰より一、二段階軽減するのが慣例だとされているなか、このとき直弼が下した判決は、逆に一、二段階処罰が加重される結果となっていたのである――。


そのころ彦根では、喜平が大声をあげながら絹屋に向かって走っていた。

「できました！　旦那《だんな》さまに言うてください。ついにできたんです。見てください。わしは、わしはやりましたで……」

「なんの騒ぎですのや、喜平はん。なにができましたんや？」

「あ、奥さま、旦那さまは？　旦那さまはどこですのや。わし、一番に旦那さまに見てほしいて、飛んで来たんです」

喜平は息を切らしながら、しっかりと手に持っていた皿を差し出した。

「これですわ。この素地《きじ》の色です。なあ、見ておくれやす。やっとここまで白うできたんです」

「ああ、ほんまに真っ白や。とうとう素地の藍《あい》が抜けたんやな。大変やったやろ？　おめでとう、喜平はん……」

留津はこみあげてくるものを抑えながらそう言って、そのまま喜平を奥に通した。

「ほう、ついにできたか」

半兵衛も、顔をくしゃくしゃにして微笑《ほほえ》んだ。

「苦労しましたわ。そやけど、これで赤絵を引き立てるような真っ白の素地のものができます。お殿さまに、喜んでもらえます」

「ようやった、喜平。きっとお殿さまも、褒めてくれはるやろ。すぐにお役人に書状を書いてもろて、お殿さまにお知らせしてもらうのや。それから、この真っ白の素地でおまえの得意な急須《きゅうす》を焼いて、それに赤絵を付けたものを江戸にお送りして差し上げるのや」

「へえ。そうします。やっとの思いで白うなりました言うて、見ていただきますわ。お殿さまは、ほんまに喜んでくれはりますやろなあ。わし、これまでずっと、心に決めてきたことやし……」

「心に決めてきた？」

「へい。わし、なにがなんでも、ぜったいあの薄い藍色を抜いて、真っ白の素地にしてやるって、誓いを立てたんです」

「おまえらしい言い方や」

半兵衛は、生まれついての職人のような喜平を頼もしげに見るのだった。

「いつやったか、あのお殿さま、窯場《かまば》に来はったとき、一遍お子さまと一緒やったことがあったんです」

「え、若殿さまを？　愛麻呂《よしまろ》さまを、窯場に？」

横から訊《き》いてきたのは、留津だった。

「わし、お名前までは知らんのですけど、そうやなあ、あれは三年ほど前やったけど、そうそう五月のことでした。あのころで、十ぐらいのお子さまおふたりでしたわ」

「ほんなら、年子の弟君の智麻呂《ともまろ》さまもご一緒やったんやな」

「わしな、それを見ていて、わしも一緒やと思うたんです。わしもあんなちっちゃいころ、親《お》父《や》《じ》と一緒に窯場に遊びに行ってましたし」

「そうやったなあ。小さいぼんのとき遊びにきてたの、うちも覚えてるわ」

その喜平が、いまは立派に窯を支える職人になっている。留津は、歳月の流れる早さを、あらためて思い知らされるようだった。

「細工場へも、窯のそばにも、どこへでもお子さまをお連れになってなあ、熱心にいろいろ教えてはったんです。それを見てわし、そのとき思うたんです。このお殿さまは本気や。この窯をわしと同じぐらいお好きなんやと気がついたんですわ。このお子さまに、きっといつかは窯を継がしていくおつもりや。それだけ窯を大切にしてはるのやとも感じました。そやからわし、そのとき心に決めたんです。なにがなんでも、わしはお殿さまが望んではるような赤絵を引き立てる白素地を作ってやる。この方のために、ぜったいにやり遂げてみせるってなあ」

喜平は一気にそう言ってから、ちょっと照れたように微笑んで、手で鼻をこすった。

「そうか喜平、そうやったんか。そう言うたら、わしが初めて窯を築いたとき、最初にできたのは染付の皿やったなあ。いまから思うたら、なんやうそみたいな下手くそなもんやったはずなんやけど、その染付の藍色が、わしにとってはこの世のものとは思えんほど、きれいに思えたもんや。目にしみるような藍色は、なんぼ見ていても飽きんようで、嬉《うれ》しいて嬉しいてなあ。涙が出るほどやった」

「あのとき、旦那さまはそのお皿を枕元《まくらもと》に置いて、一晩中寝られんかったみたいで。じっと朝までながめてはったんですよ、喜平はん」

「その気持ち、わしにもようわかりますわ」

留津の言葉に、喜平は大きくうなずいた。

「その藍色がなあ、素地にも薄い色を残していて、それはきれいやった。ところが、ときがたってくると、今度は赤絵も作るようになって、そうしたら、その薄い素地の藍色を白いものにしたいと思うようになった。ひとの欲というのは、ほんまにきりがないもんやと思うたわ」

半兵衛も、しみじみとした声で言う。

「それでも、旦那さま。そんな欲というか、夢というか、そういうものがひとの腕をここまであげるんです。夢があるさかい、苦労もあるし、苦労があるさかい、今日みたいな嬉しさも味わえるんです」

「そうやな、留津。苦労がないうちは、嬉しさも大したことはない。苦労が大きければ大きいほど、嬉しさも人一倍や。さあ、なにをぼやぼやしているのや、喜平。早う、きれいな赤と金で絵付してもろて、江戸でわしらのためにきばってくれてはる、お殿さまにお送りするのや」

「へい。そうします」

喜平は、大きな声でそう答えた。そして、持ってきた白い皿を、また大事そうに胸に抱えなおして、来たときと同じような勢いで、走って窯場に戻っていったのである。

「きびしょの喜平か、あいつも幸せな職人やなあ……」

帰って行く喜平の背中を見ながら、半兵衛はぽつりと言った。素地の淡い藍色の原因は、どうやら水にあったようだ。

強い金気を含む水を、何度も煮沸《しゃふつ》を繰り返し、金気を抜いては使ってみたのだろう。土の配合や、水簸《すいひ》の仕方や、そのひとつずつの忍耐強い作業が、喜平に成功をもたらした。

これまで少しずつ白さを増してきていたとはいえ、今日喜平が見せてくれたのは、いままでになく純白に、堅く焼き締まった素地だった。硬質で、そのくせ滑らかなその肌は、そのまま職人としての喜平のまっすぐな心を表すようで、半兵衛はいつまでも触れていたい気がしたものだ。

「職人というたら、いまは仰山に増えたのですやろなあ。いったい、あの窯場では、いまは何人ぐらい働いてはるんですやろ」

素朴な疑問である。窯を思うゆえの留津の問いだろう。

「ちょっと待っとれ。この前、喜平から聞いた話を、紙に書いておいたものがある」

留津の性格を思えば、できるだけ正確に答えてやりたい。半兵衛は、文机《ふづくえ》の引出から覚えの紙の束を持ちだしてきた。

「喜平によると、細工人が十八人、絵師が十六人、荒仕が七人、子供稽古《けいこ》人《にん》が十三人。都合五十四人もになっているらしい」

「へえ、えらい華々しい窯になりましたなあ。それだけ仰山いはると、賄《まかな》いも大変やろ」

留津にとっては、台所を取り仕切る立場が気になるのだ。

「それがなあ、台所もちゃんとあるし、職人の長屋も三つもあるんやて。就業時間というのも、はっきり決められているらしい。職人らも、それぞれ郷里《くに》の違う者が集まっているし、まとめる側も大変なのやろ。これ見てみい」

半兵衛が差し出した紙からは、一日の時間割が細かく決められていることが見て取れる。

「なんや、柝《たく》木三つ打ち候《そうら》わば掛り、やて」

「そうや、拍子木をみっつ打ったら、仕事を始める合図なんやな」

「同、二つ打ち候わば休み。同一つ宛《あて》打ち候わば上り……。ひとつずつ打ったら仕事が終わりですのか」

留津は半兵衛が認《したた》めた覚えを読みながら、細々《こまごま》とした窯の決め事に、興味をひかれたらしい。

紙には、さらに勤務時間についての決め事も書かれている。

朝	明五ツ時	（午前八時ごろ）	掛り
	四ツ時	（午前十時ごろ）	休み
	九ツ時	（正午）	休み
	九ツ半時	（午後一時ごろ）	掛り
	八ツ半時	（午後三時ごろ）	休み
	六ツ時	（午後六時ごろ）	上り
夜役	暮六ツ時	（午後六時ごろ）	掛り

五ツ時　（午後八時ごろ）　休み
四ツ時　（午後十時ごろ）　上り

「夜勤もしっかりあるし、まあ、夏のほうが長う働くことになるけど、給金も出来高払いから、日払いになったそうや。その代わり、作ったもんは帳面に書けということやな。喜平がうちに来てくれる休みの日も、毎月一日と十五日、それから五節句と決められている。年末は二十五日が仕事仕舞いで、正月は十一日が仕事始めというのまで、きちんと決められているのやそうなわ。いろんな土地を流れてくる職人もいてはるやろから、きちんと決めて身持ちのよい暮らしをするようにという藩の役人らの気遣いなのやろ。だらだら働かされることもないし、まあ、職人らにとっては、幸せなことやないやろか」

「それに較《くら》べると、鳴鳳《めいほう》さんは気の毒なことをしましたなあ」

「あのひとは、もうあれっきりか？」

「そうみたいですわ。詳しいことはようわかりまへんのやけど、あんな牢屋《ろうや》騒ぎがあったら、ちょっと彦根にも居辛《いづら》うなりますのやろなあ。なんでも、奥さんと子供さんを連れて、伊勢《いせ》のほうに行ってしまわはったように聞いてますけど」

「弟の鸞英《らんえい》はんというのが、偽札《にせさつ》作りの疑いやて？」

鸞英というのは、堆朱《ついしゅ》を得意とする腕の良い漆《うるし》職人で、細字を巧みに書き、詩作を好んだので鳴鳳の作品の文字書きの部分を担当したりしていた。鳴鳳の絵付が、その大胆な構図や繊細な筆致からすでに絵付の域を越えて絵画のような魅力をたたえていたように、弟の鸞英の書く細字はその正確さと華麗さに定評があった。

「どこから出てきた話か、知りまへんのやけど……」

「藩札の偽札を作っていたやなんて、ほんまやったら大変な罪や。きっと鸞英はんは、字がうますぎたんやろう。あれだけうまいと、藩札の字を真似《まね》るぐらいなんでもないやろうしなあ。才能がありすぎると、それをついどこまでも試してみとうなるもんかもしれんさかい」

「そうですやろか」

半兵衛の言葉に、留津は承服しかねる顔で首を傾《かし》げた。

藩札というのは、丈夫な和紙に木版印刷をしたり、巧みに墨書きを組み合わせたりしているが、偽造防止のために絵柄をいれたり、印判を押したりして、それぞれの藩でさまざまな対策を施している。

「そうですやろかって、留津はそうは思わんのか？」

職人が自分の才能の限界を試すために、そばに置いてあった藩札を、つい真似てみたのかもしれない。半兵衛はそう言ったつもりだった。

「決め手になるような、きちんとした証拠があったわけやないというのですやろ？　もし鸞英はんが、ほんまに偽札作りをしてはったというんやったら、お役人もはっきりとした証拠を見せてあげたらええんです。証拠がないんやったら、濡《ぬ》れ衣《ぎぬ》やったかもしれんのですよ。なにかの間違いで牢屋にいれられはったんやったら、あんまり気の毒すぎます」

留津は、ものすごい剣幕で怒りだしたのである。

「おいおい、まあそんなに腹を立てるな、留津」

「そやかて鳴鳳はんは、湖東焼にとっては宝物みたいなおひとでしたのに」

「その通りや。ただ、そやからよけいに、ああいう騒ぎになったのかもしれんで」

「どういうことですか」

留津は、まだ不満そうに口をとがらせた。

「だいぶ前、そうやな、かれこれ六年ほどになるかもしれんが、騒動のちょっと前に喜平が言うていた話では、鳴鳳はんのところに、お殿さまからえらいご注文がはいっていたということやった」

「へえ、うちも喜平はんから聞きました。えらい立派なお茶道具一式を湖東焼で作ってほしいというものでしたんやてなあ」

「そやからきっと、いろんなところからやっかみが起きたのかもしれん」

「やっかみ、ですか？」

「あれだけの腕や、お殿さまが大きいご注文を出さはるのはあたり前のことやけど、そうは言うても、羨《うらや》ましいと思う者がいんわけはない。愉快に思わん者もいてるかもしれん。鳴鳳はんは藩がしっかり守ってはるさかい、あのひとに直接なにかするわけにはいかんやろ。そやから、そのへんねしが、弟はんのところに行ったとしても不思議はない……」

「それがほんまやったら、あんまりやわ」

留津は、まだ納得がいかないようだった。

喜平や市四郎など、ほかの大勢の職人と同じように、湖東焼にとって、鳴鳳の存在はなくてはならぬものだった。湖東焼の絵師として、鳴鳳の存在を誰よりも大切に思っていたのは、ほかならぬ半兵衛である。鳴鳳が描きだすそのみごとな絵柄や、やきものの表面にひとつの世界を生み出すような、絵師としての才覚を、半兵衛は誰よりも買っていた。

だからこそ、留津が悔しがるのも痛いほどわかる。

「ひとというのは、難しいもんやなあ。商人《あきんど》はどっちかというと狐《きつね》と狸《たぬき》みたいなところがつきものやけど、職人というもんは、ちょっと違う。喜平みたいに、いつも自分の腕を磨くことしか頭にのうて、お腹《なか》は空っぽみたいなやつが多いもんや」

「職人と商人ですか。それ以外にも、お百姓はんもいれば、お侍はんもいはる。悪いおひとばっかりやないけど、ええひとばっかりでもないし。世の中には、いろんなおひとがいてはるんですなあ」

留津の言葉に、半兵衛も思わず相づちをうった。

「そらそうや、世の中には、一途《いちず》なだけの人間ばっかりやない。こっちがいくら思いを尽くして接しても、伝わらんときはなにをやっても伝わらん。百も千も言葉を尽くしても、わからん相手にはわかってもらえんもんや」

半兵衛は、何気なく発したその言葉に、なぜかどきりとして口をつぐんだ。一瞬、得体の知れない感触が、背筋を走った。

「なあ、留津……」

なにかが起きる。それもとんでもないことが。半兵衛は思わず留津を見た。

「なんです?」

「江戸には、いや、京にも、きっともっとわしらが思いもかけんようなひとがいてはるのやろなあ」

「江戸や京がどうかしましたんか？　なんや顔色が悪いみたいですけど」

「あの喜平が見せにきた真っ白な湖東焼の素地《きじ》、ほんまにお殿さまに届くやろなあ？　無事に、ちゃんと受け取って、お殿さまは喜んでくれはるよなあ？」

どこかひっかかりのあるような物言いをする半兵衛に、だが、留津はまるで屈託なく笑って言った。

「そんなもんあたり前ですやろ。なにを言い出さはるかと思うたら。旦那《だんな》さまが心配せんでも、あのあとちゃんと絵付して、錦窯《きんがま》で焼き付けをしはります。まあそのためにはもうちょっとときがかかりますすけどなあ」

「うん……」

「それをきれいに焼き上げて、それから江戸まで運んでたら、お殿さまのところに届くのはいつごろになりますのやろなあ。たとえ、ちょっとぐらい遅うなっても、間違いのうお殿さまのお手元に届いて、それはもう喜んでくれはりますって。大丈夫です。心配ありまへん」

「そうやなあ、留津。ほんまにどうもないよなあ？」

留津の言い方があまりに明るかったので、半兵衛は救われるような思いで、念をおしたのである。

「届かへんわけがありませんやろ。それがどうかしましたんか？　なんや旦那さま、さっきからおかしなことばっかり言うてはるけど」

「いや、なんでもない。なんでもないのや……」

半兵衛はあわてて首を振った。ただの気のせいだ。もとより、なんの根拠もないことだ。きっと、風邪気味で体調がすぐれないせいだろう。そのとき半兵衛は、自分のどこかに、ほんのわずかに芽生えた、気持ちの悪い予感めいたものを、必死で振り払おうとしていた――。

四

その朝、江戸はときならぬ大雪に見舞われた。

安政七年（一八六〇年）三月三日、明け五ッ（午前八時）。

直弼は、季節はずれの湿った雪が、前栽《せんざい》の木々をすっかりおおいつくしてしまった様に目をやりながら、ふと異様な気配を感じて、目を細めた。

誰が投じたのか、いつ投じたのかもわからないが、濡縁《ぬれえん》に置かれた一通の書状が見える。濡れぬようにか、雪のなかでもそれとわかるためにか、柿渋《かきしぶ》を塗った近江《おうみ》の紙でくるんである。

このところ、駕籠訴《かごそ》やこうした投書がめっきり増えた。それだけ世の中が定まらず、民のあいだに不安が多いということなのかもしれない。

ただ、こういう投書などの場合、そのまま主君に渡し、すぐには開かないのがならいになっている。おそらく藩邸の塀のなかにでも投げ込まれていたものを、門番が見つけ、側役の大久《おおく》保小膳《ぼしょうぜん》あたりが受け取って置いておいたのだろう。

直弼はゆっくりと書状を手に取った。

近江の紙で包んであるところを見ると、彦根の者からか。

その紙を見て、直弼は迷わず封を切った。

見たことのある文字だった。遠い昔、何度か受け取ったことのある女文字だ。懐《なつ》かしさに、逸《はや》る気持ちで読み終えて、直弼は静かに息を吐き、またもとのようにたたみなおして部屋に置いた。


五ツ半（午前九時）、出門のときはすぐにやってきた。

上巳《じようし》の節句の祝詞を述べるため、外桜田の屋敷を出て登城しなければならない。上巳は女の祭りである。将軍の御台所《みだいどころ》への献上もあり、この大雪でも、桜田御門をはいる行列は、すでに長く続いていることだろう。

直弼の供廻りは、徒士《かち》以下二十六人、足軽、草履取、駕籠舁《かき》、馬夫などを含め総勢六十余人。大老らしい格式を備えた一行である。

直弼は顔色ひとつ変えず、いつもと同じように駕籠に足を踏み入れた。

緞子《どんす》の座布団《ざぶとん》に腰をおろす。縦横三尺前後の座布団には、中央に一尺半四方ほどの虎《とら》の毛皮がはめこまれている。藩主となり、やがては大老となった身だが、この緞子の座布団だけは、いつも変わらない。

駕籠に乗り込んだとたん、凍えるほどの寒気に襲われた。

背筋を走るえも言われぬ感覚に、直弼は小さく身震いをした。

それが単に寒さゆえのことなのか、それともまったく異質のものだったのか、それはこのときの直弼には、まだわからなかった。

雪は、まったくやみそうになかった。

そればかりか、ますますひどく降りしきり、これでは前を行く者の顔すらさだかには見えぬだろう。

なぜか、ふと直弼はそんなことが気になった。

供の者らは、それぞれに雨合羽を着用し、刀には雪よけの柄袋《つかぶくろ》をつけて、一糸乱れぬ整列で所定の位置につき、主君の出門のときを待っていた。

「ご出門……」

力強い掛け声を合図に、一行は、降りしきる雪のなかをゆっくりと進み始めた。

雪を踏み締めるかすかな音以外は、この世のすべての営みが消えうせたような、荘厳《そうごん》なほどの静寂があった。

「お願いの者にござりまする……」

いきなり野太い男の声がした。

桜田堀沿いを行き、外桜田門外の杵築《きつき》藩の屋敷前にさしかかったあたりだろうか。

直弼がそう思ったとき、低くうめくような、くぐもった声がして、どさりと大きな音がした。

誰かが倒れたらしい。直弼は駕籠の外で起きていることを、瞬時に悟った。

怒号と、それに続くうめき声。激しく争う音が伝わってくる。直弼の乗っている駕籠が、いきなり地面に叩《たた》きつけられた。

立とうとしたとき、一発の銃声とともに、左斜め前方から足の付け根をなにかが貫いた。瞬時に下半身が力を失い、灼《や》けるような痛みが左腿《もも》から下腹を貫通する。目をやると、虎の毛皮に血が飛んでいる。

出血は多くない。直弼は不思議なほど冷静だった。しかし、身体《からだ》を傾けても、両の足の指先までまるで感覚がない。

立て膝《ひざ》になろうとしたが、それすらできなかった。刀に手をやったとたん、駕籠の外から一本の刃《やいば》が目の前を刺し貫いた。

「来たか、愚か者」

直弼はすぐに目を閉じた。全神経を集中する。

居合の心得で避《よ》けられるか。気配ははっきりと感じられた。次の一突きも、うまくかわした。力を振り絞り、手で萎《な》えた右足を立て、左手で引戸を払いのけようとした。このままやられてなるものか。

そのときだ。引戸の陰から飛びこんできた白刃《はくじん》が、直弼の胸を突き刺した。

一瞬のことだった。

「愚か者が。私を殺して、なにが始まる……。いったいだれが、この国を変えていく……」

引戸を払い、直弼は、キッと天を仰いだ。

両足は、まるでいうことを聞かなかった。噴きあげるみずからの血しぶきが、はっきりと目に焼きついた。

「目を開け……、もっと広い世界を見よ……」

喉《のど》の奥から突き上げてくるものを吐きだすと、雪の上が真っ赤に染まった。直弼は、なおも心のなかで叫んでいた。

「こんなことを企てる知恵があるなら、ことを起こすまでの力があるなら、なぜにそれを国のために使わぬ。おぬしの国ぞ……。われらが国ぞ……」

憎しみではなかった。

憐《あわ》れみと、無念さが先にたった。

「無駄な時間を費やすな。こんなことをしている間に、世界はもっと先を行く。目を開け。世界を見よ、外の世界を……」

また一突き、さらに後ろからもう一突き。

ずぶりという音とともに、刺し貫いては、引き抜かれる。そのたびに、踏み汚された春の雪に、血しぶきが飛んだ。

「これが答えか。愚か者の浅知恵か。こんなことをしてなんになる……」

心のなかで、声にならぬ言葉を繰り返して、直弼はついに首を垂れた。

目の前が暗転し、何者かが首の後ろをつかんで、駕籠から引きずり出すのがかろうじてわかった。

そして、そこで息絶えた。

直弼の居所でその書状を見つけたのは、側役の宇津木六之丞だった。

直弼の一行を送り出したあと、突然襲ってきた妙な胸騒ぎに、宇津木は矢も盾もたまらず、居所に飛び込んだのだった。普段はしないそんな行動を、なぜ今朝に限ってしたのかはわからない。

だが、そこに見慣れない書状を見つけ、逸る気持ちでなかを読んで、思わずあっと声をあげた。書状には、水戸脱藩士の企《たくら》みが認《したた》められている。今朝の登城をなんとしても見合わすように、意を尽くして訴えている。

殿は、ご存じの上でまいられたのか。

ならばなぜこの宇津木に、一言ぐらいは仰《おお》せになりませなんだ。

襲ってくる不吉な予感と、悔しさに、宇津木はそのまま居所を飛びだし、急いであとを追おうと門に向かった。

そうしてそのとき、血まみれの中間《ちゅうげん》が屋敷に舞い戻ってくるのに出くわしたのである。

「一大事で……ござりまする……」

それだけ告げると、最後まで精根を使い果たしたのか、中間はその場に倒れこんでしまった。

「おのれ、遅かったか……」

そのあとは、どこをどうやって駆け抜けたのだろう。

屋敷のなかにいた家臣らとともに、刀の鞘《さや》を払って息もつかずに走りつくと、宇津木の目に飛び込んできたのは、人だかりの隙間《すきま》から見える、あまりにも凄惨《せいさん》な現場だった。

供廻りの家臣らは、いずれも、ほとんど刀の柄袋すらはずす暇もなく、まったく無抵抗のまま無残《むざん》に斬《き》り捨てられている。

もっとも凄惨を極めたのは、わが殿、直弼の姿だった。

おそらく、賊によって駕籠から引きずり出され、後ろから斬り落とされたのだろう、うつむきに倒れたその姿に首はなく、血に染まった周囲の上に春の雪が静かに降り積もっている。

すでに動かぬその身体には、無数の深い傷があった。

宇津木は夢中であたりを見回した。

だが、そのいたわしい首は、どこかに持ち去られ、生々しい傷口からは、もはや流れる血さえ残っていない。

「殿……」

これではおそらく、無抵抗なまま、嬲《なぶ》り殺しにされたも同然。

なぜ、ここまでする必要があったのか。

湧《わ》きあがる無念さに、宇津木は強く唇を嚙《か》んだ。抑えようとしても、腹の底から突き上げてくるものがある。

こぼれそうになる嗚咽《おえつ》を、やっとの思いで抑えるため、宇津木は腹に力をこめ、精一杯奥歯を食いしばった。

ふと気がついて、抜き身のままで握り締めていた刀を地に置き、宇津木はすぐに羽織を脱いだ。思えば、その羽織は以前直弼から親しく下されたものだ。

そう思ったとたん、あふれるものが堰《せき》を切った。

いったん流れ出した涙は、抑えようがなかった。手も、身体も、震えが止まらない。それでも宇津木は、その羽織で首を失った直弼の身体を丁寧に包み、静かに駕籠に戻した。

抱きかかえた亡骸《なきがら》には、いまだかすかな温《ぬく》もりすら感じられる。そしてその着衣からは、焚《た》きしめたばかりのような香が、はっきりと匂《にお》いたっていた。

宇津木は思わず腕に力をこめた。

「殿……。やはり、すべてお覚悟のうえでのご出立《しゅったつ》でしたか……」

あらためて、直弼の決意を思い知らされる気がしたのである。


先月二十八日、矢田藩主松平信和《のぶやす》が直弼を訪れ、斉昭らの処分を申し渡しに行ったときの水戸藩小石川邸の様子を伝えてくれた。水戸の南、水戸街道の長岡宿に集った激派が、危害を加えるおそれがあるので、すぐにも大老を辞して、身の安全をはかり、世が静まるのを待つようにと直弼を説得したのだ。もしもそれがかなわぬなら、せめて警護の従士を増やしてはどうかとも勧めた。

その厚情には感謝しつつも、だが直弼は、頑としてそれを聞き入れなかった。

「人それぞれ天命あり。そもそも従士の数も公儀の定めるところ、大老みずから破ることなどできぬ……」

国の危機に際し、わが身のみ優先させることはできないと、直弼は大老の辞職だけでなく、供立《ともだち》の増員すら固辞したのだった。

「こんなことになるのなら、せめてこの宇津木だけでも……」

やりきれない思いのまま、宇津木は家臣らの手で駕籠を舁かせ、いまは物言わぬ主《あるじ》とともに、もと来た道をしめやかに戻っていったのである。

すぐに、幕府から井伊家に、出頭の要請があった。

宇津木六之丞と、富田権兵衛《ごんべえ》が登城し、大目付、町奉行、勘定奉行、目付らと面談した。井伊家からの届書の文面について協議し、直弼の名前で事件に遭遇した旨《むね》の届書を提出することとなった。

老中の指示により、ことの次第を秘する策が執られたのである。

藩士たちの動揺は激しく、翌四日、在府の家老岡本半介《はんすけ》が自首した浪士たちの引き渡しを嘆願したが、もとより聞き入れられることはなかった。

それればかりか、四日には将軍家茂《いえもち》から朝鮮人参《にんじん》を賜り、七日には若年寄で敦賀藩主の酒井忠《ただ》毗《ます》や側御用取次の薬師寺元真が遣わされ、氷砂糖と鮮魚が届けられた。家臣たちの悲嘆を慮《おもんぱか》ってというより、どこか機嫌をとっているようなその計らいに、宇津木たちはむしろ気持ちを逆なでされる思いすらした。

しかも幕府は、そのうえで、もし藩士らが動揺して動乱にでもなれば、井伊家に傷がつくという重ねての慰留も、決して忘れなかった。悲嘆と義憤のあまり、水戸藩討ち入りを叫ぶ井伊邸内は、まさに一触即発の緊迫感がみなぎっている。幕府は、なによりその暴発を恐れたのだ。

桜田門外で直弼が流した血の染み込んだ土《し》は、春の雪とともに四杯の四斗樽《だる》に詰められ、彦根に送られて、直弼の父直中が建立《こんりゅう》した犬上郡里根村の天寧寺に埋められた。

直弼の首を奪って逃げた脱藩薩摩《さつま》藩士、有村次左衛門《じざえもん》は、三上藩主遠藤但馬守胤統《たじまのかみたねのり》の屋敷前で力尽き、自刃した。有村の遺骸《いがい》とともに、直弼の首は三上藩邸に収容されたのである。その後、供方騎馬徒士《かち》、加田九郎太のものと偽って取り戻した直弼の首は、藩医岡島玄達によって胴と縫いあわされ、荏原《えばら》郡世田谷《せたがや》村の菩提寺《ぼだいじ》豪徳寺に埋葬された。

井伊直弼四十六歳。法名は宗観院柳暁覚翁《りゅうぎょうかくおう》。安政二年（一八五五年）の出府の際に、みずから選んで、側役三浦十左衛門《じゅうざえもん》に託した法号である。そのとき直弼は、すでになにかを覚悟していたというのだろうか。

思えばその年、八月十七日に直弼が出府のために彦根を発《た》つ前の八月四日には、老中首座阿部《あ べ》正弘《まさひろ》が水戸斉昭の進言によって、直弼陣営の松平乗全《のりやす》、松平忠固《ただかた》の老中罷免《ひめん》を決めていた。そして斉昭自身も、八月十四日には再度、幕政参与に返り咲いていたのである。

直弼はそれを、溜間詰《たまりのまづめ》の旗頭である自分への挑戦と感じた。だから、出府の前に覚悟を決め、みずから法名を定めたのである。

側役三浦十左衛門は、その厳重に包まれた書類を、八月朔日《ついたち》には直弼から受け取っている。それは、天寧寺の無間と清涼寺《せいりょうじ》の泰雲が、寿牌《じゅはい》の守護を秘密厳守でとり行なうよう、近習の西村孫左衛門《まござえもん》に誓っているほどの極秘の覚悟だった。

老中罷免後の政情は、おそらく国元で考えている以上に厳しいはずだ。だから直弼は、出府の日には孫左衛門に対し、その自分の法名に向けて、祈念祈禱《きとう》するようにも命じている。天下に異変がないように、江戸詰の間が無事に勤め上げられるようにとの願いだった。

直弼の覚悟がさらに強まったのは、安政七年正月にお抱え絵師狩野《かのう》永岳に、正《しょう》四位上左近衛《じょうさこんえの》中将《ちゅうじょう》としての正装の自分の肖像画を描かせ、彦根の菩提寺清凉寺に納めたときだろうか。そこには自作の歌「あふみの海　磯《いそ》うつ浪《なみ》のいく度か　御世《みよ》にこころを　くたきぬるか那《な》」もみずから書き添えた。

　この正月には、幕府は通商条約の批准《ひじゅん》使節を米軍艦ポーハタン号で送り出している。その護衛として、和蘭《オランダ》から購入した軍艦咸臨丸《かんりんまる》に、勝海舟を艦長として、ほかにも福沢諭吉やジョン万次郎などを乗せて、サンフランシスコに向けて、浦賀を出航させている。

　直弼は、まさに世界に目を開いていた。

　だから国のなかでは、安政の大獄の最初の処分を水戸藩に下した。安政六年八月二十七日に、斉昭を水戸にて永蟄居《ちっきょ》、水戸藩主徳川慶篤には差控え、一橋慶喜に隠居・謹慎を命じ、水戸家から分かれた同じ溜間詰大名で娘弥千代の義父でもある高松藩主松平頼胤《よりたね》や、同じく守山藩主松平頼誠《よりのぶ》、常陸《ひたち》府中藩主松平頼縄にまで、宗家に対し不行き届きであるとして戒告したのだ。

　水戸家を嫌っていたわけでは決してない。ただ、斉昭の急進的尊王攘夷論《じょういろん》が、直弼の大局に立った尊王開国論とは、まったく相容《あい》れなかった。

　そのことがそもそもの不幸のはじまりだった。なにごとにも道を究める直弼の几帳面《きちょうめん》さも災いした。たとえ徳川将軍家の下であっても、命を賭《か》けて日本を守りたかった。だから直弼は、周囲からの恨みを承知のうえで、使命感を貫き、ひたすら突っ走るしかなかったのである。

「庶政関東御一任」という朝幕間の取り決めを信じ、幕府あっての尊王を第一義とした直弼は、朝廷へ数々の進物も差し出してきた。孝明天皇も、当初はその厚誼《こうぎ》に応《こた》えてくれたのに、次第にないがしろにされていると思い込み、直弼と対立するようになった。

　そのことでも、直弼はみずから上洛《じょうらく》して説明をしたかったが、江戸の政情がそれを許さず、互いの真意を誤解したままに、周囲の言動に流されていく。そして、ついに不幸なときを迎えたのである。

五

藩主直弼の死の報《しら》せは、大久保小膳《おおくぼしょうぜん》らによって七日夜半には国元に届いた。噂《うわさ》はたちまちのうちに彦根城下をかけめぐり、領民たちを震撼《しんかん》させた。

ときならぬ大雪も消え、近江《おうみ》は一気に春に向かう季節だというのに、翌閏《うるう》三月も雨が降り続き、四月や五月には大水が何度も出ている。

人々の心は重かった。いつもなら心浮き立つはずの草萌《くさも》える景色も、桜の花ですら、先の見えない不安をぬぐい去ることはできず、気持ちは塞《ふさ》ぐばかりだった。

半兵衛の体調も、あれ以来なかなか回復せず、日によっては一日を寝たきりで過ごすことも少なくなかった。

「旦那《だんな》さまの具合はどないです？」

喜平は、半兵衛の容体を心配してか、あの日以来、厳しい警備と悪天候にもかかわらず、いつもより頻繁に絹屋に顔を見せるようになった。

「よう来てくれた。すまんなあ。おまえも忙しいときやろうに」

ほとんど寝たきりになってはいても、喜平が顔を見せたときだけは、床に起き上がって、嬉《うれ》しそうに迎え入れる。

「いやあ、びっくりしましたわ。あのお殿さまがあんなことになったとたん、窯場《かまば》はめちゃくちゃになりました。ちょうど窯詰めが終わったばっかりやったのですが、火を入れるのには待ったがかかって……」

「焼き入れはせんかったのか？」

「へい、お役人はんのほうから、ちょっと待てといわれて、しばらくはそのままになっていました。それに、この天気ですし、湿気を帯びて焼き損じてもあきまへんのでなあ。結局十八日には、お役人はんらが見守るなかで、火をいれましたけど」

「そうか、それはよかった」

「ただ……」

「ただ、なんなのや？」

「実は、この前の焼立てでは、お殿さまがお気に召さんものもあったらしいのですが、それが今回はみごとに仕上がっていたんです。ほんまに、わしらでもびっくりするほどの出来ですのや。真っ白な素地《きじ》の金襴手《きんらんで》もついにできました。そやけど、せっかく良いものが出来上がっても、もうお殿さまには見てもらえへんのやなあと思うと、わし……」

　喜平は声をつまらせる。

「まさか、こんなことになるとはなあ」

　半兵衛も悄然《しょうぜん》として言った。

「それに、これからはどうなるかわからん言うて、窯のほうは止まったままですわ。それでも常介《じょうすけ》はんと又次郎はんという絵師が新しくはいってくるし、いったいどうなるんですやろ？」

　直憲《なおのり》と改名した愛麻呂《よしまろ》が直弼の遺領相続を許された四月の終わりごろ、それでも喜平は将来に望みをつないでいたかったのだろう。

だがその後、十月まで窯の作業を中止することが決まり、それを伝えに来た喜平は、さすがにひどく落ち込んでいた。

「ほんま、えらい水臭い話ですわ。あんなに仰山いた職人らが、さっさと辞めていかはるんです」

「職人らが？」

「そうです。あれだけ世話になったのやから、もうちょっと辛抱しはるかと思うたけど、あっけないもんです。まあ、みんな自分の腕だけが頼りの職人やから、そうも言うてられんのかもしれんけど」

「そうか、みんな辞めていったのか」

「ひねりもんの上手《うま》い職人も、角物師《かくものし》はんや型物師はんも。それぞれ得意の技を持ったひとはどんどん出ていってしまわはりました。細工人では幸四郎はん、太作はん、庄太郎はんら十人もおらんようになって、残りは八人、絵師も信吉っつぁん、文六はんら三人が辞めて、こっちも残りは八人です。そうは言うても、残った者も、いまはなんにもすることがのうて……」

「職人というのは厳しいもんやな。ちょっとでも廻りが悪うなってくると、もっと自分の腕を生かせるところに流れていきたいと思うんやろ」

「そういう気持ちは、わからんわけではありませんけど、わしにはできまへん。わしだけやのうて、地元の職人らは、なんとかここで踏んばって、窯を持ち直そうと、みんなで話しているんですけど」

「古窯も、土焼窯も、窯としてまさにこれからというときやったのになあ。いくら悔しがっても、もうどうしようもないのやけど、まさか、こんなことになるなんて、思いもせんかった」

「そうです。一番高いところにいると思うて喜んでいたら、急につっかえ棒をはずされて、いきなり地の底に叩《たた》きつけられたようなもんです」

それは喜平だけでなく、職人ら全員の正直な思いだったのだろう。

「おまえだけやないで、喜平。あのお殿さまかておんなじやったはずや。どれだけ無念な思いやったかと思うと、わしも辛《つろ》うてなあ」

「ほんまにそうです。みんなできばって働こうと話していた矢先でしたから、すぐには信じられんぐらいでした」

「そうか、窯はそのままになって、もう焼けんのか……。職人らも、どんどん辞めていくのか……」

半兵衛は、同じ言葉を何度も繰り返した。まるで自分にそう言い聞かせ、なんとかして自分自身をあきらめさせようとしているかのようだった。

「櫛《くし》の歯が欠けるみたいに、職人らはぼろぼろと出て行きます」

聞きながらつい涙ぐみそうになる留津が、喜平に出す茶をいれると言って、部屋を出ていったときだった。半兵衛が喜平に向き直った。

「なあ、喜平」

思いつめたような目だった。

「なんです、旦那さま?」

「正直に教えてくれんか」

「へい、わしにわかることでしたら、なんでも」

いつになく口ごもる半兵衛に、喜平もなにかを感じたのだろう、居ずまいをただして、半兵衛に向き直った。

「あの窯は、もうここまでか？　やっぱりこれでお終《しま》いなんか？」

半兵衛は、思いきって一息で訊《き》いた。

決して口にはすまいと思っていた言葉だ。少なくとも留津や小兵衛たちの前では、きっと言えなかったことだろう。それでも半兵衛は、喜平に訊かずにはいられなかった。

「なにを言うてはりますのや、旦那さま」

その気持ちがわかるからだろう、喜平はきっぱりと首を振った。

「そんなことはありません。肝心のお殿さまにあれだけのことがあったのですから、喪に服す意味もあって、焼立てはしばらく見合わすようにというお達しやったのやと思います」

「うん。それはそうやけど……」

「どうもありません。ご心配は要りませんって、旦那さま。それに、もしも万が一のことがあっても、たとえ職人がみんなどっかへ行ってしもうてもです。このわしは窯に残ります」

「喜平、おまえ……」

感極まって、半兵衛は思わず喜平の手を取った。

「心配せんといておくれやす。たとえわしひとりになっても、あの窯はぜったい守ってみせます。旦那さまは、どうぞ安心していてください」

喜平が、半兵衛の手を強く握り返してそう告げたとき、襖《ふすま》が開いて留津が部屋にはいって来た。

「どうかしはりましたんか」

留津は、怪訝《けげん》な顔でそう訊いた。

「いや、ちょっとな……」

半兵衛は、すぐに手をひっこめながら、それでもひどく嬉しそうだった。

「へえ、喜平さんもどうぞ」

留津がいれてくれた緑茶を、喜平はおいしそうにごくごくと飲み干した。

「えらいきばって飲まはったなあ、ほな、もう一杯いれまひょ」

「すんまへん、奥さん。あんまりおいしかったんで、つい、わし……。なんやこのごろ、うちのやつが、急にお茶の値が上がった言うて、ぼやくんですわ。それで、あんまりお茶を飲ましてもらえんようになったんで……」

「へえ、そうなんか、留津。そんなにお茶の値が上がってきたんか」

「そうですわ、旦那さま。お茶だけやおまへん、生糸もえらい上がってるみたいです。うちの古手呉服の商いでも、いろいろ変わった動きがあったりします」

留津は、このところの商いの模様をかいつまんで話した。

「どういうことなんや？」

床に臥《ふ》せっていることが多くなった半兵衛には、あえて心配させることもないかと思い、近ごろはあまり詳しくは話していなかった。

「そうですなあ、お殿さまのことがあるちょっと前ぐらいから、急にいろいろ高うなった気がしますわ。世間もえらい物騒になってきたみたいやし」

「物騒に？」

「へえ、いろいろと怖い噂も飛び交うています」

喜平も横から口をはさむ。

「商いのほうも、物の流れが急に変わってきたのは間違いありまへん。お茶屋さんに行っても、誰か買い占めてるおひとがいはるのかもしれんけど、お店からお茶がのうなってしもうたり、一晩で値が上がったり。めちゃくちゃやわ」

「そうなんか？」

「はい。なにより、ほんまかどうかは知りまへんけど、金《きん》がどんどん外国に渡っていると、小兵衛が噂を聞いてきました。急に世間が変わってきたし、ひとの気持ちもなんやささくれだってきたみたいですしなあ」

「わしもそれは感じます。いろいろ変わってきたのはほんまです。うちのやつは、暮らしにくうなってきたと、こぼしてますけど」

喜平も、神妙な顔でうなずいた。

留津が言ったとおり、直弼の死によって、直弼みずからが予言していた世の中の変化が、一気に加速した。それはまさに皮肉なことだった。

幕府が、もはや独断で政治を進めることは無理な時代に突入したのだ。

とりあえず久世広周《くぜひろちか》と安藤信正《のぶまさ》の老中二人を中心に、新しい幕藩体制を整えたが、それが直弼の政権よりはるかに見劣りすることは、もはや誰の目にも明らかだった。

徳川幕府という単独政権が長く続きすぎ、役人の多くは、ほとんど無能といっていいような体たらくだ。

つまるところ、幕府崩壊は、自然の流れにそうものだったのかもしれない。直弼という歯止めを失った時代の潮流は、怒濤《どとう》のようにすべてを巻き込んで、すさまじい勢いで渦を拡《ひろ》げていく。

桜田門外での事変の前年、安政六年（一八五九年）の六月には、通商条約を交わした亜米利加《アメリカ》、和蘭《オランダ》、露西亜《ロシア》、英吉利《イギリス》、仏蘭西《フランス》に対して、横浜、長崎、箱館《はこだて》が開港されている。

それまで寂しい漁村にすぎなかった横浜は、新興都市となり、各港では、生糸、茶など、偏《かたよ》った一部の商品が大量に海外に流出し始めていた。それによって、国内の流通にも混乱が起きはじめ、おりからの大不況を背景に、品不足による物価騰貴《とうき》が始まったのである。

江戸はもとより、各地でも一気に社会不安が噴出し、ますます混沌《こんとん》の度合いを深めていく――。

半兵衛がもっとも気がかりにしていた窯《かま》は、喜平が語っていたように、直弼の死後、一度焼立てられている。さらに、半年ほど存廃の議論を重ね、費用よりも技術を惜しんで、ひとまず十一月には継続と決定した。

文久元年（一八六一年）皇女和宮《かずのみや》の将軍家茂《いえもち》への降嫁《こうか》のときには、井伊直憲に御所への祝儀《しゅうぎ》の使いが命じられ、公卿《くぎょう》、諸家へ湖東焼を贈進することにもなった。

このときは、喜平をはじめとして、前年十一月に一人扶持《ぶち》を加増され二人扶持となっていた絵師の鉄次郎、この年七月に一人扶持を与えられた彫物師の庄介《しょうすけ》など、職人らはひさしぶりに奮起した。

藩主直憲から酒肴《しゅこう》の差し入れもあり、喜平は、幼いころ直弼に連れられて窯場に来ていた直憲を思い出したりもして、感慨も深く仕事に励んだ。このとき、喜平の弟喜之介《きのすけ》は松の皮付き井筒形花瓶を作っている。

翌文久二年三月には、直憲は無事参内して使いの旨《むね》を奏上し、四月二十三日には江戸へ復命している。

この間、老中安藤信正が坂下門外で水戸浪士に襲われ失脚し、天皇より幕政改革の勅旨がもたらされるなど、徳川幕府の弱体化は覆《おお》うべくもなかった。そして七月、一橋慶喜《よしのぶ》が将軍家茂の後見職に、福井藩主松平慶永《よしなが》が新しくできた政事総裁職に就任となった。文久二年の改変である。そしてその波は彦根にもやってきた。

同年閏《うるう》八月二十日には、彦根藩はついに京都守護を免じられ、代わって会津藩が権限を強化して新しく設けられた京都守護職に就くことになった。さらに、二十四日には神崎《かんざき》と蒲生《がもう》の両郡の領地が召し上げられ、彦根藩としては、お家存続のために、費用のかさむ湖東焼を断念せざるを得なくなる。

安政の大獄で長野主膳《しゅぜん》と通じていた九条家家士、島田左近《さこん》が暗殺され、井伊直憲の命によって、京から彦根の木俣《きまた》家に逃げ延びていた長野主膳も逮捕された。同時に、長野や宇津木六之丞とともに権勢を恣《ほしいまま》にしていたとして、家老木俣清左衛門《せいざえもん》、庵原助右衛門《いおばらすけえもん》も隠居を命じられた。長野は牢屋《ろうや》にて討ち捨てられ、宇津木六之丞も江戸で禁固に処せられた後、彦根にて斬罪《ざんざい》となった。

　もとより尊王攘夷《じょうい》派だった家老の岡本半介が政権を握ったのである。岡本は、彦根藩が絶えぬようにと心を砕き、幕府の意向も視野にいれながら、藩の改革に取り組んでいく。

　直弼の死から二年後、こうして進められた政変の中で、湖東焼の廃窯《はいよう》は決められた。直弼があれほどいとおしみ、夢を育《はぐく》んだ湖東焼は、同時に直弼が大切にした井伊家の存続のために、切り捨てられたのである。

　大きく世界を見ようとしていた直弼が、もっとも信頼を寄せた長野主膳には、残念ながらこの国は、国学者としての視点でしか見えていなかったのかもしれない。

　直弼と同じものを見つめていたはずの腹心の家臣らも、だが、決して直弼と同じ視点を持ちあわせていたわけではなかった。

　桜田門外での直弼の死を機に、生糸の暴騰のみならず、金の流出や、米の高騰など、さまざまな社会不安が、一気に噴出した。

　そして、半兵衛がその生涯をかけて愛した湖東焼は、文久二年（一八六二年）九月の廃窯決定後、喜平を中心とする地元職人四人の手によって、窯や設備一切の払い下げを受ける。

　のちに喜平の姓である山口をとって呼ばれた、民窯湖東焼「山口窯」として、陶器の生産を続けることになったのである。

　喜平らのように地元に残り、窯の存続に尽力した職人らに対して、もうひとりの中心的存在だった市四郎は、安政二年以来力をいれて育てあげてきた職人傳七《でんしち》（のちの幹山傳七《かんざんでんしち》）を、一人娘の婿《むこ》に迎え、ともに京へ出る。

傳七は京において、半兵衛と直弼の湖東焼の精神を守り、敏満寺の耐火土で湖東焼並みの大窯を築いて、磁器生産を始めるのである。半兵衛と直弼の悲願だった湖東焼の技法を踏襲しつつ、名品を作り続ける職人たち。湖東焼の技術の高さを知り抜いているこうした職人らは、既存の窯には目もくれず、これまで京にはなかった大きな古窯を築き、京に湖東焼を再現させたのだ。

それが、のちの京都の高級磁器にもつながっていく。

その一方で、彦根でその土物の技法を守ろうとする在地職人。さらには、他の瀬戸物産地の素地《きじ》を使って絵付をし、湖東焼の名前を守ろうとする職人、自然齋《じねんさい》。長浜で絵付を始め、やがては窯を築いて「湖東焼」の銘を冠したいわゆる長浜湖東焼を残した医師、西村杏翁《きょうおう》などの存在も忘れてはいけない。

半兵衛のやきものへの果てしない情熱と、直弼の湖国への熱い思いは、まちがいなく世に残った。

こうして近江《おうみ》や京では、このあともやきものを始める人々が次々に生まれ、湖東焼よりずっと先に始まっていたはずの京焼にも、藩窯となって磨かれた湖東焼の技が、先進技術として取り入れられていったのである。

終章

安政七年の衝撃の春が過ぎ、万延元年と改まったあとの六月。

世の中が、少しずつ直弼《なおすけ》を失った悲しみにも慣れてきたように思えたころ、それに反して半《はん》兵衛《べえ》は、はた目にもわかるほど、弱っていった。

ほぼ寝たきりの状態で、ほとんど起き上がることもままならない。

たまにひどく咳《せ》き込むことはあったが、ひがなうつらうつらしていて、意識もときおり混濁してくるのか、言葉を発してもつじつまが合わなかったり、何度も同じことを訊《き》いたりする。

小兵衛《こへえ》とおいとに授かった息子の達吉が、おじいちゃん、おじいちゃんと慕ってくるときだけは、さすがに嬉《うれ》しそうに目を開けるが、それでもまたうつらうつらと眠りこんでしまう。

留津《るつ》は、台所はすっかりおいとに任せ、商いのほうもすべて小兵衛に任せて、できるかぎり半兵衛のそばにつきそうことにしていた。

目を覚ました半兵衛は、決まって留津を呼ぶので、なるべく近くにいようと努めたのだが、それでもなにか用をしていると、すぐに呼ばれた。

そんな半兵衛の様子を見たからか、先日いつものようにひょいと絹屋にやって来た喜平が、半兵衛のために作ったと言って、登窯《のぼりがま》の形をした素焼きの土鈴《どれい》を置いていった。

その朝、留津が奥座敷で片づけものをしていると、土鈴の音がいつになく執拗《しつよう》に聞こえてきた。

さすがに喜平が特別に作っただけあって、薄い素地《きじ》の華奢《きゃしゃ》な土鈴で、可憐《かれん》な音がする。半兵衛も登窯の形がとても気にいったらしく、なにか用があるときは、床から手を伸ばして、それを鳴らして留津を呼ぶのだ。

「すんません遅うなって。なんですやろ、旦那《だんな》さま。喉《のど》が渇きましたんか。おぶうでもいれてきまひょか？　熱いのより、冷ましてあるほうがよろしいなあ」

留津がそう言って顔をのぞきこんでも、半兵衛は黙ったままで、じっとこちらを見つめるばかりだ。

「どないしはったんです、旦那さま？　どこか痛いんですか？」

半兵衛は、それでもなにも言わず、ただ、軽く首を横に振った。

「今日は何日や」

消え入りそうな声だ。しわがれて、すっかり骨と皮ばかりになったその喉元から、搾《しぼ》り出すような声だった。

「へえ、たしか、水無月《みなづき》の二十五日でしたなあ」

少し考えてから、留津は答えた。

「年末に、四郎兵衛《しろべえ》さんが亡《の》うなって、三月ほどしかたたんのに、あっけのうお殿さままで逝《い》ってしまわはった。今度はわしの番やなあ……」

ゆっくりと静かな言い方だった。なにもかも受け入れようとしているような、そのあまりに厳粛な顔に、留津は一瞬息をのんだ。

「なにをあほなこと言うてはるんです。病は気から、て言いますやろ？　早う治って、元気になってもらわなあきまへんがな」

慌《あわ》てて言ったら、怒ったような声になった。

「なあ、留津。頼みが……、あるのやけど……」

留津は内心どきりとした。思いつめたような声だったからだ。

「はい、旦那さま、なんなりと言うてください」

半兵衛が元気になってくれるなら、なんでもかなえてやりたいと留津は思った。季節はずれの果物でも、どんな遠くの名物でも、この足で走って行って手に入れてくる。そう思い定めて、留津はまた訊いた。

「なんですのや？」

「うん……」

自分から言い出しておきながら、なぜかひどくためらっていた。

「欲しいものがあったら、なんでも買《こ》うてきますさかい言うておくれやす」

「うん。あのなあ、留津……。もう一回だけ、わしにおまえのちちを、触らせてくれへんか」

「え？」

はっきりと聞き取れず、留津は訊いた。

いや、聞こえなかったわけではない。だが、まさかと思ったのだ。留津は問い返しながら、すぐに顔が熱くなってくるのを感じていた。

「旦那さま……」

「かまへんやろ……。わしらは夫婦や」

かすかに笑った顔が、辛《つら》そうにゆがむ。きっと身体《からだ》を動かすのも堪えがたいのだろう。痰《たん》のからむ喉の奥を、息が通る音がする。苦しげで、どこか悲しげで、それでも半兵衛はまっすぐに留津を見つめていた。

こんなときになっても、そんなことを……。思いがけない半兵衛の申し出は、だからこそかえって半兵衛らしいようにも思えてくる。

留津も、その顔から目を逸《そ》らさないで答えた。

「困ったおひとや……」

留津はあきれたように笑いはしたが、そんなやりとりが、ふたりを一気に若いころに連れ戻してくれるようで、無性に懐《なつ》かしくも思えてきたのだ。

留津は、すこし恥じらいながら、夜具のなかに手をいれて、そっと半兵衛の左手を取った。

いつの間にか、この手もすっかり年老いてしまった。

昔は大きくて、ごつごつしていて、いつもどこかに傷があった。石の粉や釉薬《ゆうやく》などにまみれて、汚れていたが、それがとても頼もしかった。その半兵衛の手は、いまは節くれ立って、しわだらけだ。ところどころにしみがあって、そのうえ痩《や》せて骨ばかりになっている。

だが、それでもほんのりと温かく、かぎりなく優しさにあふれている。

留津は、しばらくその手を自分の両手ではさんでいたが、やがてゆっくりと、胸元に導いた。

初めて、この手に触れられたのは、祝言《しゅうげん》の夜だった。

半兵衛は三十七歳。そして留津は二十一歳。自分から飛び込んだはずだったのに、留津は不安でいっぱいだった。絹屋の商いも、半兵衛の後妻という立場も、これから始まる生活のすべてに対して、考え始めたら震えがくるほど怖かった。

そんな怖さのすべてを吸い取ってくれたのが、半兵衛のこの大きな手だった。おずおずと、だが限りなくいたわりに満ちて。この手は、夫としての半兵衛そのもののように思えて、留津はすべてをゆだねたのだ。

あれから三十三年の歳月は、まさに夢中で駆け抜けてきた。


「留津……」

目を閉じたまま、半兵衛が呼ぶ。

苦しそうに息が漏れ、口は確かに動いているのに、そのあとの言葉は聞き取れない。迫ってくる別離の予感に、留津は涙が出そうだった。誰かを呼ばなくては、と留津は焦《あせ》った。

「しんどいのですやろ、旦那さま。すぐに、小兵衛を呼んできますわ。そや、善左衛門《ぜんざえもん》にも来てもらわな。誰かに呼びにやらせます。おいとも、達吉も……」

泣きそうになりながら留津が言うと、半兵衛はゆっくりと首を振った。その顔は穏やかで、どこか笑っているようにも留津には見えた。

「なあ留津……」

ほとんど聞き取れないほどの声だ。半兵衛の浅く短い呼吸のほかは、あたりには凜《りん》とした静けさがあった。

「はい、旦那さま。うちはここにおります」

留津は、その口許《くちもと》に耳を寄せた。

「おおきに……」

かすれてはいたが、はっきりと留津の耳に届いた言葉だった。

「うちのほうこそ、おおきに、旦那さま」

閉ざされた瞼《まぶた》が、かすかに動く。

「おまえのおかげで、おもしろかったわ……」

半兵衛は、微笑《ほほえ》んでいるようだった。

「うちのほうこそ、おもしろい毎日でしたわ、旦那さま」

留津がそう言っても、答えはなかった。二度ばかり、大きな深呼吸が聞こえ、そして次の瞬間、留津の手のなかから、半兵衛の手がこぼれ落ちた。


そのとき、慌てて走ってくるような音がして、それでも手前で止まったらしく、襖《ふすま》が神妙に開けられた。

「お義父《とう》はんは？」

急き込んで訊いてくる小兵衛とおいとに背《せ》を向けたまま、留津は静かに首を振った。

「間に合いませんでしたか。うち、達吉を連れて、ちょっとお使いに行ってたんですけど、店の先のところまで帰ってきたところで、急に鼻緒が切れたんです。うち、どきっとして、なんでもありませんようにと祈りながら、ずっと走って帰ってきましたんや。そこでうちのひとと会うて……」

「お義父はん！」

おいとの声に、小兵衛の声が重なった。

留津はまた静かに半兵衛の手をとった。不思議に涙が出なかった。

ただ、いつまでもその手を離せなかった。自分が手を離すと、半兵衛の温《ぬく》もりが消えてしまう気がして、それが怖かったのだ。

ただ黙って、半兵衛の枕元《まくらもと》に座ったまま、ひたすらその手をなでていた。

周囲は突然慌ただしくなった。善左衛門も、喜平も、取るものもとりあえずといった様子でやってきて、半兵衛のまわりを取り囲んだ。座敷を片づけ、葬儀の準備が始まったのだろう。留津と、それから半兵衛だけを残して、皆が忙しく立ち働いていた。

どれだけときがたったのだろう。

小兵衛が見かねてそばにやってきて、そっと声をかけてきた。

「お義母《かあ》はん、そろそろ……」

「そうやな」

留津は、静かにうなずいて、半兵衛の手をその胸の前に戻した。そうして、右手も一緒にして、胸の前で指を組ませていく。

左手の小指と薬指のあいだに、右手の小指を重ね、次に左手の薬指と中指のあいだに、右手の薬指を。そうして、ゆっくりと一本ずつ、うまく重ねて組ませていく。

半兵衛の指は太くて、乾いていて、なかなかうまくは組めなかった。留津は、不器用なほど時をかけた。そうしていると、いまにも半兵衛が目を開けるような気がしてならなかったからだ。

「なんや留津、おまえらしいないやないか。なにをしんきくさいことしてるのや。こうして、なあ、ほれ、こうやったら、すぐに組めるのや」

せっかちで、そのくせこまやかな気遣いをした半兵衛なら、すぐにも目を開いて、留津にそう言ってくれるはずだ。

だから、わざと時をかけた。

だが、目の前の半兵衛は、二度と目を開けることはなかった。

留津がどんなにもどかしいことをしても、もはや叱《しか》ってくれることもない。そう思ったとたん、涙があふれた。

「おおきに、旦那さま。長いあいだ。おおきに……」

やっと組み終えた半兵衛の手に、留津は自分が嫁ぐ日に持ってきた、娘時代からの数珠《じゅず》をかけた——。

湖東焼を起こし、その発展に尽くした半兵衛の苗字《みょうじ》御免は、半兵衛一代限りのものであったが、半兵衛の死の直前に永世苗字御免を願い出て、半兵衛の死後、文久元年（一八六一年）五月晦日《みそか》に養子の小兵衛に対し、藩主直憲《なおのり》より、伊《い》藤《とう》の永代苗字御免が与えられている。

参考文献

●湖東焼関連

『湖東焼―盛衰と美』小倉榮一郎／著　サンブライト出版／刊
『湖東焼之研究』北村壽四郎／著　賢美閣／刊（復刻版）
湖東焼シリーズ1『湖東焼―民業湖東の華―』彦根城博物館／編　彦根市教育委員会／刊
湖東焼シリーズ2『湖東焼―鳴鳳と幸齋―』彦根城博物館／編　彦根市教育委員会／刊
『日本の藩窯―東日本編』彦根城博物館／編　彦根市教育委員会／刊
『日本の藩窯―西日本編』彦根城博物館／編　彦根市教育委員会／刊
彦根城博物館調査報告II「湖東焼窯跡測量調査報告書」彦根城博物館／編・刊
彦根城博物館「研究紀要」第13号より「『藩窯』の経営と特色」谷口徹
彦根城博物館「研究紀要」第12号より「井伊直弼ゆかりの茶道具（1）」谷口徹
「陶説」2002年3月号『日本の藩窯』日本陶磁協会／刊
『幻の名窯　湖東焼』サンライズ印刷出版部／刊
「目の眼」1996年2月号特集「化政期の華　湖東焼」里文出版／刊
「岩根家資料調査リスト」
『陶磁大辞典』全6巻　宝雲新舎（著作権者）五月書房／刊（復刻版）

『やきもの事典』平凡社／刊
『やきもの入門』佐藤雅彦／著　平凡社／刊
カラー版『日本やきもの史』矢部良明／監修　美術出版社／刊

●彦根藩関連

『彦根市史』全三冊　彦根市／編　臨川書店／刊
彦根城博物館叢書1『幕末維新の彦根藩』佐々木克／編　サンライズ出版／刊（彦根藩資料調査研究委員会／編集）
彦根城博物館調査報告Ⅰ「特別史跡彦根城跡　表御殿発掘調査報告書」彦根城博物館／編・刊
彦根城博物館「研究紀要」第4号より「槻御殿—彦根藩下屋敷の建物構成とその変遷」谷口徹
『彦根の歴史—ガイドブック—2001年』彦根城博物館／編　彦根市教育委員会／刊
彦根藩史料叢書『侍中由緒帳』1〜9　彦根城博物館／編　彦根市教育委員会／刊
淡海文庫『城下町彦根—街道と町並—上田道三が描いた歴史風景—』彦根史談会／編　サンライズ出版／刊
『藩史事典』藤井貞文・林陸朗／監修　秋田書店／刊
『近江愛智郡史』全三巻　非売品
『人物叢書新装版　井伊直弼』吉田常吉／著　日本歴史学会／編　吉川弘文館／刊
『井伊直弼　はたして剛毅果断の人か？』山口宗之／著　ぺりかん社／刊
図説日本の歴史25『図説滋賀県の歴史』木村至宏／編　河出書房新社／刊

日本歴史地名大系25『滋賀県の地名』平凡社／刊
角川日本地名大辞典25『滋賀県』角川書店／刊
別冊太陽コレクション「城下町古地図散歩4『大阪・近畿（1）の城下町』」平凡社／刊

●時代背景関連

『ビジュアル・ワイド江戸時代館』小学館／刊
『大江戸ものしり図鑑』花咲一男／監修　主婦と生活社／刊
『時代風俗考証事典』林美一／監修　河出書房新社／刊
『近世事件史年表』明田鉄男／著　雄山閣出版／刊
『大塩平八郎』岡本良一／著　創元社／刊
『「改革」が生んだ近江大一揆』加藤徳夫／著　鳥影社／刊
『近江中山道ガイドブック』近江中山道400年記念事業実行委員会／編・刊
歴史文化ライブラリー『近世おんな旅日記』柴桂子／著　吉川弘文館／刊
講談社選書メチエ『江戸の市場経済　歴史制度分析からみた株仲間』岡崎哲二／著　講談社／刊
中公新書『女たちの幕末京都』辻ミチ子／著　中央公論新社／刊
中公新書『安政の大獄　井伊直弼と長野主膳』松岡英夫／著　中央公論新社／刊
PHP新書『藩から読む幕末維新』武光誠／著　PHP研究所／刊
新潮新書『武士の家計簿「加賀藩御算用者」の幕末維新』磯田道史／著　新潮社／刊

『図録近世武士生活史入門事典』武士生活研究会／編　柏書房／刊
古地図ライブラリー別冊『切絵図・現代図で歩く　もち歩き江戸東京散歩』人文社／刊
『鎖国と開国』山下尚志／著　近代文芸社／刊

●近江商人関連

中公新書『近江商人　現代を生き抜くビジネスの指針』末永國紀／著　中央公論新社／刊
『近江商人列伝』江南良三／著　サンライズ印刷／刊
『続・近江商人列伝』江南良三／著　サンライズ印刷／刊
現代教養文庫『近江商人の系譜　活躍の舞台と経営の実像』小倉榮一郎／著　社会思想社／刊
『近江商人　軌跡・系譜と現代の群像』小倉榮一郎／著　AKINDO 委員会／刊
『近江商人の理念　近江商人家訓撰集』AKINDO 委員会／編　サンライズ出版／刊
淡海文庫『近江商人と北前船』サンライズ出版／編・刊
『近江商人のふるさとを歩く』AKINDO 委員会／編　サンライズ出版／刊
淡海文庫『淡海の博物館　滋賀県の博物館・美術館・資料館ガイド』滋賀県博物館協議会／編　サンライズ出版／刊

●その他

『茶湯一会　井伊直弼を慕って』井伊文子／著　春秋社／刊
『井伊家の茶道具』河原正彦／編　井伊文子／監修　平凡社／刊

祥伝社文庫『花の生涯』舟橋聖一／著　祥伝社／刊

〈取材協力〉（敬称略）

彦根城博物館（滋賀県彦根市金亀町）／学芸員・谷口徹、母利美和（現・京都女子大教授）、渡辺恒一、野田浩子

絹屋／伊藤崇子（滋賀県彦根市外船町）

湖東焼資料館／植田義雄（滋賀県彦根市京町）

陶芸家　七代加藤幸兵衛（岐阜県多治見市市之倉）

陶芸家　西村徳泉（京都市東山区）

又十屋敷（滋賀県犬上郡豊郷町下枝）

近江商人資料館（滋賀県東近江市小田苅町）

近江商人屋敷（滋賀県東近江市五個荘金堂町）

信楽陶芸の森・陶芸館（滋賀県甲賀市信楽町勅旨）

あとがき

出会いは、今から三十年近くも前に遡《さかのぼ》る。

古い陶磁器を収集している兄から見せられた、たくさんの皿のなかで、その一枚は、最初からなぜか私の心を捕らえて離さなかった。

さほど大きくはない染付《そめつけ》の皿で、これといった派手さはない。だが、見ていると吸い込まれそうなほどの透明感があり、それでいて深く濃い藍色《あいいろ》。どこか作った人の心根を思わせる品の良さが感じられた。

私は一目でその皿に魅せられてしまった。

一面に描かれた細密な絵付のみごとさもさることながら、強い青みがかった素地《きじ》の色が新鮮で、それまで見たどんなやきものにもない不思議な藍色の世界をつくりあげている。

「これは湖東焼というんだ。激動の幕末期に、歴史に翻弄《ほんろう》されて、短くも数奇な運命をたどった幻の窯《かま》で……」

兄のそんな説明は、いまもはっきりと耳に残っている。

湖東焼のことをもっと知りたい。私の果てしない願いは、その日から始まった。

それ以来、私の手元に集まっていく膨大な資料の記念すべき最初のひとつも、そのとき兄から見せられた古めかしい図録のコピーだったのである。

これほどみごとなやきものが、私の故郷のすぐ近くで焼かれていた。窯を起こしたのはいったいどんな人物なのか。そして、それがなぜ彦根《ひこね》藩に召上げられたのか。ひとりの商人が起こした窯が、どういう経緯を経て、官のものになっていったのか。さらには、なぜ絶えてしまわねばならなかったのか……。

歴史で学んだあの桜田門外の変が起きなかったら、もしも直弼《なおすけ》が死なずに済んだら、湖東焼はさらに素晴らしい窯になって、どんな名品を産出したのだろう。

私のなかに芽生えた疑問は限りなく、知りたいという願いはさらに膨らんでいく。それまでまったく縁のなかった井伊《いい》直弼というひとりの人間が、突然身近に思えてきた。

資料は少しずつ集まっていった。作家になったのはそれからずいぶんあとのことだ。湖東焼のことを書いてみたいと思い始めたのは、いつのことだっただろう。作家になることなど夢にも思わずにいたころで、あるいは私は、いつかこの物語が書きたくて、作家になったのではないかとさえ思えるほどだ。

いざ作家になってからも、実際にこの物語が書けるようになるのは、もっとずっと先のことだと思っていた。ここまで早く実現したのは、幸運な偶然が重なったからで、もしかしたら半兵衛《はんべえ》や直弼の見えない導きがあったためではないかと、本気で思えるほど不思議なできごとが続いた。

そんななか、あらためて執筆のための取材にとりかかり、直弼の存在をさらに身近に感じる瞬間を迎えることになる。

桜田門外の事変を伝える一通の書状を目の前にしたときである。

書状は驚くほどきれいなままで、あまりに生々しく、衝撃的に私の前に現れた。いまから百四十年あまりも前、当時大老となった彦根藩主井伊直弼の政治活動を側面から支えていた、近江《おうみ》の豪商のひとり、「丁吟《ちようぎん》」の屋敷に、それは大切に保存されていた。

藩主の悲報を告げる特別な仕立便は、商売のための連絡事項も忘れずに告げている。藩の存続が危ぶまれるほどの事件を前に、そのあと藩に必要となるだろう資金を用意するための指示や、その時点での注文品の発送差し止めにいたるまで、要点を漏らさず、しかも簡潔に認《したた》められている。

まさに有能な企業人による、ビジネスレターの理想形ともいえるものだ。さらに、その書状が、当事者である彦根藩による江戸から国元への急報よりも、なんと半日も早く近江に届いているという事実も驚きだった。

その現物を読み進めるうちに、まるで目の前で直弼が襲われ、その最期《さいご》の息遣いまでがこちらに伝わってくるような錯覚すら抱いた。

幕末の混乱期を、確かに生きたひとりの人間がここにいる。はたして直弼は、そのときなにを思い、なにを心に残しながら逝《い》ったのか。そして、その惨状を報じた商人は、迫り来る時代の変化をどんなふうに見つめていたのだろう。

膨大な資料のなかで、惜しむべきことはただひとつ、女性についての記述である。

商人の妻が、商いのなかで積極的に采配《さいはい》をふるい、重要な役割を担《にな》っていたのはたしかなのに、分厚い過去帳のなかに見つけるのは、ただ「女」や「妻女」の文字ばかり。その名前すらも残されていないのは、残念でならない。

幕末という激動の時代は、調べれば調べるほどあまりに現代に酷似している。それは、私にとって、新鮮な驚きだった。長年かけて集めてきた膨大な資料の山と格闘し、幕末の時代背景や、やきものの取材に追われ、近江や京の世界にひたりきって新聞連載中の一年間あまりを過ごしたが、圧倒的な史実を前に、私は何度も立ち竦《すく》んだ。

それでも、とにもかくにも最後まで書き終えられたのは、参考資料として記したとおり、ひとえに多くの方々のご教示と、心強い支えがあったからにほかならない。

彦根藩には、明治政府に反逆の徒と見られながらも、驚くほどの古文書が残されている。それらと日々向き合い、気の遠くなるほどの地道な努力と忍耐の積み重ねによって、時代を知る貴重な研究がいまも続けられていることを、私はこの作品の執筆を通して初めて知った。

この作品をお読みいただいたあと、できれば一度ぜひ彦根を訪れ、彦根城博物館に収蔵されている湖東焼の美しさを、実際にその目で確かめてみていただきたい。

こうした素晴らしい日本の宝物は、近江や京だけでなく、この国のいたるところにまだたくさん埋もれているはずだ。そうした宝物探しは、病んだ現代のわれわれに、深い示唆《しさ》を与えてくれるだろうし、この国が持っている大きな底力を思い出させてくれるに違いない。

近江が生んだ世界に誇れるビジネスマンである近江商人の軌跡も、作中に多くは描ききれなかったのだが、いまこそ教訓にしたいような企業家理念が数多く残されている。

そんな近江に、いや、この日本に生まれたことを誇りに思い、いつかまたこうした世界を題材に、別の物語も書いてみたいと願っている。

最後に、一年一ヵ月あまりにわたる京都新聞での連載中に、毎回素敵な挿絵を描いていただいた平岡靖弘《やすひろ》氏と、編集担当の野瀬雅代《まさよ》氏、さらに、連載を広げてくださった中部経済新聞社と、単行本化に際してご尽力いただいた新潮社の杉原信行《のぶゆき》氏に、深く感謝を申し上げたい。

そしてなにより、この物語を書くことを快く承諾してくださった絹屋の伊藤崇子《いとうたかこ》氏に、心からお礼を申し上げたい。ありがとうございました。

二〇〇三年九月十八日

幸田真音

初出・書誌一覧

連載　「京都新聞」二〇〇二年七月三日～二〇〇三年七月二十二日

（「藍色のベンチャー」として）

単行本　『藍色のベンチャー』（上・下）二〇〇三年十月　新潮社

文庫版　『あきんど　絹屋半兵衛』（上・下）（『藍色のベンチャー』を改題）

二〇〇六年四月　新潮文庫

二〇〇九年二月　文春文庫

本書は右記文春文庫を底本とし、合本したものです。

あきんど

絹屋半兵衛《きぬやはんべえ》

幸田真音《こうだまいん》

令和2年 1月25日　初版発行

発行者●郡司 聡

発行●株式会社KADOKAWA
〒102-8177　東京都千代田区富士見2-13-3
電話　0570-002-301(ナビダイヤル)

角川文庫 21995

印刷所●旭印刷株式会社
製本所●株式会社ビルディング・ブックセンター

表紙画●和田三造

ISBN 978-4-04-108900-2　C0193